WAN QINGSI

㊂

波波 著

百花洲文艺出版社

**图书在版编目（CIP）数据**

缩青丝. 3 / 波波著. —南昌：百花洲文艺出版社，2015.6

ISBN 978-7-5500-1426-8

Ⅰ. ①缩… Ⅱ. ①波… Ⅲ. ①长篇小说－中国－当代 Ⅳ. ①I247.5

中国版本图书馆CIP数据核字（2015）第125475号

出 版 者　百花洲文艺出版社
社　　址　南昌市红谷滩世贸路898号博能中心20楼　邮编：330038
电　　话　0791-86895108（发行热线）　0791-86894790（编辑热线）
网　　址　http：www.bhzwy.com
E-mail　bhz@bhzwy.com

书　　名　缩青丝.3
作　　者　波　波
责任编辑　童子乐
经　　销　全国新华书店
印刷装订　北京京都六环印刷厂
开　　本　700mm×980mm　1 / 16
印　　张　22
字　　数　384千字
版　　次　2015年8月第1版
印　　次　2015年12月第2次印刷
定　　价　25.00元
书　　号　ISBN 978-7-5500-1426-8

赣版权登字号：05-2015-256



如发现图书质量问题，可联系调换。质量投诉电话：010-82069336

CONTENTS

# 目录

## 第三卷 风华篇


第三十四章 流言 / 002
第三十五章 科举 / 006
第三十六章 军校 / 011
第三十七章 审讯 / 016
第三十八章 例诊 / 025
第三十九章 病因 / 034
第四十章 黄雀 / 043
第四十一章 探花 / 052
第四十二章 情蛊 / 062
第四十三章 奇花 / 070
第四十四章 替身 / 075
第四十五章 重逢 / 079
第四十六章 兄弟 / 083
第四十七章 除夕 / 091
第四十八章 归宗 / 096
第四十九章 鸳侣 / 101
第五十章 早产 / 106
第五十一章 昏睡 / 113
第五十二章 云逝 / 119


## 第四卷 绝胜篇


第一章 抓周 / 128
第二章 祭日 / 138
第三章 表白 / 147
第四章 尚仪 / 152
第五章 失踪 / 156
第六章 惊悚 / 160
第七章 婚礼 / 165

CONTENTS

# 目录


第八章 牵魂 / 170
第九章 邪降 / 175
第十章 机锋 / 180
第十一章 疯子 / 185
第十二章 师徒 / 190
第十三章 失魂 / 195
第十四章 气怒 / 199
第十五章 雅王 / 204
第十六章 饮宴 / 208
第十七章 宫禁 / 214
第十八章 记忆 / 219
第十九章 分裂 / 225
第二十章 身份 / 230
第二十一章 领尸 / 235
第二十二章 化蝶 / 241
第二十三章 追究 / 247
第二十四章 地牢 / 255
第二十五章 两难 / 260
第二十六章 诱供 / 264
第二十七章 玛哈 / 271
第二十八章 祖训 / 276
第二十九章 断线 / 282
第三十章 虫尸 / 286
第三十一章 怨灵 / 293
第三十二章 借钱 / 300
第三十三章 图腾 / 305
第三十四章 破阵 / 309
第三十五章 偷袭 / 314
第三十六章 被掳 / 318
第三十七章 火焚 / 322
第三十八章 合魂 / 329
第三十九章 回府 / 334
第四十章 水落 / 338
第四十一章 石出 / 342

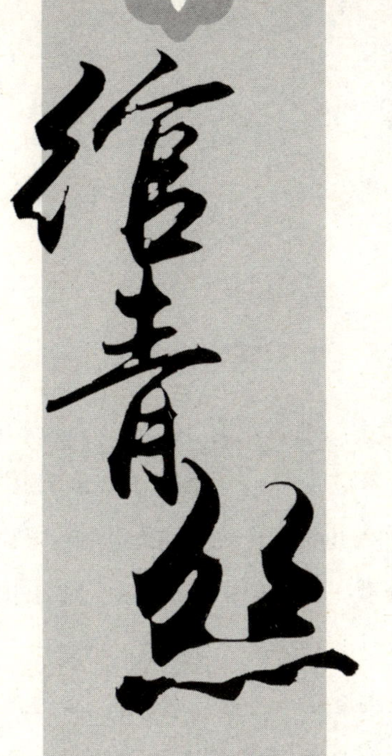


第三卷

风华篇

# ❋ 第三十四章　流言

云峥进宫给皇帝汇报查案的结果，我则被太后召进宫中。经过御花园，见到淑妃娘娘坐在水榭边赏鱼，我笑着跪地行礼："臣妾参见淑妃娘娘。"

她似乎没看到我，只拿着鱼食动作优雅地丢进池子里，眼睛专注地盯着池子里的鱼。站在她身后的宫女看了我一眼，似乎也没有提醒主子我在向她行礼的意思。淑妃未叫我起身，我不好站起来，只得继续跪在地上。时间一分一秒地过去，我的膝盖有些发麻，淑妃仍然和颜悦色地坐着，专注地看着池塘，连头也没转过来一下。我心里有些明白她是故意的了，故意这么整我，让我跪在那里出糗。可是，为什么？我自问在这宫中，除了德贵妃想要我的命以外，与其他妃嫔的关系都处得不坏。前些日子进宫的时候，淑妃还亲亲热热地拉着我的手"妹妹、妹妹"地喊着，这会儿给我这么一个下马威，算是什么意思？

我仔细想了想，顿时明白过来。这是那日皇帝跳入水池中救我惹来的麻烦，看来这宫里的流言果真满天飞了。这淑妃娘娘想必也是听到了流言，对我心生不满，这会儿才故意这样整治我。我在心中苦笑，这后宫还真是是非之地啊！

垂着头不语，我在心里数绵羊，宫里太监宫女这么多，来来往往总能看到这一幕，没准儿早报到太后那里去了，我只等着太后差人来就行了。果然，数到第四百七十八只绵羊的时候，我听到芳婷嬷嬷天籁般的声音："奴婢参见淑妃娘娘！"

淑妃这才淡淡地回过头，见我跪在地上，讶异道："哎呀，妹妹怎么跪在这儿？"

我笑了笑："臣妾奉太后懿旨进宫，见淑妃娘娘在这里赏鱼，给娘娘见礼。"

"妹妹快起来，咱们姐妹何须如此多礼。"淑妃站起来，走上前虚扶一把，"你看我，看鱼看得专心了，没留意到妹妹来了，真是过意不去。”

“娘娘说的哪里话，是臣妾打扰了娘娘雅兴。”我扶着腰站起来，膝盖麻得站不住。芳婷嬷嬷赶紧扶住我，脸色有些不好看：“荣华夫人，太后等你等得着急了，快去懿宁宫哄哄她。”

“淑妃娘娘，臣妾告退。”我做足礼数，咬着牙，勉强举步。芳婷嬷嬷扶着我离开御花园，到了太后宫里。太后坐在软榻上，见我蹒跚着进来，赶紧阻止我行礼：“行了，叶丫头，快坐过来。芳婷，让人来给叶儿揉揉腿。”

我坐到太后身旁去，芳婷嬷嬷唤了一个小宫女过来给我按摩。太后喝了一口茶，对芳婷嬷嬷道：“芳婷，你给各个宫里传个话儿，就说是本宫说的，荣华夫人有孕在身，身子不便，以后见到各宫娘娘都不必行跪礼。”

“是。”芳婷嬷嬷笑了笑，退了出去。我抬头看向太后，带着歉意问道：“太后，这样好吗？不会坏了宫里的规矩？”

“规矩？”太后冷笑一声，搁下茶杯，“规矩是人定的。这后宫里，谁敢跟我提规矩？”

这倒是，后宫里没人比你更大。这么说，我算是因祸得福了？我笑了笑，只是这样，会不会让那些娘娘更加不爽？暗地里又搞出些事儿来，让我的日子更加不好过？宫女给我揉了半天腿，才觉得膝盖的麻意退去、腿活络起来，我笑着对揉腿的宫女道：“行了，不用揉了，已经不麻了。”

“听皇上说，你前几天在街上遇刺，没吓着吧？”太后见小宫女退下了，才淡淡地开口，目光炯炯地看着我。不知道她提这话头是什么意思，我笑了笑：“是，幸无大碍，只是铁卫受伤较重。”

“你这丫头，上次在宫里好端端地赏个鱼也会落水，在宫外又遇刺，真是多灾多难。”太后笑了笑，似是意有所指。我尴尬地回道：“是啊，太后，也不知道是叶儿倒霉还是怎么的，到哪里都麻烦不断。”

太后笑了笑：“你也有阵子没进宫了，这阵子在做什么？上次皇上让云世子查的事，可有眉目了？”

我知道太后是要问结果了，赶紧把我和云峥查到的事和一些推测讲给太后听，说得的都无一遗漏，说不得的也一一过滤。太后听了，眉头渐渐蹙起来，不知道在想些什么。我见她脸上阴晴不定，暗忖不知她是否猜测到了凤太妃的一石三鸟之计。

过了半晌，太后的神情渐渐平静下来，才缓缓道：“这世上，竟有这种怪石，能让孕妇产下畸胎，让人变得衰老，还能让人死得神不知鬼不觉！本宫倒是从未见识过。”

“天下之大，无奇不有，也不足为怪。”我笑道，当然没把辐射这番话讲出来糊弄太后，只说那石头怕是含有不明成分的剧毒，“那玉枕乃不祥之物，臣妾不敢带入宫中，一切尚待皇上定夺。”

“嗯。”太后点点头，温和地说道，“倒是辛苦你和云世子了，把这件陈年冤案查得这么清楚。”

“为皇上和太后分忧，是臣子的本分。”我谦恭地道，“臣妾与外子幸不辱命，没有辜负皇上的厚望。”

太后抚着茶杯，静静地看着我，唇角噙起一抹意味不明的浅笑：“你这丫头，聪慧机灵，乖巧贴心，知道的新鲜事儿也多，本宫真是越看越喜欢，永乐侯真是好福气呀！讨到这么好一个孙媳妇儿。”

我总觉得她这夸奖话里有话，不敢随便搭腔，只得赔笑。太后用茶杯盖子拨着水面上浮着的茶叶，似是无心地问道：“叶丫头，你跟皇上，以前就认识？”

我的笑容一僵。太后问这话，绝非随口问问的，心中顿时忐忑起来。太后见我半晌不答，淡淡地道：“给我说实话，丫头。”

我吸了一口气，知道瞒不下去了，点了点头：“是。”

“怎么认识的？”太后将茶杯盖搁回茶杯上，柔声问道。她的语气温和，我却感到一股莫名的压力，像被人扼住了脖子般，透不过气来。我咬紧唇，几乎把下唇咬破，抬眼见太后定定地看着我，又吸了一口气，漠然道：“臣妾出身青楼，皇上……曾是臣妾的恩客。”

“恩客？”太后的手指在茶杯盖上有一下没一下地画着圈圈儿，脸色倒是没有因为听到我出身青楼而有所变化，想来是早已知道我的经历，“你是这么看待皇上的？”

“在青楼时，是这么看待的，臣妾当时并不知道他是皇上。”我咬着唇，在太后面前说与皇帝的过往，只觉得异常难堪。

“那你现在是怎么看待皇上的？”太后看着我表情温和地问道，轻柔的语声，却藏着让人招架不住的刀锋。我抬眼看她，小心翼翼地道：“现在，皇上是国之明君，臣妾是他的臣民。”

“不错，皇上是明君，你是臣民。”太后的手从茶杯盖上拿下来，交握着垂在大腿上，柔声道："丫头，记住你今天说的话，不管你以前怎么看皇上，记住他现在是明君，你是臣民。有些事，不用一直记着，该忘的就要忘了，该松手的就不要再抓着。"

"臣妾明白。"我脸色平静，心里却一阵窝火。我对宇公子的心动和爱慕，早已成为过去，对皇帝，我根本没有非分之想。看来宫里的流言已经传得很难听了，否则太后也不会专门传召我，就为了警告我要自重，记得自己的身份，不要和皇帝搞出什么事来，有损他明君的名声。苍天可鉴，这些事难道是我搞出来的？

"好了，你有孕在身，早些回去休息吧。"太后的目的达到了，再留我也是尴尬相对，便打发我回去，"芳婷，你陪荣华夫人出去，记得送她上车，路上小心伺候着。如意，你去皇上那边通知云世子，说荣华夫人回去了，省得他一会儿过来白跑一趟。"

芳婷嬷嬷陪着我出去。以太后的阅历，想必早已看出我的落水事件不单纯，才会让芳婷嬷嬷送我到宫门，省得我在路上又出事。太后能想到，皇上不可能想不到，这事能引起他们的注意就行了，德贵妃自有他们去操心。听说那位德贵妃娘娘被皇上禁了足，不知道是不是因为大内侍卫那件事儿，今儿云峥把皇上交代的案子了结了呈上去，相信皇上在核实之后，很快就会对蔚相有所行动，蔚相一倒台，德贵妃还有什么可依仗的？

出了懿宁宫，芳婷嬷嬷突然轻声对我道："荣华夫人，谢谢您。"

"什么？"我回过神，怔怔地道。

"奴婢代贤妃娘娘谢谢夫人，还娘娘一家清白。"芳婷嬷嬷眼中起了泪。我赶紧道："芳婷嬷嬷，您别这么说，我和外子不过是照皇上的旨意办事罢了，您要谢的人是太后和皇上。"

芳婷嬷嬷擦了擦眼泪，摇头道："夫人，奴婢心里清楚，您就别客气了。"

我笑了笑，还了慕容妃一家清白吗？又能如何？人都死了，世人知道了，顶多扼腕一叹，还能如何？不过……我的眼前蓦然浮起那双灿如星子，却带着阴冷寒霜的眼睛。楚殇，不管是因为什么查这件案子，总算是为你全家洗雪冤屈，希望你在泉下不再被仇恨折磨，早日安息，来生……愿你不再有这么悲惨的命运。

## ❋ 第三十五章 科举

收到平安的帖子，我忍不住笑起来，真快啊，又是平安的生辰了。想起三年前为她贺寿，她还是一个天真单纯的孩子，如今她依然天真单纯，却已是心有所属的小女人。

本以为又会见着满园子为她贺寿的高官千金，没想到平安竟只请了苏灵和罗裳儿，外加那个小男生风清，都是我三年前见过一面的熟面孔。几位千金少爷见我到来，站起来行礼："见过荣华夫人。"

"不用多礼。"我笑了笑，感觉颇有些滑稽。当年与他们见面时，我还是一个卑贱的青楼女子，如今一跃成为豪门贵妇，人的际遇真是充满戏剧性。

"是啊，'夫人、夫人'的多别扭，就叫叶姐姐好了。"平安笑道，"叶姐姐哪里有那么老！"

众人都笑起来。苏灵笑道："当年识得姐姐，我们姐妹几个就对叶姐姐倾慕不已，姐姐一曲《笑红尘》，精彩至极，至今难忘。"

"不错。"罗裳儿道，"裳儿也是那时才知道，原来女子也能做到如此自由洒脱，不让须眉。"

"女子不让须眉的可多了去了，像替父从军的花木兰，抗击辽兵的杨门女将，还有一代女帝武则天，哪一个都是不让须眉的传奇女子。"我笑了笑，"好多男子都无法与她们相比。"

"叶姐姐所说的花木兰、杨门女将、武则天，怎么我们都没有听说过？是故事里的人吗？"风清讶异道。

"啊？"我知道自己一时失言，只得附和道，"嗯，是故事里的人。"

“对了，叶姐姐讲的故事也很好听呢，你在宫里给太后讲的《西游记》，已经流传到民间了，听说还有人拿这故事在茶馆说书呢。”平安笑道，“今天叶姐姐不如给我们讲讲这花木兰、杨门女将和武则天的故事吧！”

“这么多，讲几天几夜都讲不完呢。”我笑道。平安道：“姐姐今儿只管讲，能讲多少算多少，我们都想知道这些女子有多传奇。”

我微微一笑，想了想，开口道：“花木兰的故事从一首诗开始，‘唧唧复唧唧，木兰当户织。不闻机杼声，惟闻女叹息……’”

我缓缓地叙述着我那个时空这个流传已久的民间故事，几位小姐听得津津有味，大约是讲的从军故事，连风清这男孩子也听得专注得很。故事讲完，众人皆赞叹不已，罗裳儿道：“世间竟有这等奇女子，真是令人神往！”

“姐姐哪儿来的这些精彩故事？”苏灵笑道，“我自问看的书也不少，却从未听闻这么新奇的故事，这花木兰当真是胆色过人的巾帼英雄！”

“是民间流传的。”我尴尬地笑了笑。这当儿，听到外面有人道：“花木兰是谁？”

转过头，见皇帝和寂惊云走了进来，我赶紧站起来。在座的千金少爷给两人行了礼，听到平安满怀喜悦地叫道：“宇叔叔，二叔，你们来啦！”心知在场的千金们还不知道皇帝的身份，我便只欠身一福：“宇公子，寂将军。”

“荣华夫人又讲了些什么，让你们高兴成这样？”皇帝看了我一眼，笑道。

“刚刚叶姐姐给我们讲了一个花木兰女扮男装代父从军的故事，可有意思呢！”平安笑道，“你们也坐下来听吧。”

皇帝倒是一点儿也不客气，径自坐下来，寂将军跟着落座，笑道：“早就听说荣华夫人讲的故事有趣，我今儿可算是有福气了。”

“将军取笑了。”我笑了笑。风清催促道：“叶姐姐，快讲讲杨门女将又是怎么回事吧，我都迫不及待地想知道了！”

“这故事可长了，一时也讲不完，我挑几个段子讲吧。”我笑道。见他们同意了，便把故事背景讲出来：“杨门女将的故事发生在一个叫宋国的国家。有一年，宋国的邻国西夏国举兵侵犯宋国边境。镇守边关的宋国元帅杨宗保率兵抗敌，在一个名为葫芦谷的地方探道时，中暗箭阵亡。情势紧急，边关派人回朝求援。京师杨家天波府中，年满百岁的佘老太君正为孙儿宗保五十寿辰设宴庆贺。噩耗传来，举家悲痛，朝廷震惊，朝中奸臣欲割地求和。佘太君抑制悲痛，率孀居的儿媳、孙媳和重孙文广，慷慨激昂地驳斥了朝廷主和派的谬论，凛然挂帅，率领杨门女将奔赴边关，抗敌救国……”

也许是这个故事比花木兰更让人震撼，一开场就吸引了他们的注意力，不但几个小鬼听得目不转睛，就连皇帝和寂惊云也听得甚是专注。我讲了几个段子，停下来喝了一口水。平安这丫头今儿倒是心细，没给我准备茶，倒准备了润喉的蜂蜜水，看来是早就准备不让我得闲了。搁下杯子，我笑道：“好了，今儿就讲到这里吧，你们也让我歇歇。”

“这世上真有这样满门忠烈的奇女子吗？”风清一脸认真地道，“没想到女子也有这样的忠肝义胆，对比我们天曌国那些拥兵自重的将领，真是连女子都不如……”

“风清！胡说什么！”寂惊云呵斥他。我记得这个风清好像是寂将军手下一个将领的儿子，必是平时听到过一些抱怨，此时不知道皇帝易装在此，才说出这般没分寸的话。

风清被寂将军呵斥，立即闭了嘴，不敢再说什么。我见皇帝脸色倒是平静，没因为风清的失言不悦。倒是平安附和地道：“风清说得也没错，那些人是连女子都不如……”

“荣华夫人讲的不过是故事，这世间哪有让女子挂帅的？”皇帝淡淡地看了我一眼。平安不服气地道：“怎么就没有了？叶姐姐说女子不但能入朝为官，还能当皇帝呢……”

“平安……”我赶紧喝止她，这孩子怎么说话这般没分寸。果然见皇帝的眉毛微微一挑，唇角似笑非笑地扬起来：“女子当皇帝？你又是打哪儿听来的？”

我吸了一口气，想着怎么回答他的话：“其实妾身幼时听人讲过，在海外和极远的西方，女子和男子一样，可以读书，入朝为官，为国家效力，女帝也是有的。”

“那你讲一讲，女帝是怎么治国的！”皇帝抓着这个问题不放。我感觉背心有点寒意，看皇帝那不依不饶的样子，也别想糊弄过去，想了想，才小心翼翼地道：“妾身听过海外有一个叫唐国的国家，有位女帝名叫武则天，在她统治的年代，重视发展农业生产，革除时弊，完善科举制度，破除门阀观念，不拘一格任用贤才，形成强有力的中央集权，社会安定，经济发展，是一位有为的女帝。”

“完善科举制度，破除门阀观念？”皇帝怔了怔，“什么是科举？”

“啊？”我这才反应过来，这个时空还没有科举这个制度，官吏选拔类似于汉代的察举制，察举有考察、推举的意思，又叫荐举。由侯国、州郡的地方长官在辖区内随时考察、选取人才，推荐给上级或中央，经过试用考核，再任命官职。实际上察举多为世族大家垄断，互相吹捧、弄虚作假、拉帮结派，为国家选拔出真正有用的人才很少。还有一种形式是征辟。征，是皇帝征聘社会知名人士到朝廷充任要职；辟，是中央官署的高级官僚或地方政府的官吏任用属吏，再向朝廷推荐。总之，入朝谋个一官半职都是要经过推荐的，就像云家和沧都世族搞的赛诗大会，说白了就是在拉帮结派。

我有些迟疑，不知道把这些东西说出去是福是祸。皇帝用慑人的目光看着我，步步紧逼："荣华夫人？"

"科举是指朝廷通过考试选拔官吏的一种制度。"我吸了口气，想着怎么尽量简单地把科举制度解释给皇帝听，"由于采用分科取士的办法，所以叫科举。完善的科举考试共分四级：院试、乡试、会试和殿试。考试的内容基本是儒家经义，以四书文句为题，规定文章格式为八股文……"

皇帝的眼神一亮，熠熠生辉，出声打断我："儒家经义？四书？"

我懊恼得差点儿想咬掉自己的舌头，见皇帝兴致勃勃的表情，知道不解释一下糊弄不过去，便咽了一口唾沫，费力地道："在唐国那个地方，古代出过一个圣人叫孔子，他倡导了一种学说叫儒家学说，成为帝王治国的方针、国人的指导思想，是文化的主流。四书指的是他们那里古代圣人的一些经典文献，是儒家思想的核心。"

"那这位孔圣人倡导的儒家学说都讲了些什么？四书又写了些什么？"皇帝的眼睛一眯，咄咄逼人地问道。

我怎么知道啊？我又没看过四书五经！我咬了咬唇，只得努力在脑子里搜集前世累积的一些关于儒家学说的精要内容，强笑道："儒家学说倡导'仁、义、礼、智、信'，跟咱们天曌国的曾子曾圣人提倡的'礼义廉耻'异曲同工。'仁'是儒家思想的核心内容。儒家学说将'仁'作为道德伦理的总纲，认为君主要体察民情、爱惜民力、反对苛政、实施仁政。提倡礼义治国，以'礼''乐'约束人的行为，陶冶人的性情。至于这'四书'，公子可就难为我了，我只听说过这些故事，可没看过故事里的书啊。"

皇帝定定地看着我，表情高深莫测，半晌，唇角微微一扬："继续说你那科举吧。"

我松了一口气，接着道："科举的院试主要是指由各省学政主持的地方科举考试，包括县试、府试和院试三个阶段，全国的学子都可以报名参加考试，不分年龄的大小、门第的高低、出身的贵贱，机会均等。院试合格后取得生员资格，方能进入府、州、县继续学习，所以又叫入学考试。应试者不分年龄大小都称童生。”

皇帝的眼睛越来越亮：“接着说。”

“乡试是每三年在各省省城举行的一次考试，只有童生才能参加，通常在秋八月举行，故又称秋闱。主考官由皇帝委派，考后发布正、副榜，正榜所取的叫举人，第一名叫解元。”我努力搜索着脑子里有些模糊的记忆，“会试同样是每三年在京城举行的一次考试，通常在春季举行，故又称春闱。考试由礼部主持，皇帝任命考官，全国各省的举人皆可应考，录取三百名为贡士，第一名叫会元。”

寂将军及一众千金的表情是匪夷所思的，毕竟在这个做官理所当然由世家举荐的时代，相对来说给全民提供一个较为公平的考试机会，这种机制对他们来说过于震撼。皇帝目光炯炯地看着我：“那殿试呢？”

“殿试是科举制最高级别的考试，由皇帝在殿上对会试录取的贡士亲自策问，以定甲第。有时皇帝也委派大臣主管殿试，并不亲自策问。录取分为三甲：一甲三名，赐‘进士及第’的称号，第一名称状元，第二名称榜眼，第三名称探花；二甲若干名，赐‘进士出身’的称号；三甲若干名，赐‘同进士出身’的称号。二、三甲第一名皆称传胪，一、二、三甲统称进士，因为殿试是由皇帝策问的，所以民间也把高中进士者称为天子门生。”我一口气说下来，嗓子有些干，端起水杯，喝了一口蜂蜜水。

抬眼见皇帝眼神亮得慑人，他的语气中有暗流在涌动：“天子门生？”

“是，天子门生。”我点点头，坦然地看着他，“这些人是皇帝选拔出来的人才，效忠的是皇帝，维护的是国家的利益，而不是世家盘根错节的利益关系。皇帝若不想被世家牵制，科举是最好的办法。”

“荣华夫人……”寂惊云讶异地看着我，在座的千金少爷们也像看怪物似的看着我。皇帝定定凝视我的眼中带着意味不明的复杂情绪，胸口明显地起伏不平。

## * 第三十六章 军校

半晌，才听到皇帝用压抑的语气缓缓地道："以文教佐天下，以武功戡祸乱，文有科举，武是否也有武举？"

"公子所言甚是。"我微微一笑，"武科举是科举制中冠以'武'事的特殊门类，考试的内容与'文'相对，主要是关于军事和技击的内容。唐国的武举考试只重武艺，不问文章，但宋国的武举考试，开创了武举殿试之先河，注重考察武举人的军事理论素养，选拔出才兼文武之儒将。与进士一样，武举也锁试于礼部贡院，考试科目有马射、步射和策文等，既考武艺，也考文才。后来甚至有武状元难倒文状元的故事出现。"

"哦？"皇帝感兴趣地道，"说来听听。"

"传说明国有一位叫杨慎的文状元，状元及第之后，在衣锦还乡的路上，他的船正巧与同是衣锦还乡的武状元的船相遇。同一条江，行驶两条状元船，虽说是千载难逢的盛事，但是两条船谁走前谁走后，却是个麻烦。两人都要自己的船先行，并且各说各的理。争来争去，两人决定比试一番。武状元道：'文比武比都行。'杨慎一听，自己一介书生，与武状元比武显然不行，既然武状元说比文也行，就提出比文。武状元道：'那好，我有一联，你若对出下联，我甘愿尾随你而行。否则，你得在我后面。'"我停下来，喝了一口蜂蜜水。风清显然对故事比刚刚那些乏味的科举制度更感兴趣，催促道："叶姐姐，后来呢？"

我笑了笑，接着道："杨慎听了，大为高兴，心想自己在题联对句上从未输给任何人，难道还会输给他一介武夫？于是要武状元速出上联。武状元吟出一联：'二舟同行，橹速哪及帆快。'这上联利用谐音，指物喻人。鲁肃是他们那里古代一位文武全才的儒将，传说他作战时也是手不释卷；樊哙是一位骁勇善战、屡立战功的开国功臣。这上联含有‘文不及武’之意，文思巧妙。杨慎虽是文状元，但苦思冥想也无法对出下联，只得忍辱随其后。”

“那他后来对出下联了吗？”平安追问道。

我点点头，笑道：“杨慎对此一直耿耿于怀。几十年过去了，都未想出满意的下联。直到他的儿子成亲时，他才从拜堂时响起的鼓乐声中受到启发，对出下联：‘八音齐奏，笛清怎比箫和。’狄青是一名含冤而死的将军，萧何则是一位辅佐了两朝皇帝的丞相。不过这些是民间传说，未必真有其事。”

“荣华夫人知道的民间传说总是别人没听过的。”皇帝冷冰冰地来了一句。我坦然迎视他的眼睛，心里还是有些不舒服，这人总是喜欢针对我。

“文武全才的人才总是少数。”寂将军似乎是深有感触，微微一叹，“而忠心耿耿的将才则更难觅啊。”

“费心去找，即使找得到，效果也不显著。”我笑了笑，“如果朝廷真的那么欠缺将才，何不办个军校，专门培养高素质的军事人才呢？”

“军校？”皇帝和寂惊云同时出声。皇帝看了寂惊云一眼，唇角扬起来。寂惊云坐直身子，目光中带着一丝热切和疑惑，望着我道：“荣华夫人有何妙论？不妨赐教。”

“既然文有私塾、县学、府学、州学、国子监等为学子开辟求学的课堂，武为什么不能有军校专门培训军事将领呢？”我缓缓道，“俗话说‘机会总是垂青有准备的人’，每三年一次大浪淘沙的选拔，所花费的精力财力物力，并不比创办一所学校少，朝廷可以把它定位成‘皇家军校’，军校出来的武将也全是天子门生。因为门槛高，所以能进入军校学习的学生，一定要严格选拔，不但要能文能武，还要有良好的政治素养。军校不只培养学生理论与实战训练相结合的技击和军事本领，还要抓好政治教育与引导。”

“政治教育？”寂惊云蹙眉，有些不解。

“就如同军队的军纪，但军纪是硬性规定，只能约束人的行为，不能约束人的思想。”我简单地解释，“政治教育能培养学生拥有爱国家、爱百姓、不怕死、不贪财、严守军纪的军校精神，并把这种军校精神发展成每个学生自动遵循的精神信仰，一种无上光荣的荣誉。如果军校能成功建立，应该可以解决世家将领拥兵自重的部分问题。”

"哇，这样的军校不是好棒？寂叔叔，我以后可以去'皇家军校'学习吗？"风清双眼发亮，似乎那军校已经建立起来，就等着他去了。寂将军笑起来，抚了抚风清的头，看着我道："荣华夫人的高论，让惊云汗颜。夫人若是男子，定可出入朝堂，为国效力。"

"女子就不可以了吗？"我不以为然地道，似笑非笑地看了皇帝一眼，"将军怎么能以性别来评定人的智慧和能力？当今皇上要是敢于革新，让女子也参加科举和武举，给有才能的女子一个发挥空间，未必就不能在天曌国找出自己的花木兰和杨门女将来！"

"说得好！"罗裳儿和苏灵激动地一拍手，笑道，"寂将军快将叶姐姐今儿这番高论禀呈皇上，实施这科举制。若是皇上当真肯让女子参加科举，我们也去考一回，看看我们到底哪里不如男儿郎！"

寂惊云见两位千金兴高采烈的样子，苦笑着摇摇头，看了皇帝一眼。皇帝静静地看着我，唇边浮出一抹淡淡的笑容。平安见气氛热烈起来，笑道："姐姐今儿说了这么多新鲜故事给我们听，真是痛快，不如再唱首歌给我们听吧。"

"我唱？"我笑了笑，眼睛扫了扫皇帝，"不如你唱吧，你不是学一首歌很久了吗？现在唱正不错呢。"

平安的脸蓦地一红，瞪了我一眼："不行，现在练得还不熟呢，姐姐是要让我出丑吗？"

罗裳儿笑道："叶姐姐，您就唱一首吧，不过，要比三年前唱的那首《笑红尘》更逍遥自在才行哦，才不枉姐姐今儿讲了这么多巾帼英雄的故事。"

我斜瞪了她一眼，嗔道："你倒会为难我！"

平安已经笑嘻嘻地把吉他递到我手上了。比《笑红尘》的歌词还要出色的歌，那只有《沧海一声笑》了，不过我恐怕唱不出歌中那份意境。想了想，想起范文芳的《豪情笑江湖》，便拨动琴弦，唱起来：

滚滚巨浪，红尘纷乱，淘尽英雄汗。
笑里藏刀，人心难料，无奈世态皆炎凉。

知音难寻访，痴心愁断肠，多情总被无情伤。
风云多变幻，缘聚又缘散，浮生若梦一场欢。

人生漫漫路遥长，看透繁华落尽见真章。

豪情肝胆照，千杯醉难倒，伴我逐浪迎风笑。

人生漫漫路遥长，看透繁华落尽见真章。

豪情肝胆照，千杯醉难倒，伴我逐浪迎风笑。

明明是这般潇洒的歌，为什么我却有点想哭？多讽刺啊，我不想和皇帝做敌人，但是没有人会相信；我不想算计来算计去，但我仍然这样做了。眼角有些微微的湿润，抬眼不经意间望进皇帝清冷似水的眼，他的眼里仿佛有潺潺的流水淌过。我在这一刻感觉到他眼里似乎有一丝几乎触摸不到的柔软的弦，被什么东西轻轻触碰了一下，有细微的涟漪一圈一圈无声地荡漾开来。我垂下眼，将那柔和的眼神隔绝在眼睫之外，轻轻哼唱完最末一句，吉他的琴音袅袅散开，淡去，归于平静。

“豪情肝胆照，千杯醉难倒，伴我逐浪迎风笑！好词！”苏灵站起来，笑道，“叶姐姐的歌每次都让人难忘，小妹敬姐姐一杯！”

我端起蜂蜜水，笑道：“我现下只能以水代酒了，妹妹莫怪！”

“小妹还不敢这么不识大体！”苏灵笑道，端起酒杯，“认识姐姐真是人生一大快事，以后小妹可以经常上府上叨扰吗？”

“还有我！”罗裳儿也端起了酒杯，“叶姐姐可欢迎？”

“干脆一起来吧！”平安也端起酒杯，“宇叔叔、二叔、风清，一起！”

皇帝和寂惊云闻言，笑了笑，倒也没反对地举了杯。六盏酒杯和我的水杯碰在一起，我笑了笑：“荣幸之至！”

下人过来请我们入花厅开席，大家鱼贯走出凉亭，皇帝落在后面，轻声唤住我：“荣华夫人。”

我顿住身子，转过头看他。他的表情温和，似乎有话想跟我说，转眼见寂惊云一行已经步出数米之外，我不自在地退了一步。我还没忘记，我才被太后唤进宫警告了一顿，字字句句，言犹在耳：“公子有什么吩咐？”

他注意到我的退缩，唇角的线条绷起来：“今儿你说的这些惊世骇俗的治国之策，真是故事里的？”

“治国之策？妾身有说吗？”我笑了笑，“妾身不过是讲了几个故事罢了！”

“为什么告诉我这些？”皇帝不理我装傻，定定地盯着我，追问。

“不是公子让妾身说的吗？”我又把问题抛回给他。他的唇紧紧一抿，眼神有些冷：“你大可敷衍过去，不必说得如此详尽。”

我幽幽地叹了一口气，望着他泛着冷意的双眸，不敢再跟他打太极，正色道：“皇上不想受制于世家，不是吗？”

你不想受制于世家，我送你一个方法让你去运作，省得你整天费心思把眼睛只盯在云家身上。这明里的警告、暗里的动作，云家不止皇帝一个在虎视眈眈。铁山郡的矿难让我知道，背地里还不知道有多少人在垂涎这块肥肉。天曌国各大世家的势力若再不被分散，云家再怎么低调也难以韬光养晦，出事必定首当其冲。皇上，我今日给你播下这粒种子，足够让你心里蠢蠢欲动了吧？只是，皇上，这法子若实施成功，确实可以让你摆脱世家的控制。可是天曌国的世家不只云家，你想实施这样的制度改革，侵犯了贵族们的利益，会引来多少豪门世族的反对，会遇到多大的阻力，又要花费多少时间和精力！自古以来变法革新者，下场都不太好，商鞅被车裂、王安石被迫辞官、“六君子”横尸菜市口……你是皇上，自不会有性命之忧，但到那时，你自顾不暇，恐怕会有很长很长的时间无暇来理会云家了。

“云家也是世家。”皇帝沉下脸，尖锐地道，“你不怕云家的势力被分解吗？”

“云家是世家，但云家也是皇上的臣子。”我安静地看着他，坦然道，“公子，您多虑了。”

“你倒是一心向着云家。”皇帝似乎被我淡然的表情激怒了，“云世子若知道你给朝廷出了这么个主意，只怕你难以交代！”

“臣妾是云家的媳妇。”我笑了笑，“至于云峥，他一定能理解我。”

他的脸色沉得越发难看，狠狠盯了我半晌，终是没再说什么，一甩袖子，阴着脸从我身边气哼哼地擦肩而过。

我望着他的背影，摇摇头，说翻脸就翻脸，还真是天威难测啊！

## ※ 第三十七章 审讯

审讯蔚相的那一天在毫无预兆的情况下到来了。

我与云峥被皇帝传召进宫，云峥是查案人员，我则代表太后前去听审。憩心殿上，除了高坐在玉阶上的皇帝，还有身着戎装的寂将军和十余个大内侍卫。蔚相被宣进殿后，憩心殿的殿门立即紧紧地关闭起来，四个大内侍卫移位守住大门。蔚相被眼前这阵势惊了一下，脸上闪过一丝诧色，给皇帝行礼："臣蔚锦岚参见皇上！"

"蔚丞相！"皇帝没叫他起身，目光炯炯地看着他，不怒自威，紧张的气氛四散开来，"你可知罪？"

蔚锦岚一听，脸色一变，看了我一眼，赶紧伏身道："臣不知犯了何罪？"

我见他脸色阴晴不定，不知道是不是在猜测我把他假相的身份告诉了皇帝，真有意思。这案子其实没什么好审的，反正他对蔚锦岚造的孽也未必清楚，不过是做的一出戏！

"不知犯了何罪？"皇帝的语调低沉缓慢，一字一字地说，像是要敲到听者的心里去，这皇帝还真懂得制造恐怖气氛。他拿起桌上的一份奏折，寒声道："前些日子朕收到一份密折，蔚丞相自己看看吧！"

说着，一份奏折从玉阶上丢下来，"啪"的一声落到蔚相面前。蔚相一见这阵势，知道怠慢不得，赶紧拾起奏折，刚刚看了两行，脸色就白了，冷汗一滴一滴地从额上冒出来。皇帝紧紧地盯着他的表情，缓缓地道："蔚相，这密折上状告你二十多年前，觊觎太傅慕容行云夫人的美色，设计陷害慕容太傅通敌卖国，以致先帝将慕容太傅全家满门抄斩，你可知罪？"

这假相此时想必是哑巴吃黄连，有苦说不出。他不敢再随意转头，伏地颤声道：

“皇上，这是诬蔑，老臣绝没做过此事！”

我的唇角扬起来，你是没做过，可是蔚锦岚做过呀！皇帝阴沉着脸，冷笑一声：“没有做过？来呀，传证人！”

憩心殿左边的耳房门打开，一个贼眉鼠眼的中年男子被带到殿上，看到眼前这威严的阵势，吓得两条腿直哆嗦，颤抖着跪到地上：“小人……参，参见皇上……”

“殿下何人？”皇帝淡淡地问道。

“回，回皇上，小人叫张二狗。”中年男子结结巴巴地道，跪伏在地上，头都不敢抬。皇帝笑了笑：“张二狗，你是哪里人？是做什么的？”

“回皇上，小人是京城人，二十多年前离开京城，迁居景阳县，现在在景阳县做点小买卖。”张二狗诚惶诚恐地道。

“张二狗，你为何迁居景阳？”皇帝淡淡地问道。张二狗迟疑了一下，寂惊云在一旁厉声喝道：“还不从实招来！”

张二狗浑身一颤，趴在地上道：“回，回皇上，小人当年在京城做的是偷鸡摸狗的行当，因为得罪了人，所以避祸离京。”

“你得罪了谁？详情如何？从实招来。”寂惊云道。

“当年小人在京城以行窃谋生，有一天在街上偷了一位大爷的钱袋，被他逮住了。小人本以为会被送官查办，没想到那大爷不但没有把我送官，反而说把钱袋里的银子都给我，只要我帮他一个忙。”张二狗说了一阵，终于不再结巴了，“后来那位大爷就把我引到街上，指着茶楼里的一个公子，要我偷了他随身挂着的那块玉佩，交给他。”

“你偷了没有？”寂惊云问道。

“偷了。”张二狗点头道，“小人偷了那块玉，交给那位大爷，拿了银子就走了。本以为这件事就这样结束了，没想到过了没多久，听到慕容太傅大人通敌卖国被满门抄斩，小人随人群去刑场看热闹，结果发现太傅大人竟然就是那日被我偷取了玉佩的公子。”

“后来呢？”寂惊云追问。

“小人当时很害怕，因为听说太傅大人是用随身玉佩与敌国联络的，就联想到那日那人叫我偷他的玉佩，不知道是不是那一块。小人越想越觉得害怕，不敢待在刑场，就赶紧回家了。”张二狗道，脸上冒出汗，却不敢伸手擦，“回家之后，发现我养的猫儿跳上灶头，偷吃我早上吃剩的煎鱼，我把它赶下灶台，没想到那猫儿跳下灶台，还没跑出屋去，就惨叫着口吐白沫死了。我吓坏了，那猫就在我面前被毒死了，那碟煎鱼我早上还吃过，一点事儿都没有。我知道有人想害我，可能和我偷慕容太傅玉佩的事有关，所以不敢再待在京城，赶紧收拾了些细软，离开京城逃命去了，后来辗转到了景阳县，就在那里定居下来了。”

“张二狗，你那日偷取的玉佩，可是这一块？”皇帝将案几上的盒子递给寂惊云，寂惊云拿到张二狗面前，他看了一眼，连连点头：“是的，就是这一块！”

那盒子里放的正是当年定罪的玉佩。皇帝淡淡一笑：“张二狗，你抬起头，在这殿上看看，可有当年让你偷玉佩的人在此？”

张二狗闻言，抬起头，在殿上扫了一圈，摇了摇头。只听到皇帝微笑道：“蔚相，你也抬头，让张二狗看看！”

张二狗闻言，转脸朝蔚相脸上看过去。蔚相抬起脸，脸色苍白，目光不知道是惊是怒。张二狗仔细辨认了一下，眼神越来越惊恐，指着蔚相道：“就是他，当年就是他让我去偷慕容太傅的随身玉佩的！”

“大胆狂徒！竟敢诬蔑本相！”假相到底扮了蔚相多年，此时心里虽然又惊又怒，表面上却自然而然地出声呵斥。只听到皇帝冷冷一笑：“蔚丞相，你好大的官威呀！”

皇帝一出声，蔚相赶紧低头伏地：“老臣不敢，皇上息怒！只是这等市井无赖所说的话岂能当真？皇上切不可被这刁民蒙蔽了……”

“你是说朕没脑子，不懂辨别真伪吗？”皇帝的声音一寒。蔚相额上的冷汗流了下来：“臣不敢，老臣失言，请皇上恕罪！”

“把张二狗带下去！”皇帝冷冷地道，大内侍卫把张二狗带回耳房。皇帝看着蔚相，轻哼一声：“蔚相，你说他是诬蔑你，那朕再让你看一个证人。带他上来。”

少时，一个五官端正的中年男子，身着官服，从右边的耳房被侍卫带上殿来。看到跪在地上的蔚相，神情微微有些错愕，随即跪地给皇帝行礼：“臣方鸿，参见皇上！”

一听到他的声音，蔚相抬起头，转过脸狠狠地瞪着他。我见蔚相的表情，想起那日在蔚相府上见过这位方大人的字，这人不是蔚相的门生吗？怎么又成了证人？

皇帝淡淡地道：“方卿平身。”

方鸿站起来，见蔚相还跪在地上，明显感觉到殿上的气氛不对，脸色有些紧张，欠身道：“不知道皇上传召微臣，所为何事？”

“方卿，你是我朝著名的书法家，深得先帝看重，先帝赞你的字‘烟霏洁露，若断而连’，说你人如其字，‘有正人执法，面折廷诤之风’。”皇帝目不转睛地看着方鸿，缓缓道，“方卿品性清直，当不负先帝赞誉。”

“先帝厚爱，微臣惭愧！”方鸿不知皇帝意图，殿上的气氛这么凝重，恩师又跪在地上，脸色仍是十分不自在。

“听闻方卿不仅字写得好，对书法的鉴别也是高手。”皇帝微笑道。

“微臣略有研究。”方鸿谦逊地回道。

“朕这儿有一份红日国清宁郡王的国书，你看这字写得如何？”皇帝让寂惊云把一份国书交给方鸿。

方鸿接过，看了看，笑道：“字势清逸，如云鹊游天，群鸿戏海。”

皇帝笑了笑，又让寂惊云呈上一张纸，道：“那方卿看清宁郡王这幅字又写得如何？”我瞥见那张纸正是当年那封通敌书信，不禁也坐直了身子，想听听方鸿如何作答。却见他仔细看了看那书信，眉头微微一蹙：“皇上说笑了，这封信与刚才那国书，不是同一人所写，这信上的字迹是人仿写的。”

“仿写的？何以见得？”皇帝的表情没有一丝惊讶。

“写这信的人虽然将字形仿得很像，但这字缺乏原书者的神气，无戈戟铦锐可畏，无物象生动可奇，绝不是出自同一人之手。”方鸿言之凿凿地道。

“可这信上明明有清宁郡王的印鉴。”皇帝质问道。方鸿闻言，仔细看了看信上的印鉴，再拿起国书对比，沉声道：“皇上，这印鉴也是假的。”

“假在何处？”皇帝看着他问道。

“国书上的印鉴，印玺字体纤秀、纹理清晰、线条均匀。书信上的印鉴，虽然有国书上的这几个特点，仿得也非常逼真，但皇上请看……”方鸿将国书举起来，“通过这个角度的光线，可以看到国书上的印鉴，朱砂如流水潺潺、媚雅似水。”方鸿又举起了那封信，“而这封信上的印鉴，朱砂虽然丰润，却没有流水的感觉。不过，这印玺能雕得如此逼真，已属不易，若非微臣对书画印鉴颇有心得，也发现不了。”

“方卿果然是品鉴书画的大师，连这么逼真的印鉴都没能逃过方卿的慧眼。”皇帝接过寂惊云呈上的国书和书信，按照方鸿所讲的方法察看，果真如方鸿所言，开口赞道。

“皇上过奖！”方鸿见皇上表情愉悦，看了一眼跪在地上的蔚相，小心翼翼地问道，“皇上，未知老师何以……”

“方卿，今日辛苦你了。先退下吧。”皇帝将手中的东西放回案几上，淡淡地说道。方鸿见皇帝表情不善，知趣地闭了嘴，行礼退出憩心殿。

“蔚相，你可赞同方卿所言？”皇帝似笑非笑地看着蔚相，懒懒地问道。蔚相垂首道：“方鸿乃书法大家，为人清正，所言必定无虚。”

“那你还有何话好说？”皇帝冷笑道，“你找人盗取慕容太傅随身玉佩，伪造他与红日国通敌叛国的书信，简直罪大恶极、十恶不赦！”

“皇上，方鸿只能证明这书信是伪造的，却不能证明老臣就是这伪造书信之人。”蔚相居然还死鸭子嘴硬。他也不想想皇帝敢动他这个丞相，必定是做了天衣无缝的考虑。果然，只听得皇帝冷笑一声：“蔚锦岚，你还不认罪？好，朕叫你心服口服！带证人上来！”

这次被带出左耳房的，是一个年约六旬、身着灰衣的矮小老头儿。说他矮小，是因为他蜷在轮椅上，看不出身形，一个年约三旬的青衣男子推着他从耳室里走出来。灰衣老头儿脸色有丝青白，像是常年不见阳光的样子，着的虽是一身平民的服饰，神态却镇定自若，一点儿也没有被眼前这阵势吓住。青衣男子把他推到殿下，下跪行礼：“草民巧七参见皇上。”

巧七？我望着那青衣男子端正的脸，这名字有点儿耳熟，好像在哪里听过。

却见那灰衣老头儿看了皇帝一眼，笑道：“皇上恕罪，草民全身瘫痪，无法给皇上见礼了。”他的声音又干又哑，难听至极，语调也非常怪异，像是刚学会说话没多久的哑巴似的。

“老先生免礼了。”皇帝笑了笑，“巧七，你起来吧。朕见过你，却没见过这位先生。”

“皇上，草民是他的师父。”灰衣老头儿迫不及待地道，“草民姓风，名九雷！”这老头儿的性子倒可爱，我忍不住笑起来，声音这么怪还抢着发言，当是在练习说话吗？

“风九雷？”寂惊云惊呼出声，讶异地看着巧七，“巧先生，这位老先生真的是尊师？”

“他的确是家师。”巧七站起来沉着地道。不知道这巧七是何人，看来皇帝和寂惊云都认得，我拉了拉云峥的衣袖，轻声问道：“他是谁？”

“你不知道？”云峥讶异，随即笑起来，“你那把吉他还是他做的呢。”

他这么一说，我立即想起来了，怪不得我觉得这名字有些耳熟呢。当时凤歌说拿吉他图纸去找天罂国第一能工巧匠——“鬼手”巧七，原来就是他。我顿时来了精神，仔细地打量起那青衣男子的样子来，眉目清和，全身散发着沉稳的气质，垂在身侧的手很粗糙，就是这样一双手制造出的吉他吗?

却听到寂惊云怀疑道：“天下人虽然都知道‘鬼斧神工’的一代名匠风九雷是‘鬼手’巧七的师父，可是天下人也都知道，二十多年前令师牵涉到假贡品一案，被官府处决了。你现在说这位老先生是你师父，那当年被处决的那个人是谁？”

巧七看向皇帝，突然跪到地上：“皇上，家师当年是被人陷害，请皇上赦了草民师徒死罪，草民定将原委悉数向皇上禀报。”

“小七，老夫今儿敢上这金銮殿，就没想着要活着出去！”风九雷不以为然地哼了哼，看着皇帝，怪声怪气地道，“皇上，你不赦罪，草民也会说实话的！”

“师父……”巧七有些着急，话未说完，被皇帝打断：“风先生但说无妨，朕自有决断。”

“皇上，草民当年获罪，说草民与宫里的太监勾结，做了假冒的贡品偷换了真贡品，这事纯粹是子虚乌有，遭人陷害。”风九雷的脸色激动起来，哑哑的语声蓦地变得有些尖厉了，“草民当年是给宫里来的人做了假东西，但不是什么贡品，而是一枚印章。”

皇帝看了寂惊云一眼，寂惊云将那书信递到他面前：“可是做的这个印鉴？”

风九雷伸不了手接，只转过脖子看了一眼，脸色一凝：“没错，就是它。”

“你可看清楚了？”寂惊云见他一眼就断定，确认道。风九雷哼了一声：“我风九雷做的东西，看一眼就认得出。”

“风先生，你将当年的事说说，到底是怎么回事儿？”皇帝淡淡地问道。我观察着蔚相的表情，见他虽然表情镇定，眼神却往风九雷身上斜了斜，想来也对这风九雷说的话极为关注。

“草民一辈子都不会忘记那天发生的事。那天早上，草民起床后像往常一样到街口周大婶的馄饨摊儿吃馄饨，周大婶的馄饨做得可真好吃，老夫每天早上都要吃两碗，那馄饨皮薄馅儿多……”风九雷开始讲当年的事，虽然他说得兴奋，却显然跑题了。我忍不住想笑，只见皇帝和寂惊云有些错愕，连蔚相也是一愣，但脸上却突然控制不住地抽搐了几下，脸色蓦地一白。我眯起眼睛，若有所思地看着他，看来“周大婶”这三个字对他不是没有影响的，不经意间听到这三个字，他的反应居然这么大。大概是感觉到我的注视，蔚相转脸看了我一眼。我微微一笑，他的脸骤然变得铁青，眼中闪过一丝惊色。

真有趣，吓着他了呢。但他怎么会被“周大婶”吓住？除非他认为我通过周大婶知道了他是假相。可他不是知道了我是“蔚蓝雪”吗？那我知道他是假的，他应该早就有心理准备才是，何以如此惊慌？难道之前的落水和行刺，都只是德贵妃又惊又怕之下的私自行动，没跟他这名义上的父亲沟通？嗯，有趣了，不知道他会不会猜测是皇帝知道了他假冒的身份，故意弄个表面上的案子来定他的罪？若他这样想，一会儿还会不会再砌词为自己辩护？我盯着他，若有所思地笑起来。

脑子里瞬间闪过一大串念头，这头寂惊云听不下去了：“风先生，你不用说馄饨了，还是讲这印章的事吧！”

我转过头，见寂惊云脸上有一丝无奈，皇帝的目光却落在我身上。我怔了怔，皇帝的眼神一闪，若无其事地转过脸。只听到风九雷不好意思地“嘿嘿”一笑：“是是，我在周大婶的面摊儿上吃馄饨，遇到一个人来找我做东西。我问他做什么，他又不肯说，非要回屋才肯把东西拿出来，磨磨叽叽的一点儿也不爽快。后来他跟着老夫回家，才把一个拓印拿出来，说是要做个印章。老夫当年是举国闻名的能工巧匠，不是什么普通玩意儿都做的，根本看不上他拿出的拓印，本想三言两语打发他回去，没想到那人一开口，就说可拿出千两黄金作为酬劳，还说这印是给宫里的贵人做的，请我一定帮忙。我一时糊涂，贪那笔高额工钱，就答应下来。”

风九雷说了一堆废话后，终于说到正题上了，想必这件事为他招来横祸，他日日记着，此时才说得无比流利详细：“老夫花了数日时间刻好那印，收了那工钱，本以为这事情就了结了，不料交了印当日官府便来人把我抓了去，说老夫与宫里的太监合谋，做了一尊假的皇室贡品乌金木佛，偷换了真贡品，把我关进了府衙大牢。我想一定是官府的人搞错了，老夫当年在京里也识得一些达官显贵，倒也不慌张，心想你没凭没据的，总不能随便给我安个罪名一直关着，没想到……”

他的脸抽搐了一下，面上的肌肉扭曲起来：“没想到老夫被抓进府衙大牢的当天晚上，便来了一个人看我，那人就是来找我做印章的人。他说他听说我犯了案，来探监，还给我带来了烧鸡和美酒。老夫当时还以为他是一个有良心的客人，没想到喝了他的酒没一会儿，我就喉咙剧痛，全身发软，一句话也说不出来了。我大惊失色，那人才露出狰狞的面目，从靴子里拔出匕首，挑断了老夫的手筋脚筋，还打断了我背上的骨头。那人说：‘我知道你识得一些达官贵人，不能直接杀了你，但也不能让你泄露我的秘密，只好让你说不出也写不出。’老夫这才明白，是给他刻章这事招来的这场大祸。”

“隔日提审，老夫口不能言，手不能写，轻易就被定了罪，被判斩首示众！”风九雷越说脸色越激动，“那人好狠毒，他竟然毁了我这双手……”大概是说话太多，他的声音越来越哑，几乎不能成声。

他不说那人害他蒙冤，害他喝了哑药，害他被斩首，却只恨他毁了他的手，看来在能工巧匠心里，一双巧手是比生命还重要的。寂惊云问道：“你既被判斩首，是如何从牢里出来的？”

“师父当年因为这双巧手结识了一些达官贵人和江湖中人。”回话的却是巧七，大概是看风九雷太激动，声音也几不可闻，便出声代言，“当年我还只有十一二岁，探监时见到师父的惨状，便去找了师父江湖上的一个好朋友想办法。那人抓了个身形和师父差不多的绿林强盗，把他弄成师父受伤瘫痪的样子，给他易了容，将师父从牢里换了出来。这二十多年，师父成了见不得光的人，整日躲在家中。我找了很多大夫来给他治伤，都不能治好师父的身子，只有嗓子经过长期的医治，倒渐渐恢复了说话功能，只是再也不能回到中毒以前了。”

“那么，当年找风先生制作印章的人是谁？”寂惊云接着问。

“当年师父被陷害不久，就传出慕容太傅通敌叛国被满门抄斩的事情。师父从得知他做的那个印章就是太傅通敌的罪证起，就明白了这个大阴谋，这就是师父被陷害的真正原因。所以这些年我们一直在暗中查访这个人，终于在四年前被我们查到，此人就是当朝丞相蔚锦岚的总管。”巧七双目含怒，咬牙切齿地道，“于是我们才明白，原来这件事真正的幕后黑手，是当朝丞相！”

蔚锦岚从刚刚听到“周大婶”三个字后就一直脸色青白，此时听到这番对质，竟然不像开始对张二狗那样进行反驳。皇帝看了蔚锦岚一眼，冷笑道：“蔚相，相府的总管去哪里了？”

蔚锦岚的脸微微抽搐：“回皇上，他……他三年前就辞了工，回乡下去了。”

“蔚锦岚，你还要狡辩！”皇帝“啪”地一拍桌子，怒道，“朕派人查得很清楚，你那总管是两代家奴，哪里有什么家乡？那个总管三年多前就失踪了，你却对外宣称他是辞工回乡下养老，你到底是何居心？”

假相惨白着一张脸，说不出话来。我却心里有数，那总管为蔚相做这么多事，肯定是蔚锦岚的心腹，说不定还知道蔚相有个替身，所以替身某天转正，怕那总管认出自己，干脆一不做二不休，把他做掉了！

假相有苦难言，加上担心假身份被曝光的心虚，此时脸色惨白，身子摇摇欲坠。跪了这么久，想必两个膝盖早肿成馒头了，竟然还在那里死撑：“皇上，风九雷说老臣的总管找他做假印，乃一面之词，而且老臣为什么要陷害慕容太傅？皇上不能听信一面之词，就认定是老臣所为啊……”

“什么一面之词？”倒是那风九雷沉不住气，恶狠狠地瞪着他，“你这坏蛋，当年你那总管是在周大婶的馄饨摊上找到我的，周大婶也可以做证……”他的话未说完，却见蔚相瑟缩了一下，看来“周大婶”三个字已经成为他心里的魔咒了。我若有所思地看着风九雷，他老提这“周大婶”，怎么看都像别有用心，刻意为之，是为了攻陷这位假丞相的心理防线吗？若如此，他是知道了假相的身份，还是经人授意而为之？他真是那个什么风九雷吗？

皇帝想必也看到了假相的异常反应，对他的可怜相没有半分同情，厉声道：“蔚锦岚！你还有何话好说？”

假相全身一软，瘫倒在地。他听那风九雷一口一个“周大婶”，想是以为自己假相的身份已经被皇帝知晓，终于肯认罪了：“老臣……无话可说……”

“来人！”皇帝站起来，背着双手，寒声命令，“摘去蔚锦岚顶上乌纱，收缴官符，打入天牢！”

天曌元景四年冬至，丞相蔚锦岚因涉嫌陷害慕容太傅通敌叛国入狱，皇帝着刑部、都察院、大理寺三司会审，丞相一职暂时虚悬，一夜之间，引发朝堂轩然大波！

## ✵ 第三十八章　例诊

在宫里耽搁了一整天，皇上审讯蔚相的时间太长了，憩心殿上的气氛紧张压抑，待久了让人觉得又累又疲，回去的时候天色已经有些晚了。坐在车上，我倚着云峥，吐出憋在心中一天的疑惑：“云峥，你这些日子，就是在忙这个吗？”

“嗯？”他懒懒地应我，声音很疲倦。我靠在他身上，轻声问道：“这些日子你脸色这么差，就是在安排这些事？是不是很辛苦？”

“还好。”云峥轻轻地道。我想了想：“那些证人，是真的吗？”若是真的，云家的情报网到底厉害到了什么地步？可若是真的，云峥当初为何又要从慕容妃这条线下手查案？

云峥沉默了半晌，淡淡地说道：“是真是假有什么关系？皇上认为是真的，那就是真的。”

是啊，就像当初先帝要慕容太傅一家死，伪造了这些假证，如今皇帝要蔚相死，这些假证又成了蔚相的催命符。现在来追究这个已经没有任何意义了，当初为先帝做这些假证据的人未必就是蔚相，但那有什么关系？真相到底如何，假的蔚相根本不知道，想来想去，这还真是一笔糊涂账。皇帝以为假相心里的“鬼”是暗害慕容妃、姚贵嫔与太后的一石三鸟之计，当初的灭门惨案虽然是先帝授意的，但这是不能说出来的，蔚相如果敢说先帝半句不是，只会死得更快，所以只能把这表面上的罪名承担下来。而我们却知道，假相心里的“鬼”是那个“假”字，他绝不敢把自己是假相的身份说出来，所以他只能承担了蔚锦岚的罪，可是即便如此，他心里仍是有些不甘心的吧？所以在皇帝列举蔚相罪状的时候，他虽然明知道已经没有活路，却仍然要垂死挣扎，而云峥显然早已预料到他会有这样的举动，所以那个风九雷嘴里才会时不时地冒出一两句“周大婶”，提醒假相，你的底细已经被我们知道了，你还是不要再做无谓的反抗了。

我不知道云峥到底用了些什么方法，找到王二狗这样的人来做假证，也不想知道，反正说出来也不是什么光彩的事，无非是以利诱之，但那个方鸿，却不像是做假证的人。我轻声问道：“那位方鸿大人，不是蔚相的门生吗？你找他来鉴别书信，怎么知道他一定会说实话？”

“如果不知道是先帝要慕容太傅死，我还不敢断定那书信是假的，但知道是先帝授意的，那书信必假无疑。”云峥的声音有些低，“方鸿虽是蔚相的门生，但为人正直，观其字知其品，这样的人，就算知道是蔚相做的，也一定会实话实说，但为了保险起见，我跟皇上提议过，让他来鉴别书信的真伪时，不要事先告诉他蔚相的事。”

云峥就是这样的性格，做一件事必要做到十分的把握，每个细节都会思虑周全，这般的劳心费力，才把本来就弱的身体搞得越来越差。我握住他的手，轻声问道：“那巧七，为什么又肯来做证？”凤歌既能拿巧七当朋友，那么他除了有一双巧手，心性气节上想必也颇合凤歌的意，所谓物以类聚、人以群分。我虽不了解巧七的为人，却了解凤歌，他的朋友，若不是有特别的原因，恐怕不会来做这种伪证。

云峥低低地咳了咳，轻声道：“巧七今儿做的可不是伪证。”

“难道他说的是真的？那风九雷真是他的师父？”我讶异道，想抬眼看他，他却把脸埋进我的发里。我笑了笑，感觉到他的呼吸有些急促，身子不动了，然后听到云峥低低地道：“他说的是真的，他也的确是风九雷的徒弟，但那‘风九雷’……不是真的。”

“咦？”我低呼，“这从何说起？”

云峥顿了顿，接着道：“真正的风九雷的确是二十多年前做这书信假印之人，当年在牢里也的确受到喂毒废身之苦，但是并没有什么江湖的朋友把他给换出来，真正的风九雷在二十多年前就已经被斩首了。”

原来如此。想来也是，当年那个陷害案，是先帝的授意，哪能让人如此轻易就把人给救走？我恍然道：“原来巧七来做证，是想为师父雪冤！”不知道云峥用了什么方法，让巧七以为蔚相就是陷害恩师的仇人，竟然同意让人假冒他的师父，上殿做证。怪不得那个“风九雷”口口声声“周大婶”，想必也是云峥的授意。缺了这个“风九雷”，只怕今天蔚相还要死撑到底。今儿这些证人，真中有假，假中有真，正是这般真真假假，才叫人分不清吧？

“皇上知道这些证人里有假的吧？”我轻声问。皇帝认同了这些证人，就是默认了云峥作假的事实，只是，今日云峥帮皇帝找的这些假证人，他日会不会像蔚相一样，成为皇帝整治云家的罪证？我脊背一寒，甚至不敢再深想下去。

“我没说过这些证人是假的，皇上……”云峥的声音低不可闻，“他既同意……让他们上殿作证……他们就是……”

他的声音异样起来，断断续续的，仿佛说得十分费力。我觉出不对劲，讶异地抬头，云峥别过脸，我却已经发现他脸上的异样，他的脸上飞快地闪过几丝黑线，像是有几条黑色的沙虫在皮肤下面游走。他的脸白得近乎透明，是我从未见过的恐怖的惨白。云峥咬紧了牙，冷汗不知何时已经布满了他的额头，顺着脸颊滑下来。

“云峥？”我惊叫一声，坐直身子，拉下他欲遮住脸的手，“你怎么了？你哪里不舒服？”

“没事……”他惨白着脸，想对我笑，一股黑线又飞快地闪过他的脸，那笑容还来不及挂上，就僵在脸上。他闷哼一声，咬紧唇，身子轻轻颤起来，似乎忍受着极大的痛苦，嘴唇顿时被咬破，一缕血丝从唇上浸出来，竟是黑色的。

“云峥……”我又惊又慌，抱住他轻轻发颤的身子，急得六神无主，“你到底怎么了？你怎么了……”

他抓紧了自己身上的袍子，手指白得跟脸一样，转瞬之间，我似乎又看到几缕黑线飞闪过他的手背，在手背上盘旋两圈儿，又嗖嗖地飞上他的手臂。“那是什么？”我欲伸手撩开他的衣袖，云峥抓住我的手，力气大得几乎要把我的手捏碎。我痛呼出声，他赶紧松开手，轻喘道：“快，快回家……”

“云乾！”我撩开车帘，尖声道，“少爷不舒服，车驾得快些！云坎，你先回侯府，让傅先生做准备！”

云乾回头一望，脸色一变，用力一甩马鞭，马车在街上狂奔起来。马车因为剧烈的奔跑有些颠簸摇晃，我却丝毫不觉，云峥蜷在我的怀里瑟瑟发抖，我的眼泪涌出来：“云峥，你是不是痛？你哪里痛？你哪里不舒服？你不要吓我……”

云峥松开紧咬的唇，无力地轻喘：“不要哭……”

“我不哭，不哭……你告诉我你怎么了……”我紧紧抱住他，眼泪一滴一滴往下掉。云峥颤抖地伸出手，想拭掉我脸上的泪：“对不起……叶儿……我，我不想……”

他仿佛提不上气，一句话说得断断续续，污血从双唇滑到下巴上。我赶紧抓住他的手，含泪摇头："不要说话，不要说话，我不问了，我不问了……"

他的手无力地垂下去，一条黑线蹿上他的脸颊，停在脸上，像发芽的种子，尖端分列成两条细线。云峥身子剧烈地一抽，双眼猛地睁大，全身都僵硬了。两条细线慢慢地延长，像缓缓生长的草茎，云峥闷哼一声，蓦地晕倒过去。

"云峥……"我心胆俱裂，只觉得所有思想神志皆被恐惧抓扯成了碎片。云坤撩开了车帘："少夫人……"

"再快些……"我满脸是泪，紧紧抱着晕倒的云峥，对着他狂吼，"快回家！"

我从来没觉得回家的路程那么遥远漫长，回家的时间需要那么久。云峥紧闭着双目，皮肤因为苍白透明，连肤下的血管也清晰可见。我颤抖着手，擦掉他下巴上的污血。他脸上的那道黑线仍在缓慢生长，尖端渐渐卷曲起来。云峥在昏迷中全身仍不停地轻颤，仿佛不能忍受那剧烈的痛苦。他的身子痉挛地抽搐，而我只能毫无办法地紧紧抱着他，那种无能为力的挫败感与恐惧几乎将我逼疯。

剧烈颠簸的马车安静下来。云乾撩开车帘："少夫人，到了！"他从我怀里接过昏迷的云峥，快步奔进大门。我爬下车厢，脚一软，这才发现全身的力气仿佛被人抽走了。云坤赶紧扶住我："少夫人，您别急……"

我咬了咬牙，稳住身子，准备追上前去，云坤拉住我："少夫人，您要当心身子，云乾已经送少爷去傅先生那里，不会有事的……"

"放开！"我寒声道，一把拂开他，"你竟敢阻我？云坤，谁给你的胆子？"

云坤脸色微变，云兑赶紧道："少夫人……"

我不再理他们两个，冲进大门，云坤和云兑紧紧追在我身后。我冲进傅先生居住的小院，云义迎面走过来，见我冲进来，赶紧道："少夫人……"

"少爷在哪里？"我抓紧他。云义赶紧道："在例诊室，傅先生已经在给少爷诊治了……"我不等他说完，就往例诊的厢房跑去。云乾和云坎站在厢房门外，见我跑过来，赶紧拦住我："少夫人，您不能进去！"

云坤和云兑也从身后拦到了我面前："少夫人，傅先生给少爷诊病的时候，谁都不能进去，这是少爷吩咐过的！"

"那是例诊！"我怒极，"现在又不是例诊……"

云乾看着我，为难地道："少夫人，现在就是例诊！"

"例诊不是每月十五吗？"我又气又急，"现在都没到十五，怎么就例诊了……"我蓦地收声，瞪着他们四个，"你们都知道少爷例诊是在做什么，是不是？

他每次例诊都是像今天这样吗？”

“少夫人……”云乾为难地看着我。我怒极反笑：“好！好！你们一个个都瞒着我，现在还瞒得住吗？让开！”

“少夫人……”四个铁卫把门堵得死死的。我冷冷地看着他们，蓦地伸手，拔下脑后的蝴蝶簪，青丝如瀑布般飞泻而下。在铁卫惊慌的目光中，我将发簪的簪尾抵上喉咙：“让开！否则我就刺下去！”

“少……”四个人的话还没说完，我将簪尾用力一顶，清晰地听到簪尾刺入皮肤的声音，脖子有一丝刺痛。这支蝴蝶簪的簪尾比一般发簪要尖锐，虽然我刺得并不深，但四个人的脸都白了，“少夫人不要……”

“让开！”我沉着脸，面无表情地道。四个铁卫对望了一眼，正面带难色僵持不下时，厢房的门打开了，云德站在门内，脸上带着一丝忧色：“少夫人，您进来吧。”

铁卫让到两边，我收了发簪，踏进那间紧闭门窗的神秘厢房，那间我从来没有踏足过的例诊室。

屋子比我想象中空荡，屋内没有多余的陈设，迎门便是一扇六折的红木雕花屏风，转过屏风，放着一个盛满黑稠中药汁的浴桶状铁鼎，下方燃着红红的炭火，加热着鼎中的药汁。药汁在鼎中冒着白色的蒸汽，浓郁的中药味令我一阵反胃，嘴里冒出一口酸水。我压下作呕的不适感，见左边内室的红木镂空雕花圆拱门上的粉色帘子垂了下来，我走过去，想撩开门帘，云德在我身后轻声道：“少夫人，你一会儿不管看到什么，都请不要上前，以免打扰傅先生诊治。”

我点点头，云德帮我撩开门帘。屋子里生着六个火盆，将这屋子烘得像烈日盛夏。内室里只摆了一张不大的铜床，床上没有被褥床幔，就是一个光秃秃的床架子，甚至没有床板，只有几根竹竿般粗大的铜柱作为支撑。云峥赤裸着伏卧在铜柱上，双目紧闭着，显然还在昏迷中，四肢呈大字形打开，手腕和脚踝上都锁着一个圆润光滑的铜环，铜环上焊有粗重的铜链子，链子的另一头套在铜床四个角的柱子上。我又惊又怒，想冲过去，云德立即拉住我：“少夫人，您答应过不影响傅先生诊治的。”

我顿住身子，这才注意到只着了单衣的傅先生正在烛火上烤银针。我转头瞪着云德：“为什么要把云峥锁起来？你们到底要对他做什么？”

“少夫人，诊治的过程十分痛苦，把峥少爷锁起来，他才不会弄伤自己。”云德低声解释。却听到云峥突然发出一声闷哼，我赶紧看过去，见云峥全身不停地抽搐，他的双手紧握成拳，关节“咔咔”作响，用力地挣扎着，铜链与铜柱被拉扯撞击发出清脆的“叮叮”声，他脸上的黑线像蔓草一样不停地发芽生长，渐渐长成文身一样的图案。我被这诡异的景象惊呆了，云峥蓦地睁开双眼，发出一声无法抑制的痛呼。“云德！快！”傅先生突然道，云德在刚才黑线生长时已经飞蹿到床头，当云峥张嘴痛呼时，迅速将一条白布从云峥嘴里勒过去，在他脑后打成紧结。云峥剧烈地挣扎着，口中却再也发不出声音，只能听到“呜呜”的闷哼。“云峥……”我的泪涌了出来，奔到铜床前，颤抖着蹲下身。我的云峥，你到底在受什么样的罪啊？云德低声解释道：“少夫人，这样只是防止峥少爷咬伤自己……”“云峥……”泪像泉水一样汹涌，我只觉得心也随着他一起在挣扎、在翻腾。云峥剧烈地挣扎着，摇得铜床“吱吱”作响，铜链与床柱清脆的碰撞声反映着他身体承受的痛苦。他的双眼赤红，眼神却是涣散的。虽然他睁着双眼，但一眼就可看出神志并不清醒。傅先生给他身上扎上一根银针，他的身子一僵，双眼一闭，顿时又晕过去。

“云峥……”我不敢伸手抚摸他，怕影响傅先生施针。云峥身上的黑线越来越多，像虫子一样在皮肤下面游走。傅先生又执起一根银针，眼疾手快地扎到一条黑线上，那条黑线像被钉住了头的鳝鱼，不再飞速地移动，而是不停地扭动着身子，像在剧烈挣扎。扎了银针的那块皮肤立即冒出一个花生大的疙瘩，越来越大，越来越黑，云峥在昏迷中仍发出一声痛哼。满背的黑线开始乱窜，傅先生手起针落，不停地施针，刹那间，云峥的背上已经扎了数十根银针。每施一针，云峥都痛哼一声，背上被紧钉住头的“黑鳝”越来越多，皮肤上冒出的黑疙瘩也越来越多，一眼看过去，密密麻麻、坑坑洼洼，恐怖的一大片。最先施针的疙瘩已经有黑色的血从银针边缘渗出来，蜿蜒地爬满云峥惨白的背，惨不忍睹。我看得头皮发麻，心中更是盈满了担忧和恐惧。腐败的恶臭充斥着整个房间，云峥的身体开始痉挛，轻微地抽搐，越到后面，他抽搐得越厉害，嘴里即便被勒了白布，破碎的呻吟仍是断断续续地从他口中发出来。

傅先生的脸色发白，豆大的汗珠从他的脸上滑下来，身上的单衣几乎湿透了，云德拧了毛巾不停地为他拭汗。时间一分一秒地过去，云峥身上的银针越来越多，后背、脖子、双臂、双腿，除了脸上没有扎针，全身几乎都扎遍了，一眼望去，仿佛是一个巨大的针袋。越来越多的黑血从银针边缘渗出，恐怖的黑血在云峥白得透明的皮肤上渗出一幅诡异的画面。

云峥脸上的文身停止了生长，那黑线的图案像一株形状诡异的蔓草。如果不是我看着它这么恐怖地从云峥的肤下长出来；如果不是它带给云峥那么强烈的痛苦，那蔓草的形状甚至可以称得上是好看的。傅先生又取出一套针，这次却不是银针，而是金针。他将金针消毒后，拧开一个小玉瓶，玉瓶里散发出浓郁的香味，冲淡了室内的恶臭。他将金针全部插进那个玉瓶里，再取出时，金针身上已带了散发着馨香的透明液体。傅先生举起针，将针扎到云峥脸上，没有直接扎在那诡异的图案上，而是扎在那向上生长的蔓草顶端附近。那些组成图案的黑线蓦地动起来，似乎极为畏惧那金针，或者是那金针上带着的汁液，纷纷向脖子下退缩。傅先生眼疾手快地连续施针，一步一步将那些黑线逼退，直到那些黑线如同乱麻一般全部从云峥脸上退开，退到身上，才又举起银针，将那些黑线用刚才的方法扎住。弄完这一切，他长舒了一口气，身体仿佛经历了一场激烈的搏斗，从高度紧张中松弛下来。

云德也松了一口气，赶紧拿着毛巾给傅先生擦脸。我眼泪汪汪地看着昏迷在床上可怜的云峥，银针边缘渗出的污血渐渐将云峥的全身染得漆黑。我不敢哭出声，不敢伸手碰他，怕自己的哭声会给傅先生添麻烦，怕自己的不慎举动给诊治添乱子。我的云峥，我的云峥……

云峥的背上传来“啵”的一声轻微的破响，最先施针的那个疙瘩被黑血胀破了，污血一下子涌了出来。我慌张地抬眼看向傅先生，他不慌不忙地拿出一个身上有些小眼儿的葫芦，拔下塞子，将葫芦嘴儿对着那个破了皮的污血疙瘩，同时拔下那根银针。一会儿，葫芦里探出一个菱形的小小的蛇头，蛇头上有一个血红色的豆芽符号一样的图案，两只眼睛也红得发亮。小蛇从葫芦里爬出来，通体雪白、晶莹如玉，吞吐着鲜红的蛇芯。闻到污血的味道，小蛇兴奋起来，张开大口，一口咬在那破裂的血疙瘩上。

“啊！”我惊呼出声。傅先生淡淡地看了我一眼，没有出声。云德赶紧道：“少夫人不用怕，这蛇是专门用来给峥少爷诊病的。”

仔细看那蛇，那蛇似乎在大口大口地吞咽着血疙瘩里的污血，一会儿便把那黑色的污血吞了个干净，直至有红色的鲜血渗出来。小蛇松开口，懒懒地扭动了一下身子，第二声破响又从另一个血疙瘩上传来，傅先生拔下银针，那小蛇灵活地绕开云峥身上扎得密密麻麻的银针，将嘴凑到破裂的污血疙瘩上，又一口咬住，大口大口地吞血。

我被这奇异的一幕惊住了，傻傻地看着那条小蛇一个接一个地吞掉那些血疙瘩里的污血。它雪白如玉的身体渐渐有些发灰，再慢慢变黑，喝的污血越多，黑色也越深，直至它从一条小白蛇变成一条通体乌黑的小黑蛇。云峥身上的银针越拔越少，小黑蛇的肚子渐渐地鼓起来，像一个装满水的气球，越来越圆。到最后，它完全爬不动了，傅先生便把它推到那些污血疙瘩面前，大概是吃得太撑，它费力地吞咽着那些污血。我总觉得它只要再吞一口，肚子就会被胀破，可是它一口接一口地吞下去，肚子还是没破，像一只贪婪的饕餮。

最后一根银针被拔了下来，小蛇吞掉最后一口污血，身子已经圆成一个皮球，再也爬不动，蓦地从云峥的背上滚下来，跌到地上。傅先生舒了一口气，将金针从云峥脸上拔下来，对云德道："翻身。"

云德将锁着云峥四肢的铜环解开，将云峥的身子平翻过来，正面朝上。我这才看到云峥身前也扎着数十根晃眼的金针，与之前扎在他脸上的金针是一样的，想来应该与脸上的金针作用相同，用来逼退那些黑线，让它们集中在背上，方便傅先生操作诊治。

傅先生把云峥身前的金针全部拔出来，沉声道："把峥少爷抱进药鼎里。"云德把昏迷的云峥抱起来，步出内室。我赶紧跟着他走出去，见他将云峥放进冒着热气的药鼎里。云峥微微呻吟了一声，我赶紧扑上前去："云峥，你醒了……"

却见他双目仍然紧闭着，脸色惨白，没有一丝血色和生气。云德抬眼看我："少夫人，傅先生用银针扎住了少爷的昏睡穴，例诊结束之前，少爷都不会醒的。"

"他没有大碍了吗？"我轻声问道，"他要泡多久？"

"从现在起，一直泡到明天早上。"傅先生从内室走出来，"目前已经无碍了，少夫人身子不便，请回去休息吧。"

"不！"我一口回绝，"我要在这里陪他。"

"少夫人……"云德想劝我，我定定地看着他，坚决地说道："你不用劝我，我不会走的！"

云德转头看向傅先生，傅先生看了我一眼，对云德道："给少夫人搬一张软榻进来吧。"

云德闻言出去，傅先生伸手试了试药汁的温度，添了几块木炭到铁鼎下的火盆里。我见他的单衣被汗浸得湿透，对着他感激地行了一个礼："傅先生，谢谢你！"

他怔了怔，随即淡淡地笑了笑，神情有些落寞："少夫人不用多礼，傅某不才，无法根治峥少爷的病，不敢承谢。"

"云峥到底得的是什么病？"我终于按捺不住心底的疑惑。云峥真的是得了什么病吗？这世上有这么奇怪的病吗？他那样子，更像是武侠小说里描写的中毒或是……

傅先生看着我，淡淡地道："少夫人，在下不便相告，你若想知道，等峥少爷醒了，可以问他。"

我知道他不会再对我说什么了。云德让铁卫搬了软榻进来，我坐到榻上，望着浸泡在药鼎里的云峥，以及不时观察着药水温度、添加火盆木炭的傅先生，忧心忡忡地坐到天明。

## ❋ 第三十九章　病因

这一夜是那么漫长，我的心一直提在嗓子眼儿，尽管傅先生说云峥泡完药汁就无大碍，可这丝毫不能安抚我焦灼担忧的内心，就像母亲突发脑溢血送进重症监护室的那个晚上，我坐在医院的长椅上，睁着干涩的眼睛，六神无主地坐到深夜，然后……在恐惧中等来了医生惋惜的宣布：对不起，我们已经尽力了……

我打了一个寒战，惶恐地站起来，冲到药鼎前面，蹲下身看着云峥。他的脸色依然苍白，但表情很平静，似乎不再感到痛苦。我的心一颤，手指轻轻探向他的鼻息，有些微微地颤抖。是不是到最后，我都留不住真心爱我的人？我亲爱的妈妈如此，我亲爱的云峥，会不会也如此？干涩的眼睛有些微热，傅先生抬头看了我一眼，没有说什么。指尖感到云峥鼻下呼出温热的气息，我颤抖的手平稳下来，莫名地舒了一口气。

“少夫人，您一晚没睡，身子会吃不消的，对孩子也不好，不如您先回去休息……”云德试图说服我。我的手抚上小腹，宝宝，妈妈不是不想照顾好你，可是妈妈现在即使回去也睡不着，与其在那里担心，不如让我待在能看到你爸爸的地方，起码会让我觉得稍微安心。

我轻轻地摇头，云德大概也料到我的反应，微微叹了一口气，不再说什么。恰在此时，云峥发出一声微弱的呻吟，将三个人的目光都吸引了过去。他的睫毛颤了颤，缓缓睁开眼睛。我欣喜地看着他：“云峥，你醒了……”

他眨了眨眼，眼神有一丝迷惘，待看清我的脸，先是一怔，随即眼中涌出复杂的情绪。不等他出声，傅先生已经吩咐云德：“可以抱峥少爷出来了，少夫人，您让一让。”

我退到一边，云德将全身无力的云峥抱出铁鼎，抱到轮椅上，往内室推去。我赶紧跟过去，不解地道：“怎么又推他到内室？还没完吗？”

“没完。”傅先生简洁地道。我咬了咬唇，心中一阵抽痛，难道云峥还要再受一次扎针之苦吗？

却见云德将云峥推到内室之后，将几个一直保持着旺盛火苗的火盆推到云峥面前，围着轮椅摆了一圈儿，便退出内室。我见傅先生也没有上前诊治的意图，疑惑地看了他一眼。傅先生淡淡地道：“这样做是为了扩张峥少爷的毛孔，将体内的余毒完全逼出来。”

“余毒？”我敏感地抓住他话里的关键词。傅先生似乎知道失言，立即住了嘴。我也不再逼他，抬眼看云峥，见他闭着眼睛，头枕在轮椅的靠背上，眉头微蹙着，似乎不是很舒服。我离得这么远，都感觉到了火盆灼烤的热浪，而云峥被火盆围着，不用想也知道他是很难受的。但那种不舒服与发病时的痛楚比起来，可能根本不算什么，所以云峥只是眉头轻蹙着。

外室传来一声轻微的响动，我走出去，见云德让人把铁鼎里的药汁舀出来倒进几个大木桶里，另外有人将热水倒进了铁鼎。看这样子，一会儿云峥出来还要泡热水的。

好在云峥被灼烤的时间并不长。等热水装得快满了，云德让下人们都出去，然后又转进内室，看了傅先生一眼，傅先生点了点头。云德上前将满身是汗的云峥推出内室，将他抱起来放进铁鼎里。

一会儿工夫，原本的清水变得浑浊，水没有变黑，只是浑浊，大概余毒已经清得差不多了。傅先生观察着水色，泡了差不多半个小时后，对云德道：“可以了。”

云德松了一口气，将云峥从铁鼎里抱起来。傅先生拿了毛巾迅速裹到云峥身上，云德将他抱上轮椅，转头对我道：“少夫人，例诊已经完了，现在可以送少爷回房了。”

我舒了一口气，身子一软，云德赶紧扶住我：“少夫人……”

云峥睁开眼看向我，伸手握住我的手：“叶儿……”

“我没事……”我稳住身子，对他笑了笑，“我们回房去。”

回了房间，宁儿和馨儿已经准备好了热水，云德把云峥抱上床。短短一段路，云峥坐在轮椅上根本没有出力，却冒了一身汗。我让他们都出去，拧了毛巾坐到床边，伸手想拉开云峥身上的毛巾，他轻轻握住我的手：“让丫鬟们做吧，你一夜没睡，不累吗？”

我摇摇头，抽出手，拉开毛巾，开始给他擦汗。云峥静静地看着我，眼神是复杂的，带着歉疚和不安。我避开他的眼神，仔细地擦拭他的身子。他手臂上的针孔已经看不见了，不知道是不是浸过药汁的原因，我甚至看不出他的皮肤曾经起过那样恐怖的黑血疙瘩，只是因为泡了太久的药汁和水，有些发白发胀。我轻轻地给他翻过身，果然，背后也是光洁一片，那些针孔、那些血痕，通通消失无踪，仿佛昨天晚上那恐怖的令人揪心的诊治只是我的幻觉。就是这样，他才能欺骗了我这么久，让我不知道他的例诊竟是这么痛苦，而云峥，他从出生起至今每月竟然都要经历一次这样的痛苦。一想到这个，我的心就哆嗦了一下，泪涌了出来，滴到他苍白瘦削的背上。

他微微侧身，握住我的手：“叶儿……”

“等你想好了再说吧。”我抽出手，擦了擦泪，站起来去柜子里取出一套内衣，“换了衣服你好好休息。”

云峥沉默下来。我帮他换了内衣，站起来，想唤宁儿把水盆端出去。云峥一把拉住我：“叶儿，你生气了？”

生气？也许有一点儿吧，但更多的是伤心和难过。我别过脸不语，云峥轻声道：“对不起，我瞒你这么久，是我不对，你生气也是应该的，可是，我就是怕你知道了会伤心……”

“我没生气。”我想抽出手，他却握得紧紧的。我挣了挣，他死死握住，也不知道他哪来的力气，就是不松手，随即轻喘起来。我不动了，转脸看到他惨白着脸，心中顿时一软。云峥见我停止了挣扎，轻喘道：“叶儿，我……”

“别说了，好好休息。”我用另一只手拉过被子，帮他盖上。云峥轻声道：“你也上来吧，你一晚上没睡……”

我没跟他拧着性子，脱了鞋和外衣，蜷到床上去，躺在云峥内侧。他伸手抱住我，不再说话。闻着他身上淡淡的药味，我闭上了眼睛。一晚没睡，整夜又在担惊受怕，此刻眼睛一闭，松弛下来，才感觉到这副身子有多累，一会儿就睡熟了过去。

醒来时见屋里点着烛，才知道竟睡了一整天。云峥还紧紧拥着我，见我睁开眼，轻声道：“醒了？”

“嗯。”我揉了揉眼睛，“你几时醒的？”

他笑了笑，捋了捋我脸上的发丝：“饿不饿？我让宁儿送晚膳过来好不好？”

“好。”我点点头。他撑起身想坐起来，我赶紧按住他：“你别动，好好躺着，我去叫她就好了。”

“她们就在外面呢，你不用下床去的。”云峥抱住我，唤了宁儿进来，原来两个丫鬟都在外室候着。见我们都醒了，赶紧去厨房端了晚膳进来。云峥坐起来，我拿了枕头垫到他身后，轻声问道：“身子还有力吗？”他虚弱的样子让我觉得他甚至拿不稳筷子。

“还好。”他点点头。馨儿搬了榻上的炕桌放到床上，将晚膳摆上来，我们坐在床上，沉默地吃晚餐。见他拿着勺子喝了几勺鸡汤，手也没抖，我才放下心来，不再看他，开始吃饭。半晌，感觉他没有动静，我抬起头，见他坐着默默地看我，诧异道：“怎么不吃？不合胃口吗？”

他摇摇头，笑了笑。我轻声道：“那还不吃？你要多吃点东西补充营养才行，不合胃口也得吃，快把鸡汤喝完。”流了那么多血，明天要叫厨房弄点补血的东西给他吃才行。

他闻言拿起了汤勺，我监督他把鸡汤喝完，又逼着他吃了一碗鱼粥，才满意地让宁儿收了桌子。等两个丫鬟退出房间，云峥沉默地看了我半晌，才轻声道：“叶儿……”

我静静地迎视他的眼睛，知道他要说出他例诊的秘密了。他的眼里渐渐蒙上一层蒙眬的雾色，迟疑半晌，轻声道：“你对我的病，是不是感到很诧异？”

“是。”我定定地看着他。云峥轻咳一声，迟疑着，似乎不知道从哪里开始说起，又过了半晌，才道：“我不是得了病，我是中了毒。”

我已经想到了。见我没有诧异的样子，云峥蹙着眉，讲起他这病的始末。二十五年前，云峥的父亲云弈娶了云峥的母亲白玉瑾，婚后三年，夫妻恩爱、相敬如宾，不久，白玉瑾怀了云峥，可是在她怀着云峥的时候，云弈去了一趟南疆，认识了一个叫绮罗的南苗女子。云弈迷上了那个女子，将她带回侯府，不顾云崇山的反对，执意纳她为妾。白玉瑾获悉此事，情绪激动，以致早产。云峥仅在母体中待了七个月就出生了，因为先天不足，三天两头地生病，身体孱弱。老爷子最初不同意云弈纳妾，因为南苗人在天曌国人眼里是地位低下的异族蛮夷，但云弈说绮罗已经怀了他的骨肉。云崇山念及云家血脉，终于同意让绮罗进门，没想到却为云家带来无穷的祸患。

绮罗进门之后，白玉瑾与云弈的夫妻感情急速恶化；白玉瑾闭门不出，与云弈形同路人，每日除了照顾儿子再不做他想。没想到有一天，云弈随老爷子出门办事，绮罗却趁没人的时候潜到白玉瑾房中，对不足一岁的云峥下毒，被刚好进门的丫鬟发现，喊叫起来，惊动了白玉瑾。白玉瑾见状大怒，让绮罗交出解药，绮罗却不肯。白玉瑾怒不可遏，不顾她即将临盆，当即让下人勒死了绮罗。

老爷子和云弈赶回侯府时，绮罗已经气绝多时。云老爷子虽然生气白玉瑾杀了绮罗，断了一条孙子的血脉，但云峥中毒更让他怒火冲天，倒也没有过于责罚白玉瑾。云峥中毒之后，生命垂危，许多名医看过之后都束手无策。老爷子花重金在全国悬赏，寻求良医，不知道来了多少人应诊，却没有一个人能解云峥之毒。眼见云峥一日不如一日，不足周岁便要夭折，事情却有了转机，傅先生前来应诊，看了云峥的症状之后说此毒甚是歹毒，每月皆会发作一次，无法根治，只能定期排毒，云家花重金将傅先生留在了侯府，让他做了云峥的专治大夫。从此云峥便开始受这每月毒发之苦，从婴儿开始，足足二十二年，每月都要经受一次这样疼痛难忍的例诊。

而云弈却怎么也不肯相信绮罗会向云峥下毒，自从绮罗死后，与白玉瑾的关系更加恶化，一直郁郁寡欢，以致一病不起，两年后便英年早逝。白玉瑾经历这些事以后，性情大变，由一个端庄持重的大家闺秀，变得喜怒不定、脾气暴戾，甚至经常殴打折磨年幼的云峥。云崇山发现后，不准她再接近云峥，从此云峥便极少与母亲接触，由祖父带在身边抚养长大。这也是他与母亲感情淡漠，却与祖父感情深厚的原因。

怪不得云家对云峥的病讳莫如深，原来这里面还有这样一段过往。我能理解云峥不告诉我的原因，这关系到他父母的隐私，让他如何能说得出口。若不是被我撞到云峥提前毒发，只怕他还会继续隐瞒下去。

“这是什么毒？”听完云峥简要的叙述，我心痛地抱紧云峥，“真的没法根治吗？”

“傅先生也不清楚这到底是什么毒，只能凭行医的经验，冒险采用这种治标的方法。这些年傅先生也在研究这种毒药，可是一直没有什么突破。”云峥轻声道，见我蹙紧了眉，伸手抚平我的额头，“别担心了，即使找不到解药，也只是每月一次例诊罢了，我也习惯了……”

“胡说什么，这种事怎么会习惯？本来例诊是每月十五定期进行，现在毒发时间却提前了，说明你身子耗损得越来越厉害。”我的脸贴到他的胸膛，眼泪浸湿了他的衣襟，“那毒既是绮罗下的，说不定是南疆的毒药，有没有到南疆那边去找找线索？”

“去过无数次了。”云峥苦笑，“可是无人能说出这是什么毒药，根本一点儿线索都没有。”

“那个绮罗的家人呢？他们也不知道吗？”我着急地问。云峥笑了笑：“她是孤女，没有家人。”

“那，那她总有族人吧？”我擦了擦眼泪，“她的族人会不会知道……”

“叶儿……”云峥叹了一口气，抱紧我，眼中有深深的愧疚，“让你这么担心，对不起……”

我无助地倚进他怀里，觉得喉咙发堵：“没有，你没有对不起我。我好没用，看着你受苦，却一点儿忙也帮不上……”

这一刻我好恨，恨云峥的父亲，恨绮罗，为什么这些男人有了妻子还要去招惹别的女人？若不是他招惹绮罗进门，这一切都不会发生。为什么那个绮罗会这么狠毒？她已经得到了那个男人的心不是吗？为什么连他的儿子也不肯放过？为了她肚子里的孩子，为了争夺永乐侯世子的名分吗？

我咬紧唇，感到有血味在口腔里四散，才发觉自己将嘴唇咬破了。云峥吐露了心里的秘密，似乎轻松了好多，这一晚睡得很沉。我却怎么也睡不着，脑子里蜂拥着乱糟糟的思绪，蜷在云峥温暖的怀里，我的头顶能感觉到他温润的呼吸。我抬起身子，呆呆地看着他闭目沉睡的脸，黑暗中，他的睡容安详静谧。我感觉到心底有一丝细微的抽搐，手指轻轻描摹过他脸上淡淡的轮廓，不由得痴了。

天快亮的时候，我仍是睡不着，索性起身，让宁儿去吩咐厨房，给云峥弄些补身的膳食。云峥还在沉睡，我坐到床沿，静静地看着他的睡颜。他定是做着好梦吧，唇角漾着温柔的浅笑，眉宇舒展，看得我也微笑起来。

宁儿轻手轻脚地走进内室，见到我，欲言又止，我举起手指在唇边“嘘”了一声。站起来走出内室，我轻声问道：“什么事？”

“义管事在外面候着，说有要紧事。”宁儿轻声回道。

我走出房去，见云义候在门口。见我出来，云义欠身道：“少夫人，刑部来人了，说是今儿审理蔚相的案子，让少爷过去呢。”

“少爷过去做什么？缺了他还升不了堂不成？”我皱了皱眉，不悦地道，“那些证人不都在刑部监控着吗？少爷不是证人又不是主审官，没空去蹚那趟浑水。”也不知道皇帝是什么意思，总要把云峥拖进去。

云义听我这样说，低声道：“那……我打发刑部的人回去？”

“嗯。”我点点头，“就说少爷病了，没法儿去听审。”

云义领了话出去。我见天已大亮，想了想，径直去了傅先生的院子。踏进院里，见傅先生蹲在花圃里，摆弄着他种的药草。我走上前去，轻声道：“傅先生……”

他转脸看到我，怔了怔，拍了拍手站起来：“少夫人找我有事？”

我点点头，他走到院内的石桌旁：“少夫人请坐。”

我坐到石凳上，他也坐下来：“少夫人有什么事？”

“傅先生，昨晚云峥将他的病因告诉我了，他说他是中毒，是吗？”我轻声询问。

傅先生看着我，点了点头。我定定地望着他：“请先生坦言相告，云峥这毒是不是发作得越来越严重了？”

“少夫人何出此言？”傅先生蹙起了眉，迟疑地道。

“他没到月中就毒发了，不是吗？如果不是他的身子耗损得太厉害，怎么会提前发作呢？”我咬了咬唇，声音有些发颤，“先生，云峥这毒，真的无法可解吗？”

“傅某不才，这么多年一直无法找出这毒的解救方法。”傅先生叹了口气，“在下也不瞒少夫人，峥少爷这毒，的确是有越来越严重的倾向。这次提前毒发，也许是大凶的征兆，在下也不知道每月这样的诊治能拖到几时，也许……”

“不会的，一定有办法的……”我站起来，激动地道，“你是大夫，你一定有办法的，是不是？”

“如果峥少爷能放下俗事，安心静养，对身体的耗损可能不会这么大。”傅先生淡淡地看着我，“少夫人以后劝劝少爷，不要理那么多俗务，只要不再像这次一样提前毒发，在下还可以控制住那毒，如若不然，后果就很难说了……”

我惶恐地坐下来，忐忑地问道：“那我还要注意些什么？他的饮食还有其他……”

“那些事按照惯例来就行了，少夫人只须注意让峥少爷保持平和的心境。”傅先生道，“他不能过于劳累，不可焦虑，不可大喜，不可大悲，要尽量保持平淡的心境……”

对了，定是这段时间查蔚相的案子，让云峥太劳心了。他一直是云淡风轻的一个人，云家偌大的担子已经让他不得清静，再加上这些阴谋算计，他哪里安得下心？从今儿起，我要他安安心心的，什么事都别去管。

打定主意，我立即进宫去见太后，禀明云峥目前的身体状况，请太后帮忙跟皇帝说情，让他不要再给云峥找事情做。太后见我一脸泫然若泣的表情，又听我这样说，一口答应下来。不过她答应得这么爽快，我私下里仍认为跟前些日子她对我的警告有些关系。

然后还在宫里听到一个不怎么让人诧异的消息，德贵妃因为蔚相一案受到牵连，被皇帝打入冷宫了。我笑了笑，这件事是真的解决了吧，等三司会审完毕，蔚相被定罪，我就真正从蔚蓝雪这个梦魇里解脱出来了。德贵妃失了假相这个后台，又被打入冷宫，再也翻不起什么浪了。

从宫里回来之后，倒真是清静了一些日子，皇帝不再拿蔚相的事有事没事召云峥进宫，让云峥得以安安心心休养。蔚相陷害慕容太傅一案经过三司三次会审，终于定罪，于十日后斩首示众。一时朝堂之上人心惶惶，树倒猢狲散，往日与蔚相过从甚密的人纷纷与其撇清关系，上书皇帝，以表忠心。最见成效的，莫过于御林军殿前都指挥李南山上书皇帝，说自己才德欠缺，无能居此要职，不敢担此重任，请皇上收回御林军兵符。据说皇帝连一句客气的话都没有，就爽快地收回了李南山的御林军兵符。想必皇帝心里早就笑翻了，他扳倒蔚相的目的，其中一个很难说不是为了这个兵符。蔚相一党惶惶不可终日，听说蔚党暗地里唾骂方鸿忘恩负义、狼心狗肺，却无一人敢在朝上为蔚相求情，看起来那么枝繁叶茂的大树就这样被皇帝一个诡计弄倒了。

自从传来蔚相十日后斩首示众的消息，我便让人盯住了蔚家大哥。蔚家大哥不知道现在这个蔚相是假的，我怕他一时冲动，又做出劫狱这样的傻事来。这几天虽然蔚家大哥没什么异动，但我有强烈的预感，他这两天一定会动手，我让人加紧了盯梢，一有异动马上通知我。

云峥这几日精神好多了，我哪儿也不去，整日陪着他。各大执事送来的书信文件都由我一手包揽，处理意见也是我全部批好后，再简单跟云峥讲一讲，他觉得没有问题便发出去执行。老爷子那边我也写了信，跟他说了说云峥现在的身体情况，希望他能对寻找解药一事抓紧一些。我在处理公务的时候，云峥便得了闲，有时候便坐在桌边慢条斯理地沏茶，他喜欢喝陵安秀山的秀山银针，那茶颜色淡黄，味甜爽，他总是将香气扑鼻的第一杯递到我手上；有时候蜷在软榻上看书，但大多数时候都是走神。我偶尔抬起头，眼睛便被他静静的目光锁住，于是再也做不下去，索性推开公务，蜷到他身边去撒娇："老公，你这样看我，我都没法做事了。"

他微笑着搂住我圆滚滚的身子，轻笑道："怎么又成了我的不是？"我的肚子已经有五个月了，像顶着个圆圆的笸箩，云峥搂我搂得小心翼翼。

"就是你的不是，被你这样的美男子含情脉脉地盯着，当然会心猿意马呀……"我笑着摸上他的脸，满足地叹道，"云峥，我都不知道走了什么好运，你知不知道，在我们那里，像你这样优秀的男人，我只能在电影和电视里看看，过过干瘾，现实生活中你这样的帅哥正眼都不会瞅我这样的品种一下的。”

“嗯？”他不置可否地笑了笑，对我嘴里偶尔冒出的新鲜词汇早已不以为怪，“他们那么没有眼光？”

“不是他们没有眼光，是我太普通，所以才说我撞了大运嘛。”我抱紧他，仰着脸轻笑，“老公，你后悔也来不及了，我一定要缠住你一辈子，哼哼……”

“小生心甘情愿。”他忍不住笑了，戏谑地亲了亲我的额头。我环住他的脖子，邪笑着轻轻咬了咬他的唇：“帅哥，你完啦，亲了本姑娘要负责的哦……”

唇如羽毛般轻轻扫过他的唇，压住他微凉的唇瓣，我用舌尖描摹他优美的唇线。云峥温柔地拥住我，垂下眼，缠绵悱恻地回应我的吻。他的唇齿间带着淡淡的苦味，是中药的味道，我虔诚地吸吮着他口中的苦涩，感觉眼中有水波轻漾。

## ✻ 第四十章 黄雀

晚上，云峥在我的催促下早早地睡了。待他睡熟了，我从床上起来，到外室点起烛，看我白天没有看完的账本。上次我发现账册里有一项奇怪的支出，最近支出的份额越发巨大，归京之后遇到这么多事，我一直没得闲来理清这条线，等理清这笔款项，我得问问云峥到底是怎么一回事。

不知不觉夜已深了，我打了一个哈欠，合上账册，准备上床睡觉。突然听到有人轻轻敲门，宁儿去开门，然后进来跟我说，云乾要见我。我披了披风出去，云乾低声道："少夫人，蔚公子出门了！"

"有没有跟住他？"我赶紧问道。

"有，如果他接近刑部大牢，云坤他们会按您的吩咐拖住他。"云乾道，"我一见他出门就马上赶回来通知您。"

"我们马上去！你去备车！"我对云乾说完，转头对宁儿道："我要出趟门，少爷好不容易才睡熟，别惊醒他！"

马车在深夜的街道上疾驰，我有些心焦。不知道云坤他们拖住蔚家大哥没有，漆黑的大街上一个人也没有，安静得出奇。转过这条街，再前面不远就是刑部的后巷。马车刚刚驰出街口，云乾就勒住了马车，撩开车帘："少夫人，他们在前面！"

我往前看去，在车厢顶垂挂的灯笼发出的微弱光线中，看见云坤、云坎、云兑与一个黑衣蒙面人缠斗在一起。他们都没有动刀剑，想是怕刀剑的交击之声惊动四邻。黑衣人的武功不弱，三个铁卫只是阻挡，不能伤他，竟占不了多少便宜。看来蔚家大哥的武艺在这段时间又精进不少，黑暗中，只见他全力出击，一双拳头舞得虎虎生风，欲挣脱三个铁卫的包围。我听着那些沉闷的搏斗之声，赶紧上前两步，低声喝道："住手！"

铁卫立即收手，黑衣人见状立即往侧边掠过，铁卫只得又出手将他挡住。我气急地冲上前去，冲进搏斗圈里。黑衣人的拳头直直地挥过来，快到我面前时蓦地收手。我瞪着黑衣人道："大哥，住手！"

他的身子顿住，我赶紧抓住他的手臂，低声劝阻："大哥，你不要命了吗？竟想劫狱？"

"你认错人了！"他低声道，想掰开我的手指。我又气又急，将他的手臂抓得更紧，声音也大起来："我眼睛还没瞎呢！"

他有些无奈地叹了口气："叶儿……"

"我不准你去！"我抓紧他，一迭声道，"你知不知道你现在在做什么？蔚相是重犯，刑部大牢不知有多少高手把守着，你以为凭你一个人就能把他救出来吗？"

"未必不能！"蔚家大哥沉声道，"我打听过了，看守的人不是我的对手。"

"就算你把他救出来又能怎样？"我气急道，"皇上会放过蔚相、会放过你吗？你打算以后都过逃亡的日子吗？"

"以后的事，以后再说。"蔚家大哥一副油盐不进的样子，"我们可以离开天罂国！"

"普天之下，莫非王土！就算你们能离开天罂国，逃到其他国家，只要皇上一句话，别国的国君一样会抓捕你们！大哥，你心里应该很清楚。"我严肃地道。

"难道你要我眼睁睁地看着自己的父亲被砍头吗？"蔚家大哥也发怒了，声音大起来。

"他犯了罪，自然要接受惩罚。"我试着说服他，"皇上没有株连你，已经是开恩了。你今天救走他，就是犯法。蔚相要为他自己做过的事情负责，大哥，你怎能如此不分是非！"

"我不是圣人，做不到大义灭亲！"蔚家大哥倔得像一头驴子似的，"你当然可以说这些冠冕堂皇的话，他又不是你父亲！"

"他也不是你父亲！"我气得头脑发热，冲口而出。看到蔚家大哥眼中的错愕，我才觉出失言，顿时懊恼地咬紧了唇。

"叶儿，你这话是什么意思？"蔚家大哥抓住我，瞪大眼问道，"什么他不是我父亲？"

"他……"我咬紧唇，恨不得咬掉自己的舌头，拉着他恳切地求道，"大哥，你若信我，就不要劫狱！我不会害你的！”

“你不把话说清楚，让我怎么相信？”蔚家大哥固执起来还真是要命。我迟疑了一下，知道现在不把话说清楚，他是一定不会跟我回去的，就吸了一口气，认真地说道：“他不是你父亲，他不是蔚相！”

“他不是？这怎么可能？”蔚家大哥难以置信地瞪着我，蒙脸巾下那双眼睛瞪得老大，见我一脸严肃，丝毫没有跟他开玩笑的样子，不禁抓紧了我的手臂，沉声道，“那他是谁？”

“我也很想知道——他是谁？”黑暗中响起一个阴沉的声音，四周传来纷乱急促的脚步声，仿佛很多人突然从街头巷尾冲过来，暗沉的长街顿时亮如白昼。我失措地看向四周，全是举着火把的官兵，虎视眈眈地将我们包围起来。两个人缓缓走进包围圈内，看清他们的脸后，我的脑子顿时一片空白，那个一脸阴沉、双目如炬的男子，不是当今天子还会是谁？

皇帝沉着脸，惊慑人心的眼神死死地盯着我，表情很难看。他身侧的寂惊云脸色复杂，眼中带着疑问和讶异，担忧地看着我。我好半天才回过神，眼前这阵仗，不用想就知道是皇帝早就设好的套子，正在守株待兔，只是不知道他要抓的兔子，是蔚家大哥，还是我！

蓦地想起那日在憩心殿上审讯假相之时，蔚相惊慌地与我对视以及我若有所思的表情，都统统落入了皇帝的眼睛里。只怕当时他已觉出有异，亏得他能不动声色、暗中部署，我又忘记了，这人的心机之重、城府之深，我当时怎会以为他仅仅是看了我两眼呢？你真是个笨蛋啊，叶海花！

在心里骂了自己两句，我闭了闭眼睛，深深吸了一口气，镇定地扶着腰，吃力地跪倒在地上：“臣妾参见皇上！”铁卫跟着我跪倒。我侧首见蔚家大哥还愣愣地站着，着急地拉了拉他的裤脚，他回过神来，也跪到地上。

皇帝沉默着，我垂着脸，也能感觉到他寒冷的目光。半晌，他冷冷地道：“寂将军，将荣华夫人请去刑部问话，其他人给我关起来！”言毕，他转身便走了。寂惊云上前扶我起来：“云夫人请起……”

我扶着腰站起来。寂惊云叹道：“云夫人，你……”顿了顿，又道，“夫人请跟我来。”

我转头看了看蔚家大哥，寂惊云见状道：“云夫人不必担心，皇上不会为难他们的。”

是吗？皇上也许不会为难铁卫，但蔚家大哥就难说了，若是被他认出蔚家大哥就是一年前行刺他的那个刺客，只怕这件事就更复杂了。但此时也没有别的办法，官兵把蔚家大哥他们几个押走了，我则跟着寂惊云步入刑部衙门，没有上公堂，而是转过花园。花园里有一座独立的房舍，门口有官兵把守，见了寂惊云，立正行礼。寂惊云将我带进房去，这房间像是花厅的布置，皇帝正寒着脸坐在主位上。我咬了咬唇，欲上前行礼，皇帝冷冷地道："不用了，坐吧！"

我略一迟疑，坐到侧座。皇帝目光慑人地看着我，沉声道："荣华夫人，刚刚你说的那话是什么意思，给朕解释一下吧。"

他没有跟我摆官腔，呵斥我大胆欺君之类的，我的心稍定，吸了一口气，缓缓道："这事儿要从三年以前说起，当时臣妾还沦落在倚红楼，有一天上街，被一个小孩儿偷了钱袋……"

我将如何与周大婶母子相识的经过说出来，又讲了周大婶母子来监狱看我时，对我讲过的她的身世经历，然后讲到那日宴请蔚相，周大婶撞见他时的异样举止，引起了我的怀疑，再讲派人去济州查清了周大婶与假相的身份，最后讲到周大婶见过蔚相之后就自杀，周福生目前住在永乐侯府。我说的全是真话，只是省略掉了之前的那些故事。我在心中掂量着，把能讲给皇帝听的全部事实都讲出来了。看着皇帝难测喜怒的表情，我忐忑地道："……就这样，臣妾猜测现在这位蔚相其实不是蔚相。"

"就是说，你在三个月前就知道这个蔚相是假冒的？"皇帝的声音也听不出喜怒。我咬了咬下唇："是！"

"那你为何不立即向朕禀报？"皇帝的眼睛危险地眯起来，我的心一颤，终于问到关键了，该怎样答他，才能蒙混过关？

"皇上当时就算知道了又如何？难道还能以此为由给蔚相定罪吗？"天盟国堂堂一个丞相是被人假冒的，这种荒天下之大谬的事情若传扬出去，举国百姓和虎视眈眈的别国会怎样看待天盟国的朝廷？只怕立即就会谣言四起，民心不稳，让敌国有机可乘。见皇帝的表情阴沉下来，我慎重地道："再说皇上当时交代臣妾夫妇查二十多年前蔚相陷害慕容太傅一案，臣妾想若蔚相真的有罪，这才是治他罪的最好理由，若蔚相无罪，臣妾自当会将假相的事禀报皇上。可查出的结果是蔚相有罪，那么，反正蔚相都是要死，皇上又何必执着于他必死的原因呢？"

皇帝沉默地看着我，半晌，唇角冷冷地一扬，冷笑道："好一张巧嘴，乍一听还真被你糊弄过去了。蔚相是不是有罪，该不该死，用哪种理由让他死，难道由得你来作决定？”

这话说得重了，我赶紧低头：“臣妾不敢。”

“不敢？”皇帝的声音蓦地尖厉起来，“别人不敢我还会信，你敢说你真的不敢？”

我沉默着，垂睫不语。皇帝如此咄咄逼人，我不敢贸然开口，现在是说多错多，我哪敢跟他顶嘴，但他偏偏不肯轻易放过我，厉声道：“你倒是说话啊！”

“皇上心里已经给臣妾定了罪，臣妾还能说什么？”我咬了咬唇，心里也觉得万分委屈。

“说什么？”皇帝怒道，“说你真正的意图！你到底在想些什么？你脑子里整天在想些什么？”

“臣妾能想什么？”我抬起眼，委屈地道，“臣妾不过是不想让假冒蔚相的事牵连到周大婶母子罢了。”我不想让你知道我这副身子就是蔚蓝雪，如此而已。我站起来，跪倒在地上，“皇上如果觉得臣妾隐瞒事实罪无可恕，臣妾随皇上怎么治罪。”

“你……”皇帝拍案而起，指着我的手指都在颤抖，我垂下眼，仍能感受到他的愤怒。坐在我对面的寂惊云见状，赶紧跪地求情：“皇上息怒，荣华夫人虽然对皇上隐瞒此事，但也是出于一片善心，怜悯周氏母子，请皇上……”

“闭嘴！”皇帝猛地呵斥，寂惊云不敢再说，闭了嘴。皇帝坐回椅子上，半晌没有说一句话，久久才道：“惊云，你出去！”

寂惊云怔了怔，看了皇帝一眼，站了起来，转身想走，又停下来：“皇上，荣华夫人的身子，不宜长跪……”

“出去！”皇帝的声音冷下来。寂惊云不敢再说什么，走出房去。房间里只剩了我和皇帝两个人，他坐着不言，我跪地不语，就这么沉默地对峙着。

“起来坐吧。”终于还是皇帝先开口了，我扶着腰费力地站起来，脚有些发软，赶紧扶住一旁的椅子。我不敢抬眼看皇帝的表情，扶着椅子坐下来，宽大的衣袖遮挡在身前，偷偷揉着跪得发麻的膝盖。皇帝一直不说话，这屋子沉默得令人感到窒息。我一边揉着膝盖，一边寻思着皇帝刚刚发怒的原因。我也没说什么呀，怎么就把他气成这样？看他那样子，似乎不单纯是因为我隐瞒他蔚相是人假冒这件事，难道还有别的原因？

什么原因呢？我蹙起眉，心中有些惶恐。难道他对我的身份起了疑心？可他是怎么生疑的呢？难道是从德贵妃那里了解到了什么情况？我随即推翻了这个判断。前段时间大内侍卫刺杀我的事，虽然禀报了皇帝，但似乎没见到皇帝有什么大的动作。如果那些大内侍卫真是侍卫统领派出来的，他一定知道行刺我的后果，肯定会把这件事安排得滴水不漏，即使那几个侍卫没被鬼面人杀死，回去说不定也会被灭口。能做上大内侍卫统领，绝不会是一个笨蛋，必然有办法抹掉痕迹，把刺杀一事与自己撇开关系。如果皇帝查不出大内侍卫刺杀我一事是由德贵妃指使的，自然不会去对她做什么审讯。即使心中有怀疑，她毕竟是生了皇裔的贵妃，没凭没据的皇帝总不会对一个生过孩子的妃子动刑吧，顶多就是在暗中不动声色地调查。而且我敢断定德贵妃不会招认什么，她虽被蔚相牵连打入冷宫，但皇帝没想要她的命。若她一旦说自己是假冒蔚蓝雪进宫的，那不是死定了！

所以，皇帝应该不会知道我这副身子就是蔚蓝雪才对！可是，为什么我心里不敢理直气壮地肯定？皇帝只是没有证据，并不代表他没有怀疑，他那么聪明，将前段时间发生的落水、刺杀等事一联系，只怕早就对我这身份起疑了。他那么生气，必是因为没证据不能拿我怎么样感到窝火，或者还想逼我自己承认什么吧！我越想越觉得如此，心里反倒镇定下来，只要我咬死不认账，皇帝也拿我没办法，毕竟我目前的身份还是云家的媳妇，皇帝不可能逼得太过火。

“既然这个蔚相是假的，那真的蔚相去了哪里？”皇帝半天没开口，又支走了寂惊云，我本以为他肯定要对我进行逼供的，没想到一开口，倒问起这个来了，语气也平静了，倒让我觉得有些不适应。

“这……臣妾怎么知道？”我见皇帝挑了挑眉，没有不悦之色，赶紧道，“这个周景赟能假扮蔚相这么久，想必真正的蔚相已经凶多吉少了。”

“是吗？”皇帝看着我，手指在身侧的茶几上轻轻地敲着，唇角淡淡一勾，“你既让人去查了假相的底，怎么不顺便查查蔚相的去处？”

“这……与臣妾有何关系？”我早已知道蔚锦岚的去处，还用得着查吗？只是，对一个嘴里说着对皇帝忠心不二的世家来说，知道这样的情况还不去查，是有些反常了。皇帝这一刻在想什么？恐怕又以为云家的忠心不过是嘴上说说罢了，看来前些日子的示忠示好，仍然不能解除皇帝对云家的疑心啊。

“是啊，与你没什么关系……”皇帝自嘲地笑了笑，又沉默下来，不知道在想什么。我心里有些忐忑，提议道：“皇上想知道真正的蔚相去了哪里，何不去审审这个周景赟？”

“朕自然要审他。”皇帝淡淡地道，看了我一眼，“荣华夫人以前与德贵妃认识？”

我悚然一惊。好厉害的皇帝，本以为他已经放下刚才那事儿了，没想到随意问些其他的事情再把话锋一转，又兜回去了。我镇定地抬起眼，眼中故意带上几分惊讶：“德贵妃？皇上说笑了，臣妾以前是什么身份，怎么会认识贵妃娘娘这样的名门闺秀？”

他定定地看着我，身子懒懒地往后一靠，眼神高深莫测：“荣华夫人，你还想抵赖？你若不认识德贵妃，她怎么会派人刺杀你？”

我的脑子“嗡”地一下，顿时一片空白，难道德贵妃将她派人刺杀我的事招了？还是皇帝已经查出了是德贵妃派人刺杀我？所以他刚才面对我的推诿狡辩才那么生气？那他刚才为何不直接说出来？他既知道是德贵妃要杀我，干吗还来问我为什么？不对……我心头一激灵，心中顿时一片雪亮，恍然大悟：他不知道，他是在诈我！

心中已有决断，抬眼看着皇帝，我佯作讶异道：“皇上说什么？您说是贵妃娘娘要杀我？”

“你不知道？”皇帝的唇角微微有一丝抽搐。我装作没看见，惊讶地接着说道：“臣妾怎么会知道呢？臣妾倒是奇怪了，贵妃娘娘为什么要杀我？皇上没问她吗？”

皇帝不说话了，或许他不知道该怎么说了。他没有诈到我的话，反而不好将这话圆回去。皇帝脸色有些阴郁，我想了想，试着找台阶给他下：“皇上是猜测呢，还是有证据能证明是贵妃娘娘做的？若是冤枉了贵妃娘娘，岂不是臣妾的罪过！”

皇帝的眼睛里燃着火苗儿，我的手心有些冒汗，知道他心里这会儿肯定气得不行。他盯了我半晌，眼里的火星灭下去了，轻轻一笑，顺手下了我给的台阶：“荣华夫人说得不错，也许是朕多心了。”

“皇上也是为臣妾着想，想快些查清是谁指使大内侍卫对臣妾不利。”我顺手一个马屁拍过去，“皇上体恤臣子，英明仁德，臣妾感恩在心。”

他的脸抽了抽，眼中有一丝哭笑不得的意味，半晌，才轻嘲道：“荣华夫人，今晚的事，你是不是也该给朕一个解释？”

今晚的事还要什么解释，你不都看到了吗？蔚相的儿子想劫狱，我阻止他罢了，没犯法吧？我眼巴巴地看着他，可怜兮兮地道：“皇上都看到了，臣妾还用解释吗？皇上要治臣妾的罪吗？”

“治你的罪？”皇帝不置可否地看着我，半晌，才懒懒地道，“念你有孕在身，你今儿犯的错，朕就不追究了。”心中刚刚一定，又听皇帝接着道，“你回去闭门思过，三个月不准出门。”

“皇上……”我错愕地看着他，不是说不追究了吗，怎么还让我闭门思过？皇帝冷冷地看了我一眼，我赶紧识相地闭嘴，“谢皇上恩典。”

皇帝接着道：“至于蔚彤枫，胆大包天，目无王法，企图劫狱，其罪当诛！”

“皇上！”我大吃一惊，“蔚大哥虽然一时糊涂，可他不是还没有劫狱吗？还没有做的事怎么能定罪呢？”

“没做的事就不定罪？”皇帝的唇角冷硬地抿起来，冷笑道，“你哪里来的这种想法？企图劫狱已是死罪，何况他已经付诸行动，若不是你拦阻，你敢说他不会潜入刑部大牢？”

我顿时无言以对。我忘了自己身处在封建社会，不是二十一世纪，没有既成事实的不叫犯罪。但在君主集权的国家，所有妨碍到皇权的事情，哪怕你只是心里想想，也是有罪。我咬了咬唇，赶紧给蔚家大哥求情：“皇上，蔚大哥以为牢里关的是他父亲，只是一时冲动，才犯了糊涂。皇上念在他一片孝心的份儿上，饶了他这一次吧！”

“饶他？”皇帝看着我，寒声道，“朕饶得了吗？”

“为何不能饶他？”我真的着急了，皇帝一点也没有开玩笑的样子，“您是皇上，只要你金口一开……”

“荣华夫人半夜私会劫匪，甚至扬言蔚相是假的！”皇帝蓦地打断我，眼睛眯起来，“这件事今晚这么多官兵看到、听到，你说他们会怎么想？”

我蓦地呆住了，明白了皇帝的意思，身子顿时轻颤起来，却听到皇帝一字一字地道：“蔚相残党，企图劫狱，荣华夫人私会劫匪，扬言蔚相有假，皇帝却饶了他们，这些事若被今晚这些官兵传出去，会有什么后果，你可想过？”

“未必就会传出去……”我无力地争辩着。皇帝冷哼一声：“这世上没有不透风的墙，朕不会做那些没有保障的事！”

“那皇上想……”皇帝必会对今晚的事情有所遮掩，我心中感到恐惧，声音有一丝颤抖。皇帝目光炯炯地看着我，寒声道：“你要朕饶了他，那今晚这些官兵全都要死！你是要他一个人死，还是要让一群人死？”

我感到全身发冷，身子无力地瑟缩在椅子里，惊恐地看着眼前的这个男人。这一刻，我才算真正体会到这个男人的冷酷，才真正认识到什么叫作天家无情。一直以来，就算明白与眼前这个男人无缘，刻意与他保持着距离，我心底其实一直对这个曾经打动过我心的男人怀着一种有恃无恐的心态，直到这一刻，我才突然发现自己幼稚得可笑，叶海花，你所恃的，根本不可能左右这个男人一丝一毫，你凭什么无恐？你凭什么跟人谈条件？我明白这个事实的一刹那，心中顿时一片冰凉！

## ✱ 第四十一章　探花

“皇上早就有定夺了不是吗？”我悲哀地看着他，觉得心很累、很累，“即使今天皇上杀了蔚大哥，那些官兵也一样要死，不是吗？”

他根本就没准备放过他们，杀了蔚家大哥，只能堵住蔚相残党企图劫狱带来的纷扰。荣华夫人半夜私会劫匪，扬言蔚相有假，这件事成了他们的催命符。皇上，若是以前，我会自以为是地认为你是在保护我，可是现在我不敢这么自大了，你是要遮掩这件事，但不是为我，是怕流言传出去惹来更大的麻烦。但我叶海花一个人，背不起这么多条人命。

皇帝沉默地看着我，我凄然一笑：“皇上，请处置臣妾吧！荣华夫人半夜私会劫匪，口出妄言，请皇上赐罪！”

“你……”皇帝目光森冷，狠狠地盯着我，双手紧握成拳，寒声道，“你别逼我！”

是你在逼我啊，皇上。我根本没有办法选择，我根本不能选择。屋子如同一个灌满煤气的罐子，只要有一点细微的火星立即就会被引爆。我觉得胸口闷得有些难受，紧张得透不过气来，恰在此时，门外传来寂惊云的声音：“皇上！”

压力顿时被外界的力量释放开来，我松了一口气，皇帝的语气也平静了：“什么事？”

“云世子来了，想见皇上！”寂惊云在门外道。我怔了怔，云峥来了？一时心里五味杂陈，云峥醒来没见到我，肯定让他担心了。皇帝看了我一眼，淡淡地道：“让他进来！”

门开了，云峥踏进房，匆匆看了我一眼，我还来不及看清他的表情，他已经向皇帝跪地行礼："臣云峥参见皇上！"

"平身。"皇帝见云峥站起身，微微笑了笑，"前阵儿听说云世子身体不适，现下如何？"

"谢皇上关心，是臣的老毛病，已经习惯了。"云峥的表情淡定，看着皇帝，不卑不亢地道，"皇上，臣妻有孕在身，不宜长时间逗留在外，请皇上恩准，让臣接她回去。"

"嗯，朕正要说你，你也太不应该了，让妻子大着个肚子半夜乱跑。"皇帝一脸和善，用关切的语气责备云峥，"万一她出了什么事儿……"

"皇上，不关云峥的事……"我赶紧辩解。云峥看了我一眼，笑了笑："皇上责备得是，臣以后会注意的。"

"嗯，你就把她带回去，好好看着。"皇帝看了看我，笑道，"荣华夫人先出去吧，我同云世子说几句话。"

我看向云峥，他微笑着对我点点头。起身向皇帝施了礼，我忐忑不安地走出去，寂惊云见我出来，点头道："云夫人！"

"寂将军……"我欠了欠身，走了两步，顿住身子，转头看他，"将军……"

"夫人有话请讲。"寂惊云见我的表情，往屋子看了一眼，上前两步。我迟疑了一下，低声道："将军，蔚大哥真的一定得死吗？"

寂惊云诧异地扬了扬眉，却不开口。我见他不开口，知道他不会回答我这个问题，咬了咬唇，轻声道："将军，我能见一见蔚大哥吗？"

"这……"寂惊云为难地看着我，摇了摇头，"云夫人，恐怕不行。"

眼泪涌出来，在眼眶里打转儿，我死死地憋着眼泪，不让它滑下来："那……请将军代为照顾，让他在牢里好过一点儿……"

"夫人请放心，惊云力所能及的事，一定尽力。"寂惊云见我快哭出来了，有些手足无措。我吸了口气，颤声道："谢谢将军！"

寂惊云看了紧闭的房门一眼，转头对我道："云夫人，更深露重，请到侧厢小坐，等云世子出来。"

皇帝并没有跟云峥说太久，过了一会儿就放他出来了。云峥走进侧厢，见我坐着发呆，走到我面前，轻声唤我："叶儿……"

"云峥……"我抱住他的腰，眼泪滑出来，"对不起，云峥，对不起……"

"傻瓜，没事了，没事了……"他轻轻拍着我的背，柔声道，"别哭了，我们回家……”

他温柔地擦干我脸上的泪，牵起我的手。我站起来，跟着他走出房去，寂惊云已经不在房外了，我见正厅仍透着烛光，想必被皇帝召进屋去了。四个铁卫被放了出来，在院子里候着，见我们出来，赶紧护到我们身边，出了刑部。

马车缓缓启动，我倚在云峥怀里，又疲又困，沉默了半晌，我轻声道：“皇上留你下来，说了什么？”

我本不想让云峥烦恼太多杂事，可是到最后还是要他来帮我处理善后。云峥与皇帝之间，是不是达成了某些协议，皇上会不会用今晚的事对云峥提一些过分的要求？我心里又是心痛又是内疚。云峥握着我的手，柔声道：“也没什么，你别想太多……”

“真的没什么？”我不放心地追问。云峥笑了笑：“傻瓜，有事我一定会告诉你的。累了吧？先睡一会儿，到了我叫你。”

“嗯。”我闭上眼睛，本以为又累又困，很容易睡着的，可是心里被事情堵着，根本没办法入睡。皇上审讯假相和蔚家大哥的时候，会不会又出状况？蔚家大哥一定要死吗？还有那些官兵，真的会全部被杀掉吗？我回忆着皇帝当时的表情，越想心越寒，忍不住打了一个寒战。

感觉到云峥的手臂拥紧了我，似乎感觉到我身子发冷，他把披风覆到了我身上。我紧闭着双眼，忍住想滑出眼眶的泪，将身子往他怀里缩了缩，云峥，你知不知道，这个世界上，只有你的怀抱是安全的。

这一晚睡得极不安稳，我一直在做梦，奇怪的、压抑的、纷乱的梦境，如同满地的碎片，梦到楚殇阴鸷的眼神，冥焰灿烂的笑脸，凤歌如霜的银丝，安远兮决绝的背影……像走马灯一样在我的脑海中打转，我挣扎着，喘息着，哭喊着，想挣脱这沉重的梦魇，可是我怎么都挣不脱，那些碎片旋转得越来越快，像呼啸的猛兽，我听到尖历的儿啼，在我耳边惨烈地回荡，宝宝，不要，宝宝……

“叶儿，醒醒，醒醒！”有人轻轻拍打我的脸颊，我猛地睁开眼睛，大口大口地喘气，冷汗涔涔。云峥侧坐在我身边，见我醒来，舒了一口气，“叶儿，你做噩梦了？”

我回过神，反射性地伸手抚上小腹，神经质地道：“宝宝，我的宝宝……”手触到圆滚滚的肚子，温润柔软，我心头一松，舒了一口气。云峥紧张地道：“叶儿，你觉得不舒服吗？”

我感到有一丝明显的胎动，不知道是宝宝在肚子里伸手还是踢腿，便将手放在肚子上，甚至能想象到他伸着懒腰张着小嘴打哈欠的样子，不由得微笑起来，抬眼看着云峥，轻声道：“没事，是宝宝在肚子里踢我呢……”

“真的？”云峥用衣袖擦着我额上的汗，欣喜地道。我点点头，拉他凑拢肚子：“你听一听，他好像玩得挺开心……”

云峥小心翼翼地将耳朵贴到我肚子上，宝宝恰在此时动了一下，他“呀”了一声，抬头瞪着我的肚子，又小心翼翼地将耳朵贴上去，感受到宝宝的胎动，唇角渐渐咧开，欣喜地道：“真的，真的在动，呀，他踢了一下腿……”

我笑起来，云峥鲜少露出这样的表情，我相信他以后一定会是一个很疼孩子的父亲。云峥的手温柔地放在我的肚子上，抬起头，表情是难以言喻的满足。我迎上他的眼睛，他的眼里带着感动，甚至，还有一丝脆弱，我的心不由得一颤。他缓缓俯下头，温柔地吻了吻我的额头，轻声低喃：“叶儿，谢谢你……”

“傻瓜……”他的情绪感染了我，我的心顿时也变得又酸又软，蜷到他温暖的怀里去了。我闭上眼睛，云峥，我才要谢谢你，谢谢你一直陪在我身边，谢谢你对我的包容，谢谢你肯爱我这样的女人。

这一夜的折腾惊倦，直睡到第二天下午我才起床。不知道是不是夜里受了凉，云峥有些不舒服。傅先生来给云峥看过之后，开了一些药让下人去煎。我帮云峥盖好被子，待他睡熟了，去厨房看了看给云峥煎的药，云峥的贴身小厮云泽守在药炉边看着火。见一切都按部就班地做着，我退出厨房，想了想，径直去找傅先生。

他见我来了，也不惊讶，请我坐下后才道：“少夫人是否想问峥少爷的病情？”

“是。”我点点头，蹙眉道，“云峥自从上次毒发之后，身体差了好多，稍不注意就会受凉，又比以前怕冷。傅先生，云峥这毒到底是怎么回事？是不是已经不好控制了？”

“少夫人多虑了，峥少爷只是夜里受了点寒，与中的毒并无关联。”傅先生淡淡地看了我一眼，眼神中带着一丝责备。我顿时无言以对，心里仍觉得有丝不妥，可是又说不出来哪里不对，只得欠身道：“那劳烦傅先生多费心了！”

他淡淡地点头，我转身出了院子，想回去守着云峥，在前院碰到匆匆走来的云义，见了我，欠身道：“少夫人，寂将军来了，在花厅候着呢。”

我微微一怔，赶紧道：“我马上过去！”

匆匆行至花厅，踏进门，见寂惊云坐在椅子上喝茶，见我进来，站起来抱拳道：

“云夫人！”

“将军来有何事？”我有些紧张，难道是蔚家大哥有事？皇上已经要处置他了吗？寂惊云笑了笑：“云夫人，皇上让我来带周福生走！”

“福生？”我怔了怔，“皇上想……”

“昨天夫人跟皇上说的那些，皇上要秘审，所以让我来带周福生。”寂惊云解释道。我的心乱成一团：“寂将军，福生并不知道蔚相就是他父亲，让他去有用吗？”让福生去面对他父亲被审讯，让他知道他父亲不但抛弃了他们母子，还是一个大坏蛋，甚至有可能是他父亲逼死了他母亲，光想想就觉得不忍。

“这个皇上自有定夺。”寂惊云顿了顿，轻声道，“我们做臣子的不好违逆。”

这我明白，我叹了一口气，吩咐云义去带福生过来，转头对寂惊云道：“寂将军，福生就拜托你照顾了。”

“夫人放心。”寂惊云点点头，想了想，又道，“夫人其实多虑了，皇上不会为难一个孩子。”

我怔了怔，我对皇帝的防备和不信任，竟然这么明显吗？我沉默地垂着头，听到寂惊云道：“夫人，皇上……”

“阿花姐姐！”福生和金莎跑进来，打断了寂惊云。我瞪了金莎一眼：“我只说让福生过来，你跑来做什么？又偷懒不念书？”

金莎委屈地噘着嘴，福生赶紧道：“叶姐姐，先生让我们休息呢。”

“福生，你过来。”我微微一叹，拉起他的手，“福生，这位是寂将军，他一会儿要带你去一个地方，可能你会见到一些不开心的事……”我想把蔚相的事告诉他，却不知道如何开口，可是如果不说，我又担心他突然面对打击，会受不了刺激。

“阿花姐姐，福生要去哪里？”金莎一听要带福生走，立即忘了才被我责备，紧张地拉住我的手臂，“不要嘛，人家要福生陪我，不要让福生走。”

“叶姐姐，我要去很久吗？”福生倒是一点也不关心去哪里，看了金莎一眼，看来他只担心能不能回来吧。我笑了笑：“不会很久，最多几天。”

福生点点头，也不再问了。这孩子本来就特别敏感，如今寄人篱下，更懂得看人眼色行事，从来不提什么要求，不多言多语，懂事得让人心疼。寂惊云起身道：“云夫人请放心，我会照顾好他的。”

“那拜托将军了。”我起身相送。寂惊云道：“夫人身子不便，不必送了。”他牵了周福生出去。金莎听福生只走几天，也不闹了，对我道：“阿花姐姐，我去送福生。”话音刚落，人已经追了出去。

回房去看云峥，他刚好醒了，我坐到床边去，握住他的手，他的手冰凉，我微微一惊。正想开口让宁儿再拿床被子出来，却听到云峥低声道：“叶儿，你冷吗？多加件衣服。”

我怔住，心中涌出无边的恐慌，面上却不动声色，让宁儿给云峥加了被子。云泽把药煎好了端进房来，云峥喝了药，晚膳只喝了一点点粥，一会儿又睡沉了。我让下人烧了两个火炉摆到屋内，提高室内的温度。去傅先生那里问不出什么，能不能找别的大夫问问？不知道怎么的，我突然想起易沉谙，云峥不是说他精通医术吗？以云峥和他的交情，不知道有没有让他替自己诊治过，难道他也没有办法？

心思浮动间，我再也坐不住了，走到书房，写了一封信。我在信上详细写了云峥毒发的症状，傅先生的诊治方法，还有近期云峥的身体状况，写了十几页，然后将厚厚一叠信纸塞进信封封好，让云泽送去给易沉谙。如果不是被皇帝禁足，我会亲自去找易沉谙的。他是一个怪人，从来不上侯府的门，每次都是云峥去见他，我也不好强请他入府。

天已尽黑。我拨了拨烛台上啪啪作响的烛芯，笼上灯罩。窗外的风灌进房，有些冷。我行至窗前，看到窗外的树木花草都掉尽残叶，天地间一片萧瑟的景象。微微叹了口气，我伸手准备关上窗户，冷不防窗口突然冒出一个人，手肘放在窗台上，托腮望着我，狭长的凤眼微微一眨，笑眯眯地道：“姑娘何事烦恼？”

这男人就是喜欢玩这把戏，我双手环抱，唇角微微一扬：“玉公子，有大门不走，又干回老本行了？”

“哎，花花你这人就是没有情趣！”男人撇了撇嘴，抛出一个媚眼，嗔道，“你不知道吗？通常高人都有一些独特的癖好……”

“你的癖好就是喜欢在月黑风高夜翻进别人家的院墙吗？”我笑了笑，讽刺道，“知不知道会这样做的通常只有两种人，一种是强盗，一种是采花贼！”

“咳咳，你这女人说话总是这么刻薄……”男人轻咳了一声，脸色窘起来。我轻笑道：“你竟然能躲开云家的守卫偷溜进来，厉害啊……”

“小意思……”玉蝶儿得意地一笑，随即苦了脸，“不过你再不让我进去，只怕我身上会立即多出几个剑窟窿来。”

话音刚落，玉蝶儿脖子上就被架上了一把明晃晃的剑。我望着站在玉蝶儿身后面无表情的云乾，忍不住笑起来：“云乾，他是我朋友。”

长剑收了回去，云乾退开，隐于夜色当中。玉蝶儿叹道："花花呀，你们家的待客之道还真是吓人……"

"唉！"我翻了翻白眼，"谁让你不走大门？进来吧！"

玉蝶儿从窗外跃进屋内，我坐到软榻上，见他一屁股坐到我对面，一脸懒洋洋的样子，轻笑道："几时回京的？"

"昨儿。"他从炕桌的果盘里取了一个橘子，掰开丢了两瓣到嘴里，含混不清地道。

"不是说要游历四海吗？"我的唇角扬起来，"怎么，被边城的那位女掌柜甩了？"

"咳咳……"他差点把嘴里的橘子喷出来，瞪着我道，"胡说什么……"

"你敢说你这几个月不是跑到边城去了？"我笑眯眯地看着他的脸色尴尬起来。玉蝶儿挥了挥手道："别说我了，说你吧，怎么回事？唉声叹气的，脸色还这么差？"

我的笑容淡下来，拿了一个橘子在手里揉捏，想了想，轻声道："花蝴蝶，你行走江湖多年，对毒药熟吗？"

"你想干吗？你要毒药干什么？"他警惕地看着我。我翻了翻白眼，没好气地道："不是我要毒药，只是想问你知不知道一种来自南疆的奇毒？"

"什么毒？"玉蝶儿见我一脸严肃，也正经起来。我蹙眉道："我也不知道那毒叫什么，只知道那毒发作的时候，中毒者身体里仿佛有无数黑色的细线游走，犹如沙虫，那细线最后还会汇集在脸上，形成一种蔓草状的图案。"

"这世上有这种毒？"玉蝶儿皱起了眉毛，"玉某倒从未听闻过。"

我失望地叹了一口气，我也料到了，如果这么容易便知道是什么毒，云家也不会二十多年都找不到解药了。玉蝶儿想了想，接着道："不过，我以前倒听过南疆有一个很神秘的人数极少的部落，善养毒虫，有阴毒者给人体内种下虫毒的事儿。你说那沙虫，听起来倒像是毒虫。"

"你是说蛊毒？"我不是没想过是蛊，但我能想到，难道云家人想不到吗？玉蝶儿惊讶地看着我道："你怎么知道是蛊毒？天曌国因为严禁巫蛊之术，世人对蛊的了解很少。要不是我以前在南疆认识了一个南苗姑娘，我也不知道南疆居然有这样奇特的毒……"

我的心一点点沉下去，我之前刻意选择忽略云峥可能是中蛊而不是中毒，是因为我前世曾经听说过，中蛊者必须要施蛊者才能解毒，而那个施蛊的绮罗已经死了，所以这些年来，傅先生只能一直帮云峥压着蛊毒，而无法将蛊毒根除。

是这样吗？如果真的是这样，那云峥身上的蛊毒，永远都没有办法清了。玉蝶儿见我面色有异，蹙眉道："花花，是谁中了蛊毒？"

我置若罔闻，忧心忡忡。玉蝶儿小心翼翼地确定："不会是云世子吧？"

我脸色惨淡，疲倦地道："我不知道是否真是蛊毒，等明天向傅先生确认了才清楚。"

玉蝶儿想了想，没再说什么，只轻声道："那你早点休息，我明日再过来看你。"

我点点头，他担忧地看了我一眼，从窗口跃出去。我继续坐着，等脑子没那么乱了，才起身回房。云峥在床上熟睡着，屋子烤得很热，我握住他的手，感觉他的手没有之前那么冰冷，心头略微一安。脱了鞋，蜷到他身边去，我怔怔地望着云峥苍白的面容，手指轻轻抚上他入鬓的长眉，抚平他轻蹙的额头。他的表情舒展开来，我轻轻抱住他单薄的身子，将脸凑到他的肩头，喃喃低语："云峥，你要好好的，你一定要好好的……"

次日，云峥的病似乎没有一点儿好转的样子。天一亮我就赶紧去找傅先生，想问个明白。傅先生对我直截了当的问话有些震惊，脸色微变，但立即镇定下来："少夫人从哪里听来的谣言？峥少爷绝对不是中了蛊毒！"

他说得斩钉截铁，毫无回旋的余地，我心中反而更加生疑："先生怎么如此确定？"

"少夫人，我是大夫还是您是大夫？"傅先生的语气已经有些不客气了，"我以我数十年的行医经验担保，峥少爷绝不是中的蛊毒。"

他说得这么坚决，看来我是问不出什么了，但我心中的疑云却越来越浓。想了想，我不动声色地道："是妾身冒失，打扰先生了。"转身离开，一边走一边思索着，傅先生应该清楚云峥中的毒，但也许他真的没有办法解毒，所以才要隐瞒吗？如果那真的是蛊，该怎么办？

走到庭院，遇到匆匆而来的云义，见了我，赶紧递上手中的信封："少夫人，有两封信。"

我接过来，见一封是老爷子写来的，另一封是易沉谙的回信，便赶紧打开易沉谙的那封信。我写了那么长一封信给他，他的回信却只是一张薄薄的信纸，上面只有寥寥数句语焉不详的话，对云峥这病讳莫如深的样子。他的信越写得这样意思不明，我越发坚信他是清楚云峥的病情的，只是可能顾忌着什么不能坦然相告。可恨我现在被皇帝禁足，不然一定上门问个明白。

拆开老爷子那封信，信上说他甚为挂念云峥和我，已经起程赶来京师，算算日子，下个月初就要到了。收了信，我回房，见云峥已经醒了，披着貂皮锦裘倚在软榻上，正在看书。我心中一喜，赶紧冲过去："云峥，你身子好了吗？"

"比昨日好多了，整天躺着也不舒服。"云峥搁下书，握住我的手，歉然地道，"让你担心了，真抱歉。"

他的手虽然不暖，却也不凉得瘆人。我轻声埋怨道："你呀，身子刚刚好一点儿，就来看这些费神的东西。"

他笑了笑，拉我坐到他身边，温和地道："那叶儿给我讲个故事如何？"

"好呀！"我轻轻揉搓着他的手，笑道，"你想听什么？"

"上次你给我讲的人鱼的故事，好像还没讲完呢。"云峥温柔地揽住我，轻声道，"就接着讲吧。"

《海的女儿》？我皱了皱眉，突然之间很抵触这个不吉利的故事。我想了想，笑道："我另外给你讲一个灰姑娘的故事如何？"

"好。"云峥也不坚持，事实上，我觉得跟云峥讲童话是一件很白痴的事情，不过无论我讲什么，云峥都会喜欢听的。我开始讲故事，云峥一直静静地微笑着，屋子里飘着淡淡的龙涎香的香味，很安静，只听到我一个人唧唧喳喳的声音。

"……从此，王子和灰姑娘永远幸福快乐地生活在一起。"我用这句童话中的永恒结尾结束了这个故事，抬眼看着云峥，笑道，"云峥，我就是灰姑娘，你是我的王子。"

他的唇角漾开温柔的笑容，我望着他的眼睛，坚定地道："我们会永远幸福快乐地生活在一起。"

他拥紧了我，沉默不语。我知道他心里必然还有些事瞒着我，却不愿逼他，挂上笑容："你精神好些了，要不要去园子里走走？我今儿看见园子里的梅花开了，好香呢。"

"这园子里的梅花只有几株，哪及得上玉雪山的梅，满山都是。"云峥轻笑道。

"是吗？"我知道玉雪山是京师西郊的一座山峰，却不知道原来那里还有满山梅花。云峥点点头，柔声道："云家在玉雪山有一座别苑，以前我只要待在京师，冬天都是住在那座别苑里的。我很喜欢那里，漫山的雪，漫山的梅，像是世外桃源。”

“啊，竟还有这样的地方？怎么我们这次不住到别苑去？”我轻呼。云峥笑了笑：“我本想等梅花开了与你一起搬去别苑住的，可你大着肚子，又担心你住在山上恐怕不方便，如今又被禁足，今冬的梅花怕要错过了。”

“啊……”我懊恼地蹙起了眉。云峥轻笑道：“别丧气，以后还有机会的。”

这话我爱听，以后一定有机会的。我笑起来，点头。

云峥喝了药，我逼他上床休息，不管他嘴里说他不累。云峥只好无奈地躺到床上去，我就说嘛，他嘴里说着不累，可是躺到床上没多久，又睡着了。

一会儿宁儿进来说，玉蝶儿来了。我走到花厅，见到他那一瞬间，心中一动，还不等他开口，就支退了下人，压低声音道：“花蝴蝶，你易容的东西在身上吧？现在能帮我易容吗？”他以前给我的那几张人皮面具，在朝廷查封倚红楼的时候弄丢了，害我很多设想都落了空。

“你要做什么？”玉蝶儿怔了怔。我低声道：“我要出门去找个朋友，但被皇上禁了足，不让出门，你帮我改改样子，我一定要出去。”我要去找易沉谙，弄清楚云峥的病情。

“改变你的样子倒是不难，不过……”玉蝶儿看着我，蹙起了眉，指了指我圆滚滚的肚子，“这里就麻烦了……”

“披上锦裘应该没什么问题，我会小心掩饰的。”我赶紧道。

玉蝶儿想了想，笑道：“行。”

## ❋ 第四十二章　情蛊

我在玉蝶儿的帮助下乔装易容，顶着一张截然不同的脸潜出府，径直寻到易沉谙家中。前来开门的女子让我吃了一惊，她竟然是百花楼里那位赛卡门。我诧异地看着她，她怎会出现在易沉谙家中？蓦地想起她在沉谙的面摊吃过白食，难道他们就是这样认识的？

“你们有何事？”赛卡门上上下下地打量着我和玉蝶儿。我易了容，她显然没有认出我就是那日随平安去百花楼闹过她场子的人。

“我找易沉谙。”我对她点点头，微笑道。

“你是谁？”她仍拦着门，一点也没有放我进去的意思。这倒有趣了，看她的样子，似乎与易沉谙极熟了。我不由得笑了笑：“沉谙不在吗？”

她看着我，还未出声，身后传来易沉谙的声音：“赛姑娘，是谁来了？”

“啊，是找你的。”赛卡门这才拉开院门，让我们进去。沉谙从屋里出来，见到我和玉蝶儿，微微一怔：“两位是……”

“沉谙，是我。”我赶紧出声，不想被赛卡门知道我的身份，我没有报出姓名。好在沉谙听出了我的声音，讶异地看着我：“嫂……”

“沉谙，我有些事想私下跟你谈。”我立即打断他。我才写过信给他，易沉谙想是猜出了我的来意，略一迟疑，对赛卡门道：“赛姑娘，在下有朋友来访，不能招呼姑娘……”他的语气很客气，可听在耳里却带着莫名的疏离。我好奇地看着他们，这两人现在到底是什么关系？

“知道了，我这就走。”赛卡门看了我一眼，面无表情地踏出门去。易沉谙走到院门前，望着门外出了一会儿神，才将院门关上，回头对我道：“嫂夫人，里面请！”

我和玉蝶儿踏进房去，玉蝶儿扮成了个随从的样子，一直没开口，跟在我身后。沉谙平静地给我奉上茶，坐到我对面，淡淡地道：“嫂夫人找我问云兄的病情吗？”

我点点头，轻声道：“沉谙，我看过你的信，我相信你一定清楚云峥的病情。我不知道你是不是应了云峥的要求才要瞒我，但我希望你能体谅我的心情。不弄清这件事，我是不会安心的。”

“如果云兄对嫂夫人有所隐瞒，你会怨他吗？”易沉谙看着我，静静地道。

“他若不想我知道，必有他的考虑，我不会怨他。”我摇摇头，有些无奈地道，“我知道有些事，云峥不想让我知道，是为了我好。但是，在我看来，坦白的伤害比不明真相的痛苦更容易让人承受。我不怨他，不代表我不会担心，不会难过。他不让我知道，也不代表他的想法和做法就是正确的。我希望在我的相公有事的时候，我能为他分担一些痛苦，而不是让他一个人去扛。”

易沉谙怔怔地看着我，眼中有一些迷惘，但更多的似乎是欣慰。半晌，他才慎重地道：“嫂夫人，云兄能娶到嫂夫人为妻，一生无憾！”

“那么，你能告诉我云峥真正的病因吗？”我诚挚地看着他，满怀期待。

“云兄是怎么跟你说的？”易沉谙看来已经被我说动了。我望着他的眼睛，轻声道：“他说他是中毒！”

“中毒……”易沉谙淡淡地笑了笑，微微一叹，“是啊，他一直以为他是中毒，直到你们这次返京之前，都以为自己是中毒。”

“返京之前？”我怔了怔，这么说，在返京之前，云峥仍不知道自己中的是什么毒了！我吸了一口气，心提到嗓子眼儿上，“不是毒，是蛊吗？”

易沉谙的眼中浮上一抹惊讶之色：“原来嫂夫人已经知道了。”

他的回答让我感到绝望，我摇摇头，苦笑道：“我只是猜测，你接着讲。”

易沉谙将诧异之色压下，望着我缓缓道：“五年前，云兄托我查他所中之毒。我随师父学医多年，对毒药也颇有研究，却从未听闻过他中毒的这种症状。这几年，我不知道查阅了多少古籍，研究了多少医书毒经，都没有什么线索。一年多前，我在一本几乎失传的古籍中看到一段短短的只有十余字的关于南疆蛊毒的记载，引发了我的猜测。我虽然识毒不少，但对于南疆蛊毒，却几乎一无所知，所以我立即动身去了南疆，想打听南疆蛊毒的情况。没想到这种神秘的蛊毒，即使是在南疆地区懂的人也不多，我用了很久的时间，才打听出南疆有一个神秘的小部落，善养蛊虫。”

他停下来，似乎回想起了一些不太愉快的事，眉头蹙起来，过了一会儿，才道：“我花了一些心思接近那个部落，发现那个神秘部落的人的确善养毒虫，但也非人人都会养蛊。听族人说他们部族的养蛊之术代代秘传，只有巫师和蛊王才能学习蛊术，连族人都难窥全貌，外人根本无法探其究竟。”

我听得很专注，见他又停下来，轻声道：“那你不是很难打听到什么？”

“倒也不是。”易沉谙沉默了半晌，才道，“养蛊之术虽然是古老神秘的东西，历来只有巫师和蛊王才能学习，但族人对蛊虫的品种和作用却是知晓的。”他又停下来，蹙着眉，似乎脑子里的思绪纷乱。我隐隐觉得，易沉谙在南疆寻求答案的那些日子里，一定发生过一些令他感到十分痛苦的事，心中不由得感到有些内疚，逼一个人去回想痛苦的往事，并不是我一贯为人处世的作风，但真相就在眼前，我不愿也不能放弃知晓的机会。

迟疑片刻，我轻声道：“你探听到云峥中的蛊毒了，是吗？”

“嗯。”易沉谙平复着思绪，接着道，“我在那个部族待了差不多一年，终于打探到云兄中的毒，果真是一种奇特的蛊毒。一打听清楚，我立即起程回国，本想去沧都告诉云兄这蛊毒的情况，没想到去了才知道你们夫妇俩被皇上召进京，已经走了一个多月了。我估算着走水路已经追不上你们，所以快马加鞭从陆路赶回京师，留了一个口信给侯府的管事，让云兄一到京师便来找我。”

我想起我们刚到京城，云峥便带我到易沉谙的面摊儿去吃面，想来那时候他已经收到易沉谙的留言，所以才去的。不过那晚我一直在场，没听到易沉谙对云峥说什么呀！随即蓦然想起易沉谙那晚似乎塞过什么东西给云峥，恍然道：“我记得你那天好像塞了什么东西给云峥，是不是就是写的那蛊毒的事儿？”

易沉谙看着我，点点头：“原来嫂夫人当时已经看到了。”

“这么说，云峥就是那天之后，知道自己是中了蛊，而不是中毒？”我怔怔回想起云峥那天之后的表现：根本没有什么特别的反应，一如既往的云淡风轻。他知道自己中的是可怕的蛊毒，心中是什么感受？他有没有害怕过？他是不是掩饰着自己的忧虑和恐惧，却把温和的笑容留给我？

心痛得一阵阵抽搐，我的双手在衣袖底下用力交握着，捏得生疼。只听易沉谙低声道：“不错。”

我深深地吸了一口气，稳定了一下自己的情绪，才道：“那么，云峥到底中的是什么蛊？”

易沉谙看着我，缓缓道："云兄所中的，是一种最为奇特的蛊，名叫情蛊。"

情蛊？不是没有耳闻过这种蛊，前世在电视剧和武侠小说中，都久仰过情蛊的大名，相传是苗家女子以心血养成，用来控制情郎，独享爱情的奇蛊。绮罗怎么会对一个婴孩使用这种蛊呢？要用也该用在云峥老爸的身上啊？

"何为情蛊？"玉蝶儿见我沉思不语，忍不住发问。易沉谙看了他一眼，轻声道："这情蛊，算是南疆蛊毒里最歹毒的蛊，中蛊者终生不能动情，否则便会受噬心之苦，痛不欲生。"

"不能动情？"我瞪大眼，怎么与我听过的情蛊不太一样？反倒像小龙女中的情花毒似的！易沉谙点点头，脸色有一丝沉重："情有万千种，所以情蛊也有不同，而云兄所中的是情蛊里最可怕的无忧蛊。中了这种蛊的人，要绝情灭爱，不单是不能动男女之情，连亲情和友情也会成为中蛊者的负担。"

"无忧蛊……"我身体的温度一点点退去，喃喃地道，"无情自此无烦恼，自此无忧？"

"就是这个意思。"易沉谙点点头，"看来嫂夫人已经明白了。"

"可是人活于世，怎么可能做到无情无爱？只要心中有一点情绪的浮动，便会受那非人的痛苦，好歹毒的蛊！"我咬紧唇，云峥，这便是你历来清心寡欲的原因吗？你不可以爱任何人，你不能拥有爱情、亲情、友情，否则你身体里的蛊虫便会作怪。什么人会这样对你？什么人会这样恨你？

"那么，这无忧蛊能解吗？"我握紧了双手，紧张地等待易沉谙的宣判，几乎控制不住身体的颤抖。

"施蛊者可解。"易沉谙轻轻蹙起了眉。

"没有别的方法了吗？"施蛊者已经死了。那绮罗，怎么会施这么歹毒的蛊？不是说施蛊之术代代秘传吗？难道绮罗与那部族的巫师或族长有什么关系？也许该让云家从这条线上查一查。

"还有一种方法，本来是绝无可能的，不过现在倒有一线希望。"易沉谙的表情有些奇怪，望着我的目光也有些迟疑。我一听顿时来了精神，赶紧道："什么方法？"

"这法子说来也简单，就是让中蛊者服用心爱之人的紫河车，即可解。"易沉谙道。

"紫河车？"我怔了怔，"是什么东西？"

易沉谙一怔，随即笑起来："就是胎衣。"

胎衣？那不就是胎盘？我惊讶地抚上小腹，那不是说，等宝宝出生，云峥的蛊毒就能解了？心头顿时一阵狂喜："这么简单吗？服了胎衣就能好吗？不用再做别的了？"

易沉谙见我表情狂喜，不禁微微一笑："我查到的信息，就是这样。"

"那你怎么说这方法本来是绝无可能的？"我得了这个消息，心头顿时轻松下来，想起易沉谙之前的话，忍不住问道。

"无忧蛊是情蛊里最歹毒的一种，它不同于别的蛊毒，施蛊者一生只能养一只蛊，就算是南疆那个会下蛊的部族，也不会轻易给人下这种蛊。"易沉谙的脸色有一丝苍白，"因为中蛊者动情越深，受的苦就越重，想爱人已是不易，能找到相互深爱之人，更是万难。而最重要的是，中蛊者若做不到绝情绝爱，蛊虫就会损伤他的身体，断绝他的生育功能，使他不能有子嗣。"

我蓦地抬头，瞪大眼看着他，低呼出声："这怎么可能？"

手抚上小腹，我肚子里明明怀着云峥的孩子，怎么说他不能使女子受孕？那我肚子里怀的是什么？易沉谙脸上也闪过一丝疑惑："至于嫂夫人为什么会怀上孩子，沉谙也感到困惑，最近也在仔细查阅在南疆整理的笔记，不知道是什么地方出了问题。但我查出的结果的确是这样记载的，也许是嫂夫人福泽深厚，当是云兄大幸！"

我的脑子很乱，只觉得有很多纷乱的线头，一个个闪涌出来，却差一个连贯起来的东西。我抚了抚额头，甩开脑子里那些凌乱的碎片，想了想，又道："沉谙，傅先生的医术高明吗？"

"他能帮云兄控制住蛊毒这么多年，医术方面应当有其过人之处。"易沉谙看了看我，"嫂夫人有什么疑惑吗？"

"为什么我问他云峥是不是中蛊，他一口就否认了呢？"我蹙着眉，"既然他医术高明，又是专职为云峥诊病的，这些年来就没有查证过云峥身中的奇蛊吗？这似乎不是一个行医者该有的态度。"不知为何，我心里对傅先生总是存了一丝疑虑，让我对他不能尽信。

易沉谙沉默半晌，才轻声道："如果让我猜测，也许他不是不查证，而是一早就清楚了。"

"你是说他一早就知道云峥中的是无忧蛊？"蓦地想起他一再强调要让云峥保持平和淡然的心境，越想也越觉得应当如此，"那他为何要隐瞒云家呢？说出真相，不是更利于云峥的诊治吗？”

“嫂夫人，你认为谁可以欺瞒永乐侯？”易沉谙笑了笑，一语惊醒梦中人。我恍然，的确，老爷子怎么会容人骗他？也许老爷子早就知道云峥身中的是治不好的奇蛊，怕云峥丧失希望，才不敢告诉他，说不定傅先生隐瞒真相还是老爷子授意的。只是他们都没有料到，云峥早就对自己中的“毒”产生了怀疑，甚至避开老爷子的耳目，暗中让易沉谙帮忙调查。

不过，不管怎么说，今天这一趟出门的收获实在是太大了。如今我知道云峥的蛊毒可解，再不必受那种提心吊胆的折磨。突然想起一件事，我抬眼看着易沉谙，轻声道：“沉谙，云峥是否已经知道胎衣可解他的蛊毒？”

“嗯。”易沉谙点点头。我忍不住猜测起当初他以为自己不能有孩子，是怎样的心情；以为自己蛊毒无解，蛊毒发作一日早过一日，又是怎样的心情。无忧蛊虽然与情花毒一样，都是中者不能动情，但情花是不能想起心爱的人，不能思念心爱的人，否则立即就会毒发；无忧蛊则是感觉到了中蛊者的情动，齐聚在月圆之夜一起爆发。之前云峥清心寡欲，友情和亲情都是比较容易控制的，所以蛊毒也相对容易控制，可是，云峥没有想到会遇到我，没有想到会爱上我，他对我的爱越深，情越浓，那蛊毒就会越来越难控制，所以此次才会提前毒发，而且发作频率将会一次比一次高。

我闭上眼睛，我从来没有怀疑过云峥对我的感情，也许最初，云峥并没有想到会爱上我，他娶我，或许只是怜悯我的处境，或许只是满足老爷子的愿望，并非爱情，就如同我嫁给他的时候，同样只是把他当成一棵可以依靠的大树，可以让我心灵平静的避风港。只是，在日日夜夜的相处之中，我们都渐渐受对方吸引，被对方打动，于是，那颗叫做爱情的种子开始生根、发芽、茁壮成长，待到他蛊毒提前发作，才惊觉情根早已深种。

好在这蛊毒终是能解，云峥知道我有喜的时候，肯定是没有预料到的狂喜吧？不只是因为我怀了他的孩子，应该还有知道自己能恢复健康的喜悦吧？我的唇角微微上扬，云峥，你不想我知道，不告诉我这么多，是怕我担忧吗？你真傻啊，云峥。在你知道我怀孕后，就应该把全部事实告诉我，害我担惊受怕了这么久，回去我一定要惩罚你。

“嫂夫人……”易沉谙见我脸上掩饰不住的喜悦，迟疑片刻，开口道，“还有一件事，我要对嫂夫人说明。”

“什么？”我看着他，见他一脸凝重，不由得怔了怔。“爱人的胎衣虽然能解云兄的蛊毒，可是一旦蛊毒开始提前发作，就必须在三个月的时间内解毒，否则就算有胎衣也没有用了。”易沉谙想了想，终于还是说出来了。

我怔住，我现在仅怀胎五月，三个月之后是八个月，孩子如果不能在三个月内出生，一样不能救云峥，是这个意思吗？怪不得易沉谙说出这个方法的时候，表情那么奇怪。不！我一定要救他！我不能失去云峥！我的宝宝也不能失去父亲！定定地看着易沉谙，我沉声道：“沉谙，我请你帮我一个忙，可以吗？”

“嫂夫人请讲。”易沉谙道，“沉谙力所能及之事，一定义不容辞。”

“你医术精湛，定知道怎么才能让我提前将孩子生下来，是不是？”我目光坚定地望着他，“我想你在我怀孕第八个月的时候，帮我将宝宝催生出来。”

“不可！”玉蝶儿和易沉谙大吃一惊，同时出声。易沉谙神情复杂地看着我，摇头道：“催生之法过于危险，如果提前将孩子生出来，孩子相当于早产，不足月的孩子以后体弱多病不说，嫂夫人也有性命之忧。”

这个，云峥想必也同样知道吧？可他隐瞒不说，是因为他绝不会同意我用这样的方法。我的眼睛涩起来，云峥，你无时无刻不在为我着想，是因为这样，你才让易沉谙隐瞒你中蛊的真相，是吗？

“云家的经济能力，能照顾好一个体弱的孩子。”我知道早产儿照顾得好的话，长大后一样能健健康康，云峥虽然体弱，但他体弱的根本原因不是早产而是中蛊，“至于我，我相信我可以撑过去，只要想到云峥，我一定能撑过去。沉谙，我不能让云峥出事，我需要他，我的宝宝也需要他。”

“嫂夫人……”易沉谙怔怔地看着我，一时竟说不出话来。我站起来，对着他深深地鞠了一躬，“沉谙，拜托你！”

“嫂夫人！”他赶紧站起来扶我。我抬眼望着他为难的表情，目光无比坚定：“沉谙，云峥的朋友不多，我信任你，也相信你一定会尽力保证我和孩子的安全，所以才拜托你。我心意已决，你无须再劝我。如果你不答应，我可以找别的大夫。”

他的神情震动，半晌，才苦笑道：“嫂夫人如此坚决，让沉谙如何拒绝。”

我的唇角微微上扬：“谢谢你，沉谙。”

“在下写张药方给嫂夫人，从今天开始，嫂夫人按我开的药方服药，增强体质，帮助降低催产时的危险。”他既已答应帮我，也抛开了包袱，全力应对。我心中无比感激，连声道谢。易沉谙将药方写好递给我，我仔细看了看药方，慎重地将药方收进荷包里，舒了一口气，微笑道：“这件事，请别让云峥知道。”

“沉谙明白，不过嫂夫人的身体状况，要定期让人通知给我知晓。”易沉谙慎重地道。我点点头，看了玉蝶儿一眼，笑道：“我会定期让他来告诉你的。”

玉蝶儿看着我苦笑。我想了想，又问易沉谙：“如果想让云峥这三个月的蛊毒不会再提前发作，可有什么法子？”

易沉谙摇摇头，表示无法，却听到玉蝶儿道：“你不见他不就行了？”

我想了想，微笑着摇了摇头：“我不见他，云峥就会没事了吗？他只怕会更担心我。无忧蛊若感应到他的情绪，一样会发作。而且，我不能让云峥知道我已经知晓了他中蛊的秘密，否则他不会同意催生的法子。”

两人都沉默了。辞别了易沉谙，在玉蝶儿的掩护下偷偷摸摸地潜回侯府，我躲在花园里将易容的妆拭净。玉蝶儿叮嘱我万事小心，然后离开。我理了理头发，赶紧回房，宁儿见我回来，大喜过望，上前帮我脱掉锦裘，一边儿轻声道：“少夫人，您可回来了，刚刚少爷醒了还问您来着。”

“你没说我出去了吧？”我赶紧道。宁儿摇摇头：“我说您去看金莎小姐了，少爷喝了药，又睡了。”

我松了一口气，转进内屋。云峥在床上沉睡着，我坐到床沿去，轻轻握住云峥的手。他的眉头微蹙着，我伸手抚平他额上那几道浅浅的纹路。云峥，你不想我知道，我便装作不知道，只要你安心，我可以表现出最快乐、最无忧的样子给你看。我望着他沉睡的脸，唇角溢出温柔的浅笑。

## ❋ 第四十三章 奇花

寂惊云将福生送回来了。

福生回来之后，越发沉默寡言，常常一个人坐在屋子里发呆，不知道在想些什么，就是金莎也不能让他展颜一笑。我试着想从他口中问出点审讯的情况，可是福生什么也不肯说，只偶尔会从梦中冒出一两句：“为什么？为什么要这样对我？为什么要这样对我们？”我黯然地看着他，怕触及他心里的痛处，也不敢过于逼他。我也很想知道，很想亲口问问那个假蔚相，他为什么要这样对你，这样对周大婶？蔚相行刑的日子越来越近了，云家的隐执事送来一个消息，当日在刑部外巷围捕蔚家大哥的那队官兵，被皇帝编成了一支忠勇先锋队，派去了东海抗倭军，日前已经出发了。

我的心一寸寸凉下去。皇帝果然不会放过他们，那么多人，他自然不会全部直接杀死，避免惹来不必要的麻烦，最正常的处理手法，就是派到边疆，编成敢死队当炮灰。那么，蔚家大哥的死期是不是也近了？

我的心被懊悔啃噬着，我本来可以一早劝服蔚家大哥不要去劫狱，只要我提前告诉蔚家大哥现在这个蔚相是假冒的，可是我害怕，害怕暴露自己是蔚蓝雪的身份。以蔚家大哥的脾气，即便我告诉他这个事实，他也一定会亲自去求证，除非我完全解开他的疑惑，这就要我必须承认自己是蔚蓝雪。我甚至怀疑，蔚家大哥是不是一直就认定我是蔚蓝雪，从来没有相信过我是什么叶海花，毕竟当初他亲眼目睹过我胸上的黑痣，那是不能否认的这具身体是蔚蓝雪铁一般的事实。他隐忍着，没有揭穿我，或许只是在等一个机会，逼我亲口承认。

我越想越觉得恐惧，对我身边的人，我到底了解多少？如果蔚家大哥从来没有认为我是叶海花，那他一定会怀疑，我为什么会沦落到青楼？宫里的德贵妃是谁？蔚相为何没有找我？只要他心中存了这些疑惑，不管我做什么，都不会影响他劫狱的决定。他甚至有可能已经暗中调查了一些什么，劫狱也许是他逼我说出真相的一步棋。

我想了无数种方法，但要想没有后患地救出蔚家大哥，都不太可能，特别在云峥身体状况这么差的情况下，我不能再给他惹麻烦、给他添乱。平安过府来学琴的时候，我犹豫了很久，写了一封信托她带给寂将军，希望寂将军能帮忙，在皇上处置蔚家大哥之前，让我见他一面。我在信中还拜托他在适当的时候，替蔚家大哥求求情。虽然知道有些强人所难，却是我所能做的全部了。

心事重重地考虑着蔚家大哥的事，我在云峥面前却展露着滴水不漏的笑脸。转眼迎来了腊八节，我强打起精神，安排下人们布置祭祀祖先和神灵的事宜。厨房送来的腊八粥算是让我开了眼界，粥里有红枣、莲子、核桃、花生、杏仁这些寻常物不说，竟然还有葡萄这样的夏季水果，也不知道云家是怎么弄来的，粥里放的果脯竟多达二十多种，而且极为讲究，干果都事先雕成了动物花草等形状，粥面上还盖了一个“果狮”，就是把脆枣、核桃仁、杏仁等果子用糖粘连在一起做成的狮子状装饰。

敬神祭祖之后，要在上午之前把粥赠送给亲友，我们已经收到一些朝中官员府上送来的腊八粥了。云义拿出一张往年的名单，让我看看还有什么补充，我看了看，在名单上加了凤歌、寂府和蔚家大哥的名字。凤歌不想看见我，我也不愿去打扰他，蔚家大哥虽然在牢里，我也希望他能沾一点腊八节的好运。

做完这一切，我才回房去，和云峥两人安安静静地喝粥。我不喜甜食，象征性地吃了几口，便搁了碗，托着腮看云峥。他见我停下来，也搁了调羹，笑道：“不喜欢也多吃一点，这粥对身子好。”

那倒是，现在我肚子里多了块肉，不能因为自己挑嘴就不顾宝宝的营养。我听话地拿起调羹，舀了一勺粥往嘴里送，强迫自己把粥吃完，抬眼见云峥微笑着看我，忍不住撒娇道：“我吃完了，你赏我什么？”

“再吃一碗，我有一份礼物送给你。”云峥神秘地笑了笑。我好奇地道：“是什么？”

“吃完了再告诉你。”云峥的表情引发了我强烈的好奇心，我赶紧让宁儿再盛了一碗粥给我，大口大口地吃完，然后把空碗举给云峥看：“吃完了。”

他微微一笑，起身走到书架前，在最底下的抽屉里取出一个碧玉盒子递给我。我好奇地打开盒盖，才刚刚启了一条缝儿，盒子里已经飘出一缕清雅的奇香，好闻得不得了。赶紧打开盒子，见金灿灿的缎面上放着一朵碗口大的莹白色花朵。我从没见过这么美的花，雍容如牡丹，华贵如芙蓉，清雅如莲，高洁如兰，花的莹白色如玉般温润，闪着晶莹剔透的光泽，夺人心魄的美丽。

我屏住呼吸，心中满是惊叹，半晌，才深深地吸了口气："这是什么花？"

"这花名叫雪藤子。"云峥微笑道，"世间只得一株，生长在冰天雪地的辰星国一座万丈悬崖边上，一甲子开花一次，一次只开一朵，极不易采得，历来为辰星国皇室私有。"

"这么珍贵？"我讶异地看着那朵花，"为什么要送给我？"

"这花的功用是驻颜美容，传闻它有返老还童之效、白发变黑之功。"云峥微笑着解释，"你不是很想让月公子恢复昔日的风采吗？"

我怔怔地看着云峥，我为凤歌的一夜白头感到难过，原来云峥都看在眼里，记在心上，竟然暗地里找来这么珍贵的花。这雪藤子若真有此奇效，又是辰星国皇室的私有物，只怕是持有者心头的宝贝，云峥要费多大工夫才寻得来？

我盖上盒盖，将盒子放到桌上，喉咙一哽。云峥见我脸色不对，微微一怔："叶儿，怎么了？"

"傻瓜，你整天在想什么？你就不能少想些事情吗？"我扑到他怀里去，云峥失措地抱住我，我的泪滑下来，"云峥……"你处处都在为我着想，却不知道我根本不要你为我做那么多事情，我只想你好好的，你好好的，我才会好好的。

"叶儿……"他轻轻拍着我的肩膀，柔声道，"别难过，我没有很费神，真的，不过是花一点钱罢了……"

我的眼泪还是止不住往下掉，润湿了他的衣襟。云峥拥紧我，低声哄我。我听着他胸口传来快速的心跳声，突然醒悟到不能让他的情绪太过起伏，赶紧擦了眼泪，抬头笑道："我很喜欢这礼物，谢谢！"

他擦干我脸上的泪痕，微笑道："喜欢就好，你让人给月公子送过去吧。"

我点了点头，走到书桌前，给凤歌写了一张便笺。下笔前我迟疑了片刻，终是没能写出那些问候寒暄的话，半晌，只写了一句："玉盒里乃雪藤子，对白发之症有良效，祈君使用，以宽吾心。"

我将便笺用信封装好，连同玉盒用丝巾包起来，让云德替我送到浣月居去。自从上次月娘警告我不要再见凤歌之后，我便没有再去找过他。如果他看到我真的那么痛苦，那就不见吧，有些朋友本就是用来记在心里的。

这厢刚把事情安排完，宫里差人送来了皇帝和太后赐的"七宝五味粥"。刚送走宫里的人，寂家又差人送粥来了。让我没想到的是，竟是寂惊云亲自前来，我赶紧迎出去，将寂惊云请至花厅："送粥这样的小事，将军怎么亲自来了？"

"不送粥，我也要跑这一趟的。"寂惊云微笑道，"云夫人，你托平安带的信我收到了。"

我的心顿时提起来，紧张地看着他："将军……"

"夫人在信上建议皇上将蔚公子收为己用，让他戴罪立功，我也禀告了皇上。"寂惊云笑了笑。我忐忑不安地道："那皇上如何说？"

"皇上虽然没有点头，却也没有立即拒绝。"寂惊云道。我眼睛一亮，那说明蔚家大哥这件事还有回旋的余地。寂惊云看我充满希望的眼神，微笑道："还有就是，今儿是腊八节，皇上准了你去刑部大牢看蔚公子。"

"真的？"我又惊又喜，"这是真的？"

寂惊云点头，我心里充满感激："谢谢你，寂将军！啊，也请你代我谢谢皇上！"

我带了腊八粥随寂惊云去了刑部，蔚家大哥被单独关在一间牢房里，牢房的环境还不算太恶劣，看来寂将军真是上了心的。见我进去，蔚家大哥怔了怔，从床上翻身而起："叶儿……"寂惊云看了蔚家大哥一眼，对我道："你们聊，我先出去了！"

寂惊云掩了牢门，我望着蔚家大哥，上前两步："大哥，你……"他仍旧穿着那晚劫狱的夜行衣，手脚都上有铁镣，本想问一句"你还好吗"，却觉得这是一些多余的废话，关在这里能好到哪里去，而且还生死未卜，不过他的脸色倒还好。

"让你担心了，抱歉。"蔚家大哥迟疑半刻，嗫嚅道。我摇摇头，想了想，道："大哥，皇上审讯过你没有？"

"还没有。"蔚家大哥摇头。还没有审讯，皇上在想什么呢？他能雷厉风行地将那队官兵处置了，为什么还不对蔚家大哥作处置？我忐忑地道："那假蔚相的事，你知道了？"

"嗯。皇上审讯他的时候，让我在场听了。"蔚家大哥的脸色凝重，双目中闪出一串冷冽的寒星，"父亲大人可能已经遭遇不测，我一定要查清楚这件事。"

"皇上审完那个假蔚相，可有什么表示？"我蹙眉道。你查什么，你自己都自身难保！皇上迟迟不处置蔚家大哥，不知道是否和假蔚相一事有关，毕竟这件事又生出了变化，皇帝如果想弄清假蔚相身后的那股势力，他原先的计划肯定要做一些调整。也许这会是蔚家大哥生存的机会。

“皇上没说什么。”蔚家大哥想了想，又道，“皇上骂我糊涂，让我想清楚自己的立场。”

有门了！我心中一喜，赶紧道：“大哥，你给皇上请罪吧！让皇上把这件事交给你去查，皇上也许就不会治你这次企图劫狱之罪了。”皇帝自己当然也能派人去查，但我相信在这件事上任何人都不会像蔚家大哥那样尽心尽力，反正又不损害皇帝什么利益，皇帝何乐而不为？

“你的意思，是要我归顺皇上？”蔚家大哥怔了怔，蹙起了眉。

“什么归顺，你本来就是皇上的臣民，效忠皇上本来就是本分。”我想起他以前行刺皇帝一事，不知道到底是什么原因，只怕他与皇帝之间有极大的心结，但他与皇帝作对，能有什么好处，才智比不过人家，心机比不过人家，权势比不过人家，凭什么跟人家斗？我慎重地道：“大哥，我不管你以前是怎么看待皇上的，但你要记住，对这个国家来说，他绝对是最适合当皇帝的人，没人会比他做得更好。何况，他还是你的妹夫，你不该对他抱有成见！”如果当初他行刺皇帝是单纯地想阻止蔚蓝雪嫁给皇帝，那现在木已成舟，就算他心里认定我才是蔚蓝雪，也与皇帝没什么关系了，应该把这个心结放下了吧？

“妹夫？”蔚家大哥定定地看着我，语气有一丝怪异。我有些心虚，支吾道：“是你妹夫啊……”表面上的妹夫。

蔚家大哥笑了笑，没再说什么，我拉住他的衣袖，恳求道：“大哥……”

蔚家大哥伸手摸了摸我的头，点了点头：“好，我听你的，我会给皇上请罪的。”

我舒了一口气，蔚家大哥既然答应了我，就一定不会反悔。皇上那边好像也有些松动了，他权衡一下利弊，应该会觉得让蔚家大哥戴罪立功对他来说绝不吃亏，我再拜托寂将军说说好话，这事也许真的可以圆满解决。

## ❋ 第四十四章　替身

步出牢房，见寂惊云负手而立，我笑了笑："妾身不知道该如何感谢将军。"我与蔚家大哥的谈话，寂惊云肯定听到了吧，不过，我本来就是想让他听到的，有些话甚至是故意说给他听的。大家都是聪明人，有些话不用再说明了。

"云夫人言重了。"寂惊云保持着一贯的谦和有礼，"我送夫人出去！"

我走了两步，停下来，转身道："寂将军，妾身还有个不情之请。"

"夫人请讲！"寂惊云颔首道。我轻声道："妾身能否见一见周景赟？"我很想代福生问问他，为什么要这样对周大婶母子？他到底说了什么令周大婶自杀？

"这……"寂惊云迟疑了，我见状赶紧道："如果将军为难就算了，我也没什么非见他不可的原因。"

"倒也无妨。"寂惊云笑了笑，"夫人请随我来。"

周景赟也是关在单间牢房里，条件与蔚家大哥那间差不多，但与蔚家大哥不同的是，他手脚上没有铁镣锁着，却容颜憔悴，仿佛一下子苍老了十岁。寂惊云陪我进去，也不出去，就守在牢房里。周景赟见我们进来，面色平静，依旧坐在床上，不再看我们一眼。

我看着他，沉声道："周景赟？"

他眼皮也不眨一下，像是没听到我说话似的。我吸了一口气，淡淡地道："我今儿来，只是想替福生问一句话，你为什么要这样对他们？"

听到福生的名字，他的神情终于有了一丝变化，抬头望着我："福生他……好吗？"

"在你眼里，什么才叫作好？"我冷淡地道，"你以为，有你这样的父亲，他能好到哪里去？”

“是啊，如果没有我这样的父亲，福生一定会过得比较快乐吧，因为他有那样好的母亲……”周景赟的神情恍惚起来，唇边噙起一抹迷离的笑容，“我还记得，最初见到他母亲的时候，她是那样温柔、胆小，常常偷偷跑到私塾的窗外，听我给学生上课，被我发现后，脸红得像苹果一样，转头羞怯地跑了，像一头小鹿那样纯真可爱。每天，等她来窗外偷听，变成我最渴望的事，那样美好的日子……”

“那样美好的日子，你为什么要抛弃？”我打断他，冷冷地道，“那样纯真的女子，你为什么要抛弃？”

“我想给她更好的生活，我家里很穷，不想她跟着我吃苦受罪。”周景赟的思绪显然还沉浸在回忆当中，“她家里反对我们来往，说除非我有一天出人头地赚了大钱，否则别想把她娶进门。我知道，她不在乎家里人的反对，也不在乎跟着我挨饿吃苦，可我是个男人，如果不能给心爱的人带来幸福，我一辈子都不会安心的……”

幸福？什么才叫做幸福？对有些人来说，也许穿金戴银、一生享受荣华富贵叫做幸福。可对有些人来说，只要能与心爱的人在一起，就算是吃糠咽菜，也是幸福。这些男人擅自做着自以为是的决定，却忘了问对方，什么才是对方真正想要的幸福。

“所以你离开她，去追求你以为能带给她幸福的生活？”我的唇冷冷一撇，语气有一丝讽刺，“看来你得到了你想要的生活，可是你带给她幸福了吗？”

“我得到了我想要的生活？”周景赟的脸抽搐了一下，眼睛里闪着怪异的扭曲的光芒，“不，我没有得到我想要的生活，你知道我这些年过的是什么样的日子吗？那简直是一场永远无法醒来的噩梦……”

我怔了怔，没有开口，只听到他接着道：“我跟着那个贵人上京，以为他真的是赏识我的才学，等见到他领我去见的人，才知道事情根本没有这么简单。那个人跟我长得一模一样，举手投足充满官威，原来他竟然是当朝丞相。他跟我说，他让他的心腹管家接我上京，是要我做他的替身，替他出席一些他不能亲自出席的场合！”

天下之大，无奇不有，想不到天下间竟真有长得如此相像之人！这周景赟果真是蔚锦岚自己找来的。有了这样一个替身，蔚锦岚可以暗中策谋很多事吧？不做亏心事，不怕鬼敲门，那蔚锦岚想必清楚自己做的坏事太多，才要养这么一个替身，必要时推他出去做替死鬼。周景赟的脸扭曲起来，眼中盛满恐惧：“我本来以为当这样一个权贵的替身，也不算什么坏事，只要有钱赚就行了，觉得不好了走就是，就答应了他的要求。没想到他竟然让人给我灌了一瓶毒药，说如果我乖乖听话，一切按他的吩咐做，就定期给我解药，否则就让我毒发身亡。我至此才知道，自己不可能脱身了。”

世上哪有免费的午餐？这周景赟直到被人喂了毒药才醒悟过来，已经太迟了。周景赟的脸抽搐着，似乎回想起了什么可怕的事，喘着粗气道：“蔚锦岚把我像狗一样关到一间暗无天日的密室里，每天要我模仿他的神态、语气、动作，还有字迹。只要我稍微做得不好，没有达到他的要求，就会挨一顿毒打，还不给我饭吃。只是这样还不算，他还用那些恶毒的话羞辱我、讽刺我，说我是他养的一条狗。我一开始也想反抗，却挨不过毒发时的痛苦，那种全身仿佛被人凌迟一样的痛苦，逼着我不得不向他低头。为了少挨一些打骂，少挨饿，我只有拼命去学他的一切，两年后，终于把他的言行举止神态学了个十足十……”

我漠然地听着，心里却对他没有半点同情。这条路是你自己选的，有什么苦果就该自己来尝。你本可以在济州娶了心爱的姑娘，过幸福的日子，纵使她家里反对，可你们不是已经有了夫妻之实了吗？你不会单纯到以为做了这种事以后女方不会怀孕吧？是你自己不满足于目前的生活，要上京求富贵。人往高处走，这本没有错，错就错在你既然要走，为什么还要毁了一个女子的一生？

周景赟似乎也没想听我说什么，只瞪着眼睛，面目狰狞地径自往下讲：“他见我把他的神情举止学得差不多了，就拿出一本册子，是蔚家上下的名册。等我把名册上的资料背熟了，他就把我从暗无天日的密室里放出来，让他的心腹管家跟着我，让我在蔚家上下面前扮演他。原来他关着我的地方，竟然是他寝室的地牢。我过了整整两年不见天日的生活，出了地牢才发现，原来这个蔚锦岚住的房子竟然这么大，过的日子竟然这么舒服，每天吃着山珍海味，有这么多下人服侍，可是他是怎么对我的？他完全把我当成了一条狗。那一刻我就发誓，总有一天，我要堂堂正正地住在这间屋子里，成为这里的主人，我要让蔚锦岚也过一过我曾经过过的日子……”

我静静地看着周景赟，他的双目赤红，披头散发，神情扭曲，就像一个疯子。他又何尝不是疯子，他的心早就疯了！只怕他从那时起，已经暗下决心要反咬蔚锦岚一口。若说以前假扮蔚锦岚，是蔚锦岚逼他，可那以后，只怕是他自己处心积虑地收集一切对他有利的情报，等待着一个反客为主、李代桃僵的机会。

周景赟桀桀怪笑着，喘着粗气，陶醉地道：“我第一次在蔚家上下面前扮演蔚锦岚，就扮得很成功，没有一个人发现我是假的。蔚锦岚自己也对我的表现很满意，从此之后，他每个月都会放我出地牢几次，让我在众人面前扮演他。每当这个时候，我就觉得我是真正的丞相大人，那种所有人对你毕恭毕敬的样子，真是过瘾。然后蔚锦岚让我在地牢里开始学一些官场的礼仪，记住一些朝廷官员的名字和资料。这样又过了两年，蔚锦岚第一次让他的心腹管家带我到了外面，参加一个官员的送别宴……”

蔚锦岚那时候已经开始放心了吧？这个人已经完全成为他的奴隶，先是拿他当狗一样养，把他的尊严和人格完全粉碎，让他对自己产生绝对的恐惧、绝对的服从，然后让他扮演自己，偶尔过一过人上人的生活。他已经离不开扮演蔚丞相所带来的那种从最底层一跃上天堂的缥缈的虚荣和满足感，所以也不怕他胡言乱语。这个蔚锦岚，真是太可怕了。

“接下来这几年，我扮演他的次数越多，知晓他的事情就越多，扮起他来也越发神似。有时候，就连他的心腹管家也分不清我们两个。我知道，我反客为主的日子已经不远了，只等一个机会，我将他神不知鬼不觉地弄死，我就可以代替他成为蔚丞相。当然在这之前，我要先弄到我身中之毒的解药！”周景赟双眼闪着疯狂的光芒，怪笑道，“没想到这一天来得这么快，有一天，地牢的门突然开了，我本以为是蔚锦岚要我又去扮演他，没想到却是一个黑衣蒙面人提着蔚锦岚的脖子走进来，他见到我，眼神震惊极了，用剑指着我们的脖子，厉声喝问我们谁才是蔚锦岚。蔚锦岚那恶人竟然说我才是蔚锦岚，我大声否认，将我是替身的事告诉给他。黑衣人难辨真伪，将我们俩一起抓走，关了起来。”

我身子颤了颤，那个黑衣人，就是楚殇吧？他来寻蔚锦岚报仇，却被他发现了蔚相寝室里的地牢和地牢里的替身。我握紧了手，掩饰心中的震动，那是否就是蔚蓝雪被掳走的那一天？只听到周景赟怪笑道：“那黑衣人一定是蔚锦岚的仇人，因为他看蔚锦岚的眼神就像一头野兽，恨不得立即将他撕成碎片吞进肚子里去。黑衣人听了我说的情况，没有立即动手，大概去了济州调查，过了不久，我身上的毒发了，黑衣人确定了我不是蔚锦岚，就跟我谈了一个条件。他可以不杀我放走我，还可以帮我解了身上的毒，但我要答应他继续假扮蔚锦岚，而且要听他的命令。我想都没想就答应了，反正是做傀儡，做蔚锦岚的傀儡我见不得光，做黑衣人的傀儡我可以马上变成蔚丞相。黑衣人果真守信用，不但解了我的毒，还把我送回相府。他要我做的第一件事，就是让蔚锦岚女儿的丫鬟采凝假扮她入宫，成为德妃！”

我的脑袋“嗡”的一声，顿时一片空白。踉跄退后一步，我全身发冷，冷汗一颗一颗冒出来，脑中只有一个念头：完了，皇帝知道德贵妃是假的了，完了……

## ✽ 第四十五章　重逢

怪不得刚才蔚家大哥听到我说皇帝是他“妹夫”时脸色那么怪，原来他们都已经知道宫中的德贵妃是假的了。那，他们是不是也同样知道了我这副身子才是蔚蓝雪?

“云夫人！”寂惊云见我身子发颤，赶紧扶住我，“夫人没事吧？”

“没事！”我站直身子，费力地吞了一口唾沫，强自镇定地道，“这些事太让人震惊了，简直是匪夷所思。”

寂惊云神情复杂地看着我，我对他展开一个难看的笑容。却听到周景赟冷笑道：“如果这些事不是发生在我身上，我也觉得匪夷所思。奇怪的是，那个黑衣人只交代我做了这么一件事，就再也没有出现过。”我咬紧唇，他当然不会出现，他在那之后一个多月便死掉了。

“那蔚锦岚和他女儿到哪里去了？”我稳定了一下情绪，故意试探。周景赟轻哼道：“他们落到仇人手里还有什么好下场?黑衣人一确定了他们的身份，不马上杀了他们泄愤才怪。”

是吗？那皇帝会不会这样以为呢？心头一阵狂跳，我是不是应该存一些侥幸心理？他只是知道了宫里的德贵妃不是蔚蓝雪，但也不能说明我就是蔚蓝雪呀，也许皇帝认为蔚蓝雪已经死了！可是，皇上已经知道德贵妃是假的，只要他一审讯，恐怕不用多久，德贵妃就会把我是蔚蓝雪的事实说出来，到时候我又该怎么办?

我顿时心乱如麻，再无心问周景赟任何问题，但周景赟自己说上了瘾，喃喃自语道：“我这三年多来，扮着蔚相，出入朝堂，好不风光，以为自己的好日子终于来了。没想到突然有一天，她竟然到相府找我，我开始完全没有认出她来，她跟我记忆中完全不一样了，变得那么苍老……”

我怔了怔，好半晌，才反应过来他说的“她”是周大婶，不禁寒声道：“你对周大婶说了什么？她为什么要自杀？”

“我，我跟她说了我这些年的遭遇啊，我说我好不容易才过上这种好日子，让她不要来破坏。如果她揭穿我是假丞相，我就是欺君之罪，要杀头的啊……”他疯狂地笑起来，眼泪顺着脸颊流下来，“结果那个傻女人，她回去就自杀了，真是傻瓜，她甚至不告诉我她给我生了一个儿子，那个傻瓜……”

我再也听不下去，转头离开牢房。这与我预料的结果一模一样，只是，我就是不甘心，我要听他亲口说出来。我不愿想象当初周大婶听到他这番话是怎样的心情，当她知道自己的一片痴心比不上情郎眼中的富贵荣华时又是怎样的心情，当她决定牺牲自己成全情郎的时候又是怎样的心情，我双手紧握成拳，指甲陷进了掌心。傻女人，是啊，真是一个傻女人！

寂惊云跟出来，见我咬紧了唇，脸色难看至极，有些担忧地道：“云夫人……”

“将军，福生是不是也听到过他这番话？”我吸了口气，轻声问道。

寂惊云沉默半晌，点点头。我闭了闭眼睛：“明白了。谢谢将军，妾身告辞。”

怪不得那孩子会那样，福生听到自己的父亲说出这样的话，会受多大的打击？这个周景赟，简直该死到了极点！

回府之后，我小心翼翼地观察着福生的情绪，注意不在他面前提到周大婶和周景赟的事。对发生在他身上的事，我一点儿忙也帮不上，心灵的创伤，只能让时间来渐渐抚平。让我感到意外的是，几日后周景赟没有被执行斩立决，皇帝突然改变了主意，将他改判为流放都南岛。细细一想，我顿时明白了皇帝的用意。好一招引蛇出洞，一方面外界的人并不知道这个蔚相是假的，皇帝也许跟周景赟达成了某些协议，将他的死刑改为流放，或许是为了引出控制周景赟的那股势力，因为周景赟自己也不知道控制他的势力到底是何方神圣。另一方面，还可以让当初跟蔚相一起做过坏事的凤太妃提心吊胆。如果她按捺不住对蔚相出手，一定能让皇帝抓到把柄。这个皇帝，实在是太厉害了。

蔚家大哥请罪之后，皇帝以“仁孝感天，情有可原，未铸大错”的名义放了他，以示天子仁德之心。我不禁感叹，天子之言，真是金科玉律。皇帝要一个人死，要一个人生，真是他随便说的，他说什么就是什么，还有什么人敢反对、什么人敢去强出头？蔚家大哥出狱后来看过我一次，然后便从京中消失，我知道他一定是暗中查探周景赟背后那股势力去了。楚殇已经死了，他能查到什么？不过这是让他免罪的关键因素，我自己不好说什么，只暗示他那股势力可能与无极门有关，至于他能不能领悟，我就帮不了他了。

我日日提心吊胆，担心皇帝会因为蔚蓝雪一事找我兴师问罪，可是皇帝竟一直没有什么动静，宫中也没传来德贵妃获罪的消息，只知道她继续被关在冷宫里。我捉摸不透皇帝的想法，索性不去想了，兵来将挡，水来土掩，说来说去，真正的蔚蓝雪在这件事上从头到尾都是一个受害者，皇帝凭什么为难她？只要皇帝一天不提，我也就装一天傻。

安安心心在侯府养胎，每天喝着易沉谙给我配的药，定期请玉蝶儿去易沉谙那里通报我的身体状况。云峥的身子一直病恹恹的，但也不像前段时间那么嗜睡了。让我安心的是，他中的蛊毒没有再提前发作过，只是月中时又进行了一次例诊，我坚持在例诊室里整晚陪着他。看着云峥又一次受着那种非人的痛苦，我真恨不得立即将宝宝生出来，好让云峥少受点罪，可是不行，如果现在催生，宝宝会有危险。不管是云峥还是宝宝，我都不能让他们出事，因为他们都是我在这世上最亲的人。

转眼到了月底，过两天就是除夕了，老爷子也应该快到京城了。前几天收到老爷子的信，说是要赶在除夕夜之前回来过年，还说要带客人回来，这几日我天天让云义去城外等候老爷子的马车。在二十一世纪，我很多年都不曾感受到过年的气氛了，就是除夕夜与平时也没什么不同，春节联欢晚会是早就不看的，年三十儿照旧泡在网上插科打诨。而这个时空从进入腊月开始就要忙活年事，侯府是要彻底打扫干净的，窗户上要贴上喜庆的窗花，门口要贴上倒福和春联，房檐下要挂上圆圆的红灯笼，增添节日的气氛。前两天还祭了灶神，这些在现代几乎不再举行的民俗活动，让我觉得异常新鲜有趣。

“好不好看？”我放下剪子，把剪好的窗花展开给云峥看。这是我这两天才跟宁儿和馨儿学的。我不会剪太复杂的花样，只能剪最简单的福字，不像她们有一双巧手，可以剪出“龙凤呈祥”、“孔雀牡丹”、“五谷丰登”、“连年有余”这些精致优美繁琐的图案。不过我仍然十分得意，将我剪的福字贴满了我和云峥的房间。

“好看。”云峥笑着看我。我拿着窗花在屋里环视了一圈，懊恼地道：“呀，没有地方贴了呢。”云峥见了满房的福字，只是笑。我眼珠儿一转，凑到云峥身边去，“老公，我想好了，就贴在这里！”

我把窗花按到云峥的胸口上，得意地笑。云峥无可奈何地笑道：“你真要贴在这里？”我按着窗花，笑眯眯地道：“在房里贴一下，出去就取下来，我可不想让你被下人们笑话。”

云峥笑着捉住我的手，正笑闹间，宁儿跑进来，笑道：“少爷，少夫人，侯爷回来了！”

老爷子到了？我和云峥对望一眼，赶紧站起来，理了理衣服，往大门外走去。刚走出院子不远，已经看到老爷子在云德云义和两个随身小童的簇拥下大步走了过来。我和云峥加快脚步迎过去，待看清老爷子身后紧跟着的那个人，我身子一顿，怔住了。

云峥觉察出我的异样，看了我一眼，抬眼一看，也是一怔，但顷刻间便回了神，唇角带着一丝笑容，拉着我走上前去，给老爷子行礼：“孙儿见过祖父，祖父一路辛苦了！”

“还好还好！”老爷子看到云峥就笑眯眯的，一脸关切，“之前叶丫头跟我说你的老毛病又发作了，现下觉得身子如何？”

“让祖父担心了，已无大碍。”云峥笑着摇了摇头，转头对老爷子身后那人颔首，“安公子！”

那人欠了欠身，脸上依旧没有表情。老爷子看了他俩一眼，转头见我仍在发呆，笑道：“丫头，怎么不叫爷爷？”

“啊？”我回过神，赶紧将目光落到老爷子身上，笑了笑，“爷爷！”

老爷子的目光落到我的大肚子上，笑得合不拢嘴：“丫头，你真是我家峥儿的福星啊，爷爷要好好赏你！”

我尴尬地笑了笑，不自在地看了老爷子身后那人一眼，见他垂着眼睑，俊美的脸上毫无表情。在这当儿，一个小童从他们后面追上来，气喘吁吁地站到那人身边，见到我，立即笑眯了眼，扑到我面前，甜甜地叫道：“叶姐姐！原来你真的在京城，看到你太高兴了！”

我赶紧扶住他，看清他的脸，笑了笑：“安生，好久不见！”

老爷子看了我们一眼，笑道：“行了，别停在这儿，进屋再谈吧。远兮，你也来！”

“安生，走吧！”他叫上安生，跟着老爷子往前走去，我怔在原地，仍是没反应过来。安远兮怎么会跟老爷子在一起？又怎么会跟他来侯府？难道他就是老爷子在信上说的客人？云峥握住了我的手，我转过头，他对我笑了笑：“进去吧，你的疑问祖父一定会解答的。”我笑了笑，任他牵着我的手，跟上前去。

## ❁ 第四十六章　兄弟

进了主厅，老爷子坐上首位，让我们依次在两旁的侧座坐下了，目光在我们几个身上转了一圈儿，将云峥的淡定、我的疑惑、安远兮的面无表情都一一收进眼里，轻咳了一声，才开口道："你们都认识，也不用我介绍了。这次我带远兮回来，主要是有一件事要跟大家宣布。"

我抬眼望着老爷子，见他脸色严肃，不由得也慎重起来。老爷子见我们都盯着他，才缓缓道："远兮是云弈的骨肉，我带他回来认祖归宗，以后，远兮就是侯府的二少爷！"

我怔了怔，有点回不过神来。老爷子的意思是，安远兮是云峥的父亲在外面的私生子？那他跟云峥岂不是兄弟？我转头看向云峥，见他只是眼中略为闪过一丝诧色，随即对老爷子点点头："峥儿明白了。"我的手指有些冰凉，脑子里乱成一团，惊愕不已，老天，你在跟我开玩笑吗？若是如此，他兄弟二人以后如何相处？我以后如何面对安远兮？

"丫头？"老爷子见我怔怔出神，出声唤我，"发什么呆？"

我回过神，勉强一笑："我没事，爷爷。"

"嗯，过两天就是除夕了，我准备初一给远兮举行认祖仪式。"老爷子淡淡地看了我一眼，笑了笑，"这之前要先陈情给皇上，还要请一些亲朋好友观礼，所以这两天要辛苦你了。"

"好，我一会儿和德、义两位管事商量一下，看怎么准备。"我稳定了一下情绪，点点头。云峥看了我一眼，出声道："祖父，叶儿身子不便，这些事交给两位管事去操持吧。"

老爷子看了看我，唇角扬起来："丫头，峥儿还真是护着你。罢了，我一会儿跟两位管事交代吧。"

不知道是不是我多心，总觉得老爷子话里有话。我不好接话，只得笑了笑："爷爷，你们一路辛苦了，我让人准备热水给你们沐浴，您的房间我早就让人收拾好了。安……小叔暂时住到怡园如何？"

"行。"老爷子点点头，对云峥道："峥儿，你身子不好，回房歇着吧。云义，你带二少爷去怡园。"

我随云峥回房，云峥握着我的手，一路上都没有说话。云峥好涵养，并不当着安远兮的面对老爷子刨根问底，不知道他面对一个突然冒出来的"弟弟"，是什么样的心情，而这个"弟弟"甚至曾经是他妻子的情人。纵然我知道我的一切过往云峥都知道得清清楚楚，但我仍然免不了有些心虚。

我垂头看着地面，任他牵着我往前走，在心里挣扎了半天，怯怯地出声："云峥……"

"嗯？"他站住，转头看我，脸上有丝歉然，"我走太快了吗？"

"没有……"我赶紧摇头，忐忑地望着他，"云峥，你是不是不高兴？"

他静静地看着我，握着我的手紧了紧，微微一叹："叶儿，你对我没有信心吗？"

"不是！"我急忙否认，顿时后悔起刚刚说的话，我又用现代人的心思来揣度别人，但我的云峥，永远不是别人，"对不起……"

"傻瓜……"他轻轻抚了抚我的脸，将我脸侧垂下的一绺发丝捋到耳后，"罢了，我有些累，自己回房，你去祖父那里吧。"

"嗯？"我怔怔地看着他。他淡淡一笑："你一定还有些疑惑，我清楚你的性子，不弄清楚是不会甘心的。"

我的脸微微有些发烧，云峥真是太了解我了。他松开我的手，柔声道："去吧。"

他转身回房，我怔怔地看着他的背影，直到他的身影转过庭院，再也看不见，才猛地回过神来。我转身往老爷子院子里走，才踏进院子，就见老爷子的随身小童锦儿迎过来，笑眯眯地道："少夫人，侯爷正等着您呢。"

得，看来老爷子也把我的脾气摸得清清楚楚。我不好意思地笑了笑，随锦儿进了房。老爷子坐在软榻上喝茶，见我进去，微微一笑，"丫头，我就知道你还会回来，过来坐。”

我浅笑着走上前去，坐到他的侧对面，一个言不由衷的马屁拍过去：“爷爷真是神机妙算，这世上再没有比爷爷更聪明的人了。”

“你这丫头，就是嘴乖。”老爷子半真半假地接受了我的奉承，似笑非笑地看了我一眼，“说吧，你有什么疑问，都问出来！”

“爷爷，云峥身上中的毒，您是不是一早就清楚了？”我开门见山地道，紧紧盯着他的眼睛，“你是不是瞒着云峥什么？”

老爷子怔了怔，望着我的眼睛闪过一丝异色，随即失笑道：“你竟是问我这个？我还以为你是来问我远兮的事呢。”

“那件事我也会问，但云峥的事更重要。”我心里有一丝不快，老爷子不会是存心试探我吧？他也是清楚我与安远兮的事的，这会儿把他带回侯府，难道怕我跟他纠缠不清吗？

老爷子意味深长地看了我一眼：“丫头，你既然这样问我，恐怕对峥儿身中的毒已经知道得很清楚了吧？”

“爷爷何必搪塞我。”我静静地看着他，淡淡地道，“我们总归是一家人，难道爷爷对家人还要用对外人的那套虚与委蛇吗？”

我对云峥那份心，比起你来只会多，不会少。老爷子安静地用眼睛坚定地传达着这个信息，缓缓地摸着下巴上的胡须，半晌，微微点了点头：“不错，我对峥儿身中的毒，早就清楚了，那是南疆的奇蛊无忧蛊。”

“是您让傅先生对云峥隐瞒的？”我继续求证，见他颔首，我微微点了点头，证明易沉谙和我之前的猜测都是正确的，傅先生的确是按老爷子的吩咐做事，不是心怀叵测。弄清这一点，我对傅先生的戒心才算消除了。

“爷爷既然知道云峥中的是不能动情的‘无忧蛊’，当初为何要让我嫁给云峥呢？”即使云峥娶了我未必一定会爱上我，但以云峥的性格，肯定会善待我，至少会拿我当朋友，这一样会加重云峥的病情；即使老爷子看中我有点儿经商的小手段和一些新奇点子，想让我帮他，也可以有别的法子，比如可以花钱请我当个幕僚什么的，何必一定要冒险让云峥把我娶进门呢？

“我就知道最后一定瞒不过你这丫头。”老爷子脸上带着意味不明的笑容，眼神中却透出几分得色，定定地看了我半晌，又道，“事到如今，我也不再瞒你。我让峥儿娶你，是因为峥儿只能娶你。”

我蹙起眉，越发不解。老爷子笑了笑："你既知道峥儿中的是无忧蛊，怎么解蛊，想必也知道了吧？"

我点点头。老爷子看着我，缓缓道："你既知道中了无忧蛊不能动情，那也该知道无忧蛊会损伤中蛊者的生理机能，使其不能有子嗣。"

"老爷子是怀疑我肚子里的孩子不是云峥的？"我心里有点冒火，对他的称呼也不客气了。谁知道老爷子一点也不以为忤，反倒笑了："错了，这个孩子一定是峥儿的，而且，也只有你能怀上峥儿的孩子。"

我蹙紧了眉，越发不解，但心中隐隐知道，我前些日子理不清的那些纷乱的线头好像马上就要连起来，真相马上就要浮出水面了："为什么只有我才能怀上云峥的孩子？"

老爷子看了我一眼，伸手指了指我的脖子，缓缓道："因为你有这块蟠龙墨玉。"

我蓦地瞪大眼睛，老爷子不理会我错愕的表情，接着道："古书记载，蟠龙墨玉是上古天人取经过地火淬炼的黑曜晶石琢磨而成，乃仙家宝物，极度辟邪。当年为了峥儿中的蛊毒，我曾用了一些手段让南疆蛊王说出解蛊之法，蛊王说既然施蛊者已死，解蛊的另一个法子是，让中蛊者服下与心爱之人孕育的孩子的紫河车，这只是一个传说。因为中了无忧蛊的人根本不可能生下孩子，除非中蛊者的爱人拥有辟邪的神器。这些年，老夫让人查探不少辟邪神器的资料，而蟠龙墨玉是辟邪的仙家至宝，但一切都只限于古籍的记载和民间流传的传说，从来没有人知道这世上是否真的有蟠龙墨玉。直到那年我在回沧都的官道上遇到你，丫头，我一眼就看出你脖子上那块黑玉与古籍中记载的蟠龙墨玉实在太像了，于是就对你上了心……"

我呆呆地听着，心里实在是太震惊了。原来冥焰给我的这块黑龙玉叫蟠龙墨玉，我现在才知道它的名字。说它能辟邪，我还是深信的，毕竟这玉的确是仙家之物，而且我多次见识了它的异能，它在水中助我呼吸，它对有辐射的玉枕示警，无一不显示它的辟邪功能。这块黑龙玉的材质是黑曜石吗？我只知道黑曜石是火山熔岩迅速冷却后形成的非纯晶质的天然玻璃，像黑龙玉这样纯黑如玉的，恐怕是万中无一。传说黑曜石极度辟邪，能强力化解负能量，放在煞气较重的地方，可以辟邪挡煞，做成佛像，效果更是上乘。在我那个时空的古代许多佛教文物中，就有用于镇宅或辟邪的黑曜石圣物或佛像。如果黑龙玉的材质真是取自黑曜石，又经过仙人雕琢，它变成老爷子口中的避邪至宝，也是合情合理的。

"原来这才是你千方百计想让我嫁给云峥的真正原因！"我喃喃地道，有些想笑，终是没有笑出。原来是因为这块黑龙玉，我还以为我叶海花真是什么"机智聪敏、蕙质兰心"，让见多识广的永乐侯也赞不绝口，巴巴地给孙子讨回去做媳妇儿，原来真正的原因在这里。换成另一个人拥有这块黑龙玉，永乐侯绝不会在我身上花心思，老实说，这个认知真的挫伤了我作为一个现代人的自尊。

"丫头，你不会以为爷爷在你身上动了这么多心思，只是想利用你吧？"老爷子这话纯粹是找抽的，此地无银三百两！我抬眼看着他，淡淡地道："如果是为了云峥，我不怕被人利用，我只怕没有被人利用的价值。"

老爷子神情一震，看着我若有所思。我的唇角淡淡一扬，我不是不介意被人利用，被当成白痴让人耍得团团转，只是，如果这一切是为了云峥，我甘心被人利用，因为我愿意为云峥付出我的一切。

我将决定催生之事告诉了老爷子，因为若得到他的配合，这件事将会进行得顺利一些，因为我还得让他帮我隐瞒云峥。老爷子看我的眼神少了一些探究，多了几分震动，想必是心中有愧，语气带上两分不安和小心翼翼，慎重允诺道："丫头，你放心，就算是远兮回来，也不会动摇峥儿的世子之位，以后你的儿子也一定会是小世子。"

我衣袖底下的双手有些抖，拳头握得死紧，如果他不是云峥的爷爷，我真的想抽他几嘴巴。他以为我做的这一切，只是想保住云峥的世子之位，保住我的荣华富贵吗？这些所谓的豪门贵族，脑子里原来真的只会想这些，只能想这些！我早该意识到，他当初既然会以南疆蛮夷粗鄙不堪未通教化的理由反对绮罗进门，又怎么会让我这个沦落风尘的女人嫁进侯府？他表面上对我赞不绝口，只怕心中仍然存有芥蒂，如果不是因为我有黑龙玉，他怎会让我这种出身的女人嫁给云峥？

我的唇角浮上一抹轻嘲。老爷子当初，恐怕仅仅是想得到这块黑龙玉吧？什么考验我能否成为云家的当家主母，设下那个让我失货的圈套，其实他最初的目的，只是要这块黑龙玉，怪不得那个林老板要让我用玉抵债。连那沧都府衙大牢内的龙婆，恐怕也是老爷子安排的，听我说那玉施过咒根本拿不下来，所以才让龙婆去拿吧？只是他没想到龙婆竟然被吓疯了。他想了这么多办法，设了这么多计，仍是不能拿到我脖子上的黑龙玉，所以最后只得妥协，让云峥娶我。

我不是不悲凉的。对于一个努力在困境中挣扎生存的人来说，我刚刚意识到的这些事，无异于在嘲笑我所做的一切是没有意义的，无论你怎么努力，你的出身、你的过去，是抹杀不了的，这世上谁都轻贱你，谁都可以！

我深深地吸了一口气，控制住双手的颤抖。好在，好在我有云峥，无论如何，这世上终还是有一个爱我、知我、懂我、怜我、惜我的人。为了这个人，就算要我付出生命，我也愿意。

“我倒希望云峥不做这个什么世子，只要他身子健康，比什么都好。”我缓缓地平息心中的怒火，“爷爷既然又找回一个孙子，以后就让他多承担一点云家的生意，让云峥少操一点儿心。”

老爷子听我这样说，眼中略微一诧，似笑非笑地道：“丫头，你倒大方，哪家的长房不是死死抓着手中的权力，就怕被分割？”

我冷冷一笑：“如果合适，把这侯位传给小叔也行。”我只要云峥平安健康。

“那怎么行！”老爷子将手一挥，摇头道，“永乐侯代代世袭，爵位只传给长子。远兮虽然也是我的孙子，但到底是庶出，再加上他母亲的事，我是绝不会将爵位传给他的。再说峥儿这些年吃了这么多苦，这个爵位也是对他的补偿。”

补偿？云峥真的稀罕这个爵位吗？从婴孩时期便一直受着蛊毒之苦，其实云峥对这些身外之物看得极淡吧？羁绊他的，不过是对云家的一份责任和对老爷子的这份亲情。一想到初遇云峥，从他的琴音里感受到的那份入骨的寂寞，我的心就忍不住抽痛。

“安大娘有什么事？”我有些想不通，简单地问，“安远兮怎么成了父亲的儿子？爷爷又是怎么知道的？”以当初云弈对绮罗的用心，怎么还会背着娇妻美妾又惹出一段情债？我想起安大娘身上那份从容的气质，以前就料想到她的出身恐怕不简单，没想到竟然与云峥的父亲有感情纠葛。

“安大娘？”老爷子看着我，笑了笑，“原来你还以为远兮是安大娘的儿子！”

我怔了怔，感觉老爷子这话大有玄机：“难道不是？”

“远兮是绮罗的儿子。”老爷子抛出一个重磅炸弹，差点让我震惊得从软榻上站起来。“什么？”

“远兮是绮罗的儿子，安大娘只是远兮的养母。”老爷子见我满脸的难以置信，重复了一遍。我仍是没从震惊中回过神来，怀疑地道：“可是，云峥告诉我当初绮罗死时，还没有临盆呀。孩子不是已经死在腹中了吗？”

“当初绮罗死时，的确没有临盆。”老爷子点点头，“绮罗下葬后的次日，恰巧遇到安大娘去坟地拜祭亡夫，她听到新坟里传来婴儿的哭声。这安大娘也是胆大，请了几个农夫刨开坟，开棺一看，棺内的女尸裙下竟然有个活生生的婴儿。安大娘见那孩子生得可爱，正好自己守寡无子，就把孩子抱回去了，抚养成人。”

“她对这么诡异的事不感到奇怪吗？那孩子怎么会在坟墓里生下来？她不知道那坟里埋的是侯府的如夫人，那孩子是侯府的小少爷吗？”我疑惑道，觉得这事不是那么简单，连珠炮似地发问，“安大娘既然敢刨坟，好奇心也应该很重才是，就这样把孩子抱回去，也不帮忙问问这里埋的是何人？那些农夫见到这种怪事也没传言？”

老爷子听到我一连串的发问，脸色有些尴尬，轻轻咳了一声，倒也没隐瞒：“绮罗当初犯下这样的罪行，是不可能葬入云家族墓的。玉瑾心里怨恨绮罗和弈儿，打发人将绮罗随便埋到郊外的乱葬岗，甚至不准立墓碑，就是不想让弈儿找到绮罗的墓，所以外面没人知道那墓里埋的是谁。再说家丑不可外扬，侯府发生这样的事，也不会宣扬出去，安大娘就算想帮孩子找亲人也不可能找到，何况她还存了些私心，想自己留下这孩子，就给了那些农夫一些钱，让他们保密。”

玉瑾只怕是得了老爷子的默许，才敢如此做吧？否则，云弈怎么可能会找不到绮罗埋在何处？若是老爷子插了手，这情况又不同了，想必当时老爷子也是很气恨绮罗的。我看着老爷子的神色，知道他不会细说当年那些内幕，笑了笑，道：“那爷爷是怎么跟小叔相认的？”

“认出他也不费什么事。”老爷子端起茶，喝了一口，淡淡地道，“他与绮罗长得有九分相似。”

怪不得白玉瑾一看到他就疯了。我想起当初白玉瑾见到安远兮时那恐惧的表情，若有所思。之前我对云峥这位脾气暴戾乖僻的母亲实在是没有什么好感，可是自从知道当年那些事以后，才知道真是“可恨之人也必有可怜之处”。如果不是被丈夫背叛，被绮罗害了自己的儿子，她也不会变成这样吧？这些年眼见着儿子受苦，云峥与她的母子关系又那么淡漠，她心里的苦我完全能够想象。也许她心里还很自责，她再乖僻，到底还是云峥的母亲，不可能不爱他的。如果不是她冲动地杀了绮罗，也许云峥身上的蛊能解也说不定。她日日受着折磨，在看到酷似绮罗的安远兮时，终于爆发了。

“安大娘怎么会承认呢？”她既然隐瞒了这个秘密这么多年，仅凭长相根本不可能让她承认的。

“远兮身上有一块玉，是当年弈儿亲手雕刻的，有云家的族徽，他把那玉送给了绮罗，绮罗一直把它戴在身上。”老爷子淡淡地道，“安大娘也承认了，那块玉是她从绮罗的尸身上取下来，想留给远兮的。”

我想起老爷子第一次到我铺子里来，见到安远兮，就直愣愣地盯着他身上那块玉瞧，原来那时候老爷子就知道安远兮的身份了。我只听到老爷子继续道：“就算没那玉，安大娘想否认也不可能，远兮本身就是最好的证据，只要滴血验亲，立即就能真相大白。”

滴血验亲？黑线啊！这法子真的有用吗？原来古人真的用这法子来验明血缘！突然想到皇帝不知道是不是用这个方法验明了蔚相的正身？我心里有些发怵，如果皇帝把我和蔚家大哥的血拿去验一验，不也就真相大白了？我的灵魂虽不是蔚蓝雪，可这身子是她的呀，我到时还否认得了吗？

抛开这个令我心惊肉跳的想法，我强笑道：“小叔知道当年的事，不恨云家吗？怎么肯回来？”

“恨？”老爷子看着我，古怪地笑了笑，“你呢？你知道是他母亲害得峥儿这样，你恨他吗？”

我怔了怔，恨安远兮？这基本上是我不会考虑的问题。摇了摇头，我轻声道：“稚子无辜，我为何要恨他？再说，云峥现下也有救了。”

“你能这么想就最好了。”老爷子脸上浮出笑容，“其实有些事，告诉他也没有什么好处，远兮不清楚当年的事，我只说绮罗是得急病死的，你记住了。”老爷子慎重地交代着。我点点头，笑道：“那爷爷是何时与小叔相认的？他不是离开沧都，不知去向了吗？”

应该是在安远兮脑袋受伤之后吧，因为之前我整天与他在一起，不可能不知道这事。果然，老爷子脸上带上几分不以为然，轻哼道：“他的行踪在我的监控之下，能失踪到哪里去？我是在你和峥儿婚后与他相认的，不过他最初也跟我闹了一阵别扭，不肯认祖归宗，我颇费了一些力气，才把他劝服了。如今远兮回来了，你又有了身孕，咱们长房的人丁眼见着就要兴旺起来了……”

被老爷子盯上的人，自然跑不脱，何况老爷子还是那种不达目的誓不罢休的人。他当初那样反对绮罗，但从我今天观察他对安远兮的态度，却亲善得不得了，不知道是真心疼他，还是另有目的。但老实说，老爷子最后那句话令我冒出一个让人感到很不愉快的想法，云峥当时能不能解蛊，还是未知之数，他与安远兮相认，也许是怕云峥命不久矣。一想到这里，我就有些不快，起身道：“爷爷，我没什么事儿了，不打扰你休息了。”

## ❁ 第四十七章　除夕

这两日过得极不自在。老爷子回府了，我和云峥也不好再待在自己房里用膳，每顿饭都得到主厅里和老爷子一起吃。当然，安远兮是肯定也在的。所以这两日吃饭让我感到特别别扭，安远兮对所有人的态度都极冷淡，跟以前的书呆子性格完全不搭调，整日里阴着一张脸，像所有人都欠他钱似的，也让我觉得极不舒服。好在除了用膳的时候，我基本上不会和他碰面，倒是安生有事没事总往我院里跑，像一个磨人精似的。我见这孩子性格这么开朗，心里一动，有心让他多与福生和金莎接触，也许在他的带动下，福生可以早日从这次巨大的打击中振作起来。但让安生跟福生他们一起读书，却要先征得安远兮同意，我不愿去找他，所以也一直没有合适的机会跟他说。

随后迎来了除夕，我记得我小时候，除夕这天人们都要守夜，全家人围在一起，吃丰盛的年夜饭，看春节联欢晚会，小孩子要得到长辈发的红包，还要满街放烟花爆竹，过年是幼时最令人神往和最好玩的节日。而在这天曌国，过年更是不能含糊，何况是侯府这样的大户人家，年夜饭之前，先要在祠堂祭祖，给祖先上香、献贡，还要烧纸钱，希望得到祖先的保佑。

云家的三位执事也赶回了京城侯府，主要是为了参加明天安远兮认祖归宗的仪式。老爷子和云峥依次给祖先上完香，磕完头，然后对站在一边的安远兮道：“远兮，来给祖先上香。”

安远兮抬眼看了神龛上一层层密密麻麻的牌位一眼，一言不发地走上前去。我点了一炷香递给他，按侯府的规矩，得男人们先拜完祖宗，才能轮到女人，而男人们又是按长房为先的规矩，所以三位执事也得排在安远兮之后。他在祭祖的时候，老爷子很煽情地对着祖宗牌位道：“祖宗保佑，让崇山寻回弈儿的骨肉，弈儿亦当含笑九泉……”

安远兮沉默地上完香，磕了头，没对老爷子肉麻的话作出什么回应。等三位执事拜祭完，轮到我给祖宗上香。我扶着腰跪地磕头的时候，老爷子又道“云门第十一代长媳叶氏，厚德孝悌，已为云家孕有骨肉，望祖宗保佑”云云。云峥扶我起身，老爷子带头给祖宗烧了纸钱元宝，做完冗长的祭祀活动，才带着我们去正厅吃年夜饭。

年夜饭早就琳琅满目地摆了满满一个大圆桌，我们围桌而坐，连金莎、福生、安生三个小鬼也能跟我们坐一桌，大概是沾了过年的喜庆，福生的脸上也露出了久违的笑容。云峥的母亲未能到场，桌上也摆了一副空碗筷，看来云家极重视这顿团圆宴。老爷子笑道：“家里好多年没有这么多人一起过年了。俗话说得好，‘打一千，骂一万，三十晚上吃顿饭’，再没有什么比一家团聚更让人高兴的事了，是吧？”

“大哥说得极是。”堂叔公云崇岭赶紧点头，常叔和海叔也赶紧附和。我在心里苦笑，这顿饭，吃得高兴的恐怕也只有老爷子一个人了。尽管老爷子极力想活跃气氛，但桌上还是有些冷场。好在云家的三位执事都是会察言观色的，竭力帮衬着老爷子，讲着一些生意场上的趣事，还有金莎和安生两个小鬼在桌上抢食，让人觉得不致太冷清，否则这年夜饭真是吃得如坐针毡。

好不容易等到这顿饭吃完，云义跑进来，对老爷子道：“侯爷，舞龙队上门拜年了，侯爷可要亲自出去打赏喜钱？”老爷子一听，高兴地道：“好，好，当然要去，讨个喜庆吉利！”安生他们一听，早就按捺不住地跑出去了，我也来了一点儿兴致。我小时候，家乡小镇倒是有舞龙队上门拜年的风俗，也不知道从什么时候起取消了，过年没有了舞龙舞狮、花车游行、元宵灯会，也禁止放鞭炮，实在无趣得很，没想到今天竟然能重温一下儿时的乐趣。

全家人随着老爷子去大门外看舞龙。一出门，才发现真是热闹，天虽然已经黑了，但有一队衣着艳丽的小童举着长竹竿，挑着红彤彤的大灯笼，把门前照得一片雪亮。先是舞彩龙，闹腾一阵之后，天空中蓦地爆起一团礼花，我惊喜地抬头望去，才发现那不是礼花，而是铁花。对街烧红的铁锅里有化开的铁水，打花的把勺子往空中一甩，那金灿灿的铁水便像冲到天空的礼花一样四散开来，光彩夺目，转眼便凝成硬邦邦的细铁弹子从空中掉下来。在第一束铁花还没有消失殆尽的时候，又一束“嘭”的一声被甩到半空，重又弹出一朵新的铁花来，一束接着一束，毫不间断。这时候火龙就出场了，火龙是布扎的，没有彩龙那么五颜六色，却比彩龙更有一种说不出的威严和气势。舞龙的男人们都光着上身，身上涂满防烫伤的桐油，满头满脸的汗水。

老爷子对舞龙队的卖力很满意，让云义给领队打赏了一个大红包，舞龙队才热热闹闹地撤走了。几个孩子早就按捺不住，说要去放烟花爆竹，转眼就不知道野到哪里去了。我们则随老爷子到园子里看杂耍，据说云家每年三十晚上都会请来杂耍班子，在园子里表演一晚。园子里早就布置好了，歌舞、驯兽、顶盘子、喷火、穿火圈等节目，一个个轮着上场表演，我勉强撑到戌时，已觉身子疲惫不堪，又不好提前离场，坏了过年的规矩和老爷子的兴致。身子软软地倚在云峥肩上，云峥立即发现了我的异样，低头关切地道："叶儿，累了？"

"嗯……"我闭了闭眼睛，懒洋洋地哼了哼，即使是在前世，我也从来没有一次守岁撑到次日天明的，过了凌晨三点肯定眼皮打架了，如今有了身孕，这身子越发不争气了。还没有回过神来，已听到云峥对老爷子道："祖父，叶儿累了，孙儿想陪她回房休息。"

我赶紧睁开眼，见众人的目光都扫过来，老爷子关心着我肚子里的曾孙，也不留我们，嘱咐道："去吧，叶丫头身子不便，今儿也不用跟我们一起守岁了，你陪她在房里守就行了。"

我跟云峥行了礼回房，进了房，我脱了外衣，径直往床上爬去，扯过被子就准备蒙头大睡。这两天准备除夕夜的年夜饭和活动还有安远兮初一的认祖仪式，虽然不要我亲自动手，可是仍有零零碎碎的杂事要安排交代。我大腹便便，因为怀孕的关系，两条腿都有些浮肿，多站一会儿、坐一会儿都觉得吃不消。

云峥坐到床头，我拉住他衣角撒娇："云峥，你上来陪我睡好不好？"

他笑了笑，脱了鞋蜷进被窝里。我倚到他身边去，翻来覆去都找不到一个合适的位置，这个大肚子压得我不舒服，侧睡又顶着云峥，不禁有些懊恼。云峥见我气急败坏的样子，轻笑出声，让我面向床内侧躺着，他在身后温柔地拥住我。感觉他的胸膛与我的后背贴得毫无间隙，不算太暖的体温隔着衣服传来，我才安心地闭上眼睛，一会儿就睡沉了。

然后我就开始做起了梦，梦到我平安生下了宝宝，宝宝的胎衣也解了云峥的蛊毒。宝宝长得很漂亮，眼睛像我，其他的地方都像云峥。我和云峥带着他在漫山的花丛中捉蝴蝶，正玩得兴高采烈的时候，不知道从哪里爬出一条蛇，菱形的蛇头上长着一双阴森森的小眼睛，张口便向宝宝的脚咬去。云峥眼疾手快地一把抓起毒蛇甩出去，那蛇却飞快地扭头在云峥的手背上咬了一口。蛇毒像沙虫一样迅速地在他的皮肤下游走，云峥痛苦地软倒在花丛中，紧闭着双眼呻吟抽搐，我吓得魂飞魄散："云峥……”

“云峥，云峥……”我只觉得天旋地转，迷迷糊糊中，感觉有人在轻轻拍我的脸，“叶儿？叶儿？醒一醒……”

我猛地睁开眼睛，冷汗涔涔。云峥焦灼的脸近在咫尺，我颤抖地拥住他的脖子：“云峥……”

“做噩梦了？”他温柔地擦去我额上的冷汗，温和地道，“别怕，我在这里。”

我闭上眼睛，梦中那胆战心惊的一幕栩栩如生地出现在我面前，令我恐惧不已。云峥轻声哄我，安抚着我不安的情绪。我渐渐在他的怀中平静下来，感觉到我情绪的缓和，云峥松开我，把我扶坐起来：“梦到什么了？”

我忍不住又打了一个寒战，云峥敏锐地感觉到了，从床边的衣架上取来锦裘，披在我身上，不着痕迹地转开话题：“你醒得正好，马上就到子时中了，宁儿她们刚端了饺子来，起来吃一点儿好不好？”

我想起除夕夜里十二点吃饺子的习俗，点点头，让云峥扶我起来。云峥笑道：“起来做什么？让宁儿把炕桌搬来，就在床上吃。”

说话间，宁儿和馨儿已经端了炕桌和托盘进来了。馨儿一边盛饺子，一边笑道：“元宝入库了，少爷、少夫人，分享福气了！”

我笑起来，刚刚做了那样一个噩梦，此时听到这些吉利话，特别高兴。云峥见我心情转好，脸上也挂上了笑容，陪我坐下来，一起吃饺子。刚吃了两口，咬到一个硬硬的东西，我往咬开的饺子里一瞧，原来是一枚铜钱。宁儿见我把铜钱从饺子里抽出来，讨喜地道：“恭喜少夫人，今年一定会招财进宝，吃第一个饺子就吃到彩头了。”

我笑了笑，把铜钱搁到炕桌上，接过馨儿递来的温毛巾擦了擦手，从枕头下摸出两个红包和两个装有小首饰的锦囊，递给她们。两个小丫头高兴地收了，我打发她们也出去吃饺子。见她们走了，我才对云峥笑道：“老公，我也有礼物要送给你。”

“哦？”云峥挑了挑眉，一脸笑意。我神秘地道：“你把眼睛闭上，我叫你睁开的时候再睁！”

云峥听话地闭上眼睛，我翻下床，从柜子里取出两个各有一尺长的卡通公仔，把娃娃藏到身后，坐到他身旁去。这两个公仔，是我最近画了我和云峥的Q版卡通像，然后躲起来背着人偷偷摸摸地缝的。一眼就能看出两个娃娃是我和云峥，但是五官滑稽夸张得可爱，我给两个娃娃穿的是二十一世纪的结婚礼服，摆在一起的时候看起来又甜蜜又温馨。

“好了，你睁开眼！”我忍住笑。云峥睁开眼睛，见眼前没东西，也不问，笑着望我。我把两个娃娃一手一只从身后举到他面前：“当当当当，喏，这是小峥和小花。”

云峥睁大眼看着两个娃娃，一向淡定无波的脸上也浮出一丝错愕，然后唇角渐渐咧开，怎么也忍不住笑容。他接过两个娃娃，好奇地抚摸着娃娃的衣服，我赶紧献宝道：“这是我家乡的结婚礼服，小花穿的是婚纱，小峥穿的是西服。”

“很可爱。”云峥抚摸着两个娃娃滑稽的笑脸，爱不释手地道，“是叶儿亲手做的？”

“嗯。”我点头，神秘地道，“你找找看，他们身上还有秘密哦！”

云峥闻言，翻弄起娃娃，然后发现小峥手里拿的类似画卷的卷轴似乎可以活动，他分开小峥的手，只见它手里的画卷徐徐展开，白色的底布上是我用红线绣的两排细细的字：“死生契阔，与子成说”。他的手一颤，抬眼看着我，我指了指小花：“她身上也有。”

小花手里没有画卷，只有一束捧花，这次有了经验，他径直翻看那束捧花，见系着捧花的缎带上同样用红线绣着两排字：“执子之手，与子偕老”。云峥痴痴地看着那两排字，半晌无语。我不由得慌了，举起手在他眼前晃了晃：“云峥，你没事吧……”

手被他握在掌心里，云峥深深地看着我，发出一声喟叹：“叶儿……”

我倚到他怀中去，微笑道：“我这一生只有这一个愿望。云峥，能遇到你，爱上你，是我这辈子最幸运、最幸福的事……”

他托起我的下颌，唇压了下来，我感觉到他微凉的唇瓣带着一丝微微的颤抖，心中温软。我倍加温柔地回应他的吻，半晌，他依依不舍地放开我。我微笑着望着他雾蒙蒙的眼睛，看见彼此眼中有自己的身影。

## 第四十八章 归宗

天曌元景五年正月初一，对云家来说，是一个大好的日子。这一天，与永乐侯失散二十多年的次孙安远兮，要在京城永乐侯府举行正式的仪式，认祖归宗。老爷子对这件事没准备低调处理，除了陈情皇上，还邀请了亲朋好友来侯府观礼，摆明了对这个次孙的重视态度。消息传开，朝野上下不管与云家交好还是不相干的，送礼的人排成了长队。

一大早起来，我们去给老爷子请安。老爷子喝了茶，递给我和云峥一人一个红包，笑道："本该昨儿晚上就给你俩的，叶丫头身子不舒服，我也没让人去吵你们，今儿可好些了？"

"好多了，谢谢爷爷。"我点点头。老爷子笑道："那就好，一会儿远兮的认祖仪式，你身子好了就一起参加吧。"

我点头称是，和云峥回房，换上正式的冠服。本来以为安远兮的认祖归宗仪式是不让女人参加的，所以我根本没做什么准备，没想到老爷子竟然让我也去观礼。难道老爷子怕这样大张旗鼓地为安远兮举办认祖归宗仪式会让云峥多心，才让我这个女人也参加，好表明他对云峥的重视不会因为安远兮而改变？我不禁有些感慨，老爷子的心思真是太多弯弯了，其实是他自己多心了，云峥才不会多心，我甚至巴不得云峥少管一些事儿，好好把身子调养好。

见我对老爷子让我参加仪式表示不解，云峥笑道："你忘了，你是皇上亲封的一品荣华夫人，皇室的朝贺祭祀等各种大典，命妇均得参加，何况这样的宗族活动。"我这才恍然，我还真是忘了我这个一品荣华夫人的身份，"章印绶佩，皆如其夫"，身份比云峥这个没有官职的世子还要高，老爷子自然不会疏漏我。

我心中莫名一动。如果没有这个外命妇最高品级的身份傍身，我一个无钱无权无势出身卑贱的女子，在云家这样“深似海”的豪门之中何以自处？云峥虽然对我疼爱有加，可是旁人未必会如云峥一样待我，就像我以前认为对我另眼相看的老爷子，到头来不过是在利用我一样。我一直以为皇上当初赐我这个封号，只是为了表示对云家的荣宠，可是，仅是如此吗？皇上可是担心我的处境，怕我在云家被人欺负，才授予我这个封号，让我享受朝廷的俸禄，不让人随意欺我？

宁儿和馨儿为我换上礼服，戴上百花冠。我怔怔出神，如果……如果这才是皇上真正的心思，那我前段时间岂非一直在误解他？想到前几次激得他龙颜大怒，可是，他也从未对我做出实质的伤害……心中顿时五味杂陈，脑中闪过皇帝那些有口难言的愤怒表情，一时之间怔忡不已。

“少夫人，好了。”宁儿帮我收拾妥当。我回过神，将那些纷乱的、令我心悸的思绪压下去，和云峥赶往祠堂。祠堂外的庭院里候着舞狮，还有敲锣打鼓的乐队。一会儿，除了云家的亲朋，还有许多我不认识、身着便服的官员，见了云峥，纷纷与之招呼寒暄。云峥淡淡地笑着，保持着合宜的礼节。

等到吉时，老爷子携了安远兮踏进祠堂，礼乐齐奏。堂叔公云崇岭担任仪式的司仪，见他们进来，先让云峥端了一碗甜茶递给安远兮，等他喝了一口，才道：“天曌国沧都府云氏第十一代长房次孙远兮认祖归宗，仪式开始，祭者就位。”

安远兮站在祠堂正中的祭桌前，等云崇岭下达了“盥洗”的命令。常叔端出一个银脸盆，安远兮在脸盆里洗了脸和手，接过海叔手里的毛巾擦干，再站回原位。然后是“迎祖驾”和“上香”。常叔把点燃的香递给安远兮，让他持香跪地，三拜天地祖先。上完香，海叔按令端上奠酒，给安远兮“灌地”。洒了三遍奠酒之后，就是献祭品，由常叔把各种祭品逐一端给安远兮跪地拜祭，再端回祭桌上，称为“附服”。接着就到了最重要的两项，“诵祭文”和“叩拜众祖”，由安远兮跪地读完祭文，再行完三跪九叩大礼，云崇岭宣布“焚祭文和金纸钱”，然后是“送祖驾”，做完这一系列事宜，认祖归宗这繁琐严谨的仪式才算是完成了。听到云崇岭高声宣布“礼成”，外面的礼乐又奏响了。

等礼乐奏完，端坐在祠堂侧座首位的老爷子站起来，宣布道：“云氏第十一代长房次孙远兮今日认祖归宗，正式更名为云崎，前名远兮改为字。”话音一落，道喜之声不绝于耳。却听到堂叔公接着道：“云氏第十一代长房次孙云崎，给长辈奉茶！”

云德端了托盘过来，安远兮端起茶杯，跪到老爷子面前道：“爷爷喝茶！”

“好好，乖……”老爷子笑眯眯地接过茶杯，喝了一口，然后拿起身后下人捧着的红盒子，打开递给安远兮，笑道：“崎儿，这翡翠如意是我们云家男丁的信物，每个男丁都有一块，你收好了。”

那盒子里是一个通体碧绿、成色上乘的翡翠如意，只有半尺长，如意上刻着云家的家族图腾，我见过云峥也有一个。安远兮接过盒子，交给一旁的云义，低声道：“谢谢爷爷！”

“好好，去给你大哥大嫂奉茶！”老爷子微笑道。安远兮顺从地站起来，径直走到云峥面前，端起云德捧着的托盘上的茶杯，跪下去：“大哥喝茶！”

我头皮一麻，错愕地看了老爷子一眼，不是吧？一会儿安远兮还要给我奉茶吗？这也太尴尬了吧？转头见云峥已经喝了茶，对安远兮微笑道：“二弟这些年在外受苦了，我身子一向不好，二弟回来，要帮祖父多打点一下云家的生意，大哥就安心了。”说着，他从手指上取下一枚玉戒指，递到安远兮手上。那戒指是云峥处理事务的一个印鉴，刻着云家的图腾，虽然不是老爷子执掌家族事务的玉图腾令，但有了这个玉印，相当于已经获得处理家族事务的权力。抬眼见堂叔公、海叔、常叔眼中都带上几分诧色，老爷子却面色无波，神情难测。我微微一笑，几位执事恐怕是对安远兮刚回来就让他接触云家的生意感到有些不服气吧？也不想想老爷子早就认下安远兮了，暗中不知道做了一些什么安排打算，没准他早就在暗中开始帮老爷子处理云家的事务了。不晓得安远兮知不知道这个戒指的作用，神情淡定地收了玉戒指：“谢谢大哥。”

云德端着托盘走到我面前来了，我咬了咬唇，见安远兮转身，垂着眼睑站到我面前，端着茶杯跪下来，语气没有一丝波澜：“大嫂喝茶！”

举在空中的茶杯端得稳稳的，安远兮垂着头，我看不到他的表情。我镇定地吸了一口气，接过茶杯，喝了一口，从云泽手里接过礼盒，盒子里是新娘的全套头面首饰，递给安远兮：“希望小叔能早日成家立室，为云家开枝散叶。”

安远兮抬起头，脸上没有什么表情，眼中却闪过一丝讥诮。我怔了怔，再看时他眼中的讥诮已经消失得无踪无影了，他接过礼盒，淡淡地道：“谢谢大嫂。”

我心里有些不是滋味。安远兮，我自问没什么地方对不起你，凭什么你要一直摆脸色给我看？按捺下心中的不快，却听到老爷子笑道：“好好，茶也奉完了，大家一起去外面看舞狮吧！”

外面的礼乐又响起来，舞狮跳到了院中，院中早就搭好了供舞狮表演的高木桩，这舞狮倒不是专为安远兮认祖归宗准备的，云家每年初一早上都会请舞狮队来祭祀祖先、弘扬家风、祈求平安、驱邪辟鬼。众人踏出祠堂看舞狮，只见一人一狮猛地飞身蹿上高高的木桩，随着乐队的鼓锣之声欢快地腾飞跳跃。那狮子装扮得极喜庆吉祥，色彩艳丽，形态威猛，制作考究，它时而在木桩之上蹦跃，时而站立吼啸，时而对围观众人施礼作揖，时而俯地聆听，时而作出抓痒的憨态，惊呼喝彩之声顿时此起彼伏。

那舞狮在高木桩上秀了一阵后，开始扑抢高桩上那人手中的狮球，一人一狮在高木桩之上惊险万分地翻滚、跳跃、扑跌，忽上忽下，时快时慢，精彩的一幕顿时掀起了现场表演的高潮，那狮子三进三退之后，猛地扑到狮球，将狮球吞入口中，现场顿时喝彩声一片，鼓乐齐鸣，震耳欲聋的鞭炮被点燃了。那狮子在高木桩上得意扬扬地蹦跳数下，从口中吐出一段红绸，上面写着“花开富贵、子孙满堂”。“好！”老爷子高兴地叫出声，那狮子跳下地来，老爷子让云德去打发喜钱。那狮子突然把狮头取下来，露出一张黑黝黝的脸，笑道：“侯爷今儿大喜，潇湘献上此礼，怎么还敢收侯爷的喜钱呢？”

“燕将军？”众人一愣，云峥已经又惊又喜地唤出声。老爷子也怔了怔，随即大喜道：“燕将军几时回京的？竟跟老夫开起这样的玩笑来了！”

一时在场的官员也纷纷出声，表情多是惊讶之色，看来这位燕将军大多数人都认识。那燕将军从舞狮里脱身出来，走到老爷子面前，拱手行礼道：“潇湘见过侯爷、云世子！”

这才看清这位将军的身形，并不特别魁梧高大，反而属于精瘦的体格，年纪在三十岁上下，他仍穿着舞狮的鲜艳红裤，脸上沁着细汗，眉宇之间神采飞扬。

“燕将军不必多礼。”老爷子笑道，“将军几时回京的？”

“潇湘今晨才回京，知道侯爷家今儿有喜事，特来道贺！”燕将军接过云家下人送上来的毛巾，随意擦了一把汗，笑道。

“将军有心了。”老爷子点点头，看老爷子和云峥对他的态度，这位将军恐怕与云家交情匪浅。这当儿，云义急匆匆地跑过来，对老爷子道：“侯爷，皇上有圣旨来了。”

老爷子一听，赶紧迎出去，我们跟上前去，行至主厅，来宣旨的竟不是太监，而是寂惊云。圣旨只是寥寥数句，大意是恭喜永乐侯找回孙子，骨肉团聚之类，还送了一堆贺礼。老爷子接了圣旨，站起来笑道：“寂将军辛苦了，请和各位来宾一起去花厅饮宴如何？”

寂惊云赶紧道：“侯爷，惊云还要进宫给皇上回话，就不叨扰了。”然后抬眼看了站在云峥身旁的燕将军一眼，笑道：“皇上知道你回来了，跟我一起进宫吧。”

“行，我先回府换一件衣裳。”燕将军笑了笑，对老爷子道：“侯爷、云世子，潇湘改日再来拜访。”

两位将军走了，老爷子让管事们带客人去饮宴，看这样子，是要在宴席上把那些朝官介绍给安远兮。我在祠堂坐了一上午，已是疲极，云峥便辞了饮宴，陪我回房休息。

“云峥，这位燕将军是什么人呀？”我摘了头冠，换了衣服，坐到软榻上，倚在云峥身旁，好奇地问，“我看你和老爷子对他的态度好像都不比常人。”

“燕将军？”云峥笑了笑，“他是咱们天曌国有名的抗倭将军，曾经率领东海抗倭军多次击败过红日国的来袭。如今常年驻在东海沿线，打击红日国的海盗，他与寂将军一样，是皇上的左膀右臂。”

竟还有这一茬？既然这位燕将军与寂惊云一样，都是皇上的心腹，怎么跟云家一点儿也不避嫌啊？寂惊云对云家可是疏淡有礼的。我笑道：“他跟云家交情很好吗？一回京不先去见皇上，反而跑来侯府，而且还亲自给老爷子舞狮？”

“也是听说云家有喜事，才先跑来的吧，燕将军性格很直爽的。”云峥笑了笑，“当年的抗倭战，战事激烈，打了数月，朝廷又遇到百年不遇的大旱，拨了很多钱赈灾，军饷方面很紧张，是云家帮东海抗倭军凑足了军饷，所以燕将军一直对云家心怀感激。”

原来如此。这么说来，这位燕将军也算是一位恩怨分明的磊落汉子。不过，这样的性格在朝堂上为官，怕是要吃些亏的吧？好在皇帝知他性情，肯重用他，必会为他做些安排。我想起早上揣度皇上册封我的那番心思，心中有些酸软，不由得又发起呆来。

## ✲ 第四十九章　鸳侣

腊八煮粥、除夕守岁、正月拜年、立春祭农，一直要到正月十五元宵灯火之后，这个“年”才算是正正式式地过完了。元宵节又是过大年，每年天罂国的这一天都“花市灯如昼”。据说，满城灯火通明，家家户户的屋檐下都挂着形形色色的荷花灯、洋桃灯、日月灯、马骑灯、琉璃灯……灯市上的灯笼更是琳琅满目、品种繁多、拥红叠翠，大多取材自神话传说中的人物、动物、植物。心灵手巧的制灯工匠将皮革、丝绸、彩纸、竹条、翎毛等材料巧妙运用，制作造型生动的各种花灯，供人观赏。灯市上还有传统的娱乐节目，民间艺人们在那里表演着拿手绝活儿，还有许多卖稀奇耍伴儿的小贩，吸引着全城的男女老少川流不息，灯节更是情人们约会的好地方。就连永乐侯府这晚悬挂的灯笼也不比往常，一派繁荣昌盛的景象。

但我没有心情去理会这个喧嚣的节日，不是因为挺着个大肚子不方便逛花市，也不是因为被皇上禁足不能出府，而是因为，元宵节正好是正月十五，而每月的十五，都是云峥受苦受难的日子。

入夜，云峥又进了例诊室，我坚持进去陪他。看着云峥被锁在铜架床上受折磨，我心都要碎了。手移到脖子上，死死握着那块黑龙玉。冥焰，如果这玉真能辟邪，真有神力，请你帮我，请你帮我救救云峥。自从知道这块玉是辟邪的神器后，我每天都会握着它祈祷一次，最近这玉也有了些不同寻常的变化，每次我握着它祈祷的时候，它都散发出淡淡的温热，仿佛在回应我一般。不知道是不是玉起了作用，云峥也没有再提前发作过蛊毒。冥焰，你听到我的祈求了，是吗？冥焰！

我的身子越来越笨重，这样一夜不睡地守在例诊室，觉得万分疲惫。云峥例诊完的净身，我是再也没有力气为他做了，只得放手，让云泽为他净身。好在云泽虽然是一个男孩子，手脚却温柔细致，我在一旁看下来，略微放心。云泽为他更了衣，退出房去，云峥唤我躺到床上去，轻声责备道："你如今身子不方便，怎么还这么固执？如果出了什么事让我如何是好？再没下次了，以后例诊你不准去！"

"云峥……"我噘起嘴。他第一次这么坚持："我说了不准。"我心里无比委屈，我不也是担心你吗？一晚上又累又疲的，你不领情也罢了，还这么凶。把被子拉到身上，不忘给他也盖上，侧过身，闷声道："知道了。"

两人都不再说话，半晌，云峥轻轻地从身后抱住我："叶儿……"

"我睡着了。"我没好气地道。他低低地笑着，将我揽紧："傻瓜……"我哼了哼，听到他轻笑道："叶儿，等我休息两天，咱们一起去玉雪山的别院里住，好不好？"

"咦？"我顿时忘了在跟他闹脾气，翻过身看他，"玉雪山？"

"我上次不是跟你说，玉雪山的梅花很美吗，现在去，正是漫山雪、漫山梅的时候。"云峥温柔地抚摸我的脸，柔声道，"好不好？"

"好，可是我不是还被皇上禁着足吗？"我蹙眉道，三个月的禁足期还没过呢，云峥为什么突然这样提议？难道是看我跟安远兮两人相处别扭？

"我跟皇上请旨，说让你去山上安胎，去玉雪山应该无碍。"云峥温柔地道，"我很想陪你去看那里的梅花。"

云峥是怕自己时日无多了吧？我心中一酸，顿时为刚才跟他闹别扭自责不已。抬眼微笑着看他，我揽住云峥的脖子，柔声道："好。"让云峥在解蛊之前，就我们两个清清静静地过一段时间，不让他操劳别的事也好。

老爷子对我们要住到山上去没什么意见，皇上也同意了。这些日子云峥在房里静养，我则指挥着下人们收拾东西。金莎本来要跟上山去，我没有同意，一则我希望和云峥多一些独处的时间；二则也不想耽误几个孩子的功课。我跟她说福生正需要她这个朋友的陪伴，金莎听了，倒也不再坚持。安生如今也和金莎、福生一起读书，之前我寻了一个机会找安远兮提了这件事，他很轻松地就同意了。他对我的态度疏淡有礼，虽然我对安远兮的性格变得这样冷漠感到有些古怪，但我如今不知道拿什么立场对他表示关心。朋友？只怕只有我一个人这样想。大嫂？这个身份更是尴尬。搬去山上，正好解决了这个难题，希望等时间长了，我们之间的相处会渐渐自然一些。

天曌元景五年正月二十，我与云峥带着傅先生、云德、宁儿、馨儿、云泽和四个铁卫，住到了云家在玉雪山的别院傲雪山庄。不说不知道，一说吓一跳，原来整个玉雪山都是云家的私产，平日里根本没有外人出入。山路并不难走，因为从山脚到山顶，云家修筑了一条重复的之字形两米宽的整齐石阶，可以让轿夫把轿子径直抬进山庄。傲雪山庄隐在半山之中，没有我想象中那么大，但比我想象中精致。亭台楼阁，无不奇巧雅丽，错落有致，若隐若现地隐藏在白雪梅林之中，幽静如诗，恬淡如画，空气中有暗香浮动，皑皑的白雪纯净而透明，这里果真如云峥所言，美得令人心动，令人“咏歌之不足，不如手之舞之，足之蹈之”。在美丽的事物面前，可以目睹、可以倾听、可以触摸、可以感受的时候，我觉得自己很幸福。记得上山那天，在半山看到遍地晶莹的雪和漫山盛开的梅，浩如烟海，世俗烦扰的心瞬间安静下来，我顿时明白了云峥何以如此钟爱这里，世俗的一切在这宁静飘香的雪山面前，已经逐渐远去，我们回归成生命中最本真的自己，那样地忘乎所以。

我们已经在这里住了一周了，这些天的日子过得极逍遥，不用每日里处理云家那些事务，我与云峥只须听风望月、踏雪寻梅、围炉煮酒、焚香抚琴、吟诗作画……如同此刻，我俩坐在隐藏在重重梅林中的八角木亭中，四周的草帘子垂下来，只余了正前方的那一角高高卷着。天气晴朗无风，亭子里燃着红红的炭火，让人一点儿也感觉不到寒意。云峥站在桌前作画，我左手握住右手的衣袖，给他研墨。看着他在宣纸上逐渐绘出亭外的梅雪风姿，一枝寒梅占了纸上大幅的空间，远处的木桥，结着薄冰的小溪，若隐若现。我不由得笑道：“老公，你喜欢这里的雪和梅，画出来的景也格外传神。”

云峥换了一支笔递给我，柔声道：“叶儿替我题首诗如何？”

“我？”我扬了扬眉，笑道，“你又不是不知道，我那些诗都是抄别人的。别糗我了！”

“也要你记得才可以。”云峥笑了笑，将笔递到我手上，“切题就好。”

我接过笔，望着云峥那幅画，想了想，提笔写下一首《卜算子·咏梅》：

驿外断桥边，寂寞开无主。已是黄昏独自愁，更著风和雨。

无意苦争春，一任群芳妒。零落成泥碾作尘，只有香如故。

我一边写，云峥一边轻声念出来，写完不待他出声，我已经接着开口解释：“这是我家乡古代一位名叫陆游的诗人作的词，词与诗有所不同，词句是按词牌来填的，所以长短不一，因为要配乐歌唱，所以与诗相比在声韵上的差别也很大，用韵的规则也比诗要复杂……”抬眼见云峥一副兴趣盎然的样子，笑道，“细讲下去就深了，我其实也不太懂，只是随便说说。”

“那改天叶儿要给我好好说说这词的妙处。”云峥将我的手合在他的掌心里，眉眼里满载着温柔，“叶儿，你喜欢这里吗？住得开心吗？”

“喜欢，这里的雪和梅都那么美。”我倚到他怀中去，笑道，“有你在，我住哪里都开心。”

云峥看着我温柔地笑着，他的掌心其实还没有我的手热乎，我让宁儿收了他的画，笑道：“出来好一会儿了，回去吧，到时间吃药了。”

他点点头，牵着我的手回房。在路上遇见傅先生在摘梅花，见我们过来，欠了欠身，眼睛在我脸上看了看：“少夫人怎么气色不太好？”

云峥诧异地看着我：“叶儿？”我赶紧笑道：“没什么的，只是最近晚上经常做梦。”我没有告诉云峥，我最近晚上老是做一个奇怪的梦，梦里什么也没有，只是黑茫茫的一团，我在迷雾中找不到出路，每次醒来，黑龙玉都隐隐发烫，不知道是想告诉我什么。

“让老夫为少夫人把把脉。”傅先生道。我把手伸给他，他扣着我的脉门，垂睫诊脉。半晌，他缩回手，点点头：“的确是睡得不好，老夫让人给你煎点儿安神的药服用。”

晚膳后，我拿起针线，继续缝宝宝的衣服。这些日子我断断续续地给宝宝缝了好几件小衣裳了。其实云家根本不用我亲自准备这些东西，老爷子早就让人准备了几箱，不过我觉得，还是妈妈缝的衣服穿在宝宝身上最温馨。云峥坐在一边看我缝衣服，笑道：“你准备的怎么都是男孩儿的衣服，万一是女儿怎么办？”

“不会，我有很强烈的预感，我一定会生男孩儿。”我抬起头对他笑，“老公，你喜欢儿子还是女儿？”

“儿子女儿我都会疼如珠宝。”云峥温柔地看着我，“叶儿，不用为生男丁的事强求，相信爷爷也不会强求。”他是觉得，自己中了情蛊，能有子嗣已经是老天的恩赐了吧？我放下针线，握住他的手：“老公，你的病一定会好的，相信我，我们以后还会有很多孩子。”

他浅笑，望着我的眼神温柔得仿佛能滴出水来。我的脸红了红，转开话题：“对了，咱们还没有给宝宝想好名字呢！”

“我想过了。”云峥见我讶异地看着他，笑道，“从知道你有喜那天，我就一直在想，想了无数个名字，都定不下来，最后只觉得还有一个不错。”

才高如云峥，竟然为宝宝的名字这般为难，可见他对这个孩子的重视，我抿嘴笑道：“你想的什么名字？”

“云逸。”云峥的表情很幸福，“我希望他能一生平稳安逸。”这是云峥对孩子最大的愿望了吧，一生平安、健康、顺利。我想了想，笑道：“名字倒是好名字，只是跟父亲的名字音同了呢。”

“我也觉得不妥，所以没有定下来。”云峥点点头，“叶儿有想好的名字吗？”

想了想，我笑道：“我家乡有位诗人在诗里写‘云无心以出岫，鸟倦飞而知还’，表达自己无心入仕、归隐山林的心愿，所以我很喜欢云岫这个名字，不过，跟你的峥字同旁，倒像平辈儿似的，也不好。”

“云岫？”云峥想了想，没说什么，笑道，“反正还早，我们再好好想想，以后再定也不迟。”

我点点头，宁儿端了安胎药进来，服了药，我有些犯困，云峥便陪我早早地睡了。睡前我照常握住黑龙玉，为云峥祈祷。冥焰，这些日子这块玉经常变暖，是不是你感应到了我的呼唤？你到底在哪里啊？冥焰！

## ❋ 第五十章　早产

迷迷糊糊地沉睡过去，我仍旧陷在这段日子的梦魇当中，黑茫茫的迷雾，无边无际，潮水一般涌来。一团荧光如幽幽的鬼火，在我眼前飘浮，像是在跳舞，又像是在指引我跟着它一起走。我不由自主地追随着那团荧光，迈入未知的黑暗当中。不知道走了多远，前方突然出现一道光束，像漆黑的舞台上蓦然打出一道白色的射灯。一个蓝发少年沉睡在光束当中，粉嫩的小脸上有恬静的微笑。我的心骤然一紧，狂喜地冲上前去："冥焰……"

我却发现怎么也冲不过去，我的身前仿佛有一道透明的墙，把我隔挡在光束之外。我大声地叫他，拍打着仿若结界般无形的墙，大声地喊他的名字，可是他仿佛什么也听不见，黑暗的寂静中空荡荡地回应着我呼叫的回声。

我手足无措地看着他，光束里的少年甜美的睡容让我热泪盈眶。我蹲下身，小心翼翼地离他近一点，更近一点。冥焰，我的冥焰，真的是你吗？这些日子，你到底去了哪里？你受了什么惩罚？你吃了多少苦？睁开眼看看我吧，冥焰……

少年的睫毛轻轻一颤，像是感应到我的呼唤，缓缓地睁开眼睛。我欣喜地看着他，冥焰，冥焰，我在这里，我在这里，你看看我，冥焰……他茫然地眨了眨眼，缓缓地坐起来，四下张望。冥焰……我大声叫他，拍打着隔绝我和他的墙，他的眼睛扫过来，落到我身上。我欣喜地笑起来，可转眼他的目光又落到别处去了，仿佛根本没有看到我一样。我怔了怔，仍不死心地继续大声唤他，大力拍墙。光束里的少年站了起来，四下打量，眼神中有一丝迷惑和茫然。他无数次地转头到我的方向，可是又无数次转过去，就像这里根本没有我这个人的存在。我心里发冷，难道他在里面根本看不到我吗？

少年站立的地面突然荡漾了一下，像是沙漠里的流沙，猛地将他的双腿吞噬。我惊叫出声，看见他在流沙里挣扎着，可是越挣扎，那些流沙将他的身体吞噬得越迅速，转瞬之间，他已经陷进齐腰深的流沙里。冥焰……我像疯了似的叫着，眼泪汹涌地流出来，拼命地拍打着，抓刨着无形的厚墙，指甲被掀飞，血顺着手指流到肘上。少年越陷越深，他的脸扭曲变形，眼中满是恐惧，我只觉得心都要裂开了，冥焰……

流沙淹没了少年，绝望同时将我淹没，光束中的地面恢复了平静，仿佛刚刚什么都没有发生，可是地面上，却有一滴血迹，慢慢浸染开来，越来越深，越来越宽。我死死地瞪着那不断扩散的血迹，感觉它将我的双目也染得鲜红，那红血张牙舞爪地向我扑过来，天地间顿时一片恐怖、妖异的血红色……

我猛地睁开眼睛，全身冰凉，额头冷汗直冒，掌心一片刺痛，我举起手，见到手心已经被指甲割破。脖子上蓦然一阵火烫，黑龙玉不安地震动着。我坐起身，那玉仍在我胸前微微地跳动。捏住那块玉，不安的感觉越发强烈，梦中那血腥的红色如同在向我示警，冥焰、冥焰出事了……

我转头看向云峥，他仍在沉睡，这两天服了傅先生的药，他的睡眠比以前好得多，没那么容易惊醒。我也不想叫醒他，小心翼翼地下了床，穿上衣服，取了锦裘披上，也没有惊醒睡在外面的宁儿和馨儿，轻手轻脚地拉开门，走了出去。

玉雪山的月很亮，我能清楚地看到庭院的假山、池塘和铺着石板的行道。黑龙玉一直在震动，我像着了魔似的往庭院外走去，仿佛冥冥之中，它在指引着我什么，只要跟着它，我梦里的一切都能找到答案。我瞪大眼，跌跌撞撞地往前走，周遭的一切仿佛都成了虚空，如同我梦里一般，迷雾在四周散开。冥焰，你不要怕，我来救你，我来救你……

“少夫人，您去哪里？”一个声音响在耳边，我打了一个寒战，如同梦游一般惊醒过来，迷雾层层散开，周遭的景物飞快地还原，我茫然地看着提着灯笼的云乾和云坤，怔怔地道：“我要出去！”

“少夫人，这么晚了，您想去哪里？”云乾大概看出我神色不宁，劝道，“夜里太黑，什么都看不清，少夫人明早再去吧！”

“我要出去！”我固执地道，也不知为什么，仿佛有一股无形的力量在召唤我。黑龙玉不安的颤动一直没有停止，我拿过云乾手中的灯笼：“你们不放心，跟我一起去！”

两个铁卫对视一眼，也不再多言，沉默地跟在我身后。我闭了闭眼睛，握紧黑龙玉，举步往前走，我不知道我要去哪里，黑龙玉会带路的。出了傲雪山庄，我沿着石阶往山上走，不知道走了多久，也不知道走了多远，前面根本没有路，两个铁卫企图阻止我，可是黑龙玉在我掌心里蓦地烫得灼人，我眼睛瞪大了："就在前面，就快到了！"

转出梅林，前面豁然开朗，明亮的月光下，有一幅诡异的画面，一个黑衣人举着细长的弯刀，冷冷地指着体力不支跌倒在地的两个人影。隔得有些远，我看不清那两个人的长相，只听到其中一个男子又惊又怕地道："你，你要我这书童，就给你好了，你饶了我……"

那声音好像在哪里听过，蓦地，另一个声音响起："别杀我家公子……"

冥焰？我全身一颤，见那男子已经将他猛地推向黑衣人的刀口，转身拔腿就跑。"不要……"我惊得大呼出声。那黑衣人似乎很忌惮被男子推过来的人，侧身避开撞来的人影，怒哼一声，足尖一点，已经追上逃跑的男子。银光一闪，那男子闷哼一声，顿时栽倒在地。"公子……"冥焰扑过去，与此同时，云乾和云坤如箭一般疾飞过去，与黑衣人缠斗起来，我一步一步地走过去，瞪着那个伏在男子身上呜呜痛哭的人："冥焰……"

他抬起脸，我的眼睛顿时一阵刺痛。月光下，少年含泪的眼怔怔地看着我："叶姑娘……"

黑龙玉那令人不安的颤动在这一刻彻底停止。我看着被黑衣人杀死的那个男子，他不正是以前在我绣庄当账房先生的莫修齐嘛！莫桑，你真的是冥焰！你可以不记得我，可是黑龙玉认得你！我定定地看着他，眼泪滑了出来。冥焰的眼睛茫然地眨了眨，软倒在地。"冥焰……"我心胆俱裂，扑去过抱着他："冥焰，你不要死，你不要离开我……"我的声音又尖又凄厉，连缠斗激烈的三个人也被我的尖叫分了神。那黑衣人回过神来，挑开两个铁卫的剑，毫不恋战，抛下一个烟幕弹，身形立即消失在白雾当中。

两个铁卫围到我面前，挥散烟雾。我像一个孩子一样哇哇大哭，云乾试了试莫修齐的鼻息，再拭了拭冥焰的，沉声道："少夫人，他还没死，只是晕过去了！"

晕了？我赶紧将手放到冥焰鼻下，果然有微弱的呼吸。我松了一口气，抹了抹脸上的泪："快送他回山庄！"

云乾将冥焰背到身后，顺着原路回去。云坤扶我起来，我的身子却没了一丝力气，连站都站不起来，不禁苦笑道："云坤，你扶我去那边坐一会儿，我现在走不动。”

他将我扶到一棵梅树下，然后去检查莫修齐的尸身：“少夫人，这人您认识吗？”我看了莫修齐一眼：“他以前是我绣庄的账房先生。”想了想，又道，“明天你带人来帮他殓尸吧，客死异乡已是可怜，总算是相识一场，又是死在咱们家的地盘，不能弃之不顾。”不知道莫修齐和冥焰惹上了什么麻烦，竟然会被人追杀。云坤检查完他的尸身，皱着眉头走过来，我见他表情怪异，轻声道：“什么事？”

“刚刚与那黑衣人交手我就觉得奇怪，那人的武功和使用的兵器像是红日国的流派，再看这人身上的伤口，越发肯定，那黑衣人一定是红日国的忍者。”云坤狐疑道，“怎么会有红日国的忍者在我天曌国京师犯案？这事太蹊跷了……”

我打了一个寒战，他的身后蓦地又闪出一个黑影：“云坤小心……”话音未落，云坤已经倒地抽搐，月光下，眼睛恐怖地瞪起来，一张脸顿时变得漆黑，显然是中了剧毒，转瞬身子便僵硬了。我又惊又怒，抬头瞪着那个黑衣人，这个黑衣人与刚才那个明显不是同一个，刚才那个黑衣人偏矮偏瘦，这个明显比刚才那个要胖一些。他冷冷地瞪着我，一步一步向我走过来。我靠着梅树站起来，声音有一丝发颤：“你，你想干什么……”

他一言不发，手里握着一把寒光耀眼的匕首，向着我疾冲过来。我魂飞魄散，一步步向后退，脚下越来越斜。我身后竟然是个斜坡，眼见那人快要逼到身前，只听到“当”的一声，匕首被人用剑挑开。我瞪大眼，赫然见到那张熟悉的银色面具，脚下蓦地一空，我尖叫出声，身子向后倒去。鬼面人扑过来，抱住我的身子，下坠的重力一缓。黑衣人见来了帮手，转身就跑，鬼面人已经无暇顾及他了。他没能稳住我，两个人一起往斜坡下滚去，我顿时觉得天旋地转，眼冒金星。鬼面人抱住我，护住我的头，我紧紧地抱着自己的肚子，宝宝，我的宝宝，不要，你千万不要出事……

痛，好痛，全身都痛，但最痛的是我的肚子。鬼面人不知道抓住了什么，翻滚的身子才停止下来。他稳住身形，俯身看我，嘶哑的声音有掩饰不住的焦灼：“你怎么样？”

“好痛……”我的眼泪流出来，腹部热烘烘的，疼痛的感觉迅速席卷而上。一股仿佛要将我撕裂的剧痛从腹部蔓延至全身，我喘着气，额上流下大滴大滴的汗水。温热的液体像洪水一样从我腿间奔涌出来，有什么东西从腹中往下身坠去。我恐惧地尖叫：“我的宝宝，救我的宝宝……”

鬼面人手足无措地看着我。疼痛越来越剧烈，腹部的下坠感越来越强，我感到一阵剧烈的宫缩。我蓦地抓住他的手腕："好像，好像是要生了……"鬼面人身子一震，哑声道："我送你回山庄……"

"来……不及了……"我摇摇头，宫缩的频率越来越快，腹部的疼痛越来越强烈，我感觉孩子的头部已经冲出子宫，逼近了子宫口。身子痛得我轻颤起来，手脚仿佛都被禁锢住，"你，你帮我……"

"你别怕……"他慌乱地应着，却六神无主，大概从来没有面对过生孩子，所以完全不知道该怎么做。我身子发冷，五脏六腑缩成了一团，神志却异常清醒，清醒到我能感觉到每一股痛楚在我全身流蹿，由血液传送到四肢百骸。我没生过孩子，也不知道该怎么做，但我不能慌，也不能睡。如果我不能平安生下孩子，云峥也活不了。仿佛是一种生存的本能，我咬了咬牙，抓紧完全不知所措的鬼面人，颤声道："帮我接生，帮我……脱掉裤子……"

"啊？"鬼面人失声叫起来，大概是过于震惊，连声音听起来也没那么嘶哑了。孩子的头像一个南瓜一样紧紧压在子宫颈上，我痛得直冒冷汗，厉声道："快脱！"

他的身子一颤，不再犹豫，一把撩开我的裙子，帮我把裤子脱下来，手试探地伸到我的腿上，略一迟疑，听到我沉重的呼吸声，似是终于下定决心，轻轻分开我的腿。孩子的头又往前挤出一点，我痛得眼泪都流出来了，冷汗打湿了头发，黏糊糊地粘在我的额头。孩子停止了前冲，宫缩的时间却一次比一次间隔短。也不知道过了多久，一个小时，还是两个小时，我一次又一次地使力，他就是不肯出来，可我的力气却在一分一分地消失。我觉得全身发冷，颤抖得厉害。鬼面人沉声道："吸气，再用力！"

我想用力，可是我根本没有力气，头有些昏了，意识也有些涣散，我全身已经冷得麻木，痛得麻木，一点感觉都没有。我是不是要死了？迷迷糊糊间，一股暖暖的热流贴着我的心窝，缓缓地通过血液流向四肢，我恢复了一点神志，看到鬼面人的右手贴在我的胸口上，源源不断的热流正是从他的掌心里平缓地传过来。即使我不懂武功，也晓得他是在给我灌输内力。身子没那么冷了，力气也恢复了些，我喘息道："谢谢……"

"用力，再试！"他见我清醒了，立即出声。身体的感觉一恢复，痛感又不可避免地传来，我拼命用力，将肚子里那块肉往外挤。令人难以忍受的疼痛一寸寸地啃噬着我向来坚韧的意志，腹中那块肉如同禁锢在笼子里数月的野兽，终于耐不住被关押的寂寞，暴戾地咆哮着寻找出路。它冲破了狭窄的子宫颈，像一匹脱缰的野马，冲出栏栅，冲出阴道口，撕裂般的剧痛令我窒息。我的手茫然地乱抓，企图寻找一根傍身的浮木，手不知道抓到了什么，坚硬有力，心略为一定，那野兽已经冲出山洞。“啊……”我惨叫起来，指甲陷进抓紧的那东西里面，发觉是鬼面人的右手。鬼面人语声颤抖地道：“孩子的头出来了，再用力，快！”

我深吸了一口气，再次用力，疼痛又将我碾碎。“啊……”我痛得将鬼面人的衣袖扯破了，孩子也在同时钻出我的身体。一声嘹亮的儿啼响彻夜空，我骤然松了一口气，终于生下来了，宝宝哭得好大声，一点也不像个早产儿。鬼面人割断了孩子的脐带，脱了他的黑色披风，将孩子包裹起来，递到我面前：“是儿子！”

我无法动弹，身体瘫软得好像不属于自己，甚至无法抬起胳膊抱一抱他。孩子的小脸竟然很干净，没有多少血污，皱着鼻子不安地呜咽着。我虚弱地笑了笑，打量着孩子的眉眼，他好小，好娇嫩，我真怕碰一碰他就会碎掉，可是刚刚在我肚子里却像一头小野兽。眼神一转，落在鬼面人被我扯破了衣袖的右手小臂上，赫然看到臂上有一道淡淡的旧伤疤，像是被灼烫后留下的白色橘皮疤痕。鬼面人注意到我的视线，将孩子放到我身侧，抓住破袖子把疤痕裹起来。我猛地回神，也不好意思再窥探，胎衣似乎已经从子宫里自动娩出。我对鬼面人道：“麻烦你，帮我撕块裙摆，将胎衣包起来。”见他抬脸看我，又补充了一句，“它对我很重要。”

他戴着面具的脸定定地看着我，没有问什么，只按我说的做了，将胎衣包在撕下的裙摆里，打成包袱。我望着他脸上的鬼面具，轻声道：“你是谁？为什么每次我遇到危险的时候，你都会出现？我认识你吗？还是谁让你来保护我？”

他静默不语，远处隐隐传来纷杂的声音：“叶儿……”“少夫人……你在哪里……”

“你的家人找来了。”他蹲下身，将包着胎衣的包袱放到我手里。我抓住他缩回去的手：“大侠，你多次救我，如今又救了我的孩子，大侠对妾身的大恩，妾身感念在心，请大侠留下姓名，妾身日后定会报答。”

他定定地看着我，寻找的声音渐渐大起来，渐行渐近。“不必了。”他抽回手，在宝宝屁股上拍了一下，宝宝惊天动地地哭起来，吸引了寻找我的人。纷乱的声音越来越近，我听到有人在说：“那边有孩子的哭声……”“快去看看……”鬼面人站起来，不再看我，身形迅速地消失在月夜当中。

“是少夫人，少夫人在这里！”我听到云乾的呼叫声，然后是云峥又惊又喜的声音：“叶儿……”我瞬间被人群包围了，云峥看着我狼狈地躺在雪地上，仿佛呆住了，表情又惊又惧。把他吓着了呢，我虚弱地笑了笑：“老公，你做爸爸了，是儿子……”

云峥身子一震，扑上前，将我从雪地上扶起来，慌乱地道：“快送少夫人回去！”

“宝宝……”我提醒着，看到云德抱起了孩子，才转眼看着云峥，“老公，胎衣……”见他的眼睛蓦地睁大，我笑了笑，倦意一点点地席卷全身，“让人请沉谙上山吧……”我低低地道，在他的怀里沉睡过去。

## ❋ 第五十一章　昏睡

意识浮浮沉沉的，耳边似乎很喧闹。我的眼皮很重，重得无论我怎么用力都睁不开。我的身子却很轻，轻飘飘的，如同躺在云絮里，飘浮在天上。耳边有奇奇怪怪的声音，我却听不真切。似乎过了很久很久，又似乎只是短短的一瞬间，我听到一声尖厉的儿啼，心脏仿佛被锤子重重一击，宝宝？浮沉的意识慢慢沉淀。我在哪里？我的宝宝在哪里？云峥在哪里？耳边奇奇怪怪的声音渐渐变得清晰，好像有很多人在说话，他们在说什么？

"出血不止，快，快拿棉布……"

"为什么会这样？快帮她止血，快帮她止血……"

"峥少爷，你冷静一点儿……"

"傅先生，你一定要救她，你一定要救活她……"

出血不止？是我吗？怪不得我一点力气都没有。还以为蔚蓝雪这副纤弱的身子这些日子已经养好了，原来还是负荷不了产子的重任。应该是早产带来的后果吧？现代医院都经常救不活大出血的产妇，何况古代的医疗水平如此落后。大出血，一定会死吧？

云峥惊惧的叫声让我心痛。我要死了吗？这么累，这么累，一定是要死了吧？云峥，不要难过，我不会死，我听得到你说话呢，不要担心，我才刚刚生下宝宝，还没有看着他长大成人，还没有看着你恢复健康，我们还有那么多的好日子要过，我不会死！

"傅先生，叶丫头的情况怎么样？"

"是体内一些残留的血肉块引起的，少夫人在野地产子，身子处理得不干净，再加上受了寒，所以血流不止，现在要做清宫处理，还要止血……”

“不论用多少药，一定要把她给我救醒……”

连老爷子也赶来了，我有些想笑，这曾长孙好大的面子。手被人紧紧地握住，我听到云峥压抑的呜咽，像一头受伤的小兽。云峥，你在哭吗？我大惊！不要哭，不要激动，不要引发你身上的蛊毒，你的蛊解了没有？我着急起来，拼命地睁眼，可是我怎么也睁不开。我想动一动手指，告诉云峥我没事，我好好的，可是我使不出半分力气。我急得喉咙一甜，一口血从唇角逸出，云峥破碎的喊叫和傅先生微颤的吼声都湮没在无边无际的黑暗里。

不知道过了多久，喉咙里滑进一丝甘甜，意识又浮浮沉沉地回来了。耳边有人在喃喃低语，我努力地分辨那个声音，那人在念什么？

“老婆，你还要睡到什么时候？你好懒，睡了这么久都不肯起床，老婆，起来吧，起来看看宝宝，他见娘亲睡觉不理他，一直在哭……”

我的心痛得一阵阵抓扯。云峥，云峥，我醒了，我已经醒了，我只是睁不开眼睛，我只是动不了。云峥，你别担心，别难过，你的蛊毒解了没有？宝宝有没有奶吃？告诉我，快告诉我……

“少爷，宁儿求您了，您歇歇吧，少夫人睡了三天，你跟着不眠不休三天，铁打的人也受不住……”

三天？云峥守了我三天吗？他的身子怎么受得了？我急得不行，拼命地睁眼，还是睁不开，身子更像是被人抽了骨头，软绵绵的，没有一丝力气。我想开口说话，可是我的嘴唇仿佛被黏住了，根本发不出一点儿声音。我到底是怎么了？难道我成了植物人？心中一阵惊怕，云峥怎么办？宝宝怎么办？我无法可想，又急又怕，顿时又陷入昏迷状态中。

就这样一会儿清醒，一会儿昏迷，我断断续续了解到一些信息。我生产那晚老爷子连夜找了七八个奶娘，带到傲雪山庄，也不知道最后定了哪个。宝宝在我昏迷的这些天老是在哭，云峥整日守在我床边，无暇理他。老爷子怕这个曾孙在山上照顾不周，已经把宝宝接下山住回侯府去了。了解到这个信息，我稍稍放心，有老爷子在，会好好照顾宝宝的，山上很冷，宝宝是早产儿，容易受寒，再加上我和云峥，一个无力、一个无心照顾他，让他住回侯府也好。

老爷子本来想把我和云峥一起接回侯府去，可是傅先生说我的身子现在还不宜搬动。老爷子加派了傲雪山庄的警卫。除了老爷子来看过我，安远兮似乎也来过，不过我没听到他说话，只是听宁儿和馨儿交谈时提到的，还听她们提到冥焰似乎早就醒了，云峥让他住在山庄里。此外，玉蝶儿多日没收到我的飞鸽传书汇报身体状况，也上山来看过我。

我不知道又过了多久，应该有七八天了吧，因为一直昏昏沉沉的，所以也不知道具体的时日。云峥仍是日日守着我，他的蛊毒应该解得差不多了吧？因为我有一次醒来听到过沉谙的声音。生产那晚我大出血，云峥派人请了易沉谙来，和傅先生一起忙了一昼夜，才保住我这条小命。云峥已经知道了我曾经求过沉谙帮我催生，他那样超然淡定的一个人，听沉谙说起的时候，握着我的手竟然一直在颤抖。这些天他的情绪平静了一些，虽然仍是不停地在我耳边说话，可不再是开始几天那样恐惧的语气，就像是平时与我正常的说话一样。

“叶儿，宁儿端了雪耳羹，我只加了一点点儿冰糖，不会很甜，我喂你吃好不好？”云峥在我耳边轻声道。我想应他一声“好”，可是我还是发不出声音。云峥的唇落到我的唇上，封紧，将甜美的雪耳羹喂给我。我的喉咙仿佛也不像是自己的，无力吞咽，这些天无论是苦涩的药汁还是补身的汤水，都是云峥以口哺给我，滑进喉咙里。

“云兄。”易沉谙的声音突然响起，我知道他是给我端药过来了。解蛊的事是傅先生在负责，沉谙只负责诊治我的身体。“你对傅先生说明天不用再煎药，是吗？”易沉谙的语气带着一丝责备。不煎药？不煎什么药？

“嗯。”云峥淡淡地应了一声。易沉谙吸了一口气，有些嗔怒：“你明知道解蛊药要服足半个月，一天都断不得，否则前功尽弃，为什么要停药？”

停药？停解蛊的药？我心中一个激灵。云峥，你想干什么？沉默片刻，只听到云峥轻声道：“沉谙，你说过，如果叶儿今天不醒，她就永远不会醒了，是不是？”

我傻住，空气仿佛不再流淌，死一般沉寂。半晌，听到易沉谙的声音：“我是这样说过，不过……”

“如果叶儿今天不醒，我何需再用什么药？”云峥打断他的话，低声道，“我要给她喂药了，沉谙，你出去吧。”

他在说什么？如果我不醒，他就不用药？他要陪我一起死吗？我心中顿时冒出一股邪火，好不容易才怀上的宝宝，好不容易才得来的胎衣，他就这样给我浪费掉？我不是跟他说过吗，人活着就有希望，我这不是还没死吗，他就敢给我停药？云峥，你这个浑蛋！我气得发昏，全身的血液都在沸腾，叫嚣着乱蹿，消失已久的力气仿佛一丝丝回来了，我的手指动了动，努力试着睁开眼。

“叶儿，今天外面又下雪了，你听到落雪的声音没有？他们说，眼睛看不到的人听觉就会比别人灵敏。”床上的重量一轻，云峥似乎走过去端药了。我努力睁眼，眼睛终于睁开一条细缝，骤然看到的亮光让我的眼睛一酸，然后浮起了水雾。我闭了闭眼，随即感觉床沿又陷了陷，云峥又坐了回来。待眼中的水雾消融散去，我缓缓睁开眼睛，见云峥坐在床边，手里端着药碗，拿着调羹低头搅着药汁。这些天没见到他的样子，我知道他肯定过得不好，但没想到他这样不好，他本就瘦，如今更是瘦了一圈儿，脸色既憔悴又苍白，不带一丝血色。我的心重重地一抽，一颗心又酸又软，眼睛涩起来，刚刚将我激醒的怒火顿时消失得无影无踪。云峥低头搅着碗中的药汁，没注意我醒了，嘴里却仍在对我说话：“你不是最喜欢看梅花裹在冰里吗？现在窗外就有一枝裹着冰挂的梅花。你听不听得到？听得到就睁眼看看，是雪美，还是梅更美？”

“不一样的事物，怎么比？‘梅须逊雪三分白，雪却输梅一段香’。”我温柔地看着他，这么长时间没有说话，我的声音有一丝嘶哑。见他全身蓦然一震，搅药的手也僵硬了，柔声道：“是雪衬了梅，也是梅映了雪。”

药碗从他手中跌落到地上，碎成瓷花。他怔怔地坐着，没有转头，迟疑地、小心翼翼地确认：“叶儿……”

我吃力地抬起手，握住他的手：“傻瓜，我说过，没有什么比生命更重要，人只要活着就有希望，永远不要放弃希望，你都忘了吗？”

他转过头看我，握着我的手蹲下来，没有回应我的话，唇角泛起一丝喜悦的微笑。我突然有一丝彻悟，也许他是故意说那番话的吧？云峥，其实你知道我一直都能听见你说话，是不是？我握紧他的手，微笑道：“我回来了，老公。”

他将我的手举到唇边，轻轻印下一个吻。幽深如海的黑眸深深地凝视着我，仿佛要将我铭刻到心里去：“回来就好。”

啊，我的云峥……

我身子一天天好起来，不管每天端来的是药还是补品，我都吃得干干净净。我想快些坐完月子，下山去看宝宝。老爷子又上山看过我几次，但都没有带宝宝来，说怕宝宝受寒。我虽然很想宝宝，也不好说什么，只得把想念压在心里。不过老爷子每次来都带着金莎他们三个小鬼，我就在他们嘴里掏问着宝宝的情况：睡得好不好，奶娘的奶水够不够，奶娘的性格好不好，做事细不细致，宝宝一天吃几次奶，吃了奶打不打嗝，尿几次床，屙的屎是干的还是稀的……每次都问得几个小鬼脸色发青。以前他们都爱黏我，现在却看到我就跑，后来干脆不上山了。

永乐侯新添曾孙的事已经传开了，听说老爷子在侯府摆了三天三夜的流水席，还包了戏班子在侯府唱足三天，送礼的人又在侯府排起了长队，太后和皇上的贺礼也送到了侯府，所以，平安、苏灵、罗裳儿这帮千金都来山上看过我，还差人送了很多给宝宝玩的小玩具到侯府。

日子就这么幸福而平淡地流逝着，宝宝平安，我平安，云峥的蛊毒也解了，我再没有什么事忧心了。没等坐完月子，我已经胖了一圈，身上长了不少肉，云峥很开心。但是，我觉得他好像更瘦了，他的脸色还是那么苍白，可能是我昏迷期间他照看我太累、精神太紧张了。而且，他吃得也不多，每次用膳只吃一点儿就好像吃不下了。我老逼着他再多吃点，我吃补品也都非让他也吃，他也就笑笑，听话地吃几勺。我想，只要过了月中，确定蛊毒不会发作，他的身体就能慢慢好起来了。

“老公，你让我出去走走嘛。”我拉着云峥的手撒娇。我已经在房间里关了快一个月了，云峥只准我每天在房内活动活动，不准踏出房间一步，说怕我吹风。我不但身子快发霉了，还全身发臭，因为我不能洗澡，不能洗头，连梳头都不行，只是每天用温湿毛巾擦擦身子。所有我要经手的东西都必须是暖的，云峥和两个小丫鬟把我盯得无微不至，只要我稍有越轨行为，就会遭到声讨，快憋死我了。

“不行，再忍几天，等坐完月子就好了。”云峥拥着我轻声哄道，也不嫌我全身馊臭。我经过无数次失败后仍不折不挠地准备说服他：“其实，在我们家乡，产妇生完孩子，不是完全不能洗澡的，也不是完全不能出房间……”

“入乡随俗，你现在得按咱们这儿的规矩来。”云峥丝毫不为所动，我有些气结。宁儿走进来，笑道：“少爷，冥少爷来看少夫人。”

冥焰来了？我赶紧道：“快让他进来。”冥焰一直住在傲雪山庄，之前我昏睡不醒，他每天都来看我。但他没有冥焰的记忆，他对我的认知仅仅是沧都“天锦绣”的叶姑娘。云峥是知道冥焰的事的，也许是发生在我身上的诡异事件，让他对这个少年是一个“神仙”也没觉得有太大的不可思议。我醒来之后，将他认为义弟，云峥一点儿也没反对，从此全府上下都叫他冥少爷。

“姐姐……”他进来了，见云峥也在，有些不自在。云峥站起来，笑道：“你们姐弟俩聊聊，冥焰，帮我看着她，别让你姐姐出去。”

我对着云峥做了一个鬼脸，云峥装作没看见，转身出去了。我笑着招冥焰过来，握住他的手：“告诉姐姐，今儿做了些什么？”

他的脸微微有些泛红，腼腆地道："姐夫帮我找了几本书看。"他对我的碰触和对我叫他"冥焰"这个名字，不似最初那样抗拒了。莫修齐死后，他完全不知所措，仿佛失去人生目标一般茫然。我对他伸出的手，对他来说等于一块救命的浮木吧？但做了这么久的下人，他性格中的自卑却没有办法在一时半刻中消除。我不知道冥王为什么要给他灌输当了十几年下人的记忆，就算是要惩罚他，把他本身的记忆抹去了，也没必要强行灌给他一些不属于他的记忆啊，难道这才是惩罚？

"看得懂吗？"我见他仍戴着帽子，知道他不想别人用诧异的眼光打量他的满头白发，有些心疼。他的性格完全不似我梦中那般开朗阳光，冥焰，我要怎么帮你才能让你早日结束这个惩罚？是帮你恢复记忆吗？他对为什么有黑衣人追杀他们主仆也说不出所以然来，只说当日离开沧都，莫修齐辗转带他走了一些地方，最后到京城谋生。没想到的是才到京城没多久，就遇到那个莫名其妙的黑衣人想杀他们，他和莫修齐一路逃到玉雪山，走投无路之时遇到了我。我相信他的话，因为他是黑龙玉认定的冥焰。云峥对那晚的事已经着了隐执事去查那两个黑衣人到底想做什么，云家怎么着也不能让云坤死得不明不白。

"看得懂一些。"冥焰点点头。我想了想，拿起脖子上的黑龙玉，柔声道："冥焰，你还记得这块玉吗？"

他抬头看了一眼，摇了摇头。我也不怎么失望，认不出是预料之中的事，反正日子还长，我以后再慢慢想法子开启他的记忆。

## ❋ 第五十二章　云逝

我的身子渐好，云峥却又病了。

云峥又经过了一个月中，这一夜，所有人都提心吊胆，老爷子带着安远兮也专程上了山。我在房间里，不知道云峥的情况，更是心急如焚，冥焰一直在房间里陪着我。好不容易等到天明，云峥回房时，是自己走回来的，不是坐在轮椅上被人推回来的。我激动得难以自已，抱着他流下了喜悦的泪水。他的蛊毒解了，他的蛊毒终于解了。

老爷子也很高兴。我见云峥身子大好，我的月子也坐完了，准备收拾东西回侯府，我实在是很挂念宝宝。老爷子却说我刚刚坐完月子，身子还虚，云峥身子也刚刚才好，还是再在山上休养一段时间，免得回去侯府人来人往还要分神应酬来庆贺宝宝满月的人。

我心里虽然有些不太乐意，但也不好太忤逆老爷子。没想到还真被老爷子说准了，云峥第二日便开始有点发低烧，还一直咳嗽，这回侯府的事儿便耽搁下来了。傅先生说云峥长年被蛊毒所苦，体内的器官和精神一直都处于警戒状态，如今蛊毒乍一解除，那些长年处于高度紧张状态的器官蓦地松懈下来，反倒容易生病。他这解释我觉得没什么不妥，想起前世工作也是经常加班，长期处于紧张状态，结果每次到放长假的时候，身体和精神一松弛下来，立即就感冒发烧，仿佛是把病囤积起来专门留在放假的时候来生似的。

前段时间是云峥照顾我，现在又变成了我照顾他。我处处细心，照顾周到，云峥的病情却反反复复，今儿才见着好一些，不烧不咳，也有精神起来走走，明儿又昏昏沉沉地睡一天。我心里担心着急，又没法可想，只得按傅先生的交代细心照料他。老爷子差人送来了千年人参、鹿茸、天麻、血燕等补药补品，连沉谙下山后也差人给云峥送来一些药丸，说是他制的一些补身药，看来他们都知道云峥解完蛊会生一场病。

云峥服了药，又昏昏沉沉地睡了。这些日子他胃口也极差，吃得很少，我让厨房将饭菜也改成了药膳，那些虽然补身，可是味道不怎么好。我想去看看，能不能尽量把味道弄得可口一点。走进厨房的院子，见云泽蹲在井边打水，地上摆了个木盆，不知道在洗什么东西。走近一看，见盆里似乎是云峥的手巾，沾着可疑的红渍。云泽打了水看见我，吓了一跳，赶紧抓起盆里的手巾，背到身后，惊慌地道："少夫人……"

"你手里拿的什么？"我静静地看着他，"给我看看。"

"少，少夫人，不行……"云泽的脸涨得通红。我伸出手："给我！"

他咬着唇，看着我半天不动，我也不缩手，眼睛一动不动地盯着他，他局促不安地嗫嚅道："少夫人，少爷说不能让您知道……"

"给我！"我淡淡地打断他，"你要我自己过来拿吗？"

他迟疑着，把手伸出来。我拿过他手里的手巾，展开一看，倒抽了一口气，那巾子上赫然有一块殷红的血渍。我的心里升出不祥的预感，抬头看着云泽，目光有一丝冷："少爷的手巾上怎么会有血？是少爷咯的？你们好大的胆子，竟敢瞒着我！"

他被我凌厉的目光吓住，结结巴巴地道："少夫人，是，是少爷让我们别说的。"

"少爷什么时候开始咯血的？"我的心里越发不安，云峥身子再不好，也从来没有咯过血，怎么解了蛊毒之后，身子反比以前更差了？

"前天开始咯的，少爷每次都让我们赶紧收拾了，说不要被少夫人您看到……"云泽见我的脸色越来越难看，不敢往下说了。我将手巾递给他，吸了一口气，道："给少爷洗了吧，别说我已经知道了。"

转过身，我径直走去傅先生的小院，刚刚转出一片茂盛的梅林，便见老爷子带着云德急匆匆地踏了进去。老爷子来了？怎么不先去看云峥，反倒跑傅先生这里来了？我心中疑惑丛生，赶紧跟了上去。老爷子已经进了傅先生的房间，我踏上台阶，站在房门外，想了想，将耳朵贴近木门。

开始还听不太清楚他们在说什么，适应片刻，我听到老爷子道："真的没办法治了吗？"

"傅某无能。"傅先生似乎叹了一口气，"峥少爷如果不咯血，还有一丝希望，可是他从前天开始咯血，傅某实在……无力回天……"

我的脑袋“嗡”的一声，他们在说什么？他们在说云峥吗？云峥的病怎么会没办法治？那么可怕的蛊毒都治好了，怎么会治不好他现在的病？他们在胡说什么？在胡说什么？我再也听不下去，猛地推开门，踏进房去。屋里的三人错愕地看着我，等看清是我，抽了一口气，老爷子愠道：“叶丫头，你怎么……”

“爷爷，刚刚你们说的是怎么回事？”我走到他面前，瞪着他道，“你们是在说云峥的病没有办法治，是不是？”

老爷子脸上有一丝心虚，垂睫不语。我看向傅先生和云德，两人都别过脸，沉默着。我的心里冒出一股火，蓦地爆发了，尖叫道：“快告诉我，你们一个个的都瞒着我，那是我丈夫，我有权知道他到底怎么了，你们，你们凭什么瞒我……”

眼泪汹涌而出，我跌坐到椅子上，捂着脸“呜呜”痛哭。老爷子叹了一声，道：“傅先生，你告诉她吧。”

我抬起脸，抹去脸上的泪，却忍不住抽泣。半晌，等我稍微平静下来，傅先生才低声道：“峥少爷的蛊毒折磨了他二十多年，他的五脏六腑早就承受不了了，只是靠着一股意志在支撑。就算是解了蛊，他的身子也已经败坏了，咯血是油尽灯枯的一个征兆……”

我麻木地坐着，呆呆地听着。油尽灯枯？油尽灯枯？他在说云峥油尽灯枯？他还不到二十三岁呀，怎么会油尽灯枯？这不是真的！这不是真的！为什么？老天为什么要这样对我？我到底做错了什么？为什么每次当我以为自己已经拥有幸福的时候，他都要毫不留情地夺走？为什么？

“别说了，我不相信，我不相信……”我尖声打断他，猛地站起来，跪到老爷子面前，语无伦次地、慌乱地道，“爷爷，再给云峥找大夫，找最好的大夫。我知道你可以的，你能找到的，我不相信，我不相信云峥的病治不好……云德，去找沉谙来，沉谙一定能救云峥……对了，我去宫里求太后，让御医来给云峥诊治……”

“叶丫头！”老爷子按住我的肩膀，“你冷静一点儿！”

“我冷静，我很冷静……”我拉住他的手，“爷爷，你救救云峥，你救救他……”

“丫头！”老爷子眼中闪着深切的悲哀，“峥儿是我的孙子，是我一手带大，一手教养成人的孙子，如果我能救他，你以为我会不救吗？峥儿的病，已经病入膏肓了！”

我无力地坐到地上，怔怔地看着他，他眼里的痛楚是真的，悲哀是真的，这痛楚和悲哀的可信度，证实了傅先生刚才那番话，我觉得我快要窒息了。老爷子沉痛地道：“像峥儿这样自幼中蛊的人，虽然有人极力压制他的蛊毒，可是蛊毒仍然会损害他的内脏，加重负荷。一年前，傅先生就诊出峥儿的身体开始衰竭，就算解了蛊，能否活下去也要看运气。峥儿如果运气好，有三成生存的希望。可是前段时间你大出血，他忧虑过度，伤心伤肺，当时就咯过血了。你是不知道，我一辈子没见过他那个样子，我都怕你还没醒他就不行了。你昏睡不醒，峥儿天天守着你，逼他去休息也不肯，明知他那身子经不起，我也拿他没办法，只能由着他。这么多年，为了云家，峥儿是凭一口心气在撑着，前一阵，是为了你和孩子撑着，现下你和孩子都没事了，他心里一放松，加上劳累忧虑过度，身子马上就垮下来了。”

我呆呆地听着，老爷子眼里泛起了老泪：“丫头，你费尽力气，甘愿冒催生之险为峥儿解蛊，你那时有身孕，我也不敢告诉你，峥儿就算解了蛊，身子也有凶险，就怕你心里担忧难受。峥儿这病，虽然我没告诉他，但身子是他的，我想他自己心里也有点儿明白。他解了蛊，我也抱了一丝希望，就想让他别再操心家里的事，安心养着，指望着让你俩过几天舒心日子。可没想到，这么快……两个苦命的孩子啊，爷爷都不知道，是我把你们撮合在一起的，还是你们俩哪辈子结的宿缘，你们两个竟然这样分不开。丫头，你是一个好姑娘，爷爷对不起你啊……”

我第一次看到老爷子老泪纵横，原来前段时间的解蛊，只是大家在粉饰太平，原来是我，是因为我，云峥才会咯血。我惨然一笑，从地上站起来，转过身，跌跌撞撞地往门外走。是因为我，云峥才活不下去，我还能怪谁？

我该怪谁？怪绮罗下了毒才使云峥如此？可她死了，早就烂成一摊泥。怪老爷子的利用？可嫁给云峥是我心甘情愿的。怪你们给了我希望再让我绝望？可你们都说是为了我好。还是怪云峥太美太好，怪我情不自禁地爱上他，才如同被人掏空了七魂六魄？泪从眼角滑出来，我浑然不觉，失魂落魄地往前走。“姐姐小心！”梅林中钻出一个人影，猛地拉住我，我回过神，才看到前面横着一根粗大的梅枝，我几乎撞上去。“冥焰！”我抓住他，像抓住了一块求生的浮木，“你救救云峥，你救救云峥，他们救不了他，你一定可以，你是神仙啊，你救救他……”

“姐姐，你在胡说什么？”冥焰瞪大眼。我拼命摇头：“我没胡说，你是神仙啊，要怎样才可以救他？你要怎样才能恢复记忆？是不是要这块黑龙玉？你快把它取下来……”我拼命地拉扯脖子上的黑玉，可是我怎么也拉不断那根绳子，绳子将我的脖子勒破了，我却感觉不到疼痛，疯了似的使劲抓，“你快帮我取下它……”脑袋

“嗡嗡”作响，眼前金星乱蹿，头又沉又重，我软软地倒进冥焰怀里。在晕过去之前，我紧紧地抓住了冥焰的手臂，“救救他……”

醒来时，我已经躺在床上，发现自己倚睡在云峥怀里。我抬眼看他，他本来闭着双目，却像是感应到我的目光，立即睁开了眼睛：“叶儿……”

我痴痴地看着他，抱紧他的身子。眼神相遇的一瞬间，对那个事实我们已心照不宣。老爷子瞒不过我，又怎么瞒得过冰雪聪明的云峥？他深深地凝望着我，久久，轻声道：“叶儿，我自幼受病苦，死亡对我并不是一件恐惧的事……”我身子一颤，将他抱得更紧，眼睛却望着他，一秒也舍不得移开。他怜惜地抚摸着我的脸，声音像是从九天之外飘来：“真的，有时候，死亡同时也是新生。我以前常常想，如果我死了，化成清风，遨游四海，也是一件值得快慰的事。可是现在，我却舍不得丢下你。”

“那你不要丢下我。”我痴痴地望着他晶莹苍白的脸，“你化成清风，就把我也带去吧。”

“傻姑娘……”他轻轻地吻我的额头，温柔地道，“就算我化成清风，我也不会丢下你，我会陪在你身边。不论何时何地，只要你感觉到有风从你脸庞刮过，就知道那是我在看着你、陪着你……”

“我不要你看着我、陪着我，我要陪着你。”泪如断了线的珠子，一颗颗从眼里滑落。云峥的声音缥缈得不真实：“傻丫头，如果我带你走，那谁来陪我们的宝宝，我们的诺儿呢？”

“诺儿？”我抽泣着，没有明白。云峥温柔地抹去我脸颊的泪水，柔声道：“云诺，是我刚刚想到给宝宝取的名字。叶儿，即使我化成清风，也会永远陪在你身边，这是我对你的承诺。”

我像孩子一样委屈地哭泣着。云峥，我明白你的意思，你要我好好活着，好好照顾宝宝。你怕我伤心，哄我说你即使死了也不会离开我，我明白，我都明白。我听你的，我不再闹你，不再让你担心，我答应你，我会好好活下去，我会好好爱宝宝，等他长大了，我会告诉他，他的爸爸是这个世界上最好、最温柔、最爱我们的人。

我会在你离开之前的这段日子，拼命地爱你，我要陪你看尽玉雪山的梅和雪，我要记下你每一个温柔的微笑和眼神，将你的模样铭刻在心里。云峥，亲爱的云峥，我不会再哭，不会再任性，我会一直笑，笑到你安静地羽化成风。

云峥一天天虚弱下去，整日缠绵病榻。尽管知道他的病已经药石罔效，我仍然每日定时让他服药，妄想着多留他一些时日，但我们都不再提起他的病，他的生死，他那化成清风的承诺。我一步也不愿离开他，眼里再容不下旁事。当春天快要来临的时候，玉雪山降下了这个冬天最后一场大雪，我在清晨的阳光中苏醒，身侧空无一人，悚然一惊，翻身坐起："云峥……"

"少夫人！"宁儿赶紧进来，"少爷去了八角亭。"

"他今天精神好些了吗？"我有些惊喜，赶紧接过馨儿递来的锦裘，顾不得梳洗，拔腿就往门外跑。远远地，我看见云峥坐在八角亭内抚琴，如同我初次在沧都篱芳别院与他相识，清风撩拨着他的衣袂，他的身姿安详沉静，苍白的皮肤带着虚幻的晶莹。

我停止奔跑，一步一步向着他走去。他纤长的指尖下流泻出古朴悠远的琴音，仿佛来自亿万年前的蛮荒岁月，带着前世的气息，似曾相识，令我笃定。世间的一切在心中层层剥落，他的琴音如同圣洁的雪水，洗却了尘世的烦扰，让生命归于永恒。我突然明白了，这是云峥生命中最后的绝唱。

他抬眼，伸出手，对我淡淡地微笑，眉目如画："叶儿。"

我虔诚地走向他，依偎在他身边，遥望着亭外的雪景，高远的天空上，有一轮暖阳。他握紧我的手，皱眉道："手好冷。"我微笑着合拢他的手，他的手凉得刺骨，"又下雪了，这大概是今年的最后一场雪。"

"明年还会下雪的。"他笑了笑，低声道，"叶儿……"

"嗯？"我轻声应他。他温和地道："我想每年冬天，都能看到玉雪山的梅和雪。"

泪慢慢地润湿了眼眶，我闭上眼睛，不让它从眼中滚落。我说过，我不会再在云峥面前流泪："嗯。"

"叶儿……"他的身子越来越冷，"好久没有听过你唱歌了，唱一首歌来听，好不好？"

"好。"我的头轻轻靠在他的肩上，感觉到他越来越疲惫的心跳，启唇轻唱：

心若倦了，泪也干了，这份深情难舍难了。
曾经拥有，天荒地老，已不见你，暮暮与朝朝。
这一份情，永远难了，愿来生还能再度拥抱。
爱一个人，如何厮守到老，怎样面对一切我不知道。

回忆过去，痛苦的相思忘不了，为何你还来拨动我心跳。

爱你怎么能了，今夜的你应该明了，缘难了，情难了。

他的心跳在轻柔的歌声中越来越慢，我转过头看他，他的脸上带着一丝安详的微笑，倚在我的身旁，静静地沉睡过去。暖冬的太阳在刹那间光芒万丈，云峥的身体在明媚的阳光下放出淡淡的金色光芒，闪烁跳跃，很久很久，那些跃动的光芒才星星点点地随风而逝。我知道，我心爱的人已经化成清风，遨游于天地之间。

泪再也忍不住了，从眼角滑落。我微笑着，抬起头，望着远方。云天浩渺，苍茫的雪山静谧而深沉，仿佛可以包容整个世界。微风拂过我的脸庞，吹乱了我的头发，我迎着风，轻声低喃：“再见了，云峥！”

（《风华篇》完）

附录1：

《风华篇》引用歌词列表

| 序号 | 章节 | 引用歌曲名称 | 词作者 | 演唱者 |
| --- | --- | --- | --- | --- |
| 1 | 第08章 | 《穿过你的黑发的我的》 | 罗大佑 | 罗大佑 |
| 2 | 第16章 | 《写一首歌》 | 顺　子 | 顺　子 |
| 3 | 第21章 | 《我的心里只有你没有他》 | 陈蝶衣 | Laura Fygi |
| 4 | 第27章 | 《缠绵游戏》 | 林　夕 | 彭　羚 |
| 5 | 第36章 | 《豪情笑江湖》 | 卢治明 | 范文芳 |
| 6 | 第52章 | 《新不了情》 | 黄　郁 | 万　芳 |

附录2：

《风华篇》引用资料列表

| 序号 | 引用书籍、文章名称 | 作者 / 发帖者 | 出处 |
| --- | --- | --- | --- |
| 1 | 《隋书·志第六·礼仪六》 | （唐）魏征等 | 《二十四史》 |
| 2 | 《大理寺》、《科举》、《黑曜石》 | / | 百度百科 |
| 3 | 《历史上的武状元》 | 胡兴军 | “原生态”网站 |
| 4 | 《连战祭祖流程解密：进门喝甜茶 八音伴祭祖》 | 年　月 | 中国新闻网 |

备注：以上部分资料来自网络，为作者查阅到的出处，不一定是首发站。

# 第四卷

# 绝胜篇

## ❋ 第一章　抓周

天街小雨润如酥，草色遥看近却无。

最是一年春好处，绝胜烟柳满皇都。

玉雪山的雪还没有化，山下却已带上了蒙眬的春色。我撩起马车的窗帘，望着窗外的景色，凉风夹着雨丝从窗外扑打在脸上，脑海中浮出韩愈这首《早春呈水部张十八员外》，怔怔出神。一年没有下山，这京师繁华如故，它不像人的心境，不因为哪一个人的消失变得苍凉荒芜。

“娘……”怀中的诺儿软软地唤我。我放下窗帘，低头亲了亲他粉嫩的脸颊，对他微笑。我的诺儿今天满周岁，老爷子在侯府为他举行抓周礼。天曌国的男人一生有三个重要的仪式：满月摆宴、一岁抓周、十六岁成人礼。诺儿的满月宴我错过了，抓周礼却不能再错过，即使我还在守丧期间，即使我再不愿意离开玉雪山、离开云峥。

我遵照云峥的心愿，将他葬在玉雪山上、傲雪山庄内。很久很久以后，我都觉得玉雪山上发生的一切是一场梦。梦醒时，就像以前他把我从噩梦中唤醒一样，我还会被他拥入那温暖安全的怀中，看到他温柔抚慰的目光。然而，诺儿是真的，冥焰是真的，云峥不会再在我身边，也是真的。

我已经完全不记得云峥走后最初那段日子我是怎样过的，只记得大殓那天，山上来了很多人，很多熟悉的或陌生的面孔。但我都分不清他们是谁，他们跟我讲话时，我也听不清他们在说什么。我只是看着我的云峥，看着他苍白的脸和紧闭的双目，心里的痛在漫延。我知道，纵然我再痛苦绝望，这双眼睛也永远不会再睁开温柔地看我了。

云峥安详地躺在棺椁里，好多人在哭，我却流不出眼泪。我的泪已经流干了。云峥，我答应过你，我会好好活下去。可是你不在，谁能治好我的心痛？棺盖缓缓地盖到棺椁上，云峥的脸渐渐被棺盖挡住，消失在我的视线中。突然意识到，这一刻之后，我再也看不到这世上最爱我、最疼惜我、对我最好的人了。我疯了似的冲上前，双手死死地抵住棺盖，心慌地嚷："云峥、云峥，你起来，你起来呀……"我以为我可以坚强，可以信守对你的承诺，可是我做不到，我伪装不了坚强，我控制不了心痛。云峥，你怎么忍心丢下我？你怎么可以丢下我……

心里的痛在扩大、扩大，无边无际的痛楚似乎要将我吞噬。我以为我不会再流泪，可是眼角又有湿热的液体顺着脸颊流下来，天地间霎时一片猩红。有人来拉我，有人在惊叫，我只是死死地扑在云峥的棺椁上，一声声唤着我亲爱的云峥。脑后蓦地被人重重一击，眼前的血红变成了黑幕，意识渐渐飘散。我听到有人叫，"叶丫头"、"少夫人"、"大嫂"、"姐姐"、"花花"、"荣华夫人"，甚至"雪儿"，是谁？我都不想管他……因为再也没有那声我愿意为之醒来的"叶儿"了。

云峥，我想去找你，不管在天堂还是地府。你别生我的气，让我任性这一回，诺儿有爷爷、有小叔，他们会照顾好他的。云峥，带我走吧，不管你去哪里，无论你化成了风还是云，请带我一起走……

可是，人有着身体的枷锁，飞不到灵魂想去的地方。你是多么不想走，可你的身体，无可奈何地衰弱下去；我是多么想去找你，可是我的灵魂挣不脱这逐渐恢复神志的身体。渐渐地，我能感觉到有人在帮我诊脉，有人给我喂药，只是我，却不像上次产后出血你守在旁边的时候，那样努力想睁开眼睛。我想更深地沉寂在黑暗中，想在黑暗中找到你的光亮。

直到我感觉到，一个温暖的小小的身体趴在我身上，开始哭。

心蓦地一抽，我的诺儿……

我睁开眼睛看着诺儿，出生后我只看过一眼的诺儿。他趴在我的胸前，好奇地望着我，居然停止了哭泣。眼前隔着一层微红，心里喜悦并疼痛抽搐着。诺儿和云峥，太像太像，虽然他还那么小，可那脸部的轮廓、眉清目秀的样子、清澈的眼神、专注的神态，几乎和云峥一模一样。

我抱住他，号啕大哭，再也不肯松手。云峥，你执意不肯带我走，是因为你知道，诺儿将会是我的救赎，是不是？

我在每个夜深人静时想你，反反复复温习和你在一起的日日夜夜、分分秒秒；在已经不再感到撕心裂肺的疼痛后，我才开始感谢而不是怨恨老天，才终于明白老天待我不薄，他不能给一个人的幸福太多。

在上一世，我见过那么多夫妻，或同床异梦，或反目成仇，或分道扬镳，或者，也不过是生活上的伴侣而已，锅碗瓢盆、磕磕绊绊、争争吵吵，有多少人真心为爱厮守一生？在这一世，稍有钱势的男子，也多是三妻四妾。要我去跟一堆女人抢一个不能完全属于自己的男人，我做不到；今天对我情深义重明天又去和其他的妻妾卿卿我我，我受不了。而云峥，他的心，那么无瑕无价的一颗心，居然是完全属于我的，何其有幸，我是他的初恋和唯一。

从一曲泪下的心意互通，到坦陈身世的理解包容，面对朝堂江湖，我们携手并肩，他为我遮风避雨，哪怕是我未说出口的一个愿望，他都费尽心力帮我完成。我昏迷中，他忘我呵护，愿意和我同生共死；而他走了，却只愿我好好地活下去。除了他的病，他从未让我生气、伤心，就算他在病中，他也总是怕我担忧，独自隐忍着苦痛，不愿我为他冒险。

我叶海花，一介平凡女子，曾经有夫如此，夫复何求。

我和他的一路，只有美好，没有遗憾。或许是有幸，如果没有冥焰的黑龙玉，没有促使我来到沧都的一切遭遇，我不会遇见他；也或许是不幸，如果我能早一点遇到他，他能早一点解蛊，或者我生产后没有大出血，人生也许会有所不同？可惜的是，人生没有如果，我的问题也永远没有答案。

但我知道，我不孤单，也永远不会孤单。在我心里，他永远如初见时那么飘逸，跟缠绵时一样真实，如相视时一般鲜活，似乎一伸手，我就能摸到他清俊温和的面容，拉住他微凉纤长的手指。不需要再为他的病担心，我轻轻地跟他诉说我每天遇到的人和事，告诉他诺儿成长的一点一滴。想着和他相处的朝朝暮暮，他化风伴我的真诚诺言和美丽谎言，和他一起的戏谑调笑，他对我的温存爱怜。我经常含着微笑睡去，只是醒来，不知何时，泪湿枕巾。

“姐姐，侯府到了。”小红见我抱着诺儿怔怔发呆，轻声唤我，我回过神来。小红是老爷子接到京城的，大概是怕云峥走后我想不开，想让个我熟悉的人陪着。我不得不承认，老爷子对我其实还算是不错的，并没有因为我失去了利用价值就轻贱我。诺儿的奶娘伸手，想把他从我怀里抱过去。诺儿死死地勾着我的脖子，不依地轻嚷：“娘，抱抱，娘……”

诺儿刚刚开口说话没多久，现在还只能说一些单个的词。记得第一次听到他嘴里叫出“娘”的时候，我的眼泪止都止不住，害我被小红唠叨了好久。我安抚地拍着诺儿的背，对奶娘道：“没事，我抱他。”

“可是少夫人的眼睛……”奶娘担忧地看着我，欲言又止。我笑了笑：“我抱着诺儿，你们扶着我的胳膊就好了，又不是一点儿都看不见。”

我的眼睛，在云峥下葬那天，流出血泪。醒来后，眼里始终笼罩着一层蒙眬的红色，看什么都是红蒙蒙的一片。我的视力渐渐变得很差，别人离我很近，我才能模模糊糊地看出他们大致的模样，离远了就只能看到一个人影，像是深度近视患者。如今傅先生又成了我的诊治大夫，替我医眼睛，可是也仅仅只能控制住视力不再变差而已。

下了车，云义迎上来：“少夫人辛苦了。”

我笑了笑，在小红和奶娘的带领下，小心翼翼地步上台阶，抱着诺儿往里走。侯府今儿想必请了不少客人，只是我实在是看不太清楚，只好保持着合宜的微笑，凭着声音对向我施礼的人点头示意，不至于失礼。还没走到中庭，爷爷就迎了出来，声音有丝激动：“叶丫头……”

我笑了笑：“爷爷……”低头轻声对怀里的诺儿道，“诺儿，叫太爷爷！”

诺儿嘬了嘬嘴，张开嘴却没有发出声音。抬眼看到老爷子满脸期待的表情，我继续轻声催促他。诺儿张开口，片刻才发出两个含糊不清的音节：“太、爷……”

老爷子的眼泪一下子就滚出来了。我心里有些愧疚，老爷子年纪大了，心里肯定是很想多亲近一下诺儿的，可是我不愿意住在侯府，只肯待在玉雪山上。老爷子没有因为我眼睛不方便的理由把诺儿留在侯府，我心里一直感激他。我低下头，看着诺儿，柔声道：“诺儿，让太爷爷抱抱，乖……”

诺儿微微挣扎了一下，不依地抱着我的脖子。我轻声哄他：“乖，太爷爷最疼诺儿了，让太爷爷抱抱……”诺儿不动了，乖乖让我把他递到老爷子手上。老爷子手足无措地抱起他，眼睛又湿了。

“爷爷，进屋去吧，仪式准备好了。”老爷子身后响起安远兮的声音。我抬起脸看了他一眼，他的脸在我的眼中红蒙蒙的。“大嫂！”他的声音听不出起伏，想来脸上也是没什么表情，不过不管他是什么表情，我现在也看不清了。“小叔。”我点点头，微微一笑，把手递给小红。老爷子见小红扶着我，轻声道：“丫头，你的眼睛好些没？”

“还好，没有继续恶化。”我笑了笑，不想谈论我的眼睛，“爷爷，进去吧。”

天曌国人很重视抓周礼，孩子满周岁，意味着平安地度过了人生路上第一个春夏秋冬，所以要大肆庆贺，何况是云家这样的豪门，加上诺儿又是个丧父的早产儿，他平安健康地迎来周岁，对云家的意义更是非比寻常。

诺儿换上了早就准备好的新衣裳，腰上系了象征长寿的璎珞佩饰。我看不清他衣服的颜色，眼前仍是红蒙蒙的一片，仍能感觉到他新衣的颜色应该很鲜艳，绣着牡丹和福寿的图字。供了神，我对着神位祈愿，愿我的诺儿能平安健康地长大，一生顺利，无惊无险。

抓周的物品摆了一桌：文房四宝、刀剑弓箭、官帽、书册、元宝、算盘、玩具、糕点糖果、胭脂水粉、首饰……老爷子将诺儿放在“晬桌”前，让他抓取桌上的物品。诺儿在桌上好奇地扑打一阵，抓起了一把小银剑。前来观礼的亲朋们纷纷说着讨喜的话，什么“前程远大、安邦定国”之类。我坐在椅子上，淡淡一笑。我的诺儿，娘亲不指望你以后文治武功，你能一生健康平顺，才是你爹爹和我最大的心愿。

老爷子倒是对诺儿抓到剑很满意，抱着他走到主位上坐下，朗声道：“今天老夫邀请各位前来观礼曾孙云诺的抓周仪式，是想当众宣布一件事，从今儿起，云诺就是永乐侯世子，待老夫百年之后，即可承袭老夫的爵位。”

此言一出，众人纷纷道喜，我的面前也拥来不少人，说着“恭喜荣华夫人”、“恭喜小世子”之类的话。我只觉得眼前好多人影晃来晃去，有些头晕。唇角泛起一丝苦笑，我早知道老爷子是这个心思，他跟我提了几次，都被我搪塞回去，没想到他还是执意当着众人把这个决定说出来了。我幽幽一叹，以后，我和诺儿的平静生活，只怕要被打破了。

抓周礼行完，来祝贺的客人还要饮过酒宴，才会带着回礼离开。我实在没有精神再应酬那些场面，以身体不适为由，带了诺儿回房休息。推开我和云峥的房门，一年多了，没有主人居住，房间里依旧干净得没有一丝灰尘。我的手轻轻抚过家具上我剪贴的福字，想起去年那个时候，我拿着福字倒贴在云峥胸口的情景，喉咙一哽。闭上眼睛，等眼中的水雾消散，感觉诺儿在我怀里兴奋地扭着小身子。我低头看他，见他指着妆台的方向，瞪大眼睛，“娘，娘……”

我看不到他指着什么，看了小红一眼：“小红，诺儿要什么？”

小红没有出声，过去拿起妆台上的东西，走到我俩面前：“姐姐，是两个娃娃。”

诺儿欢喜地一把抱住，胖胖的小手戳上了娃娃的脸。我的胸口蓦地一阵抽搐，怔怔地看着诺儿手里的两个娃娃——去年除夕我送给云峥的结婚娃娃，以为平静下来的疼痛，又一丝丝漫延出来。

“宝宝……”诺儿把“小峥”举到我面前，开心地笑，“娘亲，宝宝……”

“不是宝宝。”我摇摇头，痴痴地看着“小峥”，轻声道：“诺儿才是宝宝，这是爹爹。”从诺儿开始说话，我就教过他说各种各样的称呼：娘亲、姐姐、爷爷、叔叔……却从来没有教过那个词——爹爹。我怕他学会了叫爹爹，却找不到那个可以温柔应他的人。

“宝宝……”诺儿坚持着自己的叫法，专心致志地玩娃娃，我别过脸，一阵心酸。小红在旁边道：“姐姐，你累了就休息一会儿，我陪诺儿玩。”

我摇了摇头，这个房间充满了我和云峥甜蜜的回忆，你让我如何能平静地休息？一会儿，宁儿进来说老爷子来看我，我赶紧站起来，老爷子已经进来了，见状赶紧道：“丫头，快坐下。”

奶娘抱了诺儿出去，诺儿手里抱着娃娃，也不再黏着我不松开，乖乖地任奶娘抱走。老爷子等人都出去了，才笑着对我道：“丫头，你难得下山，就在侯府多住几天吧。”

“爷爷……”我抬眼看他，他坐在软榻侧面，我勉强能看清他的五官，“我……”

“我知道，你舍不得峥儿一个人在山上，可你是诺儿的娘亲，云家的当家主母，总不能一辈子住在山上。”老爷子认真地看着我，温和地道，“你守丧期也快满了，等峥儿的周年祭过了，就搬回来住吧。一家人，这样长年分住两头，也不是个事儿。丫头，回来帮爷爷管管家，爷爷也好享几天清福……”

天曌国的守丧期只需一年时间，与我前世的古代略有不同，只是，一年也罢，三年也好，于我来说，并没有多大的区别。能安安静静地住在傲雪山庄，陪着云峥，守着诺儿长大成人，是我现在唯一的希望。我心里也明白，老爷子不可能让我一直在山庄住着，老爷子的身子最近也是越发不好。他本也是个有病的人，云峥走了，老爷子的伤心不会比别人少，但他是男人，是一家之主，不可能像我这样任性而为。

“爷爷，小叔现在不是挺能帮您么？我一个妇道人家，眼睛又不好使，不给您添乱就好了，还能帮您做什么？”我微笑道。安远兮当初在绣庄当总管的时候我就知道他是个能做事的人，老爷子现在已经把很多生意上的事都交给他在打理，据说他也胜任有余。这一年来，充分发挥出他在经商方面的才干、处理事务的能力让几位执事都没闲话好说。

“可是诺儿才是世子，而你是他母亲。”老爷子摇摇头，“诺儿现在还小，你这当娘的要为他多担待一些，我这老头子还能照看这个家几年呢？到底还是要你挑起来才成……”

我的头开始痛起来，有些走神。老爷子其实是满意安远兮的办事能力的，表面上看起来对他也很信任、很疼爱，可是心里对他庶出的身份还是有些疙瘩吧？再加上上一代那些纠葛，老爷子不肯将云家的大权交给他。可是，我就有管理云家的本事么？莫说我一个半瞎的人，又无心理事，即便是当初我一切安好时，可能也不如现在的安远兮吧？如果老爷子让安远兮当家，不是皆大欢喜的事么？我落了个清静，安远兮也能发挥长才，老爷子更不用担心他百年之后谁会威胁到诺儿的地位。明明可以平平和和地过下去，为什么要把局面弄得这么难搞？揣测半天，老爷子心里到底是怎么想的，谁也不知道，但他这么做总有他的用意。他精明了一辈子，唯一看走眼的大概就是当今圣上了。

“丫头？”老爷子见我半天没反应，出声唤我，我回了神，听到他说，“这事儿就这么决定了……”

“什么？爷爷？”我茫然地道。老爷子怔了怔，叹道：“丫头……”

我顿时反应过来，知道老爷子说的什么，笑了笑：“好，等守丧期满，我就搬回来住。”我不能太自私了，老爷子还能看诺儿多久呢？而我，对云峥的怀念，不会因为住不住在傲雪山庄而减少半分，到底，是我太偏执了。

“好，好。”老爷子像是长舒了口气，看着我的眼睛，半晌，温和地道，“丫头，你这眼睛，傅先生说淤血早已经散了，按说早该好了才是，怎么你还是看不清？”

是么？原来不是我的眼睛看不见，而是我的心不想看见吧？或者我下意识里一直在逃避，逃避那些必须担负起的义务和责任。老爷子走后，金莎他们几个跑来看我。几个孩子又大了些，可能这一年里经的事多了，都不像以前那么唧唧喳喳的，性子渐渐沉稳起来。孩子们陪诺儿玩了一会儿，诺儿开始犯困了，我让奶娘抱他去睡觉，几个孩子也懂事地告辞。房间里安静下来，无边的沉寂似乎要将我淹没。我站起来，小红立即过来扶住我：“姐姐，你想去哪儿？”

“外面的雨停了吧？屋里有些闷，我想去园子里吹吹风。”我轻声道。小红赶紧给我披上锦裘，扶我出门。走到园子里，坐到池塘水榭的美人靠上，椅子有些凉，小红赶紧道：“姐姐，我回屋给你拿两个垫子，你别乱走。”

我笑了笑，我能走到哪里去？侧身趴在美人靠的椅背上，脸贴着手背，闭着眼睛，感受着雨后湿润的空气，觉得胸口闷闷的感觉渐渐消失了。身旁似乎来了人，我没有睁开眼，轻声道：“小红，垫子拿来了？”

来人没有应我，我轻声道：“快拿过来呀。”

“大嫂，是我。”耳边响起安远兮的声音。我怔了怔，睁开眼睛，望向出声的方位，蒙眬的眼中显出一个蒙眬的身影。我转身坐直身子：“是小叔啊，我还以为是小红回来了。”

他不出声，只是站在原处。我半晌没听到他开口，脸转向他：“小叔有事？”

“哦，巧七将大嫂送去换弦的吉他送来了，我送过来给你。”安远兮像是才回过神，将手中的东西递给我。我接过他递到我手里的吉他，摸索着将吉他从琴套里取出来。前段时间我发现吉他的弦断了两根，让人送去巧七那里换弦，想是他今儿听说我下山给诺儿举行抓周礼，就把吉他送来了。我的手抚上琴弦，摸索着调音，试了试换好的弦，没什么问题。我笑了笑：“有劳小叔了。”

“姐姐……”小红回来了，见了安远兮，声音有些冷，“见过二少爷！”

他没理会小红冷淡的态度，只对我欠了欠身：“大嫂，我走了。”

我点点头。小红见他走远了，才愤愤地道：“姐姐，这死呆子来干什么？”

“他把拿去换弦的吉他送过来罢了。”我笑了笑，“别‘呆子呆子’地叫他，他现在是侯府的二少爷，身上也没呆气了。”

“我管他是谁？他就算当了皇帝，也是个没心没肺、薄情寡义的东西！”小红撇了撇嘴，将垫子铺到椅子上，让我换了座，又道，“随便支个人都可以把吉他给姐姐送过来，要他来无事献殷勤，非……”

“小红！”我警告地看了她一眼，她听出我语气里有责备的意思，悻悻地住了嘴。我淡淡地道，“这里是侯府，别随便说些惹祸上身的话。”

她没有出声，想来心里还不服气。我幽幽一叹：“你回房去吧，我想一个人待一会儿。”

小红别别扭扭地走了，我抱着吉他，无意识地望着前方发呆。清风拂面，我感到脸上溅了几点冰凉。又下雨了？额前的发随着风悠悠地轻颤，我把手伸出去，感受那随风飘荡薄雾般的雨丝。云峥，是不是你回来了？是你回来看我么？

雨水渐渐将我的手浸湿，指尖冰凉刺骨。“姐姐！”手被人抓住，气结地用衣袖擦去我手臂上的雨渍，“姐姐，你怎么这么不顾惜自个儿的身子？”

我微微一笑，任他把我冻得有点发红的手捂在掌心里：“冥焰，我没事。”

他看着我，皱着眉头，闷声不语，只顾着帮我搓手。我笑了笑：“冥焰，你今儿又学了什么新鲜玩意儿？弄得诺儿的抓周礼都迟到了。”

一年前，他和莫修齐被人莫名其妙地追杀的事，云家也没查出什么，那两个忍者从此也销声匿迹。冥焰住在傲雪山庄后，云峥让铁卫们教冥焰学一点防身术，原意只是想让冥焰有点事可做，并不指望他真能学成一身好武艺，因为他学武的年龄毕竟已经过了。没想到冥焰竟然很聪明，铁卫们教给他的招式，他看一遍就会了，打起来有模有样的。铁卫们都说他是练武的奇才，可惜内力这东西不是一朝一夕就能拥有的，除非有内力深厚的高手或者精通医理的人帮助他打通任督二脉，才可以一夕之间获得内力。我对这种传说中的事不太相信，有次特意问了问傅先生，没想到傅先生早就对冥焰的聪慧天资大感兴趣，替他诊脉摸骨之后，更是欣喜若狂，非要收冥焰做徒弟，说只要冥焰答应，就帮他打通经脉，提升内力。能有这等好事，我求之不得。冥焰就这样拜了师，每天除了练功，还跟着傅先生学一些奇奇怪怪的东西。我自此才知道，原来傅先生不仅仅是医术过人，还会一些旁门之术。再一深想，又恍然，如果傅先生不是会这些旁门之术，又怎么有本事压制云峥的蛊毒呢？老爷子能把傅先生这样的奇人收为己用，也算本事了。

“对不起，姐姐，我已经尽快赶过来了。我去看过诺儿，他还在睡呢。”冥焰不好意思地吐了吐舌头，笑道，“姐姐，今天师父教我‘随口禅’，可有意思了。”他的性格这一年来倒是渐渐开朗了，可能学了些本领，恢复了一些自信，人也可爱多了。

“随口禅？是什么？”我有些讶异地道，“傅先生还通佛理么？”

“不是指那个啦，随口禅是一种小法术。”冥焰兴奋地道，“简单来说，就是说什么就是什么。比如，我无意中说你今天会捡到钱包，然后你在路上果然捡到了，就是这个意思。”

“这么神奇？那不是心想事成的法术吗？”我有一丝激动，抓住冥焰的手，“那，能不能让云峥复生？”

冥焰的笑容僵在脸上：“姐姐……”

“不能？是不是？”我的笑容也僵硬了，“对不起，是我糊涂了……”

“姐姐……”冥焰的眼神满是担忧和抱歉。我抽回手，落到吉他的琴弦上，发出轻微的闷响。冥焰转开话题，“姐姐，我还从来没听过你唱歌呢。”

“你想听吗？”我看了他一眼。冥焰点点头，坐到我身边。我的手拨响了琴弦，琴音在风声中低泣呜咽。云峥，谁都知道，你不可能再回来，只有我一个人在这里异想天开。

白色陌生的街，凛冽的风模糊了一切。
雾在窗边在心里在眼角间泛起，无法辨识冷冷的夜。
窗外飘落着雪，越来越远所有的感觉。
没有温度没有你没有了思念，所有火光都已熄灭。

雪缓缓飘落而夜黑仍不停歇，这是个只属于放弃的世界。
漫天的风霜都成了我的离别，我的心冷得似雪。
风吹过脸上我颤抖那么强烈，眼泪是散落在风中的冰屑。
漫天的风霜里爱恨都被忽略，说再见在异国的夜。

是在这个季节，拾起一片落叶，在那白色的街，你让我心贴。
也是这个季节，心像断了的线，不想再要聚散圆缺。

雪缓缓飘落而夜黑仍不停歇，这是个只属于自己的世界。
漫天的风霜都成了我的离别，我的心冷得似雪。
风吹过脸上我颤抖那么强烈，眼泪是散落在风中的冰屑。
漫天的风霜里爱恨都被湮灭，说再见在异国的夜。

云峥，我的爱。没有你的世界，依然运转；没有你的我，依然活着；只是，心空了，被你带走了。什么时候，我才能再见到你，把我的心归还给我，把我的心空填满？

## ❋ 第二章　祭日

今天是云峥的祭日。

一晚上断断续续地醒来好几次，每次醒来，睁开眼睛，都落进黑茫之中；闭上眼睛，也是黑茫一片，我暗自苦笑，我这双眼睛，如今在夜里睁开和不睁开，根本没有多少区别。摸索着坐起来，立即惊醒了小红："姐姐，你要什么？我帮你拿。"

"我睡不着，现在什么时辰了？"我揉了揉额头，轻声道。

"卯时了。"小红见我掀开被子，赶紧拿了锦裘帮我披上，"姐姐，你再睡一会儿吧，今儿祭祀会很累的。这么早起来，我担心你的身子受不住。"

我笑了笑："反正也睡不着了，躺着也难受。"我下了床。小红帮我穿好鞋，"那我服侍姐姐梳洗。"

"小红，这些事有宁儿她们做就好了。"屋子里亮起了微弱的光，想是小红已经点了灯。我心里早就是把小红当成妹妹了，沧都"天锦绣"和火锅店的生意，我离开后原本是由她在经营，她上京之后，我让安远兮安排了人接管。对那几间店，我早已经没有什么打理的心思，就是想留给小红当嫁妆的。安远兮每月都会来向我汇报一次店里的情况，大多数时候，我都让小红去听、去拿主意。

"姐姐，我自己做才放心。"小红扶我坐到妆台前。宁儿和馨儿听到声响也起来了，赶紧帮我准备热水。洗漱过后，小红拿了梳子帮我梳头。一会儿，听到她"呀"的一声轻呼，梳头的动作也止住了。我从镜子里看着她："怎么了？一惊一乍的。"

她挑出一根头发："姐姐，你有一根白头发，我帮你拔了。"头皮微微一痛，她已经将那根头发拔了下来。白发？我伸手摸了摸头发，淡淡勾了勾唇角，已经有白发了。原来不只是心老了，身子也渐渐老了。

小红见我摸头发，赶紧道："不用在意的，姐姐，就只有一根，现在已经没了。"我笑了笑，谁说我在意了？小红帮我把头发简单地绾起来，别了一根样式简单的沉香木簪，从衣柜里取出黑色的丧服，服侍我穿上。一切妥当，天已经蒙蒙亮了，宁儿端了早餐进来。我对小红道："去看看诺儿起床了没有，起了就抱他过来。"

诺儿和奶娘住在我隔壁的房间，我眼睛不方便，夜里无法亲自照料诺儿。小红把诺儿抱过来，我喂他喝了米羹。诺儿四个月的时候，我就开始给他增喂一些加了材料的米羹，不让他光喝奶。他是早产儿，我老担心他的营养不够。前几天我坚持给诺儿断了奶，每日除了喂米羹，还让厨房准备一些牛奶。我前世了解的一些简单常识中提过，孩子周岁后对营养的需求已经发生了变化，母乳的质量也在逐步下降，仅靠母乳喂养已经不行了。虽然天罂国的风俗是孩子吃奶要吃到两岁，但我更相信现代科学的育儿方式。

给诺儿换了丧服，带着他去云峥的墓园。云峥的墓园在傲雪山庄内，园子里植满了梅。我舍不得让他一个人孤零零地躺在山上，我想云峥也愿意住在家里。雪还没化，梅还没有凋零，园子里飘着沁人心脾的清香，脚踏在雪地上，"吱吱"作响。

下人们已经把祭祀的供品摆到祭台上，香烛元宝也准备好了。我检查了一遍，没有什么疏漏，只等着老爷子上山，就可以开始了。走到墓前，我轻轻抚着墓碑，低喃："云峥……"

他的音容笑貌活生生地浮现在我的眼前，仿佛触手可及，可真当我探出手去，指尖触到的却是冰凉的墓碑。诺儿不知何时，挣脱了奶娘的怀抱，摇摇晃晃地抱着我的腿："娘亲……"

我蹲下身，轻轻拥住他。云峥，我们的诺儿会走路了，像只笨拙的企鹅，蹒跚着挪动着小腿，傻得可爱。诺儿从我怀里挣出来，扑到墓碑上，奶声奶气地叫："爹爹……"

我浑身一震，怔怔地看着诺儿，眼泪立即浮出眼眶。我的诺儿，我从来没有正式地教过他叫"爹爹"，他怎么会叫的？他怎么知道这里面睡的是他的爹爹？是否是父子之间那神秘的牵引，让他知道睡在这里的是给予他生命的人？我拥紧诺儿，泣不成声。

"娘亲，不哭……"诺儿伸出小手帮我抹眼泪，我却怎么也止不住泪水奔流。诺儿急了，咧开嘴也哭了起来，我心疼地抱起他："乖，娘的乖宝宝，不哭。娘亲不哭，诺儿也不哭……"

小红赶紧递了手绢过来，轻声道："姐姐，侯爷来了。"

我转过头，看到不远处已经伫立着几个蒙眬的人影，赶紧接过手绢，擦干眼泪。奶娘把诺儿抱过去，小红扶我站起来，走到老爷子面前："爷爷，您来了？"

"丫头……"老爷子轻轻拍了拍我的肩膀。我抿了抿唇，强笑道："我没事，爷爷……"

老爷子是和安远兮一起来的，还有金莎他们几个。傅先生和冥焰还有铁卫们都聚集到了墓园。祭祀正式开始。我牵着诺儿跪到墓前，点了香放到他的小手上，握住他的手："诺儿，给爹爹磕头！"

他懵懵懂懂按我的引导一步步拜祭云峥，香上了，纸钱元宝烧了。我给云峥上了香，磕了头，抱着诺儿站到老爷子身旁，让安远兮、冥焰、金莎他们一个个轮流拜祭。等人差不多快拜祭完的时候，云义带了客人进来。我看不清楚来人，却听到老爷子迎上去道："寂将军、燕将军，你们来了。"

"我们来拜祭云世子，皇上让我们代他上一炷香。"寂惊云道。

"皇上有心了。"只听到老爷子道，"燕将军几时离京。"

"等拜过云世子便离京。"这燕将军，应该是燕潇湘无疑了。想到云峥曾说他性子磊落直爽，果然不假。这燕潇湘常年远驻在东海边防，一年只回京一次，每次都不忘上云家拜访，就因当初云家对东海抗倭军有支援之谊，也算有心了。

等他们拜祭完，我的手被人抓住："叶姐姐……"我笑了笑，原来平安也来了。老爷子请寂惊云和燕潇湘去厅里坐，我继续留在墓园里。陆续又有一些人来拜祭，沉谙也在其中。等他们陆陆续续都走了，平安和小红才扶我离开墓园。两位将军跟老爷子告辞，平安说要留在山庄陪陪我再回去，寂惊云也应允了。老爷子见亲朋都走得差不多，带着安远兮也下了山，临走前问我："丫头，你什么时候搬回来住？"

"过两日我就让人收拾东西。"得了我的准信，老爷子才满意地走了。诺儿折腾了半晌，有些累，我让奶娘抱他回房休息。平安随我回了房，这丫头今日不同往常地安静，半天不说一句话。我有些诧异："平安，怎么今儿都没听你说话？有心事？"

"啊？"她像是才回神，半晌，声音闷闷地传来，"没什么……"

"没什么？怎么声音听起来这么不高兴？"我笑了笑，"什么事？不能说么？"

"姐姐……"平安迟疑了一下，"皇上要选后了，最近好多世族和官宦千金都收到了选后花帖。"

原来如此。我笑了笑："皇上也该选后了，后位虚悬多年，总不成体统。"平安对皇帝的心思，我很清楚。可是后宫那种地方，哪里是平安能够应付的？前年心心念念学了一首歌，想在皇上的寿宴上唱，没想到皇帝把寿宴取消了，害她白忙活了一场。皇帝这次选后，只怕打碎了平安少女的芳心。

平安又沉默了，半晌，咽咽抽泣起来。我握住她的手："平安，他是皇帝，你该想到总会有这么一天的。"

"我知道，我就是想不明白，为什么我没有花帖？"平安抽泣道，"苏灵姐姐和裳儿姐姐都收到了选后花帖，为什么我没有？"

我怔了怔，原来平安伤心的是这个。傻孩子，你不知道，收到了未必是幸运，没收到也未必是不幸。以寂惊云和皇帝的关系，皇帝怎么会把花帖发给自己一直当成小侄女的女子？想必，寂将军也未必会愿意平安入宫。

我犹在沉思，平安已经抓紧我的手："姐姐，你帮帮我吧。太后那么疼你，你跟她讨个帖子，太后一定会给的。"

我吓了一跳："平安……"

"姐姐，我喜欢皇上，很喜欢很喜欢他。"平安哭泣着，伏在我的身上，"我不是想做妃子，或是想进宫去享受荣华富贵，我只想每天都能看到他，只想陪在他身边。姐姐，我真的很喜欢他……"

恰恰是这样，你才不适合进宫啊，平安。你这样强烈的感情，一旦得不到男人一心一意的回应，只怕会反过来把你自己烧成灰烬。我摸着平安的长发，幽幽一叹："平安，寂将军知道你的心思吗？"

平安点点头："我求过二叔了，可是他不肯答应。"

果然。我轻声道："寂将军不同意，一定有他的原因。平安，后宫的生活不是那么简单的，我相信寂将军会为你作最好的打算……"

"他哪有空来管我怎么想，他说我对皇上只是迷恋。我自己清楚，我对皇上不是迷恋，我是真的喜欢他。"平安委屈地道，"他才是被那个赛卡门迷住了，一门心思全在她身上，还说过些日子就要迎她过门。"

我怔了怔："寂将军要娶赛姑娘？"那沉谙怎么办？我对赛卡门虽不怎么了解，可是在沉谙家中碰到她那次，明显看出两人之间有不同寻常的情愫波动。难道这一年来，他们之间并没有发展么？

"是，他现在心里全是那个赛卡门，哪里还有我这个侄女。"平安抬起脸，擦了擦脸上的泪，"姐姐，你帮我向太后求一张花帖吧，我会感激你一辈子的。"

“平安，我不能。”我摇摇头，“有些事，不是你想怎么样就怎么样的。去求一张帖子不难，可是这等于违背了寂将军和皇上的意思。平安，你要学会不能把自己的意愿强加给别人。”即使是你珍贵纯洁的爱情，在不珍惜它的人眼里，也什么都不是。

“你怎么知道这就是皇上的意思？你觉得皇上不会喜欢我，对不对？”平安的脸色有一丝难堪，咬唇道，“我会让皇上喜欢我的，就像皇上曾经喜欢你那样喜欢我。”

“平安……”我皱起了眉。她站起来：“姐姐，你不帮我，我就自己想办法，总之我一定要进宫。我先走了。”

“平安……”她转身飞快地跑出去，我拉都拉不住。这孩子，冲动起来什么都不管不顾，不会做出什么傻事情来吧？看来我要知会寂惊云一声，让他把平安看紧一点儿。

人都走了，我重回到墓园，洁净的空气中混杂着香烛的烟火气息。清风拂过，已成灰烬的纸钱像蝴蝶一样被卷入空中翩翩起舞。我眨了眨眼睛，看着那些朦胧的黑影，怔怔出神。小红扶我到一旁的石凳坐下，悄悄地退出墓园，留给我一个清静的空间。

云峥，即使日日都在你墓边消磨时光，我仍觉得不够。除了守着你，我不知道自己还能做些什么。可是过两日，连这样守着你都不行了，爷爷让我下山去。云峥，我很怕，云家、朝堂，暗流涌动，没有你在我身边，我不知道自己一个人该怎么走下去。云峥，你教我，我该怎么做？

身边缓缓坐下一个人，温柔地唤我：“雪儿。”

我转过头看他，笑了笑，轻轻将头枕到他的肩上：“你来了。”

曾经我觉得，凤歌和云峥身上有一种相同的气息，那种寂寞清高，如出一辙。可是细细想来，又觉得凤歌的温柔包容，与云峥的无欲无求不同。我能清晰地听懂云峥的琴音，听懂他的寂寞；而凤歌，他太缥缈，他的琴音，也太缥缈，我听不懂。

凤歌在云峥的葬礼时来过，此后，便常来傲雪山庄看我。或许是觉得我俩同病相怜，他与我一样尝过了失去爱人的切肤之痛，所以他认为他能理解我。可是，我觉得自己与他的距离，反倒越来越远，他不再是与我在倚红楼初识的那个温和却偶尔顽皮的男子，我也不再是那个曾经不知天高地厚充满生命力的女子，我们都变了，因为我们都失了心。

“我来看看你。”他温和地道，又没有声息。就是这样子，常常是这样，我跟他坐上一整天，都找不到什么话好说。真的，真的是回不去了啊。

“谢谢你。”我淡淡一笑，听到他顿了顿：“雪儿……”

“凤歌，为什么你不好奇？”我倚在他肩头，微微一笑，“你不好奇，为什么我从倚红楼脱身，有机会恢复本名的时候，是叫叶海花，不是叫蔚蓝雪？”葬礼上的一声“雪儿”，不知道会落到多少有心人的耳朵里去，不过，我也懒得关心，皇帝怎么想，我不再去琢磨，也不用怕会有什么麻烦了。

“雪儿……”他的身子有些僵。我轻笑道：“凤歌，你真不知道蔚蓝雪是谁么？”我是那样信你啊，凤歌。你是我到这个时空来的第一个朋友，可其实，你跟我的结交，并不如我想得那般单纯无垢。你是知道楚殇所做的一切的吧，可是你当初选择了维护他、舍弃我。我能理解你面对我时的那种痛苦、那种负罪感，可你何必还要经常来看我，让自己的心受折磨！

他不出声，我将头从他肩头移开，转脸看他，伸手轻轻摸了摸他的头发，虽然眼中有一层红雾笼罩，我仍能看出他发色如墨。我欣慰地勾起唇，轻声道：“你走吧，凤歌。”我不想这样粉饰太平了，这样相对无言，让我觉得压抑，这份友情，也让我觉得沉重。

“雪儿……”他凝眸望着我，眼中许是神色复杂吧？我看不清，也不想看清。他伸手捋了捋我耳边的头发，“对不起……”

我笑着摇头。我并不怪你，凤歌。每个人都有自己拼尽性命想维护的人，凤歌，其实你也是我想维护的朋友，我只希望你少受一点苦。

他沉默地离开了。也不知道坐了多久，我觉得有些冷，将双手举到唇边呵了口气，轻轻搓着，听到小红急匆匆地跑进墓园：“姐姐，有位客人来拜访你。”

“是谁？”我站起来，小红赶紧扶住我，已听到那人娇脆的声音：“是我。”

“红叶姐姐？”我怔了怔，又惊又喜。她冲上前，握住我的手，叫了声：“妹妹……”然后紧紧抱住我。我开心地道：“姐姐，你这两年去了哪里？什么时候回京的？过得好不好？……”

红叶轻笑道：“妹妹这一迭声儿的，让我先答哪个？”

她松开我，我不好意思地笑道：“那先回房去，姐姐可得跟我好好说说了。”

红叶的来访让我很愉快，她想必也是听闻了我的一些事，所以只字未提云峥。她跟我说，这两年她游历了天曌国的不少名山大川，哪里的山最雄奇，哪里的水最秀美，哪里的茶最香醇，哪里的小吃最美味……我听她说得眉飞色舞，不禁也心向往之：“姐姐真有福气，走了这么多好地方。”

“瞧妹妹说的，妹妹如果愿意，想走哪儿不成？”红叶喝了口茶，笑道。

“即使真去得了，我这眼睛也看不到了。”我笑了笑，“这会儿听姐姐讲，也是一样的，还少了双腿的奔波之苦。”

“妹妹这眼睛……”红叶迟疑道，“真的治不好么？”

“大夫可没这么说，只是眼神差了些，不是一点儿都看不到，姐姐无须担忧。”我微笑道，转开话题，“姐姐今儿就留下来吃饭吧，当我为姐姐洗尘。”

红叶也不推辞，晚上吃饭的时候，见了冥焰，笑眯眯地道：“这小兄弟长得好俊。”

冥焰有些窘，我笑道：“姐姐你别逗他，他脸皮薄。”

“就是这样才讨人喜欢嘛。”红叶摸出个小香袋，塞到冥焰手上，“小弟弟，姐姐给你的见面礼，一定要挂在身上啊。”

冥焰的脸顿时红了。我也拿红叶爱捉弄人的性子没辙，只得笑着摇了摇头。用了晚膳，红叶告辞回去，我送她到山庄大门。红叶拉着我的手道：“妹妹保重身子，姐姐有空再去侯府看你。”

我笑着点头，目送她坐着轿子离开。转身准备回去，被猛地冒出来的人吓了一跳，却听对方轻笑道：“花花的胆子怎么变小了？”

“有你这么吓人的吗？”我白了他一眼，轻声道，“你几时来的？这般没声没息？”

“一会儿。”玉蝶儿好奇地望着远去的轿子，笑道，“花花，那位美人是谁？”

“干吗？”我抿唇打趣道，“你少打她主意。”

“我认认真真地追求行不行？”玉蝶儿笑道，“我保证不动歪脑筋。”

“考虑一下。”我笑了笑，小红扶着我往里走。红叶和玉蝶儿？倒是不妨让玉蝶儿去试试，蔚家大哥与红叶看来是没什么戏唱了，玉蝶儿有本事，能让红叶放下九王爷，我也不阻止他。越想，越觉得红叶与玉蝶儿的性子倒是挺般配。

“那我谢谢花花了，不知这位美人家住何方。”玉蝶儿追问道。我笑了笑：“看到美女就酥了骨头了，你这两月又跑哪儿厮混去了？”

“找这东西去了！”玉蝶儿拿出一个葫芦摇了摇。“是什么？”我伸手去拿。他赶紧拿开：“你别碰，里面是影蛇，有剧毒的。”

“你这俩月就抓蛇去了？”我缩回手。虽然那东西装在葫芦里，想起来还是脊背发麻，“抓这东西干什么？”

“听说影蛇的蛇胆能治眼疾。”玉蝶儿小心地护着葫芦，“一会儿我拿去给傅先生。”

“花蝴蝶……”我抬眼看他。说不感动是假的，玉蝶儿对我这个朋友可算是尽心尽力了。玉蝶儿瞥了我一眼，笑道：“你那是什么表情？别别别，你把那位美人的来历告诉我就行了……”

我扑哧一声笑出来，这淫贼！

收拾了两天东西，我带着诺儿离开住了一年多的傲雪山庄。临前行，抱着诺儿去了墓园，凝望着墓碑，我在心里向我最亲爱的人告别。云峥，我下山了，以后不能天天来陪你。云峥，我会想你的，你在天上，也会一直看着我和诺儿，对不对？

微风轻轻拂过我的脸庞，像是在作回应。我微笑着，云峥，你多么聪明，对我说出这么美丽的谎言，让我连拒绝都不能。

轿子把我们送下山，换上马车，缓缓驶向远处的城池。这以后，又要面对着我一直逃避的人和事，担负起我一直逃避的义务和责任。未来的日子会是怎么样？我不知道，我只知道，为了诺儿，我必须撑下去，不管前方是不是荆棘密布。

马车猛地一顿，晃了晃，我听到云巽骂了一句：“该死！闪开！”然后是一声沉闷的声响，车厢外有人哭喊起来。“什么事？”我抬起头，小红推开车门，冥焰在外面道：“姐姐，没事，一个骗钱的。”

“你说谁是骗钱的？你们的马车撞了人还有理了？这是什么世道啊……”外面传来一个女人的尖号。冥焰怒道：“你胡说什么？明明是你故意冲到马车前面来的……”

“云巽，伤着人没有？”我扬声道。云巽在车厢外道：“少夫人，没伤着。”

“怎么没伤着？我的脚扭了。哎哟，痛死啦！你们这些有钱人，光天化日，撞伤了人还不认账。哎哟，这是什么世道啊……”那妇人的尖号倒是中气十足。我笑了笑：“云巽，给她点银子让她去看大夫。”

“是，少夫人！”云巽在外面应道。冥焰探进头来：“姐姐，干吗给她银子？明明是她……”

“冥焰，无谓多生事端。”我淡淡地道，冥焰撇了撇嘴，不说话了。等马车重新启动，冥焰不知道低声说了句什么，我笑道：“你不服气么？”

他钻进车厢来，抿嘴笑道：“消气了。”

“你做了什么？”我深知他脾气。冥焰撩开车厢后的窗帘，笑道：“我刚刚说了个随口禅，那婆娘走十步会摔一跤地摔回去。”

小红和奶娘都笑起来。我摇摇头，嗔道：“冥焰，你怎么可以随便施法戏弄人？傅先生不是跟你说，不要随便使用这些旁门道法么？快给人解了。”

“那可解不了。随口禅要对着那人说才有用呢，现在车子都走出老远了。”冥焰笑道，见我瞪他，吐了吐舌头，“姐姐，我下次不会了。”

真拿他没办法。我摇了摇头，这孩子做事全凭一己喜怒，也不知道让他学这么多东西，是好事还是坏事，真得好好管管他才行了。

# ✻ 第三章　表白

皇上选后，举国轰动。除了世族和官宦千金收到选后花帖，还有许多平民女子被选为秀女，源源不断地从全国各地护送入京。云家也收到花帖，是云峥的堂妹，堂叔公云崇岭的孙女儿云想容，听说已经从沧都动身上路了。或许以前堂叔公不认莫修齐这门婚事，一直就是打的这个主意吧。

而平安仍是没有得到入宫的信息。我知会了寂惊云，请他多注意一下平安，最近也未听到寂家有什么特别的事。原以为平安只是个孩子性子，那天的坚持也是随口而出，没想到那孩子竟是动真格的，只消停了几日，寂府便有人来请我，说平安病重，想见我。

我叹了口气，让宁儿帮我换了衣服，准备去寂府瞧瞧平安。小红扶我出门，在院子里看到金莎他们几个孩子围着冥焰笑闹着，不知道在做什么。走上前去，安生看到我，笑着跑过来："叶姐姐，冥焰哥哥刚刚变戏法给我们看，可好玩呢。"

安生因为在沧都就识得冥焰，所以一直跟他亲近一些。孩子们围了过来，冥焰如今俨然是几个孩子的小头头，冲我得意地笑。我笑着摇了摇头，这孩子，整天臭显摆。冥焰见我换了衣裳便问道："姐姐要出门？"

"我去寂将军府。"我摸了摸安生的头，见他胸前挂着一个小香袋，正是前几日红叶送给冥焰的，笑道，"这东西……"

"好看吗？"安生美滋滋地道，"我觉得好香，冥焰哥哥送给我的。"

"好看。"我笑了笑。冥焰的脸微微一红，不自在地道："我拿着没用，见安生喜欢就给他了……"

"我明白。"我笑了，解释什么，难不成你还真把那小香袋当成定情信物不成？

冥焰见我没责怪他的意思，笑起来："姐姐，我陪你出门吧。"

"不用了，你陪孩子们玩，还有，替我好好看着诺儿。"我交代清楚了，才放心和小红出门。寂将军府上，我有两年没来了，虽然视线模糊，但仍能看出与我两年前所去的府邸没什么大的变化。寂惊云迎出来，见到我，苦笑道："麻烦云夫人跑这一趟，惊云实在抱歉。"

"将军太客气了。"我笑了笑，"平安到底得了什么病？"

"那丫头……"寂惊云蹙起了眉，"唉……她几天不肯吃东西，我先带夫人进去。"

随寂惊云踏入平安的闺房，寂惊云示意下人们都出去，走到床前。小红扶我到床边坐下，我看向躺在床上的平安。不过数日不见，这丫头竟瘦了这么多，一张小脸惨白憔悴，双眼无神地瞪着床顶。我叹了口气，轻轻握住她的手："平安……"

她的手微微动了动，眼神渐渐转到我脸上，半晌，才费力地道："叶姐姐……"

"平安，你到底要如何？"寂惊云在一旁又气又急，"除了进宫，别的二叔都答应你。"

平安转过脸，眼睛又无神地望着床顶。我转头看了寂惊云一眼，轻声道："将军，让我单独跟平安聊聊，可以么？"

寂惊云无可奈何地看着我，我能感觉到他焦虑和带着些恳求的目光，便对他坚定地笑了笑。他重重地叹了口气，转身走出房去。我转脸看着平安，柔声道："平安，你到底想怎么样？"

她不做声，良久，才喑哑着嗓子开口："你知道的，姐姐。"

"平安，不要任性。"我握住她的手，轻叹道，"你以为进了宫，你就一定能陪在皇上身边吗？你愿意下半生都待在一个金碧辉煌的囚牢里，失去自由吗？你愿意和一群女人分享一个男人，每日里心心念念他会到你屋里看你一眼，却一日又一日不见他来，看着他和别的女人卿卿我我，你却不能有任何怨言吗？你愿意一生都得戴着面具过日子，不能把自己的真性情表露出来吗？平安，你还得应付后宫复杂的人事，你愿意过那种充满算计，没有一个朋友，寂寞难耐的日子吗？你愿意把自己的纯真、热情、青春埋葬在钩心斗角的宫闱争斗中，成为一具行尸走肉吗？"

"我愿意。"平安的目光转到我脸上，坚定地道，"姐姐，我愿意。"

"平安……"我笑着摇了摇头，"你做不到的，只是听到皇上去了百花楼，你就如此冲动莽撞不顾后果了。你可知道这种事在后宫里发生一次，你就可能万劫不复。”

她沉默着，我握住她的手，轻声道：“平安，人生没有那么多完美的事情。你爱一个人，他不一定会爱你；有人爱你，但你未必会爱他；或者你们两人相爱，但你们因为各种原因最后不能在一起；而最后跟你在一起的人，也许你不爱他，他也不爱你。你从小被寂将军保护得太好，家里所有人都爱你、宠你，但是，那些都不是理所当然的。人生不是一加一等于二那么简单，爱一个人，也有很多种方式，不一定是要陪在他身边就是最完美的方式。有些人，你心里可以爱，可以守护，可以为他做很多傻事，却不一定要与他厮守在一起。你明不明白？”

“我不明白，我只是想进宫……”平安的眼角滑出眼泪，“我只知道，我看不到他，心里就很苦，我想离他近一些，想陪伴他……”

“平安，你只在考虑你自己，可你没有站在他的立场考虑过。”我轻叹道，耐心渐渐消磨殆尽，“你只想着爱他，那他对你是什么感觉，你可知道？”

平安不语，我继续道：“你可有对他表明心迹？他可曾坦言过对你有意？如果都没有，即使你拿到花帖进了宫，皇上不点你留下，你也只能被遣回家，你可想过？”

她蓦地睁大眼睛，转脸定定地看着我，眼中有一丝茫然失措。我叹了口气，平安啊平安，这样的你，怎么能让人放心呢？她怔怔地道：“姐姐的意思，我应该先向皇上表露心迹，对吗？”

我深深地吸了口气，心头涌出沉重的无力感：“我的意思是，你能不能进宫，决定权在皇上那里，不在你要做些什么，或寂将军要阻止些什么，或我帮你求一张花帖就能顺顺利利。”

平安的眼睛微微一亮，我蹙起了眉，这丫头到底听懂我的话没有？正想开口，寂惊云推门进来了，看了平安一眼，抿紧了唇：“平安，宇公子来了。”

我微微一惊，赶紧站起来。我从前年禁足在家至今，就没见过皇帝，没想到今儿会在将军府碰到他。平安脸色一喜，还未出声，皇帝已经踏进房中。我欠了欠身，小红没见过皇帝，听寂惊云的语气，也不好暴露他的身份：“宇公子有礼。”

“宇叔……”平安怔怔地看着他，泪已经流了出来。皇帝看了看我，我却看不清他的表情，只听他道：“不用拘礼了，坐吧。”然后转向平安，笑道，“平丫头，听说你病了，还不肯吃东西？”

平安痴痴地看着他，泪流了一脸。皇帝掏出丝绢擦干她脸上的泪，笑道：“真是小丫头，生病了还哭鼻子……”

“我不是小丫头。”平安抓住皇帝为她擦泪的手，眼神热得发亮，“宇叔，我有话要跟你说。”

我微微一惊，平安不会是想向皇帝表露心迹吧？寂惊云也是一怔，正待开口，皇帝已经出声道：“什么话？说吧。”

“二叔、叶姐姐，你们先出去好吗？”平安的目光定定地看着皇帝，片刻不离，嘴里却对着我和寂惊云道，“我想单独跟宇叔说。”

“平安……”我蹙起了眉。皇帝转脸看了看我，出声道：“你们出去吧。”

我看了寂惊云一眼，见他也是满脸担忧，心中一叹，站了起来。小红扶着我走出去，寂惊云跟着踏出来，关上房门。“云夫人，平安刚刚还好吧……”寂惊云蹙眉道。我苦笑道：“对不起，我好像没能劝服她，平安她，太坚定了……”

“胡闹。”寂惊云低声吼道，一双浓眉拧成了蚯蚓状。

“平安会不会说什么傻话？”我担心地看了看紧掩的房门，万一平安真是要向皇帝表露心迹，这事就闹得不好收场了。以皇帝和寂惊云的交情，寂惊云如果不肯让平安进宫，皇帝是肯定会拒绝平安的，平安怎么受得了？

“惊云会守在这里，云夫人请到侧厢稍事休息，无须太过担心。”寂惊云回过神，反倒镇定下来，看来他是笃定皇帝的心思的。我摇摇头，轻声道：“我也在这儿守着吧，我不太放心。”

说话间，平安房里传来几声铮铮的丝竹之声。我和寂惊云都愣了一下，不由得都走近房门，只听到里面隐隐传来婉转的器乐声，一会儿，声音大起来，我怔了怔，竟是吉他的声音。平安在屋里弹吉他？仔细一听，那乐声不急不缓、流畅明朗，看来平安这一年并没有停止练习。乐声忽地一转，平安弹起一段熟悉的前奏，我的身子微微一震。平安要唱这首歌给皇帝听么？这首她练了很久，准备去年在皇帝寿诞时献唱却没有唱成的曲子，此时弹给他听，看来平安是下定决心，要向他表白了。才一分神，已听到平安的歌声从屋里传出来：

你还有什么怀疑，
你还要怎么来逃避？
难道你只懂保护自己，
再拿不出一点勇气。

爱纵然如此神秘，
我总看见它的痕迹。
所以我不懂保护自己，
那么容易死心塌地。

请你看着我的眼睛就知道，
感情已无处可逃。
请你听着无法平静的心跳，
请你不要说你听不到。
难道你是真的听不到。

平安唱得很好，这首曲子，她练了近两年，指法娴熟无比，这歌词又契合了她此时的心境，更是倾注了她全部的感情，所以这首歌，她可以说是唱得柔肠百结，完美无瑕了。

连寂惊云也怔住了，脸上涌上复杂的表情。平安一遍一遍地反复在屋里唱着这首歌，也不知道唱了多少遍。平安，其实原本就是聪明的女子，她其实是知道自己的任性的。所以她选择用歌声来表达心意，比起直截了当用语言表达，即使被拒绝了，也不至于让场面太过难堪。

那个下午，平安一遍又一遍地弹着这首《请你看着我的眼睛》，一遍接一遍地唱着。她用歌声，把她对皇帝的爱恋、倾慕和满腹的苦涩，都表达了。我甚至能想象得到，她一边弹着吉他，一边唱着温柔哀婉的歌，用那双深情的眼睛望着皇帝的表情。那种全心全意地爱恋一个人，全心全意地倾吐着自己的心语，应该能够打动任何人吧？很久很久，屋里的歌声和琴音才停止，又似乎过了很久，房门打开了。皇帝从屋里走出来，脸上没有什么表情，看到寂惊云，淡淡地道：“平安睡着了。”然后举步往前走，一边走，一边沉声道：“荣华夫人，你跟我来。”

我失措地看着他疾步前行的背影，转头见寂惊云也有些失措，咬了咬唇，让小红扶我跟上前去。

# ※ 第四章　尚仪

皇帝踏入了将军府书房的院子。寂惊云在院门口停了下来，我迟疑了一下，转头对小红道："小红，你在外面等我吧。"小红往里看了一眼，她就算不知道宇公子是皇帝，想必也猜出他身份非比寻常，只点点头："姐姐看路小心些。"

我走进院子，小心翼翼地避开探到行道的花树，踏上书房的石阶，书房的门窗都开着，我踏进房去，皇帝坐在软榻之上。我欠了欠身："皇上。"

"坐吧。"他淡淡地道。我左右看了看，这书房里能坐的，大概只有书桌后那张椅子和他坐着的软榻右侧了。坐书桌后大概是不可能，我小心地走过去，坐到软榻上。

"平安唱的那首歌，是你教她的？"皇帝开始发问，我垂着睫，不知道他问这话的用意，点了点头。沉默半晌，皇帝轻声哼了哼，"那今儿这主意，也是你出的？"

我讶异地抬起头看他，摇头。原来这就是他叫住我问话的原因，他以为是我为平安出的主意，让平安对他表白么？那他现在是不是在心里怪我？他叫我来干什么？骂我一顿？我犹在猜测，皇帝却盯着我，半晌，唇似乎淡淡一撇："你的眼睛怎么样？"

"啊，还好。"我本以为他要发火的，想不到他竟然没有。即便如此，我仍是有些不安，想了想，忐忑出声，"皇上……"

"你……"他也正好开口，我们都顿住了。他身子往后一靠，"你先说。"

"平安的事……"我迟疑了一下，终于还是问出来，"皇上想怎么处理？"

皇帝笑了一下，脸上已然没了表情："你觉得朕该怎么处理？"

我怎么知道？我又不是你。我蹙着眉，有些费力地道："皇上，平安只是个孩子，宫里的生活不适合她……”

“那宫里的生活适合谁？”皇帝打断我的话，冷冷地笑了，“谁是天生就适合生活在宫里的？朕吗？”

“臣妾不是这个意思。”我觉得有些累，今时今日，我真是没有多少心力来应付这个比别人不知道多长了几个心眼的皇帝。

他或许是听出我语气里的疲惫，沉默下来，半晌才道：“朕知道你不是这个意思。”

房间里又沉寂下来，他不说话，我也不知道说什么，皇帝把我叫来到底是问什么？迟疑了半晌，我忍不住道：“皇上……”

他抬眼看我，我赶紧道：“皇上不会让平安进宫吧？”

他静静地看着我，笑了笑：“不，朕会。”

“啊？”我瞪大眼，“皇上，平安的性子你最清楚了，让她进宫她会闯祸的，而且寂将军也不会同意的……”

“朕决定的事，惊云不会反对。”皇帝淡淡地道，一脸从容。我的心颤了颤，想起刚刚在平安屋外那一幕，惊疑不定地道：“皇上喜欢平安么？”

他定定地看着我，唇角浮起淡淡的笑容：“朕一直是喜欢平安的。”

哪种喜欢？是喜欢一个女人一样的喜欢，还是像喜欢一个孩子一样的喜欢？我咬了咬唇：“可是喜欢一个人，不是希望她能过得幸福，过得开心么？皇上明知道平安根本不可能应付得了后宫的事，明知道她进宫可能会受到伤害，为什么还要……”

“后宫那么可怕么？”皇帝轻轻一笑，“还是只是你自己害怕？”

我微微一颤，怔住了。皇帝缓缓地道：“平安有她自己的想法，你为她打算得再好又如何？那不是她想要的。”

“可是她想要的东西会害死她。”我有些激动，“即使是这样，也要纵容她吗？”

皇帝的眼里似乎闪烁着意味不明的光芒，唇角噙起浅笑：“能痛痛快快地疯一场，也是一种福气，或许连朕都羡慕平安。”

我深深地吸了口气，疯了，平安中了魔障，这人也跟着发疯。我再也待不下去，咬唇道：“臣妾明白了，臣妾出来太久，要回去了，先行告退。”

皇帝淡淡地“嗯”了一声，我站起来，急步往门外走，一不留神，脚下不知道绊到什么，身子直直地向前扑去，眼看就要和地面来个亲密接触。还不等我惊呼出声，手臂已经被人抓住，转瞬便被拉进他怀里。我惊魂不定地抬头，皇帝已经气急地道：“你在做什么？你就不能小心些吗？”

隔得太近，我能清楚地看到他眼中的恼怒，吓得呆住了，一时竟忘了挣扎。他冲我吼完，似乎才发现将我紧紧抱在怀里，却丝毫没有放开的意思，凝望我的眼睛里，恼怒渐渐消失了，带上一抹我看不懂的暮色。我不安地微微一挣：“臣妾谢谢皇上。”

搁在我腰上的手渐渐松开，我赶紧退开两步，不敢抬头看他的表情，低声道：“臣妾告退。”转身急忙踏出房去，这次仔细看着前方的路面，以免再次出糗。踏出院子，小红见我出来，赶紧扶住我，我对寂惊云欠了欠身：“将军，妾身告辞。”

想了想，皇帝同意平安入宫的消息，还是让他自己跟他说好了，我没事何必要蹚进这趟浑水里？

平安果然收到了选后花帖，她的愿望终于实现了，开开心心地准备着进宫的事宜。而云想容以待选秀女的身份也进了京，住进了侯府。云峥这个堂妹，我只见过一两次，是个标准的美女和名门淑媛，举手投足都中规中矩。老爷子对云想容的进宫，表现出极大的支持，除了准备了丰富的嫁妆，大肆打点了户部上下，还对云想容的才艺展示做了专门的设计。可以说，只要云想容在选秀过程中不出意外，留牌记名是十拿九稳的事。

冥焰对云想容，面上没什么，但隐隐仍透出一丝敌意，想必是因为堂叔公曾对莫修齐悔婚一事，让他主仆二人吃过很多亏。其实在这一点上，我对堂叔公的悔婚举动，并无多大反感。我从来就知道贫贱夫妻百事哀，这世上有王子娶灰姑娘的童话，却从来没有公主与乞丐联姻的传说。云想容那种从小锦衣玉食的千金小姐，莫修齐养不起，夫妻感情很快就会在锅碗瓢盆与生活琐事中变得淡漠。如果莫修齐放弃自尊依靠妻子生活，他若是个没尊严的人倒还罢了，稍有点自尊，就会被周遭人的闲言碎语和白眼压得抬不起头，那份恩情同样会随着时间的流逝灰飞烟灭。何况，两人不过是指腹为婚，把两个毫无感情的人强拴在一起，这是我颇为反感的一种对婚姻极不负责的习俗，尽管古代人一直是信奉父母之命、媒妁之言。

秀女入宫应选那天，太后本想让我进宫陪她选阅秀女，我以眼睛不便为由婉拒。太后此举着实有些可笑，我与皇帝有暧昧的流言，经过这一年多时间，已经渐渐淡下去，她还有什么可不放心的？何况我在云峥葬礼上失仪，京城中又流传着新版本的流言，荣华夫人丧夫，悲伤欲绝、邪风入脑、神志昏乱、癫狂成痴，简而言之，我现在在京城人的口中，是个忆夫成狂的疯子。皇帝选秀，我这“疯子”去凑什么热闹?

所以，我错过了亲眼目睹皇上作出的一个颇为惊人的决定。等这消息流传出宫外，为人所悉时，我同所有初闻的人一样，惊讶得半晌无语。皇帝……皇帝竟然想出了这样的办法，解决了这些日子压在我心上担忧平安入宫受罪的难题。

自古以来的天曌国皇帝，身边都设有秉笔太监一职，主要是替皇帝笔录口述的诏令，或专门给皇帝批奏折上的“阅”字。而此次选秀大典上，皇帝宣旨，朝廷新设秉笔女官一职，官名“尚仪”，属正三品文职京官，自今年起，在每三年一次的选秀中由皇帝钦点。秉笔尚仪与秉笔太监工作内容大致相同，其任免决定于皇帝一个人的意志。他们也只对皇帝直接负责，但不同的是：秉笔太监不能走出皇城，他们与文官永远隔绝；而秉笔尚仪本身就是文官，她们只需白天轮职入宫伴驾，夜晚即出宫返家。秉笔尚仪不是皇帝的妃嫔，不属后宫管制，她们还可以嫁人。听说，这道圣旨当即就让选秀大典炸开了锅。皇帝在选秀大典上，钦点了三名女子成为秉笔尚仪，即：罗太师的千金罗裳儿，御史大人的千金苏灵，以及一品定国公、骠骑大将军寂惊云的侄女寂平安。因为事出突然，事先又无半点风声，皇上圣旨一下，金口玉言，这件事就这样在朝中的百官劝阻不及的情况下，成了板上钉钉、无法更改的事实。

最初听到这个消息的震撼过去之后，我心里涌出对皇帝的钦佩。这是我第一次真心诚意地、打心眼儿里佩服他。他这出其不意的举措，既满足了平安想日日陪伴在他身边的愿望，又保护了她不会被卷入后宫险恶的斗争中。秉笔女官，既不属于内命妇，就不受后宫管治，而且她们不必长居宫中，日出进宫，日落出宫，可以避开很多麻烦，恐怕是皇宫里最自由的女子了。

不知道平安对于这个安排，是否满意，而在我看来，这实在是对她最好的安排了。这个消息，比起想容被皇帝亲自留牌子“上记名”、“留宫住宿”以便考察更让我高兴。这个夜晚，我登上侯府最高的观月楼，面向着皇宫的方面，凝望着远方我根本看不到的宫闱，在心里诚心诚意地道：“谢谢你，皇上！”

## ✽ 第五章　失踪

选秀结束后，皇上的后宫充盈，但皇后的人选还是没有确定，据说是要在留宫住宿的秀女和已经晋封的妃嫔中进行考察和选拔，确立人选之后，才为皇帝举行大婚。平安她们几个秉笔尚仪，也进了宫内的“内书堂”学习，等通过考试，才能正式任职。听说朝中的文武百官对皇帝突然设置了这样一个官位，而且让女子来担任，颇多微词。反应最剧烈的应该是一些朝中老臣，其中甚至包括女儿已被钦点为秉笔尚仪的罗太师，认为不合祖制、不成体统。但皇帝坚持己见，在与朝官争执不下时，丢出另一个重磅炸弹，要在全国范围内推行科举，立即将一众臣子的注意力转移到这上面去了，朝堂之上，像冷水滴进热油里，炸开了锅。

许多大臣纷纷上书，要求皇帝收回这种有悖祖制的设想。一本又一本的奏折源源不断地呈到皇帝的御案上，有苦口婆心劝解的，有义正词严斥责的，当然，也有支持皇帝的声音在里面，不过那些声音太弱小。朝堂之上乱成一团，不知道这消息怎么又流传到了民间，一夜之间，全京城的百姓都知道了皇帝想推行恩科，此等异乎寻常之举立即得到了平民书生的拥护。一时之间，联名支持者有，上街游行感恩者有，聚众演讲宣传者有，民众的支持和朝堂的反对之声此起彼伏，其盛况一时无二。

侯府之外，风云变色，而侯府之内，我的日子却平静无波地过着。老爷子最近身子越发不好，前些日子又犯过一次病，基本上不怎么理生意上的事情，这些日子都是我和安远兮在拿主意。我眼睛不便，安远兮每天都会把生意上的事给我通报一次，看得出他费了些工夫，只把重要的大事简明扼要地口述给我，一些较小的事都没有拿来烦我。如今与我相处，他不似最初那样板着一张脸了，但也绝不像以前在沧都那样表情丰富，完全是一副标准的公事化的面孔。

听他跟我说了最近的账目，我陷入沉思，近来的账目中，那笔名“外”的支出特别频繁。我有一年没有管账，这事儿一直没有机会询问，便搁了下来，最近发现这笔账将云家的钱掏得越发厉害，不知道这笔账安远兮发现没有。我抬眼看他：“小叔，你有没有发现账册上有一些奇怪的支出？”

“大嫂是指账册上列出名‘外’的支出吗？”安远兮立即道。看来他早就发现了。我点点头：“就是那个，你可有问过几位执事，这笔账支到哪里去了？”

“我问过。几位执事说这笔账是爷爷亲自在管的，他们也无权过问。”安远兮道，“我向爷爷求证过，这笔账的确是他亲自管的。”

“哦？”我怔了怔，我还以为老爷子已经把权力完全下放了，没想到还留着这么一笔神秘的支出在亲自监管，“爷爷可有说这笔账是做什么的？”

“爷爷没说。”安远兮顿了顿，轻声道，“爷爷说，等到合适的时机，才告诉我们。”

虽然我满腹疑惑，但老爷子的决定是任何人都改变不了的。我点了点头，让安远兮收了账册。小红敲门进来，对我道：“姐姐，寂将军府上送来的请帖。”

“说什么？”我闭目轻轻揉了揉太阳穴，轻声询问。不会是平安又有什么事吧？这丫头自从进了内书堂学习，三天两头就跑来找我，问一些她课业上的东西。她以前学习就不用功，现在进了内书堂，大概怕被人比下去，在皇帝面前丢脸，所以倒是勤奋起来了。开始她对皇帝这个秉笔尚仪的安排，并不怎么接受，曾经眼泪汪汪地跑来找我诉苦。我对她的任性实在烦不胜烦，终于忍不住对她说了一句重话：“平安，你知不知道，开口索求的爱，是一种勒索。”

看着她脸色蓦地发白，我继续泼她冷水：“你还要怎样呢？平安？你不是说你进宫不是为了当妃子，不是为了荣华富贵，只是想陪在他身边吗？那你现在，还有什么可不满足的呢？你已经可以日日陪伴在他身边。你的愿望，不是已经实现了吗？”

“可是，这不一样……”平安嗫嚅着，一句话也说不出。我忍住脾气，蹙眉道：“有什么不同？你已经得到陪伴在他身边的机会，这个机会对后宫的女子来说是多么难求。如果她们有这样的机会，应该想的是怎么抓住皇上的心，而不是一味对他进行索取。你现在该想的，是能为他做什么，而不是一直要求他应该为你做什么，毕竟现在是你口口声声说爱他，而他从来没说过爱你。”

平安被我训得哭着跑了出去，我心里也觉得这些话说得有些重了，却一点也不后悔。如果她现在还摆不正自己的位置，就算是秉笔尚仪的身份，也避免不了有心人的猜忌、利用甚至是陷害。就算平安现在不理解，我也要说。云峥走后，我比以前更加领悟到生命的珍贵，也越来越珍惜陪伴在我身边的人，不管是亲人还是朋友，甚至只是云府一个普通的家仆。我竭尽全力对每一个人好，这样即使有一天，他们不能再陪伴我，我也不会有遗憾。本以为平安肯定会气得不再上门，没想到过了两日，她主动上门跟我道歉，还让我指点她的学业。见到她现在上进的样子，我才稍微松了口气。

“寂将军要成亲了，请你去参加婚礼。”耳边响起安远兮的声音，我才回过神来，睁开眼睛。想起小红识字不多，定是将帖子交给安远兮读了。我蹙起眉：“是和赛姑娘吗？”

“是，这个月十八。”安远兮把帖子递给我。这个月十八，那没几天了。寂惊云这样大肆派帖请客，想来是娶妻而不是纳妾了。没想到他竟然会娶赛姑娘为正妻，如此有悖礼数的事，恐怕只有无父无母胸襟开阔的寂惊云才做得出来。不过皇上怎么会同意呢？天曌国对贵族的婚配，历来有一些限制的，想当初云峥娶我过门，也是快手快脚、先斩后奏的。

“知道了，小叔，你帮我拟一份礼单吧。”我站起来，小红赶紧扶住我。看来寂惊云真的很喜欢赛姑娘，我想起那位姑娘倔犟清冷的神情，想必也是一位有故事的人。寂惊云的磊落胸怀，应该可以包容她的一切。而沉谙，我笑着摇了摇头，想是我多心了，感情这种事，外人怎么说得清楚，何况我对他们的故事一无所知。

处理完公事，我要回房去看看我的宝贝诺儿。才踏出书房没几步，就看到金莎哭着和福生一同跑进来，看到我，金莎扑过来，哭得更大声：“花花姐姐，安生，安生……”

“安生怎么了？”我诧异地扶住她。金莎哭得喘不过气来，我看向福生，他的脸色发白，一脸惊怕。我蹙眉道：“福生，安生怎么了？”

“他……他不见了……”福生结结巴巴地道。我蹙起眉：“你们不是在一起读书吗？安生怎么会不见了？”

“我们……”福生低下头，支支吾吾地不发一言；金莎哭得更大声，一张小脸涕泪纵横。我急了：“到底是怎么回事，你们快给我说清楚。”

“福生。”安远兮不知何时走过来，蹲下身，“安生在哪里不见了？”

“在……在天王庙……”福生低声道。我怔了怔，气道：“你们是说，你们偷偷溜出府玩，把安生搞丢了？”

我的语气严厉起来，福生垂头不语。安远兮抬头看我：“大嫂，你别急，好好问他们。”

原来福生说今天天王庙有热闹的庙会，金莎和安生都没有见过，几个孩子就趁课间先生不注意时偷偷溜出府去，跑到天王庙玩。开始还好好的，逛得不亦乐乎，没想到后来遇到游花车的队伍，围观的人越来越多，把几个孩子冲散了。金莎和福生到处都找不到安生，等庙会散了，还是没找到。他们以为安生先回府了，谁知道回来才知道安生根本没有回来，这才慌了。

我又气又急，都不知道怎么说这两个孩子。我赶紧让人叫来云义，让他安排府上的家仆出去找，安远兮和冥焰也去了。天色越来越晚，派出去找安生的家仆陆陆续续回来了，却没有一个人把安生带回来。我担心极了，又不便把这种情绪表露出来，让金莎和福生更害怕。两个孩子知道闯了大祸，一直惊魂不定，看他们两个内疚的样子，我也不忍再骂他们，让宁儿带他们去休息。两个孩子都不肯去，只好让他们跟我一起守在厅里。

家仆们都回来了，没有一个打探到安生的消息，我担心得晚饭都吃不下。夜已经深了，亥时都过了，冥焰才回来。见他的表情，就知道他也同样没有打探到什么消息，我越发提心吊胆。安远兮还没有回来，现在就指望他了，可是一直等到子时，安远兮都没有回来。几个孩子都撑不住了，我让宁儿带他们去睡下，又担心安远兮一个人深更半夜在外面有危险，让云乾和云巽出去找他。精神这样紧绷着，竟不觉得累。快到丑时，小红劝我回房休息，我受不了她一直唠叨，就回房和衣躺在床上，一晚上辗转难眠，也不知道最后是怎么睡着的。天亮时，我突然惊醒过来，赶紧起床，问了人，才知道安远兮一夜未归。到辰时时，安远兮和铁卫终于回来了，我见他们两手空空地回来，心中顿时一凉。

“云义，去府衙报官。云德，今天安排人继续出去找。”我对两位管事说完，见安远兮面无表情地坐在椅子上，便转头对宁儿道，“你去跟二少爷房里的丫鬟说一声，让她们给二少爷准备热水。”

“小叔……”他心里应该是很担心安生的，我都如此担心了，何况是他，“你用完早膳回房休息吧，我会继续安排人找的。”

他抬头看着我，眼里有我看不清的波澜，半晌，静静地道：“谢谢大嫂。”

## ❋ 第六章　惊悚

侯府的人在京城找了四五日，安生就像是从人间蒸发似的，没有一点消息。金莎每天都躲在屋里哭，福生也脸色苍白地陪着她。到第六日，安远兮让府上的家仆停止了搜寻，我闻言径直去了书房找他："听说你让人不再找安生了。"

"嗯。"他坐在书桌前写东西，头也没抬。我着急地道："为什么？"

"这么多天都找不到，或许已经不在京师了。"安远兮继续埋头写字，"我跟爷爷说了，请他让隐执事帮忙查。"

"是吗？"我蹙着眉，隐执事能查到被拐走的人吗？云峥走后，能支配隐执事的人只有爷爷。我无法找人求证，心里一点儿底都没有："那什么时候能有消息？"

"现在还不知道。"安远兮搁下笔，抬眼道，"送给寂将军的礼单拟好了，我给你念一念吧。"

见我蹙眉不语，他径自往下念："琉璃合欢珮一对、金镶玉跳脱一对、金花钏一对、缠臂金一对、鎏金镶翡翠珊瑚手镯一对、点翠镶宝福禄簪一对……"

"行了，不用念了。"我打断他的话，"你拿主意就好了。"安生这么久没有消息，被人拐走的概率是最大的。如果是遇害，这么多天也该见到尸首了；如果是被绑架，绑匪也该来要钱了；如果安生已经被人贩子带离京城，再在京城找也无用；如果还没有被带离京城，现在撤了四处搜找的人，人贩子避过风声，以为安全无事时也容易露出马脚让我们找到线索。我若有所思地看着安远兮，他跟以前在沧都时，处事已经完全不可同日而语了。

"那我照礼单准备，让人把贺礼送过去。"安远兮合了礼单，抬头道。

"好。"我点点头，觉得再无话说，便转身离开书房。回了房，我陪着诺儿玩了一会儿，平安来了。我让奶娘把诺儿抱过去，笑道：“你不在内书堂好好读书，跑我这儿来做什么？”

“皇上放我假呢，明天二叔成亲，皇上让我回来的。”平安笑道。我笑了笑：“那你不在府中帮你二叔的忙？”

“府上有的是人帮他，轮得到我么？”平安不以为然地道，坐到我身旁，“二叔什么都打点好了，我明儿只须观礼就成了。”

“平安，寂将军能找到喜欢的人，你应该为他高兴才是。”宁儿端了茶过来，我喝了一口，轻声道。

平安看了我一眼，笑道：“姐姐是怕我找她麻烦么？”

我但笑不语。平安皱了皱鼻子，笑道：“我才没那工夫呢，二叔喜欢就好了，我会好好跟她相处的。二叔最近也不知道是不是太高兴了，经常傻兮兮的，老是说些莫名其妙的话，跟他说个事儿，也老忘掉。脑子里就记得成亲的事儿，半夜里也兴奋得睡不着觉，满院子乱走，以后就由二婶儿来操心他吧。”

我微微一笑，看来只要那位赛姑娘不是她的情敌，平安对她也不是不能接受。说到底，平安仍是个善良的姑娘，只是没想到寂将军陷入爱河，竟这么有意思。我搁下茶杯，笑道：“你这丫头也是无事不登三宝殿的，说吧，什么事儿？”

平安的脸红了红，嗫嚅道：“怎么我没事不能来找姐姐聊天么？”

你若真没事，还不待在宫里看着皇帝？我莞尔道：“可以啊，原来平安是找我聊天来的。”

她的脸更红了，蹙眉嗔道：“姐姐……”见我只是笑，她顿了顿，“好吧，我是有事儿来问姐姐的。”

“嗯。”我淡淡地应她。平安看着我，轻声道：“姐姐有没有听说皇上最近准备推行恩科的事儿？”

“听说了。”我端起茶杯，“听说百官们的反应很大，这恩科，皇上推行起来怕有些阻力。”

“就是就是。”平安一个劲儿地点头，“皇上为这事儿可烦呢，那些文武大臣像苍蝇一样整天在他面前嗡嗡嗡的，可恶极了。皇上好多天都没笑过了。”

“这是必然的，推行恩科会损害世家的利益，皇上一早就应该想到了，否则也不会到现在才提出来。”我喝了口茶，接着道，“不过皇上既然已经提出来了，想必是已经作好周详的打算了。”

“科举的具体操作，倒是已经筹备好了，只要一宣布，立即就能实施。”平安蹙眉道，“只是这朝堂的反对之声，让皇上感到很有压力。很多服侍了三朝皇帝的老臣最近联名上书，反对恩科，昨天还跪在御书房外，一直不肯走哩。那些人还去找了太后，太后也来劝皇上不要推行科举，皇上都烦死了。姐姐，你有没有法子能帮帮皇上？”

“是皇上让你来问我的？”我笑道。平安赶紧摇头，噘嘴道：“我是见皇上被他们气得饭都吃不下，想为皇上分忧。皇上封我为秉笔尚仪，可是我一点力也出不上。”

“秉笔尚仪，可以议政么？”我诧异地道，见平安点头，笑了笑，“原来如此。”原来秉笔尚仪与秉笔太监最大的不同，是秉笔太监不能议政，只是遵照皇帝的意思批奏折，而秉笔尚仪，可以给皇帝一些政见。不过皇帝聪明地没有将秉笔尚仪这项权利公布于众，她们的这项权利是处于保密性质的，否则只怕引来更多的反对之声。

“姐姐可有法子对付那群苍蝇？”平安眼巴巴地望着我。我忍不住笑道：“你当我是苍蝇拍么？”

“姐姐……”平安拉起我的手臂摇了摇。我笑了笑：“皇上要取缔举荐制推行科举制，才遭到文武百官的反对，是吧？”

平安赶紧点头，我笑道：“那还不简单，不要取缔举荐制就行了。”

“姐姐你这说了不等于没说吗？”平安生气地道，“要是这样，皇上干吗还费力跟那些苍蝇们顶着？干吗还要推行科举制？”

“我的意思是，不要取缔举荐制，没说不要推行科举制啊。”我笑了笑，“既然世家要保留举荐制，就让他们保留着。民间学子不是很青睐科举制吗？那就推行。举荐制和科举制一同实施，不就没事了嘛。”

我们伟大的邓爷爷收复香港、澳门可以实行一国两制，在这天曌国朝廷实施两种选拔官员的制度应该也行得通吧？

“这样可以吗？”平安瞪大了眼，“这样不会让人觉得很不公平吗？”

“这世上哪里有绝对公平的事？公平是有范围和条件限制的，所有的公平都是在这个范围和条件限制下的相对公平。”我淡淡地道，“世家举荐制由来已久，贸然取缔，必定引来世家的反对和抵制，引发朝堂的混乱，这是皇上要极力避免的。科举制可以为皇上引来民间高才捷足且忠于皇上的学子，皇上必然要实施，但科举制与举荐制之间并不是你死我亡的关系，可以将两者转化为互惠互利的并行关系嘛。毕竟，举荐制也不是完全没有给皇上引荐优秀的人才不是吗？”

不管是科举制还是举荐制，都不要忘了，选拔和推荐出来的只是人，不是官。给你官当的人始终还是皇帝，皇帝完全可以把通过科举制选拔出来的心腹弄个大官当，把举荐制推举上来分不清敌我的人弄个没什么实权的小官当，一年两年三年，慢慢架空举荐制，让其名存实亡就行了，何必要一开始就和他们争个鱼死网破呢？

平安似懂非懂地看着我，脸上有一丝茫然。我笑了笑：“你就给皇上这么建议，看皇上怎么决断就是了。”那些细枝末节，皇帝自己也能想得通，不用我说得那么详细。其实以他的聪明，我怀疑他早已经想到这一层了，之所以还要做出鱼死网破之势，恐怕只是为推行科举制铺一条更顺利的路。若一开始就实行两种选拔制度并行，新冒出的科举制必然也会受到世家的排斥，皇上一点讨价还价的余地都没有，拿什么跟世家周旋？现在皇帝以取缔举荐制推行科举制，引得朝堂骚乱，世家害怕权力被剥夺，必定拼死反对，皇帝此时若退一步，实行两种方式并行，世家肯定也会作退让，不再找科举制的麻烦。说到底，这朝堂的纷乱，不过是皇上一手布局的，文武百官，都是皇帝手中的棋子。

平安懵懵懂懂地走了，我则坐在软榻上，怔怔出神。朝堂之上的局势，越来越风云变幻，皇帝慢慢在向各大世家出手，而云家，在这里面又扮演着什么样的角色呢？

夜里，睡得迷迷糊糊的，突然感觉床边似乎站了个人。我眯了眯眼，轻声道：“小红，是你吗？”

那人没应声，我睁开眼睛，朦朦胧胧见床前那人身上仅着白色的内衣，身形似乎像个男人，立即骇得魂飞魄散：“是谁？”

睡在屏风侧床的小红被惊醒了，那人随手一扬，小红便闷声无息地倒回床上。我吓得惊叫出声，那人在我身上一点，我顿时发不出任何声音，全身也无法动弹。只听那人温和地道：“卡门姑娘莫怕，在下只想跟姑娘说几句话。”

我浑身一震，惊讶地睁大了眼睛，那声音，那声音竟然是——寂惊云！

他在我床边蹲下身，房间太黑，我根本看不清他的脸。只听着他温柔地道：“自从当初在倚红楼见过姑娘，听闻姑娘为在下所唱之曲，姑娘的身影就一直印在在下心上。在下知道姑娘是皇上看中的人，一直不敢对姑娘有非分之想，心想，能这样默默陪在姑娘身边，也是好的……”

我越听越是心惊，这是寂惊云吗？寂惊云怎么会半夜三更潜入侯府，潜进我的房间，做出这种诡异的事？他明日就要娶妻了，怎么会来跟我说这番莫名其妙不着边际的话？我瞪大眼，努力想看清他的脸，可是眼前仍然只是一片漆黑，耳边只回荡着他温柔得异常恐怖的声音，那声音的确是寂惊云的。冷汗一滴一滴地冒出来，我感到头皮发麻，恐惧的感觉扼紧了我，我想尖叫，可是被他点了穴，我张开嘴，却发不出任何声音。

他在我床边说了些什么，我完全听不进去，只是恐惧地瞪着那个人影。过了一会儿，那人站起来，转身走出去，我听到他拉开门，又关上房门。我心里长长地舒了一口气，才发觉冷汗已经将我的内衣全打湿了。我仍然动不了，也说不出话，因为恐惧，更是了无睡意。也不知道过了多久，我感觉身子一软，抬了抬手，能动了，看来穴道已经自动解开了。我立即尖声叫起来：“小红！”

# ❋ 第七章　婚礼

小红从床上爬起来，快步奔到我床边："什么事，姐姐？"

我喘着气，从床上坐起来："刚刚，刚刚屋里有个人……"

"有人？"小红吃了一惊，赶紧点上灯，转出屏风，又快步走进来，"没有人啊，姐姐。"

"你去院子里看看，问一下值夜的铁卫，发现什么可疑的人没有？"我抓紧胸口，现在才觉得全身瑟瑟发抖。

小红拉开门出去，半晌回来，我赶紧道："怎样？"

"今晚是云巽和云坎值夜，他们说没有发现任何可疑的人。"小红坐到我床边，"姐姐到底看到什么了？"

"我……"我咬了咬唇，我能说是寂惊云吗？毕竟我并没有看清他的长相，事关寂惊云的声誉，这话说出来后果可严重了。如果那人真是寂惊云，以他的身手，避开铁卫不让人发现是完全做得到的。可是，以我了解的寂惊云，怎么会做这样的事呢？

蓦地想起平安白天来找我时，提到她二叔最近"经常傻兮兮的，老是说些莫名其妙的话，跟他说个事儿，也老忘掉。脑子里就记得成亲的事儿，半夜里也兴奋得睡不着觉，满院子乱走"。我当时只觉得寂惊云也有这可爱的一面，现在想起来，这件事似乎不那么简单。他最近这些反常的行为，都不像冷静自制性格的他会做的，而且他今日来，身上穿的是内衣，难道是梦游？如果是梦游，怎么以前没听说过寂将军有这毛病，最近寂惊云到底遇到什么事，让他反常成这样？

"姐姐？"小红见我怔怔发呆，出声唤我。我回过神，小红拭了拭我的额头，轻声道："这么多汗？姐姐不会是做梦吧？"

"啊……"我心事重重地笑了笑，"兴许是梦吧。"

"我拿衣服给姐姐换了。"小红取了套内衣，替我脱掉被汗水浸湿的衣服，手不经意地碰到我脖子上的黑龙玉，蓦地缩回去，"咦？姐姐这玉怎么这么热？"

"啊？"我茫然地伸手摸向黑龙玉，这才感觉出黑龙玉散发出一股高热，不至于烫得灼人，但也不是正常的温度。刚刚我神经一直处在紧张状态，竟然没有发现这玉的异状。这玉是从什么时候开始变热的？难道是刚才那人进屋之后？可是他离开也有很长一段时间了，为何这热度一直没有消退？

为什么黑龙玉会变热？我心中惊怕起来。这玉是辟邪之物，在接触到邪物才会发热示警，比如上次见过那个辐射玉枕，难道刚才那人身上有邪物？还是他被邪物驱使？若他真是寂惊云，难道寂将军中了邪吗？我捏着黑龙玉，心中拿定主意，今儿到寂府参加婚礼，一定要找平安问清楚。

心事重重地睡下，再无睡意，天一亮我赶紧起床，让小红帮我梳妆，准备去寂将军府。将军府内，张灯结彩，红烛高照，前来道贺观礼的人太多，我无法近距离地观察寂惊云，也无法看出他有什么异样。女眷们被寂府安排到了花厅。平安扶着我，我拉住她的手："平安，我不喜欢待在人太多的地方，你找个清静点的地儿，咱们说说话。"

"那去我房里吧。"平安带我到她的闺房。我想了想，对小红道："小红，你去外面等我吧。"

见她推门出去，平安笑道："姐姐想说什么？"

不知道该怎么问寂惊云的事，我笑了笑："昨儿晚上我做了个梦，梦到寂将军生病了。看这大喜的日子，怎么会做这么触霉头的梦，弄得我今儿一整天心都忐忑不安的。"

"姐姐你真是，不就是一个梦嘛，也让你想这么多。"平安不以为然地道，"有什么触霉头的，我二叔身体不知道多好，从来没见他生过病。"

我笑道："话是这么说，要看到寂将军真的身体无碍才放心嘛。对了平安，你昨儿说，寂将军最近老是说一些莫名其妙的话，总忘事儿，还半夜出来溜达，是怎么回事儿？"

"说到这个，二叔最近真像变了个人儿似的，我这位二婶儿的魅力还真大。"平安撇撇嘴，笑道，"我二叔那个人，平时多冷静啊，哪见他大悲大喜过？可自从黏上我这二婶儿的事儿，脾气也大了，我之前不待见这事儿，他冲我发过好几次火。我从小到大，他可从来没有骂我过啊，为了这女人，不但骂我，还跟皇上吵过一回……”

“呃？”我诧异地道，“这话从何说起？”寂惊云和皇上大吵？这是忠心耿耿的骠骑大将军吗？这怎么可能？

“姐姐你是知道的，咱们天曌国的贵族婚配，一律要上牒呈给皇上，皇上准了才能嫁娶的。以我这二婶的出身，皇上就算是同意我二叔娶她，也肯定不会让他明媒正娶为正房夫人。”平安啧啧道，“何况之前二叔还和回暖郡主有过婚约，现在虽然这婚约作废了，二叔可以娶别人，但也该娶个和郡主身份相差不太远的吧。如今二叔娶个青楼女子做正房，景王殿下颇多微词，认为二叔目中无人，有心轻侮皇家的脸面，还上书到皇上那里，坚决反对二叔这门亲事。”

“还有这一茬？”原来寂惊云娶赛姑娘还有这么多内情在里面，他能顶住压力，坚持娶她做正房夫人，恐怕对她用情已深，“那皇上最初不同意是吗？”

“是啊，搁哪儿都不会同意的。”平安点点头，蹙眉道，“可是我二叔坚持要娶她。皇上不同意，他还跟皇上大吵了一架，可把皇上气坏了。”

“寂将军和皇上吵什么了？”我一边在脑子里思索平安这些话，一边探求更多的信息。平安摇了摇头，“这我可不知道了，是皇上和二叔单独在一起时吵的。二叔跟皇上说这事儿的时候，支开了人，院子外面只听到里面很吵，不知道到底在吵什么。后来皇上怒气冲冲地走了，二叔也怒气冲冲地出来，下人们进去收拾，一地砸烂的茶杯碎片。”

“那皇上后来怎么同意了？”我轻声询问。平安道：“我也不怎么清楚，总之他们吵了过后没几天，皇上就同意了。皇上一同意，二叔可称了心了，就像变了个人似的，也不整天冲人发火了，倒是天天笑眯眯的，不好笑的事也会笑半天。”

她说的人，怎么听也不像是寂惊云。我心中越来越疑惑，接着问：“你说寂将军最近爱忘事儿，还总是半夜出来溜达，又是怎么回事？”

“他最近呀，脑子里除了装着成亲的事儿，其他什么事儿都不放在心上。”平安气道，“跟他说个事儿，转头就忘了。半夜里不知道想什么，老在院子里走来走去，问他干什么吧，他理都不理你。希望他成了亲，如了愿，快点恢复正常……”

我的心里隐隐生出一丝不安，总觉得哪里不妥，又说不上来，想了想，又道：“平安，寂将军是从什么时候开始变成这样的？”

“还能从什么时候？”寂平安轻哼道，“就是前些日子有一天在百花楼过了夜回来，说要娶赛卡门之后，就变得神魂颠倒的了。二叔说她是正经姑娘，不能辜负她。”

看来赛卡门已经以身相许了，以寂惊云的为人，必会负责到底。可是，寂惊云真的是为了赛姑娘神魂颠倒，才如此反常吗？还是另有原因？寂惊云的反常，与这位赛姑娘，可有什么关系？毕竟，他的反常状况是在他决定娶妻之后才发生的，不是吗？我望着平安：“对了平安，这位赛姑娘的真名是？”

“你说她怪不怪，她说她就叫赛卡门。”平安有些气恼，“脱了妓籍还用着青楼的花名，这不是成心让别人看咱们将军府的笑话吗？”

这倒有些反常，为何她不愿让人知道真名？我若相信她真是叫赛卡门，那才怪了。犹在思索，听到平安又道：“姐姐，外面在奏喜乐了，可能是新娘子已经接到了，咱们出去看看。”

喜轿已经到了，一身红袍的寂惊云踢开轿门，喜娘扶下了也是一身红裳、头上罩着红盖头的新娘子。新娘子被扶着跨过火盆，踩着红毯步入主厅，喜乐齐奏，场面隆重而热烈。司仪在那里高声叫道：“新郎新娘，一拜天地！”

眼前这一幕，熟悉而遥远。我看着那对手执红绢的新人，恍惚间忆起在沧都，我和云峥也曾这样牵着红绢，拜过天地祖先。一幕一幕，与眼前的场景重叠起来，那么清晰真切地浮现在我的眼前，宛如昨天。云峥，那时候，我以为我会握着你的手，走完一生的。

“二拜高堂！”

喜娘还在旁边说着什么，我却已听不清，抑制住要泛起的泪，我的双手在衣袍下握紧。云峥啊，我怎么办？一切人，一切事，都让我想起你。我该怎么办？

“夫妻对拜！”

司仪的吆喝把我从回忆中唤醒，我闭了闭眼睛，让泪在眼中融散。再睁眼，只见两人已经交拜完毕，司仪高声叫着：“礼成，送入洞房。”

喜娘和女眷簇拥着新娘离开正厅，寂惊云笑吟吟地接受着宾客的祝贺，招呼他们饮宴。等围在他身边的人少些了，我举步走到寂惊云面前，刻意离得较近，好方便我观察他的表情：“寂将军，恭喜你！”

“谢谢云夫人！”他一脸喜色，望着我目光坦荡，没有一丝异样。我禁不住怀疑起昨天晚上那个人，是否真的是他？恰在此时，黑龙玉在脖子上又渐渐变得灼热，我心中一惊，忍不住退了一步。寂惊云关切地道，“云夫人身体不适吗？脸色好差。”

“啊，人太多了，有点胸闷。”我抓紧黑龙玉，感觉那玉在掌心中越发灼热，赶紧道，“妾身有些不舒服，想先行告辞，将军不要见怪。”

“哪里的话，云夫人身体不适，自当早些回去休息。”寂惊云礼貌地道，“惊云招呼不周，夫人莫怪。”

“怎会。”我勉强笑了笑，“那妾身不打扰将军招呼客人了。”

踏出将军府大门，那玉的灼热渐渐低下去，只是散发着温热。我松开黑龙玉，那玉的温热一直保持不退，让我大惑不解。心中暗下决定，回府之后定要找傅先生问问是怎么回事。轿夫抬了轿子过来，正准备上轿，看到几步之外的石狮子座下，靠着一个人。我看不清他的脸，只觉得身形有些眼熟，便举步走过去，见他拿着酒壶，正往嘴里灌了一口。他看到我，略微一怔，我笑了笑：“好久不见了，沉谙。”

“嫂夫人。”他站直身子。我的眼睛落到他手中的酒壶上，微微一笑：“有时间吗？一起去喝杯茶。”

# ✲ 第八章　牵魂

焚香、烧水、烫杯、置茶。

易沉谙看来也是精于茶道的人，我见他娴熟地将陶壶烫热，置入茶叶，注以沸水，清香扑鼻而来。他安静地将茶汤匀倾入细致如玩具的小陶盅内，端了一杯放到我面前。

我端起陶盅，轻嗅茶香，浅浅地吮了一口："秀山银针？"

他浅浅一笑："嫂夫人是识茶之人。"

"我哪懂。我以前看过一本书，说这茶'一杯曰品，二杯曰解渴，三杯就是饮驴'。我一直是饮驴之辈。"我笑了笑，端着陶盅在鼻子下面轻嗅着，"唯一识得的就是这陵安秀山产的秀山银针了。"

这是云峥最爱的茶，沉谙必是知道的，所以选了它。这种感觉真好，我是云峥的妻子，他是云峥的朋友，我们有可以一起怀念的人。

"茶是雅物，亦是俗物。只要喝得高兴就好，外在的形式并不重要。"他端起陶盅，嗅了嗅茶香，轻声道。

我没有问他为什么会在寂将军府外喝闷酒，他出现在这里，已经说明一切，爱人结婚了，新郎不是他。我心中已明了，他对那赛姑娘有情，否则他不会守在将军府外。那赛姑娘嫁给寂惊云，又有什么内情？纵然我有满腹的疑问，但都不适合在这个时候提出来。我微笑道："云峥没有跟我说过，你们是怎么认识的，可以讲给我听吗？"

他搁下茶盅，顿了半晌，娓娓讲述了一个并不怎么离奇的故事：出身高贵的豪门贵公子，在路上救下一个偷了别人馒头被摊主殴打的小乞丐，结下一段长达十五年的友情。当然，小孩儿为何会变成乞丐，又怎么习了一身医术，怎么拥有这不俗的气质，怎么又成了面摊的老板，却不在他的讲述范围之内。我也不纠缠，只要能让我了解到云峥那些不为我所知的点点滴滴，童年的云峥，少年的云峥，青年的云峥，一点一点地，填补我空了的心。

“原来云峥小时候，也有这么淘气的一面。”我听他讲着云峥帮他捉弄那些欺负他的人，把别人整得惨兮兮的时候，微笑起来。真好，真庆幸云峥小时候还有这样一个朋友，可以让他暂时忘掉身体的病痛，还曾有过欢笑。

易沉谙抬眼看我，静静地道：“嫂夫人的眼睛，仍是看不清楚吗？”

“不打紧的，只是有些模糊。”我笑了笑。沉谙摇了摇头，叹道：“这不是云兄想看到的，嫂夫人是聪明人，请善待自己……”

他们都说我的眼睛早就好了，可是我是真的看不清，难道真的是我自己不想看清吗？我到底想怎么样呢？我心里，为什么拒绝看清这个世界？是恐惧吗？因为怕失去，就让自己变得可怜，这样，所有人都会围在你身边，照顾你，让你依赖，让你理所当然地霸占。是这种可耻的心态吗？

发觉自己真的无法理直气壮地回应沉谙，我微微苦笑。坐在马车上，直到回到侯府，我也没有为自己找到答案。下了车，望着侯府威严高耸的大门，我的心情蓦然变得沉重。不管我愿不愿意看清这个世界，有些责任和义务，都是我没有办法逃避的。

进了大门，我让小红扶我去找傅先生，却在庭院里碰到安远兮，被他叫住：“大嫂！”

我停下脚步，他走过来，脸色有些凝重：“大嫂要搬到‘舒园’住？”

“啊，是。”蓦地想起早上出门时，跟家仆说把舒园整理出来，我要住到那里去。主要还是昨晚被寂惊云吓了一跳，如果他真是中了邪，万一深更半夜又跑来，做出比昨晚更奇怪的举动，还不把人吓死。

“怎么住得好好的要搬到舒园去？”安远兮追问道，“发生什么事了？”

“没有没有。”我赶紧摇头，“我最近有点头疼，舒园清静些。”

“是吗？”安远兮的语气满是怀疑，我赶紧点头。他定定地看了我半晌，才道，“若是有事，不要藏着。爷爷会担心的。”

“嗯，我知道。”我避开他的目光，对小红说道，“小红，我们走吧。”

进到傅先生的小院子，看到他和冥焰在院子里摆弄一些石头树枝，看到我进来，冥焰跑过来，笑道：“姐姐你来啦，快看我摆的五行迷魂阵。”

我笑道："又是什么？"

"五行迷魂阵是奇门遁甲之术，如果人在阵中，就像进了迷宫一样，师父今天刚刚才教我的。"冥焰兴奋地道，"师父说我聪明，我刚刚已经布阵成功了。"

"就是这些石头树枝？"看起来没什么特别啊，而且这些石头树枝都好小，人都遮不住，能迷魂么？

傅先生笑了笑："少夫人可以进到阵中去试一试。"

我真是有些好奇，让小红扶我走过去。来到阵中，我顿时像进入另一番天地。庭院消失了，眼前像是突然降了一场大雾，白茫茫一片。我和小红试着走出去，可是怎么走，仿佛前面都有一道墙阻挡着，我和小红仿佛被困在一座枯井里，根本无法脱身。

"冥焰。"我不信都不行了，"快放我出来。"

话音刚落，手就被冥焰抓住。他带着我不知道怎么转了几道弯，就脱离了迷雾般的困境，眼前仍是刚刚的庭院，刚刚被我怀疑的石头树枝零乱地摆了一地，看不出任何特别。

"姐姐，怎么样？没骗你吧？"冥焰很得意。我心中一动，笑道："冥焰真聪明，不如你帮我在舒园也摆个这种阵吧。"

"好呀。"冥焰一口答应，随即又道，"姐姐在舒园摆阵做什么？"

"你别管，照做就是了。"我怕寂惊云晚上又来，不知道这阵能不能困住他，冥焰见我不答，也不追问，立即道："那我现在就跟你去吧。"

"你去吧，我还要跟傅先生说点事儿。"我笑着看他走远了，才对傅先生道，"傅先生，我有些事请教你。"

"进屋谈吧。"傅先生转身进屋。小红扶我进去，等她退出房，我才道："先生见多识广，有没有听闻过一个人为什么会突然之间性格大变？平时冷静自制的人，变得易喜易悲，老是忘事，而且，晚上还会做出一些奇怪的、无意识的举动，就好像梦游一样……"

"这种情况，应该是受了很严重的打击，心智受损，才可能发生。"傅先生想了想，"我以前见过一个妇人，成婚多年，好不容易才怀上孩子，可是孩子生下来却是死胎，大受刺激，晚上就会梦游，跑到猪圈里抱着小猪叫儿子。"

"不是的，傅先生。"我摇摇头，"我的意思是，你是否知道，如果有人被人施了邪术，那人会不会有这些奇怪的征兆？"

"邪术？"傅先生微微一怔，低头细细思索，蓦地，脸上带上一丝惊色，"少夫人如何知道有这样的邪术？”

“真有这样的邪术？”我紧张地道，“先生能否详细告之？”

“少夫人为何要知道这种邪术？”傅先生慎重地道。我迟疑了一下：“我最近发现一个朋友有这些反常的症状，而且我接近他的时候，我的黑龙玉会变热示警。”

傅先生是知道我这块蟠龙墨玉乃辟邪神器的，听我这样一说，脸色顿时变得凝重，眼中蓦地闪过一丝痛色，语气竟然有一丝颤抖：“你说这块蟠龙墨玉会示警？是什么征兆？”

“就是，玉突然变得很灼烫，就算我离开了，那玉的温度也一直持续不退，要很久很久才会退热。”我见傅先生的眼睛蓦地睁大，唇角微微有些抽搐，心中不由得大为奇怪，何以傅先生的反应如此之大？

见他久久不语，脸色怪异，神情恍惚，我不由得出声：“傅先生？”

“你的那个朋友是谁？”傅先生回过神，语气有些急促，“带我去看看他，我要看到他人，才能确定他是否真的中了那种邪术。”

我怔了怔：“可是……”这不太好吧？这样贸然带傅先生去看寂惊云，没名没目的。我想了想，道，“先生想见他，我可以作安排，不过先生能否先告诉我，这到底是什么邪术？”

傅先生的眼神变得幽深起来，久久，才缓缓道：“我知道南疆有一种邪术，名叫牵魂降，中降者初期发作的症状，就是这样。”

“牵魂降？”我想了想，有些讶异，“是降头术么？”

傅先生诧异地看了我一眼：“少夫人如何知道？这降头术是南疆的禁术，很少有人知道的。”

“我不知道，我只是听过降头术，跟蛊术好像差不多吧？”我心中一紧，想起云峥所中的蛊毒，寂惊云的降头之术可有解？

“降头术里有一种虫降，与蛊术有相似之处，但降头术比蛊术更为阴毒，更为复杂，而且种类很多。”傅先生的眼中带上一抹恨色，“尤其是牵魂降，乃各种降术中最厉害也最歹毒的一种。”

我不再出声，细听傅先生的解释。他深深地吸了口气，道：“牵魂降又名五品牵魂降。简单来说，练这种降分五个品级，最高为一品，最末为五品，练法极其歹毒，须勾出童男的肠肚和魂魄做引。童男也有讲究，用一般的童男练降的，称为‘人头附肚童神’，但通常只能练出四五品牵魂降；资质好的童男，最多可以练成三品牵魂降；而如果能找到阴年阴月阴日阴时出生的童男，则可练成二品牵魂降，这是牵魂降能练至的最高级别。”

“你不是说一品才是最高吗？”我道出疑惑。傅先生笑了笑，眼中有些意味不明的神色：“一品牵魂降的确是最高，但是从来没有人练成过。”

“为什么？”我追问。傅先生垂下眼，半晌才道：“上古传说，练一品牵魂降的童男，需是阴年阴月阴日阴时出生的神之子，降头师把这种童男称为‘鬼冥童子’，可是神之子到底是传说，怎么会出现在人间呢？不要说是神之子了，就算是阴年阴月阴日阴时出生的凡间童男，也是数十年难遇。二品牵魂降都极难练成，除了降头师的功力要高，还要有运气，能找到合适的童男做引，所以牵魂降一般最多只能练到三品。”

神之子？若真是神之子，还会被降头师抓去练降么？这降头术还真够邪乎的。我继续问：“那牵魂降的品级，又有什么区别呢？”

“五品牵魂降已可害人于无形，四品可令受害人产生幻觉，迷失意志，做出匪夷所思的怪事，进一步可以瞬间控制住受害人的意志，使他做出他原本不想做的事。但四品牵魂降须降头师以身殉术，假如术败，便会被降术反噬。而三品牵魂降若练成，降头师除了可以提升自己的功力，脱离以身殉术的险境，据说练成之后还能长生不死。但练降过程也异常凶险，除了要以优质童男的魂魄肠肚为引，在七七四十九天的练降期内，每天都要吸食人血，一天不吸，就会前功尽弃，功力尽失。而且在此期间，降头师本身的身体非常脆弱，不能见光，不能受一点伤害，否则立即会化成一摊血水。三品牵魂降练成之后，降头师不用再吸食人血，但每隔七七四十九天，都必须吃掉一个孕妇腹中的胎儿，以维持功力。”

我听得毛骨悚然，全身起了一层鸡皮疙瘩。傅先生接着道：“二品牵魂降的练法比三品有过之而无不及，练成之后，降头师不用再吃孕妇腹中的胎儿维护功力，此时降头师不但长生不死，而且力大无穷，一身铜皮铁骨，刀枪不入。”

“那传说中的一品又是如何？”我听得瞠目结舌。傅先生唇角淡淡一勾：“一品牵魂降乃神人之术，练成之后，这世上再无降头师做不到的事，相当于无所不能的神。”

“是魔才对，这简直是魔鬼才做得出来的事。”我愤愤地道，咬了咬下唇，问道，“那我刚才说的那些怪异的行为，是中了四品牵魂降的症状么？”

“我没有看到人，不能下判断。”傅先生摇摇头道。

“那我尽快想办法，安排先生与他见面。”我在心里盘算起来，该怎么让傅先生有理由跟我到寂府去一趟呢？

## ✵ 第九章　邪降

平安病了。

皇上十分关心，派了宫中的太医去给她瞧病。太医说她只是偶染风寒，休养几天便可，可是平安的病服了药却没什么起色，老是咳嗽，浑身没力。于是这一日，我带着傅先生，堂而皇之地去了将军府。

平安的病，当然与我有关。

我在平安上门来找我的时候，将一盆盛开的并蒂水海棠摆在屋内。水海棠是天曌国一种美丽的水生植物，大如碗状，花瓣密集层叠，色淡粉，通常一茎只开一朵花。而并蒂水海棠与并蒂莲一样，一茎生两花，一粉一白，十分少见，是花中珍品，也是吉祥喜庆和爱情的象征。平安一见就喜欢上了，我便将这盆花送给她带回去。

那花从表面上看，并无不妥，而在花盆底部，傅先生在花泥里加了一种药末，名叫泽芝草。药的本身无色无味，可是如果并蒂水海棠吸收了泽芝草的养分，到夜间时，花蕊中便会散发出一种能让人产生类似风寒症状的东西，除此之外，那花香对人体别无害处。为了能让傅先生不被人起疑地见到寂将军，我只好出此下策，委屈平安一阵了。

到了将军府，看到寂惊云在下人通报后迎出来，我微微欠身，笑道："将军，听说平安不舒服，我请傅先生来给她看看。"

"云夫人有心了。"寂惊云笑了笑，转身对傅先生抱拳道，"惊云谢过先生。"

傅先生盯着寂惊云的脸，语气平淡地道："寂将军客气了。"

"将军还是先带我们去看平安吧。"我将手递给小红。寂惊云转身带路，我注意到傅先生一直盯着寂惊云看，脸色渐渐有些奇怪。身在寂府，心中有再多的问题也只得压下。我们进了平安的房间，见平安病恹恹地躺在床上。我走上前，平安见了我，撑起身子。她的丫鬟赶紧扶着她坐起来，我坐到床边去，笑道："听说你的病一直不见好，我请傅先生来给你看看。"

"谢谢姐姐。"平安恹恹地道。傅先生给平安诊了脉，走到书桌前写了一张药方，递给寂惊云，"将军让人按这张方子给寂尚仪抓药煎服，两日定能好转。"

"谢谢先生。"寂惊云接过方子，唤来管事去照方抓药。我一路进来，见寂府上下大红的双喜字还没有揭下来，笑道："将军，怎么不见新婚夫人？"

"她在厨房给平安煎药。"寂惊云脸上带着满足的笑容，正说着，寂将军的新婚夫人端着药碗踏进房来了，见了我们，微微一怔。相互见了礼，我已将此行的把戏做足，不好再待，准备向寂惊云辞行，却突然听到傅先生道："将军的脸色似乎不太好，不如也让老夫为你把把脉。"

我抬眼看向傅先生，难道傅先生还不能确定么？寂惊云错愕地道："惊云未觉自己有何不妥。"

傅先生笑了笑："将军额头隐有黑气，最近肯定接触了不吉之物，还是让老夫替将军号一下脉吧……"

话音未落，听到"咣当"一声，寂夫人端进来的药跌到地上。我们回过头，见她正冲着平安的丫鬟呵斥："怎么这么不小心？连个药碗都端不稳……"

小丫鬟低头不吭声，平安瞪大了眼，语气里有丝不满："二婶，明明是你自己递药碗给秀秀的时候滑了手，怎么冤枉人呢？"

寂夫人脸色有些不好，寂惊云赶紧打圆场："罢了，反正傅先生给平安新开了药方，等那药抓回来，煎那一服药就好了。"然后看了一眼一脸委屈的丫鬟，"快收拾了。"

"寂将军……"被打断的傅先生又提起话头，"请让老夫替你诊脉……"

"相公，瞧我这记性。"寂夫人打断傅先生的话，对寂惊云道，"刚刚外面好像来了客人，我一时忘了说。"

"是谁？"寂惊云道。寂夫人蹙了蹙眉，"我没记住，你去看看吧。"

"啊，好。"寂惊云听了，转身对我道，"云夫人，惊云失陪。"

我笑着点头，与傅先生对视一眼，看来今天想帮寂惊云诊脉是做不到了。不过这位寂夫人的表现，倒是有些异样。寂夫人见寂惊云出去了，转脸看着我："云夫人，大夫说平安的病要静养，我们不要在她屋里待太久。"

“你说的什么话？我的朋友待多久关你什么事？”平安火了，“你才不要在我屋里待着，给我出去！”

“平安，别闹脾气，寂夫人的话也没说错。”我赶紧站起来，“你好生养病。我出来好一会儿了，也该回去了，不然诺儿找不到我会闹的。”

平安愤愤地瞪了寂夫人一眼，倒是没再说什么了。寂夫人看了我一眼，淡淡地道：“云夫人，妾身送你出去。”

“不敢劳寂夫人驾。”我笑了笑，看了傅先生一眼，让小红扶我出门。寂夫人跟着出来，沉默地走到大门口。傅先生突然开口道：“寂夫人，寂将军额间隐现黑气，此乃凶兆，身体必受不吉之物损伤，夫人要多多留心才是。”

寂夫人看了他一眼，淡淡地道：“多谢先生关心，妾身自当留心。不过妾身的相公身体一向无恙，先生也不要过于危言耸听。”

傅先生碰了个软钉子，脸色一沉，转身上轿。我见寂夫人表情淡漠，心中有些隐隐的忧虑。这位寂夫人对寂惊云看上去全无半分关切之情，如果是她的性格使然，倒也罢了，可如果不是呢？那她嫁给寂惊云，可是有别的目的？或者，与寂惊云的异常反应有关系？

回了侯府，我很有默契地随傅先生去了他的院子。关上门，我赶紧问道：“先生将蜜萝花粉投到那盆并蒂水海棠里了没有？”

“少夫人请放心，明天寂小姐的病就会好。”傅先生笑了笑，我舒了口气，看来是投进去了。蜜萝花的花粉，可以化解水海棠吸取泽芝草产生的毒性。我的目的既已达到，自不必再让平安一直生病下去。

我坐下来，望着傅先生道：“先生可发现寂将军有什么异样？”

“如果我没有料错，寂将军的确是中了降。”傅先生表情严肃地道，“而且，还是极厉害的二品牵魂降。”

“什么？”我讶异地道，“你不是说，二品牵魂降极难练成吗？”

“是极难练成，但并不代表练不成。”傅先生的眼神渐渐深沉起来。我咬了咬唇，疑惑地道：“中了二品牵魂降会怎样呢？”

“中了牵魂降的人会渐渐迷失意志，被人操控做出怪事，但与其他几品牵魂降不同的是，那些中降者，举止言行呆滞，能明显看出被人操控。”傅先生沉思道，“而二品牵魂降，中降者与常人基本无异，但邪降会激发中降者的七情六欲，将人压抑掩藏在心底的各种阴暗的记忆、痛苦的过往无限放大，最终导致精神被施降者操控。这个施降过程很慢，程序也很复杂，但是这种傀儡，跟中了下三品牵魂降的低级傀儡是完全不同的，常人很难发现异样。”

“先生怎么确定就是二品牵魂降呢？”我越听越紧张。傅先生顿了顿，“看他的眼睛，我们在别人的眼睛里看到自己的影子，都是正立的，就像照镜子一样。但是中了二品牵魂降的人，你在他眼里看到自己的影子，则是头朝下倒立的。”

竟有这样的奇事，怪不得傅先生一直盯着寂惊云看了。“谁会给寂将军下降呢？”那人下降的目的是什么呢？操控寂惊云？那他能得到什么好处？

“最有可能的人，就是寂将军新娶的这位夫人了。”傅先生冷冷一笑。我虽然心里已经有些怀疑那位寂夫人，但听到傅先生如此肯定地说是她下降，仍是吃了一惊：“先生此话怎讲？”

“二品牵魂降下降的过程极其复杂，用来对付的人也通常不是常人。比如寂将军，他武功奇高，常年征战沙场，见惯杀戮，是位心志异常坚定的人。要攻破这种人的心防，成功下降，本就不易。降头师除了要在附近操控之外，还常常要借助降引。”傅先生的脸色越来越凝重。我不解地道：“什么是降引？”

“这个……”傅先生顿了顿，脸色有些尴尬，“降头师会把牵魂降下在处子身上，这个处子就成了降引，然后让这个处子引诱受害者与之交合，降引被处子血启封之后，会顺势进入受害者体内。这时降头师便开始施法，通过这种方法，受害者绝无可能逃过大劫。”

竟然是这么阴毒的办法？我想起平安说，寂惊云是从百花楼过夜回来之后，变得异样的，难道那天就是他的中降之日？那赛卡门肯用自己的清白身子来做降引，为什么？她与寂惊云有仇？要害他竟不惜赔上自己的身子？若是为了操控他，操控一个身份如此尊贵，又是皇帝身边红人的傀儡，是为了什么？利益？或者是通过他获取更大的利益？难道是……我悚然一惊，难道是为了对付皇帝？

心中的线越理越顺，不管她的目的是寂惊云还是皇帝，她的身份绝不简单。我蓦地醒悟过来，怪不得她要栖身青楼，取名赛卡门，她的目的绝非哗众取宠。当年京城之中，寂将军用千金拍下艳妓卡门的初夜并包下她的流言，传得街知巷闻。如果她想吸引寂惊云的注意，取名叫赛卡门，是最快、最简单、最直接的方式。从这点来推测，她的目的是寂惊云的可能性更大一些。

“如果真是她下的降，她既然已经成事了，为什么还要嫁给寂将军呢？”我不解地道。傅先生冷冷一笑：“我说过，寂将军是那种意志非常坚定的人。就算是成功下降，由于降头师不能近距离操控中了二品牵魂降的受害人，所以需要有人在初期对中降者进行一定时间的催眠，等到中降者完全被降头师控制了，才能功成身退。”

“那中了这二品牵魂降，可有解救之法？”我问出最关键的问题。傅先生定定地看着我，摇了摇头。我心头一紧：“无解？”

“无解，连下降的降头师都无法解二品牵魂降的邪术。”傅先生还是摇头。我想了想，摸了摸脖子上的黑龙玉，不死心地道：“辟邪神器也解不了这邪术吗？”

傅先生看了看我的脖子，微微一笑：“辟邪神器也不是不可以解降，但是拥有神器的人须知道如何开启和控制神器。少夫人你知道吗？”见我怔住，傅先生接着道，“少夫人若不懂控制神器，这块蟠龙墨玉也只可保你本人不会被邪术控制，如果是一品牵魂降，连蟠龙墨玉都护不住你。”

“傅先生也不懂吗？”我捏紧脖子上的玉，知道自己其实是白问，如果他知道，也不会说无解了。果然，他摇了摇头：“能拥有神器是莫大的福缘，凡人哪懂得使用神器？”

我怔怔看着他，一句话也说不出。我的确不懂如何控制这块墨玉，会控制它的人，大概只有冥焰了，可是他却没有记忆。难道寂惊云真的无救了吗？从傅先生屋里出来，我沉默地往舒园方向走。一边走一边沉思，这件事太严重了，不是我的能力可以处理的。

我停下脚步，小红转头看我，“姐姐，怎么了？”

我咬了咬唇，深深地吸了口气：“小红，让人准备轿子，我要进宫。”

# ❈ 第十章　机锋

我有一年多没进宫了。选秀之后，宫里添了许多新人，以为不会引人注意，没想到还是有不少人认出我。领路的太监扶着我一路行去，听到不少人给我行礼。听说皇上今儿在朝上接见了几个外国使臣，这会儿正与他们在御花园里赏花。进了园子，领路的太监给守卫通报，一会儿，听到守卫出来恭敬地道："皇上请荣华夫人去御书房等候！"

看来要打发了使臣才能见我，我点点头，跟太监去了御书房。太监奉了茶就退出去，我静静地端坐在椅子上等候。皇帝并没有让我等太久，不多时就过来了，我跪地行礼："臣妾参见皇上。"

"起来吧。"他见我一个人在屋内，"怎么没人在身边侍候？你的丫鬟呢？"

"在宫门候着，让她进来不合宫里的规矩。"我站起来，赶紧答道。皇帝轻轻一哼："眼睛不方便还逞什么能？以后你这儿不兴那些规矩。"

"谢皇上。"我欠了欠身。皇帝看了看我，"坐吧，找朕有什么事？"

我坐下来，将寂惊云的事详细禀报给他，想了想，还是省去了一些没说，比如寂惊云梦游侯府，比如黑龙玉发热示警，以免多生事端。我只从平安生病，我带傅先生去给她瞧病，发现了寂将军的异状说起。皇帝的眉头渐渐皱了起来，脸色也越来越沉。等我讲完，他半天不语，我有些忐忑："皇上……"

"朕知道了，这事儿你就别管了。"皇帝淡淡地道，似乎并不惊慌。我拿不准皇帝是怎么想的，如果寂惊云真的没得救，等于卸掉了皇帝的一条手臂，他就不着急吗？还是他已经有了打算？

"是，那臣妾先回去了。"我向来无法猜测这位皇帝深不可测的心思，站起来，施了礼，轻声道。

“你难得进宫一趟，去看看太后吧，她常念叨你。”皇帝静静地看着我，淡淡地道。

“是。”我垂头应道。皇帝看了我半晌，叹了口气，扬声道：“双喜！”

他的随身太监双喜踏进屋里，皇帝吩咐道：“你送荣华夫人去太后那里，路上小心侍候着。”

“是，皇上。”双喜走到我身边，扶起我的手，“荣华夫人请。”

“有劳喜公公。”我有些意外，又不好推辞。皇帝随便让个小太监就可以带我去太后那边的，偏要让他的随身太监送我去，也不嫌招摇。

我随着双喜公公出去，一路都在想着皇帝到底会怎么处理寂惊云的事。这件事交给皇帝，皇帝让我别管，于公，云家不好再插手；于私，我却不能不顾寂将军。沉谙知道赛卡门做的这些事吗？我是不是该找他问一问？是否还应该让隐执事查一查这个赛卡门的来历呢？

犹在思量着，突然听到一个男人略带惊喜的声音：“叶姑娘？”

我讶异地抬头，前方站着一高一矮两个身着曜月国服饰的男人。高个子那个上前两步，朗声道：“想不到会在这里见到姑娘。”

我看清他的脸，有些讶异，随即明白过来，原来皇帝接见的外国使臣就是他。微微欠了欠身，我笑了笑：“妾身见过王子殿下。”

“叶姑娘？”他身边那个矮个子男人好奇地打量我，“三殿下，这就是退还了你金刀的那位姑娘么？”

乌雷不自在地咳了一声，那矮个子男人似乎也觉得有些冒失，悻悻地住了嘴。我微微一笑：“殿下，妾身已嫁为人妇，再称姑娘不合适了。”

“我知道，你夫君……”他顿了顿，没接着往下说。我欠了欠身：“殿下，妾身还要去见太后，先行告辞。”

他的目光一直落在我身上，即使已经把他甩在身后，我仍然能感觉到他灼人的目光，令我背心发痒。再过一个月就是皇上的寿辰，乌雷是为这件事出使天曌国吗？那不久之后，恐怕还会有辰星国和红日国的使者前来，到那时候，京城又会热闹一番了。

踏进太后的懿宁宫，芳婷嬷嬷早就站在宫门候着，见了我，脸上带着真诚的喜色：“荣华夫人，您好久都没进宫了，太后经常念叨您来着，夫人快请进。”她上来替换了双喜公公扶住我，我笑了笑："太后好么？芳婷嬷嬷好么？"

"好，都好，劳夫人挂记着。"自从查清慕容妃那件冤案，为慕容家翻了案，芳婷嬷嬷对我就格外上心。话说皇帝在蔚相倒台之后就下旨给慕容太傅平了反，慕容家族当年因为慕容太傅灭门案受到牵连的，差不多都恢复了原职，只可惜一直找不到慕容太傅的儿子慕容楚。只有我知道，慕容楚是永远都不可能找到了。

这一年来我为云峥守丧，外界的信息差不多都封闭了。假蔚相被流放之后，蔚家大哥也不经常有音信回来，一年多了，仅给我写了两封信。我心里清楚，他想查真蔚相的事。其实不是那么容易，可能他心里对真蔚相做的坏事也有数，查下去也落不到什么好处。现在蔚家大哥到底在为皇帝做什么，我不清楚，也不方便问。冷宫中的德贵妃，他似乎并不怎么上心，我们都没有点破我这具身体的身份，也许，这是对大家都好的处理方式。

刚刚踏进房门，就听到太后欣喜的声音："叶丫头，你终于舍得来看我这老太婆了，快过来让本宫瞧瞧。"

我笑着让芳婷嬷嬷将我扶到太后身边，刚想行礼，被太后一把拉住，牵着我坐到软榻上，激动地道："不用行礼了，让我瞧瞧。我的儿，怎么越来越瘦了？"

"太后……"面对她的亲热，我有些僵硬，记得最后一次见她，她还对我进行了一番警告来着。太后摸了摸我的脸，嗔道："脸上一点肉都没有。芳婷，将御膳房送来的珍珠燕窝给叶丫头盛过来。"

"谢太后赏。"我接过芳婷递过来的珍珠燕窝，心里叹了口气。我并不爱吃甜食，但太后赏的，不吃还不行。我勉强吃完，将碗搁到矮几上，宫女上来将碗收走。我抬眼见太后笑眯眯地看着我，笑了笑，"太后，臣妾这么久没进宫给您请安，您别怪臣妾，太后凤体安泰吧？"

"我这老太婆有什么不好的。"太后叹道，"老了，身子骨自然比不过后生的时候。"

"瞧您说的，太后的皮肤比那些小姑娘还光洁，气质又高贵雍容，说句不恭敬的话，就像臣妾的姐姐似的，哪里老了？"我捡着好听的话拍马屁。果然女人都是喜欢听别人夸她年轻漂亮的，太后的眼睛都笑眯了，嗔道："你这丫头，就会哄本宫高兴。"

"臣妾说的可是大实话来着。"我卖乖道，赔着笑。太后乐了一阵，拉起我的手，微微叹了口气："再年轻貌美又如何，还不是……"她顿了顿，拍了拍我的手，叹道，“丫头，你真是跟哀家一样命苦，年纪轻轻的，云世子就丢下你走了，留下你们孤儿寡母的……以后要是有人敢欺负你们，进宫里跟哀家说，哀家决饶不了他。”

“太后多虑了，谁会无端端地欺负臣妾呢？”我笑了笑，实在是不想继续这个话题，道，“对了太后，我在来的路上见着了曜月国的使臣，可是来给皇上庆贺寿辰的？”

“嗯。”太后笑了笑，语气有些不以为然，“庆贺只是一方面，恐怕还不止这么简单。”

“哦？”若是牵扯到国事，我觉得不好问了，只是笑了笑。太后却接着道：“这次出使的是曜月国的乌雷王子。他捧来了曜月国国王的国书，除了给皇上庆贺寿诞，还想和咱们天曌国联姻。”

“联姻？”我怔了怔。两国联姻，通常是打了败仗之后才搞这一套。曜月国与天曌国之间，这几年平平安安的，怎会突然要联姻？我咬了咬唇，心下有些忐忑。这一年多来，云家暗中对曜月国马尔蒂族的一些物资贸易进行了控制，特别是他们需要的盐、茶等民生物资，都需要通过高价才能买到，而马尔蒂族的马匹，也总是以很贱的价格贩卖出去。我当初在草原上发誓，要让马尔蒂族的人付出代价，而这个计划的操作，却是安远兮在完成。我不知道他具体是怎么做的，只知道马尔蒂族现在的日子不是很好过就是了。不知道这件事，对两国的联姻，有没有起到推波助澜的作用。

“嗯。”太后神秘地笑了笑，“叶丫头觉得如何？”

“这是好事。”我笑了笑，“皇上多纳一个妃子就是了。”纵然我看不起那种把自家女儿送进宫解决问题的方式，但我不会愚蠢地在太后面前表露出来。

“一定是他们送来么？”太后微微笑道，“怎么你不认为是我朝送公主去塞外？”

“他们凭什么和我们天曌皇朝谈条件？”我不以为然地道，既是他们求人，当然是他们送女儿过来了。

太后淡淡一笑，语气听不出情绪了：“曜月国的确送了位公主来，这位其其格公主被称为‘草原之花’，是国王最疼爱的女儿，所以，国王陛下也想在咱们天曌国替乌雷王子迎一位金刀阿蒂拉回去。”

我挑了挑眉，勾起唇，没有出声。皇帝的两位皇姐已经出嫁，皇妹南华公主才十一岁，不可能送去和亲，如果皇帝答应的话，只能在王府中找郡主了。既然曜月国送了位身份特殊的真公主来，是不可能随便找个宫女封成公主糊弄过去的。不过这些与我没关系，我懒得发表意见。太后见我不怎么感兴趣，笑了笑，道：“叶丫头，你对皇上设置的这个秉笔尚仪官职怎么看？”

“太后，皇上这么做自有道理。”我笑了笑，这事儿我可不好发表意见，“臣妾不敢妄议朝政。”

“是么？”太后握着我的手微微一紧，语气莫测，“皇上也不晓得是听谁说，女人也可以做官当皇帝，竟然搞出这么多事儿来。”

我的脊背开始冒冷汗，不敢出声，只听到太后缓缓道：“好在皇上没失了分寸，既然有秉笔太监，设个秉笔尚仪也不算太荒唐。”

我紧张得说不出话，听到太后这样说，才幽幽地舒了口气，附和道：“是，皇上圣明。”

太后摸着我的手，轻笑：“叶丫头，可惜你眼睛不好，否则这秉笔尚仪么，我倒觉得你挺适合做的。”

“太后说笑了，臣妾不给皇上添乱就好了。”我不动声色，缓缓道，“臣妾是孀寡之身，随侍君侧，不成体统，理当避嫌。”

太后静静地看着我，半晌，唇角淡淡一勾，眼睛也弯起来：“还是你想得周到，你这丫头，就是讨人喜欢。”

# ⁕ 第十一章　疯子

“对了，你们云家的想容，进宫也有一阵了吧？”太后突然又转了话题，笑道，“她可是皇上‘上记名’留宫的，看来皇上对她的印象不错。”

“能得皇上的青睐，是想容和云家的福气。”我微笑道。女子进了宫，想获宠就全凭自己的本事，云家也帮不上什么忙，顶多在银两方面能帮她打点一下。但老爷子表现出的态度有点奇怪，想容没进宫时，他挺关心的，事事都帮她打点得非常周到，可是一进了宫，对她这事儿也不怎么上心了。我原本以为老爷子很想家里出个皇妃光耀门楣，肯定会费心帮想容在宫中活动，前些日子我还专程问老爷子用不用拨一笔钱给想容在宫中打点，没想到老爷子让我以后不用再理想容的事儿，一副这件事已经结束了的态度，令人捉摸不透他到底在想什么。

“嗯，选秀也结束了，朝中那些大臣，上书好多次，让皇上尽快立后，可不知道皇上是什么想法。留宫的秀女到现在还一个都没有晋封，选后这件事也一直拖着。”太后的语气有些烦恼，“真是不让本宫省心。”

这个，好像我仍然不适合发表什么意见。实话说，我对每次来见太后觉得有些心有余悸了，应付这位娘娘比应付她那个皇帝儿子还要吃力，她到底想如何？我一个寡妇，别说我跟皇帝之间清清白白，就算真跟皇帝有什么，也不可能正大光明地进宫成为他的女人，何况我还不是一个身份普通的寡妇。我在心底苦笑，她何须防我，我的心已经随着云峥一起死了，或者，太后是不相信荣华夫人忆夫成狂的流言吧？云峥，我好累，我该怎么办？

太后见我不出声，笑了笑：“叶丫头，今次选秀中，你们家想容德行姿容出众。我看过她的八字，和皇上也最合，本宫挺喜欢她的。永乐侯有这么乖巧的一个孙侄女，真是好福气。”

“那也比不上太后的福气，这么好的姑娘，如今是太后的儿媳妇。”我笑了笑，这是向云家施恩么？或者想暗示，有意让想容入主中宫？爷爷知道了一定很高兴吧？

“你这丫头倒会说。”太后微微一笑，我笑而不语。太后说了这么多，其实最想知道的是我今儿和皇帝说了些什么吧？可是这件事皇上让保密，怕打草惊蛇，我也不好说。太后不知道心里想什么，又不愿意明着问，我也装糊涂好了。

从宫里出来，我径直去找易沉谙，谁知道一进去，见他正在收拾行李。我怔了怔：“沉谙，你要去哪里？”

“我早想去四方游历，以前一直被俗事缠扰，没有机会。”沉谙给我奉上茶，“嫂夫人来得正好，我就不再到府上知会了。”

“为什么突然要走？”我蹙起眉，盯着他，“因为赛姑娘？”

沉谙静了半晌，淡淡地道：“怎么会？我与赛姑娘并不熟识。”

“不熟识？”我笑了笑，“沉谙，我是过来人，你不用骗我。”

沉谙沉默不语，我叹了口气：“你既已决定，我也不再劝你，不过，你能不能告诉我，赛姑娘是什么人？她为什么要嫁给寂将军？”

“嫂夫人，我与赛姑娘只是普通朋友，她的事我并不清楚。”沉谙仍旧坚持着这套说辞。我静静看了他半晌，点了点头：“好吧，那我祝你一路顺风。”

说到底，我与易沉谙并没有太深的交情，我不能逼他说他不愿意说的事。我心事重重地回了侯府，刚下车，云义就迎上来，脸色忧急：“少夫人，您可回来了，侯爷刚刚又犯病了！”

我一惊：“爷爷没事吧？”老爷子的身子是一日不如一日了，最近发病的频率都高了起来。

“傅先生正在帮他诊治。”云义赶紧道，“您快去瞧瞧！”

小红赶紧搀住我往里走，急急忙忙踏进老爷子的房间，见安远兮和云德都站在床边，傅先生正在给老爷子施针。我赶紧走到床边，见老爷子闭着双目，像是晕过去了。我抬眼看着安远兮，轻声道：“爷爷怎么样？”

“刚刚发病了，现在傅先生施了针，情况已经稳定了。”安远兮低声道。话音刚落，听到老爷子一声咳嗽，我赶紧转头看过去，见老爷子的眼皮颤了颤，缓缓睁开了眼睛。傅先生轻嘘了口气，轻声道：“侯爷，你这身子要好好休养，莫要再动气着急。我出去给你开方子。”

老爷子疲惫地点了点头，傅先生便出去了。我赶紧蹲到床边去："爷爷，你怎么样？"

"老毛病了，休息休息就好了。"老爷子见我和安远兮都守在床边，微微笑了笑，"吓坏你们了。"

"爷爷怎么会发病的？"我蹙起眉，忧心忡忡地道，"傅先生让你别动气，谁气你了？"

"只不过是生意上的事。"老爷子摇了摇头，"没什么的。"

"生意上的事爷爷就少操点心吧。"我叹了口气，"不是有小叔和我看着吗？爷爷还不放心吗？"

老爷子只是笑了笑，蓦地反应过来，莫不是他自己亲手负责的那些事吧？到底是什么事让他急得心脏病都犯了？为什么老爷子一直不肯透露这笔神秘的生意呢？

见他不肯说，我转了话题，笑道："对了，爷爷，跟你说件喜事，今儿我进宫看太后，听她的语气，有意立咱们家想容为后呢。"

"是吗？"老爷子的反应很平淡，一点儿也不觉得欣喜。我有些诧异，见老爷子脸色深沉起来，眼中闪过一丝波澜，半晌，他闭上眼睛，低声道："我有点儿累，想睡一会儿，你们先出去吧。"

我和安远兮对望一眼，站起来，小红将我扶出房间，安远兮跟出来。我默默走了两步，停下来看他："爷爷到底是怎么发病的？"

"这个月堂叔公该转到'外支出'的账不但没转，还用它做了其他的支出。爷爷知道了很生气，在屋里大骂了几句就发病了。"安远兮左右看了看，轻声道。

这笔神秘的"外支出"到底是什么？老爷子为何如此着紧？不但云家几个执事不知道，连我和安远兮也不知道。老爷子到底还有什么秘密是我们不知道的？我低下头，陷入沉思。安远兮见我神色不定，轻声道："大嫂今儿进宫，还好吧？"

"呃？"我怔了怔，抬眼看他，"什么？"

"呃……"安远兮顿了顿，"没什么，大嫂没事就好。"

我能有什么事？安远兮问这话倒奇怪了。想了想，我对他道："小叔，麻烦你让隐执事替我查一查寂将军新娶的那位夫人是什么来历。"

安生失踪后，安远兮求老爷子让隐执事帮忙查找安生的下落，老爷子便将调配隐执事的权力交给了安远兮。安远兮看着我，没问我为什么要查她，只点了点头说："好。"

我道谢回房，想了想，让人把云乾叫来："你让人替我盯着易沉谙，将军府也替我安排人盯着寂夫人，每天都要向我汇报他们的一举一动。如果有异常情况，立即来报。"

我不是怀疑沉谙与寂将军这件事有关，但我也不相信他对赛卡门真的一无所知。在这个时候，我只能尽量搜集更多的情报和资料，最重要的是找到救治寂将军的方法。皇上已经知道寂将军中了邪降，会怎么处理这件事呢？以他的性格，恐怕会求证这件事的真实性，他会找谁去确认呢？

一天过去了，皇宫和寂府都没什么动静。两天过去了，仍是平静无波。我派去的探子短时间内根本查不到什么有用的情报，我不觉心里忧急如焚，整天坐立难安。第三日，平安的"风寒"痊愈，过府来道谢。那丫头进门就一脸怒色，我开始不知道她的来意，有些心虚，以为她发现了自己生病的原因，便笑着试探道："哟，怎么一脸不高兴？谁惹我们的寂尚仪了？"

"唉，别提了，说起来就气。"平安坐到我身边，气呼呼地道，"我今儿出门遇到个疯子，满嘴胡言乱语，气死我了。"

"哦？他说什么了，气得你这样？"我笑了笑，接过小红递来的茶。

"我今儿一出门，看到有个男人在将军府门外鬼鬼祟祟东张西望的，不知道他想干什么，叫家丁抓住他盘问。结果那人原来是个疯子，满嘴胡言乱语，说我们将军府被邪云笼罩，邪气当头，定是有人被邪灵附体，失了魂魄。"平安愤愤不平地气道，"我一听就火了，让人把那疯子揍了一顿。竟然敢诅咒我们将军府……"

我的手一颤，差点把茶杯打翻，心中惊疑不定。这人是什么人？他怎么会知道将军府有人中了邪术？是否和赛卡门有关？如果是，又怎么会跑到将军府门口胡言乱语？我将茶杯放回茶几上，轻笑道："你怎么知道那人是疯子？你以前见过么？"

"他这样胡言乱语，不是疯子还是什么？"平安气哼哼地道，"我以前没见过那人，那人似乎不是京城人，我见他穿得像个土包子，像是乡下来的。"

"哦？乡下来的？"我装作不在意地道，"你怎么知道？"

"我怎么不知道，那人穿一身样式很古旧的短布衫，款式怕有五十年了，背着个破旧包裹，还戴着一顶很可笑的虎头帽。"平安"扑哧"一声笑出声来，"我从来没见过有人戴那么搞笑的帽子，那帽子是几岁孩子戴的呀！"

"怎么会打扮成这样？"我笑了笑，"那人年纪很小么？"

"就是不小才奇怪呀，应该二十出头吧？你说，不是疯子是什么？"平安大概是想起那人的样子，捂着嘴笑起来。

“真是有意思，那人长什么样呀？”我感兴趣地道。

“长相么，倒是还不丑，一脸憨相。”平安歪着脑袋想了想，笑道，“就是打扮太搞笑了。”

不动声色地和平安说说笑笑，等她告辞离开，我的笑容立即隐去。我让小红把铁卫叫进屋：“云巽，你们立即给我出去找一个头戴虎头帽，穿样式古旧的短布衫，年纪在二十出头一脸憨相的男人。无论如何，都要把他给我带回侯府！”

# 第十二章　师徒

这个突然冒出来的“疯子”，到底是什么人呢？

我打量着眼前这个灰头土脸的男子，他身上的短布衫沾满污泥，又脏又破。那顶酷似周星星同学在《鹿鼎记》里戴的虎头帽由于被他抓在手上，滑稽搞笑的感觉倒是没有了，可是他那张脸，红红绿绿煞是热闹，比戴着虎头帽更可笑狼狈。尽管如此，那男子身上却无卑微落魄的感觉，虽然被云巽点了穴，既不能动又不能说话，一张挂彩的脸涨得通红，但却不像是口出妄言的莽夫。他在将军府前的疯话，显然并非胡言乱语。

我竭力忍住笑，看着把他带回来的云巽道：“这是怎么回事？谁把他打成这样？”

那男人瞪着我，眼里倒是没有愤怒，只是有些困惑和不解。云巽道：“少夫人，我找到他时，他已经被人打成这样了。属下怕横生枝节，所以点了他的穴，直接带回府。”

“解开他的穴道。”我咬了咬唇，吸了口气，否则真是要笑出声来，“请傅先生过来帮他看看伤。”

云巽解了男人的穴道，让馨儿去请傅先生。那男子手脚能活动之后，揉着胳膊纳闷地看着我：“你是谁？带我来这里做什么？”

“公子请坐。”我做了个请的姿势，坐到软榻上。见他有些狐疑，我又笑了笑，对宁儿道，“去打点热水来，再帮这位公子准备一套衣服。”

转眼见那男子还站着，笑道：“公子请坐。妾身夫家姓云，名叶海花。家人失礼，带公子来此。你不用担心，妾身并无恶意。”

那男子听我这样说，盯着我看了几眼，倒也坦然地坐下来：“我知道你对我没有恶意，你身上有祥瑞之气，坏人身上是没有这样的气息的。”

“祥瑞之气？”我笑了笑，不动声色地道，“公子说笑了，这怎么能看得到呢？”

“一眼就看到了呀，你身上有一道淡蓝的荧光护体，很明显的。”男子接过小红奉来的茶，随口道。他在说这些惊人之语时，就仿佛在说你今天穿了一件新衣服一样自然，不惊不躁。想来他对平安说寂将军府邪气笼罩，也是这样随口而出。这样的无所顾忌，是天真莽撞？还是别有用心？难道他真的能看到什么邪气清气？我打量着那男子，微笑道：“请问公子大名？”

“我叫段知仪，初到京城，不想被贼人抢了行李盘缠，无银两付客栈食宿，所以被店家打伤……”那男子才开口说了几句话，肚子里就响起怪异的响声，脸顿时有些僵硬。我见他一脸尴尬，转眼看到小红憋笑的脸，轻声道：“小红，把点心盒子端过来，再让厨房送点饭菜过来。”

小红把点心端到茶几上，退出房。我看向段知仪，友善地道：“妾身招呼不周，公子请先用点心垫垫肚子。”

“那我不客气了。”段知仪当真不客气，抓起点心立即就往嘴里送，不过看得出，这人并不粗鄙。他虽然吃得不客气，却不急不躁，没有半分丑相。我见他动作灵活，想来他受的不过是些花花绿绿的皮外伤，并不严重。

我静静地喝茶，看着他吃东西，并不着急问话。一会儿，傅先生来了，帮他诊了伤，说他只是一些皮外伤，养几日就好，给他开了些伤药和药油。我示意傅先生留下，傅先生有些疑惑，却没有多问。随后宁儿送来了热水和衣服，厨房的饭菜也送了过来。等那段知仪酒足饭饱、洁身换衫之后，他开口道：“谢谢夫人今日一饭之恩，夫人找我来做什么？请示下。”

“段公子从何处来？”我摆手示意他坐下，让铁卫和丫鬟们退出去，只留下傅先生、他和我三人在室内，才笑问。

“关麓，巍山。”段知仪望着我，坦然道，“我自幼随师父于山中隐居。”

关麓是天曌国北方的蜿蜒山脉，山峦雄奇、绵延叠嶂，是天曌国与辰星国之间天然的屏障。传说关麓是仙人隐居修真之地，那里流传着各种灵奇悬疑的神怪传说，而巍山则是关麓山脉最雄奇的主峰，高耸云里，达到了肉眼看不到的极限，数千年来无人能攀到峰顶，被天曌国人尊为灵山。据说巍山与天接壤，山顶巨大壮观的马牙瀑布源头是银河，奔腾的水流仿佛从云端倾泻而下，震震地冲下山崖，冲进山谷，激起磅礴无边的白浪，汇入沧江。巍山对这个大陆，无论是天曌国、曜月国还是辰星国来说，都是不可征服的神祇一般的存在，受着万民的膜拜和景仰。

我注意到傅先生在听到关麓、巍山的时候，表情有一丝微微的讶异。再一想，既然传说关麓山脉是仙人修行的地方，像傅先生这样会些茅山术术的人，恐怕是对那里充满神往的。我笑了笑，继续套问他的来历："公子也是在山中修行吗？不知尊师是？"

"修行？我和师父只是在山中隐居，家师自称平遥散人。"段知仪不知道想起了什么，皱了皱眉。倒是傅先生听闻此言，有些震惊地站起来："平遥散人？你说你师父是平遥散人？"

我见傅先生如此激动，有些诧异地道："傅先生认识段公子的师父？"

"傅某若是能认识平遥散人，不知道是几世修来的福缘！"傅先生的眼神炯炯发亮，"平遥散人是道术高深的世外高人。传说他修行百年，已成地仙，只要他愿意，随时都可以上天庭位列仙班。修真之人若得到他的指点，可以事半功倍，获益良多。可惜平遥散人神踪不定，这几十年来，只是偶有人得仰仙颜，却探不到仙踪。"

这么厉害？地仙，也可算是仙人吧？我的眼睛一亮，不知道能否助寂将军逃过此次大劫？却听到段知仪错愕地看着傅先生："你说的平遥散人跟我师父不会是一个人吧？"

傅先生怔了怔："什么？"

段知仪尴尬地摸了摸脑袋，脸色有些古怪："我师父只是一个整天泡在酒坛子里的挑剔老头儿，每天除了喝酒睡觉，就是逼我出去帮他逮兔子抓鱼摘野果子，变着花样儿弄给他吃，否则就骂我蠢，说我没本事，念念叨叨一整天，除此之外，没见他做过什么呀。一定不是你说的那个人。"

"呃？"傅先生傻住了，我也有些意外。傅先生紧紧地盯着段知仪，脸上透出狐疑，半晌，轻声念道："神不离气，气不离神。呼吸相含，中和在抱。"

段知仪愣愣地看着他，脱口道："不搬运，不可执着。委志清虚，寂而常照。"

傅先生脸上浮出笑容，"这口诀，可是你师父教你的？"

段知仪摇了摇头，道："我在师父的书里看到过，师父从来不教我这些，不过，他见我看这些书，也从来不管的。我遇到不懂的拿去问他，他就骂我笨，被他骂多了，我渐渐也能看明白了。"

傅先生脸上的笑意更深了：“这是最上乘天仙修炼法口诀的第一步，你说你师父不是修真之人，怎么会有这些书？平遥散人是世外高人，行事不能以常理论断，他平日骂你的那些话，只怕也是在点拨你修行。”

我有一丝恍然，看来这位平遥散人对徒弟，并不是一板一眼地在教，而是随着自己的性子做些古怪的事，以至这个徒弟甚至不知道自己和他师父都是修行之人。结合段知仪那些“胡言乱语”，我更有几分相信这个推断。再看段知仪，似乎也有一丝了悟，喃喃地道：“想不到挑剔老头真这么有本事，不是吹牛？”

“挑剔老头？”我掩嘴笑道，“段公子背后都是这样称呼尊师的吗？公子似乎很怀疑尊师的能耐。”

“我不是背后这么叫他，我从小到大当着他的面儿都这么叫他。老头也从来不叫我名字，都叫我蠢小子。”段知仪看了看我，坦率地道，“从小就听老头吹嘘自己是很出名很了不起的人。我要是服侍他不周到，他就骂我说在山下，没有人不知道他，没有人不买他的账，只要提到他的名字，人人都好吃好喝当他大爷一样供着，我这个蠢小子居然敢怠慢他。”段知仪顿了顿，不知道想起了什么，微微一笑，“我一直都笑他在吹牛。”

这师徒两人的相处方式倒也有趣，从段知仪的表情及语气来看，他师徒两人的感情其实是相当深厚的。傅先生大概也看出来了，笑道：“平遥散人的确受人尊敬，尊师并没有妄言。”

“其实我是相信他的。”段知仪笑了笑，“之前我被人抢了盘缠，没钱付账，想到老头说过的话，对店家说，我是平遥散人的徒弟，结果那人说，平遥散人是什么鬼东西？你是皇帝不付钱也照打。”

呃？我瞪大眼，老天，这师徒俩真是一对活宝。这段知仪还真是不谙世事，懵懂得有趣呢：“结果就惹来这一身伤？”

“嗯，这倒没什么，不过我很生气他对老头的蔑视语气，所以我捉弄了他一下。”段知仪脸上浮起一丝得意的笑容。我好奇地道：“你做了什么？”

“我让他对进门的每位客人都叫爷爷。”段知仪咧嘴笑起来，扯伤了唇角的伤口，抽了口气。我也有些忍俊不禁，看来他是念了类似冥焰的“随口惮”一类的口诀。

“段公子，令师现在是否仍在巍山？”我见傅先生的脸上也有几分期待，不知他是和我想到了一起，认为找到平遥散人，没准儿寂惊云能有救呢？还是见猎心喜，想一睹地仙真容更多一些？

段知仪点了点头，立即又摇了摇头。我笑道：“段公子这是什么意思？到底是在还是不在呢？要怎样才能找到尊师？”

“你要找我师父吗？”段知仪问，见我点头，摸了摸头道，“找他做什么？他已经进墓里去了。”

“什么？”我怔了怔，没反应过来。傅先生却一下子站起来，惊道：“墓？”

“嗯，我师父三个月前说他要死了，就住到墓里去了。”段知仪道，“还是我亲手替他封的墓室门。”

“死了？”我又惊又疑，转头看向傅先生。不是说平遥散人是地仙么？怎么会死了？

## ❋ 第十三章　失魂

“段公子是说，尊师自己说他即将归天，要你把他关到墓室里去？”傅先生看到我疑惑的目光，确认似的问段知仪。段知仪点点头，傅先生的表情有一丝惆怅，喃喃自语，“想必平遥散人已经脱离了肉身的束缚，羽化登仙了。”

我对这个说法持保留态度，当神仙这么容易吗？不过倒没必要为这个问题与他们发生分歧。只听傅先生又问：“尊师还说过什么话没有？”

段知仪又点头：“当然说过了，师父说他夜观天象，见北方天空有煞星出世，其锋芒有盖过帝王星之势，但帝王星旁边又有一颗时隐时亮的无名星显，与帝王星若即若离，既像将星，又似灾星。师父琢磨不透这等星象，说天下必将有大祸，让我赶紧下山来京城。”

“大祸？什么大祸？”我疑惑地看了他一眼，不知道是不是指的寂将军中邪降这件事呢？寂将军中降，难道能影响天下的局势？我蹙眉道：“尊师让段公子下山，可是要解开这星象之谜？”

“解谜？”段知仪笑起来，“老头说天下大乱最好发财，我进京一定少不了好处。”

“呃？”我和傅先生怔怔地看着段知仪，这平遥散人教徒弟也太乱来了吧？却听段知仪轻声道：“其实，我是知道师父的用意的。天下大乱，则生灵涂炭，师父大限已至，无力挽救，才遣我下山，设法阻止这场灾祸。至于是什么祸乱，师父虽然没法看透，但我相信自己能感应到。”

我看了他半晌，才缓缓道：“段公子，你自幼居山中，可能不知这世俗的规矩，你可知你今日所说的话，是不能随意对人言的，若是落到别有用心的人耳里，只怕会为公子引来杀身之祸。”

“我不会对别人讲的。”他看着我，笑得坦然，“你身上有祥瑞之气，我才讲给你听的，我相信你。”

我静静地看着他，他的眼眸纯净如水，仿佛一个不谙世事的孩童，然而，我却莫名地觉得这个男子并不简单。我的唇角浮出浅笑：“妾身多谢公子的信任。”

他淡淡地笑了笑。我接着道：“那段公子能否坦言相告，为何会在寂将军府外流连不去，甚至对人说出将军府被邪气笼罩这样的话？”

段知仪只是微微一怔，便笑了：“原来夫人认识那位凶巴巴的小姑娘，这才是夫人请我到府上的原因吧？”

“是，她是寂将军的侄女平安。”我淡淡一笑，“平安个性冲动鲁莽，我相信公子这样说，必定事出有因，妾身代她向公子道歉。”

“我怎么会跟她一个小姑娘计较。”段知仪摆了摆手，笑道，“夫人既然这样问我，想必已经知道寂府中有人中了邪术？”

我与傅先生对望一眼，点了点头：“将军府的确有人中了邪术，段公子如何得知？”

“我说了，将军府被邪气笼罩。”段知仪笑了笑，指了指自己的眼睛，“我这双眼睛，生来便与旁人有异，能看到一般人看不到的东西。我小时候常常被那些东西吓得半死，师父却说这是我的福缘，多少修行之人修一辈子也无法神通自得，开启天眼。”

我后背发麻，是阴阳眼吧？从小便能看到鬼怪异物，这样的神通，不要也罢。那平遥散人既然收他当徒弟，没准就是看中了他这异于常人的天赋。我看了看傅先生，对段知仪道：“那段公子能否解这邪术？”

我没对他说是谁中了邪术，也没说那邪术是二品牵魂降，心里除了不想张扬寂将军中降一事之外，还想考考这段知仪的本事。他虽是平遥散人的徒弟，但以他师父那种教导方法，这人到底学到他师父的几分本事呢？只听段知仪侃侃而谈道：“寂府的邪气，与煞星遥相呼应，邪气越盛，煞星越亮。这邪气能影响星象，如此霸道，在我印象中，似乎只有南疆最阴毒的邪降二品牵魂降才能做到。我说得可对？”

“段公子真是博闻强识。”我心中不是不惊讶的，见傅先生脸上也露出惊讶之色，没想到他仅凭观察邪气与星象便猜中了邪术的名字。我不由得紧张起来，握紧茶杯，期待地道：“那公子可知解救之策？”

“传说要解除牵魂降，需要有辟邪神器相助。”段知仪蹙眉道，“可是这天下拥有辟邪神器的人，恐怕不会将它随意拿出来解降的。”

“为何？你知道谁拥有辟邪神器？”我倒是有辟邪神器，就隐藏在衣领下面，不过知道这是神器的，只有我、老爷子和傅先生。在这个段知仪没说出什么道道来之前，我是不会轻易将拥有神器一事说出来的，始终，我不敢太过轻信一个陌生人。只听段知仪道：“咱们天罂皇朝的护国神鼎，就能破除二品牵魂降之邪术。”

此言一出，傅先生微微蹙了蹙眉，我也怔了怔，竟然还有别的辟邪神器可解邪降？傅先生怎么没说呢？是不知道，还是觉得说了也没用？

“护国神鼎是何物？”我问段知仪。只听他解释道：“传说天罂国开国太祖皇帝，得仙人赠送神鼎，奉神谕揭竿起义，得掌天下。太祖皇帝登基之后，将神鼎封为护国神鼎，供奉于太庙，言有神鼎一日，即可护天罂皇朝国运绵长、国泰民安。”

自古以来有人造反，总会编造一个堂而皇之的理由，不是奉了神谕就是得了仙物，或是上天的指示，以示自己造反的合理性。我有些不信：“这神鼎，真是神物吗？”

如果是这样，当初老爷子为何不设法用它来救云峥？傅先生到底知不知道这护国神鼎呢？如果知道，为什么他要对我隐瞒护国神鼎的事？还是，他对老爷子也有所隐瞒？

“似乎从来没人怀疑过，太祖皇帝得了护国神鼎，的确是战无不胜，君临天下，而天罂皇朝，也成为四方慑服的天朝。”段知仪道，“不过……”

如果神鼎能够救寂惊云，想来皇帝不会坐视不理。我想起对皇帝禀报寂将军中降一事，他镇定的表情，莫非早知那神鼎可以救他？可是皇帝又怎么知道神器可以破除邪术呢？

我只觉得脑中一片纷乱，只想尽快解惑：“不过什么？”那神鼎虽然是珍贵的国宝，不过用来救人，还是救寂惊云这样的国之栋梁，皇上的心腹之臣，应该也不会有很大的问题吧？

“护国神鼎是镇国之宝，不但关系到天罂国的国运，而且还是每朝天子的护身符，能保护皇帝不被邪术所迷、邪物所害。”段知仪的话有些惊人了，“妄动神鼎，除了会影响皇帝的气运，还会在七七四十九天之内，让皇帝空门大开、无所依持。”

我握着茶杯的手一紧。如果是这样，要皇帝拿护国神鼎来救寂惊云，恐怕有些难度，即使皇帝想这么做，恐怕太后和朝臣也未必肯同意。我迟疑片刻，问道：“若是有别的神器呢？”

“别的神器？”段知仪诧异地看了我一眼，笑道，“这天下间，我所知现世的神器，就只有供奉在太庙里的护国神鼎，其他的神器皆是传说之物。”

“如果还有其他传说中的神器现世呢？”我试探道，“比如传说中的蟠龙墨玉，能否破解邪降？”

“蟠龙墨玉？”段知仪诧异地看着我，“蟠龙墨玉虽是神器，怎么可能现世呢？”

“为何不可能？”我明明就戴在身上，可是见段知仪的表情，只怕这玉身上还大有文章。段知仪笑道：“古籍中的确有蟠龙墨玉乃辟邪神器的记载，不过蟠龙墨玉其实并不是单纯的辟邪神器。

“人有三魂七魄，神也有三魂七魄，人失了三魂七魄便会死亡，而传说神仙的三魂七魄，每一样从身体里抽离出来，便会化成一件神器。”段知仪接着道，“蟠龙墨玉乃冥界的神器，却几乎没有人知道，蟠龙墨玉其实是冥王三魂之一的觉魂。”

“什么？”我失声叫起来，心中又惊又乱，难道这块黑龙玉，是冥焰的魂魄吗？段知仪被我激烈的反应吓了一跳，抬眼见傅先生也有些讶异，便知道他肯定不知晓这一层。我定了定心神，催促道：“妾身失礼了，段公子请继续。”

“人有天地命三魂，三魂当中，天地二魂常在外，唯有命魂独住身。天地命三魂并不常相聚首。人类生命就是从命魂住胎而产生的。命魂住胎之后，将能量分布于人体中脉的七个脉轮之上，而形成人的七魄。魄为人的肉身所独有，人死之后，七魄随之消散，而命魂也自离去，生命即以此告终。”段知仪接着道，“觉魂为地魂，人死之后往地狱报到。地魂本来是天魂的命盘，可知天魂一切之因果报应，也可指使命魂肉身之善恶，所以肉身死亡，地魂要进因果是非地——地狱。”

“段公子只须说，若是失了这地魂会如何？”我听不太懂他说的那些东西，只想知道，如果这块玉是冥焰的三魂之一，冥焰会如何。

段知仪道：“若是人失了地魂，则无法进入地府，轮回投胎；若是神失了地魂，则无法感知过去未来，但是会与遗失的地魂产生强大的心灵感应。蟠龙墨玉既是冥王的觉魂，又怎么可能被抽离出来，变成神器呢？所以我才说，这蟠龙黑玉是绝无可能现世的。”

我用力捏紧了茶杯，力气大到几乎要把茶杯捏破。我的心痛得抽紧，冥焰，你这傻孩子，你当初为了让我能够随时与你联系，竟是生生抽离了自己的一魂给我么？这会不会是你至今无法恢复记忆的原因？如果把这块玉还给你呢？你会不会想起所有的事？冥焰，我欠你的情，这辈子都还不清了……

## ❋ 第十四章　气怒

“神仙的魂魄被抽离，可以还回去吗？”我定了定神，又问。

“这……”段知仪蹙眉沉吟片刻，摇头道，“我不知道。抽离魂魄是神人之术，归魂恐怕也要仙人才能做得到了。”

连段知仪都没有办法，难道冥焰这辈子都没办法恢复记忆吗？傅先生见我脸色有异，担忧地道：“少夫人……”

我看了他一眼，他未必明白我此刻的想法。他虽然知道我有蟠龙墨玉，却不知道我是怎么得来这块玉的。把纷扰的思绪一一压制在心底，我吸了口气，道：“撇开那些不谈，如果有蟠龙墨玉现世，是否能解除邪降之术？”

“若真有蟠龙墨玉现世，也得冥王亲自施术，才能解降。”段知仪见我一直揪着这个问题不放，诧异地道，“难道夫人见过蟠龙墨玉？”

要冥王亲自施术？那不是比求皇帝用护国神鼎解降更困难吗？冥焰根本不记得以前的事，让他如何施术？我摇了摇头：“这么说，如果要解除邪降之术，只能靠护国神鼎相助了？”

“不错。”段知仪点点头，“护国神鼎也是有主的神器，不是人人都能开启的，开启的口诀，只有各代的真龙天子才知道。所以，即使想用护国神鼎来救人，也必须得到当今圣上的帮助。”

明白了。说来说去，就是只能用护国神鼎来救寂惊云，而且光有神鼎还没用，还需要皇帝的相助才能救得了他。我以前以为赛卡门是冲着寂惊云来的，现在想来没那么简单了，看来我还要再进宫一趟。我看了段知仪一眼，微微笑道：“段公子如今没有落脚之处，若不嫌弃，就在妾身家里住下来吧。妾身还有许多问题，要向公子请教。”

“那我谢谢夫人了。”段知仪也不客气。我笑了笑，正准备让候在门外的丫鬟们进来，突然听到门外传来冥焰的声音，“姐姐，我可以进来吗？”

“进来吧。”我想起刚刚段知仪的那番话，不由得一阵心疼。冥焰推门进来，“姐姐，我听他们说家里来了个奇怪的客人……”

冥焰见到房里的傅先生和段知仪，想是猜出这就是他嘴里的那个“奇怪的客人”，不好意思地吐了吐舌头，站到我身边，“姐姐……”一双大眼滴溜溜地在段知仪脸上打转。

傅先生站起来道：“少夫人，既已无事，老夫先出去了。”

我点了点头。他今日那些奇怪的脸色，我看在眼里，只是此际不方便问他，等没人的时候我再找他问清楚。我正准备叫宁儿带段知仪去客房，却见到段知仪一脸诧异地看着冥焰：“这位公子是？”

“这是妾身的义弟冥焰。冥焰，这位是段知仪段公子，以后要住在我们府上。”我觉得段知仪的脸色很奇怪，见他一脸若有所思的样子，询问道：“段公子，有何不妥？”

“这位公子身上有与夫人相同的瑞气，而且好似能融在一起。”段知仪蹙起眉，喃喃自语，“真是奇怪……”

如果我身上的蟠龙墨玉真是冥焰失掉的觉魂，那我的气息与他的气息相同并能相融，并不奇怪，所谓的祥瑞之气，其实也是冥焰带给我的吧？我笑了笑，无意为他解惑：“我们是姐弟嘛，相处久了自然气息就相同了。”说完也不待他再细想，便转头对宁儿道，“宁儿，你带段公子去客房，好生侍候。段公子若有什么需要，尽管跟宁儿说就是，不要客气。”

“谢谢夫人。”段知仪见我不欲多谈，跟着宁儿走出去，不过一边走，一边回头看冥焰，似乎心中满是疑惑。

“姐姐，这人是谁？”冥焰见段知仪走出去，好奇地问。

“是修真之人，听说他师父是有名的地仙平遥散人。你如今也跟着傅先生学道法，有时间找人家学习学习。”我动了动心思，那位段知仪似乎对冥焰很感兴趣，让冥焰跟他多接近接近，没准儿对找到恢复他记忆的方法有帮助。

“他很强吗？”冥焰蹙了蹙眉，有点不服气。我笑了笑：“他是不是很强我不知道，不过他知道很多东西，有些连你师父都不知道。”

“是吗？”冥焰瞪大了眼，样子极为可爱。我笑了笑，温柔地道：“冥焰，坐到姐姐身边来。”

他乖巧地坐过来，我伸手抱住他，心中又酸又软：“冥焰……”

“姐姐，你怎么了？”他的下巴搁在我的肩膀上，紧张地道。他想抬头看我，我抱紧他，声音有一丝发颤：“让我抱抱你，冥焰……”冥焰，傻孩子，也许让你恢复记忆对现在的我们来说，并不是一件好事，可是，如果我身上这块黑龙玉真是你的觉魂，不管怎么样，我都要找到方法让它回到你身体里，我不能让你为了我，失了魂魄过一辈子。

他温顺地任我抱紧。我柔声道：“冥焰，有你这个弟弟，是我一辈子的福气。”

“姐姐……”他的手揽上了我的腰，“我也是。能做姐姐的弟弟，是我这辈子最幸运的事。”

我只觉得整个房间都充满了温暖的气息，冥焰，是你带我来到这个时空，给了我全新的人生，带给我最初的温暖，让我与云峥相遇，我永远感激你。

“姐姐……”这一声姐姐却是小红迟疑的叫声。我松开冥焰，转过头，见她身边还有个人影。小红走过来，低声道：“二少爷有事找你……”

“冥焰，我跟小叔有事谈，你和小红先回房去帮我看看诺儿。”安远兮隔得太远，我看不清他的脸。冥焰和小红退出房去，我见安远兮还站在那儿，便出声道：“小叔请坐，找我什么事？”

“这几天的账，我要跟大嫂汇报。”他走过来，坐到一侧，语气淡漠。坐得近了，我已经能看清他的脸色，深沉冷漠。我闭了闭眼睛，这一堆杂事好烦：“你念。”

他语气冷硬地报着账目，我默默地听着，对不清楚的地方问了几句，他简要地答了。我点了点头：“没什么问题了，你去忙你的吧。”

他收了账簿，却没有走的意思。我诧异地看了他一眼：“小叔还有事？”

“听说你留了一个陌生男子住在家里。”安远兮淡淡地问。我蹙了蹙眉：“有什么问题吗？”

“我能知道原因吗？”安远兮看着我，语气有些奇怪。我抬眼看他，寂将军中降之事我不想张扬得人尽皆知，何况安远兮与寂惊云又没什么交情，他也帮不上什么忙，跟他说这些犯不着。我淡淡地道：“这事儿我会跟爷爷交代的，你就别管了。”

他沉默下来。我话一出口，觉出不妥，刚刚那话好像是说在云家我还不用事事向你报告，排斥他的身份一样，心里有几分过意不去，赶紧又道："这件事儿关系到我一个朋友，你并不熟识……"

"我明白了，大嫂。"他的语气更冷淡了。我有些尴尬，也不好再说，端起茶想掩饰自己的失言，发现茶水已经干了，便又把茶杯搁下。安远兮站起来，从茶几一侧的小炭炉上拎起茶壶，给我的茶杯注满水。

"谢谢。"我端起茶杯，见他放下茶壶后也不落座，就站在原地，不由得又问了句，"小叔还有事？"

"没事了，我这就走。"他转头看了我一眼，欲言又止，想了想，似乎下定决心，一口气道，"大嫂，冥焰虽说是你义弟，到底男女有别，你与他的接触也不可太过忘形……"

我错愕地看着他，他什么意思？刚刚被他看到我抱了抱冥焰，就怀疑我和冥焰有不正当的关系么？我一时气得浑身发抖，连茶杯都端不稳，茶水从杯里溢出来，烫了我的手。我吃痛地轻呼一声，摔开杯子，手背已被烫得通红。

"你没事吧？"安远兮冲过来，抓起我的手，懊恼地道，"快到凉水里浸浸……"

"出去！"我猛地抽回手，顾不得手背上火辣辣的疼痛，扬手指门，"你给我出去！"

"少夫人……"馨儿听到书房内的响动，赶紧跑进来。我寒着脸，不看安远兮一眼，"馨儿，请二少爷出去！"

安远兮身子顿了片刻，转身出去。我听到他在门外对馨儿道："少夫人的手烫伤了，快拿药膏给她搽搽……"

"馨儿！"我仍然气不打一处来，厉声道，"跟无聊的人废什么话，还不进来！"

馨儿第一次听到我发脾气，吓了一跳，赶紧跑进屋里。见我阴沉着脸不说话，她小心翼翼地道："少夫人，我扶您回房搽药吧？"

我吸了口气，没有出声，手背又辣又痛，但这么回房去肯定会被小红看出来，偏偏书房里又没搁烫伤膏。我叹了口气："你去傅先生那里拿盒药膏，别让小红知道我的手烫到了。"

"是。"馨儿赶紧跑出去，片刻转头又跑了回来，手里已经拿了一盒药膏。我诧异地道："怎么这么快？"

“啊，我刚刚出去，二少爷已经把药膏拿过来了……”我一听就沉了脸，馨儿见我脸色不好，赶紧住了嘴，走到我面前，有些不安地道，“少夫人，馨儿帮你搽药吧？”

我看了一眼满脸忐忑的馨儿，努力控制自己的情绪，犯不着拿自己的伤跟那浑蛋怄气。我撩起袖子，将手背露出来，馨儿赶紧拧开药膏盒，挖了团药膏抹到我手背上。手背传来一丝冰凉，让灼热的皮肤不再那么刺痛。我定了定神，心里的火气渐渐退了些。

“少夫人的手，要不要用纱布包一包？”馨儿抹完药，拧紧药膏盒子，轻声道。

“不用了。”我缩回手，掩下衣袖，“这盒药膏就搁这儿吧，我想静一静，你出去。”

馨儿见我脸色不太好，不敢多言，赶紧退出去。我想起安远兮刚刚那番话，越想越生气，恨得咬牙，忍不住握拳狠狠地捶在茶几上，顿时把刚刚被下人领进门的人吓了一跳：“妹妹怎么了？”

我怔了怔，抬眼看向来人：“红叶姐姐？”

“谁惹妹妹生气了？发这么大火？”红叶娇笑着，倚到我身边来，“怎么就妹妹一人在？小红丫头没陪你？”

“我让她看着诺儿。”我笑了笑，“姐姐今儿怎么有空来看我？”

“隔上次见你好一阵儿了，心里挂念得紧。”红叶笑道，“这段时间我忙得很，刚开了个酒肆，生意还不错。今儿就是专程请妹妹去捧场的。”

“酒肆？”我微微一怔，随即笑起来，“姐姐，恭喜你！”

脱离青楼，可以自食其力，不必再在别人鄙视的眼光中生活，是曾经沦落青楼的女子卑微的梦想，即使像红叶这般洒脱不在乎世俗眼光的人，心里也不会没有一点悲凉。红叶有今天，我真的很为她高兴。

“那还等什么？咱们走吧。对了，把你那俊俏的小弟弟也带上，姐姐请他喝酒。”红叶脸上露出妩媚的笑容。我忍俊不禁：“他是小孩子，喝什么酒，你别老逗他。”

“小孩子？他已经成年了吧？”红叶捂着嘴笑道，眼里波光盈盈，“就你拿他当孩子。”

我笑了笑。红叶不会明白，在我心里，冥焰永远是孩子，即使他已经三百岁，即使他已成人。他永远是我梦中那个纯真的孩子，我亲爱的弟弟。

## ❁ 第十五章　雅王

红叶的酒肆，装饰得舒适雅致。不是当街若市的布局，而是长街深巷的一处宅院。宅院不大，进门便是庭院，小桥流水、曲径通幽、花影重叠、奇石屹立。庭院四周，围着一个个单独的小包厢，有数十个之多，外面是连着美人靠的行廊。廊顶挂着精致华丽的灯笼，靠院子的一方垂着粉色的轻纱，随风曼舞。看来红叶的酒肆，是吸引那些士子豪客的高档场所。

我有些讶异："没想到姐姐的酒肆开得这么别致。"

"妹妹都说好，那我才真的放心了。"红叶拍拍胸口，笑道。

"姐姐这儿生意这么好，还须得着我的一句好么？"我笑了笑，"能到这里光顾的客人，只怕非富即贵。姐姐好能耐，这么多贵客捧场。"

"你当是看我的面子么？"红叶淡淡一笑，"这酒肆，多亏了九王爷关照着。"

是么？我转头看向红叶。红叶对九王爷，还是那样情深吗？前次玉蝶儿对红叶表现出极大的兴趣，不知道有没有展开行动，这阵子也没他的消息，不知道又跑到哪里风流快活了。

我不好说什么，只听到红叶又道："其实像我们这种出身的女人，说不依靠男人过活，谁信？当年倚红楼的几个头牌，我算是最没出息的。妹妹命好，嫁进永乐侯府，就连玉竹，也被景王殿下纳进王府做了如夫人，虽说是做妾，也总算是有了归宿，哪像我到现在还得过这种迎来送往的日子。不过我也看透了，我呀，要我安安分分相夫教子，我也做不来，所以这辈子，我也不想嫁人了。"

"姐姐这是什么话，姐姐人这么好，总会遇到真心待你的人的。"我好言劝慰，倒是对她刚刚那番话里透露出的一个信息感到微讶，原来玉竹嫁进了景王府，我竟是现在才知，“玉竹姑娘终是跟了景王么？”

“啊？你还不知道？”红叶挑了挑眉，笑道，“不过这事儿知道的也没几个，景王殿下也不是用大红花轿把她迎进门的。当初她性子那么傲，没想到竟然会答应嫁给景王做妾。”

红叶的语气里有一丝不知道是惋惜还是别的什么。我知道红叶一直是把玉竹当成自己的对手在攀比的，想起那个仿佛如月下仙子般的玉竹姑娘，我心里也有一丝意外，随即又释然。在这个世上求生存，谁都不容易，为了生计所迫，不管是谁都得放下自尊，将就着过日子。

“不说这些没意思的了。”红叶拉着我的手，笑道，“我给妹妹留了间贵宾房，是妹妹专用的。咱们看看去。”

“姐姐有心了。”我笑着跟着她走。红叶的酒肆并不是单纯的酒肆，豪华大厅可以供人开席饮宴，不但有精致美食搭配美酒，店中还有乐伎歌女，歌舞助兴。虽然我并不爱出入这种场合，不过这个酒肆，却摆明了是个谈生意的好地方。既然它以新贵姿态出现在豪门巨贾面前，以云家的门第，不留个单间也说不过去，权当支持红叶。

这厢跟红叶行在走廊上，前方的左侧包厢内，走出一个曜月国服饰的男子，转脸看到我，蓦地冲过来：“咦，你是那个叶姑娘？”

我怔了怔，他的服饰语气让我想起他是那日在宫中陪在乌雷身边的男子。他上上下下地打量我片刻，蓦地拉起我的手：“看到你太好了，我三……我们三殿下一直想见你，过来一起坐吧！”

我还未作出反应，身后的冥焰已经抓起他的手腕：“放肆！竟敢对我姐姐无礼！”不知道他怎么一拧，就把那男子的手从我手上抓出去甩开。那男子被冥焰推出数步，握着手腕尖叫一声：“好痛！好痛……浑蛋！你是谁？竟敢弄伤本……本大爷的手……”说着，那男子已经迅速抽出腰上的马鞭，扬手就向冥焰甩过来，“浑蛋，你去死……”

冥焰左手敏捷地抓住他挥来的马鞭，那男子抽了几下，都抽不回鞭子，更是大怒：“浑蛋！你放开……”冥焰冷笑一声，手蓦然一抖，那鞭子就飞起来。那男子抓鞭抓得死紧，猝不及防就被鞭子的惯力带离地面，在惊叫声中被抛上半空。这一切都是在数秒之中发生，快得让人来不及阻止，眼见那男子被他甩到空中，我和红叶都失声叫起来：“冥焰，住手！”

冥焰一听，扬手甩了鞭子，那男子从半空中跌下来，吓得尖叫，声音又尖又细。

我有丝恍然，这哪里是个男人？明明是女子。“快救她！”眼见那女子就要摔到地面，我刚一出声，一道白影闪过。我的话音还未落，那女子便被一个男人抱住，稳稳地落下来。

“九王爷！”红叶刚刚一直揪着胸口，眼见那女子没事了，才舒了口气，赶紧跑到两人面前。我急步跟上去，看清那男人正是九王爷君千翌。却见他怀中的女子吓得脸色煞白，眼泪含在眼眶里，眼见着就要滚下来，在看到我身后的冥焰之后，硬生生地把泪逼回去，恶狠狠地瞪着他，嘴唇哆嗦着，却是一句话也说不出。

九王爷把那女子松开：“这位兄弟没事吧？”

这番响动已经惊动了包厢里的不少客人，刚刚那女子的包厢里，也走出两个人，见状立即走过来：“发生什么事了？”

“三……三殿下。这浑蛋刚刚用鞭子把我甩到天上去，你快帮我出气！”那女子见包厢里的人出来，赶紧扑上前，拉住男人的胳膊不松手。我抬眼一看，心中叹了口气：“王子殿下，是舍弟莽撞，吓着这位……小兄弟，望殿下海涵。”

乌雷转脸看向那个着男装的女子，脸微微一沉：“是你冒失在先，我刚刚已经看到了，休要再胡闹。”

那女子瞪大眼：“我哪里有胡闹？他们天盟国人这样对待我们曜月国使臣，分明不把我们放在眼里。我要进宫去见他们皇上，找他讨个说法……”

如此理所当然的口气，我心里已经恍然她的身份了，莫非她就是曜月国国王送来有意和亲的其其格公主，那朵最美丽的草原之花？

我转脸对冥焰道：“冥焰，快给人家道歉。”

冥焰有些不服气，蹙眉道：“他对姐姐无礼……”

“冥焰！”我打断他的话，附唇到他耳边，轻声道，“人家是姑娘，是你冒失了。”

冥焰一听，眼睛蓦地瞪大了，诧异地看了那愤怒难平的女子一眼，倒是有点不好意思了，欠身抱拳道：“对不起！刚才是我不对！”

“一句对不起就算了？”那女子仍是一脸恼怒，“你刚才把我甩到天上去，一句对不起就完了？没那么容易！”

“宝儿，人家已经道歉了，别再闹了！”乌雷看来也拿他这宝贝妹妹没办法，有些歉意地看了看我，呵斥这位娇纵公主。

“那我把他甩到天上去，再跟他道歉行不行？”小公主不服气地看着她哥哥，一副不肯善罢甘休的模样。冥焰知道对方是女子之后，倒是没再被她的刁难激怒，好声好气地接嘴道："行，你把我甩到天上去好了，我不用你道歉。"

"你取笑我？"小公主一听这话，更气愤了。我正想开口，却听到九王爷温雅地笑道："这位贵客，咱们天曌国有一句俗话，'大国之人量大，小国之人量小。'这位小兄弟已经道歉了，曜月国乃大量之国，四海皆闻，贵客必不会再与他一般计较。"

他的话绵里藏针，倒叫人不好作答，可是语气却诚挚温和，让人觉得无法抗拒。这位九王爷倒是机智，我不再开口，打量着这位让红叶倾心不已的王爷。虽然他与蔚家大哥的交情好，但我与他并不熟，总共见面也不超过五次。因为蔚大哥行刺皇帝的旧事，让我对这位九王爷产生过怀疑，可是，眼前这位九王爷，一双眼睛清澈见底。有这样一双眼睛的人，会是心机深沉的人么？想起第一次见他的时候，总觉得似曾相识，其实他面如美玉的五官与皇帝长得颇为相似，只是他的眼神过于清澈，气质模糊了长相，当时竟没有将他与宇公子想到一处。

"那……那倒是。"小公主瞪大眼，看着九王爷，怎么也不愿承认曜月国是小国的，心不甘情不愿地道，"我们曜月国当然是大量之国。罢了，刚刚那事就算了。"

"贵客雅量，小王多谢。"九王爷笑了笑，美玉似的脸庞灿烂生动，看向乌雷，"今日小王能在此遇到王子殿下，也算有缘，不如大家交个朋友，坐到一起喝几杯。"

"素闻天曌国的九王爷，有'雅王'之称，今日一见，果然名不虚传。"从刚刚九王爷开口时起，乌雷就没说话，只是用若有所思的眼神静静地打量他，此时听他开口相邀，才笑道，"世人言王爷'谦谦君子，温润如玉'，对比今日三言两语化解干戈之慧敏，乌雷好生佩服。能交王爷这个朋友，是乌雷的荣幸。"

"王子殿下谬赞，小王惭愧。"九王爷微笑道，转头看我，"荣华夫人，未知小王能否有这个荣幸，请夫人赏面一起饮宴。"

"王爷今日仗义相助，妾身不胜感谢。"他刚刚才帮了我的忙，拒绝他的邀请似乎有些不近人情，我笑了笑，"只是妾身酒量浅，只能浅尝即止。"

"那是自然。"九王爷点头，风度翩翩地伸手道，"两位，请！"

## ✽ 第十六章　饮宴

这围桌而坐的一席人，有些有趣了。九王爷、乌雷、小公主、我、冥焰，加上被我拉着一起坐下来的红叶，以前想都没想过，能坐到一起。

红叶笑道："今儿得两位殿下和妹妹光临我这酒肆，真是蓬荜生辉，红叶敬各位一杯。"

我端起酒杯，浅浅地抿了一口，红叶知道我酒量浅，给我上的是酸酸甜甜的果酒，别有一番滋味。我咦了一声，赞道："这酒味道不错，甜滋滋，像喝糖水似的。"

"这是梅子酒。妹妹喜欢的话，我送两壶给妹妹，正好一会儿带回去。"红叶笑道。

"那谢谢姐姐了。"我举杯笑道，"我祝姐姐生意兴隆，一本万利。"

"生意能兴隆自然是好的，可我是初学做生意，还真是搞不太懂。"红叶笑道，"就说这吸引客人来，姐姐就拿不出什么好法子。京城里的酒肆何止千家，我这生意也难做得很。对了，妹妹在这方面可是行家，给姐姐出出点子吧。"

"姐姐这酒肆，有九王爷关照着，还怕没有客人来么？"我喝了杯中的酒，笑道。见九王爷只是温雅一笑。红叶看了他一眼，笑道："若一直都靠人关照，有什么意思。"

"姐姐若是怕麻烦九王爷，不如请九王爷为姐姐题幅字，写几句赞美的话，这墨宝挂在店里，可是活招牌。"我笑道，"不止九王爷，乌雷王子也是身份尊贵的贵客，请他一并留幅墨宝。以后但凡有身份尊贵的客人或文才风流的名士，姐姐都如法炮制，那姐姐这酒肆可不得了了，能吸引这么多权贵名流题字的酒肆，就算不喝酒的，也有几分好奇心，想来看看吧。”

红叶眼睛一亮，拍掌笑道：“妹妹好点子。九王爷、王子殿下，你们觉得妹妹这点子如何？”

九王爷和乌雷想必都没料到我有此一说，都怔了一下。九王爷笑道：“荣华夫人不愧是永乐侯府的当家主母，好快的反应。”

“既然如此，不如请夫人也为红叶姑娘留幅墨宝。”乌雷似笑非笑地看了我一眼，“听闻夫人文采过人，不知乌雷今日是否有幸瞻仰？”

“殿下取笑了，妇道人家，识得几个字罢了，哪有什么文采。”我淡淡一笑，算是拒绝了他的要求。却听到那小公主哼了哼，不屑地道：“只怕是徒有虚名，不敢在众人面前献丑。”

我淡淡一笑，也不出声。冥焰不服气地想回嘴，我在桌下拉了拉他的衣袖，暗示他不可造次。冥焰愤愤地瞪了她一眼，把话忍下去。那小公主见没得到我的回应，又见冥焰瞪她，更是气结：“被我说中了吧？”

“宝儿，”乌雷轻声呵斥道，“休要胡说。你可知你在街上买到的视若珍宝的《西游记》，便是由荣华夫人口述流传，市井传抄的。”

“真的？那《西游记》真是你写的吗？”小公主怔了怔，惊疑不定地看着我。我笑了笑，“宝儿兄弟误会了，那只是妾身幼时听人讲述的，妾身不过是转述给别人听罢了。”

“我就说嘛。”小公主露出一个原来如此的表情，得意地看了乌雷一眼。乌雷望着我，微微蹙起了眉。我淡淡一笑，不再多言。我不再是年少轻狂不知轻重的年纪，没有必须要展露现代人的优势而想达到的目的，无谓锋芒毕露。当初在倚红楼卖弄，是为了引诱楚殇，以图自保；在将军府卖弄，是为了维护青楼女子的自尊；在皇帝面前卖弄，是为了保云家太平；在太后面前卖弄，是为了在宫中的日子过得舒服一些。而现在，我想不出为了什么，要在这些人面前卖弄。我不会因为不再卖弄，便在这小公主的嘲弄中被人瞧不起，何必为一个小毛丫头费神。

“宝儿无礼，乌雷代她向夫人赔礼。”乌雷举起酒杯道，“乌雷敬夫人一杯。”

我举杯饮了。九王爷见席间气氛有些沉闷，笑着活跃气氛，“荣华夫人讲的故事，小王也听过，确实新奇有趣，小王十分喜欢。”说着举杯道，“今日有幸与夫人同席，小王也敬夫人一杯。”

“王爷客气了。”我喝了酒。红叶笑道：“大家别老喝酒，尝尝我酒肆的菜，可还合口味？妹妹，这梅子酒虽然甜，后劲可大，也别喝多了。”

我笑着颔首。众人试着桌上的菜肴，一时无话。半晌，九王爷看了看我，似乎想起了什么，问道：“荣华夫人最近可有彤枫兄的消息？”

“大哥？”我怔了怔，摇头道，“最后一次接到大哥的信，也是在三个月前，九王爷有他的消息吗？”

“三个月前？”九王爷蹙起了眉，“彤枫兄在信上说了什么？为何还不肯回京？”

“只是报平安的信，只说他一切安好。”我见九王爷脸上神情不对，有些担忧地道，“九王爷为何问这话？发生什么事了吗？”

“夫人不知道吗？”九王爷诧异地看了我一眼，“我还以为彤枫兄处理完蔚相的身后事就会回京了，没想到到现在他都没回来……”

“蔚相死了？”我微微一惊，“什么时候的事？”

九王爷怔了怔，道：“四个月前，都南岛郡守上报朝廷，说荒岛苦寒，蔚相在都南岛死于恶疾。”

恶疾？我觉得有点头晕。周景赟竟然死了？为什么大哥在信里没有说这件事？他到底到哪里去了？这件事，既然是郡守上报的，想必不是什么秘密，云家的隐卫必然已经知道，老爷子为什么不告诉我？九王爷见我茫然的表情，知我真不知情，笑道：“可能彤枫兄有别的事情要办，夫人也无须担心。”

我只觉得心绪纷乱，各种猜测纷至沓来，再也无心坐下去。我揉了揉额头，起身道：“九王爷、王子殿下，妾身多喝了两杯，有些头疼，想先行告辞。”

“夫人不要紧吧？”九王爷关切地道。我摇摇头。九王爷站起来，温和地道：“夫人身体不适，小王也不留夫人了，夫人慢行。”

乌雷站起来道：“我送夫人出去吧。”

“不用了，殿下止步。”我欠了欠身，“红叶姐姐送我出去就行了。”

“红叶姑娘不是还要给夫人去拿酒么？”乌雷固执地道，“就让我送夫人出去吧。”

红叶笑道：“王子殿下不提我差点儿忘了，就让殿下送妹妹出去吧，妹妹在门口等等我。冥焰跟我去酒窖拿酒吧。”

我不再坚持，出了包厢，被风吹了吹，头没那么晕了。乌雷跟出来，走在我身侧，默默行了半晌。乌雷突然出声道：“你变了很多。”

我停下脚步，抬眼望他。见他目光深邃地看着我，语气中似乎有一丝怜惜："当初在草原遇到你时，你是个灵动活泼的女子，为何现在眉宇中总带着一丝忧愁？你如今生活得不开心吗？"

"殿下多心了，妾身过得很好。"我笑了笑。我现在是一副苦情的模样么？我虽然是寡妇，可家里也没人欺负我，没他说得那么惨吧？

"你若有什么不顺心的事，可以告诉我，乌雷一定倾力相助。"乌雷看着我的笑脸，欲言又止，"当初在草原上，你答应我的事，还记得么？"

我答应他什么事？我有一丝疑惑。乌雷见我面色茫然，眼神一黯，自嘲道："你当初答应我，给我一个机会，让我用你欣赏的方式来赢得你的心。看来也只是为了脱身，随口应付我吧？"

呃……我想起来了，我的确是答应过给他一个机会。只是，我以为过了这么久，我又已为人妇，乌雷应该早就死了心才对。我有些尴尬，注意到乌雷与我独处时，没再称我"夫人"，而是直接用了"你"。我不由得退了一步，心中有些不安："殿下何苦这样执着，妾身已经不是当初在草原上的莽撞女子。物是人非，很多事都变了。"

"乌雷的心意并没有变，你若在京城过得不顺心，可随我去草原……"乌雷刚一开口，我赶紧打断他的话："殿下说笑了。妾身并未受苦，王子殿下也不是神，不用扮演拯救者的角色。殿下是曜月国的王子，应该把心思放在你的子民身上，不必为妾身一介外族女子花费太多心思。"

这乌雷，自负的性格还是没有变啊！他似乎有满腹的话要说。我深深地吸了口气，继续开口，不让他说下去："殿下，听闻帕图斯族被灭族一事，到现在马尔蒂族族长还逍遥法外，若只是因为马尔蒂族族长的女儿是殿下的白马阿蒂拉，便可以包庇他，王子殿下又凭什么认为，你可以做别人的拯救神？"

"马尔蒂一族是曜月国最大的部族，要动他们的族长不是说动就能动的。"乌雷没想到我一下子把话题扯得那么远，看着我淡淡地扯了一下唇角，脸色黯下来，"马尔蒂一族已经受到教训了，不是么？你对马尔蒂一族的物资控制，已经让马尔蒂族族长很头痛了。"

"他的头痛，能赔帕图斯一族几十条人命么？"我冷笑，"王子殿下，你的言论未免太可笑了。"

"我……"乌雷又待开口，却听到冥焰提着两壶酒，叫着"姐姐"跑过来，一把抓起我的手，“姐姐，我们快走！”

乌雷来不及把话说完，我已经被冥焰拉出门。我看向冥焰，见他满脸通红，诧异地道：“怎么了？”

冥焰听我问话，脸色更红，却不出声，扶着我进了马车。铁卫驾着马车回府，冥焰坐在车厢一角生闷气，半天不出声。我拉过他，掰过他的脸：“脸怎么这么红？发生什么事了？”

“姐姐，我以后不来这里了。”冥焰的眼里闪过一丝羞怒，“我、我不喜欢那个红叶……”

“红叶姐姐怎么了？”我惊讶道。冥焰咬了咬唇，脸红得仿佛要烧起来了，声若蚊吟，“她……她刚刚在酒窖，对我动手动脚……”

红叶？我忍不住笑起来：“她怎么对你动手动脚了？”

“姐姐……”冥焰羞恼地怒嚷，“总之我不喜欢她，我以后不想看到她！”

“好好……”我见他真的生气了，赶紧道，“你若不喜欢她，我以后不带你来了。”

“姐姐也别来。”冥焰认真地看着我，“她不是个好女子。”

不知道红叶做了什么让冥焰气成这样，可是说红叶垂涎冥焰，我又不怎么相信，改天找红叶问一问到底是怎么回事儿？让她收敛一下过于随便的性子。我在心里想着今天发生的事，越想脑子越乱，头也越来越晕。那三杯梅子酒的后劲果然大，快到侯府时，我已经晕得有些睁不开眼了。

马车在侯府门口停下来，冥焰跳下马车，扶我下车。刚刚在路上冥焰一直闷闷不乐，此际见早就候在门口的小红跑过来，便闷声道：“姐姐，我先回房了。”

我点点头，眼花花的，看他已经变成三个脑袋。他把我交给小红，径直踏进府去。小红扶着我软绵绵的身子，诧异道：“姐姐饮酒了？”

“嗯。小红，我头晕，扶我回房去。”我靠在她身上，轻声道。蹒跚着踏进府去，脚仿佛踏在棉花里，又仿佛踩在云端，轻飘飘的。小红不知道在我耳边说什么，我已经听不太清楚。脚不知道踩到什么，仿佛从云端踏空而出，身子蓦地一软，便往下坠。只一瞬间，仿佛有人接住我，稳稳抱起我发飘的身子。我勉强睁开眼，看到几张模糊的脸在我眼前乱晃。我使劲定了定神，几张脸合成一张，那样苍白而虚幻，云峥……我哭起来，伸手抱住他的脖子：“云峥，你回来了……”

抱我的那双手僵了僵，他没有出声，继续往前走。我抽泣着将脸埋在他怀里，语无伦次地呜咽："云峥，你好狠心，一直不回来看我……"

他还是不说话，我哭道："云峥，你为什么不说话？你知不知道？你不在，谁都欺负我……安远兮那个浑蛋，竟然说些浑话来气我……大哥也不知道去了哪里……身边发生那么多事，我都找不到人商量，我好怕……云峥，你不要再走了……"

那双手将我轻轻放到床上，从我身上缓缓抽离出去。我心慌地搂紧他，哭着嚷道："云峥，你不要走，不要走，不要丢下我……"

他弯着腰，身子僵住，半晌，才幽幽地叹了一声，"我不走，乖，你好好睡一觉……"

"真的不走？"我泪眼蒙眬地看他，"不要骗我……"

"我不走。"他在床边蹲下来，伸手抚去我脸上的泪，"你安心睡吧……"

他不会走，云峥从来不骗我。我微笑起来，把脸埋到他胸前，好安心。这是云峥的怀抱，那样温暖和安全。我缓缓闭上眼睛，在失去意识的那一刻，手仍然紧紧地抓住他衣襟。

# 第十七章　宫禁

“云峥……”我从沉睡中醒来，蓦地睁开眼睛，“云峥……”

房间里空空荡荡的，哪里有云峥的身影？我从床上坐起来，环顾四周，难道昨晚那温暖安宁的怀抱，是我醉后产生的幻觉？可是我的指尖，为何感觉有温暖的余温？

“云峥……”我的泪滑落下来，“你骗我，你骗我，你说你不会走，你骗我……”

“姐姐……”小红听到声响，转进内室，“姐姐醒了？怎么哭了？”

“小红，昨天我看到云峥了，是不是他？是不是他回来了？”我慌乱地抓住她的手，“小红，你快说，快说呀……”

“姐姐，没有，是你喝醉了，姑爷怎么会回来呢？”小红担忧地看着我，“是你喝醉了！”

“喝醉了？”我怔怔地看着她，看她的表情，一定以为我酒还没醒吧？我惨然一笑，“原来喝醉了，就可以看到云峥，那我宁愿天天都喝醉。”

“姐姐……”小红握住我的手，抽泣道，“姑爷都走了这么久了，你别苦自己了，姑爷在天有灵，也不会安乐的。”

我呆呆地坐着，半晌，才缓缓道：“小红，我没事，你去打水给我梳洗。”

洗漱之后，奶娘抱了诺儿过来。诺儿一看到我，就张开双臂跌跌撞撞地扑过来：“娘亲……”

我赶紧蹲下身，抱住他的小身子，怕他跌倒。诺儿在我怀里咯咯地笑：“娘亲，香香……”

我亲了亲他的小脸蛋，看着他酷似云峥的眉眼，心中又酸又甜：“诺儿，好宝宝……”

这几日，为着寂将军中降一事，整日烦扰，可每次看到诺儿的笑脸，顿时把什么都忘了。这孩子是我的心头肉，也是我的开心果。他很少哭，对谁都是笑脸迎人，讨喜得不得了，我看他哪里都爱得不行。

“诺儿，走，咱们去给太爷爷请安。”我和小红一人牵着诺儿一只手，往老爷子院里去。这是每日必行的功课，老爷子的身体越来越差，每天看到诺儿，是他最高兴的事，我也有意让诺儿多待在他身边陪他。

进了院子，见到安远兮迎面出来，我垂下眼，不想理他，倒是诺儿看到他很高兴，奶声奶气地唤他：“叔叔……”然后松开我的手，向他扑过去。他赶紧上前抱起诺儿，诺儿拍着他的脸，很高兴。安远兮任诺儿玩他的脸，转眼看了我一眼，走到我面前：“大嫂！”

我不出声，他低声道：“昨天是我不对，对不起。”

我有些诧异地抬眼看他，自从他撞伤头之后，我就摸不透他的性子，本以为他打死也不会向我道歉，要一直别扭下去的。我咬了咬唇，叹道：“罢了，我态度也不好。”

再也无话，我伸手抱过诺儿：“诺儿，咱们去看太爷爷。”

安远兮静静地看着我，我抱着诺儿，与他擦身而过。我和安远兮，曾经一起经历生死，那样亲密的伙伴和爱人，谁能想到，竟会走到今日这样相对无言的地步？

老爷子的精神不太好，我看得出他是勉强打起精神逗诺儿玩。我本来有些问题想问他，见他这样子也不好叨扰太久。正准备开口告辞，倒是老爷子先提起话题：“听说你留了个叫段知仪的住在府里？”

“是，爷爷。”我想了想，终是把寂将军中降的事说了给他听，还有段知仪所说的解救之法，一边留意老爷子的反应。老爷子听了，波澜不惊地道：“你今儿准备进宫吗？”

“是。”我点点头。我本来是准备给老爷子请完安，就进宫面圣的，昨日从段知仪那里了解到的信息要进宫禀呈给皇帝。老爷子微微点了点头，道：“既然这样，你就去准备吧，让皇上早点心里有数。”

“是，爷爷。”我见老爷子疲惫地闭上眼，便抱着诺儿轻手轻脚地退出来。回了房，奶娘把诺儿抱走，小红替我整理了一下装束，正准备出门，平安却来了。见我整装待发的样子，平安诧道：“叶姐姐要出门么？”

“要进宫。”我抬眼望了望窗外的天色，笑道，“你今儿不当值么？”

“正当值，我是从宫里偷偷溜出来的。”见我睁大了眼，平安忧心忡忡地走过来，拉我坐到软榻上，“姐姐，你先别急着进宫，我有件事同你说。”

“平安，你怎么能在当值的时候偷偷出宫呢？”我蹙着眉，轻声道，“你的性子要改改，怎么这样没有分寸？”

“姐姐，我要同你说的这事可要紧了，我一刻都待不住，一定要你马上知道才行。”平安急切地道。

“什么事？”我见她鲜有这副表情，笑道，“朝堂上的事？”

“嗯。”平安点点头。我叹了口气，摇头道：“平安，你如今是皇上的臣子，朝堂上的事，不要老拿出来给外人讲，这样不好。”

“姐姐，我不会那么没分寸，只是这件事跟你有关，我才跟你讲的。”平安听我责备她，赶紧道。

“与我有关？”我怔了怔，“什么事？”

“今儿曜月国那个乌雷王子进宫见皇上，你猜他跟皇上说什么了？”平安瞅了我一眼，蹙眉道。

“说什么？”我哪想得到乌雷跟皇帝说什么，怎么也扯不到我身上来吧？

“乌雷王子想娶你做金刀阿蒂拉，求皇上下旨赐婚。”平安眨了眨眼睛，看着我道。

“乌雷？”我闭了闭眼睛，脑袋有些懵，“他疯了么？我是寡妇，怎么能嫁给堂堂一国王子？”

“姐姐，咱们天曌国并不限制寡妇再嫁呀。而且那位王子殿下说，他们草原民族并不看重这些，别说是寡妇，就是兄亡娶嫂、父亡娶庶母的情况都有呢。”平安一脸不可思议，“乌雷王子说非常倾慕姐姐，希望皇上玉成其美，结两国百年之好。”

我心里的火腾地冒出来，气得浑身轻颤。乌雷，好个乌雷，你是唯恐天下不乱还是怎么的？你那自以为是、自作主张的性格还是没有改么？我昨日明明已经把话说得那么清楚，你凭什么去找皇帝提这种无理的要求？

“那么……”我吸了口气，双手在袖底握得死紧，屏息等待平安的答案，“皇上怎么说？”

“皇上……”平安看了看我，顿了顿。我忍不住追问道：“皇上说什么？”

“皇上说‘虽然咱们天曌国并不限制寡妇再嫁，但荣华夫人上有尊翁，下有稚儿。她的婚事，于情于理，都该由家中长辈做主，朕不好插手’。”平安道，“皇上还说‘荣华夫人虽然新寡在身，但全京城无人不知她与云世子伉俪情深，王子殿下若真心爱慕荣华夫人，应该征得夫人的首肯，以示诚心’。”

这皇帝倒会打太极，给我扣这么多顶高帽子，把难题甩给我，让乌雷来烦我，自己倒躲得干净。我有些气恼，咬了咬唇，道：“那乌雷怎么说？”

“那个乌雷王子说，他也知道荣华夫人和云世子夫妻情深，而且知道你性子烈，一定不会应承他，本来也不愿来找皇上帮这个忙，可是他昨天见到你，觉得你过得不开心。他说，就算是荣华夫人生他的气，只要皇上下旨，谁都得听皇上的。”平安道。

“然后呢？”我对乌雷的自以为是简直气到极点。我昨天明明白白的拒绝，反而坚定了他要我的决心，真是荒谬！

“皇上说，强扭的瓜不甜，荣华夫人是至情至性的贞烈女子，如果强行赐婚，只会适得其反，让夫人憎恶殿下。所谓‘精诚所至，金石为开’，王子殿下如果以一片挚诚之心打动夫人，却是成就一番佳话。”平安道，“皇上还说‘如果殿下能让荣华夫人动心，那朕也放心了’，必定成全你们这一段良缘。我一听就急了，拼命给皇上使眼色，可皇上就像是没看见似的，急得我没法可想。等那个乌雷王子一走，我赶紧问皇上，为什么要给乌雷王子这样的承诺？皇上只是笑了笑，也不理我，后来被我烦得没办法了，才反问一句，你认为荣华夫人会被乌雷打动吗？”

他明知我绝不会嫁给乌雷，为什么不干脆地拒绝他？就因为乌雷是曜月国王子，他不会为我这样的小人物小事情得罪这么重要的外国使臣么？乌雷得了他的“支持”，恐怕会理直气壮地来骚扰我了。听了平安的话，我久久不语，心里颇不是滋味。平安见我脸色不好，赶紧道：“总之，我得了这个消息，坐立难安，就找了个借口溜出宫，给姐姐报信来了。”

“我知道了。”我站起来，“谢谢你，平安。我现在进宫去见皇上，你今儿就回家去吧，让皇上知道你给我报信，恐怕会怪罪你的。”

平安见我站起来，担忧道：“姐姐不会是进宫找皇上兴师问罪吧？”

“傻瓜，我本来就有事要进宫。”我算哪根葱，敢找皇帝的麻烦？他今日对乌雷的推诿虽然有可能给我带来麻烦，但只要我坚持，乌雷也不敢跟云家强来。

乘车前往皇宫，才刚刚行至朝圣广廷，马车就停下来了。我撩开窗帘：“什么事？”

“少夫人，好像不太对劲。”云乾在车外答道，“宫门关了，守门的禁军比平时多了一倍，而且碧水桥那里也守了一队禁军。”

“到前面去看看。”我心中有些狐疑，难道宫里发生什么事了？马车缓缓启动，还未行至碧水桥，已经有禁军围过来，将马车迫停：“什么人？”

我听到云乾大声道：“这是永乐侯府荣华夫人的马车，有要事进宫，请大人放行。”

“今天宫里有刺客行刺皇上，皇上下令宫禁，没有皇上的手谕，任何人都不得出入禁宫。荣华夫人请回。”一个羽林郎大声道。

“刺客？”我一惊，撩开车帘，“皇上没事吧？”平安刚才来都没提这件事，难道是才发生的？

“皇上吉人天相，自然平安无事，荣华夫人请回。”那羽林郎看来是个小头目。我蹙眉看了一眼前方的皇宫，看来今天是进不去了，不知道是什么人行刺皇帝。正要准备回去，前方的宫门突然传来沉重的吱呀声，我抬眼望去，模模糊糊看到皇宫侧门开了。云乾低声道：“少夫人，宫里有人出来。”他顿了顿，又道，“好像是皇上身边的双喜公公。”

我抬眼看去，见那人匆匆忙忙地跑过来，见到我，语气有一丝欣喜：“荣华夫人，皇上正要遣奴才去侯府请您，没想到夫人竟来了，快随奴才进宫。”

双喜把皇帝的手谕亮给御林军看了，御林军让出道，让马车驶进去。我撩起窗帘问双喜：“喜公公，皇上可安好？有没有受伤？刺客可抓到了？”

“回夫人话，刺客没抓到。幸好有寂将军在，皇上没有受伤，不过寂将军伤得很重……”双喜低声回话。我悚然一惊，失声道：“寂将军受了重伤？”

# ✽ 第十八章 记忆

宫里今日戒备格外的森严，空气里流淌着不安的气息，四周寂静得沉重，我只听到马车缓缓辗过地面的声音。进了第二重宫门，马车换成了小轿，轿子行进的方向是东华宫——皇帝的寝宫。来到东华宫，只见宫殿外面更是守了大批禁军。

双喜扶我下轿，引我进入东华宫。左右戒备森严，双喜没有领我进入主殿，而是指引我进到偏殿。皇帝坐在椅子上，我虽然看不清他的表情，却能感觉到他身上从内而外透出的阴沉，以及偏殿内低迷的气压。软榻上躺了个血人，几个太医跪在地上瑟瑟发抖："皇上……臣已经尽力了……"

双喜见状，赶紧道："皇上，荣华夫人带到！"

皇帝抬头看我一眼，对跪地发抖的太医道："出去！"

"臣告退……"几个太医如释重负，垂着头匆匆踏出殿去。经过我身边时，我见他们每个人都是满脸冷汗。

双喜扶我过去给皇帝行礼，皇上摆了摆手，叹道："你去看看他吧，他……快不行了……"

"寂将军？"我大吃一惊，赶紧往软榻那边走去。榻上那人赤裸着上身，胸前打着绷带，可是鲜血已经将绷带染得通红。血从绷带里浸出来，蜿蜒爬满了身体。我打了个寒战，只觉得双眼被那血红扎得一阵刺痛。蹲下身子，忍住心中的惊乱，我轻声道："寂将军……"

待看清他的脸，我微微一怔，这张脸根本不是寂惊云。那人双目紧闭，鼻息间只得一丝微弱的气息，正陷入昏迷之中。我诧异地回头看向皇帝："皇上，他是……"

皇帝看了我一眼，对左右道："其他人都出去！"

待屏退左右，皇帝走到榻前，伸手抚向血人的脸。皇帝的手沿着他的耳后摸了一圈儿，似乎摸到什么，随即用力一揭，那人的脸上就撕下一块皮来。我看着皇帝手里的皮，才恍然这人戴着人皮面具，再看向床上那人，我全身一震，差点惊呼出声，不敢置信地摸上他的脸，真切地感觉到他冰冷的皮肤。我的身子不可控制地颤抖起来："大哥？怎么会是你？大哥，你醒醒，怎么会是你？大哥，你不要吓我……"

我又慌又乱，蔚家大哥怎么会出现在这里？怎么会受这么重的伤？难道他是刺杀皇帝的刺客吗？不可能，大哥答应过我不会再做这种事，而且看刚刚皇帝的态度，也不像是。眼泪不受控制地往下掉，滴到蔚彤枫苍白得没有一丝血色的脸上，我手足无措地抚着他的脸："大哥，你醒醒，我是叶儿，大哥，我是叶儿啊，你醒醒，你别吓我，你睁开眼看看我……"

我的连声呼唤似乎唤回了蔚彤枫一丝神志，他的身子微微动了动，嘴里发出一声低沉的呻吟，睫毛微微颤动了一下，缓缓地睁开眼睛。我喜极而泣："大哥，你醒了，你怎么样？你……"

泪汹涌而下，我哽咽得再也发不出声音，喉咙又干又痛。蔚彤枫涣散的眼神渐渐聚拢焦距，他的手动了动，吃力地抬起来，想帮我抹去脸上的泪水，又仿佛被人抽走了力气，还没抬高便软下去。我赶紧抓住他的手，放到我的脸上，哽咽道："大哥……"

"你……来了……"蔚彤枫脸上浮出一个虚弱的笑容，"我刚刚……在梦里还……看到你呢……"

"大哥……"我泣不成声。我从没见过他这样子，这个男人从我初识他那天起，就是一副蛮劲，仿佛从来不会有病痛，即使受了伤，也一直以强者的面目出现在我面前。我从来没想过他会像今天这样子，连手都举不起，连说一句话也要费好大的力气。

"我看到，我们小时候……那时候你那么小，像一个瓷娃娃……"蔚彤枫的眼神蒙上一层迷蒙的雾色，"我们一起抓蝴蝶……你拿着我抓给你的蝴蝶，笑得好开心，你说……"

他仿佛提不起气，剧烈地咳起来，震得胸前伤处的血一股股地从纱布底下冒出来。我哭道："大哥，别说了，你歇一会儿……"

"傻丫头，别哭，大哥没事……"他望着我笑，粗糙的拇指温柔地刮掉我脸上的泪，我按着他的手，哽咽声噎在喉咙里。蔚彤枫微弱的声音喃喃低语，"你说……大哥最疼小雪，小雪要永远和大哥在一起……”

“大哥……”我什么话也说不出，知道他的神志陷在他与蔚蓝雪幼时的记忆里，可是他此刻这个样子，我再也不忍心说出我不是蔚蓝雪这种话。蔚彤枫突然抽了口气，眼睛蓦地睁大，全身痉挛，手突然变得僵直，嘴里大口大口地喘着气。我泪如雨下，“大哥……大哥你别吓我……”

“小雪……”他死死地瞪着我，眼里闪耀着热切的期待，仿佛是用尽他全身的力气，全部的精神燃烧着，重重地喘息道，“你是不是……我的小雪……”

他的手紧紧地抓住我的手，捏得我生痛。我的眼前闪过和他相识的一幕幕画面：他一次次扮成黑衣人救我；他一路护送我到沧都；他对我时时刻刻的维护和关爱；我抵死不承认我是蔚蓝雪，他也从不强迫我。泪如断了线的珠子般滚出眼眶，我用力点头，哽咽道：“是，我是小雪，我是大哥最疼的小雪。大哥，你不要离开我，小雪要永远和大哥在一起……”

他在得到肯定的答案之后，眼神渐渐变得温柔起来，瞳孔慢慢散开，轻喃道：“小雪……我终于……找到你了……”

泪模糊了我的视线，他的手在我的手中渐渐无力，缓缓地滑落到床上。我用力揉了揉眼睛，抬眼看到他脸色惨白，唇角却带着一丝欣慰和满足的笑意，眼睑，缓缓地垂下来。

“大哥……”我哭叫着扑上去，抱着他的头，心中一阵刺痛，“大哥，你别走，你别走，大哥……”

“小雪……我今天……很开心……”他的声音一点点地低沉下去，最后一句话微不可闻。我惶恐地低下头，他在我的怀中安详地闭上眼睛，再也没有醒来。

“大哥……”我只觉得胸口仿佛被一只手胡乱地抓扯着，纠结地痛楚。为什么？为什么所有爱我和关心我的人，最后都会一个个地离开我？为什么？脑子里如同有一阵阵轰雷在爆炸，我只觉得眼前金星直冒，眼中的血红如同怪兽的大口，无限漫延地放大，铺天盖地向我笼罩而来。我的身子一软，无力地滑向地面。

意识浮浮沉沉，眼前一片昏暗，漫天飞舞着星星点点的金斑，那些金斑渐渐汇集到一起，在我面前织成一道金亮的屏幕，散发着刺眼的金光。我跌跌撞撞地朝那团金光里走，也不知道这金光的尽头到底是哪里。眼前突然亮起来，我置身在一个阳光明媚的大花园里，一个三四岁穿着俏丽粉裳的小姑娘，追在一个蓝衣少年身后，欣喜地嚷：“大哥，你等等我……”

这是哪里？他们是谁？我跑过去，打量着那两人的面孔，那女孩长得和我小时候一模一样，蓝衣少年的五官，却似乎是蔚彤枫少年时期的样子。我到了哪里？那小女孩儿被裙子一绊，跌倒在地上。我上前想去扶起她，准备问个清楚，却发现我的手竟然毫无阻碍地穿过小女孩的身体。我吃惊地看着自己的手，还没想清楚是怎么回事，已见那蓝衣少年急匆匆地回头扶起小女孩，道：“小雪，你慢一点儿……”

小雪？这两个人，是蔚彤枫和蔚蓝雪小时候么？蔚彤枫焦虑地扶起蔚蓝雪，我贪婪地看着，蔚彤枫一脸无可奈何的表情：“我说了抓住蝴蝶就给你，你着急什么？”

大哥……我的眼泪涌出来，伸手拉他。可是我的手如先前一样，毫无阻碍地穿过他的身体。蔚彤枫毫无所觉地轻轻拍了拍蔚蓝雪被泥土弄污的裙子，柔声道：“摔疼没有？”

“没有。”蔚蓝雪甜甜一笑，“大哥，快抓蝴蝶给我！”

蔚彤枫宠溺地摸了摸蔚蓝雪的头，开始扑抓园子里飞舞的蝴蝶。好不容易逮到一只，蔚蓝雪高兴地跑过来，蔚彤枫笑眯眯地将蝴蝶递给她，她惊呼道：“好漂亮呀！”然后小心翼翼地将蝴蝶装进随身带着的竹筒里，抬头兴奋地望着蔚彤枫道：“大哥最好了，最疼小雪了，小雪要永远跟大哥在一起……”

这是蔚蓝雪脑海里的记忆么？蔚蓝雪的灵魂消失了，她的情感和记忆跟着在脑海中沉睡过去，直到今天被蔚彤枫的死亡突然唤醒？眼前的场景快速地消退，我甚至来不及抓住眼前的影像，那场景立即转换到一座假山后面。刚刚三四岁的蔚蓝雪稍稍长大了一些，穿着一身黑纱，正躲在假山后的小洞里哭泣。满脸焦虑的蔚彤枫也穿着一身黑纱，急急忙忙地从园子那头跑过来，径直跑到假山后面，蹲下身，抱住哭得抽搐的蔚蓝雪，心疼地叫：“小雪……”

“大哥……”蔚蓝雪一看到他，顿时哇哇大哭，“大哥，你不是说娘亲只是睡着了？为什么奶娘跟我说娘亲死了，永远都不会回来看小雪了……”

“小雪……”蔚彤枫眼圈儿一红，紧紧抱住蔚蓝雪，“小雪别哭，你还有大哥，大哥会永远陪在你身边……”

一幕一幕的画面不断地变换交替，蔚蓝雪童年、少年时期的记忆一点一点地从沉睡中苏醒过来，那些与蔚彤枫一起甜蜜的、温馨的、幸福的记忆，像玻璃的碎片，一点一滴地折射出蔚蓝雪的过往。画面又陡然一转，眼前是一座大厅，我看到一脸愤怒的蔚景岚，指着跪在地上的蔚彤枫骂道：“你给我滚，我没有你这样的儿子……”

蔚彤枫咬紧唇，脸色苍白地从地上站起来，满眼痛楚地转身走出大厅。阳光从室外射进来，他倔犟的背景在强光里只显出一道苍凉的黑影。下一个画面，蔚蓝雪扑打着紧锁的房门，哭倒在门边："放我出去，爹，我求求你，放我出去……"

"小姐……"门外传来焦急的女声。蔚蓝雪像是抓住了救命的稻草，从地上爬起来，欣喜地道："采凝，快、快放我出去……"

"小姐，钥匙在相爷那里，我……"话还未说完，就听到蔚景岚的声音冷冷地传来："采凝！"

"相爷！"屋外的丫鬟声音惊恐。蔚景岚冷哼一声，"还不下去！"

"爹，你来了，你放我出去吧……"蔚蓝雪又拍起门，满怀希望地道，"爹……"

"放你出去？你想跟那个忤逆子一样气死爹么？"蔚景岚在门外冷冷地道，"别忘了，你是要进宫的人！"

"爹，我不进宫，我要跟大哥在一起，你成全我们吧……"蔚蓝雪趴在门边痛哭失声。蔚景岚怒气冲冲地道："你胡说什么？他是你大哥……"

"他不是我亲大哥，爹，你放我们走吧，我求求你……"蔚蓝雪哭求着打断蔚景岚的话。门外的蔚景岚似乎吃了一惊："你怎么知道的？"

"我听到你和二娘说的话了，大哥是你收养的。爹，你成全我们吧，我和大哥是真心相爱的……"蔚蓝雪的话还未说完，就被蔚景岚一声厉斥打断："住口！别再说这种没分寸的话！不管你们是不是亲兄妹，你都得进宫，你好自为之！"

"爹……"蔚蓝雪听到门外的脚步声远去，大急之下，顿时晕了过去。

我全身一震，被刚才听到的信息惊得寸步难移。蔚彤枫竟然不是蔚景岚的亲生儿子，他与蔚蓝雪竟然不是亲兄妹？我双手握拳，堵住口中的哀鸣，老大，我到底做了些什么？

场景又快速地更换，蔚蓝雪坐在紧锁的房内刺绣，她熟练地将丝线打了个结，咬断线头，拿着绣好的东西怔怔出神。我走过去，看到她手里拿着一个荷包，那荷包我见过，金黄的缎面上绣着一首诗和两只彩蝶，正是九王爷以前在"超级花魁"大赛上故意掉出来，引我去捡的荷包。后来他让红叶将荷包送到我手上，我随手不知道搁到了哪里。原来这荷包，真是蔚蓝雪的东西？

门外轻轻敲了几下，随后响起蔚彤枫压低了嗓子的声音："小雪……"

"大哥？"蔚蓝雪怔了怔，惊喜地站起来，跑到门口，"大哥，是你吗？"

"是我。"蔚彤枫低声道。蔚蓝雪把身子紧紧贴在门上："大哥，你怎么进来的？外面不是有人守着吗？”

“我弄晕了他们。”蔚彤枫轻声道。蔚蓝雪欣喜地道：“大哥，你是来救我走的吗？皇上已经下旨，让我下个月进宫，大哥，你快带我走吧……”

“小雪……”蔚彤枫迟疑片刻，低声道，“我不能这样带你走，如果我们就这样走了，就是私奔，不但毁了你的名节，我俩还会一辈子成为逃犯，爹也会被牵连……”

“那你就眼睁睁地看着我进宫吗？”蔚蓝雪伤心地哭起来，眼泪汪汪地道。

“小雪，你听我说……”蔚彤枫压低了声音道，“我不会让你进宫的，我已经想好了办法阻止这件事，只要成功了，你就不用进宫了。”

“真的？”蔚蓝雪止住哭泣，有些不敢相信，“大哥，你不会骗我吧？”

“大哥什么时候骗过你？”蔚彤枫道，“我今天来，就是让你别担心，我一定不会让你进宫，你相信我。”

“嗯，我相信你。”蔚蓝雪赶紧点头。蔚彤枫道：“小雪，那我先走了，你别胡思乱想。”

“等一等。”蔚蓝雪赶紧叫住他，抓起桌上的荷包，从门缝里塞出去，“大哥，这是我绣给你的，你收好……”

画面模糊起来，我感觉到呼吸有些困难，蔚蓝雪的记忆几乎全部苏醒了，我却感到越来越害怕。明明已经失去灵魂的人，为什么她的记忆却保留了下来？我甚至能强烈地感受到她对蔚彤枫深切的爱意。咬了咬唇，画面突地一跳，面前出现一张曾令我深恶痛绝的脸，我本能地退了一步，瞪着眼前那个男人——楚殇！

他一脸暴戾的怒容，逼近床上满眼惊恐的蔚蓝雪，愤怒地撕扯着她的衣衫。蔚蓝雪尖声哭叫：“不要……”破碎的衣衫被抛在空中，蔚蓝雪激烈地挣扎着，却抵不过施暴的男人一身的蛮力，片刻之间便被剥得浑身赤裸。楚殇的眼中燃着冷酷的怒火，轻易便将不停挣扎的蔚蓝雪压在身下。“啊……”蔚蓝雪发出一声凄厉的惨叫，蓦地停止了挣扎，眼睛死死地瞪着床顶，瞳孔在瞬间散大。我冲过去，想拉开施暴的男人：“住手！不要……”眼前却瞬间一黑，什么画面和场景都消失了，我在黑暗中迅速地下坠、下坠、下坠，久久，身子“咚”的一声跌在坚硬的地面上。

“不要……”我蓦地睁开眼睛，满头冷汗地尖叫。

## ✵ 第十九章　分裂

“姐姐醒了？”小红惊喜地叫起来，立即有人过来道：“让老夫给荣华夫人把把脉。”

我的神志还沉浸在刚刚接收到的信息中，有些浑浑噩噩。小红将红线绑到我的手腕上，将绳子另一端递给太医，我才渐渐回过神来。看到眼前金黄色的鸾帐，雕着祥龙图案的红木大床，我怔了怔，转脸往床边看去，小红站在床前，床边的椅子上，太医手里执着红绳，正在闭目诊脉。

我动了动身子，想从床上坐起来。太医感觉到我的动作，睁开眼，笑道：“荣华夫人已无大碍，只是刚刚情绪激动，气血郁结，老夫先出去给夫人开方煎药。”

太医起身出去，小红扶我坐起来。我看着这床，不安地起身：“小红，这是哪里？”怎么越看这床越像龙床？莫非是皇上的寝宫？

“是皇上的寝宫。”小红的答案证实了我的猜测。即使心里猜中，我仍是有些吃惊，就算是我刚才晕倒在东华宫偏殿，皇上也不该把我弄进正殿睡到他的床上，这像什么话？我回过神，见殿里除了小红再无旁人，皇帝也不在。想起蔚彤枫还在偏殿，我赶紧道：“大哥呢？快带我去看他！”

不待她回我话，我拔腿便往大门外走，小红赶紧拉住我道：“什么大哥？姐姐，皇上让你醒了先留在这里休息，他处理完事儿马上就回来。”

“大哥呢？”我抓紧她，不管她正在复述着皇帝的命令，着急道，“快带我去看他！”我的亲人死了，还死得那么悲惨，你叫我如何能安心待在这里休息？何况蔚彤枫现在对我来说，已经不仅仅是亲人那样简单。

是的，我想起了一切，蔚蓝雪的全部记忆，统统在我脑海里苏醒了。我不但清楚地知道了她和蔚彤枫的过去，就连她对蔚彤枫的情感，似乎也全部接收了。一时之间，我只觉得脑子里又昏又乱，我明明是叶海花，我对蔚彤枫明明只有兄妹之情，没有半分男女之爱。可是在蔚蓝雪的记忆苏醒之后，那份属于蔚蓝雪的强烈感情又无法从记忆里排除。我的身体、理智、意识和情感仿佛被人活生生地分成了两半——一半清清醒醒地提醒着我，我是叶海花，只是借了蔚蓝雪的身体还魂的一抹孤魂；另一半又真真切切地反驳着，我是蔚蓝雪，是接纳了她全部记忆和情感的蔚蓝雪。两种意识和情感在我体内争夺着这具身体，我只觉得脑袋刺痛，心也刺痛。我捂住脑袋，痛苦地蹲下身，发出一声破碎的呻吟。

“姐姐……”小红急了，赶紧从地上将我扶起来，“姐姐你怎么样？你刚刚醒来，还是先歇歇吧……”

她扶我坐到软榻上，见我捂着脑袋闭目呻吟，乖巧地站到我身侧，“姐姐头痛么？我帮你揉揉。”说着，已将手指放到我太阳穴两侧，轻柔地按摩起来。她揉捏的力道适中，渐渐地舒缓了一些头痛。身体里的两种意识似乎也争抢累了，渐渐地安静下来，不再叫嚣，似乎达成了某种共识，在脑海中融为一体。为什么会如此？为什么我会拥有蔚蓝雪这么强烈的情感？蔚蓝雪的灵魂消失了，为什么情感和记忆还保留在体内？难道她的灵魂并没有离开，只是沉睡在身体里？我缓缓地睁开眼睛，心里有一丝迷惘。我知道，从此刻开始，我是叶海花，又不再单纯是叶海花，我还是蔚蓝雪，是占有了蔚蓝雪的身体之后，她的情感和记忆不甘地涌生出来的蔚蓝雪。我们两人的记忆和情感纠缠在一起，分不开也无法分离，只要我排斥蔚蓝雪的记忆和感情，头痛便像恶鬼一般纠缠过来，在我脑中狠狠地抓扯。

“小红，带我去看大哥。”我按住她的手，捂着头道，“带我去见他。”

只要一想到蔚彤枫满身鲜血地在我怀里闭上双眼，停止呼吸，蔚蓝雪的情感便格外激动，混杂着我对蔚彤枫的亲情，心便如针刺般痛楚，连呼吸也仿佛停窒了。小红怔怔地道：“什么大哥？”

“就是……”我怔了怔，突然反应过来，我在偏殿里见到满身是血的蔚大哥时，小红并不在场，只怕她并不知道蔚大哥已经死去的事实。我揉了揉额头：“小红，扶我出去。”

“姐姐，门外守着人呢，不让出去，双喜公公也交代说不能随便在宫里乱跑。”小红见我脸色难看起来，嗫嚅着道，“姐姐还是等皇上回来了再说吧……”

“为什么不让出去？我又不是被他们监禁的犯人！”事关蔚彤枫，蔚蓝雪的反抗意识便格外地强烈，在脑海中占了上风。我跌跌撞撞地拉开殿门，门外果真守着几个大内侍卫，见我开门，阻止道："皇上请荣华夫人留在殿内，未得皇上许可，不得出去！"

"我想去看看今天伤亡的那个大内侍卫，请侍卫大哥行个方便。"我赶紧道，"他就在偏殿，我不会乱走的。"

"那人的尸首已经送出宫了。"大内侍卫道，"荣华夫人请回殿。"

"送出宫了？"我怔怔地道，"怎么就送出宫去了？"

"宫里死了人从来就是立即送出宫去，停在宫里不吉利。"大内侍卫像祥林嫂一样重复，"荣华夫人请回殿！"

"姐姐……"小红赶紧拉我进去，掩上殿门，"咱们还是等皇上回来了再说吧。"

"放开我！"蔚彤枫已经被运出宫去的消息令蔚蓝雪烦躁不安，她在我脑子里激动起来，我根本听不进小红的话，"你放开我！"

拉拉扯扯之间，殿门猛地打开。小红转头一看，赶紧对我道："姐姐，皇上来了。"

我怔了怔，转头一看，见皇帝和双喜立于门外，看着我与小红纠缠。小红赶紧松开我，惶恐地跪地行礼："民女参见皇上。"

我怔怔地看着皇帝，他踏进殿内，对小红道："你出去！"

小红站起来，有些担忧地看了我一眼，低头步出殿去。双喜从外面拉上殿门，皇帝一步步走到我面前，脸上有一丝倦容。他慑人的目光像雷达一样停在我脸上，我感觉自己像个没穿衣服的小丑，在他如同X光一般的眼神下无所遁形。

我怔怔地看着他，心中百味杂陈。一方面，蔚蓝雪的意识在告诉我，就是这个人，要不是这个人让她进宫，她与大哥就不会被父亲逼着分开。另一方面，叶海花的意识又在提醒着我，送蔚蓝雪进宫不过是蔚相巩固权力的一种手段，不该把怨气迁怒在他身上。然后蔚蓝雪在脑子里愤怒地斥责我，而叶海花不服气地进行反驳。两种意识又开始打架，脑子又浑噩起来，针扎似的痛。我捂着头，退了几步，痛苦不堪。老天，我会不会疯掉？会不会变成人格分裂的神经病？

"你怎么了？"皇帝被我满脸痛苦的表情吓了一跳，赶紧上前扶住我，"是不是不舒服，朕让太医来替你看看……"

"不用了。"我像哮喘病人一样大口大口地吸了几口空气，抬眼看着皇帝，不耐地挣脱他的手，“皇上，臣妾要出宫。”

“出宫？”皇帝见我挣开他，关切的表情从脸上隐去，淡淡地道，“你今儿进宫做什么？似乎还没有说。”

我微微一怔，这才想起今儿进宫的目的。本就是要来禀告皇帝，寂惊云中的邪降要靠皇帝的护国神鼎才能解除，没想到一进宫就见到蔚彤枫死亡这一幕。伤心、难过，加上蔚蓝雪记忆的复苏，让我忘了我赶进宫的目的，然而，纵然我此刻再伤心难过，也要先把寂将军这件事向皇帝禀报清楚。

皇帝见我脸上阴晴不定，转身走到软榻旁坐下，抬眼道：“坐下来慢慢说。我想，你应该也有很多疑惑想问朕。”

是，我是有很多疑问。蔚大哥为何会出现在宫中？为何会重伤身亡？双喜说寂将军被刺客刺成重伤，那寂将军现在如何？我看了皇帝一眼，想了想，走到他身侧的椅子上坐下，先将我为何进宫讲给皇帝听。

把段知仪那番话向皇帝讲完，我不安地观察着皇帝平静的表情。他安静地听着我的陈述，垂着眼睑，我看不到他眼中的神情，但脸上的表情，确实是波澜不惊。他的手搁在软榻的矮几上，食指悬离于桌面，中指却有一下没一下地轻轻敲打着桌面，不知道到底在想什么。他会用护国神鼎救寂将军么？寂惊云虽然是皇帝的左膀右臂，又是不可多得的将才，但皇帝会为了一个臣子，妄动掌握国运的护国神鼎么？以我对皇帝的了解，我根本不敢确定。

“段知仪？”皇帝沉默了半晌，手指也停止了对桌面的轻击，似乎在沉思，又似乎只是无意识地喃喃自语。不知道皇帝的用意，我不敢搭腔，皇帝似乎也并不指望我回答他，又陷入沉思当中。我知道皇帝未必信任段知仪的身份和本事。其实就是我也没有完全当真地相信，段知仪的本事我还未见识过，他的身份又比较神秘，只是“听说”他是地仙的徒弟，可是若遇到有心人都可以说是平遥散人的徒弟，毕竟平遥散人那样几十年都见不到一次，神龙见首不见尾的世外高人也不太可能出来辟谣。而且他出现的时间太过巧合，就算是有“夜观星象”作为理由，也是让我不能放心的原因之一，毕竟，在经历了这么多事情之后，我真的不敢再随便相信人了。

“那段知仪如今在哪里？”皇帝沉默半晌，终于开口了。

“在臣妾府上。”我赶紧道，“臣妾未知此人所说是否属实，所以暂时留他在府中，等面圣之后，由皇上定夺。”

“明儿带他进宫，朕要亲自见见他。”皇帝道。我赶紧道：“是。”皇帝肯见他，说明他对这件事上了心。皇帝不与我讨论寂将军这件事，看来还是不想我往里插手，那么寂将军这件事，我能做的，已经差不多做完了。

这件事说完，一时无话，沉默半晌，终是我耐不住，准备向皇帝就今天的事讨个说法，“皇上……”

皇帝仿佛知道我想问什么，看了我一眼：“你是否想问，为何蔚彤枫会死在宫中？”

## ※ 第二十章　身份

“是。”我望着他的眼睛。他刚刚问出这句话，蔚蓝雪的意识便在顷刻之间成了主宰，弄得我情绪有些激动，“大哥跟我说，要去查蔚相死亡的真相，可是为什么他会死在宫里？他是怎么死的？”

“蔚相在都南岛染疾身亡之后，朕便让他回京了。”皇帝淡淡地道，“我让他进了大内侍卫营，这几个月，他都在宫中。”

“大哥回京，为何不与我联系？”我想起皇帝之前在他脸上撕下一张人皮面具，“既然是大内侍卫，为何还要戴着人皮面具？”

“因为朕有一项隐秘的任务交给他去查，不管是京中还是宫中，认识他的人都不在少数，所以才让他戴着人皮面具。”皇帝看了我一眼，“朕也没想到，他会被今天的刺客杀死。”

“我大哥武功不弱，他还练过《琅琊剑诀》。他曾告诉我这两年他的武功突飞猛进，在江湖上能伤他的人屈指可数，何况是杀死他？”我看着皇帝，语气有些激动，“更何况皇上身边还有寂将军在，寂将军的武功比我大哥更高。什么人能将寂将军打成重伤？把我大哥杀死？就算是没抓到刺客，这样的刺客，在江湖上又能找到多少？皇上真不知道是谁行刺吗？”

皇帝静静地看着我，面容冷峻：“你的意思，是在责怪朕？还是想说朕包庇刺客？”

我咬了咬唇：“臣妾不是这个意思。”

“不是这个意思，那是什么意思？”皇帝冷笑道，“莫不是每一个大内侍卫因公殉职，他的亲属都要来责问朕一番不成？”

我瞪着皇帝，又气又急，这人不想答我的问题也便罢了，竟还要反咬一口。我垂下眼，一时之间心灰意冷："皇上言重了。"

"你问我的问题我答了，倒是我还有问题要问你。"皇帝冷冷地道，"今天蔚彤枫叫你的名字，倒让朕觉得有趣，小雪？"

我蓦地抬头看他，皇帝的眼睛闪着冷冽的寒光，望着我一字一字地道："小雪，你怎么解释？"

瞒不住了，我闭了闭眼睛，惨然一笑："皇上想说什么？"

"朕就觉得奇怪，何以蔚彤枫临死之前，想见的人不是德贵妃那个正牌妹妹，倒是你这位义妹？"皇帝的语气有一丝阴森，死死地瞪着我，"你倒是解释给朕听，这是为何？"

不用照镜子，我也知道自己此刻一定是面容惨淡。咬紧下唇，我一个字也说不出来。皇帝是早就知道德贵妃是假的，蔚大哥却不知道德贵妃是采凝，虽然我不知道皇帝是因为什么没有揭穿这件事，但到了这一刻，我知道我是再也瞒不住了。他的声音一寸寸逼近，语气中隐含着暴风雨即将来临的气息："我就觉得奇怪，何以你对蔚彤枫的事如此上心？何以你会肯定周景赟是假蔚相？何以德贵妃一见到你就面色大乱导致早产？何以会有人不断刺杀你？总归会有一个理由，可以解答这全部的疑问。小雪，小雪，原来如此，你根本就不是叫什么叶海花，你是蔚蓝雪！"

我的背紧紧地靠在椅背上，支撑我发软的身子。如果是以前，我一定会跳起来，大声否认我不是，我根本不是蔚蓝雪。可是在今天，在蔚蓝雪的灵魂苏醒之后，在我接收了蔚蓝雪的记忆和情感之后，我再也无法理直气壮地说出我不是蔚蓝雪这样的话，甚至我心里只要对蔚蓝雪的记忆和情感稍有抗拒和排斥，她就会跳出来折腾我，提醒我是一个霸占了她身体的小偷。我瘫倒在椅子上，无助地望着咄咄逼人的皇帝，瑟瑟发抖。

"说话！你倒是给朕一个解释！"皇帝冷冷地看着我，语气有一丝发颤，"朕也很想知道，何以朕聘下的德妃，会流落宫外？而宫中的德妃，又是谁？"

我咬紧唇，眼泪委屈地掉下来。一时之间，我也分不清自己到底是叶海花，还是蔚蓝雪，她的回忆和情感融入到我的记忆里，仿佛她经历过的一切都是我亲自经历过的。她曾经幸福的过往，以及被蔚相关押，被楚殇强暴的耻辱记忆，连同我在青楼的屈辱经历，融在一起，再也无法分离，再也无法分清，我是她，还是她是我。皇帝见我咬牙不语，怒道："说话！"

“你要我说什么？”头一阵阵地痛起来，泪模糊了视线。我站起来，踉跄地退了数步，哭道，“难道要我跟你说，因为我父亲二十年前陷害慕容太傅一家家破人亡，所以他们的儿子回来报仇，把他削成人彘？当着我父亲的面强暴了我？还逼我亲手杀了他？说那人把我卖到青楼，逼我卖笑接客？这是你想知道的吗？就算我全都说出来，又有什么用？对你我有什么好处？你为什么，非要逼我去回想那些耻辱的过去？就当德贵妃是清清白白的蔚蓝雪不行吗？就当蔚蓝雪已经死了，已经死了不行吗？”

我无力地跪到地上，失声痛哭，浑身发抖。只一个瞬间，我的身子便被他拥紧在怀里，皇帝的声音里带着一丝隐忍的痛楚：“雪儿……”

“不要这样叫我……”我捂住头，哭得喉咙发痛，“我不是蔚蓝雪，不是……如果我不是蔚蓝雪，这一切都不会发生……我不是……”

皇帝不再叫我，只是紧紧抱住我发抖的身体，悲哀、无助的感觉笼罩着我，也侵袭着他。那些惨痛的经历，一旦赤裸裸地揭开，我和他，都再也回不到过去那种粉饰太平的日子了。很久很久，我才止住抽泣，动了动，想从他怀里抽身而出，身子却被他的双臂箍得更紧。

“所以，你一直不跟我说出你的身份……”皇帝见我止住哭泣，才压抑地出声，语声沙哑，“你怎么这么傻……”

他对我用了“我”，不是“朕”，说明他此刻不是以皇帝的身份，而是以宇公子的身份在与我对话。我怔怔地道：“皇家聘下的妃子，被贼人掳去卖入青楼，天家颜面何存？就算是告诉了你，又能改变什么？或者，你还会赐我三尺白绫，让我保全天家的脸面……”

“闭嘴！”他的声音里含着一丝怒气，“在你眼里，我就是这样一个人吗？你就这样不相信我吗？”

我抬起头，望着皇帝又痛又怒的眼睛，惨然一笑：“不是我不相信你，是你不相信我，你忘了吗？当日在府衙大牢，我何尝没有对你说，可是你不信我。”

当日在府衙大牢，我对他说，楚殇是我的仇人，是楚殇把我囚到倚红楼，逼我卖身，可是他不信我，甚至不愿多听我说一个字，径直送给我一碗堕胎药。所谓的喝掉它便相信我，不过是他自以为“原谅”我的一种姿态，而事实上，他心里已经否定了我。皇帝定定地看着我，眼中闪过复杂的情绪，我不知道那些难测的情绪里，有没有含着一丝懊悔。因为他的不信任，扼杀了我们之间并不明朗的基础薄弱的感情；所以，我想让他痛，让他不好受，只因为当日他让我痛了。原来我的报复心竟是如此之重，原来我对当日他如此狠心对我一直耿耿于怀。我的大度与洒脱，都是装出来的，一旦有机会，我便加倍奉还。这下子，终于两清了。

皇帝看着我，无言以对。我微微挣开他，在地上跪直身子："皇上已经知道真相了，臣妾罪犯欺君，请皇上治罪。"

就在今天，完全解决掉蔚蓝雪这个身份带给我的麻烦吧。如果当初我只是附身在一个平凡的山野村姑身上，人生是不是完全不同？我闭上眼睛，静静地等待皇帝的决定。我不能给太多时间容他去细想，正该趁着他此际心神大乱，对我或许还有一丝愧疚的时候逼他表态，从此不再纠缠我蔚蓝雪的身份。我与他的缘分，在当日的府衙大牢中已经彻底断掉了。

静了半晌，听不到皇帝的声音，我忐忑地睁开眼睛，见皇帝的脸色阴郁。他站起来，没有让我起身，只是坐到软榻上，用复杂难懂的眼神望着我。我心里没来由地有一丝不安，皇帝沉默半晌，淡淡地道："荣华夫人，起来吧！"

我怔怔地看着他。他静静地看着我，一字一字地道："荣华夫人来自民间，姓叶名海花，与罪臣蔚景岚并无瓜葛，夫人无须烦扰，平身。"

这是不是表示，皇帝不会再纠缠我的过去？他赐予我新的身份，从今天起，我与蔚家彻底撇开了关系？泪涌出眼眶，谢谢你，皇上。我伏下身，规规矩矩地行了一个跪拜大礼，哽咽道："臣妾……谢皇上恩典！"

我从地上站起来，抬头望向皇帝。他垂下眼，淡淡地道："你今儿也累了，回去吧。"

"是。"我欠了欠身，想了想，又道，"皇上，蔚大哥他……"我想问他们将蔚彤枫的尸首运到宫外什么地方去了，我好去将他接回去好生安葬。皇帝抬眼看了看我，淡淡地道："荣华夫人，宫里只是死了一个大内侍卫。"

我怔了怔，蓦地明白了他的意思。他是说，宫里只是死了一个大内侍卫，并没有什么蔚彤枫，是这个意思吗？出于他让蔚大哥查的那件隐秘事件的考虑，他不能将蔚彤枫的死曝光，所以，我不能以义妹的身份，公开去殓葬他，是吗？刚一想到这里，蔚蓝雪的意识就激动了，我听到自己嘴里发出愤怒的声音："我大哥为了救你丧了命，你竟然不肯让我为他殓葬，你怎么能这样绝情……"

我被蔚蓝雪的斥责吓住了，急忙捂紧了嘴。皇帝的脸瞬间变得铁青，我拼命压制住蔚蓝雪的意识。上帝，如今我与蔚蓝雪的灵魂同住在一具身体里，长此以往，不是她吞噬掉我的灵魂，就是她的灵魂被我吞噬，否则我一定会人格分裂。

皇帝见我骂完他之后满脸惊恐，深深地吸了口气，压抑着怒火道：“荣华夫人，这件事结束之后，朕会给你一个交代。你下去吧！”

蔚蓝雪还在我的身体里挣扎着。天，她不是娴静有礼的大家闺秀么？原来也不是没有脾气的。我拼死压制住那股愤怒的意识，对皇帝屈身行礼：“臣妾告辞。”说完，我甚至不敢再抬头看皇帝一眼，转身匆匆忙忙地踏出殿外。踏出门槛，我才松了口气，身子差点瘫倒在地。

## ❋ 第二十一章　领尸

坐在回府的马车上，我的脑子没有一刻安宁。蔚蓝雪在脑海中生气地指责我，竟然眼睁睁看着皇帝让蔚彤枫以一个不明不白的身份处理后事也不管，罔顾当年的结义之情。我无法理直气壮地反驳，又觉得万分委屈。或许我的确不敢跟皇帝的权势抗衡，他的一切所作所为都有他的考量，我和蔚大哥，不过是他手中的小小棋子，可我对蔚大哥这份亲情却不是虚假的。正在脑子里努力跟她辩解的时候，身子被小红轻轻推了推："姐姐，你没事吧？做什么喃喃自语的？"

我猛地回过神，见小红一脸错愕和担心的表情，才恍然醒悟过来，刚刚自己在脑子里和蔚蓝雪分辩的时候，嘴里不由自主地也跟着念念有词。我见小红一脸认为我神志昏乱的表情，叹了口气，只怕再这样过几天，莫说别人会认为我疯了，就连我自己，也不会相信我是个正常人。

"停车！"我撩开窗帘道。马车停下来。我想了想，对铁卫道："云巽，你去给我查一查，今儿在宫里被刺客刺死的大内侍卫的尸首，被送到哪里去了。另外让人悄悄准备殓葬的事宜，记住，安排这些事的时候，低调一点，而且不能以云家的名义。云乾，掉头，我想去玉雪山。"

云峥，我想见你，你要我好好活下去，好好照顾诺儿，可我一个人，不知道还能撑多久？现在，连这具身体的正主人，也回来了，也许过不了多久，我这抹孤魂就会消失。云峥，到时候，我就可以来找你了。

玉雪山的雪已经融尽，梅树发了新枝，吐了嫩芽，空气中那浓郁的暗香味道淡了，倒是充盈着青草和泥土的芬芳。我在小红的搀扶下步入墓园，在看到那座晶莹的白玉墓碑时，眼泪已经控制不住地滑落脸颊。我快步跑过去，云峥……

蹲到墓碑前，抚摸着碑上的铭文，我的心莫名地平静下来。几个月没有上来，云峥的坟前已经芳草萋萋。傲雪山庄的下人把汉白玉的陵墓打理得还算干净，却没有清理地上的杂草。我轻轻拔掉坟前石板地面缝隙里的青草，从怀中掏出丝巾，将墓碑仔仔细细地擦干净。

有微风吹过来，缭乱了我额前的头发，拨动着我手中的丝巾。云峥，你知道我来了，是不是？将脸轻轻贴到冰冷的墓碑上，我闭上眼睛，低声呢喃："云峥，我很想你……"

他是你丈夫？蔚蓝雪在脑海里问我。

是。我微笑着答。

你很爱他吧？蔚蓝雪道，我能感觉得到。

是。我微笑道，就像你爱蔚大哥一样。

他离开了，你却独自活着，很痛苦吧？蔚蓝雪问，为什么不去陪他？我知道你很想的。

我是很想去陪他，可是这不是他的愿望，他的愿望是让我好好活下去，把诺儿带大。我笑了笑，问道，你呢？你一直沉睡在身体里，是舍不得蔚大哥吧？

是。蔚蓝雪的情绪消沉起来，可是，我已经没有脸见大哥。

为何？我怔了怔，随即明白过来，轻叹道，蓝雪，那并不是你的错，你是无辜的，蔚大哥不会怪你。

我知道，不管我做错了什么事，大哥都不会怪我。我只是过不了自己这一关。我只想躲在身体暗处，透过你看到大哥好好地活着，就心满意足了。蔚蓝雪顿了顿，情绪竟然没有像刚才那样激动，没想到，大哥居然死了。

蓝雪……我幽幽一叹，无论什么样的安慰，此刻对她来说都是苍白无力的。想到她刚才不顾后果地谴责皇帝，我就一身冷汗。

对不起，刚才我太激动了。她感觉到我的想法，笑了笑。你不用安慰我，其实你比我更无辜。你住进来之后，发生在你身上的事情我都知道。我常常想，如果我是你，我会怎么样？也许在青楼里，我就已经死掉了。

蓝雪，你想我把身体还给你么？

还给我，那你怎么办？你的孩子怎么办？你对你丈夫的承诺怎么办？她笑着摇头，不用了，其实我早就该走了，只是舍不得大哥，才固执地留下来。现在大哥已经不在了，我留下来已经没有任何意义。

你不想知道是谁杀了蔚大哥？不想为他报仇吗？我怔怔地问。

报仇？蔚蓝雪笑了笑，你忘了，仇恨是多么可怕的事情，我们都是仇恨下的牺牲品。就算是报了仇，又如何？大哥已经死了，活不过来了。

起码，我会让他死得安心，我一定会查出是谁杀了大哥的。

查出来又如何？你要帮他报仇吗？为了查出真相，为了报仇，你又要做些什么呢？又会失去些什么呢？我想，如果你过得幸福，大哥就会安心；如果你因为替他报仇变得不幸福，就算你为他报了仇，他也不会安心的。

我不理解，蓝雪，我没有接触过像你这样的人。过度的善良是一种懦弱的表现，如果别人打了你一耳光，你不打回去就算了，难道还要把另一边脸送上去让他打吗？如果是那个强暴你的人，你也不恨吗？

你比我更有理由去恨他吧？你恨他吗？

我沉默，脑海中浮起那张脸。过了那么久，我仍然清楚地记得他的五官，他的每一个表情。我咬了咬唇：他人都已经死了，什么恩怨都抵消了。

没错，什么恩怨，都随着生命的终结结束了。我也算是已经死去的人，叶姑娘，其实，恨是一种很强烈的情绪，恨一个人，是要花很多力气的。如果我有那么多时间和力气，我会把它用在我爱的人身上。

是吗？我微嘲地笑了笑，蓝雪，你像一个天使。

天使？她有些诧异。

说你像天上的仙女。蓝雪，我永远做不了仙女。

不，叶姑娘，其实你是个很善良的人，谢谢你让人去查我大哥尸首的下落。之前我对你生气发火，其实只是一时接受不了大哥离开的事实，对不起！

他也是我大哥。我能体谅你当时的心情。

是，但我还是要谢谢你。等大哥入土为安，我就会去找他。这世上再没有什么人能把我们分开了。你不用因为占用了我的身体，觉得不安。

蓝雪……

“姐姐？姐姐？”小红在耳边唤我。我睁开眼睛，发现自己还倚在云峥的墓碑前。蔚蓝雪暂时退了下去，小红关切地道，“姐姐，天快黑了，咱们该下山了，不然一会儿山路可不好走，城门也关了。”

“嗯。”我抚着云峥的墓碑，轻声道，“云峥，我要走了。”上山来果然是正确的，云峥能安抚我焦躁的情绪，连蔚蓝雪在这里提起蔚彤枫，情绪也没那么激动了，甚至扮起了引导者的角色。云峥，是你在守护我，是不是？

回了侯府，云巽跟我说，蔚彤枫的尸首从宫里运出来，被送到了义庄。我一听就坐不住了，想了想，让丫鬟替我找了套粗布麻衣，扮作普通民妇的样子，让小红和两个铁卫也换了衣衫，随我出门。才走到中庭，听到安远兮叫住我："大嫂？你要出门？"

"是。"我转头看了他一眼。安远兮诧异地看着我的装束："你不是刚刚才回来么？天都黑了，大嫂要去哪里？怎么穿成这样？"

我本想说跟你没关系，又觉得硬邦邦的有些伤人，便不出声。安远兮见我不想作答，也不再追问，只道："我陪大嫂去吧。"

我微微一怔："不用了，云巽和云乾会跟我去。"

"大嫂，我们是一家人。"安远兮静静地看着我，语气像是提醒。一家人？一家人应该是怎么样呢？有什么事一起承担？有快乐一起分享？或者在心里，我从来没有真的把安远兮当成一家人。因为他以前与我的关系，我每时每刻，都避免和他多作接触。我是个小心眼的女子，在前世，和分了手的男友是老死不相往来，绝不可能再做朋友。本来与安远兮也应该是如此，谁知道命运竟然安排他变成我的小叔，变成了身份尴尬的家人，虽然不能避免和他经常碰面，我却尽量避免着，各自为政，互不相干。我不管他的事，也不愿意他管我的事，虽然是一家人，却的的确确，不像一家人。

我看了看他穿的衣服，普通的书生装束，即使他如今是永乐侯府的二少爷，也鲜少华服美冠。我转过头："小叔愿意去，就一起吧，不过待会儿若有什么疑问，都别在外面问。"

马车把我们送到我曾经来过一次的义庄。上次跟月娘来这里，是白天我都觉得鬼气森森，如今是晚上，义庄里面一片漆黑，夜风呜咽着在破败的门窗缝隙里穿过，如同鬼哭，让人心底发毛。一下车，小红就紧紧地抓住了我的手臂，说是扶着我，倒像是吊着我似的。

我拍了拍她的手，安抚她的恐惧，转头对云巽道："去请义庄的管事出来。"

云巽提着灯笼前去拍门，义庄旁边的小屋亮起了烛光，有个老头披着衣服骂骂咧咧地开门出来："什么人啊？三更半夜的把人吵醒……"

云巽把两个银元宝递到老头面前，老头立即止住了叫骂，点头哈腰地赔笑道："哟，大爷，有什么吩咐小的做？"

“我们是今天宫里送出来的那位张大保侍卫的家人，来领他的尸身去殓葬的，烦管事带我们进去。”云巽把元宝塞到老头手里。

老头一听，仔细打量了一下我们，笑道：“张大保？宫里打了招呼说他家人这两日便会来领，没想到你们来得这么快，跟老头子进来吧。”

我怔了怔，心下恍然。皇帝虽然对我讲过不能让蔚彤枫以真名殓葬，但也知道我的性子，肯定会悄悄来把蔚彤枫的尸首领走的，索性做个顺水人情，让人交代一声，让我领他的情吧？我苦笑着摇摇头，不知道该说他什么才好。义庄的管事老头儿点了灯笼，领我们穿过院子，掏出钥匙打开停尸房大门上挂着的大锁，推开门，领我们进去，走到一具棺木处停下来：“喏，这就是张大保的棺木。”

很好，起码皇帝还为他配了一具棺木，没让蔚大哥就这么睡在这里。我看了云巽一眼，他会意地推开棺盖，我走上前，提起灯笼，打量着沉睡在棺木中的蔚彤枫。大哥，我的眼有些发酸。皇帝大概怕人察觉出他的身份，又把人皮面具套在了他的脸上。当着义庄管事的面儿，我不方便揭下他的人皮面具，转过头，对云巽道：“行了，把棺木搬出去吧。”

云巽和云乾把棺盖合上，合力把棺木搬出停尸房。我转身想走，蓦地想到一件事，停下脚步。转过头，我的目光落向当日月娘带我来看的楚殇的棺木处，赫然见到那个位置已经空了。我心中一动，举步往那个空位走过去。小红不知道我想做什么，有些怕：“姐姐……”

我转头见她明明害怕却强撑的表情，笑了笑：“小红，你怕就先出去跟云巽他们待着吧。”

“姐姐眼睛看不见，我要扶着姐姐。”小红哭丧着脸道。一直在我身后默不做声的安远兮道：“我扶大嫂过去，你出去吧。”

小红一听，如释重负，赶紧将手中的灯笼递到安远兮手上，跑了出去。安远兮接过灯笼，托住我的手臂。我的手紧了紧，想挣开，又觉得太刻意反倒矫情，终是让他扶着，一步步走向那个空位。停在那个空位前，想起一年多前月娘在这里讲述楚殇过去的悲惨遭遇，不由得微微有些失神。月娘应该将楚殇下葬了吧？

“这位大嫂，你还有什么事儿没？”义庄的管事见我站在那里发了半天呆，有些不耐烦，“没事儿就走吧，这停尸房有什么好看的？”

“啊？”我回过神，见管事老头儿有点不高兴，道，“管事的，这里以前停着一具棺，停了有三年多，你还记得吗？”

“怎么不记得，那具棺的家人，拿了一大笔银子让我看着那棺木，让我经常打理拂尘。”管事老头儿疑惑地道，“那家人说也奇怪了，既然不是没钱下葬，干什么要把一具棺停这么久才领走？白白让尸体臭在棺里。”

“这具棺是什么时候领走的？”我轻声问。管事老头儿想了想，回忆道：“也有快两年了吧？前年秋天就领走了。”

那应该是月娘带我来看过之后不久，就把棺木领走了吧？楚殇，我们之间的恩怨，真是无法理得清，希望你入土之后，灵魂可以得到安息。

“大嫂！”安远兮听完我与管事老头儿的对话，突然出声，“这里以前停着谁的棺木？”

我静静地看着那个空位，没去想安远兮为什么突然对这个感兴趣，沉默片刻，轻声道：“是……一个故人。”

他听了我的回答，想是知道我不会再多说，也不再问。静了半晌，我转身道：“走吧。”

安远兮沉默地扶着我走出去，管事老儿“吱呀”一声拉过停尸房的大门，咣当上锁。我停下脚步，转头看了身后的停尸房一眼。回首时见安远兮正沉默地打量我，我笑了笑：“走吧，小叔。”

# ❋ 第二十二章　化蝶

用银子买通了守城门的官兵，我连夜将蔚彤枫的棺木送到了城郊的普渡寺。我不能以云家少夫人的身份为他办理丧事，蔚彤枫也不能以本来的身份下葬，他只能是一个普通的大内侍卫，一个叫张大保的普通人。

蔚彤枫的棺木停在普渡寺佛堂，我请了寺里的僧人为他超渡。云巽之前早就让人打点好了寿衣等物品。蔚大哥净身、穿寿衣这些事，是我亲手在后堂为他做的。当我剪开他胸上已经被血凝固成硬壳的纱布，看到他胸前那个狰狞恐怖的伤口，忍不住又红了眼眶。那个伤口只有十厘米左右长，却是从前胸一直穿透到后背，肉全都翻了出来，伤口边缘还有像冰冷过后的乌青。我让云乾仔细检查了蔚大哥的伤口，看看能否从伤口上找到一点行刺者的蛛丝马迹。云乾检查完那个伤口之后，脸色有些异样："少夫人，是刀伤。"

"江湖上有些什么善用刀的高手？"我询问道，"你觉得谁的武功高到可以重伤寂将军？"

"寂将军的武功在江湖上已是数一数二的绝顶高手，能胜过他用刀的高手，云乾从未听说过。"云乾迟疑了一下，"少夫人……"

我看着他的表情，知道他可能下面说的话有所顾忌，在这里说这些的确也有些不太妥当，便道："你再检查清楚，回府再详细地说吧。"

"是。"云乾点头应道。给蔚彤枫净身的时候，小红阻止道："姐姐，你眼睛不好，让我来吧。"

"不用，我自己来。"我能为大哥尽心的事没有多少，就让我为他做点最后的事吧。何况在这个时候，蔚蓝雪的意识强过我的意识，我甘愿将自己的意识退让到一侧，让蓝雪全心全意地打理她心爱的人。

我给蔚彤枫擦干净满是血污的身子，换上寿衣。安远兮和云巽走了进来，云巽和云乾帮我把蔚彤枫抬进棺木里。安远兮走过来轻声道：“我和云巽在普渡寺后山选了一处风水穴，已经请了人连夜挖穴，等到明晨吉时就可下葬。”

“谢谢你。”安远兮从义庄出来，便没再多问一句，没问这“张大保”是什么人，没问我与他有什么关系，只是替我打点着殓葬的细节，我心里不是不感动的。云巽和云乾把棺盖盖到棺材上，缓缓推合，我赶紧道：“等等！”

两个铁卫停下来望着我，我轻声道：“你们全都出去，我想单独待一会儿。”

安远兮他们几个相互看了一眼，退出房去。我走到棺前，低头打量睡在棺中的蔚彤枫，伸手揭开蔚彤枫脸上的人皮面具，在心中道：我想你会想见他最后一面。随即让蔚蓝雪的意识再度做了主导，脑子里的蔚蓝雪感激地道：谢谢你。

蔚家大哥的脸色灰白，神情却很安详，蓝雪痴痴地望着他，泪流满面。她伸手抚摸着蔚彤枫的脸，轻喃道：大哥……很久很久，蓝雪都不肯移开视线，我的意识隐在一侧，也觉得心酸。

“大嫂！”安远兮在房外敲门，“方丈大师说佛堂布置好了，随时可以为亡灵超渡。”

我擦了擦眼泪，在心中劝慰：蓝雪，要送大哥去佛堂了。她将手从蔚彤枫脸上抽出来，含着泪轻喃：大哥，你等我……我走到棺尾，用力将棺盖合上，才走到门边，打开门：“进来搬棺吧。”

安远兮望着我泪痕未干的眼睛，微微蹙起眉，想说什么，又忍了下去。等铁卫将棺搬走，我急忙跟上前去，脚下踏着一块碎石子，身子一个趔趄。他和小红赶紧扶住我，终是忍不住道：“大嫂，人死不能复生，你别太难过……”

他就算不知道死的“张大保”是什么人，也猜出与我的关系非比寻常，也许他心里已经猜出这个“张大保”是什么人了，毕竟他已经不再是当初沧都那个呆头呆脑的书呆子。我垂下睫，将手臂从他手中抽出，低声道：“我没事。”

僧人在佛堂念着超渡的经文，我屈跪在地上，往火盆里丢着元宝纸钱。蔚彤枫是蔚景岚的养子，不知道他在世上还有没有其他的亲人。他一生孤独，好在临去时，还有蔚蓝雪这个爱人和我这个义妹为他送终，不至于成为孤苦无依的孤魂野鬼。

以前也曾疑惑过，为何楚殇当初报仇时，仅仅是掳走蔚蓝雪，杀了蔚景岚，却独独放过了蔚彤枫？在男尊女卑、儿如玉女如瓦的封建社会，比起将仇人削成人彘，在仇人面前奸污他的女儿，将仇人之女卖入青楼来说，在仇人面前杀掉他的儿子，让他白发人送黑发人，让他绝后岂不是更令人觉得痛快？原来蔚彤枫并非蔚景岚的亲生子，想必楚殇也是查清楚了这层关系，才没对蔚彤枫下手。因为他知道，在蔚景岚面前伤害我，比伤害蔚彤枫的效果来得更好。

不过像蔚景岚那样的人，实在不像是会收养孩子的善心人，不知道蔚家大哥身后还有什么样的身世。只是如今，即使清楚了他的身世又如何？人都已经死了，往后尘归尘，土归土，生前一切皆与他再无任何关系。

火光映热了我的脸，偶有一两片香钱灰像黑蝴蝶一样随着热浪上升翻腾。跪得太久，双腿已经麻木了，我的头有些眩晕，额上冒出细密的冷汗。小红看出我神色不对，赶紧扶紧我："姐姐，你脸色好差，起来去内堂歇一会儿吧。"

"我要守灵。"我摇了摇头。小红掏出丝巾帮我擦额上的冷汗，轻声劝道："守灵也不用一直跪着，起来坐一坐吧。"

安远兮也走了过来："大嫂，起来歇一歇吧，你身子弱，又累了一天，一直这么跪着怎么能撑得到明天下葬呢？心意到了就行了。"

他说得在理，我的确感觉有些吃不消，便疲惫地点点头，搁下手中的纸钱："小红，你帮我接着烧，不要断。"

我想站起来，但双腿麻得完全没有感觉。安远兮扶起我，我甚至站不稳，身子晃了晃，就往地上滑。安远兮赶紧撑住我，咬了咬牙，将我拦腰抱起来。我"呀"的一声轻呼，错愕地看着他："小叔……"

"失礼了。"他垂下眼，避开我的目光，将我抱到佛堂一侧不知何时搬进来的一张椅子前，小心翼翼地将我放到椅子上。我怔怔地看着他，有些不自在。他转身走到火盆前，蹲下身不知道对小红说了些什么，小红点点头，起身走过来，他自己就蹲在火盆那里接着烧纸。

"姐姐，我帮你揉揉腿。"小红在我身前蹲下来，手落到我膝盖上，按摩我发麻的双腿。我看了安远兮一眼，知道他刚才定是跟小红说这个了，咬了咬唇，心里不知道是什么滋味。

身体是真的累了，纵然这具身体里的两个灵魂都竭力支撑着不让蔚蓝雪这具虚弱的身体睡过去，然而睡意仍是止不住地袭来。小红力道适中的按摩让我的身体渐渐放松，也加速了催眠，在僧人的念经声中，不知不觉，我竟是沉沉睡了过去。

"叶儿，叶儿……"

是谁在叫我？我睁开眼睛，眼前围绕着一团白雾。看清唤醒我的人，我的眼泪一下子涌出来："大哥……"

蔚彤枫微笑着看着我："傻丫头，别哭……"

"大哥……"我扑到他怀中，发现自己竟然从他的身体里穿了出去。我转过身，怔怔地看着他，"大哥……"

"傻丫头，大哥要走了，你以后要好好照顾自己。"蔚彤枫温和地道。他的身体笼罩着一层淡淡的光晕，一些细碎的金屑在光晕里闪烁。蔚彤枫的脸在光晕里，缥缈得不似凡间人。

"大哥，你要去哪里？"我奔到他面前，想拉他，却又想起自己根本拉不住他，手便僵在那里，眼泪止不住地往下掉，"大哥，是谁杀了你？你告诉我，我一定会帮你报仇的。"

"别傻了，傻丫头。"蔚彤枫微笑地看着我，"大哥不用你为我报仇，我的寿缘本该在这时结束。叶儿，你不要太执着，你这样子，叫大哥怎么走得安心？"

我痛哭失声："大哥，你要去哪里？"

"人死了，自然要去转生。"蔚彤枫微笑道，"你只要想着，其实大哥只是换了一具躯体继续活着，就不会再伤心了。"

"那我还会再见到大哥吗？"我抽泣道。

"如果有缘分，我们总会再相遇。"蔚彤枫温和地道，"别难过，我并不是孤单一个人。"

我怔怔地看着他，蔚彤枫身边突然又显出一道闪着金屑的光晕，一个纤秀的女子出现在光晕里。她牵起蔚彤枫的手，对我微笑："叶姑娘，我会陪在大哥身边，你不用担心。"

那模样，是我又不是我，不是蔚蓝雪是谁？我看到他们紧紧握在一起的手，微笑着流泪。蔚蓝雪温柔地看着蔚彤枫，柔声道："不管是去转生，是上天堂，还是下地狱，我都会陪在大哥身边，永远跟他在一起……"

"小雪……"蔚彤枫微笑着凝视她，眼中盛满我从未见过的脉脉深情，那是对至爱的女子才会流露出的眼神。这对历经磨难的情人眼里，此刻只得彼此，再也容不下旁人。

我的心里又是酸楚又是欣慰，两人身上的金屑突然闪出长长的金光。蔚彤枫和蔚蓝雪转过头，对我微笑道："叶儿，我们要走了。别为我们难过，我们会很幸福。叶儿也要努力过得幸福才行……”

“大哥……”我对他微笑，擦了擦脸上的泪，“我答应你，我会努力过得幸福……”

“再见，叶儿……”蔚彤枫对我挥了挥手，牵起蔚蓝雪，转过身，一步一步向远处走去。不知道从哪里传来了隐隐的诵经声，越来越清晰，他们身上的光晕在诵经声中渐渐地亮起来，金屑发出的金光变成一道道变幻莫测的金线，在光晕中闪烁涌动。蔚家兄妹手牵手，微笑着凝望彼此，两人的身影渐渐在光晕中消失。那团光晕渐渐淡下去，那些变幻莫测的金线纠缠着升上空中，渐渐地越飞越高，越飞越远，化成两个淡淡的小金点，像两只蝴蝶一般，消失在白雾之中……

“姐姐？姐姐？”身子被人抓着摇了摇，“姐姐，醒醒，天亮了。”

我睁开眼睛，映入眼帘的是入睡前的佛堂，原来刚刚是做了一场梦，我的眼有些发热。超渡的僧侣们已经结束了念经，我揉了揉额头：“我怎么睡着了？还睡了这么久？怎么不早点叫醒我？”

“我见姐姐太累了，就让你多睡了一会儿。”小红道，“姐姐，该上山了。”

我看了看天色，赶紧站起来。寺里的僧人们已经给棺木绑上了绳子，准备出殡。我走到棺木前，手抚到棺盖上，在心里低喃：蓝雪，我们一起送大哥上路。

竟然没有收到蓝雪的回应，我怔了怔，这才觉出有些不对，我此际抚着蔚彤枫的棺木，虽然伤心难过，却完全没有了昨日蔚蓝雪带给我的那种强烈的爱意。难道……回想起昨晚那个梦，蔚蓝雪与蔚彤枫化成蝴蝶般的金芒消失在我的视线中，难道，竟是真的？他们在梦中，与我作最后的道别，双双离开了？

如果是这样，真好，是不是？大哥，你以后不会再寂寞，蓝雪会永远陪着你。我微笑着，看到蔚彤枫的棺木沉下墓穴，往棺盖上撒上第一把土，普渡寺的僧侣们帮忙填土。很快，后山就立起一座新坟。碑也立到了坟头，只是碑上一片空白，没有刻一个字。大哥，等这件事解决了，我再为你刻上铭文，希望你在天之灵，能够安息。

不知道从哪里飞来两只蝴蝶，翩跹多姿地围绕着坟头嬉戏起舞。我睁大了眼，看着两只美丽的精灵你追我逐，像在随风玩耍。我的眼前莫名地就闪出曾在昏睡中见过的一幕，小小的蔚蓝雪追在蔚彤枫身后，耳边响着她银铃般的声音：“大哥，等等我……”

那两只蝴蝶似乎是飞累了，一前一后地停在墓碑上，一张一合地扇动着翅膀。大哥、蓝雪……我缓缓伸出手，探向那两只蝴蝶。两只蝴蝶像是听到我心里的声音，没有被惊吓得飞走，反而缓缓地辗转到我的食指上。我眼眶一热，将手缩回来，两只蝴蝶就这么停在我的手指上，悠悠地扇动着美丽的翅膀。大哥、蓝雪，你们是不放心我吗？你们放心，我会好好照顾自己，我会努力让自己幸福，谢谢你们……

我微笑起来，轻轻一扬手臂，两只蝴蝶翩翩地飞到空中，一前一后地追逐着，向远处飞去。我怔怔地望着它们消失的方向，在心中喃喃低语："再见了，大哥、蓝雪……"

## ✵ 第二十三章　追究

回了侯府，踏进大门，义管事迎上来："少夫人、二少爷，你们回来了！"

"嗯。"我淡淡地应了声，见他似乎还有话要说的样子，"什么事？"

"曜月国的使臣乌雷王子差人送了份礼给少夫人。"义管事低声道，"我送到少夫人房里去了。"

"礼？"我皱了皱眉，心中叹了口气。这乌雷，看来是要展开他的追求攻势了，"知道了。"

转头看了安远兮一眼，我垂睫道："昨晚谢谢小叔帮忙。小叔累了一晚，早些回房休息吧。"

他静静地看着我，沉默了片刻，才道："如果有什么我能帮得上忙的，大嫂尽管吩咐。"

我抬眼看他，一时无语。当年在沧都，我事事皆会与他商量，无论我想到些什么新奇点子，最后将它们付诸实施的人，都是他。现在想来，其实当年并不是我给了安远兮一份工作，反而是我事事都在依赖他。那时候，我或许看不顺眼他的迂腐，但交给他办的事情，我总是放心的，因为我心里其实是信任他的。而现在，我们之间那份信任还存在吗？从他莫名其妙地离开我那一刻起，他就有了自己的秘密，绝不想我知道的秘密；而我自己，也有太多难言之隐是不足为外人道的。两个背负着各自秘密的人，相处都是小心翼翼，谈什么信任？安远兮，你想如何呢？你明知道，就算我们现在是一家人，也不可能毫无芥蒂地回到从前那样的亲近和信任，我们，其实只是住在同一屋檐下的陌路人而已。

他似乎从我的眼神中看懂了什么，垂下眼，将眼中一抹莫测的神色掩没，低声道："我先回房了，大嫂……"

"小叔慢走。"我欠了欠身。他面无表情地转身离开，我叹了口气，对身后的铁卫道："云乾，你跟我过来。"

行至书房，却见云坎立于门外，见了我微微欠身："少夫人！"

"进来再说。"我先踏进书房。难道沉谙和赛卡门那里有什么变化？我让云坎安排人去盯着他们两人，此际云坎在这里，必然是他们有什么事。

留了云乾在屋内，我支退了其他人。待我坐下，云坎才对我道："少夫人，昨天皇上让人请了寂夫人进宫。"

"昨天？昨天什么时候？"我蹙眉，皇上放出寂将军受重伤的消息，派人请赛卡门进宫也是情理之中的事。只是，皇上为什么要放出寂将军受伤的消息呢？这种时候，放出这种消息，朝堂之上必定多加揣测，若是落到政敌耳里，岂不是不妙？或者，皇帝是有意放出这样的消息，那寂将军受重伤的事，莫非有假？

"昨日傍晚，寂夫人只身一人雇了马车想出城，结果被皇上的人截住，请进宫了。"云坎道。

"她想出城？她想去哪里？"我淡淡地道，毫不怀疑云坎能给我答案。

"寂夫人称是想去观音寺上香。"云坎道。

"那易沉谙呢？"我垂下眼，轻声道。

"易公子昨日清晨就出城了，去了城郊的十里亭，一直坐到天亮，今晨才回家。"云坎回答得很详细。我抬眼看他，"易公子可带了行李？"

"是。"云坎点头，"易公子随身带了一个包袱，是骑马去的十里亭。"

我点了点头："知道了，你继续让人盯着他们，先出去吧。"

赛卡门出城，是去见沉谙吧？是为了话别？还是想一起离开？恐怕后一个可能居多。若只是话别，沉谙既已决定离开，今晨又为何回来？必是因为昨日没有等到赛卡门，心知事情有变，才回来的吧？

赛卡门对寂惊云下降，还得在他身边催眠，才能达到不露声色地控制寂惊云的目的。她的任务没完成，怎么就急着想走？莫非是真的舍不得易沉谙？她花了那么多心思，还赔上自己的清白才得以接近寂惊云，又怎会为了儿女私情坏了这么久以来的部署？莫非这当中有什么变化？所以赛卡门才会想走？

云坎退出房，我看着云乾，道："你告诉我，那道伤口有什么异样。"

我昨日见他验尸时的表情，已知蔚彤枫受的伤不是那么简单。云乾道："昨天那位大内侍卫身上的刀伤，伤口处有明显的冻伤痕迹，江湖上只有一把刀，伤人之后会造成这样的伤口。”

“是什么刀？”其实我心里，已经隐隐有了一丝预感。在昨天云乾说到江湖上用刀的高手几乎没有人胜得过寂将军的时候，我就产生了一点怀疑，不过，我不敢推想下去，如果我怀疑的是真的，那这件事就太复杂、太可怕了。莫非，这就是赛卡门知道会发生的变化？

“是寂将军的冰魄刀。”云乾的话证实了我的预感。我闭了闭眼睛，果然，果然是……我果然没有猜错。

“你的意思是，昨天那个大内侍卫身上的伤，是寂将军造成的？会不会是别人也有类似的兵器？”我追问了一句，其实心中已经肯定。云乾摇头道：“寂将军的冰魄刀是天下奇兵，别的兵器很难仿照它制造伤口，而且冰魄刀有‘镇魂刀’之称，是指寂家列代祖先用冰魄刀征战沙场，杀敌无数，立下数不清的汗马功劳。皇上恩准他佩刀上殿，所以向来刀不离身。”

所以根本也不会有其他人拿了他的刀去杀人。难道大哥真是被寂将军杀死的吗？为什么？这当中到底隐藏了什么秘密？若大哥真是被寂将军所杀，我该怎么办？我还能信誓旦旦地发誓一定要为他报仇吗？

我庆幸蔚蓝雪此刻已经走了，若她的灵魂还与我同住在这具身体里，只怕我更难抉择。我疲惫地揉了揉额头：“云乾，你出去吧，我想静一静。”

想起皇帝今天还要我带段知仪进宫，我揉额头的手停了下来。看来我的疑惑，只有一个人才能解答了。如果蔚大哥的死真的与寂将军有关，他总要给我一个说法。

我唤了小红进来，扶我回房沐浴更衣，又让人通知段知仪，让他穿戴整齐准备跟我进宫。洗完澡出来，坐在妆台前让宁儿帮我梳头，我才无意间瞥到搁在一旁桌上的礼盒：“那是乌雷王子送来的东西？”

“是的，少夫人。”宁儿见我皱了皱眉，笑道，“少夫人，要打开看看吗？”

“不用了。”我转过眼，淡淡地道，“帮我梳头吧。”

我的发髻一向梳得简单，自从眼睛不方便之后，就更简单了，常常只是用一支簪绾了头发了事。就算是进宫，也只是比平时稍稍梳得齐整些，省下了盘那些烦琐的发髻的数个时辰的时间。宁儿很快弄好了我的头发，馨儿进来道：“少夫人，段公子来了。”

我站起来，扶着宁儿的手出去，行了几步，转头对馨儿道：“馨儿，把桌上那礼盒给义管事，让他差人送回乌雷王子的使臣行馆去。另外，以后他送来的礼，都不要再收了。”

“是，少夫人。”馨儿闻言去桌前抱起了礼盒。我行出房，见段知仪穿上了我让家仆送去的新衫，他是进宫见皇帝，总要讲些礼仪。想到他昨天那身装束，我微微一笑，若着了那身行头进宫，我真怕皇帝以为我是为了逗他开心给他送去一个小丑。

他见我出来，微微欠身道：“云夫人！”

“段公子知道我今天请你去哪里吗？”我笑道。

“我刚刚在房里卜了一卦，稍有分晓。”段知仪淡淡地笑了笑。我点点头：“公子明白就好，宫里规矩多，公子请谨言慎行。”

相对昨日，我今天进宫的心情要沉重得多。一夜之间，我失去了大哥，被皇帝知道了这具身体的身份，加上疑心是寂将军杀了蔚大哥，不知道这宫闱之中还隐藏着多少秘密。宫禁似乎还没有取消，皇宫内外的禁军只见多不见少。大概是得了皇帝的吩咐，今天守宫门的禁军没有为难我，只稍作检查便让我的马车进了宫。前来迎接的太监将我和段知仪带到御书房，进了屋，带着段知仪给皇帝行了礼。皇帝望着我身侧的段知仪，波澜不惊地道：“荣华夫人，这位便是你昨日给朕提过的段公子？”

“回皇上，正是。”我微微颔首，抬眼望他。隔得有点远，我看不清他脸上的表情，感觉皇帝的目光落在段知仪身上，打量颇久，才道：“段公子是平遥散人的高徒，如此人才，理当为朝廷效力，即日起去司天台任监副一职。”

我怔了怔，没想到皇帝什么话都没问，就给段知仪安排了个官职。司天台是朝廷的天文机构，掌天时、星历，每近岁末，奏新年历，所属有明堂丞、灵台丞及治历、龟卜、请雨、候星、候晷等，主官称令或监，监副一职，已算是高位了。段知仪倒也不跟皇帝客气，欣然谢恩，皇帝便叫了双喜领他出去。

待他出去，房内只剩了我和皇帝两个人。他从书桌后起身，坐到软榻上，看了我一眼：“过来坐。”

那语气，是熟稔而随意的。我怔了怔，想了想，走过去。我无法毫无理由地反抗他的命令，何况近些便于观察他的表情。近了才看到他的气色不怎么好，眼下有些阴影，眼中布满血丝，他昨晚没睡觉吗？他见我抬眼打量他，唇角勾了勾：“我封段知仪做司天台监副，很诧异吗？”

“啊？”我回过神，见皇帝的目光中带着一点审视。审视……无端端地，心里就有些别扭，他还在怀疑什么？我已经承认了身份，为什么他似乎对我还是不放心？我咬了咬唇："皇上的决定，自然是有原因的。"

"你认为朕有什么原因？"他唇角动了动，似乎带上一丝讥诮，转瞬又消逝，快得让人来不及捕捉。

"臣妾愚钝。"我垂了眼睑，不安地道，"不敢妄自揣测圣意。"

"愚钝……"他轻声哼了哼，淡淡地道，"是够愚钝的。"

我心中越发忐忑，不明白皇帝是什么意思，早先准备好的想问皇帝的那些事，也不好贸然开口了。沉默了片刻，皇帝又开口了："你大哥的事办好了？"

"啊？"我怔了怔，随即反应过来，"是。"

"你心里是不是有很多疑问？"皇帝看了我一眼，端起茶，蹙了蹙眉，又搁了茶杯。

我点点头："是。"我猜他那杯茶凉了，但他似乎无意让奉茶宫女进来，说话便更是小心翼翼。

"不问朕吗？"他的手指在茶杯上轻抚。

我抬眼看他，心里那些疑问堵着，总是要弄清楚的，索性把心一横，咬唇道："寂将军的伤如何了？臣妾可以看看他么？"

我知道寂惊云没有出宫，如果能够见到他，就能解开我心中的疑惑。皇帝抬眼看我，唇角带着一抹意味不明的弧度："你对别人的事情，倒是上心。"

"寂将军怎么是别人呢？"我心中有些不快，"他是皇上的得力助手，皇上难道不关心他吗？"

"听你这话，倒像是在为朕担心似的。"皇帝淡淡地笑了笑，神情却带着一丝若有似无的落寞。

我莫名地有些不安，嗫嚅道："他是平安的二叔，又是臣妾的朋友……"

"所以，只有朕是外人，是吗？"他抿紧了唇，"对惊云，对平安，对你身边的人，你都这么上心，独独朕……是外人。"

"皇上……"我不知道怎么回应，他此刻的语气和表情都有点怪，眼神里有一点灰色。我莫名地觉得心慌，他的声音传进耳朵里，显得空洞遥远："昨天你走了，我一宿都没睡。我想了一整晚，想得最多的是你在落英树下，抬眼看我的样子。那时候你的眼睛里，没有旁人……"

当他对我用"我"自称的时候，我知道他是以"宇公子"的身份在与我对话。我不由自主地回想起当年——落英树下，他将亲手雕出的木簪别到我的脑后，曾经，我的眼睛里只有他，事实上，即便是如今，只要回想起当年那个瞬间，我心里还是会有温暖的感觉。那一瞬间被他触动到心底最柔软部分的悸动和甜蜜，我永远都不会忘记。每当想起那个时刻，我会忘了他的身份，忘了他的深沉莫测，只记得他是那个曾经打动我心的宇公子。

“我想了很久很久，想我是不是做错了。我想，我是真的做错了……”他望着我的眼睛，灰暗的眼神渐渐亮起来，“丫头……”

我有一丝迷惘，似乎又回到了落英树下。他懒洋洋地唤我“丫头”，我曾经那样喜欢他如此亲昵地唤我，仿佛带着无尽的宠溺。他的眼神渐渐热切起来，猝不及防地抓住我的手，一不小心，衣袖将炕桌上的茶杯带到地上，茶杯在地上裂成碎瓷的一刹那，发出清脆的响声。我像是从梦中惊醒过来，蓦地甩开他的手。没错，我感激他曾经带给我一段美好的回忆，但回忆毕竟只是回忆，我没有否定我当初的感情，但感情会随着时间的流逝、环境的变化和际遇的跌宕而改变，我到底不再是当初落英树下那个眼中只有他的女子。他的表情僵住，我察觉到自己的失礼，垂睫嗫嚅道：“臣妾失仪，皇上恕罪！”

他的脸色渐渐泛青，片刻，声音像是从牙缝里蹦出来：“朕今天，赐死了德贵妃。”

我心中一惊，仓皇地抬头：“皇上……”假蔚相获罪之时，他已知德贵妃是假扮的，却一直没有动她，仅是将她打入了冷宫，此际赐死她，无疑跟获知了我的身份有关。

“你怕么？”他逼近我，脸色森寒，眼中燃着一团怒焰，声音里有压抑的暴戾之气。我瑟缩了一下，情不自禁地将身子往后一躲，这举动似乎越发激怒了他。他蓦地抓紧我的双肩，寒声道：“你怕我？躲我？就因为当初我犯的错，你就完全把我从心里排挤出去？你对我公平一点儿，难道你就没有错吗？你明明可以跟我解释，你有很多机会可以告诉我真相，为什么不说？就因为我不对你坦言，你就这样报复我吗？”

狂怒之下，他又用了“我”的自称。我心中害怕，想挣开他，他的手却像铁箍一样，箍紧了我的身子。我摇头，眼泪忍不住涌出来：“皇上，事到如今，过去的事，你又何必再追究……”

“过去？没有过去！”他怒声道，唇角浮起冷酷的笑容，“没人知道我赐德贵妃饮了鸩酒，我随便想个办法，就可以让你顶了她的位置……”

“皇上！”我大惊失色，心底发寒，连背上的寒毛都竖起来了，“皇上，我现在是云家的媳妇，是臣妻，皇上怎么能……”

“我怎么不能？”他寒声打断我的话，“你本来就是我的人，那个位置本来就是你的，我不过是让一切恢复原状！我倒要叫你看看，我能不能……”

他像个任性的孩子般叫着，死死地瞪着我，眼睛里仿佛有一把火轰地蹿上来，灼得我五脏六腑火辣辣地疼。他嘴里狂躁地说着威胁的话，身体却微微地颤抖，莫名的忧伤无法言道地漫延，将他整个人笼罩包裹。我的心颤了颤，我从来没见过他这样子，这样完全地表露自己的情绪，孩子般无助。他是皇帝啊，他向来是深藏不露的，自五岁起便被这个宫闱培养出来的心机、手段、城府，让人忘了他是皇帝的同时，还是一个人，一样有人脆弱的一面。胸口有细密的疼痛，我伸出手，抚上他的脸，不为别的，只为能体会他心中那份难言的痛楚。手触到他脸颊的一刻，他的身子微微一僵。他松了一只手，搭到我手背上，将我的手紧紧按在他的脸上，眼神有一丝迷乱，身体却渐渐放松下来，箍着我肩膀的那只手不再使劲，身子也不再颤抖。

泪水滑落到唇角，我嘴里有咸咸的味道。抿了抿唇，将那抹苦涩融开，我安静地看着他，放低了声音，温和地道：“你不能，皇上。你不是昏庸无道的暴君，你是胸怀天下的圣明天子，你心中自有一片丘壑，不会为儿女情长所累。皇上，过去的事，就让它过去吧。”我不是没有爱过你，只是那是以前的事了，宇，执着未必就是好的，放手吧。

他的瞳孔蓦地收缩，迷乱的眼光顿时暗淡。敏锐如他，必然已懂得我不用说出口的意思。他咬紧了唇，语气森寒，一字一字地道：“你明明是我的人，为什么会变成现在这样……”下一秒，唇已被他覆上，火热的呼吸扑面而来，他粗暴地吻我，惩罚似的啃咬我的唇。我又激怒他了，我知道。被动地咬紧牙，不让他的舌侵入，他便在我唇上用力一咬。我吃痛地倒抽一口气，他像蛮牛一样不由分说地趁机撬开了我的牙齿，火热的舌头长驱直入，舌根被他狠狠搅住，几乎是要将我啃噬殆尽般地粗暴地吮咬。我的身子被他禁锢在怀里，仿佛就要被揉进他的身体里，融成一团。我吃痛地挣扎，用尽力气地往他唇上咬去，血味在口腔里四散。他毫不在意，舌头在我口中狂暴地翻卷着，似乎在警告我的顽抗不过是白费力气。我尝到血腥的咸味，感受到他粗暴的动作下隐藏的无助和心慌，心中一软，闭上眼睛，停止挣扎，默默地承受他粗鲁激烈的蹂躏。

他感觉到我的顺从，怒气慢慢平复下来，唇舌也渐渐变得温柔。他灼烫火热的唇温柔地在我的唇上辗转碾压，舌尖轻轻地来回抚弄刚刚被他咬过的地方，含着一丝怜惜和歉意，我的泪软软地滑落下来。泪沾到他的脸上，他的身子僵了僵，停下动作，半晌，唇缓缓地从我的唇上离开。我感觉到一只手温柔地拭过我的脸颊，擦去我眼角的泪水。睁开眼，他眼光暗淡，面色惨白：“你真的要这样？”

那语气，隐含着绝望，我的身子不自觉地战栗起来，脑中一片空白，什么意识和想法都消失无踪，只是怔怔地看着他。他凝视着我，想辨认我的神色，然而我最终还是一片木然。他闭了闭眼睛，再睁开时，眼睛里射出锋利的光芒，语气惨淡决绝：“朕成全你！”

他猛地松开我，转身，语气淡漠：“来吧，朕带你去见寂惊云！”

## ✵ 第二十四章　地牢

软轿停在一处偏僻的宫殿。这里不知道是做什么的，守卫森严，没有太监宫娥这些闲杂人等。守在门外的侍卫见了皇帝，跪地行礼，皇帝摆了摆手，沉默地进去。室内空无一人，陈设并不特别，也就是一般的书房布置，唯一奇怪的是这个房间只有门，没有窗。我跟他进去之后，侍卫关了房门，殿里的光线暗起来。皇帝径直走到博古架前，拧转搁在不起眼的角落里的一个青瓷花瓶，博古架便无声无息地滑开，架子后面的墙上有个黑漆漆的门洞。我只是略微一惊，便镇定下来，古代的宫殿内有地道并不是件奇怪的事，我在电视和小说里见得太多了。皇帝转头看了我一眼："过来吧！"

踏进门洞，发现是条黑暗的通道，两旁的墙壁上燃着"吱吱"作响的粗烛，光线昏黑。皇帝不知道在墙上什么地方摸了一下，门洞被刚才的博古架移回来挡住。我本来就视物不清，在这种环境下无疑与黑夜无异，赶紧用手扶住了墙壁，以防跌倒。只一瞬，左手被皇帝抓在手心，他的掌心带着湿润的温热。我怔了怔，随即明白了他的好意，便由他握着。昏暗中，看不清皇帝的表情，只听到他低低地道："怕吗？"

"不怕。"我笑了笑。我是真的不怕，这个男人或许让我伤过心，却没有做过真正伤害我的事，"皇上在这儿呢。"

握着我的手微微一紧，他的声音听不出喜怒："走吧，下面是台阶，小心一点儿。"

我小心翼翼地跟着他下了台阶。台阶不长，却转了几道弯，想来是通到地底深处。在昏暗中待的时候稍久，视线渐渐能适应眼前的光线，已能辨出大致的景物。终于下完台阶，再走过一段通道，左右都有分岔道，不知道是通往何处，皇帝却只拉着我往前走。前方有紧闭的铁门，铁门外守着两个黑甲侍卫，见了皇帝，恭敬地行礼，掏出钥匙打开铁门。

铁门内，是一个较为宽敞的地厅，地面铺着光洁的石板，墙上也是坚硬的石墙，厅内没有燃烛，而是在厅顶和四壁的高处，嵌着十余颗大如鸽蛋的夜明珠，所以这个地厅虽然没有阳光，光线却比通道里亮得多，仿若白昼。刚刚踏进厅内，皇帝面前便跪倒了两名男子，一名是青衣武士装扮，另一名却身着官服："参见皇上！"

"起来吧！"皇帝没有放开我的手，牵着我往里走。虽然在地底深处，却感觉不到潮湿，空气也不憋闷，想来这个地厅一定设计了通风口。偌大的地厅没有多余的摆设，只在正中有个巨大的铁笼，笼子的栅栏全是粗如儿臂的铁管，一头嵌入天花板，一头嵌入地底，笼中躺着一个人，四肢皆被粗大的铁链锁住。我怔了怔，原来这偏殿地底，是一座地牢。皇帝在离铁笼两米左右距离的时候停下来，看着笼内的人道："你要见的人，在那里。"

"寂将军？"我惊讶地看了皇帝一眼，准备向前靠近笼子。皇帝拉着我的手，把我拖回来："就在这里看着就行了。"

"为什么要把寂将军关在这里？"我看向笼子，笼子里的人似乎睡着了，没有一点反应，"寂将军怎么了？"

皇帝看着铁笼里的人，淡淡地道："他今天怎么样？"却是问的室内两人。只听那身着官服的男人赶紧回禀道："回皇上，微臣用锁魂镜方阵镇住邪魂，饮食之中放了软筋化功散，寂将军一直昏睡未醒。"

这才看到铁笼四周各摆了一个大铜镜，镜面上用血红的朱砂写着奇怪的符咒，铜镜摆放的位置有些奇怪，微微上仰着。我顺着铜镜上仰的方向看过去，才看到四周墙壁的顶端也各有四个同样的铜镜，地面的铜镜吸纳了夜明珠的光线，折射到墙顶的铜镜上，墙顶的铜镜又把光束反射下来，直直地打在铁笼内，照在寂惊云的身上。我这才看到，寂惊云的身上，笼罩着一层符号状的光影。

我抬眼看着皇帝，心中有无限疑惑，尽管我知道我很快就能知道答案，还是忍不住催促道："皇上？"

"宋监正，你暂且将锁魂镜移开！"皇帝淡淡地吩咐，牵着我让开数步，离那铁笼更远。他一直握着我的手，手心已经微微起汗。此处视物已无碍，我想将手抽出，刚刚一动，便被他抓紧，我不好在下臣面前挣脱，只得不动。半晌，皇帝的手松了松，慢慢放开我的手。

此时那宋监正已上前将铁笼四周的铜镜微微转了转方向，铜镜映射的光柱不再射到墙顶的铜镜上，笼罩在寂惊云身上的符咒消失了。躺在铁笼里的人一动不动，过了一会儿，他的身子才微微一颤，看来寂惊云已经醒过来了。皇帝把我拉这么远必定是有用意的，我不敢再上前靠近，只得远远地留心观察着寂惊云的反应。笼子里的人坐起来，我看不清楚他的表情，只能看到他的动作。他似乎很茫然地左右张望了一下，头转到我们的方向，突然跳起来，扑向铁栅栏，但手脚的铁链限制了他的行动，他似乎愤怒至极，拼命挣扎，拉得铁链“哗啦”作响：“杀了你！我要杀了你！杀了你！”

他挣扎的姿势非常古怪，像直手直脚走路的僵尸。我被他疯狂古怪的样子吓了一跳，情不自禁地退了两步。皇帝扶住我的背，淡淡地道：“宋监正，你不是说给他服过软筋化功散吗？怎么他还能动？”

“回皇上，微臣的确给他服过，照说寂将军是不可能使力的，臣估计是控制将军的邪魂力量过于强大，所以还能支配寂将军根本无力的身躯！”宋监正的语气有一丝惶恐，“微臣担心，照这样下去，臣的锁魂镜方阵，很快就不能困住寂将军……”

“将锁魂镜归位吧。”皇帝面色严峻地道。宋监正领了命令，赶紧跑到锁魂镜面前，将锁魂镜对准墙上的铜镜。第一个铜镜归位后，墙上的铜镜射出一光符，打在寂惊云身上。寂惊云惨叫一声，像是被天雷击中，身子僵硬地定在地上，全身剧烈地抽搐，嘴里仍在不停地叫着：“杀了你！杀了你……”

叫骂间，第二束光符又打到他身上，他再次发出惨叫，声音破碎而凄厉，仿佛在承受痛苦的极刑。我捂住嘴，不敢相信地看着笼子里姿势怪异的寂将军，忍不住涌出眼泪。第二束光符打到他身上的时候，他再也骂不出声，惨叫声也微弱很多。等到第四束光符打到他身上，他僵硬的身体再也无法动弹，连抽搐都不再有，随即如同一座被推倒的石像，“咚”的一声，直挺挺地倒向地面。

我被眼前诡异的情景惊呆了，傻愣愣地看着重新昏睡过去的寂惊云，半晌说不出话。只听皇帝开口道：“好好看着他。”然后转头看我，语气仍是淡漠的：“吓到了？”

我怔怔地看着他，说不出话，皇帝转身走向铁门：“走吧！”

我擦了擦眼泪，跟在他身后走出地厅。铁门在身后重重地关上，我听到黑甲侍卫挂锁的声音。视线又落入到黑暗当中，皇帝的手伸过来，沉默地牵着我往原路返回。我被刚才见到的情形震慑住了，一路无言地跟着他走出地道，返回到那间书房布置的宫殿。

皇帝转了转花瓶机关，将那个隐秘的门洞挡住之后，没有往房外走，而是坐到了房内的软榻上，抬眼道："不是说不怕吗？"

"臣妾不是怕。"我咬了咬唇，跟着他走过去，"只是太震惊了。皇上，昨天行刺你的刺客，是寂将军吗？"

"如你所见，他神志全失，言行完全被邪魂所控制。"皇帝肃容道。我怔怔地看着他，心里顿时翻江倒海，"我大哥，是被寂将军杀死的？"

皇帝抬眼看我，沉默片刻，才道："他为朕挡下了惊云的冰魄刀，救了朕的命。如果不是他，昨天没有那么容易制伏惊云……"

我的身子晃了晃，皇帝赶紧站起来扶住我："坐下再说。"

他扶我坐到软榻一侧，我五脏六腑翻腾得厉害，大哥真的是寂将军杀死的，我能怎么办？杀了寂将军为大哥报仇？他明明也是被人所害，在神志昏乱下做出错事，我能怎么办？

"寂将军是因为中了牵魂降，才会行刺皇上吧？"我稍微平复了一下纷乱复杂的思绪，心底涌出一些疑惑，"可是，不是说中了二品牵魂降的人与常人基本无异吗？寂将军即使被人控制，常人也很难发现异样，怎么会出现这种心神俱丧的疯癫症状呢？而且他中降的时间应该还不足够降头师完全控制他才对，这到底是怎么回事？"

"二品牵魂降对付意志刚强的人，的确需要人近身催眠，一步步蚕食他的意志，等到降头师完全能够控制受害者。"皇帝的脸色阴郁，目光寒峻，"我问过宋监正，如果在催眠过程中，催眠者以邪术加速催眠进度，以非人的方法破坏施降者的精神，令其承受不住，神志昏乱，状如疯癫，这时候他只记得催眠者灌输给他的命令，不会再清醒，就如同下三品的牵魂降一般。"

宋监正想必就是司天台主官监正，他说的话应该不会有假。如果催眠者是赛卡门的话，她为什么要让花了那么多心思才施以成功的二品牵魂降术，沦为下三品的牵魂降？控制一个看起来与常人无疑的傀儡，不是比控制一个浑浑噩噩没有意识的傀儡更为有用么？为什么她要做这种赔了夫人又折兵的事？难道她的计划发生了变化？是什么变化逼得她要放弃这样好的一步棋？难道她感知到了危机，所以才不管不顾，改变计划，奋力一搏？她的计划这么隐秘，连我都只是猜测她有问题，她怎么会产生这样的预感？难道是我打草惊蛇？我仔细地回忆起那天去寂府查探的情形，蓦地想起赛卡门在听到傅先生说寂惊云面带黑气，肯定接触了不吉之物时，惊得打翻了手中的药碗，现在回想起她那时的表情，真是有丝怪异，莫非真是那时惊动了她？再深想下去，觉得那日傅先生的表现也有些过头，他为何要当着赛卡门的面对寂将军说那番话呢？甚至临出门时，还专程对赛卡门交代注意寂将军面相那番话。他明知道我们是去暗中查探的，不能打草惊蛇，为什么此际想起来，却像是故意在打草惊蛇一般？傅先生为什么要这么做？难道……傅先生与赛卡门之间有什么勾结，莫非，他就是她背后那个降头师？

我瞪大眼，为刚刚才冒出的想法冒出一身冷汗。

## ❋ 第二十五章　两难

我很快否定了刚刚这个猜测，如果傅先生与赛卡门是一伙的，赛卡门何须惊慌？猜来猜去都不对，看来这些问题，我回府要请傅先生好好解释一番了。

“听说皇上请寂夫人进了宫？”我望着皇帝。之前我跟他说过赛卡门可疑，皇帝在见到寂惊云中降的惨状之后，必定会抓赛卡门来审问，不知道现在皇帝是否已经知道真相了。

“嗯。”皇帝听我问起赛卡门，脸色一沉。我忐忑地道：“寂夫人与寂将军中降一事，有关吗？”

“她么？倒是嘴硬。”皇帝的眼神有丝锐利，冷冷一笑道，“以为一言不发，朕就拿她没有办法，就不知道她的目的了？”

“皇上知道她的目的？她真与寂将军有仇怨？”听皇上这样的口气，似乎并未对赛卡门进行刑讯逼供，那皇帝是怎么知道的？我蹙了蹙眉，试探道：“寂将军为人磊落，应不至于做出让人仇恨至此的事来，当中可有误会？”

“惊云的性格耿直，有些想法又太固执，一根筋通到底。朕早就警告过他这女子接近他别有用心，他偏不听。”皇帝拍了下矮几，气道，“现在是自讨苦吃！”

我想起平安说过，寂将军要娶赛卡门之前，曾与皇帝产生过激烈的争执，原来那时候皇帝已经对赛卡门生疑了，想必早已经查探过赛卡门的来历，偏是我自作聪明，以为别人都被蒙在鼓里，其实他们早就洞察先机。

“原来皇上早就知道寂夫人有问题，那皇上为何还是同意让寂将军娶她？”我静静地看着他，莫非皇帝另有安排？若是真的，那这世上，还有什么事是他不能利用的？

“我天罂国的骠骑大将军、一品定国公要娶一个来历不明的青楼女子做正房夫人，你以为我会容得他这么胡闹？”皇帝冷哼一声，“若是别人倒也罢了，朕下令不准，谁又能如何？偏是惊云，上次朕为他和回暖赐婚，哪知回暖福薄病故，惊云事后向朕讨了个愿，以后他的亲事由他自己做主，朕当时体谅他的心情，答应他了。”

竟还有这么一茬？不知为何，我总感觉皇帝提到回暖的名字时，发音格外重了些。我有些心虚，赶紧转开话题：“寂将军既知道寂夫人接近他是别有目的，为何仍要娶她？”即使是寂将军和赛卡门有了夫妻之实，但他也不是个糊涂人，不会明知道她要杀他还是坚持要娶她，这里面还有什么外人不知道的内情呢？难道寂惊云真的爱上了赛卡门？

“惊云对那女子心怀愧疚，想补偿她。也怪朕大意，朕倒小瞧了那女人的手段，以为凭惊云的身手，就算那女子想杀他，也不是那么容易，之前几次惊云轻轻松松就把她制伏了，所以没有反对到底。”皇帝沉声道，“没想到她居然会用这么阴毒的方法对付惊云，惊云此次吃亏，就是吃在他那性子上！”

寂将军对赛卡门心怀愧疚？赛卡门原来已经不止一次想杀寂惊云，连皇帝都知道？行刺朝廷重臣，已是重罪，皇帝明知道却不治她的罪，还由得她一次又一次地行刺，这里面到底有什么隐情？我蹙眉道：“寂将军真的做了对不起她的事？”

“惊云岂会与一介女子有私怨。”皇帝冷哼一声，“是那赛卡门黑白不分，亏得惊云用心良苦，倒落得如此下场！”

“皇上查出她是谁了吗？”我相信皇帝已经掌握了一些赛卡门的资料，也许从她以赛卡门的名字到青楼挂牌的第一天起，皇帝就已经在暗中注意她了。她以为用“赛卡门”这个名字可以引起寂惊云的注意，她也的确达到了目的，但她不知道的是，我这个沦落青楼身份不明的“卡门”也是皇帝心里的一根刺。她如此高调地用“赛卡门”的名字，却也在一开始，就把自己暴露了，皇帝不查她，才叫怪了。

“赛卡门？”皇帝冷冷一笑，“那女子极有可能是辰星国兵马大元帅瓦列金的家眷，从外貌年纪来看，应该是他的小女儿卓娅。”

“啊？”我不禁失声，“她是辰星国人？”那赛卡门既是外国高官的女儿，怎么会与寂将军有私仇？如果不是私仇，那是国仇？难道她是辰星国的奸细？

皇帝见我吃惊的表情，大概也猜到我心里所想，接着道：“惊云曾在北疆驻守边关三年，与北疆打过大大小小十余次仗，瓦列金阵亡在最后一次北疆之战中。”

我恍然大悟：“就是说，卓娅的父亲在北疆的战争中丧生，所以她只身前来天罂国，想为父报仇？”

皇帝冷冷地笑了笑，似乎对这个问题持保留态度。我想了想，有些明白皇帝的怀疑不是没有根据的，那赛卡门是辰星国人，又是官家小姐，怎么会南疆秘族的降头术呢？她以自己的身体为降引，又使出催眠之术催降，这些东西是谁教给她的呢？那个教她这些邪术的降头师，又是谁呢？

“那……皇上如今作何打算？”一时之间，我心中转了无数念头。暂且不去想赛卡门与谁勾结这个问题，倒是寂将军目前这种情况，不知道皇帝会作何处理？如果救寂将军只有一种方法，需要皇帝动用护国神鼎，皇上会同意吗？寂将军即使是皇上的亲信，但护国神鼎关系到皇帝的气运、皇权的稳固，想想历史上皇权争斗的惨烈，从上古时起到唐宋元明清，哪朝哪代登上皇帝宝座的台阶上，没有淌满鲜血？隋炀帝弑父杀兄、李世民玄武门之变、宋太祖“烛光斧影”之谜、明成祖“清君侧”起兵“靖难”、康熙帝九子夺嫡……就是这不同时空的天曌国，眼前的这位青年天子，登上皇位之路也颇艰辛崎岖。他会轻易拿关系到自己皇权国运的东西，来救一个臣子的性命吗？即使，这个臣子是他视如左膀右臂的心腹亲信？

再者，即便是不管气运之说，那个与赛卡门联合起来害寂惊云的降头师，如果与赛卡门是合作关系，那他的目的是什么？他总不会这么巧，也和寂惊云有仇吧？寂惊云中降一事，表面上看，似乎只是赛卡门与他的私怨，但深想下来，怎么看，矛头都直指皇帝。不管皇帝救不救他，对皇帝都没有好处。皇帝救他，会破坏气运，还会在七七四十九日之内将自己陷入危险之中；皇帝不救他，就会失去寂将军这样有用的国家栋梁，失去他为数不多的心腹臣子之一。救与不救，对皇帝来说，都面临两难的局面。

“如何打算……”皇帝淡淡地笑了笑，看了我一眼，目光似有深意，“若你是朕，会如何做？”

“我……”我迟疑了一下，如果我是他，我一定会选择救寂惊云，然而我到底不是他，无论我此时说什么，都是不对。想了想，我仍是诚实地坦言，“臣妾会救寂将军，因为臣妾没有那么多顾忌，臣妾的想法，一向都很简单。”

他深深地看着我，眼眸渐渐地幽不见底，不知道是不是在揣度我这番话的真实性。我犹豫了一下，仍是问道：“皇上会救寂将军吗？”凝视我的目光掩落在他垂下的眼睑之内，半晌，皇帝才淡淡地道：“此事朕自有主张，你就不要管了。”

自有主张？自有什么主张？这些男人一个个的，都自负得要死，我在电视小说里也看过不少。寂将军中降这件事虽说是赛卡门存心使坏，手段阴毒令人防不胜防，但皇帝和寂惊云自己就没有一点责任吗？他们都知道这女子来意不善，一个却仍然坚持要娶她，或许是心生愧疚，或许是为别的原因，仗着自己身手好，放任这个危险的女子在身边，以寂惊云的性格，指不定还允诺过给赛卡门杀他的机会，只要她杀得了他；而另一个最后仍是允了寂惊云的婚事，无非是想继续探查这女子的目的。显而易见，皇帝对为父报仇之说根本不太相信，所以即使知道这女子是危险人物，也以寂将军的身手好不会轻易为人所害来安慰自己，或者还有些轻视一介小小女子，根本翻不起什么风浪。如果不是这些男人太自负，寂将军何至于会着这赛卡门的道？

“皇上……”我蓦地抬头，皇帝对救不救寂惊云没有一个明确的表态，你叫我不管，我又如何安得下心？正欲开口，却见双喜从外殿匆匆转进来，跪到地上：“启禀皇上，偏殿准备好了，皇上是否要移驾？”

“知道了。”皇帝扬了扬手，双喜静静地退出去。皇帝抬眼看着我道：“朕还有事，你今儿先回去吧。”

我咬了咬唇，轻声道：“皇上，臣妾想见一见寂夫人，请皇上恩准！”这个赛卡门身上有太多的秘密，皇帝虽然说没问出她什么口供，我仍想试一试，也许我能从她身上获取一点情报，对寂将军会有帮助。

皇帝面色一肃，寒声道：“见她做什么？我让你别理这事！”

我赶紧站起来，跪到地上，哀求道：“皇上，臣妾知道是自己任性，让您为难。可您知道臣妾的性子，若是臣妾不知道这事倒也罢了，可如今我知道了，您让我如何能不理？事到如今，您对臣妾还有什么不放心的？臣妾绝不会做出对皇上不利的事情。皇上，我只是想帮寂将军，我不想我身边的朋友受到伤害，您让我见一见寂夫人吧。”

“你……”皇帝神情复杂地看着我，语气里带着一丝嗔怒，“你还不明白么？朕不想你掺和惊云这件事，是为你好。让你见到惊云那样，已是迫不得已，你……”

他蓦地收声，看着我泪意盈盈的眼睛，蹙紧了眉，半晌，长叹一声：“罢了，你起来，朕准了。”

“谢皇上。”我赶紧谢恩。皇帝扶住我，轻叹道：“见了就罢了，只当让你安心。这事，朕不愿你掺和进来，你可明白？”

他的神情决然，我望着他的表情，蓦地明白过来，他心中一早已经有了决断，只是这个决定，他不准备让我知道。为什么？如果他肯救寂将军，何至于怕我知道？难道，他选择的是为了稳固皇权放弃寂将军？

我心中发寒，却是无法多说一句，因为我无法指责他的做法。皇帝见我表情蓦变，想是猜测到了我的想法，唇角微微一动，却也未多言，只道：“走吧，朕正要去见那赛卡门！”

## 第二十六章　诱供

那赛卡门关押的地方，竟是这院里的偏殿，一间小小的耳房。有阳光透进来，屋里倒不显昏暗，只是房里空空如也。房屋正中有张竹制的躺椅，一身囚衣的赛卡门正躺在竹椅上。屋子里还站着一位身着官服的留须老者，立于躺椅一侧注视着赛卡门，见到我们进来，赶紧跪地行礼："臣参见皇上！"

"平身！"皇帝淡淡地道，看向躺在竹椅上的赛卡门，询问道，"怎么样了？"

"回皇上，臣已经施好引魂术，皇上随时可以提问。"老者垂首道。屋角点着宁神香，皇帝走到赛卡门面前，我赶紧跟过去，见她双目紧闭，面容平静，像是睡熟了的样子。引魂术？又是什么？我蹙起眉，见赛卡门这个样子，难道是催眠？

"你叫什么名字？"皇帝突然开口。我怔了怔，转头看向皇帝，见他的目光紧紧地盯着躺椅上的女人，意识到他是在对赛卡门提问，赶紧看向她。果然，赛卡门的眉毛微微一蹙，平静的脸上有了一丝反应，语气有一丝迟疑："卓……卓娅……"

果真是催眠术，而且观她的反应，显然是进入了深度催眠状态。这赛卡门夜夜用催眠术对付寂将军，不想今日皇帝也用同样的方法，对付不肯开口说话的她。之前皇帝说他有办法让她开口，我还真没想到是这个法子。她叫卓娅，皇帝探到的情报果然没有错。

皇帝的目光幽幽一转，对官服老者道："孙监副，你退下。"

这位老者想必也是司天台监副了。他欠身退出房，掩了门，耳房里只剩下我们三人。皇帝看着赛卡门，接着问："你从何处来？"

"辰星……国……"赛卡门在催眠状态中，说出这个事实时，仍是有些迟疑，可见她平日将这些秘密在心中埋得有多深。

皇帝又问："你来天曌国做什么？"

"我来找寂惊云那奸贼报……报仇……"卓娅蹙着眉，似乎有些抗拒皇帝的问题，但施在她身上的催眠术又似乎极为厉害，她心底纵然有微弱的抗拒，仍是不情愿地回答了。

"你与他有何仇怨？"皇帝平静地问，没有因为听到卓娅叫寂惊云"奸贼"显出什么不豫之色。

"那奸贼用卑鄙的手段，杀了我父亲，害得我家破人亡……"卓娅的脸上露出一丝痛苦之色，紧闭的双眼下，眼珠似乎在急速地转动。

"你父亲是谁？"皇帝仍旧用那种平静的语气，我这才觉得皇帝的语气似乎是故意放得缓慢平静，看来皇帝也深谙催眠之术的要领。卓娅果真顺着皇帝的问话答下去："我父亲是辰星国兵马大元帅瓦列金……"

"辰星国的兵马大元帅瓦列金死于五年前的北疆之战，他是在战场上阵亡的。"皇帝淡淡地道，"战死沙场，是军人的宿命，岂能将他的死归罪于敌方将领？"

"若寂惊云是正大光明地与我父亲交战，我父亲技不如人，被他杀死，我也无话可说。"卓娅的唇角微微抽搐了一下，语气变得激动起来，"可那奸贼根本不是靠正当的手段赢了那场仗，他、他是……"

"他是如何？"皇帝的语气也带上一分好奇，我也紧紧地盯着她。卓娅咬了咬唇，愤恨地道："他在战场上俘虏了我姐姐，以我姐姐做人质，让我父亲不敢轻举妄动，那恶贼……"

"你姐姐，可是被辰星国人称为'天鹅圣骑士'的女将军米拉？"皇帝的语气又恢复了平静，倒是我讶异起来，"天鹅圣骑士"？女将军？原来这个时空，也不是没有女子上战场的，虽然是辰星国的女将军，也足以让我好奇和钦佩了。

"不错。"即使在深度催眠中，卓娅的语气仍带上了一丝骄傲的味道，"我姐姐是辰星国最勇敢、最美丽的骑士，是辰星国数百年来唯一被国王亲封的女骑士，唯一能上战场杀敌的女勇士，是我们辰星国将士心目中的胜利女神！"

"朕也听说辰星国的将士将米拉将军视为胜利女神，据说她在遇到寂将军之前，从未吃过败仗，可是与寂惊云交战却三战三败，朕竟不知道，原来她还被寂将军所俘。"皇帝的语气似乎带上一丝若有似无的嘲弄，似乎意指女人在战场上，终是不如男人。

皇上的语气果然激怒了卓娅，她愤怒地叫道："若不是寂惊云使出阴险手段，我姐姐怎么会被他所俘……”

“战场之上，兵不厌诈。”皇帝冷哼道，“胜就是胜，败就是败，战斗的过程并不重要，重要的是结果。”

“你胡说八道……”卓娅激动起来，胸口剧烈地起伏，似乎有醒转的迹象。我赶紧低声对皇帝道：“皇上，别刺激她，不然可能问不完话了。”

皇帝淡淡地看了我一眼，再开口时，语气又恢复了平静：“米拉将军不是也阵亡于北疆之战么？你说寂惊云俘虏了米拉将军，怎么两军没有消息流传出来？”

“我怎知那恶贼安了什么心，不将俘虏我姐姐的消息传出来，只让人通知了我父亲，说我姐姐在他手上。我父亲不敢轻举妄动，为了稳定军心，没有把姐姐被俘的消息泄露出去。两军在北疆僵持了三个月，姐姐竟然只身一人从寂惊云那恶贼的军营中千辛万苦地逃了回来……”

我偷偷瞥了皇帝一眼，见他表情平静，暗暗嘘了口气。这件事看来没有那么简单，寂惊云竟然没有将曾经俘虏过那位米拉女将军的事告诉皇帝，只怕另有内情，不知道皇帝现在心里是怎么想的，会不会怪罪寂将军？

卓娅接下来的话有些惊人了：“姐姐回来了，还带回了敌军的重要情报，父亲很高兴，赶紧召开会议与将士们商量备战……”我心里一跳，这不是指寂将军看守不力，不但让敌国的俘虏逃走了，还让她带回了重要的军情？我又偷偷地瞥了皇帝一眼，见他还是面容平静，倒是我给弄得心七上八下，忐忑不安。

“姐姐自从回来后，一直郁郁寡欢。父亲以为姐姐是因为被俘一事，心里不痛快，好言安抚了几句，也没往心里去，只一门心思地准备大战。”卓娅的语气又波动起来，“哪里想到，这一战，父亲用了姐姐的情报，竟然会大败。敌军像是完全洞悉了我军的部署，父亲在这一战中身负重伤，被属下将士拼死救回军营，招来姐姐讯问，才意识到姐姐根本就是被寂惊云骗了。他故意让姐姐听到假的军情，故意放她逃走，就是想利用姐姐将假的情报带回去，设计引父亲上当，好全歼我军……”

我听着卓娅愤愤不平的叙述，其实并不觉得寂惊云做得有多错，就像皇帝所说，兵不厌诈，战场上，一个优秀的将领，不战而屈人之兵，自是上乘；而通过战术以寡胜多，或减少已方的伤亡，是一个将领最基本的领军素质。难道非要硬碰硬血淋淋地厮杀得来的胜利，才是光荣的？这是打仗，不是江湖中人一对一的决斗！

皇帝的脸上虽然没什么异常的表情，但我相信他心里肯定更会对卓娅这番话不以为然，但经过刚才，他也没再说“兵不厌诈”之类的话，只是沉默着，等待赛卡门接下来的供词。

“父亲和姐姐知道自己都被寂惊云骗了，姐姐脸色苍白、神情木然地跪在地上，请求父亲的责罚。父亲恨她的假消息害得我军伤亡惨重，下令仗责五十军棍。姐姐挨了十几棍便晕死过去，下身血流如注，士兵不敢再施刑，偷偷禀报了姐姐的未婚夫柳德将军。将军请了军医替姐姐诊治，发现姐姐竟然是流产了，原来姐姐受刑之前竟然怀了两个月的身孕。父亲又惊又怒，责问姐姐谁是孩子的父亲，可是姐姐却咬牙不说。父亲猜测姐姐是在敌军军营受辱，怒急攻心之下，伤重不治身亡。”卓娅凄楚的语声中隐含着愤怒，呼吸也沉重起来。

我心中一跳。卓娅在这种情况下，说的必然是真话，若米拉将军真是在寂将军的军营失身怀孕，谁都知道一定与寂将军脱不了关系。她被俘的三个月，是沦为了全营将士的军妓，还是一个人的禁脔？然而，我又不太相信寂将军会如此心狠，那这之间，到底有什么样的隐情？

“父亲身亡，全军将士士气低沉，前面还有敌军虎视眈眈，他们送来的劝降书被姐姐一把火烧了。敌军将我军包围起来，姐姐让柳德将军带人突围，她自己却不顾伤重的身体，带了一队人马迎战敌军主帅，结果……姐姐在战场上被寂惊云一刀刺入胸膛，含恨而终……”卓娅悲愤莫名，胸膛剧烈地起伏，恨声道，“寂惊云那恶贼，不但强暴了我姐姐，还利用她害死了我父亲，害死了我辰星国数万将士。他杀了我姐姐，还带走了我姐姐的尸身，让我们无法为其殓葬。我千辛万苦来到天曌国，除了要取那狗贼的性命，还要让他说出到底把我姐姐的尸身藏到了何处……”

强暴？我皱了皱眉，寂将军断不会如此，何以这个卓娅会这样肯定？不过，寂惊云带走米拉尸身的举动倒是有些不同寻常，他们两人之间的纠葛，只怕不是那么简单。我忆起初次见到寂惊云，他听我唱过那首《子陵·周郎顾》之后，那怅然若失、似痛似喜的神情，当时就曾揣测他曾有一段刻骨铭心且不足为外人道的过往，莫非就是与那位米拉将军的恩怨纠缠？再一细想，他那时可不正好刚从北疆回朝不久么？

“说得跟你亲眼见到似的。”皇帝淡淡地开口道，“你又没有上战场，怎么知道这些事的？”

皇帝一针见血的提问顿时点醒了我，是呀，这卓娅又没有上过战场，怎么会如此清楚战场上的事？刚刚观皇帝的神情，他是不知道卓娅说的这些事的。如果卓娅说的话是真的，只怕也只得几个当事人才清楚整个内幕，而当事人都死在了战场上，辰星国皇室也未必知道，或者就算知道也没有宣扬，那卓娅怎么会知道？

“那恶贼做下这些坏事，以为就不会有人知道了么？”卓娅闭目冷笑道，“父亲和姐姐阵亡沙场，国王降罪我家，将我全家流放，一路上颠沛流离，不知道吃了多少苦。母亲自从听闻了父亲和姐姐的死讯，大受打击，身子一日不如一日，在流放途中身染恶疾，也跟着父亲和姐姐去了。要不是柳德将军偷偷将我救出来，只怕我也会死在路上。柳德将军救了我之后，告诉了我父亲和姐姐死亡的真相。寂惊云那恶贼害得我家破人亡，如果不杀了他，难泄我心头之恨，我的家人在天堂也不会安息。”

“你只听别人的一面之词，便定了寂将军的罪？”我摇了摇头，轻叹道，“有些事情，不是你想象得那么简单。”

“我当然不是仅凭一面之词定他的罪。”卓娅冷哼道，“我以‘赛卡门’之名隐入青楼，就是等他上钩，伺机报仇，可我第一次行刺他，便被他发现制伏了。他审问我的来历，我自知行刺不成，落到他手上，也是死路一条，索性破口大骂那恶贼。那恶贼知道我的身份后，根本就没有反驳我骂他的话，反而把我给放了，并且承诺，只要我杀得了他，他那条狗命就是我的，他会定期来青楼看我，只要我练好武艺，随时可以取他性命。那恶贼若不是做贼心虚，心中有愧，又怎么会作出这样的承诺？”

我更加断定寂惊云与米拉之间有极深的纠葛，否则寂惊云在知道了卓娅的身份之后，不会作出这样的承诺。我不禁摇头轻叹，寂将军，你这样做，原是想化解卓娅心中的仇恨，可是为什么不好好解释清楚当初的事呢？大费周章地搞这么多事，那卓娅的武功哪及你万一。你本是好意，落在她眼里，却变成了刻意羞辱，明明可以简单解决的事，反倒搞复杂了，这些男人真不知道是怎么想的。我抬眼看了看皇帝，见他紧抿双唇，面容冷峻，语气有些严厉：“惊云既然给你这样的承诺，你为何还要用那种歹毒的邪术暗害他？”皇帝果然也没想到卓娅的心思，男人和女人的思维难道真差得这么远？

“那恶贼明知道以我的武功，就是再苦练五十年也不是他的对手。他那样承诺，不过是拿我当个可笑的小丑肆意羞辱！”卓娅果然冷笑道，“他既然假仁假义，我何须跟那恶贼讲道义？”

皇帝的目光渐冷，我明显感觉到他的愤怒，本以为他就要发火了，谁知过了半晌，他也没有动，然后，我听到皇帝深吸了一口气，缓缓道：“你是与谁合谋，谋害寂惊云？”

终于问到关键问题了，我不禁佩服皇帝的城府，竟能忍到现在才问这个问题。卓娅的眉头突然蹙起来，迟疑道：“我……我不认识他……”

皇帝似乎早知道她会如此说，也不追问她这个问题，又道：“你们是怎么联系的？”

“我们……他……”卓娅的眉头蹙得更紧，一句话说得断断续续，“他……每次都是……”她突然在椅子上挣扎起来，吓了我一跳。我这才发现她的手脚被绑在竹椅之上，只是刚才被衣袖和裤管儿遮住，一时没有注意到。她的表情似乎很痛苦，脸色惨白，豆大的汗珠从她的额头上渗出来。她想挣扎，却根本挣扎不了。皇帝拉着我退开两步，试探着又问：“他每次都是怎样联系你的？”

“他……啊……”卓娅艰难地开口，刚吐出一个字，却突然惨叫起来。我们吓了一跳，只见她的脸越来越白，渐渐地竟变得有些透明，血管、纤维、肌肉、骨骼在透明的皮肤下若隐若现，显得格外诡异。一颗艳红的痘痘在她的眉心渐渐长出来，卓娅“啊”地痛呼，双眼蓦地睁大。我微微一怔，她的脸还是那张脸，只是她的眼睛不再是黑色，透过双眼蒙蒙的红雾映入我的眼帘的，似乎是宝石一般的浅蓝，衬着她雪白的肌肤和高挺的鼻梁。我这才真真正正地感受到，她真的是辰星国人，一个异族女子。这蓝色的眼珠，才是她本来的瞳色吧，却不知道她是用了什么方法，竟然能将瞳色改成黑色，假扮了天罡国人这么久？而此际那眼瞳的颜色又是怎么变了回去？

她额际的红痘像蔓草发芽一般，探出数根触角，在额头盘旋成一个诡异的象形文字般的图案。图案形成的一刹那，她的眼瞳突然转成鲜艳的血红色，表情扭曲而狰狞，目露凶光，龇着牙发狂般地扯着束缚住她手脚的绳索。我心底发毛，手心微微沁出了汗，突觉手一紧，皇帝拖我退出数米，扬声道：“来人！”

侍卫冲了进来，护在皇帝四周，紧跟进来的司天台监副见到卓娅状如疯癫的样子，吃了一惊，赶紧上前，从怀中掏出一颗七彩琉璃球，悬在她眼睛前方，轻声念道：“好孩子，你累了，现在安静地睡一觉。乖，安静地闭上眼睛，你很累很累，你要睡觉……”

卓娅凶狠的眼神渐渐变得茫然起来，在那老者喃喃的低语中，渐渐合上双眼，她额上的图案，像刚刚生长时那样倒退着缩了回去，直至缩成一颗红痘，直至那颗红痘也从眉心散去，那个催眠的监副才长长地松了口气。

卓娅的面容平静下来，脸色也恢复了正常，像是睡着了。皇帝蹙着眉看向司天台监副：“这是怎么回事？”

那人赶紧跪地道：“回皇上，这名女子身上，似乎被人施了某种邪恶的禁咒。如果要强行冲开禁咒，这名女子会狂性大发，疯癫而亡。”

我吃了一惊，莫非卓娅背后那个降头师，为了防止她说出他的秘密，也给她下了什么禁咒不成？皇帝的脸色难看起来：“这禁咒无法解开吗？”

那老者战战兢兢地道：“回皇上，这禁咒是施术者用心头血画在该女子的额上。要清除禁咒，除非杀死施术者，否则……难以清除。”

皇帝沉着脸不语，半晌，淡淡地道：“这女子是重犯，好生看守，没有我的命令，谁都不准入内。”

说完，他转身踏出房去。我赶紧跟出去，沉默地走了一段路，低声道：“皇上……会如何处置她？”

这卓娅犯的是死罪，不管她有多少理由，只怕皇帝都不会饶了她。果然，皇帝冷冷地道：“她说的那些事有污惊云的声誉，等惊云醒了，还他清白之后，再论罪。”

看来皇帝还是很在意寂惊云的感受的，等他醒了……等他醒了？我心中一惊，又蓦地一喜，等他醒了是什么意思？这么说，皇帝是决定要救寂惊云了？我怔怔地看着他的背影，他竟不顾影响皇权气运之说，不顾七七四十九天的危险之说，决定要救寂惊云？一时之间，我觉得我有些看不懂他了，或者是，我从来都没有看懂过他？

## ❁ 第二十七章　玛哈

回了侯府，我步入书房，坐到软榻上，对小红道：“小红，替我请傅先生过来一趟。”

傅先生进来，我请他坐到一侧，等丫鬟奉了茶，屏退左右，才抬眼看他，静静地道：“傅先生，你到云府多少年了？”

“快二十四年了。”傅先生想了想，道，“从峥少爷出生不久，我就到侯府，一转眼就是二十多年了。”

云峥……

我闭了闭眼睛，云峥，云峥……

“少夫人？”傅先生有些诧异地唤我。我睁开眼睛，看向他，唇角微微一动：“傅先生，二十四年是一个不短的时间，占去人生的三分之一，就算是毫无血缘关系的陌生人，经过二十四年的朝夕相处，也会产生出一点感情的吧？云府上下，都格外礼遇敬重先生。我相信，先生对云峥，对云府，也不仅仅是一个大夫对病人、客卿对东家的感情，是不是？”

傅先生眼神微微一闪，垂睫道：“少夫人此话是何意？”

“傅先生，我话已说到这个份儿上，你又何必跟我装傻？”我苦笑道，“先生当日在将军府，本是去弄清楚寂将军是否被人下了牵魂降，可你为何要故意打草惊蛇，故意惊动寂夫人？先生到底为什么要这样做？”

傅先生沉默下来，手抚着茶杯，半晌不语。我也不催他，只静坐着等待答案，我知道，他一定会说的。他应该清楚，我既对他存了疑，以云家的情报网，也不可能查不出他的目的。我如今好言相询，只是尊重他，给他面子，能礼则不兵而已。

果然，片刻之后，傅先生终于开口了：“少夫人说得不错，傅某这二十四年来在云家，受到侯爷和峥少爷的礼遇。傅某不才，也知‘食君之禄，忠君之事’。何况峥少爷更是尊我如父，傅某纵是铁石心肠，也已将峥少爷视为子侄亲人。”

我静默不语，让他把话接着说下去：“我那日在寂府，的确是故意打草惊蛇，不是为了提醒寂夫人，而是为了引出她身后的那个人，那个下牵魂降的降头师。”

“你认识他？”我立即猜测出他这样做的目的，“你知道他是谁？”

“我不敢绝对肯定是他。”傅先生迟疑了一下，“但至少能有八成确定是他。”

我看了他一眼，淡淡一笑：“先生这么做，恐怕不是为了帮我吧？”

“傅某惭愧。”傅先生面色微红，果然承认了，“傅某的确是有私心，少夫人明鉴。”

我笑了笑，也不说话，只等他继续往下讲：“这件事，得从傅某年轻的时候说起。不瞒少夫人，在下本是南苗人，本名叫克列夏。”

我一惊，南苗人？傅先生医术高超，又懂得这么多巫蛊之术，莫非他与南疆那个神秘的部落也有联系？这事，老爷子可曾知晓？傅先生看出我的疑惑，坦然地道：“此事侯爷也知晓，在下不敢隐瞒侯爷半分。”

我点点头，倒也相信。他若撒谎，是一戳即穿，若想隐瞒，则不必对我坦言。傅先生接着道：“我的部落，是南疆的一个神秘的部族，族人善养蛊虫。我从小父母双亡，得到族长亲自教养，这对我来说是天大的福分，因为我可以跟族长的儿子一起，学习部族最神秘、最高级的蛊术。族长见我天分高、进步快，常常夸奖我。年轻时我只觉得能得到族长的夸奖是一种荣耀，却没想到因为族长常常在众人面前夸奖我，会引起族长的儿子玛哈的不满。

“族长的儿子玛哈，练蛊的天分也极高，在部族有‘小蛊王’之称，可是因为他为人骄傲自大，目空一切，性格狂妄，常常受到族长的训斥。族长还经常拿我与他作对比，这让自视甚高的玛哈对我从不满渐渐变为仇视，时时与我针锋相对。”傅先生说着这些往事的时候，表情木然，想来那一段往事必定不怎么愉快。我不敢遗漏他说的这些消息，凝神静听，只听他接着道，“玛哈的狂妄个性，让族长意识到他不是接掌族长之位的合适人选，所以族长决定将‘五瘟蛊’这种最神秘的蛊术传给我。这种蛊术历来只传给下一任族长，族长这么做，意味着他决定让我接任族长之位，这件事，令玛哈视我为死仇。他一怒之下，偷走了族长的练降密书，离族出走。

“那时我正值春风得意之时，做了一族之长，娶了部落里一个心爱的姑娘为妻，妻子还为我生了一个儿子，唯一的遗憾是没能实现老族长临终前的愿望，找回离家数年的玛哈，取回练降密书，但我一刻也没有忘记过老族长的交代。我想找回玛哈，化解他对我的心结，一起共同治理部落。”傅先生闭了闭眼睛，再睁开眼时，眼中透出一股恨色，“没想到有一天，我五岁的儿子突然失踪了。当我和族人顺着蛛丝马迹在一个山洞找到我儿子的时候，见到的却是……却是……”

他的语气发颤，双手紧握成拳，似乎是回忆到了极为痛苦的一幕往事。我见他极力克制着身体的颤抖，也不好追问，只得静静地等。傅先生咬牙半晌，才从齿缝里发出声来：“我见到玛哈，正在用我阴年阴月阴日阴时出生的儿子练制二品牵魂降……”

牵魂降？我心中一震，差点儿失声叫起来，双眼蓦地睁大。莫非，给寂将军下牵魂降的，就是这个玛哈么？思及此处，更是不敢打断他的叙述。隐在幕后的黑手呼之欲出，我的心情莫名地紧张起来。

“玛哈练降正到紧要关头，被我们打断，被降术反噬，趁夜仓皇而逃，而我可怜的孩子，却惨遭横祸，死于非命。降头术与蛊术虽然同为我们部族的秘术，但因为降头术练制方法过于邪恶，就算是在我们部落，也被视为禁术。以前也有偷练降头术的人，不是给族人带来了深重的灾难，就是被降术反噬，自食恶果，所以族人禁止学习降头术，违令者将被族长废除功力，驱逐出部落，再无在南疆立足之地。就连历代族长，也只是从上一任族长那里继承过先祖的练降密书，传承下去，不准偷练，否则会受到同样的惩罚。所以，这世上知晓降头术的人也仅寥寥数人，会练降头的人，如果有，就必是这玛哈，或者与他有关联的人无疑。”傅先生肯定地道。我点点头，若果真像傅先生所说，我也赞成他的推断。傅先生喘了几口气，努力平复呼吸，片刻后接着道：“玛哈练降一事触怒了族人，族中长老将玛哈的南苗身份从部族中剔除，并向南疆八十八洞村寨发出追捕通牒，要捉拿玛哈治罪，但一个月过去，也没有抓到他。我的妻子因为爱子丧生，忆子成狂，变得疯疯癫癫。有一日她只身跑到山上找儿子，不慎跌落山崖摔死了。我在妻子坟前发誓，不报此仇，誓不为人，就辞了族长一职，四处探查玛哈的下落。”

傅先生停下来，深深地吸了口气，又接着道：“我从南疆找到天曌国，却没有得到玛哈的一点儿消息。我本来想，那玛哈身受重伤，一身功力几乎全失，若想快速恢复功力，肯定会再找优质童男练降。就算他找不到像我儿子一样阴年阴月阴日阴时出生的童男，找到资质上乘的童男练三品牵魂降，也能恢复功力。我不相信玛哈被降术反噬已经身亡，可是我找了整整五年，却没有在哪里听说有童男和孕妇大量失踪。正当我快要绝望的时候，我看到了云府为峥少爷重金聘请名医的告示，告示中描述的病情，与中了五品牵魂降极为相似，便到府上求见侯爷，想看看峥少爷所患之病，是否真是中了牵魂降……”

“你说什么？”我如中雷击，喉咙发干，蓦地睁大眼，瞪着傅先生，“你说云峥是中了五品牵魂降？他不是中的情蛊吗？怎么又变成了中降？这到底是怎么回事？”

傅先生平静地看了我一眼，沉声道：“峥少爷中的的确是情蛊，但他的情蛊，却是为了克制五品牵魂降种上身的，如若不然，峥少爷早就变成一个没有任何意识的痴呆儿。”

“那情蛊，是你给云峥种的？”我握紧双手，咬牙道。

“是！”傅先生点点头，“我当初登门应诊，看出峥少爷中的是邪恶至极的牵魂降，虽然只是最低等的五品，但傅某也没有办法解降。好在古书记载，末品的牵魂降可以用以毒攻毒的办法，所以我用最歹毒的情蛊，压制最邪恶的牵魂降，这才解除了峥少爷身中的五品牵魂降。但我之前也向侯爷呈明，峥少爷以后一直得受情蛊之苦……”

我一把拂落炕桌上的茶杯，狠狠地瞪着他，控制不住双唇的颤抖：“你……那情蛊既是你给云峥下的，为什么在解降之后，你不为云峥解去蛊毒？”

“少夫人，以情蛊压制五品牵魂降，只记载于古籍，从来没有人真正施展过，能否成功，我当初也不敢给侯爷打包票，只是尽力一试，至于解降之后会产生什么变化，也是傅某无法预料的。”傅先生沉着地面对我的怒火，平静地道，“情蛊在压制五品牵魂降时，虽然解了邪降，但蛊虫也在峥少爷体内发生了一些异变，在下也无法清除蛊毒，只能尽量压制……”

我握紧双手，捏得指节发白，不知道要怎么控制自己，才能不将心中的怨恨倾泻出来。眼前这个人，即使他用情蛊救了云峥的命，即使我知道我不该怪他，可我心里仍是充满了愤恨，恨得将唇都咬出血来，腥咸的血味漫延在口腔。我瞪着他，只觉得自己快被胸中那把怒火烧成灰烬。

傅先生避开我愤恨的目光，垂下眼：“少夫人，你还要听么？”

“讲。”我几乎将牙咬碎，狠狠地从齿缝里挤出话来，“照你这么说，那云峥最初的五品牵魂降，是玛哈下的？”那么，怎么又会扯到绮罗身上？说绮罗会种情蛊，她是南苗女子，倒不是不可能，可是她怎么会下被南苗人也视为禁术的降头术？这里面又有什么内情？这云家到底还有多少秘密，是我所不知道的？

“极有可能。”傅先生点点头，“玛哈逃出南疆时受了重伤，一身功力几乎散尽。他想在治好伤的同时，练制上三品的牵魂降，还要躲避我的追捕，根本是不可能的事情，就算是有人帮他，也顶多能练练下三品的牵魂降。就算不是他练的，也必是与他有关的人。不过以我对玛哈为人的了解，他绝不会轻易将降头术传给别人，所以是他本人的可能性居多。我给峥少爷解降，一方面是想打探到玛哈的消息，另一方面，也是希望能通过侯爷的势力，帮我捉出玛哈。没想到二十多年过去了，玛哈就像突然从人间消失似的，一点消息也没有。这么多年过去，我的希望渐渐也淡了，也许玛哈当年真的伤重身亡，直到这次寂将军中降，才让我重新燃起了希望。所以，傅某在寂将军府才故意打草惊蛇，想引出幕后那人，就算是他们有一点风吹草动也是好的。只有他们肯动，才能被我们找到蛛丝马迹的线索。”

“这件事，爷爷怎么说？”我当初将寂将军这件事告诉给老爷子，不知道云峥以前受的竟也是牵魂降之苦，但老爷子却不动声色，还面不改色地让我知会皇帝当心，不知道是暗中已经着人去查了，还是想通过皇帝的势力，一起找出这个玛哈。算来算去，这个神秘的玛哈，才是害死云峥的罪魁祸首。但这个玛哈，也未必是最后的黑手，他与云家没什么关系，为什么要给云峥下降？唯一的可能，是这个人被人利用或者收买了。很好，很好，我心中冷笑。云峥根本不是死于长辈不光彩的争风吃醋，而是有人恶意加害。这个人，不是云家生意上的对头，就是官场上的政敌，这个范围并不大，我不信我找不出这个人来。我握紧双手，云峥，我不会放过他，我要为你报仇，我一定要找出这个幕后黑手，将他碎尸万段！

# 第二十八章 祖训

踏出书房，我略微平复了一下心情，今天傅先生所讲的这一切，我需要得到一个人的证实，否则我不会随便相信。他隐瞒了这么久的秘密，突然这么轻易地告诉我，难道真的仅仅是因为我看出他故意打草惊蛇？

夕阳从香樟树疏落的叶片缝隙中透射下来，在青石行道上洒下斑驳的光点。我脑子里想着刚才傅先生说的那些秘密，无意识地踩着那些光斑，觉得有些眼花，便赶紧闭上眼睛，停下脚步，只听小红在耳边道："姐姐，怎么了？"

"我眼睛不太舒服。"我揉了揉额心。小红立即道："那我扶姐姐去前面的亭子里坐一会儿。"

我点点头，缓缓睁开眼睛。小红扶着我向前面那座木亭行去。这亭是建在牡丹圃当中，本是春季用来赏花之用的，所以亭的地势稍高。这当儿，却还不到牡丹花盛开的时候，小红扶我步上木亭的石阶，触目所及，却有一个熟悉的身影落到眼底。我怔了怔，坐在美人靠上的那人听到响动，抬起眼，见到我也是一怔，站起来低头欠了欠身："大嫂。"

"小叔在这里……"我见他那样子，在这里也不是一时半会儿了，不知道是在想事情还是怎么，倒是我打扰他了。我一时进也不是退也不是，有些尴尬地立在原处，倒是小红不客气地道："二少爷，姐姐眼睛不舒服，想在亭里歇歇。"言下之意，是让安远兮快些离开。

"小红！"我低声呵斥她。这丫头看安远兮不顺眼，所以对他一向不恭敬。小红不服气地别过脸，我看了安远兮，淡淡地笑了笑："是我打扰小叔了，我这就走。"

"大嫂……"安远兮见我转身想走，赶紧出声，"大嫂在这里歇歇吧。我在这儿好一会儿了，正准备走。”

他一边说，一边往外走，我也不好多说，侧身让路。他却停了停：“大嫂的眼睛……”

“不妨事，只是刚刚觉得阳光有些刺眼，眼有些花。”我笑了笑，不在意地道。安远兮看着我，似乎想说什么，终是没说，转身踏出亭去。小红皱了皱鼻子，轻哼了声，扶着我的胳膊道：“姐姐，我们过去坐。”

我坐到美人靠上，抬眼看了看小红，轻声道：“小红，你别老是针对他。”

“我有么？”小红不服气地道。我叹道：“你有没有，自己心里明白。这样不好。小红，我们现在到底是一家人，你整日针对他，就算小叔不与你计较，让其他下人看到，成什么样子？若让人以为这是我的想法，人家又会怎么看我和小叔？你好端端的，别给家里添乱子。”

“他以前那样对姐姐，姐姐就不恨他么？”小红撇了撇嘴，恨道，“我一见他那副样子就来气……”

“小红。”我打断她的话，“你要我恨他，是要我记住他，放不下他么？”

“姐姐，我不是这个意思……”小红瞪大了眼，急忙摆手。我笑了笑，握住她的手，轻叹道：“小红，我从来没有恨过安远兮，即使是在嫁给云峥之前，也没有。我们之间，大概是缘分太浅，我们都没有积极地去努力过，所以怨不得任何人。小红，其实我是感激他的。不管如何，他带给我的美好的回忆，大于他给我的伤痛，而那些伤痛，也早被云峥的爱抚平了。如今我们的身份，因为我们的过去，在这个家里连朋友都做不成，可至少我们还是家人。所以，小红，不要针对他，好吗？”

“姐姐……”小红的眼圈儿红了，咬着唇说不出话。我拍了拍她的手背，微笑道：“好了，我眼睛没事了，扶我去找爷爷。”

老爷子的身子仍是时好时坏，我踏进他的院子，见他躺在竹椅上晒太阳。他见到我进来，笑道：“叶丫头来了。”

“爷爷。”我走过去，在他身旁的椅子上坐下来，“你今儿精神看着不错。”

“老了，再怎么精神也不像你们这些年轻人。”他笑了笑，看着我，“这些日子，你辛苦了。”

我不知道老爷子对我的行踪知道多少，恐怕我做的这些事都瞒不过他，我的来意，没准老爷子也已经知道了。我笑了笑，索性开门见山地道：“爷爷，我有些事想问你。”

老爷子屏退了下人，我也支走小红。待院里只剩下我和他两人，老爷子才开口道：“丫头，说吧。”

我看着他，轻声道：“爷爷，傅先生跟我说，云峥当年是被人下了降，他为了解降，才给云峥种了情蛊，是吗？”

老爷子脸色平静地点了点头：“是。”

看来老爷子果然知道我这些天的行踪了。我吸了口气，又问：“这么说，云峥根本不是被绮罗下了蛊，而是另有人恶意加害，是吗？”

“那降的确是绮罗下的。”老爷子摇了摇头，“只是她下的是降，不是蛊。”

“可是如果按傅先生所说，那降术只有那个玛哈才会，那绮罗难道是玛哈的棋子？”我的双手在衣袖下紧握着，沉声道，“云家和玛哈之间有仇吗？若没有，他又是受谁指使来加害云峥？”

“这件事背后是有人操纵，老夫心里很清楚。”老爷子面无表情，冷哼一声，“绮罗，甚至那个玛哈，都不过是那人安排的棋子。”

“爷爷知道那人是谁？是云家的仇人吗？”我倒抽一口气，有些难以置信地看着他。如果他知道那人是谁，以老爷子的性格，怎么会忍下来？只怕早就将那人揪出来碎尸万段了。我心中突地一震，莫不是老爷子早就报了仇了？那我这一腔的愤恨，该找谁去发泄？

“有人要害你，有时候不一定是跟你有仇，金钱、权势、美人，都能让世人不顾一切。”老爷子的眼睛微微一眯，闪过一丝异样的神采，“其实在当时的情况，也不难分析出一点眉目。只需要分析一下，那人这么做，云家将会失去什么，而什么人会因为云家出了事而从中获利，就能猜到七八分了。”

“加害云峥，云家会失去什么？”我有些不解，如果不是因为仇恨，那么加害一个刚刚出世的婴儿，能得到什么？

“子嗣。”老爷子看了我一眼，开口道，“加害云峥，云家会失去子嗣。”

“子嗣？”我失声道，心中越发诧异，“我不明白，爷爷。”让云家绝后，能得什么好处？何况云峥被人加害时，他的父亲云弈还在世，并且刚刚纳了一房美妾，以后还可能生下更多的孩子，何以要如此残忍地加害一个出生不久的婴儿？

“爷爷告诉你一件事，你就明白了。”老爷子咳了一声，轻喘道，“云家先祖被开国太祖皇帝封为永乐侯之后，立了长子为世子，却又同时立下一条祖训，无论侯位由长房传承至几代，如长房无男嗣，则由二房一脉的长男继侯位……”

我立即明白了，在明白过来的同时，脊背发寒。怪不得云家长房代代都子嗣不丰，原来，这是云家长房一脉子嗣不丰的根本原因。有了这条祖训，云家的旁支便可以正大光明地觊觎永乐侯这个爵位，以图执掌云家的实权。人若是心中一直燃着这样的贪念，什么恶事做不出？大家族内争产夺权的戏，我前世还看得少么？就算是加害几个堂兄弟的性命，又算得了什么？

"云家的先祖当年怎么会定下这样一条规矩？"我费力地吞了一口唾沫，艰难地道，"这不是给后人埋下手足相残、兄弟阋墙的祸根吗？"

"这是云家先祖的高明之处。"没想到老爷子竟这样说。我瞪大眼看着他，老爷子面无表情地道，"这条规矩固然有你所说的隐患，但却是让云家保留最精英血脉的方法。创业难，守业更难。你见过多少富贵之家能显赫过三代？多少大富之家的后人因为花天酒地、不务正业、才能平庸挥霍衰败掉先人的家业？只有云家，永乐侯之位传到本侯手里，已经是第三代了，家业却越来越庞大昌盛，你知道是什么原因吗？恰恰是因为先祖这条祖训，他让云家的后人随时充满了危机意识。如果你自身能力不够强大，如果没有能力守住你所拥有的一切，随时可能被取而代之。"

我怔怔地看着老爷子，摇头道："可是用这样的方式来对待后人，未免过于残酷了，难道能力不强的后代，就没有好好活下去的资格吗？"

老爷子冷冷一笑，淡漠地道："那是自然。如果长房能从种种阴谋诡计中脱颖而出，自然会拥有守住家业的能力；如果长房能力不够，被二房设计，由二房继位也是理所当然。不管是谁来守这片家业，都是云家的子孙，而且是最有能力的云家子孙。"

这样冷酷的话从老爷子的嘴里理所当然地说出来，我心里一阵阵发寒。云家的先祖要的后代是一群完全没有亲情的狼崽子吗？一份家业，比得上后代的性命和幸福重要吗？我咬紧牙，一字一字地道："爷爷的意思，是说云峥是被云家自己的人加害的吗？云峥没有能力保住自己的性命，所以死了也是活该，对吗？"

我恶狠狠地瞪着他，最后一句话，几乎是吼出声的。眼泪控制不住地流下来，如果老爷子敢这样说，我一定会抡他一巴掌。

老爷子垂下眼，眼角抽了抽，沉声道："峥儿的遇害，是我无能，是我没有保护好他。"

我狠狠地抹去脸颊上的泪，恨声道："到底是谁害的云峥？"我恨不得将那个人从坟墓里挖出来鞭尸。既然老爷子猜出是二房的人，当年不可能没有追查下去，那人说不定早就被老爷子五马分尸了。

老爷子沉默片刻，重重地叹了口气："是天奇。"

天奇？云天奇？我怔了一下，才想起他是谁。云天奇，是堂叔公云崇岭的长子，云想容的父亲，算起来是云峥的堂叔，已经死了二十年了。云家的家谱中记载的是病逝，他死的时候，他的夫人才刚刚怀上云想容。云家的人很少提起这个堂叔，竟然是他害的云峥么?

"是他？"我恍然。怪不得上次我提到太后有意立想容为皇后，老爷子的反应这么冷淡；怪不得想容进宫之后，老爷子便不闻不问，想必老爷子是不想二房出个皇后，坐大势力。那为什么老爷子还要把云家的生意交给二房的人去打理呢？长房这些年来几乎都是一脉单传，二房却刚好相反，经过这几代，枝繁叶茂，又细分出无数旁支来。漕运执事云天海是织造执事云崇岭的次子，矿山执事云天常是云崇岭已经过世的胞兄云崇峰的儿子，算起来，云家这几位执事，都是二房的人。老爷子既然知道了二房的野心，怎么还会把这么多生意交给他们？这里面，究竟还有什么玄机？细细一想，又觉得不对，二房的几位长辈虽然都是执事，但账房都是老爷子直接委派的，而且多年来每月从各项收入里支出那么大一笔神秘的开支，几位执事却都不知道是干什么用的，另外也没见几位执事表露过什么不满，难道几位执事只是被老爷子架空了权力的空壳，他们对云家真正的实力其实根本接触不到？这是老爷子对二房的报复？还是公事公办，即使不发生云峥中降事件，也会对二房进行打压?

"嗯……"老爷子闭上眼睛，似乎不想对这个话题继续下去，一副很累的样子。我仍待追问，老爷子摆了摆手，道："详细的情形，我让云德告诉你。我有些累了，你回去吧。"

我见老爷子这个表情，将追问的话吞进了肚子里。云天奇是如何与玛哈勾结上的？又是如何让绮罗给云峥下降？当年下降案的主谋死了，绮罗也死了，我要报仇，竟只能找那个玛哈了？老爷子这么多年，竟都没有找到过那个家伙？老爷子知道我的性格，不搞清楚绝不会罢休，既然他不想说，那我就问云德吧。

我站起身，看了老爷子一眼，淡淡地道："爷爷，我的诺儿，也会和云峥同样的命运吗？"

老爷子猛地睁开眼睛，眼中闪出一抹戾色："同样的错误，我不会再犯第二次。诺儿的安全，你不用担心。"

我相信老爷子为了诺儿的安全，一定进行了很多部署，但是如果二房的人对我的诺儿动了一丝丝歪念头……我冷笑道："爷爷，害死云峥的人，我一定要他偿命。如果二房的人是威胁到我诺儿性命的源头，那就把这个泉眼毁了。云家的旁支太多了，我诺儿不需要那么多亲戚，没有二房，就没有威胁了。"

"丫头……"老爷子瞪大眼看我，像是从来没有认识过我似的，眼神莫测。我垂下眼，欠了欠身，转身走出去。

## ❁ 第二十九章 断线

“德叔，爷爷既然让你来，当年的事，想必你是十分清楚了？”我望着眼前的云德，平静地道。听闻了那么多令人惊惧和作呕的秘密，我突然发现，自己的心境变得有些冷漠。如果以杀止杀是最好的方式，那我将不再在乎别人的性命，只要我爱的和我关心的人好好的，就算要对不起天下人又如何？

“云德所知，必不敢瞒少夫人半分。”云德恭敬地道。我笑了笑，心里清楚，如果不是老爷子授意，就算我拿刀指着云德的脖子，他也不会跟我讲半个字的。这云德一家上至祖辈就是云家的忠仆，他的祖母是老爷子的奶妈，祖父云青松是云家的大管家。云德的父亲云修从小就跟着老爷子，后来也承了父业做了云家的管家。云德的情况跟他父亲一样，从小跟着云峥的父亲云弈，现在也做到了管事的位置，以后大管家的位置也是跑不掉的。以云德对老爷子的忠心，我这个云家少夫人还强迫不了他。

“那么，请你告诉我，当年那件事到底是如何？”我平静地问。

云德看了我一眼，并没有马上回话，大概在脑子里组织了一下语言，才开始条理分明地叙述：“当年峥少爷中了邪降，侯爷非常震怒，下令彻查，首先便从下降的绮罗夫人查起。但绮罗夫人在下降后就被夫人冲动地处死，没有当事人对证，这件事查得也不是很顺利。侯爷派了些人去南疆调查，发现绮罗夫人只是个普通的南苗女子，并不懂使用降术。侯爷怀疑这件事是二房暗中使坏，所以对二房的每个人基本上都作了调查，最后查出二老爷的长子天奇少爷，在弈少爷去南疆的那段时间，去曜月国办货，本来该两个月就回来，他却用了三个月时间。侯爷顺着这条线查下去，结果知道天奇少爷耽搁的那一个月时间，却是去了南疆。”

我面无表情地听着，云德看我没有反应，接着道：“天奇少爷到南疆去了一趟回来，对侯爷只字未提此事。峥少爷出事之后，天奇少爷去了南疆这事被侯爷查出来。他解释说是因为他在由曜月国返回沧都的途中，接到弈少爷的信，说认识了一个南苗女子，很喜欢她，想带她回侯府，又怕老爷子不答应，让天奇少爷去帮他想办法。天奇少爷说他接到信之后十分着急，才转道南疆，劝弈少爷打消此念。弈少爷同意了，他才放心地回了沧都，没想到弈少爷只是敷衍他，终是把那个南苗女子带了回来。”

这种一面之词，谁会相信？我在心中冷笑。老爷子必定不会相信，若是这云天奇想用这几句话便过关，简直是侮辱老爷子的智商。云德又道：“那时侯弈少爷刚刚病故，峥少爷虽然解了邪降术，却受着每月一次的蛊毒之苦。侯爷伤心之余，不信天奇少爷的话，怒骂天奇少爷狼子野心，为了觊觎世子之位，竟然联合妖人，找个南苗女子来迷惑弈少爷，加害峥少爷。天奇少爷矢口否认，侯爷大怒，下令将天奇少爷关押起来，又再派人去南疆调查，想等拿到证据之后好好审问。这件事在云家引起了强烈的震动，族中长辈齐齐来给侯爷施压，说侯爷没有证据不能把天奇少爷关起来。众多晚辈也来给天奇少爷求情，侯爷就是不为所动，强硬地把所有反对之声都压了下去。大家见侯爷铁了心似的，也不敢再出声，没想到天奇少爷却在这个时候，在关押他的屋里上吊自杀了，还留下了一封遗书，说的确是他勾结了南苗妖人，利用美人计引诱弈少爷，再加害峥少爷。他自知罪恶滔天，不敢再苟活于世，愿以一命偿之。这件事终于水落石出。”

“水落石出？”我抬眼看他，冷笑道，“他之前死不认罪，后来又畏罪自杀，如此反复，老爷子不觉得蹊跷么？这件事就如此简单？他就没有同谋？他是怎么认识那个南疆妖人的？不会是走路撞上的吧？谁给他们搭的桥？那玛哈这么多年一直没有消息，他隐匿到了何处，连云家都找不到他？是谁在帮他？这么多疑点，竟然说水落石出？”

云德平静地看着我，垂睫道：“天奇少爷一死，族人对侯爷都颇有微词，说是侯爷硬生生逼死了天奇少爷。加上侯爷派去南疆的人也没有查到什么实质性的证据，所有线索就都断了。既然天奇少爷也已经留书认罪，侯爷也不好再追究下去。”

“所以，这件事就这么了结了？”我平静地道。

“是。”云德点了点头，“侯爷对外只说天奇少爷是病故的，并严令不准云家的人再提这件事，所以连想容小姐也不知道天奇少爷是自缢的。”

“这么说，要想弄清楚这件事，还非得找到那个玛哈不可了？”我冷笑着问他。云德知道我并不是想要他回答，只是发泄心中的怨气，不敢作答。

“行了，你出去吧。”我知道他这里再也问不出什么了，不过云德给我讲的这些还是让我了解到了很多信息。首先，云家长房和二房之间一团和气不过是一种表象，老爷子被二房害死了儿孙，只怕恨死二房了，而云崇岭被老爷子“逼”死了儿子，不管是真的“逼”死，还是二房为了脱身交个人出来顶罪，儿子死了这是事实。可两个人每次见了却一副兄友弟恭的样子，彼此都是惺惺作态，我嫁入云家这么久，都不曾发现。这大家族的人，果真个个都是作秀高手，一个个都是披着人皮的狼。

云德欠身退出房去，我吐了一口闷气，感觉头针扎似的痛。这些天接二连三发生了这么多事，一件比一件更让我措手不及，我只觉得自己陷在一个巨大的陷阱里，只要稍不注意，就会被隐藏在暗处的恶狼撕成碎片吞噬。

诺儿！我猛地站起来，心急火燎地往外走。我的诺儿，娘亲不会让你也变成一只没有人性的狼崽子，也绝不会让任何一条恶狼欺负你。我不顾小红的叫唤，急急忙忙地冲回“舒园”，一边大声唤他：“诺儿！诺儿！”

“娘亲……”我的宝贝在奶妈的搀扶下跌跌撞撞地向我跑来，我扑通乱跳的心一下子安静下来。“诺儿……”我蹲下身，抱起我的宝贝，脸贴上他的小脸，低语轻喃，“娘的宝贝，娘好想你……”

“娘亲，宝宝乖乖……”小家伙在我怀里乱蹭，“宝宝有吃楂楂……”

我忍不住笑起来，眼圈儿却热了。这小家伙前几天吃了太多杏仁酥不消化，我喂他吃山楂片消食，没想到他不喜欢山楂的酸味，就是不肯吃，还说山楂骂他。他不吃，弄得我又好气又好笑，装作生气不理他。这两天发生这么多事，没像以前那样整天陪他，小家伙肯定多心了，这会儿拿好话来哄我，真是人小鬼大。

我柔声道：“真的呀？宝宝真乖，宝宝是最听话、最可爱、最聪明的乖宝宝。”

小家伙笑得跟一朵花儿似的，小小年纪，已经听得懂赞美的话，脸上也露出几分扬扬自得的神情。我微笑着，只是这样看着他，我就觉得幸福。诺儿，娘会好好守护你长大，不会让任何人伤害你。云峥，我会好好守护我们的儿子，守护你留给我唯一的珍宝，等他长大到足以保护自己，等到我再也没有牵挂，我就来找你，云峥，你会等我吗？

“少夫人。”宁儿走过来，“义管事说有位易公子想见您，正在花厅候着。”

“易公子？”我怔了怔，随即反应过来，应是易沉谙。我亲了亲诺儿，站起身，让奶娘把他抱走，又理了理衣裳，搭着宁儿的手往外走，心里却在揣测着易沉谙的来意，只怕多是为了那个卓娅。是听说卓娅被皇上“请”进宫中，本来决意要离开的人，也担心得返了回来，易沉谙，怕是真的喜欢她，只可惜……

我幽幽地叹了一口气，坐在厅内椅子上的人立即转过头，站起来微微欠身：“嫂夫人！”

他仍旧是好风度的，即使心焦，也不表露出来。我笑了笑，踏进门去，轻声道：“快请坐。你能来看我，真好。前阵子你说要走，还以为你真的不会来向我辞行了呢。”

这其实是温和的拒绝。易沉谙眉宇间的忧郁一闪而过，却不落座，静静地看着我道：“沉谙冒昧，有事想请嫂夫人帮忙。”

他说得那般诚挚，倒叫我不忍说出虚与委蛇的话来。我默默地看着他的眼睛，索性坦言道：“沉谙，如果是为了赛姑娘的事，我帮不了你。不管你是要求我做什么，哪怕只是想见她一面，我都帮不了你。很抱歉。”

他似乎早知道我会这样答他，表情十分平静，眼神却显得空洞。失神片刻，他淡淡一笑，唇角蕴含着苦味：“沉谙知道是自己强人所难，嫂夫人不必觉得抱歉。”他从袖中取出一样银色的器物，双手奉上，“沉谙别无所求，只愿嫂夫人若有机会见到赛姑娘，能将此物交给她。”

我看向他手中的东西，却是一把小巧的银匕首，只有两指长，匕首的刀鞘雕工精致，一看就不是普通工艺。我摇摇头：“沉谙，这东西，我是不能给她的。”他让我带匕首给赛卡门是什么意思？怕她受不住羞辱，给她一个可以保存尊严、自我了断的东西？

“嫂夫人误会了。”易沉谙大概猜出我的想法，微微一笑，“这匕首是赛姑娘的父亲赠予她的，她曾说银匕首是他们家乡勇敢和希望的象征。”

是要她勇敢、坚强，不要害怕，永远心怀希望么？我接过他手里的银匕首，微微一笑。喻义是好的，只是对于赛卡门来说，也仅是一时的安慰罢了。我心里很清楚，皇帝不会放过她的。

“我会尽力。”如果我还能见到她的话。

易沉谙浅浅一笑，颔首道：“谢谢嫂夫人，沉谙告辞。”

他转身出去，我握着那把银匕首，看着他的背影消失在门外，怔怔出神。易沉谙，他到底是不是爱她呢？这态度，若是不爱，分明关切着；若是爱着，为何明知她身陷囹圄，还如此从容淡定？随即淡淡一笑，这世间人的情感何等丰富，我们哪里能一一体会和懂得？有些情感，怕只有当事人才能体会明白。

## ✵ 第三十章　虫尸

玛哈，这个人，不管是棋子，是从犯，还是主谋，我都必然要找到他，才能解开当年云峥中降的真相，才能顺藤摸瓜。看来我还要再找傅先生好好谈谈，之前与他交谈时，仅仅是一句云峥当年是中降而非中蛊，已经足以让我心神大乱，无法思考了。至于那玛哈的具体情况，却是没顾及细问。傅先生与我一样与他有深仇，这些年又一直想找到他，肯定是做了不少功课的，能多了解一些情况，总是好的。

思及此处，我立即站起来，决定去找傅先生。之前我对他的态度可不太好，现在情绪平复下来，还是亲自去他那里一趟，以示诚意比较好。小红扶我出门，走至庭院，却听到前方一阵吵嚷之声，似乎有冥焰的声音在里面。我透过一侧疏落的夹竹桃枝看过去，果真看到冥焰熟悉的身形，另一个似乎是女子，却不知道是谁。倒是小红在一旁道："咦，冥少爷怎么和一个番邦女子在一起？"

"番邦？"我怔了怔，仔细看远处的人影，那衣饰果真有些不同，像是曜月国的袍服。正准备上前去看看，却听到那女子大声道："你们天曌国人太过分了，为什么总是把我三哥送的礼物退回去？我三哥是王子，你姐姐凭什么不见我三哥？"

说我来着，我退了一步，倒不好出去了。我想起这丫头是谁了，曜月国送来和亲的那朵草原之花，这会儿已经换了女装，这丫头怎么会跑来纠缠冥焰？之前乌雷送来的那些礼物，我都让人退了回去，后来他再送的东西，家人也不敢再收。这几日我东奔西跑，乌雷据说也上门找过我几次，可不巧的是我都不在府中，落到他眼里，大概是认为我有意躲避，不肯见他。想来这位其其格公主以为我是有心给她三哥难堪，所以上门兴师问罪来了。我摇头苦笑，真不知道该拿这位贵客怎么办，这位公主上次被冥焰弄了个哑巴亏吃，那时候冥焰不知道她是女子，所以才不客气，现在可不好再对她不恭敬。这会儿给她撞到冥焰，还不被她缠死？

“你们送礼我们就要收吗？”冥焰冷哼一声，态度可不怎么好，大概已经被这位公主缠烦了，“你们曜月国人的礼物是轻易收得的？上次我姐姐收了你们一把金刀，差点把命赔在曜月国了。你们的礼物都是催命符，谁敢要？”

我差点忍不住笑，这个冥焰，说话也太不留情面了，这位小公主受得了气才怪。果然，那小公主跳了起来，指着冥焰气愤地道：“你……你胡说。我三哥赠的金刀，是无上的荣誉，咱们草原的姑娘做梦都想要……”

“别拿那些人和我姐姐比。”冥焰不耐烦地转过身想走，嘴里嘀咕了一句，“笨蛋！真烦人！”

“你骂谁是笨蛋？你才是笨蛋！”小公主气急败坏，骄横的脾气又上来了，扬手伴着风声过来。我抚住额，上帝，你那鞭子又抽不住冥焰，老拿出来耍什么啊？

果真，那鞭子被冥焰牢牢地抓在手上。小公主使劲抽了几下，没抽出，又气又急地道：“放手！”

冥焰哼了哼，仍是揪着鞭子不放。小公主想是从来没有遇到人敢忤逆她，怒道：“你大胆！放手！你放不放？”

她拼命想抽回鞭子，冥焰摇了摇头，突然松开手，那小公主本就在抽鞭子，未料到他突然松手，猝不及防地跌坐到地上，一下子怔住了。冥焰斜着眼睛看了她一眼，转头走开，嘴里又嘀咕了一句：“笨蛋！”

“你才是笨蛋，你才是你才是。”小公主撇了撇嘴，打又打不过冥焰，她的尊贵身份也不被人当回事儿。小公主大概还从来没有人敢给她受这种窝囊气，眼见着就要哭出来了。

“真烦人。”冥焰转过身把她拉起来，气哼哼地道，“你说你不是笨蛋，我就出题考考你，你若答错了，就给我回去，别再来侯府闹事。”

“我才不是笨蛋。”小公主噘着嘴娇嗔道，“我才不怕，你放马过来吧。”怎么听，她的语气都有股子撒娇的味道。我的心中一动，这小姑娘别不是喜欢上冥焰了吧？

“你输了可别哭鼻子，也不准耍赖。”冥焰的声音里透着一股子算计，狡猾地道。

“我才不会。我们草原人从来说一不二。”小公主哼道，语气颇为自豪，“你考吧！”

冥焰伸出食指竖到小公主面前："这是什么？"

我赶紧捂住嘴，怕自己笑出声，小红却是轻笑出声。我赶紧示意她掩嘴，小红捂着嘴偷笑，脸都憋红了。冥焰这小子，竟然拿我上次逗他的脑筋急转弯来戏弄人家小姑娘，以这小公主这么一根筋的性子，肯定又要吃亏。

果然，小公主错愕地看着冥焰，想是没猜到冥焰会出这么简单的题目给他，气呼呼地道："一！"

"错。"冥焰耍人成功，得意地笑了，"这是手指头，我问你这是一是二了吗？"

小公主张口结舌地瞪着冥焰，气结道："你、你……"

"我什么我？"冥焰不耐烦地打断她的话，继续举着他的手指头，"我再问你，你哥为什么不用这个手指头握缰绳？"

小公主明显又是一愣，大概没想明白，冥焰怎么知道他哥是怎么握缰绳儿的？只听她哼了一声，得意地道："我哥是草原勇士，就算不用这个手指头握缰绳也能把马骑好！"我听到小公主的答案，也快憋不住笑了。看来这小公主也不清楚她哥到底是怎么握缰绳的，她哪能想到这根本是冥焰整的陷阱，随便她怎么回答都会中计？

"错！"冥焰大声道，"因为这根手指头是我的。"看到小公主目瞪口呆的样子，冥焰得意地道："你还说你不是笨蛋，笨死了！"

"你、你……你耍诈！"小公主跺了跺脚，指着冥焰气急败坏地道。

"什么耍诈，明明就是你自己笨！"冥焰扬起脸，嗤道，"你两个问题都答错了，愿赌服输，以后别来烦我！"

"你、你欺负人……"小公主终于被冥焰成功气哭了，掉头呜咽着跑了。我叹了口气，从树影下走出去，见冥焰耸耸肩，满不在乎地转过身。他看到我，先是一怔，随即笑开："姐姐！"

我轻笑着摇了摇头，叹道："冥焰，你是男孩子，怎么能欺负人家小姑娘呢？"

"我欺负她？她不欺负人就好了。"冥焰皱了皱鼻子，不以为然地道，"这些刁蛮任性的金枝玉叶，真烦人！"

"再怎么人家也是客人，又是外国来使，你也知道说人家是金枝玉叶，是不是该显示一下男子汉的风度，和咱们天罂国的容人气度。"我斜了他一眼。冥焰不好意思地笑道："好了姐姐，我认错还不行？我下次不捉弄她了。"

我笑了笑，继续往前走，冥焰跟在我身后道："姐姐去哪儿？"

“我找傅先生。”我脚步没停，随口跟他聊着。

“师父不在，我刚从他那里过来。”冥焰赶紧道。

“不在？”我停下脚步，转头看他，“傅先生出去了吗？几时回来？”

“不知道。”冥焰摇摇头，蹙起了眉，“昨天师父见过你之后，把自己关在屋里，晚饭也没吃，今天一大早我就去看他，结果他屋里根本没人。”

“哦。”我点点头，“既然傅先生不在，那我就不过去了。冥焰，等先生回来了，你过来告诉我。”

“姐姐。”见我转身想走，冥焰赶紧叫住我，“我觉得有些不对劲儿。”

“怎么？”我诧异地看着他。冥焰眉毛轻拧着，沉声道：“我今儿早上去见师父的时候，发现他将房间收拾得特别干净，他的那些秘籍，也全都收在一个箱子里，还留了信，说这些书全部送给我，好像感觉他不会再回来似的。”

“竟有这事？”我大惑不解，难道是因为我昨天对他态度不好，让他心生离意？即使是这样，也不用留书出走，不辞而别呀？

“是。可师父的衣物行李都好好地放在屋内，财物也未带走。我有些担心，师父到底是去了哪里，不会有什么意外吧？”冥焰舔了舔唇，又道，“而且，我在他屋里闻到了很浓的通心草香的味道，更是担心，本想出去找找师父的，没想到被刚刚那个番女缠上了。”

“通心草香？”我不解地道，“那是什么？”

“啊，那是师父用来养蛊的一种香，那香是用通心草制成的，焚出来的味道，是给师父养的‘五瘟蛊’蛊虫吸的。”冥焰道，“师父每月才给‘五瘟蛊’吸一次通心草香，那香吸得过多，蛊虫就会精神亢奋、好斗。师父每次都是在月亏之夜，在蛊室燃一支香，给蛊虫吸饱之后，再放出其他的恶蛊与‘五瘟蛊’厮斗。‘五瘟蛊’每吸一次香，功力都会升一级，师父这蛊养了二十年，据说非常厉害。我平时想看一下，师父都不准，说万一他控制不好，可能救不了我。可是昨天不是十五，师父却给‘五瘟蛊’吸香，而且屋内的余香味道特别重，恐怕吸的香也是平时的好几倍。我去养蛊房看过，封‘五瘟蛊’的坛子也不见了。”

我想起傅先生说过，“五瘟蛊”正是他们部族的族长授予他接掌族长之位的蛊术，想来一定是蛊中最厉害的一种。傅先生怎么会突然把这么重要的蛊带出门？他养了二十年的蛊，必是有大用处的，说不定是用来对付那个玛哈……我悚然一惊，脑子里灵光闪过，莫非他知道了玛哈的下落？他昨日告诉我那些事时，提到玛哈，脸色总有些异样，我当时只当他是心中愤恨，根本没有深思，现在想来，应是他心中有事，可恨我当时竟然没有注意到他的异样!

我一把抓住冥焰的手臂：“冥焰，我们得快些找到傅先生，我怕迟了就会出事……”又转头对小红道，“小红，让铁卫来见我，我要多让些人出去找。”

“姐姐想找师父，不用那么多人的。”冥焰见我脸色大变，脸色严肃起来，“我可以通过搜魂引感应到师父的气场，只要师父没有离开京师，我都能找到他。”

我瞪大眼：“那你还等什么？赶快感应啊！”

冥焰闻言立即盘腿坐地，闭上双眼，双手结扣，半晌没有一丝反应，倒是脸色越来越严肃，眉头也越拧越紧。我焦急地看着他，差不多过了半盏茶工夫，冥焰猛地睁开眼睛：“不好！”

“怎么了？”我赶紧道。冥焰从地上站起来，脸上也带上一丝焦灼：“师父的气场很微弱，时断时续，像是随时都会消失的样子。”

“他在哪里？”我一听更是着急。冥焰举步往外走，“我是从东南面感觉到师父的气场的，如果没错，应该是在东郊。”

我跟着他往外走，迎面赶来的铁卫见我们过来，抱拳道：“少夫人，马车准备好了。”

我点点头，脚不停步地吩咐道：“云乾、云巽、云坎、云兑，你们四个跟我们走。”

马车在大道上疾驰，飞快地出了城，奔上了乡间土道，心底的焦灼令我毫不在意道路的颠簸。驰出十来里远，前方连稍微宽敞的土道都快消失了。窗外已是一片荒野，人迹罕至，天也快黑了。傍晚的天空中盘旋着黑漆漆的乌鸦，发出令人心悸的瘆人叫声。马车停了下来，云乾在窗外沉声道：“少夫人，前面有两条小路，马车都过不去了。”

我和冥焰下了车，前面果真有两条小道。我看向冥焰：“应该怎么走？”

冥焰闭目片刻，睁开双眼，指着右边的小路，果断地道：“这边！”

“我们快走！”马车既然过不去，只好走路了。云乾拦住我，“少夫人……”

“怎么？”我诧异地看着他，云乾垂首道：“少夫人，这条路过去就是京郊有名的乱葬岗，少夫人还是不要过去……”

乱葬岗？他这样说的时候，正好一阵阴风吹过来，我全身的寒毛都竖起来了，配合着乌鸦的惨叫，还真有些心里发毛。我强自镇定道：“我不怕鬼……”

云乾赶紧道："属下不是这个意思。少夫人，您可能不知道，葬在这里的人只是草草掩埋，有些早夭的孩子甚至是随意丢在这里，经常有尸首被野狗掏出来吃。我怕遇到这种情况，吓着夫人……"

他还真吓着我了。我忍不住抓紧了冥焰的手，冥焰见状，赶紧道："姐姐，不如你就待在车里，我一个人过去看看就行了。"

"不，我要去！"与其留在这里担心，还不如跟着一起，而且铁卫如果分成两组，真遇到什么危险我怕左右不及，"我的眼神又不好，看不清楚的。大家一起去。"

这条路越走越是荒凉，四处杂草丛生，渐渐地，果然开始看到一些孤坟。越往前走，坟场越清晰地呈现在我们面前，天色也越来越暗。我紧紧抓着冥焰的手，心里直打鼓，忍不住开口说话，想令自己不去刻意感受坟场恐怖的气氛。

"冥焰，你这搜魂引是法术么？可以用来找人？"我低头看着脚下的路，轻声道。

"不是法术，姐姐。"冥焰笑了笑，解释道，"其实是师父教的一种比较特别的内功心法，运行这种心法的时候，能够感受到相似或相同的一些气场。因为师父也练过，所以我能感应到他的气场。"

"哦……"我恍然，又有些失望，"这么说，如果用来找其他人是不行的了？"

安生失踪了这么久，一直没有消息，我本来还以为这搜魂引可以帮忙把他找出来呢，看来还是不行，也不知道安生现在到底是生是死。我叹了口气，冥焰大概猜到我在想什么，握着我的手紧了紧，轻声道："姐姐，别太担心，安生吉人天相，一定会平安回来的。"

我无奈地笑了笑，也就是一句宽慰人的话，这么久没有消息，真的能平安回来吗？这当儿，脖子上的黑龙玉突然有些发热。我怔了怔，摸了摸黑龙玉，确定我没有感觉错误，那玉的确开始渐渐变热。奇怪，黑龙玉为何会突然对我示警，难道这地方有什么诡异不成？正胡思乱想间，一阵腥风吹过，我掩住口鼻，什么味道这么恶心？前面的云巽和云乾停下来："少夫人……"

"怎么？"我抬起眼。云乾和云巽指了指前面，向来镇定自若的脸上露出一丝骇色。我举目一望，脸色一白，恶心的感受顿时强忍不住，张口就吐出一口酸水。冥焰赶紧扶住我，面露忧色："姐姐，你没事吧？"

"我……"我想说我没事，可一开口，一口酸水又冒了出来，吐得昏天黑地。

冥焰抚着我的背，给我顺气，等我好不容易吐干净了，他递了一颗药丸过来："吃下去！"

我连拒绝的力气都没有，就被他强塞进嘴里，逼我吞下肚。然后冥焰站起来，给每个铁卫都发了一颗药丸，大声道："都吃下去，就没那么难受。"

他这样说了之后，我果然觉得好多了，甚至觉得空气中的腥臭淡了很多，胸口也不再觉得恶心。我舒了口气，抚着胸口道："这是什么药？"

"是辟毒虫蛇鼠的。吃了这药之后，毒虫蛇鼠不会近身，又可解毒。"冥焰看了看前方，脸色严肃，"我怕那些虫蛇尸身里还有没死绝的，所以先让你们吃颗药防身。"

原来如此。我抬眼看着前方恐怖的场景，眼前一个广阔的坟场，黑压压，密密麻麻，铺满了各种各样的虫尸：蜈蚣、蝎子、蜘蛛、毒蛇、蟾蜍……只是没有一只是完整的，那些虫子全都是七零八落的，像是被人五马分尸。蜘蛛和蟾蜍破碎的身体上带着彩色的毒浆，蝎子的蜇刺硬邦邦地四散着，毒蛇和蜈蚣断成一截一截，有的断截还在缓慢地蠕动……这些丑陋的毒虫，如果只是一两只，倒还不至于令人恐惧成这样，但是一大片坟场，铺满了这些东西，腥臭冲天，就算不会脊背发麻被吓死，也会被恶心死，怪不得黑龙玉要对我示警了。

"姐姐，你别过去了。"冥焰见我脸色发青，再看四个铁卫的脸色也不太好看，握紧我的手，"我进去看看。这里有这么多毒虫，我怕还有什么其他的毒物，你们去了反而不易对付，就留在这里等我。"

我再也无法坚持已见，点了点头："你小心一点。"

"我晓得，姐姐放心。"冥焰松开我的手，提了口气，身形一跃，飞入那满地虫尸中。起纵之间，已去得远了。

## ✵ 第三十一章　怨灵

我和铁卫待在原地。冥焰进入坟场好半天了，还没有出来。天渐渐黑尽，满地黑压压的虫尸间，东一团西一团地闪烁着幽蓝的鬼火。云乾在地上点起一堆火，昏黄的火光照亮了前方一团小小的空间，光影在地上悠悠地晃动，仿佛鬼影从坟墓里攀爬出来，柴火的噼啪声、火的燃烧声，混着风声交织着，让人心底不安。坟场里的一棵枯树上，停满了乌鸦，没有地方落脚的那些，便在空中盘旋。阴风阵阵，眼前的乱葬岗令人感觉到恐怖和诡异。一只乌鸦被另一只抢占地盘的挤下枯树，“呱”地发出一声惨叫。我吓得身子一颤，只觉得毛骨悚然。冥焰怎么还不回来？他不会出什么事吧？我只觉得心悬起来，越提越高，我有些后悔没有跟他一起进坟场了。如果跟他在一起，好歹我总知道他到底怎么样了，好过现在提心吊胆、忐忑不安地等候。

呱——又一只乌鸦被挤下树，惨叫一声，扑打着翅膀蹿上夜空。我咬了咬唇，作出决定：“我们进去看看。”

几个铁卫互相看了一眼，什么也没说，都凑近火堆，各自抽出一根燃得正旺的粗木棍，护到我身边。我深深地吸了一口气，冥焰给的药真是有效，吸入的空气中仍是闻不到多少腥臭味。几个人踏入虫尸之中，脚下踩着那些硬邦邦、软绵绵、滑溜溜、湿漉漉的毒虫尸体，我背上的鸡皮疙瘩一下子全都冒了出来。蹒跚着走了几步，云乾突然道：“前面有人！”

我抬眼看过去，黑茫茫的一片，什么都看不到，却听到云乾的语气里带上两分惊喜：“是冥少爷回来了！”

我赶紧瞪大眼看着前方，又过了一阵，我才看到一个朦胧的人影从黑暗里显出身形来，再近了些，果真是冥焰。只是他并不是一个人回来的，怀中还抱着一个人。

等他的身影落入火把的光线中，我才看清他抱着的那个人，不禁失声惊呼：“傅先生？”

他脸色青白，眼皮无力地合着，一身是血，身上的衣服已经烂成了碎布条，半边身子都没了皮肉，只剩个血肉模糊的骨架。我捂紧嘴，难以置信地看着他。冥焰双目赤红地道：“姐姐，先回马车上再说。”

我赶紧点头，冥焰抱着他飞快地往前冲。我在铁卫的搀扶下高一脚低一脚地跟在后面，等冥焰把傅先生抱上马车，我赶紧对云乾道：“快回侯府。”

“等等，姐姐。”冥焰制止道，“先不忙回去，路上太颠了。姐姐，你进来，师父有话跟你说。”

我赶紧钻进车厢，云乾点了灯笼递进来，挂到车厢顶端。在昏黄的光线下，傅先生脸白如纸，失去皮肉的左手和左脚骨骼怪异地摆在地板上，左肩到盆骨完全没有了皮肉，能清楚地看到一排排带着肉屑的胸肋下红彤彤的心脏，肠子等内脏从腹腔滚落出来，却没有流出多少血，想来血已经差不多快要流干了。寻常人伤成这样，一条命早见了阎王，而傅先生却还有一丝微弱的呼吸。我咬紧唇，又惊又怒地道：“是谁把傅先生伤成这样？是什么人干的？”

冥焰没有回答，手一直贴在傅先生的胸口上。半晌，傅先生眼皮微微一动，吃力地睁开眼睛。“师父？”“傅先生？”我和冥焰同时出声。傅先生眼睛缓缓一转，看到我在车厢里，眼神似乎有一丝欣慰。他张了张嘴，却发不出声，半晌，才费力地发出微弱如蚊蝇的声音：“少……夫人……”

“傅先生？是谁？是谁做的？是不是那个玛哈？”我只觉得心中有火在烧，眼睛发干，竟然流不出一滴眼泪。傅先生嘴唇动了动，声音又微不可闻。我低下头，凑近他：“你想说什么？”

他眼珠转了转，看向冥焰，费力地道：“傀儡……蛊……”

“师父！”冥焰双眼通红，不停地摇头。傅先生目光坚定地看着他，竟不知道哪里来的力量，那条明明已经没有皮肉的左手，竟抬起来抓紧冥焰的手腕，费力地催促：“快……”

泪从冥焰眼中滚落，他看出傅先生眼里的坚决，咬了咬牙，胡乱地抹了把脸，将傅先生右碗上粗粗的银镯子的镯扣松开，然后拧开镯扣，那镯子原来却是一个空心的。冥焰将银镯子凑到傅先生的鼻孔下面，我不明所以地看着这一幕。只见空心的镯子里慢慢爬出一条白胖胖的肉虫，样子有些像蛆，但却有蚕那么大，全身白得透亮。

那大白虫懒洋洋地四周张望了一下，慢吞吞地爬进傅先生的鼻孔里。我瞠目结舌地看着这一幕，抬眼看向冥焰，见他紧张地注视着那条正在把胖身子拼命往傅先生鼻孔里挤的大白虫，屏声静气不敢发出一点声响。我莫名地也跟着紧张起来，呼吸也不由自主地放缓了。那大白虫终于把身子全部挤进傅先生的鼻孔，冥焰长长地舒了一口气，傅先生似乎也舒了口气，闭上眼睛。那大白虫爬进去一会儿，傅先生露在左胸肋骨下面微弱起伏的心脏，突然节奏有力地搏动起来，仿佛被打了一剂强心针，刺激得快要瘫痪掉的心脏重新开始工作。

我惊讶地看着那颗红彤彤不断搏动的心脏，一句话也说不出。脖子上的黑龙玉跳动了一下，又开始升温。我心中一动，黑龙玉遇到邪恶之物才会示警，自从离开那虫尸遍地的坟场，黑龙玉的温度就开始退去，此时又热起来，这蛊虫莫非……我情不自禁地摸着脖子上的黑龙玉，犹在胡思乱想。傅先生突然睁开眼睛，平静地望着我，淡淡地扫了一眼我的脖子，轻咳了一声，开口解开我的疑惑："少夫人，我让冥焰给我下了傀儡蛊。这蛊虫须以心脏为食，我用它换取最后半刻跟你说话的时间，所以，我接下来的话，你一定要仔细听。"

他这句话说得毫不费力，想来是因为那只傀儡蛊的缘故。我赶紧点头，不敢多问，只听他往下讲："少夫人，本来峥少爷中降这个秘密，我是准备带进棺材里去的，隐瞒了你这么久，实在是对不起。"

我赶紧摇头，我或许在初闻到那个事实时，有些怨愤，却没有真正责怪过傅先生。傅先生目光灼灼地道："傅某这些年来生存在这个世上的唯一目的，不过是找玛哈为妻儿报仇而已，没想到我等了二十年，还是斗不过玛哈。少夫人是傅某生平仅见的慧敏坚毅的女子，傅某不能完成的心愿，请少夫人代傅某完成。"

"我答应你。"我点头，慎重地允诺，"这个玛哈也是我的仇人，就算先生不说，我也不会放过他。"

傅先生微微一笑，似乎很欣慰的样子："傅某还想提醒少夫人，这个仇并不好报。当年玛哈被降术反噬，身受重伤，我却一直找不到他，仿佛他凭空从这世上消失了一般。而几年后，他却能神不知鬼不觉地重新练降，加害峥少爷。这些事，如果没有一个很有势力的人帮他，他一个人肯定是做不到的。"

我点点头，看来傅先生跟我想到一起了："先生觉得当年云天奇，并不是加害云峥的主谋，对不对？那先生觉得云家二房可是在后面包庇他的势力？"

傅先生摇摇头，轻声道："当年云天奇猝死，侯爷心里一直存有疑虑，只是顾及家族表面的平衡，所以没有再追究这件事。不过，这些年侯爷并没有放弃对二房的监视和控制，如果二房能出一个在后面包庇玛哈的人物，恐怕不太可能。”

“你的意思，他们当年和外人有勾结吗？”我心中一动。二房的人不是笨蛋，明知道老爷子盯着他们，还敢不怕死地包庇玛哈？只怕在事败之后就会立即杀人灭口了，还会任那玛哈活着？如果二房当年是和外人勾结加害云峥，这件事就说得通了。那玛哈定是那个隐藏在幕后的人的棋子，他对那个人定有着极大的用处，所以才能好端端地活到现在。

傅先生笑了笑，并不作答，我心中却已肯定。手心冒着汗，我吸了口气，这件事，似乎越来越复杂，越追查下去，牵扯的人越多。这件事的背后，到底隐藏了什么样的阴谋？照傅先生的推测，那玛哈给寂将军下降，必定也与幕后那个势力有关了？我的手心有些湿润，如果幕后那人给寂将军下降的目的是针对皇帝，那么当年那些事，扯来扯去，似乎又与皇权争斗扯到了一起。

“先生是怎么找到玛哈的？又是如何被他伤成这样？那玛哈人呢？我要怎样才能找到他？”我连声道。刚才傅先生都说自己斗不过玛哈，他被玛哈伤成这样还吊着一口气，想必那玛哈也一定还活着，只是不知为何，他没有杀死傅先生，难道他也身负重伤，无力免除后患？

傅先生微微一叹：“少夫人，我当初故意打草惊蛇，就是想通过寂夫人让玛哈知道，我已经知道他回来了。那玛哈收到风声之后，为了怕我把消息泄露出去，一定会来找我。少夫人昨日来询问我之前，我已经收到玛哈用‘飞龙蛊’传来的信息，约我在东郊坟场见面。我自知与他这场斗法无可避免，也作好了与他同归于尽的准备，所以才将峥少爷中降的实情告知夫人。我知道玛哈已经练成了二品牵魂降，必定功力大增，但二品牵魂降到底强大成什么样？谁也没有见过，不过是传说。傅某准备了二十多年，也将蛊术练至炉火纯青，我不信我的‘五瘟蛊’斗不过他，何况我已经作好了与他同归于尽的准备。想不到……”

他咳了几声，喘着粗气道：“想不到，玛哈的力量竟然强大到我根本不能想象的地步，我的‘五瘟蛊’只是让他受了一点轻伤，而我却被他伤成这样。他以为我当场就死了，却不知道，我在到来之前，就给自己下了‘养生蛊’。只要蛊虫不死，我就能吊着一口气，所以才能等到冥焰找到我……”

我听得毛骨悚然，这些闻所未闻的蛊术也太厉害、太神秘了。可傅先生的蛊术这么厉害，而且准备了二十年，抱着必死之心与玛哈决战，竟然只能让他受一点轻伤，那玛哈的降术到底强大到什么程度？谁才能消灭他？

“我有点疑惑没想通。”我望着傅先生，“既然云峥当年是玛哈受人指使给他下降，但云峥却没有死于降术，这件事不是什么秘密，幕后那人和玛哈肯定知道。他们没有进一步的动作，固然是因为云家提高了警惕让他们不可能再下手；另一个原因，只怕也是猜到云峥身边有位高人相助。就像先生能猜到给云峥下降的人是玛哈，那玛哈也同样应该猜得到帮云峥压制降术的人是你。他既知道你在云府，为何一直没有找你？”

“正因为他知道我在云府，才要躲起来。”傅先生看着我道，“其实当年以我的功力，是根本不可能压制得住牵魂降的，就算是最末品的牵魂降，也不可能。我能用情蛊压制住它，是因为那降术本身就有缺陷。我如今见识过二品牵魂降的强大，知道被降术反噬是多么可怕的事。玛哈当年被降术反噬，身负重伤，功力严重受损，稍有不慎，就可能丧命。就算他躲着养了几年伤，却不能恢复功力，所以他下在峥少爷身上的五品牵魂降是勉强而成的。既然事败，他功力未复又不可能打败我，必然会躲起来养伤练功。因为有人包庇他，这二十年来，他不但养好了伤，还练成了二品牵魂降，才会在功成之后，找我报仇。”

那玛哈与傅先生斗法之前，想必也是有一番对谈的，所以傅先生能将这些事情推测出来。我点点头，仍是疑惑：“那玛哈既然复出，为何不先找你复仇，反而先去害寂将军？他就不怕被你查到吗？”

傅先生怔了一下，突然笑了：“少夫人，若不是你，我怎么能知道寂将军被下了邪降？只怕寂将军被他的降术害死，也不会有人知道他是怎么死的。他对付寂将军，也许是他身后的势力的要求。他没有急着来找我复仇，也许觉得他有大把时间，可以把正事忙完了再慢慢对付我。没想到我因为你的关系，知道了寂将军中了邪降，他这才感觉不妙，要取我性命。”

却是因为我？若不是我找傅先生请教寂惊云的怪异状况，傅先生也不会去打草惊蛇，卓娅也不会加快催眠寂惊云，寂惊云就不会行刺皇帝，蔚家大哥也不会死，而玛哈也不会马上来找傅先生，傅先生也不会变成眼前这个样子。不知不觉地，原本与这些恩怨纷争根本无关的我，却成了一系列变故的中心，成了一条引索。

而现在，我已经和这些恩怨纷争紧紧地纠结在一起，我逃不开，也不能逃开。我深深地吸了一口气，看着傅先生：“那个玛哈这么厉害，我们岂不是根本对付不了他？”

“也不是毫无办法……”傅先生的唇角动了动，脸上突然浮出一个诡异的笑容，“七天之内，若能找到玛哈，就一定能对付他……”

“什么办法？”我赶紧问。傅先生的身子颤抖了一下，似乎气息渐弱，只听到一声轻微的闷响从他心脏的位置传来。我低头看去，却见那心脏破了一个洞，探出一只白胖胖的蛆头。我大骇。傅先生断断续续地道：“少夫人，‘傀儡蛊’……快吃完我的心血了，我坚持不了多久……你快……快附耳过来，我……告诉你……”

我赶紧低下头，将耳朵贴近他唇边，只听到傅先生嘴里发出一些奇怪的音节，叽里咕噜地根本不知道在说什么。我诧异地抬头，想问他在说什么，没想到头才刚刚一动，傅先生的头也跟着向上一抬。我还没有明白是怎么回事，刚刚悬在他下颌位置的黑龙玉，被他一口咬在嘴里。

“傅先生？你做什么？”我大吃一惊，想把黑龙玉从他嘴里拔出来，他的嘴却死死地咬着黑龙玉，头就凑在我的脖子上，我竟不能拨动分毫。“姐姐，你别动，师父不会伤害你。”一直守在旁边的冥焰突然出声。我因为黑龙玉被傅先生含在嘴里，既无法抬头看到冥焰的表情，也无法看到傅先生的表情，但冥焰的声音安抚了我。我不敢再动，只觉得傅先生的身体像是突然冒出一股股黑气，将我整个人都包裹起来，我觉得全身发冷。突然，傅先生嘴里的黑龙玉似乎缓缓地不断地开始放射着热力，抗拒着那股黑气，我的身子渐渐又暖起来，那黑气又冒得更厉害，我又觉得冷……两种力量似乎在相互斗法，像是要拼命把对方压制下去。黑气越浓越冷，那玉也越热越烫。我时而像身处在冰窖，时而又像置身火炉，身体感受着冷热交替的酷刑，只觉得身子越来越累，越来越无力。黑龙玉似乎感应到我的虚弱，热力一缓，那黑气趁机将它压制住，奇怪的是，当黑龙玉不再释放热力时，黑气也没有那么冷得刺骨了。渐渐地，黑龙玉的温度完全消退了。傅先生的嘴一张，黑龙玉从他嘴里滑出来，他的头直挺挺地倒下去。黑气继续将我笼罩着，围在我身上渐渐聚集在一起，凝结成小小的一团，在黑龙玉上若有似无地缭绕。我看着这奇异的一幕，低头望着脖子上的黑龙玉，呆住了。

“师父……”冥焰的哭声让我回过神，我转头看向傅先生，倒抽了一口气，差点失声惊叫。只见地上的傅先生，身上仅余的皮肉已经萎缩枯竭，全身焦黑，脸部成了一具带皮的骷髅头，面容扭曲狰狞，整个看起来像一具被风干烤干的僵尸。

“怎么会这样？”我又惊又惧。冥焰抬起泪脸，低声道：“师父给自己下‘傀儡蛊’，就是与蛊神达成一种契约，以形神俱灭、不再转入六道轮回的代价，将临死前的怨气，转成怨灵，附身在姐姐的黑龙玉上。七日之内，怨灵可以让黑龙玉发挥出强大的力量，但是师父却……”

形神俱灭，不再转入六道轮回？傅先生竟愿意付出如此惨烈的代价，对付玛哈？我吸了口气，望着车厢内那具形状骇人的带皮骷髅，咬了咬唇，轻声道：“傅先生，你放心，我一定尽力达成你的愿望。”

话音刚落，那具骷髅骨竟然在我和冥焰面前完全散架，瞬间化成一堆黑色的粉末。明明没有风吹进来，那些粉末却像被风吹走似的，向车厢外飘去。“师父……”冥焰哽咽着，伸手徒劳地想抓住那些飘走的黑粉。“冥焰……”我难过地抱紧他，“让傅先生安心去吧……”

那些黑色粉末终于完全飘走，车厢的地板上甚至看不出一丝异样的痕迹。原来一个人可以消失得这么干净彻底，身体不留在尘世，元神不轮返地府。我闭上眼睛，傅先生，纵使这个时空再也不会有你存在的证据，但我和冥焰，会一直记住你的。

## ✵ 第三十二章　借钱

那个玛哈只是受了点轻伤，这么说，我只有七天的时间，可以通过怨灵启动黑龙玉的力量来对付他？可是我不知道这个玛哈在哪里，我该怎么引他出来呢？

这一晚，侯府中只怕不止我一个人睡不着。冥焰肯定在房里伤心，我严令铁卫不得泄露这天晚上发生的事，铁卫对傅先生从车厢中消失虽然不敢问和胡乱猜测，但心里肯定也是觉得奇怪的。思考了一晚，待天亮了，我才去找老爷子，给他汇报昨晚的情况，同时，希望听听他的主意。

老爷子对傅先生的故去没有表示出太多的情绪，人活到他这个岁数，经历过的事情太多，何况是在云家这种钩心斗角的大家族里成长起来的，早练就了一身泰山崩于前而面不改色的本事。天可怜见，我最初怎么会认为云家是特别的，云家家族和睦呢？是云峥把我保护得太好了，让我没有早日看清这侯门深院的丑陋吗？云峥啊，我想念你，可是有时候，又好怨你，真的好怨你……

“爷爷，傅先生说，当年二房的人极有可能和外人串谋，加害云峥。你对此怎么看？”我迫切想知道老爷子的分析，以他的精明，起码应该能锁定几个嫌疑人才对。老爷子淡淡地看了我一眼，微微一笑，神情不置可否。我疑惑地催促：“爷爷……”

“丫头，我倒想知道，只有七天时间，你要怎么引玛哈出来？”老爷子不理我的问题，反倒向我提问。我想了想，能引玛哈现身的，大概只有当今天子了。我已知皇帝有救寂将军的心思，如果我能求他在七天之内启动神鼎，那么玛哈一定会有所动作，黑龙玉就能发挥它的威力……只听到老爷子缓缓道：“事有轻重缓急啊，丫头……”

“我明白了，爷爷。”我站起来，“我马上进宫。”

我在宫门候旨的时候，没等着皇帝的人，倒让太后先给请去了。我心中虽急，也不敢不去见她，却不知太后召我，又有何事？行了礼，太后赐座，笑道：“叶丫头，你今儿来得正好，本宫正好有些事想听听你的想法。”

我不明所以，只听太后道：“丫头，皇上选秀也有一段时日了，今年这些孩子，我看也就你们云家想容的长相、品行、气度、家世，最是合我的心意，当得起这母仪天下的担子。你觉得如何？”

我略略一惊，太后这意思，是想立想容为后？虽然上次她也跟我提过这件事，不过语焉不详，哪及这次这般赤裸裸地称赞示好？何况立谁为后，和谁商量也轮不到我来拿主意，太后突然这么做，有什么用意？我该如何回答呢？若是以前，我定不会反对的，还可绝了太后老以为我想和皇帝怎样怎样的想法。可是，在知道云峥遇害与二房的人脱不了干系之后，在知道二房人的野心之后，我怎么还能容忍二房出一个皇后？

“太后，臣妾觉得此事不妥。”我考虑半晌，冒着被太后误会的危险，也不能让想容坐上皇后的位置。

“哦？”太后显然没想到我会拒绝得这么直接，表情微微一怔，“理由呢？”

“太后想必知道，我们想容以前是订过一门亲的。”我在心中斟酌着字句，“想容福薄，未过门未婚夫就过世了。虽然蒙皇上圣宠，有幸入宫伴驾，但到底德容有亏，坐这皇后之位只怕难以服众，于皇上圣名有损。”

堂叔公当初悔了莫家的婚，把孙女的年纪耽搁大了，云想容以十九“高龄”入宫，早已是宫内的笑柄和她“趋炎附势”、“攀龙附凤”的“证据”。在皇宫这么势利的地方，只怕想容的日子并不好过，一旦坐上后宫主位，只会成为众矢之的，到时候才知道“死”字是怎么写的。

“我当什么事儿呢。”太后不在意地笑了笑，“我看不是想容福薄，是她福厚。她那未婚夫就是承受不了她的福气，才早殪了。这样的福气，当然只有皇上才受得住。”

真是死活都由她说，我不自然地笑了笑，不知该如何应对了。太后见我毫无欣喜之色，脸色略微一沉：“叶丫头，莫非你还有别的想法？”

“太后明鉴。”我心中一惊，知道太后又犯了疑心了，赶紧跪地道，“臣妾是真的担心有损皇上圣名，臣妾完全是出于一片忠君爱国之情，绝无私心。”

“瞧把你急的，快起来坐。”太后呵呵一笑，“本宫当然知道你是出于一片忠君爱国之心，云家世代忠良，对朝廷忠心耿耿，本宫心里明白着呢。”

我舒了口气，谢恩落座。太后不紧不慢地道：“叶丫头，云家这些年帮朝廷做了不少事儿，本宫都铭记于心。显德十三年，潢河决堤，朝廷跟曜月国打仗又打得国库空虚，是你们云家拿了钱出来帮朝廷渡过了难关；显德十七年，潮州大旱，也是你们云家带头捐资，帮了朝廷的大忙；显德二十二年，你们云家又帮南海抗倭军筹措了大笔军饷……丫头，你们云家这些年的功劳，本宫可一直都记着。”

记着，未必是什么好事呢。我暗暗心惊，原来朝廷每隔几年都会借着名目找云家要一笔钱？不知道这是不是皇家阻止云家势力扩张的手段呢？太后无端端地提起这些事，莫非……我心下有些了然，莫非又是想找云家要钱？所以，她才迫不及待地想向云家示好？可皇帝要找云家要钱，一句话不就行了？除非数目会大到令云家有可能会拒绝，所以才给云家许个封后的愿？

我顿时心中有数，既然我手中握住了筹码，还不好和你谈判么？不动声色地听着太后历数云家的功绩，我的唇角露出不置可否的笑容。

太后噼噼啪啪说了一大堆，我只是淡淡地笑着，不发一言，倒要看看是谁先着急。果然，太后见我全无反应，有些沉不住气了：“叶丫头，本宫今儿找你来，是有件事儿，想找你们云家帮忙的。”

“太后言重了。”我见她话说到这份儿上，也不敢拿势，赶紧道，“敢问太后为何事烦扰？”

“本宫听说前几天江南巡抚给皇上上的折子，南方的奸商连成一片囤盐囤米牟利，现在米价盐价暴涨，民怨四起，朝廷养这些没有用的臣子，竟然想不出解决问题的办法，只懂得向朝廷要钱高价购盐米以平盐米价。”太后气愤地拍桌道，“朝廷经历了前几年的北疆之乱，皇上登基，体恤百姓疾苦，下令减免了全国三年赋税，如今国库不丰，哪里还拿得出钱给那些没用的蠢材浪费！”

“太后说得是。”我淡淡地垂了睫，柔声细语道，“就算朝廷拨了这笔钱，给那些官吏一层一层盘剥下去，能拿来真正用到实处的，却已没有多少。”

太后看了我一眼，微微一笑：“你这话可说到点子上了，叶丫头，你说皇上应该怎么做才好？拿钱给他们，可如今国库里根本没有这笔钱，可真是犯难啊……”

“太后，南方的奸商为何突然囤盐囤米？皇上没有着人查么？”我觉得奇怪，囤盐囤米，不都是天灾人祸时奸商们才趁乱牟利么？如果天曌国天下太平，奸商们怎么会无端端冒着激怒朝廷的危险搞浑这一池水？

“说起这个，更是令人生气。”太后恨恨地道，“江南巡抚的奏折上说，奸商为了抬高米盐价，制造谣言，说什么异星出世，天下即将大乱，百姓哄抢米盐时发现米盐已经全被奸商囤积了。为了牟利竟然编造如此谣言愚民，无视朝廷律法，着实可恨得紧。可现在却不是追究他们的时候，得尽快将此事平息下来，才是当务之急……”

异星出世，天下即将大乱？这话仿佛在哪里听说过。我蓦地想起正是前几日听段知仪提过“北方天空有煞星出世”，心中一惊，这谣言与段知仪的预言颇相吻合，当中可有什么关联或玄机？想到最近围绕着皇帝发生这么多事，朝堂之上又起事端，这些事之间可有联系？又想到皇帝前两日为寂惊云的事情费着神，还要想着国事天下事，简直是里里外外不得安宁。我心中幽幽一叹，他当这皇帝还真是辛苦啊！如果南方奸商囤米盐一事不是那么简单，而与最近发生的事有关的话，我还真不能让那些人如了意去。

“太后请宽心，云家愿意为皇上分忧，替国库承担这次平价的费用。”要平整个江南地区的粮价盐价，断不会是个小数目，没有几百万两银子根本别想揽下来，平日里我起码也该请示了老爷子才敢做主。今天敢立即答应太后，一则我盘算着差不多又到了云家该大出血的时间了，老爷子心中肯定有数；二则此事若与最近发生的事有关，我断不能让那幕后操纵的人如了意去，没准还能通过此事查出点蛛丝马迹；再则，可以利用这笔钱，断送掉二房出个皇后的可能，一举三得，老爷子定不会怪我。

“叶丫头，你真是本宫的贴心儿。”太后说了这么半天，就是在等我这句话，此时吃了定心丸，顿时眉开眼笑。我笑了笑：“太后，这本是为臣子应尽的本分。倒是南方那些不利的谣言，得尽快平了下去，否则后果堪虞。”

“叶丫头，你是真心在为我们皇家打算呀。”太后有些感动，“你放心，皇上已经有了应对之策，今日早朝的时候，皇上宣布了一道圣旨，说昨日梦见太祖皇帝，太祖皇帝启示他去太庙斋戒祭天，为江山百姓祈福，念完七七四十九天的平安经，就能化解异象。这圣旨明儿就能通过各地的快驿，传达到天下去了……”

“皇上出宫了？”我怔了怔，皇帝竟不在宫里，那我岂不是白来一趟？这也太小题大做了一点儿。平粮价的款子一到地方，那些谣言不是立即就会不攻自破了么？为何还要大张旗鼓地在太庙待四十九天才回来……不对，四十九天？我心中一惊，太庙？那护国神鼎岂不是正安置在太庙？想起段知仪所说，护国神鼎妄动之后，皇帝会有七七四十九天处于危险当中，难道皇帝去太庙名为祈福，实际却是为了救寂惊云？我只知道他在这四十九天内会有危险，却不知道他在这段时间都得一直待在太庙。安动神鼎，到底危险到了何种程度？若是那幕后人让玛哈趁机对皇帝下手……

我浑身冷汗，顿时不敢再想下去。只听太后道："不错，皇上已经去了太庙，这段时间朝堂上的事他交给千翌监国。他若知道云家帮了朝廷的大忙，一定会欣慰的。"

我看着太后笑得心满意足的样子，心中微微一凛，这点子怕不是皇帝出的。他有整整四十九天不能临朝，不可能不担心，若是朝中起了什么变化，他该如何应对？如果九王爷真的对皇位有野心，让他监国，恰是皇帝一招以退为进，将九王爷推到前台，反而束缚了他的手脚。又怕他暗中使坏，所以才临行在即，将一个大麻烦、几百万两银子的事甩给九王爷，让他去头疼，却不想这位太后爱子心切，跑来搅局，坏了皇帝的部署。

我叹了口气，虽然想到刚刚那些事，也不好给这位太后讲明白了，还是赶紧赶到太庙去看看能不能帮皇帝什么忙才好。我垂首道："太后，臣妾出来太久，也该告辞了。不过……"

我故意欲言又止，太后温和地道："你这丫头，有话就直说，别吞吞吐吐的。"

我跪到地上，恳切地道："太后，关于立想容为后一事，还请太后思虑周详再作定夺，这次云家为朝廷助款，只怕会惹来闲话，说想容这个皇后是用钱买来的。云家承了太多皇恩，再受此深恩实在惶恐，更怕族中子弟得意忘形，引来外戚专权这类非议，请太后三思。"

太后未必会怕"皇后的位置是用钱买来的"这样的闲话，不过"外戚专权"这四个字，她可要好好考虑一下了，以云家的家势，她不担心是不可能的。我见太后的眼里闪过一丝异样的光芒，心知自己这番话说到她心里去了，想容这个皇后，此生无望了。

"叶丫头……"太后起身，亲自扶我起来，感叹道，"你真是深明大义，咱们君家委屈你们云家了……"

"臣妾惶恐。"我低眉顺目，一副谦恭模样。想容，别怨我一句话断送了你的前程，怨只怨，你生在云家二房，成了云天奇的女儿。从知道云家那条祖训的时候开始，所有一切可能会伤害到我诺儿的绊脚石，我都会毫不留情地铲除。用你的前程，换来太后对我的信任，太值得。我平静地对太后行了个欠身礼："太后，臣妾不打扰您休息了，先行告辞。"

## ✻ 第三十三章　图腾

出了宫门，乘上马车，还没有来得及说话，突感马车一阵剧烈的摇晃，马儿嘶叫一声，狂躁不安地跺着蹄。我和小红在车厢里被荡得东倒西歪，勉强抓住车窗，撩开车帘，见几个铁卫正在合力拉紧躁动不安的骏马，地面仍在摇晃，铁卫们有些稳不住身形。

“怎么回事？”我大声道。

“少夫人，好像是地震！”云乾立即道。

地震？我立即道：“快避到广场开阔的地方，避开那些华表高柱，离得远一点。”

这震动是水平摇晃的，说明离震源中心比较远。古代没有那么多高层建筑，再加上在这开阔的朝圣广庭，只要离那些高柱子远一点，不会在它们倒下时被砸到，就相对安全了。

不过奇怪的是，京师自天曌国开国建都以来，从来没有发生过地震，怎么会突然地震呢？好在这场突如其来的地震震动并不太强烈，也没有持续多久。待地面不再晃动，我立即对小红道：“小红，你回府跟爷爷说，请他筹笔钱送到户部，是用来平南方粮盐价的，详细情况等我回家再跟他呈明。”

“姐姐不回去吗？”小红怔了怔。我摇摇头：“我要立即赶去太庙，没有时间再回府耽搁。”而且太庙那里不知道有什么危险，我有黑龙玉护着，铁卫又有武功，小红手无缚鸡之力，还是把她支走的好。

小红见我表情严肃，不敢再问。我转头对铁卫道：“云乾，去太庙。”

不知道皇帝是否已经启动神鼎救寂惊云，我十分担心玛哈趁乱而出，抢在我到达之前下手，让傅先生一番心血白流。地震之后，京师的街道上聚满了人心惶惶的百姓，虽然只是轻微的地震，大家的房屋都稳如磐石，没有受到什么损失，但对于从未经历过地震的京师百姓来说，这已经足够令他们感到恐慌。人群聚集在一起，都在问到底是什么原因，才让大地震怒？我看着车窗外那些百姓们仓皇愚昧的表情，心中一紧。这个时候，如果被有心之人乘机散布一点儿不利的谣言，整个京师都会乱了。

然而，我却没有时间去理会这些，太庙那边的事比这里要紧急得多。街道上的人太多，马车无法快速前行，好不容易才驶出城，云乾立即纵马在官道上疾驰。我忧心如焚，不断撩开窗帘看行到了哪里，却见到城郊的情况比城内糟糕得多。田野间的农舍大多是土坯泥屋，刚才那场地震，让许多农家的房屋或多或少地受损，有些房屋甚至完全塌了，有百姓聚在房前失声痛哭，好不凄惨。

马车奔驰了近一个时辰，渐渐地，进入了太庙的范围。民居是早就看不到了，行道也拓宽了，道路两旁植满了高大的松柏植物。再驰了一段路，道路两边渐渐出现一些高大肃穆的石人石马，再行一段，应该就到太庙的第一道牌坊了。越往前走，车窗外的天色越发阴沉，天空流卷着阴暗的乌云，像是暴风雨即将来临的样子。忽然，无端端就刮起了凌厉的寒风，卷着地上的落叶漫天飞舞。

风沙扑面而来，车帘被风卷得直往车厢里扑飞。我放下窗帘，抓住扑到脸上的车帘，索性撩到一旁，用钩子束了，露出前方的风景来。冷风直往车厢里灌，云乾回头道："少夫人，您……"

"我没事，继续往前走！"我不理被风吹得纷乱的头发，大声道。脖子上的黑龙玉蓦地一烫，又蓦地冰凉。我吃了一惊，低头一看，却见原先萦绕在黑龙玉上若有似无的黑气，蓦地浓烈起来。黑气如冰，黑玉在黑气里烫如火石。我心中一紧，扬声道："云乾，前面可能不太对劲儿，大家小心！"

"是！少夫人！"铁卫在外面齐声回答。前方隐隐可见太庙第一道牌坊的轮廓，空气里夹杂着湿气，冷风裹着腥臭向我们扑来。我吃了一惊，这味道——这恶心的味道太像昨天晚上在东郊乱葬岗里，那一地虫尸的味道。马儿开始躁动不安，黑龙玉也在我的脖子上躁动不安。我吸了口气，那股腥臭味更浓，令我几乎又要吐出来。我捂住口鼻，难道那玛哈已经来了吗？心中焦灼如焚，我大声道："再快一点！"

但马却不肯听话了，停下脚步在原地不安地嘶叫。云乾狠狠地抽着鞭子，那些马儿就是不肯往前，连铁卫身下的马也开始躁动着不肯往前冲。动物的直觉是最灵敏的，前方一定有古怪，我当机立断："下马，我们走过去！"

云乾将我从车里扶下来，无人驾乘的马嘶叫着惊恐地往后退。我们无心去管那些受惊的马，顶着强风往前疾走。腥臭味越来越浓，前方的天气越来越暗，厚重的乌云低得仿佛直压在我们头顶；前面的牌坊越来越近，耸立在高大的石阶之上，仿佛高耸入云。行在前面的云乾突然停下来："少夫人你看……"

我向前望去，硬生生抽了一口凉气。眼前所见的，可不正是我昨晚见过的修罗地狱？连刚才那狂躁的冷风在这里也安静下来，化成一阵阵微微的阴风。前方数步，各种毒虫密密麻麻地铺满一地，只须看一眼，满背的鸡皮疙瘩就会瞬间迸起。只是，与昨日不同的是，那些残败的虫尸之间，还东一个西一个地倒着许多禁军的尸体，虫尸与人尸之间仍有许多活的毒虫：五颜六色的毒蛇在里面蜿蜒游走，有些一堆一堆地纠结在一起，有些竖着高高的身子，吞吐着殷红的蛇芯；蝎子举着高高的尾刺，在尸身上快速地爬行；又胖又肥的毒蜘蛛正从禁军的尸体里破体而出；粗长的蜈蚣从死去的禁军的鼻孔里爬进去，又从耳朵里爬出来……

"老天！"我骇得倒退几步，眼前这诡异的一幕不禁令我又惊又惧，连几个铁卫的脸色也变得惨白。若是只有几只毒虫，他们或许还能应付，可是这里密密麻麻成千上万的毒虫，连落脚的地方都没有，谁能从这里穿出去，通过一层层关口，进入到太庙？

一只丑肥的毒蟾蜍冷不丁跳到我脚边，向我身上蹦来，满背的脓疮喷出雪白的毒浆。"少夫人小心！"云乾拔剑欲挑开那毒物，谁知还不等那剑落到它身上，那毒物却像是撞到什么东西似的弹飞出去，"咯"的一声跌到地上，翻起雪白的肚皮，瞬间便变得硬邦邦。

我们都吃了一惊，这才发现，我脖子上的黑龙玉，不知何时开始，正缓缓地流淌着一股黑气。那黑气似乎极沉，像水一般流淌到地上，再似烟一般升腾到半空，在我们面前形成一道淡黑色的屏障。这边的动静似乎惊扰到了修罗场里还活着的毒物，那些毒虫全都停止了动作，我似乎能感觉到那些毒物的眼神，全都像箭一样冷冰冰地落到了我身上。

我暗叫不好，惊动了这些低等生物，连偷偷逃跑都不再可能。几个铁卫也如临大敌，全都拔出剑，全神贯注地盯着前方那些一动不动的毒虫，严阵以待。眼前的黑色屏障似水如烟地在半空中流动，似乎流转成了一个巨大而模糊的圆形图案，图案中有五团若隐若现不知道是什么的东西。那些毒虫在静静地"瞪"着我们半晌之后，突然开始动了，却没有向我们奔涌过来，反而像见了鬼似的，开始往后退。我吃了一惊，和铁卫们面面相觑，若有所思地打量着眼前这道黑气屏障，难道是这东西吓住了它们？我咬了咬唇，试探着往前走了一步。前面的黑色雾屏也跟着往前推去，似乎被微风带动了一下，图案怪异地扭曲了一下。就是这微弱的弹动，却令前方的毒物们像疯了似的，拼命地往后退，往后挤。我心中一亮，莫非这些毒虫怕这怪异的东西？我壮了壮胆，又向前迈出一步。那黑幕又向前飘了两步，那些毒虫就像退潮的洪水一般，争先恐后、车仰马翻地拼命往后退，唯恐跑慢了一步。转瞬之间，地上便退得干干净净，只余死去的人和死去的毒虫。少了那些活物，那些死去的毒虫没有昨晚在乱葬岗看到的那样多了，起码有部分地面露了出来，勉强可以行人。我这才看清，死在这牌坊附近的禁军，怕有五六十人。

若不是有黑龙玉相护，只怕我和几个铁卫今晚得死在这里。我暗暗舒了口气，看着前方的黑雾屏障，却不知护我的到底是这玉，还是玉上那股怨气？我端详着眼前这团黑雾，却见它的图案越显清晰，圆圈里那五团看不清的黑雾也渐渐清晰，形成一个清晰的镂空图腾。那镂空的五个形状，正是蛇、蝎子、蜈蚣、蟾蜍和蜘蛛。阴暗的天气中，那个巨大的黑雾图腾随着阴风飘然浮动。这原本令人心惧、异常诡异的画面，却使我惊魂不定的心略微一安。

## ❁ 第三十四章 破阵

即使那些毒虫已经如退潮的洪水般尽数退走，我心里仍是有点发虚。从小到大我最怕的就是这些毒虫毒蛇，我能强撑到现在没有转身逃跑，除了仗着有黑龙玉护体，有铁卫的保护，有为云峥报仇的信念支撑，还极为担心太庙内两个人的安全——寂将军和皇帝。

“进去看看！”我深吸了口气，沉声道。不管怎么样，我已经没有退路，也绝不可能后退。那玛哈虽然能招来这许多毒物，但有这道黑雾，应该无碍。我看着前方那仿佛是拥有自己生命一般的黑雾屏障，这就是傅先生用形神俱灭的代价换来的怨灵么？我脑子里的幽灵，一直是或黑色或白色，只有两个黑乎乎的眼洞，水母一样漂浮的东西，想来这怨灵与幽灵不属于一个品种。

踏上牌坊的石阶，铁卫护着我小心翼翼地避开地上的虫尸，一边留神着是否还有没完全退走的毒虫。但地上除了破碎的虫尸，所有的活虫的确是退得干干净净，一路只见四处伏地、死状凄惨的禁军士兵。怨灵开道，一路无阻，很快地，我们来到第二座牌坊下。牌坊下的石阶上，守着五只毒虫，却与刚才退走的那些毒物不同，这五只毒物一看就知道不是那种普通货色。从左边依次数过来，是一只全身莹白、如玉雕般的蝎子，一条通体青翠、双眼血红的青蛇，一只红得刺目、大如螃蟹的蜘蛛，一条闪耀着孔雀蓝的千足蜈蚣和一只浑身乌紫、如一团肉瘤的蟾蜍。

看样子，如果刚才退走的那些毒虫是小兵，这五只就是毒虫大军的主帅了。想到这个比喻，我有些想笑，脊背无端端地冒出冷汗。虽然眼前只有五只毒虫，我却一点儿也不敢大意，也许它们比刚才的“千军万马”还要可怕。戒备地打量完它们，我和铁卫都不敢轻举妄动，半晌，那五只毒物却似乎没有攻击的意思，姿势奇异地交换了一下位置，摆成一个五星顶点的位置，伏在原地，一动不动。奇怪，难道它们也怕这怨灵？我下意识地看了一眼前面的黑雾屏障，却见那道黑气越来越浓，那圆形的图腾越发清晰，图形中的五虫图案，正对了地上那五只毒物的位置。下一个瞬间，那黑雾向着地上扑去，图腾镂空出的部分，正好嵌入地上那五只毒物，仿佛钥匙正对准了锁眼儿。咦？这五只东西连反抗都不反抗一下，就欣然受死？这玛哈养的鬼东西也太逊了些吧？亏我刚才还把它们想得那样厉害。

我胸前的黑龙玉很快升温，却见那五只毒物一嵌入黑雾图腾中，全身竟渐渐发出透亮的荧光来，白红青蓝紫五道光芒，越来越亮，竟似要化入黑雾当中。我越看越觉出不对，这五只东西怎么像是在认主似的，莫非它们并非玛哈所养？难道……我心中一震，莫非这就是傅先生养的“五瘟蛊”么？所以此时才对这黑雾怨灵如此服帖，莫非昨晚在乱葬岗，傅先生就是用这“五瘟蛊”招来那一地恐怖的毒虫用来对付玛哈，没想到玛哈过于强大，不但破了他的蛊术，重创傅先生，还收了他养的这几只毒物，用来对付今天这些禁军士兵？越想越觉得自己猜得不错，那玛哈原本就有“小蛊王”之称，就算当年他们的族长没有将“五瘟蛊”之术传给他，但他既能盗走练降秘书，难保他以前没有偷学过“五瘟蛊”秘术，所以才能破除傅先生的蛊术，并将这五只东西收服。这怨灵是由傅先生的怨气幻化而来，如今这五只毒物见了它，以为见到旧主，才如此驯服？

正当我惊疑不定之时，却见那团黑气越缩越小，渐渐将那五团荧光包裹起来，仿佛将那五瘟蛊吞进肚子，那团黑气随即化成一道细丝，飞回到我胸前，重新缠绕到黑龙玉上，牌坊下的石阶上，哪里还有五只毒物的身影。这几日见到的诡异之事太多，我此时反倒不再感到震惊和诧异，倒是几个铁卫从刚才开始就一直瞪着这一幕，脸上像见了鬼似的。

过了这道牌坊，再走了一段路，就是太庙的山门。山门寂静，地上倒着的不再是禁军士兵，而是身着侍卫服的大内侍卫。我又是心惊又是心焦，急忙踏入山门，迎面立着十余根高大的大理石图腾柱，柱子上雕着狰狞的天神和恶鬼的图案。石柱后是高耸的数十级石阶，巍峨的太庙遥遥立于石阶之巅。我毫不犹豫地往前走，石柱林里突然莫名其妙地冒出阵阵白雾，不由得一惊：“大家小心！”

却没有人应我，我悚然一惊，回头一看，见铁卫都离我不远地分散着，才舒了口气：“云乾，大家小心一点儿……”

蓦地收声，突然觉得不对劲儿了，几个铁卫在我前面不远处走来走去，一脸焦灼。我看到他们张嘴大叫，却听不到他们发出的叫声，他们左顾右盼，就像在找人似的。明明只需数步就可以到达近在眼前的我的身旁，却在石柱之间穿来穿去，就像完全没看到我似的。这些石柱有什么古怪？莫非是什么奇门阵法？我大声叫他们的名字，可他们却似乎完全听不到我说话。我想钻到石林里把他们拉出来，可是等我走到他们面前，却发现眼前空空如也，什么人也没有。冷汗渐渐地从额头渗出来，难道我们被困在这石柱林里了么？可是，我明明可以清晰地看到前方的石阶，我试着往前走，没走几步，就从石柱林里脱身而出，到了石阶前。转头去看阵法里，几个铁卫还在石柱林里乱窜，明明没多大的地方，只有几根石柱，为什么他们在里面就仿佛互相都看不到似的？如同无头苍蝇一样乱转？为什么我又能轻易地穿出这个石柱林？

我若有所思地看了一眼黑龙玉，莫非是这玉在帮我？还是怨灵在帮我？它一步一步地指引我往前，替我铲除掉前方路上的障碍，就是要引我去见那个恐怖的玛哈？我咬咬牙，看了一眼被困在阵法里的铁卫，掉头踏上石阶。他们被困在那阵法里暂时应该不会有什么危险，我此时已经没有时间等他们脱困了。

汉白玉的石阶冰凉而光滑，我扶着右侧的石阶，气喘吁吁地往上爬，黑龙玉不安地跳动着，提醒着我前方有异。我放轻脚步，平缓呼吸，弓着身继续向上攀爬。前方传来浓烈的血腥味，雪白的石阶上，有艳红的鲜血像溪流一样缓缓地流淌下来。我心中一震，捂住嘴，这石阶顶端，到底发生了什么事？脚不可避免地踩在血溪上，我放轻脚步，却加紧速度往上走。还差数步到达顶端之时，突然听到有人哈哈大笑。我吓了一跳，还以为被人发现了踪迹，左右一看，却不见人，那笑声是从上面的广场传来。我赶紧加快两步，蹿上台阶顶端，刚刚站稳，见左右两侧各有一个一模一样的巨大圆鼎，赶紧蹲到左边的圆鼎后。我特意看了看这个铁鼎，两边都是一样的款式，看来应该不是护国神鼎了。我偷偷探出头，观察眼前的情况，却见眼前是个宽阔的圆形广场，太庙就在广场正中。此时，庙门紧闭，庙门外却如同恐怖的修罗场，鲜血流了一地，地上还坐着数十个人，每个人都坐得直挺挺的，闭着双眼，脸色白得吓人，而那些血正是从那些人身上流淌出来的。

广场里刮着奇怪的风，刚刚我明明听到有人发出狂笑，却不知道是谁发出来的。更为奇怪的是，风明明是眼睛看不到、只能由身体感觉的事物，我却明白清楚地看到那风是青色的，在那几十个人中间刮来刮去。正大惑不解时，那风却突然说话了："小皇帝，你以为你躲在里面不出来，本王就奈何不了你？"

我大吃一惊，风怎么会突然说话了？而且那声音与刚刚的狂笑似乎是同一人发出的。难道那风是由人带起的，只是速度太快，我看不清那人的影像？太庙里悄无声息，那风却越刮越快，风中的声音怪笑着道："你的祖宗倒有先见之明，几百年来竟然一直养着血魂死士来保护妄动护国神鼎的子孙，不过，这些血魂死士的血魂阵对本王来说，不过是小孩子过家家的游戏。小皇帝，本王就同你耍耍，看你还能撑多久……"

话音未落，从太庙的门窗缝隙中，突然暴射出夺目的金光。金光铺天盖地从房舍屋宇中透射出来，整个太庙看起来就像是一个源源不断的发光体，冲破了压顶的乌云。那阵怪风也落入到金光的照射范围，风中发出一声又惊又怒的惨叫，接着从怪风中跌出一个身着青袍的人，狼狈地扑倒在地，怪风戛然而止。那人抚着胸从地上一跃而起，退出数米，怒笑道："哼，别以为仗着护国神鼎就能奈何本王，你现在要用它救你那大将军的命，我看你能把它的灵力分出多少来对付我。等耗尽护国神鼎的灵力，我要捉你这小皇帝，易如反掌！"

我捂紧唇，瞪着这个背对着我的青袍人，莫非他就是那个玛哈？太庙里还是悄无声息，听了这人的话，我确定皇帝和寂惊云已经在里面了。也许皇帝已经开始启动神鼎在救寂将军了，如果照这青袍人所说，护国神鼎的灵力根本支撑不了多久的话，那皇帝和寂将军岂不是非常危险？

果真，那些金光渐渐地淡去，从明显的射线变成飘浮的金屑，天空那些乌云一寸寸压下来，仿佛就要将这太庙的屋顶压破。青袍人桀桀地怪笑起来，怪声叫道："小皇帝，护国神鼎的灵力要耗尽了吧？睁大眼看着，本王怎么破你这血魂阵！"

话音刚落，那些直挺挺地坐在地上的血魂死士，全都猛然睁开眼睛，从地上跃起来，移动身形，摆出一个阵势，移形换影之间带起地上的鲜血，一时血雨漫天，诡异无双。"起！"血魂死士齐声喊道，地上的鲜血，奇异地腾飞起来，一颗一颗的血珠定在半空中，如搭在弓弦上的剑，蓄势待发。隐在巨大铜鼎身后的我，莫名地感受到来自血魂阵的强大压力。

青袍人冷笑一声，扬袍一挥，下一秒，袖子里也不知道冒出一些什么黑乎乎的东西，以我根本看不清的速度冲上去。血魂死士见状，齐声喝道："杀！"只一瞬间，那些血珠便如同得令一般，疾射而出，绵软的血珠在空中被拉成了血刃，带着毫不留情割碎万物的气势，冲向青袍人。青袍人轻蔑地"哼"了一声，冷笑道："不知死活！"身形一闪，顿时不见了人影。血刃在半空中被那些数不清、黑乎乎的东西挡住，两种极端强大的力量冲撞着。黑与红，在半空中轰鸣乱舞，纷纷坠落。而这时候，惨叫声从血魂阵里传出，那一个个血魂死士，像被人用利刃从身体里切出，切成了一片一片的碎片。他们的身体不知道被什么强大的力量毫不留情地扭曲、割裂、撕碎。我从未见过这样血腥恐怖惨绝人寰的杀戮，脖子上的黑龙玉不安地躁动着，黑气凝聚，仿佛就要冲出去。

一个又一个血魂死士倒在地上，这个可怕的青袍人，摧毁这个血魂阵只用了不到五分钟的时间，果真如他所说，这血魂阵在他眼里不过是扮家家酒。青袍人在阵中现身，穿过那些不断惨叫的血魂死士，目不斜视，一步一步地走向太庙的大门。最后一个血魂死士在被片成生鱼片之前挥拳向他击去，拳头还没有落到他身上，手臂便被无形的刀刃肢解成数段，掉到地面上。那个血魂死士瞪着自己掉到地上的手臂，还不等他回过神来，他的脑袋就从肩膀上掉了下来，身体断成数截，“咚”的一声倒地。青袍人看也不看他一眼，径直走到太庙大门数级石阶下，冷笑道：“你这胆小如鼠的皇帝，我已经破了你的血魂阵，还不出来受死！”

他嘴上这么说着，脚步却停了下来。他只要步上台阶，就能推开门进入太庙，为何只是停在那里说着侮辱的话？莫非他对太庙里的一切还有什么忌惮？太庙里还是没有声音，青袍人怪笑道：“小皇帝，你再不出来，本王可就要进去了……”

“你不敢的。”太庙里传来一个人的声音，我的心一紧，正是皇帝的声音。只听他平静而冷淡地道：“就算你破了血魂阵，你也不敢进来。”

青袍人静了片刻，突然狂笑起来：“我不敢？我刚刚怕你在里面设下陷阱，的确还有些顾忌，若是你并没有救那位大将军，我对那护国神鼎还真有几分忌惮。可你刚刚说话时，气浮不定，定是强撑着一口气在与本王说话。护国神鼎需要真龙天子的心头血和精气作引才能开启，你施术之后身体虚弱，想必已经将神鼎的灵力耗尽，本王一只手指便能摁死你，还有何惧？”

说话间，青袍人的右手已经浮起一团青气，声音未落，扬手凌空向太庙大门击去。太庙大门在震天的巨响和漫天的尘埃中解体崩溃，木门的碎片在巨响中颓然倒塌。青袍人一步一步地踏上石阶，厉声道：“小皇帝，纳命来吧！”

## ❋ 第三十五章　偷袭

“住手！”脖子上的黑气凝结成一团，带着我疾冲了出去。青袍人正欲跨进太庙大门门槛的腿缩回来，转身看我。我忌惮这人的恐怖，不敢离他太近，所以看不清他的五官和表情。那人轻哼了一声：“终于忍不住出来了么？你是何人？”

原来我隐藏在铜鼎后面，早就被他发现了。我沉住气，不答反问：“你是不是玛哈？”

“嗯？本王的姓名，有二十多年未被人提起了，你这小女子是如何得知的？”青袍人一甩衣袖，负手而立，站在台阶上居高临下地望着我。我双手紧握成拳，一步一步地向他走过去：“你果然是玛哈！”

这个人，就是这个人，就是这个人害死了云峥！我睚眦欲裂，几乎将牙咬碎：“为什么？你与云家有什么仇恨？为什么要下手加害一个不满周岁的婴儿？”

“云家？”他似乎怔了一下，随即明白过来，不以为然地轻哼一声，“你是云家的人？”

“我是你当年加害的那个婴儿的妻子，云峥的未亡人。”我一步步走近他，立于石阶之下，终是把他那张脸看清。那玛哈两鬓染霜，脸却不太老，看上去只有四十多岁正当壮年的样子，宽鼻阔嘴，脸上长着异常粗长的眉，铜铃般的眼睛下生着浮肿的大眼袋，泛着青影。他怪笑一声道：“原来你就是那病痨子的老婆。云家找到你，怕是费了些工夫。”

原来他当真知道云峥未死、情蛊的事。我狠狠地盯着他，咬牙切齿地道：“玛哈，我不会放过你的，我要你为云峥偿命。”

“就凭你？”他像是听到了天大的笑话，怪笑起来，“别以为你带着一只怨灵就能把我怎么样，你身上的祥瑞之气完全被怨灵压制住了，想必身怀的神器也不过尔尔。本王是降神的门徒，普通神器还伤不到我。想报仇？下辈子吧！”

脖子上缭绕的黑气已经浓黑如墨，黑龙玉完全隐在黑气里，我也感受不到它的一丝热气。我不禁有些心惊，以玛哈的功力，能一眼看出黑气的来历并不奇怪。他与傅先生同出一族，知道中了情蛊之人想娶妻生子需要神器相助，也不奇怪。而黑龙玉到底是什么品级的神器，我却一无所知，它真能对付眼前这个强到变态的人吗？若它真是冥焰的觉魂，那与这变态斗法的时候，会不会有所损伤？

“你背后的人是谁？”我不理他的嘲讽，“指使你加害云峥的人是谁？”

“本王为何要告诉你？”玛哈冷哼一声，“你既来到这里，想必是想阻止我杀这皇帝小儿的，那本王就先解决了你！”

声音刚落，罡风拂面，杀气袭来，我还来不及往后退，黑气已经转瞬之间将玛哈团团包围。我赶紧退到一旁，却见那黑气将玛哈包裹起来，那玛哈就像被裹在一个黑布袋里，不停地拉扯挣扎，跌下了台阶。黑气之中，若隐若现的五瘟蛊图腾渐渐显现出来，白赤青蓝紫五团荧光在黑气中偶尔闪耀。玛哈在黑气里闷声道：“原来这怨灵是克列夏召唤的，本王倒是小瞧了！”

他似乎被困住了，一时无法脱身。我抬眼见太庙大门被玛哈击碎，大门洞开，赶紧向上跑去，上了石阶，我踏进太庙大门：“皇上！”

“你来干什么？还不快走！”太庙里的光线比室外暗，我眼前一黑，一时看不清屋内的情况，只听到皇帝气怒的声音从前方传来，“你来送死吗？快走！”

待眼睛稍稍适应了室内的光线，我分辨着他话音的方向，小心往前走。只听到皇帝气急败坏的声音震怒道：“朕叫你快滚！你听不懂吗？”

我终于能看清室内的情形，室内正中，有个数级台阶的平台，平台上面，平躺着一个人，盘腿坐着一个人。平台的半空中，悬着数根铁链，下端系着个镏金莲花座，座子上面，放着一个鼎，那鼎并不大，只比庙里的香炉略大一些。那平台下的地面上，似乎是有个巨大的圆形图案，有点像太极八卦的样子，但却比太极八卦图多分了两份出来，将那圆一分为四。每份圆点的位置，都摆了一个样式奇特的玉制法器。圆形图案外围的八方，各立了一尊黑木人俑，雕的却是我从未见过的神像，凶神恶煞、面目狰狞，各带着一只我同样没有见过的怪兽。

看起来，这似乎是一个阵法。我不理皇帝的咆哮，径直走入阵中，没见什么怪异的情况出现，心中一定，径直踏上石阶，步上平台，在暴怒的皇帝面前跪下来：“皇上息怒。”

“你……你好得很！竟敢不听朕的命令……”皇帝怒极，抓起身侧的黑刀，架到我脖子上，气得身子轻颤，“信不信朕杀了你。”

那似乎是寂惊云的冰魄刀，刀锋的寒气逼得我皮肤上的鸡皮疙瘩一个个弹起。我平静地看着他，他只穿了件白色的丝袍，胸口浸出鲜红的血迹。我蹙了蹙眉：“皇上受伤了？”想起刚才玛哈所言，启动神鼎需真龙天子的心头血作引，一颗心便揪起来，“皇上要处罚臣，等离开了太庙再说，这里很危险，那个玛哈随时都可能进来。”

“你也知道这里很危险，还跑来做什么？”皇帝轻咳道。我抓住刀背，将刀轻轻从我脖子上移开，“那人是皇上的敌人，也是臣的仇人，臣一定要来。”

“来送死么？”皇帝将刀丢到身侧，神情有一丝无奈，“朕走不了，也不能走，你自己快走。”

“为什么？”我看向躺在身侧的寂惊云，他的脸色红润、平静，就像是睡着了似的，“寂将军已经没事了吗？”

“没有大碍，醒过来就好了。”皇帝疲倦地闭了闭眼睛，我这才注意到他脸白如纸，“朕根本动不了，解除惊云的邪降耗尽了护国神鼎的祥瑞之气，朕必须待在这个阵法里，以心头血和精气祭养神鼎，七七四十九天之内都不能出去，直到神鼎恢复原状，否则……”

他停下不再说，我却已知道那个否则的后果可能是我无法想象的严重。我抬眼看向悬在我们头顶上方不远处的神鼎，那材质非铁非铜，非玉非石，有些像七彩琉璃。这神鼎要天子心头血和精气来祭养，到底是神器还是魔器？我轻声道：“可是外面保护皇上的人都不在了，万一那玛哈冲进来，你和寂将军……”

“我在这阵里，他没那么容易伤到我。”皇帝淡淡地道，“太庙神龛的香炉，先左后右各转三圈，地上就会打开一个地道口，你从那里出去，那个人不会伤到你的，快走。”

叫我走？丢下昏迷不醒的寂惊云和全身无力的皇帝，独自逃命？真亏他想得出来。我抓紧了他身侧的冰魄刀，欠身道：“地道凶险未知，臣妾想借寂将军的刀一用。”

“嗯。”皇帝看了我一眼，想也不想就同意了。我抓了冰魄刀，步下平台，向太庙大门走去，皇帝在身后急道：“不是那边。”

“谁说不是？”我微微一笑，抓紧了冰魄刀，头也不回地走出太庙，将皇帝一声震怒的“荣华夫人”抛在身后。太庙外，怨灵仍在和玛哈纠缠，这一会儿工夫，又不知从哪里爬来那五种毒虫，将玛哈包围起来。我知道这五瘟蛊阵是傅先生召唤的怨灵所施，倒没有刚开始那么害怕了，只是那一地毒虫阻在前面，要冲进去确实需要一些勇气。

闭了闭眼，深深地吸了口气，我拔出冰魄刀，双手紧紧握住刀柄。那玛哈与怨灵纠缠着，此际正是下杀手的好时机，只有杀了他，才能保障太庙里的皇帝和寂将军的安全。此念一动，我当即不再犹豫，咬紧牙，不看地上那一地的毒蛇毒虫，只死死地瞪着那个被怨灵缠住的人，握紧刀冲上去，杀了他！杀了他！杀了他！哧！那把刀插进黑雾当中，我清楚地听到了锐器插入血肉时发出的沉闷的响声，刺中了！我心中一喜，更是毫不迟疑，狠狠将那刀往前送去，直至那刀被阻住，再也无法深入。黑雾中传出一声痛哼，骤然一股大力向我击来，将我弹飞出去。我跌进毒虫堆里，眼冒金星，胸口一阵闷痛，一口血已经从嘴里喷出来，溅了满胸。

好痛，这种痛楚，像是身体骤然被四分五裂一般。玛哈在怨灵黑气里发出一声怒吼，那团黑气越涨越大。黑气中仿佛有个黑洞，形成一个漩涡，正源源不断地将黑气吸进去。毒虫们惊慌失措地逃窜，黑气被漩涡越吸越少，渐渐显出一个人形。我瞪大了眼，那漩涡原来是玛哈的嘴造成，黑气被他一口不剩地吸进了肚子里。怨灵似乎在他的身体里挣扎，他的皮肤下，一会儿脸上冒出一个包，一会儿额上冒出一个包，像是岩浆冒出的热泡，在他的皮肤下沸腾，说不出的诡异和恐怖。但这恐怖的场景并没有维持多久，只听到啵啵数声短促的破碎声从他的皮肤下传来，那些来不及逃走的毒虫，纷纷炸开，像是在身体里装了炸弹似的，被炸开了花。一时之间，破碎的虫尸和恶心的浆液将这片地方染得花花绿绿，玛哈的脸却恢复如常。我不敢置信地瞪着他，眼前这一幕，不用费脑子想，也知道他已经收服了怨灵。却见他右手握着插在他腹上的刀，左手指着我，恶狠狠地道：“你这贱人，竟敢偷袭本王，你以为一把刀就能奈何得了本王吗？”

说话间，他已经将冰魄刀从腹中拔出来，抛到地上，那刀上竟然一丝血迹也不见。玛哈冷笑道：“本王原想逗克列夏多耍一阵，既然你这贱人这般不知死活，本王也不与你们再玩游戏……”说话间，他指着我的手臂不断伸长，手向我的脖子抓来。

## ❋ 第三十六章　被掳

眼前一黑，就在我以为自己已经被玛哈扼住脖子的时候，胸前却有一个黑影蓦地冲上前去，直直地袭上玛哈的手臂。我定睛一看，却见那黑影，竟是一条青烟缭绕的黑龙，那龙将玛哈的左手吞进肚子里，龙头一下子蹿到玛哈的肩膀，只听到“咔嚓”一声，那玛哈的手臂竟然被青龙一口咬断，吞进了肚子里。

异变突生，我完全怔住，不知道这突然冒出的黑龙是怎么回事，却见那黑龙缭绕于身的青烟，似乎是从我的胸口冒出来的。我低头一看，胸前的黑龙玉飘浮着，那玉被我刚才吐出的血染得血渍斑斑，黑龙喷出的那团火豆，红得耀眼。我怔怔地伸手托住那块黑龙玉，蓦地想起当年在沧都府衙大牢的那一幕，龙婆用血礼企图骗走我的黑龙玉，却不知为何召唤出了一条黑龙。这龙，莫非就是当日我在牢中见到的那一条?

这一切不过是瞬间所思，却听到玛哈惨叫一声，身形跃远，右手按住左肩，瞪着那黑龙。黑龙吞了他的左臂，也没有立即攻上去，只是竖着半身，虎视眈眈地盯着他。却听到玛哈传来一声怪笑，笑声中似乎带着一丝难以置信：“觉龙？竟然是觉龙？”他蓦地放声大笑，仿佛刚才被断了一臂的事情也忘记了，狂喜地叫道，“真是天助我也，想不到你这贱人身上的神器，竟然是冥王觉魂所化的觉龙。觉龙现身，冥王的真身也必将现世。一品牵魂降练成之日指日可待……”他蓦地转头看我，“说，这块玉是谁给你的？”

我不理他，只怔怔地看着那条黑龙，当日在沧都府衙大牢，那条龙只是个虚幻的影像，而今天这条黑龙，却仿佛是一条活生生的真龙，它怎么会突然冒出来？我挣扎着想撑起身子，胸口一抽，一阵闷痛，忍不住又喷出一口血，血珠溅到黑龙玉上，龙口的红玉一闪。原本与玛哈对峙的黑龙暴怒地嘶吼一声，张开血盆大口向他冲去。玛哈蓦地蹿到空中，惊声道：“你这贱人竟然是觉龙的宿主？”

宿主？又是什么？我全身发痛，脑子昏昏沉沉的。黑龙玉浸了我的血，黑龙就如此暴怒，莫非是我的血启动了神器，将这条黑龙召唤了出来？玛哈跃至空中，躲闪着黑龙的进攻，只听到他念出一串怪异难懂的咒语，身子蓦地跃到半空中分成了五个，看得我目瞪口呆，这……这人居然会分身术？只是他本尊断了一只左臂，他分出的其他四个分身，一样没有左臂。五个人在半空中摆成一个怪异的阵法，迎上咆哮着冲过来的黑龙。五人一龙纠斗在一起，阴风大盛，在半空中形成巨大的漩涡，将五人一龙卷在风里。我被阴风刮得睁不开眼，完全不知道斗法的情形，只听得耳边风声呜咽，树叶被风刮得哗啦啦乱响，我的头发被风刮得狂飞乱舞，身上的衣服也被撩得猎猎作响。一声响雷在半空中炸开，我顶着风，勉强将眼睛睁开一条缝，却见乌云大作，电闪雷鸣，那漩涡般的阴风已经变成了龙卷风一般。在轰雷声中，一道刺眼的闪电从半空中刺向龙卷风的风眼，龙卷风里爆出数声闷响，瞬间，光影乱流从风中激射开来，爆射出的能量流像是利刃一般，四散乱射，所到之处，无坚不摧。一条利刃乱流飞过我的腿边，左腿立即被割开一条血口，我还来不及呼痛，更多的能量乱流射了过来。我避无可避，闭上眼睛，罢了，这样结束一切也好，云峥，你可还在奈何桥上等我？

身子一轻，似乎被人抱进怀里：“姐姐，你怎么样？”

他的语气焦灼，我睁开眼，迎上他黑亮的眼睛，意识有一秒钟的混乱：“冥焰……你来接我走么……”

“姐姐别怕，我会救你出去的！”冥焰的身子缓缓下降，我的神志一清，才发现自己被他抱着，正从半空中往下降落。刚才千钧一发的一刻，原来是他及时赶到，将我从能量利刃的乱流中救了出来。

“你怎么来了？”我一惊，那玛哈正要找他呢，刚才我听得明明白白，冥王的真身可以助他练一品牵魂降。那玛哈若是知道冥焰就是小冥王，不是正好给他送上门去？冥焰抱着我落地，离开那些能量流能溅射到的范围。我着急地推开他：“你来干什么？快走！”

正在此时，一声轰然巨响从前方传来，我转头看去，却见那龙卷风蓦然炸开，一龙一人从风里被弹开。黑龙掉在我前方不远的地方，那玛哈不知道何时，又从五人变成了一人，跌落在远处一动不动，不知是死是活。剧烈的阴风仿佛一下子消散了，我看到一动不动的黑龙，惊得魂飞魄散，挣开冥焰向它扑过去，它死了吗？它是冥焰丢失的觉魂，若它死了，冥焰岂不是永远都成了失魂之人？

还没往前冲到一步，我就跌到了地上，左腿上传来钻心的剧痛，我禁不住倒抽了一口气。“姐姐……”冥焰赶紧抱住我，将我送到黑龙面前。我看到黑龙的身体微微地抽搐，它全身的鳞片掉了无数，失去龙鳞的地方有无数狰狞的恐怖伤口，正潺潺地流着鲜血。我的眼泪顿时盈满眼眶，黑龙的嘴里呼着微弱的气息，眼睛茫然地睁着。它还活着，还活着……我的手抚上它的头，泪一下子滴到了它的脸上：“别打了，疼不疼？疼不疼？别打了……”

眼泪浸进了黑龙的龙鳞里，它的目光似乎清澈了一些，呼出的气息也比刚才有力。它转了转眼睛，温和地看着我，头轻轻抬起来，在我的手上温柔地蹭了蹭。我的眼泪更是止不住，一滴接一滴地滴到它的脸上：“乖，快回去，回黑龙玉里去。”话音刚落，一滴泪又滴到了它的脸上，黑龙的身子颤了颤，身上开始缭绕起青烟，龙体在青烟中渐渐淡去，淡成一个虚幻的龙影。胸前的黑龙玉渐渐发出一丝温热，我低头见龙口的红焰一闪，那股青烟就慢慢地聚到黑龙玉上，缓缓地不断地被黑龙玉吸进去，不多时，就吸光了青烟，地上只余了血渍，刚刚那条黑龙，也已不见踪迹。

黑龙玉恢复了平静，我舒了一口气，抬头道：“冥焰……”却见他捂着头一脸痛苦地立在我身侧。我大惊：“冥焰，你怎么了？”

他放开手，脸色有一丝茫然，低头看了看我，眼神渐渐清澈起来：“刚刚突然有些头疼，不知道怎么回事。姐姐别担心，现在已经不痛了。”

我心下了然，定是黑龙受伤，使冥焰产生了一些感知，不知道他有没有想起什么来？我拉住他的手，冥焰蹲下身，我柔声道：“冥焰，你有没有想起什么？”

他茫然地摇了摇头，我追问道：“你怎么会来这里？”

“不知道。我在家里本来正陪诺儿玩呢，突然心中有一种奇怪的感觉，好像有人在跟我说姐姐很危险，要我赶快去。”冥焰挠了挠头，不解地道，“我也顾不上多想，就往外跑，结果碰到小红回去说姐姐来了太庙，我就径直赶来了。还好赶得及时，刚刚那些气流像刀一样利，可真是危险极了……”

“冥焰……”我握紧他的手，他仍是没有恢复记忆，却因为与我之间有黑龙玉的联系，所以能感知我的危险。我心中百感交集，“谢谢你……”

“姐姐胡说什么？什么谢不谢的？”冥焰不高兴地看了我一眼，扭头看到玛哈躺在远处，“姐姐，刚才是怎么回事？姐姐来太庙做什么？那人是谁？怎么会有一条龙住在姐姐的玉里？那龙怎么会和他斗法？……”

他一迭声地发问，我哑然失笑，这才想起玛哈来，也不知道他是死是活。我走不过去，只得道：“冥焰，他就是玛哈，你帮我看看他死了没有？”

“他就是玛哈？”冥焰的眼睛蓦地瞪大，脸色一变，语气僵硬起来，“他就是师父和姐姐的仇人么？”

我点点头，冥焰蓦地站起来，举步向躺在地上的玛哈走去。他站在玛哈的面前看了一阵，蹲下身，探向他的鼻端，转头道：“姐姐，他已经死了……”话音未落，躺在地上的人却闪电般地伸手，在冥焰身上疾点数下，冥焰顿时瘫倒在地上。我骇得魂飞魄散：“冥焰……”抬头狠狠地瞪着玛哈，不敢置信地道，“你……你竟然装死？你把冥焰怎么样了？”

“不装死让他毫无防备，本王怎么能制住冥王之子？”玛哈怪笑一声，费力地从地上爬起来，“觉龙果然厉害，本王练成二品牵魂降，已是金刚不坏之身，那觉龙竟能削了本王大半功力，受此重伤。”

金刚不坏之身，是了，我想起来了，这才觉出自己的莽撞，怪不得我用冰魄刀暗算他，他根本一点事都没有。恐怕他的身体凡间的兵刃根本拿他没有任何办法。我看着他抓着冥焰的衣领从地上站起来，心急如焚：“什么冥王之子？他只是一个普通人……”

“贱人，你想骗我？”玛哈冷哼一声，看着手中的冥焰怪笑道，“这人与刚才觉龙的神息完全一致，分明就是冥王的真身。本王今日这伤受得真是值得，虽然杀不了皇帝小儿，却抓住了梦寐以求的冥子，等本王练成了一品牵魂降，再来铲平这太庙……”

“你胡说，他不是什么冥子，你快放开他……”我心胆俱裂，向着玛哈爬过去。冥焰，冥焰，是我害了你，是我害了你……玛哈看到我悲痛欲绝的表情，哈哈大笑道：“贱人，你不用担心，本王会让你们同生共死的。你脖子上的觉龙玉既是这冥子的觉魂，也是练降的必备品，跟本王走吧……”

他将冥焰搭到肩头，飞身而至，一把拎起我的衣领。我奋力挣扎，玛哈不耐烦地扬手便向我劈来，却被一颗石子将手弹开。他“咦”了一声，抬眼望向前方：“又来了一个不怕死的？”

我转过头，见到刚刚从石阶下踏上太庙广场的黑袍人，心中一震，竟然是他？那个一再救我的鬼面人！鬼面人对玛哈嘶声道：“放开他们！”

“本王现在没空跟你玩，今日就留你一命！”玛哈冷哼一声，以迅雷不及掩耳之势拎起我的衣领，嘴里不知道念了一句什么，眼前突然一花，我只觉得掉入一个无边无际、虚无缥缈的空间，太庙、广场、鬼面人都不见了踪迹，只有身畔这个勒住我脖子的玛哈。我的胸口闷得透不过气，眼前一黑，意识也跟着跌入了虚无的空间。

# ❋ 第三十七章　火焚

我仿佛昏过去很久，又仿佛只昏迷了一会儿，当我醒来的时候，感觉自己倒在滚烫的地面上。空气很热，很稀薄，嘴唇被烤得仿佛干裂了，我想开口，发现嘴唇粘在了一起。我舔了舔唇，睁开眼睛，眼前很昏暗。我一时看不清自己到底身处在什么环境，想起昏迷前的情形，我和冥焰被玛哈一起掳走，便启唇呼唤："冥焰……"

我的声音又干又哑，仿若游丝，没人应我，耳边有隆隆的声响，仿佛烈火燃烧的声音。我忍住全身的酸痛，勉强撑起上半身，打量着眼前的环境。这仿佛是一个山洞，洞顶悬着奇形怪状的钟乳石，地上有高大的石笋，像厅柱一样直达山洞顶端，地面却仿佛有人修整过，很是平整，还铺着方正的石砖。不知道哪里传来的火光，映得山洞鬼影幢幢、光怪陆离。前方传来仿佛野兽一般粗重的喘息声，我撑起身，拖着伤腿和一身酸痛，努力向着发声处爬过去，绕过两根粗大的石笋，眼前豁然开朗，现出一个宽敞的洞厅。

我一眼就看到厅里盘腿坐着一个青袍人，尽管我视力不好，仍看出那个人就是玛哈。他似乎是在运功疗伤，端坐在那里一动不动，只是头顶上不断冒出青烟，那粗重的喘息声正是他发出的。他前面不远处的地方，躺着三个大腹便便的孕妇，正在低声抽泣，声音里有掩藏不住的恐惧。几个孕妇身后不远处，有一个巨大的火池，池中不知道是用什么做燃料，燃着熊熊烈火，火舌几乎蹿到了半空。这洞里的光线，完全来自这火池中的火。怪不得这洞里这么热，这么巨大的火池，也不知道要用多少柴火才能烧得这么旺盛。玛哈身后几步远有砌好的石阶，上面有个不大的平台，平台上放着一只巨大的石鼎，石鼎的双耳上盘着毒蛇，石鼎里不断发出窸窸窣窣令人背心发麻的声音。石鼎后的洞壁上，雕刻着一个巨大的鬼脸，眼如铜铃，张着血盆大口，露出尖厉的獠牙，表情凶恶狰狞。

冥焰在哪里？我打量完这个洞厅的环境，却没有发现冥焰的身影，心中不由得一紧，难道冥焰已经遇害了？正惊疑不定的时候，那玛哈突然伸手，一个孕妇被他凌空抓到面前，几个孕妇吓得失声尖叫，叫得最惨的就是那个被他抓到面前的孕妇。玛哈轻哼一声，右手按上孕妇的肚子，骤一用力，手指就扎破了孕妇的肚皮。他抓住肚皮往旁边一扯，那孕妇的肚子就被他分开，孕妇还来不及惨叫，脖子一歪，立即就断了气。我伸手捂住嘴，堵住嘴里惊恐的尖叫，而那两个看着这血腥恐怖的开膛破肚一幕的孕妇，早就吓昏过去。玛哈往孕妇肚子里一抓，抓出一个血淋淋的胎儿，张嘴便向胎儿啃去，咬得咯吱作响。

"嗯……"我毛骨悚然，张口便喷出一口酸水。这个魔鬼！他竟然在吃人！他竟然在吃孕妇肚中还未出生的胎儿！我心里一阵阵恶心，差点把胆汁都吐出来了。恐惧像一只巨大的怪手，扼紧了我的呼吸，落到这样的魔鬼手里，恐怕只有死路一条！

玛哈吃掉一个胎儿，又开始运功。我泪流满面，强撑着酸痛的身子，咬了咬牙，沿着洞壁一点一点地往前爬。冥焰，冥焰你到底在哪里？你是不是也被那恶魔……我不敢想，心里充满了对这魔鬼的仇恨，冥焰……

全身很痛，我爬得很慢，身体摩擦在地面上，发出窸窣的声响。我不怕惊动玛哈，在这个洞穴里，即使他看似在运功，无暇理会我的举动，但我的一举一动只怕都在他的控制之中。我做梦也没想能逃出去，我只是要上前去，问他到底将冥焰怎么了？

那玛哈突然伸手，将面前那具孕妇尸体挥出去，尸体径直落入前方的火池之中，火焰瞬间吞没了那孕妇的尸身，尸体的油脂让火苗猛地蹿高数米。他这一挥手我才发现，玛哈被黑龙咬掉的那只左臂全无，肩上是一个黑乎乎的血窟窿，不由得生生地抽了一口气。

玛哈将那孕妇尸体挥走之后，凌空一抓，又抓了一个昏迷的孕妇到面前，右手落到她的肚子上。我见状大惊："住手！"

玛哈转头看我一眼，冷笑道："你凭什么让我住手？"

"你、你这魔鬼，你怎么可以吃人？"我第一次懊恼自己竟然找不出更好的话来阻止这个恶魔，这种话落在这恶魔的耳朵里除了惹来他的嘲笑，起不了任何作用。可难道叫我眼睁睁看着他将人开膛破肚却不出声，我又做不到。

"我喜欢吃就吃，你能奈我何？"那恶魔果真带着嘲弄的语气，"若不是觉龙将我功力削去大半，本王怎会用胎婴来疗伤？”说话间，他的右手也不闲着，使劲一拉，又将那孕妇的肚子生生拉开，鲜血四溅。

“你！你这恶魔、浑蛋……”我痛恨自己的无能为力，恨不得扑上去将这恶魔碎尸万段。如果眼光能够杀人，这恶魔早被我千刀万剐了。玛哈桀桀怪笑着，将孕妇肚子里的胎儿摘出来，往嘴里一边塞，一边嘲弄道：“省口力气吧，有力气骂人，还不如哀悼一下自己一会儿的命运，你比她们也多活不了多久。”

他的脸上血淋淋的，双手也沾满鲜血，嘴里咯吱地嚼着胎儿的血肉。我闭目转头，不敢看那血腥恐怖的场面，这场面只怕会让我做一辈子噩梦。等那可怕的咯吱声消失，我转头看他，见他又闭上眼睛开始运功。我看了看前方那孕妇，咬了咬牙，忍着痛楚，拼命向她爬过去。爬到那孕妇身边，我使劲儿摇她：“醒醒，你醒醒……”

那妇人茫然地睁开眼睛，我赶紧道：“你快起来，快逃出去……”那妇人见到我，像见了鬼似的，惊叫一声，双手捂面，嘴里疯了似的道：“别过来，别过来……”我又气又急，抓住她的手臂：“他现在抓不了你，你快逃走……”那妇人猛地推开我，双手撑地，不停地住后缩退，惊恐万状地道：“别过来，别过来，别杀我……”眼见她已退到那火池边缘，我瞪大眼，焦急地道：“别退了……”却已迟了一步，那妇人尖叫一声，已经掉落到火池之中，火焰轰的一声乱蹿开来，直扑到我脸上。我赶紧将头埋到地上，听到头发被火苗烧得吱吱炸响，一股蛋白质的焦臭味瞬间充盈在空气之中。

我拂了拂头发，抬起头，那孕妇已经被火池吞没。我难过地闭上眼睛，听到身后传来玛哈恼怒的声音：“你这贱人，竟敢破坏本王疗伤，简直是找死！”

我转头看他，那玛哈第二轮的运功已经结束，缓步向我走来。我冷笑道：“我不破坏，就活得了吗？落在你手上，早晚都是一死，找不找死有什么区别？”

“你这贱人，死到临头还要给本王找麻烦。”玛哈冷冷地看着我，眼中突然爆射的邪光令我心底发毛，我忍不住往后缩了缩，咬牙道：“你将我弟弟怎样了？”

“你弟弟？”玛哈眼中透着一丝邪意，“你说的是冥子吧？”

“他不是冥子。”我大声反驳，恶狠狠地瞪着他，“你到底将他怎样了？”

“本王说他是，他就是。”玛哈桀桀怪笑道，“本王竟然能抓到传说中阴年阴月阴日阴时生的冥王之子，真是降神保佑，天助我也。等本王练成一品牵魂降，就能要风得风，要雨得雨，看这世上还有谁敢逆本王的意？哈哈哈……”

他得意地笑起来，笑了两声，突然像岔了气儿似的咳嗽起来，捂着胸口晃了几下，跌坐到地上。我见他脸色蓦地变得蜡黄，豆大的汗珠从额上滑下来，心中明了，这玛哈受的伤只怕不是一般的重，看来他刚刚连吃了两个胎儿，并没有将自己的伤治好。

我冷笑道："只怕没那么容易。你如今半死不活，等我们的人找到你，你就是死路一条。"这恶人受了重伤，功力肯定大不如前，如果能拖到皇帝或云家的人找来，也许未必不能制住他。

玛哈听我这样说，连翻白眼儿，阴声道："你以为本王这洞府这么容易找得到吗？等那些蠢材找到这里，我的牵魂降早就练成，他们来了也是白白送死。"

"既然我早晚都是死，你能否让我做个明白鬼？"我在脑子里盘算着怎么将他身后那个黑手套出来，尽力拖延着时间，"你当年，是怎么加害我夫君云峥的？我听傅……克列夏说，你当时被降术反噬，受了重伤，连活命都难，怎么还能蹿到云府作恶？"

"克列夏当然想我死了。"玛哈没有察觉到我的用意，一提到他的宿敌傅先生，果真被我引得打开了话匣子，"可惜本王福大命大，关键时刻总能遇到贵人相助。我当年被降术反噬，受伤潜逃，克列夏竟然集合南疆八十八洞寨之力追捕我，让我无处容身，好在我被一个女子救了，将我藏在她家里，否则我可能逃不出南疆了。"

"你这样的恶人，竟然有这样的好运气。"我冷哼道，"不知道是谁瞎了眼会救你这种人？"

"哼哼，本王的运气一向不错，否则千年难遇、仅在传说中听闻的冥子怎么会被本王遇到？"玛哈斜睨了我一眼，见到我气结的表情，嘲弄地道，"那女子么，倒是跟你们云家有点瓜葛，她就是你公公的小老婆绮罗。"

我怔了怔，纵然我心中认定他与绮罗，与云家二房都有勾结，此际听到他亲口说出来，仍是震了一震。我咬牙道："果真是你勾结绮罗，加害云峥！"

"我可没勾结她，那绮罗愚蠢得很，拿刀逼在她脖子上也不会去害人。"玛哈冷冷地道，"本王不过是略施小计，利用了她一下。"

"此话怎讲？"当年云峥遇害的真相就要呼之欲出，我的双手在衣袖下握紧，身子绷得紧紧的。玛哈嘲弄道："当年你夫君生下来是早产儿，身子孱弱。绮罗知道我们族中有一种养生蛊，可以令他这样的早产儿恢复健康，就来求本王赐她一只。本王正好顺水推舟，将刚刚练好的五品牵魂降降引给了她，等她把以为是养生蛊的降引种到小世子身上，本王就启动降引，引发牵魂降。可惜当年本王重伤初愈，练的牵魂降尚有欠缺，否则克列夏的情蛊，怎么可能克制本王的牵魂降？”

他说得滔滔不绝，我却恨得几乎咯出血来，牙齿紧紧地咬住下唇，直到我尝到了腥咸的血味。这个无耻之徒，说着自己所做的伤天害理之事，竟还如此扬扬自得！我的云峥，惊才绝艳的云峥，竟是死在绮罗的好心和这个无耻之徒的卑鄙阴谋中，我好恨！

“你好卑鄙，那绮罗救过你的命，你不但不知恩图报，竟然还如此陷害她？你就不怕她的冤魂来找你讨债么？”指甲陷入了掌心，我几乎是用尽了全身的力气，才克制住心中那团熊熊燃烧的怒火，提醒自己还没有套完话，不能让怒火烧得失去理智。

玛哈斜了我一眼，桀桀怪笑道：“本王将灵魂交予降神换取强大的力量，不再转入六道轮回，你以为还会怕什么因果报应吗？”

是我天真了，他根本是个疯子，岂能以常人的道德来谴责他？我深吸了口气，抑制住身体的颤抖：“那么，是谁让你给云峥下降？”

玛哈脸上浮出一个怪异的笑容，缓缓站起来：“本王差一点中了你这贱人的计了，别以为本王不知道，你套本王的话是想拖延时间，好让人找到你们。”

“你这么厉害，还会怕么？”我戒备地看着他，心中的盘算被他看穿了，看来是再也无法套出那个幕后黑手了。

“等本王练成了一品牵魂降，自然不怕。”玛哈冷笑道，“本王也不再拖了。”他右手一挥，往半空中一击，洞穴上方突然传来哗啦啦一阵铁链的响声。我抬头一看，骇然大叫：“冥焰……”

从洞穴顶端竟然垂下一根粗长的铁链，铁链下方，绑着一个人，正是冥焰。他悬在半空中，下方正是吞吐着烈焰的火池，只要铁链一断，他就会跌入火池之中。“冥焰……”我奋力向着火池边爬去，顾不得那火烧火燎的热浪劈头盖脸地打在我的身上，“冥焰，你怎么样？”

他却闭着双眼没有回应，不知道是晕了还是死了。玛哈在身后阴声道：“本王一会儿取下你的觉魂玉，将冥子的觉魄禁锢在降神口中，再用地心之火化去冥子的肉身，抽出其余的魂魄。只要本王以冥子的三魂七魄为引，练成一品牵魂降，就可以脱离降神的掌控，这世上再无人可与我匹敌，哈哈哈……”

我扭过头，愤恨地看着玛哈：“我不会让你得逞的。我就是死，也不会让你得到黑龙玉。”心念一生，我奋力扑向火池。我就算葬身火海，也不会让黑龙玉落到这个恶魔的手中。哪知背后蓦然传来一股吸力，还未等我回过神来，我已经被玛哈抓住背心。我在他手底奋力挣扎："魔鬼！妖人！这黑龙玉认我为主，你是拿不下来的。"

"哼哼，本王拧断你的脖子，看拿不拿得下来。"玛哈怪笑一声，另一只手蓦地抓住我的脖子。我恶狠狠地瞪着他，就算是死，我也要死死记住他的样子，我就算做鬼，也要回来找他报仇！扼住我脖子的手蓦然用力，我呼吸一紧。突听到"嗖嗖"两声破空之声，玛哈的手背上瞬间插上两枚圆圆的齿轮状的飞镖，血顿时溅了出来。玛哈闷哼一声，握住我脖子的手一松，我被他丢到地上。我一边抚着脖子大口大口地喘气，一边抬眼看去，却见前方伫立着两个人，一个正是数次救我的鬼面人，另一个，居然是段知仪。

"玛哈，寻常兵器伤不了你，不知道这浸过黑狗血的飞镖，滋味如何。"段知仪慢条斯理地笑道，脸上哪里还有半分憨气？鬼面人却不说话，只是缓缓举起手中的剑，我一个不懂武功的人，也能感受到他全身凌厉的杀气。玛哈哼了一声，冷笑道："雕虫小技，也拿到本王座前献丑，看本王如何解决你！"说话间，身形已攻上前去。鬼面人扬剑迎上，段知仪在一旁扬声道："乾裂、坤离、坎破、巽腾……"那样子，似乎是在指点黑衣人以阵形迎战。我无心观战，转头看向吊在火池半空的冥焰，他仍旧闭着眼睛，呈昏死状态，也不知道玛哈对他施了什么邪法。我爬到火池边，冥焰、冥焰，你应我一声。我在心里焦急地唤着他的名字，却不敢发出声，怕骚扰到段知仪的发声，影响鬼面人与玛哈的决斗。这玛哈虽然失了大半功力，但毕竟是个强到变态的妖怪，也不知道鬼面人到底能不能将他制伏。

段知仪念完一段，迅速奔到我面前，蹲下身道："云夫人没事吧？"

我抓住他的手臂，像抓住一块求生的浮木，连声道："帮我救救冥焰，快帮我救救他……"

段知仪站起来，打量着火池及洞壁四周，蹙眉道："这里没有可供攀援之物，我们身上又没有绳索之类……"他的目光落到火池右侧一条高入洞顶的石笋上，眼睛一亮，"啊，有了！"

段知仪奔到鬼面壁雕前的大石鼎处，伸手将盘踞在鼎耳的毒蛇揪下来，又从鼎里捞出数条毒蛇，蛇尾连蛇头地打结连起来，连成一条毒蛇绳，拖着转到火池右侧。我愕然地看他拖着那条毒蛇连成的绳索。他就这样随意地拿着，仿佛那些蛇是死物一般，一点也不怕会被那些毒蛇缠上身咬他一口。他从石笋上攀到半空，手中的蛇绳抛出去，正好缠在那根悬吊着冥焰的铁链上。他一寸一寸地收紧毒蛇绳，那铁链顺着毒蛇绳牵过来。我提心吊胆地看着这一幕，生怕那些蛇绳会从半空中突然断掉。但那些蛇绳却老老实实，一分一分地将冥焰移向了段知仪攀爬的石笋面前。

哪知此时，却听到与鬼面人缠斗的玛哈怒道：“想救冥子？别做梦了！”话音刚落，也不知道他施了什么法术，绑住冥焰的铁链突然断开了，冥焰直直地落入烈火之中。我的眼睛蓦地瞪大，冥焰掉入火池的一幕，像慢动作一样一格一格地呈现在我的眼前。他慢慢地下坠，慢慢地下坠，衣袂被热浪舔卷着。我突然能无比清晰地看到他的衣袂被热浪带得微微飘动，他苍白的脸，紧闭的双眼，微颤的睫毛，紧抿的双唇，细致的毛孔，皮肤上的茸毛，还有他银白的发丝，每一根，在热浪中飘舞的样子，亮得刺眼。他明明是那般快速地下坠，快得让任何人都来不及将他救上火池，可在我的眼中，却是那样慢，慢得仿佛我一冲上去，就能抓住他下坠的身体。

“冥焰……”我不能失去你，我不能再失去任何一个爱我的人。巨大的恐惧使我滋生出无穷的力量，我竟然拖着伤腿爬了起来，迅速地扑入火池，准确无误地抱住了他的腰。我心中骤然一松，喜悦地轻喃：“冥焰……”

烈焰将我们包围，失而复得的喜悦盈满心胸，我甚至感觉不到烈焰焚身的灼痛。“云夫人……”耳边传来段知仪惊恐的呼声，下一秒，似乎听到鬼面人发出了狂乱如受伤的野兽般的嘶叫，然后，就只剩下轰隆隆的火声。

## ❋ 第三十八章 合魂

火焰将我和冥焰团团围住，当我开始感觉到全身的灼痛，意识开始涣散时，一道黑影从我胸前疾蹿出来，逼开烈烈的火焰，像蛇一样盘旋在我和冥焰身上，将我们紧紧缠裹起来。

黑龙……我模模糊糊地知道它是谁，又是你来救我了？它的出现带起了厉风，围着我和冥焰旋转，将层层烈焰逼退，隔绝在厉风旋转形成的屏障之外。风在我的脸上"扑扑"作响，头发随风扑打着我和冥焰的脸。冥焰……我恢复了一点儿神志，瞪大眼，冥焰苍白的脸在我眼前，没有一丝血色："冥焰、冥焰……"

我的左手紧紧环住他的腰，腾出右手拍打他的脸，但冥焰却没有一点儿反应。我们不停地坠落，这个火池仿佛永远也到不了底端，黑龙缠住我们，将我们的身体稳在烈焰中。上下左右全是红彤彤的火焰。黑龙带出的厉风在火焰一波波的侵袭和包围中越来越微弱，火焰重新袭卷过来。黑龙护着我们在火焰里翻腾，似乎想挣脱烈火的包围，但那火根本看不到边，看不到头，厉风渐渐消失，黑龙的皮肉似乎陷入了烈火之中。我又惊又急，既怕黑龙没有厉风的保护受到损伤，又怕它再也支持不住，我们全都会葬身火海。身子蓦然一凉，黑龙的全身在厉风消失之后，蓦地冒出阵阵青烟，它的身体渐渐化成了一道浓厚的烟雾，龙形的烟雾裹着我们向上升腾，烟雾渐渐地淡去，黑龙渐渐变成一个浅浅的影子，仿佛随时都会消失。

"不要……"那是冥焰的觉魂啊，不要消失，不要丢下冥焰……胸前的黑龙玉突然飘浮起来，玉身上闪烁着星星点点的光芒，渐渐地移向冥焰的额头。黑龙的影像越来越淡，我又开始感受到火焰的灼热。黑龙玉碰到冥焰的额头，立即紧紧地贴在他的额上，与此同时，缠绕在我们身上烟雾般淡淡的黑龙幻影骤然消失，全身化成无数星星点点的金芒。冥焰额头上的黑龙玉在黑龙消失的瞬间，蓦地放射出强烈的白光，向四周扩散，将包围我们的烈焰击碎、逼退，不能近身。光影中，一直紧闭双眼的冥焰突然睁开了眼睛，眼睛里却没有一丝神采。黑龙玉在冥焰的额前越陷越深，似乎有活生生嵌入到他的额头里去的迹象。那玉每陷入一分，四散的白光就亮一分。冥焰的脸上却没有一丝痛楚的表情，只是将眼瞪得老大，仿佛一个毫无知觉的木头人。我不知道眼前这一幕到底是怎么回事，也没有办法和能力阻止，只得眼看着黑龙玉在冥焰的额头若隐若现。刺眼的白光不断放射，我完全看不到火焰，眼中只有这片耀眼的光影。我半眯起眼，不敢直视那耀眼的强光，就近距离地观察着冥焰的反应，突然发现一个奇怪的现象。随着黑龙玉的隐现，冥焰的满头银丝，竟渐渐地变成了蓝色，白光每爆闪一次，冥焰的头发就蓝上半分。等黑龙玉完全隐入冥焰的额头，冥焰的头发竟然完全变回了我初次见他时漂亮的宝蓝色。

我激动万分，隐隐猜测出眼前这情形到底是怎么回事。黑龙玉本来就是冥焰的觉魂，此际定是感受到冥焰和我身处的险状，所以重新回到了冥焰的身体，与冥焰的两魂七魄合体归位。既然冥焰的头发能恢复原状，是否表示他同样很快就能恢复记忆？

我还在猜测，冥焰的眉头骤然紧皱，口中发出一声痛呼："呀……"刚刚无神的眼中突然爆射出一道精光，他的身体蓦地展开，将我弹飞出去。我急速地往下坠落，看到他四肢伸展开，呈大字形地站在光影正中。他的身体逆着光，在身后强烈的白光下，他的身体则成了一道黑色的阴影。黑与白的对比强烈地冲击着我的视线，像动漫故事中无人能敌的战神。

冥焰……泪漫出眼眶，我欣慰地闭上眼睛。他到底是神子，不管是否能恢复记忆，都没有那么容易被人害死。我跌出那道光影圈，身边的火焰不知道被光影逼到了哪里，只觉得四周漆黑一片，虚空一片，是地府吗？我没有丝毫惧意，反而有一丝期待的欣喜，云峥，我来了……

"姐姐！"腰突然被人紧紧揽住，冥焰的声音在耳边响起，"姐姐别怕，我救你上去！"

我睁开眼睛，冥焰的全身散发着一团薄薄的光晕，仿佛被包围在一个圆形的光影泡泡里。光影泡泡东一点西一点地闪烁着彩色的星光，蓝发美少年被光影一圈圈衬托着，如同长着洁白羽翼的天使。我困惑地眨了眨眼睛，喃喃低语："冥焰……我死了吗？"

他低笑一声，笑声中含着一丝睥睨天下的豪气："姐姐，谁死了你也不会死，我会保护你！”我怅然若失，冥焰，你不知道，其实我并不惧怕死去。可他并不清楚我的所想，话音刚落，冥焰抱着我以一飞冲天的姿态，往上冲去。四周又出现了火焰，我和冥焰被包围在光影泡泡里，火焰逼近来，扑打在光影泡泡之上，抽打出无数细小的光影泡泡来，像鱼嘴里吐出的水泡一样悠悠荡荡地飘上空中，却不能奈何光影泡泡中的我们分毫。当火焰的威胁完全无力的时候，那震耳的轰隆声，气势张狂地扑打乱舞，全都变成一场滑稽的笑话。冥焰就这样抱着我，以这种强势的姿态，冲破火焰的包围，冲出火池，破火而出的刹那，他身上的光影蓦地拉长，映亮了整个洞穴，然后，冥焰抱着我轻飘飘地落地，站到火池边的地面上。

“云夫人？”难以置信的惊呼从前方传来，我转头看去，正迎上鬼面人的目光。虽然他戴着面具，但我却似乎能感觉到他面具下的目光正定定地落在我身上。他跪坐在火池边上，右手捂着左肩，鲜血正潺潺地从指缝中渗出来。段知仪蹲在他身旁，正扶着他的肩膀，看到我和冥焰从火中跃出，惊喜地对鬼面人道：“真是云夫人，云夫人没死，她还活着。”

鬼面人一直没有出声，只是定定地看着我，我无法获知他面具下面是怎样的表情。冥焰将我放下来，我举步向他们走去，左腿骤然一阵剧痛，这才想起我的腿上有伤。冥焰赶紧抱住我，放我坐到鬼面人面前。我怔怔地看着他的伤口：“你受伤了？痛不痛？”

鬼面人看着我不出声，身体却有一丝轻颤，不知道是不是伤口痛得厉害。段知仪上上下下地打量着我和冥焰：“我们还以为夫人死了。夫人和冥少爷能从地火中逃生，真是奇迹。”

我无法解释我和冥焰逃生的那一幕，只得笑了笑，转头打量了一下洞穴，不见玛哈，赶紧道：“玛哈呢？”

“在那里！”段知仪伸手一指，却见洞穴正中的地面上，有一堆黑色的粉末。我讶异地道：“那是玛哈？”

“正是。”段知仪道。就像他们对我和冥焰从地火中死里逃生感到惊讶一样，我同样对他们能杀死玛哈感到震惊，毕竟我目睹过玛哈强大到非人的力量。虽然他和黑龙斗法失去了大半功力，受了重伤，但亲眼看到他变成了一堆粉末，我还是有些不敢置信：“是你们将他杀死的？”山洞比起我跃入火池之前破烂多了，地上到处散列着断裂的石笋和钟乳石，那个石鼎也碎成了齑粉。可以想见，当我和冥焰被困在地火之中的时候，这个洞穴里发生了多么惨烈的激斗。

“是我师弟。”段知仪笑道。我怔了怔：“原来恩公是段先生的师弟。恩公多次搭救妾身性命，今日还帮妾身报了大仇，请受妾身一拜。”我撑着身子跪起来，准备磕头，那鬼面人立即松开捂在伤处的手阻拦，虚扶住我，嘶声道：“夫人，不用了！”

“可是……”我抬眼见他伸在我面前的手血淋淋的，也不再行这些虚礼，赶紧道，“恩公受了伤，要赶紧医治，我们快离开这里。”

段知仪扶着鬼面人站起来，我转头看向冥焰，却见他正蹲在玛哈化成的那堆黑色粉末前，若有所思。“冥焰，”我出声唤他，“怎么了？”

他笑了笑，起身走过来：“没事。段先生，我姐姐的腿受了伤，请你替我背她出去。”

“冥焰，你要做什么？”我抓住他的手，难道……我看向玛哈化成的那堆黑色粉末，“是不是有什么问题？那个玛哈……”

“没事的，姐姐，没事。”冥焰赶紧安抚我，“我只是不太放心，想留下来再查看一下……”他的话还没有说完，地上那堆黑色的粉末，突然像被风刮起来似的，扑向了石壁上那个狰狞的鬼头浮雕。冥焰脸色一变，一把推开我：“快走！段先生，快带我姐姐离开这里！”

段知仪脸上也变了色，想是看出什么不对，也不多言，立即就抓紧我的手臂：“云夫人，快走！”

“走得了吗？”山洞里突然响起玛哈的声音，尖厉得把洞壁的石块纷纷震落，“你们一个也别想走！”

话音未落，那个鬼头浮雕突然动了起来，像是变活了似的，半空中悬着一个巨大的鬼头，似石非石、似沙非沙、似烟非烟，扭曲着、晃动着，似实非实、似虚非虚，狰狞地变幻着各种表情，虎视眈眈地望着我们。

“请降神？”段知仪失声惊呼。那鬼面尖厉地笑起来，“不错，本王以肉身幻灭的代价，献出灵魂请出降神，誓要将你们碎尸万段！”

“就凭你！”冥焰冷笑一声，跃上半空，迎上鬼头，“今日本少爷就灭了你这降神！”

话音刚落，他的身体骤然爆射出强劲的白光，就像我之前在地火中见到的那样，照得人睁不开眼。那鬼头咆哮着向冥焰冲去，张开血盆大口，那嘴大得就像个巨大的黑洞。冥焰冷哼一声，挟着光影跃入鬼头的口中。鬼头立即合上大嘴，耀眼的光华霎时无踪。

“冥焰……”我心胆俱裂，想冲上前去，鬼面人却伸手拦在我面前。段知仪紧紧抓住我的手臂：“云夫人少安毋躁，冥少爷未必会有事！”

却见那鬼头合上嘴巴，一张不断扭曲、晃动的凶恶鬼脸似乎极为痛苦。那张脸像气球一样，一会儿膨胀成数倍，一会儿又急缩回原状，仿佛有人在拉扯着那张鬼脸，一会儿脸颊被扯得老宽，一会儿下巴又被扯得老长。鬼脸在半空中纠结、翻腾、咆哮，似乎挣不脱什么束缚，随着它剧烈地挣扎，山洞也剧烈地摇晃起来，洞壁上又不断地被它震落下碎石。黑衣人和段知仪把我架到离那鬼头颇远的地方，避开纷落的碎石。段知仪蹙眉道：“这山洞怕是要塌了，我们赶快离开这里。”

“不，冥焰还没有出来！”我惊恐地看着他们，“我们不能丢下冥焰……”

“云夫人……”段知仪似乎想说服我。我尖声道：“我不要听，我一定要等他，要走你们自己走，我绝不会丢下冥焰……”

话还未说完，洞穴之中突然光影乱闪。我抬头向那鬼头看去，只见从那鬼头的眼睛、耳朵、鼻孔、嘴巴里，突然爆射出耀眼的白光，像激光灯一样，随着鬼头的翻腾扭曲，将这洞壁照得如同激光闪耀的迪厅一样动感雪亮。那鬼头似乎承受着巨大的痛苦，咆哮着像个失去控制的皮球一样在洞壁乱撞。鬼面人和段知仪用身体将我护住，我只听到那鬼头突然发出一声震耳欲聋的惨叫，洞壁瞬间光华万丈，那鬼面像被光箭光刀从脑袋里生生破开，“嘭”地炸成千万碎片。无数沙石纷纷从半空中掉下来，山洞一阵地动山摇，烟雾重重。一个人影从沙石烟雾里弹跳出来，落到我们面前：“山洞快塌了，快走！”

“冥焰……”我抓住他的手臂，欣喜得掉出眼泪，“你没事就好了……”

“我没事，姐姐，那玛哈已经彻底被铲除了。”他拦腰抱起我，闪开一块从洞顶掉落的钟乳石，往外奔跑，“我们快走！”

我勾紧他的脖子，从他的肩头看到鬼面人和段知仪也紧跟着奔了出来，舒了口气。谢天谢地，大家都没有事。这两天的遭遇，像是做了一场荒诞恐怖的怪梦，如果不是我的左腿还在一阵阵抽痛，我几乎会以为这一切只是我的幻觉。幸好，这场不可思议的怪梦，已经结束了。

# ❋ 第三十九章　回府

这个山洞真是隐蔽，等我们跑出来才发现山洞的出口竟然是在一座悬崖的峭壁上，上不着天，下不着地。身后不断传来轰隆巨响，段知仪抓住峭壁上方悬落的绳梯道：“云夫人腿受了伤，冥少爷背着云夫人先上去。”想来他们之前就是用这架绳梯垂到洞口的。冥焰点了下头，放我到他背上，抓住了绳梯。我转过头，眼睛看向鬼面人左肩上不断冒血的伤口，蹙眉道：“你们呢？”段知仪看了鬼面人一眼，笑道：“云夫人放心，我们随后就上去。”

又是一阵地动山摇，几个人都被颠得有点儿站立不稳，冥焰赶紧抓住绳梯，如猿猴一般灵巧地向上攀去，稍时便已立在悬崖顶端。站在崖顶，仍不时能感到地面的隐隐晃动，想必那山洞中的坍塌十分剧烈。冥焰背着我转身，见段知仪和鬼面人陆续攀爬上来，我才松了口气。虽然脚下的地面仍在微颤，但在山崖之巅看到落日白云，感觉到丝丝凉风，至此才真正有了逃出生天的感觉。

“我们现在在哪里？”我轻声问，不知道这山崖离京城远不远，我们该怎么回去呢？

“这里是四经山主峰，离京师尚有一百八十余里路程。”段知仪答道。我吃了一惊：“一百八十余里？”这么远？这古代的路可不比我前世的大马路，何况是这样崎岖难行的山道。我蹙眉道：“你们是怎么来的？又是怎么找到我们的？我们怎么回去？”

“我们怎么找到夫人的，一言难尽，等回了京师再仔细告诉夫人。至于我们怎么回去……”段知仪笑了笑，“我们怎么来的，就怎么回去！”段知仪说完，指了指前方。我转头一看，立即大喜：“小黑小白？”

“侯爷知道夫人去了太庙，借给我们用的。”段知仪微微一笑，“若非侯府这两匹神驹，只怕我们也不太容易能迅速赶到这里。”

段知仪虽然被皇帝封了个司天台监副的官儿，却因为在京师没有落脚处，我仍让他留在侯府居住，所以此次才能带着小黑小白来救我们。说话间，两匹神驹已经奔至我们面前，小白亲昵地用头蹭了蹭我。我摸了摸小白的脸，见小黑不耐地轻声喷气，不禁又好气又好笑。不过话说回来，小黑那厮野性难驯，一向不太让人近它的身，这次怎么会让他们骑来？我好奇地道："小黑能让段先生近身，倒是难得。"

段知仪但笑不语，却见小黑凑到鬼面人面前，盯着他的伤口，轻轻嘶叫了一声，又碰了碰他没有受伤的肩，神情似乎极为关切。我大为惊奇，还未及细想小黑怎么会对这个陌生人这样亲近，只听冥焰道："姐姐，天快黑了，先离开这里再说。"

我点点头，却听鬼面人嘶声道："在下还有事，就此告辞。"

我怔了怔，见鬼面人已经转身要走，赶紧道："恩公留步！"

他的身子一顿，我关切地道："恩公为何不与我们一起下山？你受了伤，应及早下山诊治才是。"

鬼面人没有转身，背对我道："这点儿伤我自己能处理，云夫人不用挂心。告辞。"话音刚落，鬼面人便径直往前奔去。"恩公……"我失措地唤了一声，那鬼面人却不停下来，身影很快消失在树林当中。我转头看向段知仪："段先生，这……"

"云夫人，我师弟脾气古怪，一向独来独往，不善与人打交道，你不必介意。"段知仪笑了笑，"夫人还是尽快赶回京师，省得侯爷挂念。"

也是，等回了侯府，再找段知仪问个明白，这个一再救我的鬼面人到底是谁？段知仪这般轻松的表情，看来他是笃定他这位师弟的伤没有大碍。冥焰将我小心地放到小白的背上，再跃上马背。段知仪抓住小黑的缰绳，也跃到它背上。小黑在原地微微踏了几步，倒也不怎么抗拒，就任他骑上了背，随后，两匹神驹便载着我们风驰电掣般飞速而归。

抵达京城，已是半夜，城门紧闭。奇怪的是，城门之上灯火通明，守城的官兵比往日多出许多，戒备格外森严。云家铁卫守在城门之外，见到我们回来，大喜过望。我也大喜："云乾，你们是如何从太庙脱困的？"

"回少夫人，是段先生助我们脱困的。"云乾见我平安无事，似乎是大大地松了口气。我回头看向段知仪："段先生，大恩不言谢，先生以后有用得着妾身的地方，妾身一定倾力相助。"

"云夫人言重了。"段知仪神色淡定。云乾他们想是早和守城的官兵沟通好了，城门缓缓而开，我们顺利地进了城。进城之后发现城内较之往常清静不少，街上根本没有行人，往日街市喧嚣的场面不见了踪影，倒是不时有巡夜的官兵，见到我们的车骑，大声查问。云乾报上永乐侯府的名号，出示了通牒，才被人放过去，并一再被警告速速回府，不得在街上逗留。

“京中发生何事？”待那队官兵走了，我诧异地道。

“回少夫人，前日京中发生地震，京中流言四起，人心惶惶，九王爷下令全城戒严，不准百姓聚众妄言。”云乾四下看了看，低声道。

果真如我那日赶去太庙前所料。我蹙紧眉：“先回府吧。”这里不是一个说话的好地方，回了府再问个清楚。

本想不惊动人悄悄回府，不想小红她们根本就没睡，听说我回来，激动地冲了出来。段知仪回府后不便再跟过来，自回了房去。冥焰把我背回房间，宁儿和馨儿赶紧去帮我准备热水。冥焰把我放到床上，小红看到我的伤腿，眼泪立即滚了出来。我有些无力地看着她们熬得红彤彤的眼睛，笑了笑：“没事了，都收拾收拾回去睡吧。”

“姐姐的腿伤得赶紧诊治。”小红抹了抹眼睛道，“我去请大夫。”

“不用了，我帮姐姐上药包扎。小红姐姐去我房里拿我的药箱吧。”冥焰帮我脱掉鞋，卷起裤腿，露出小腿上那条看似狰狞，却早已不再流血的伤口。他接过宁儿拧干的热毛巾，动作轻柔地擦拭我腿上干涸的血渍，仔细地避开我的伤口。我倒忘了，冥焰跟傅先生学的东西，可不光是道法蛊术，还有医术。

我看着冥焰低垂的脸，他专注地处理着我腿上的伤口，神情镇定平静，比起当年在沧都初遇他时，几乎完全像变了一个人。他的蓝发零乱地垂在额前……蓝发！我瞬间僵直了身体，之前遭遇那些事情，太过惊险离奇，让我没有时间去细想。冥焰的头发变回了蓝色，是否和黑龙玉合体有关？我的手抚上脖子，脖子上光秃秃的，从来到这个时空便一直陪着我的黑龙玉，是真的不在了。冥焰，那玉既与你合为一体，是否你也恢复了从前的记忆？一时之间，我竟不知道是心慌还是心喜，只怔怔地看着他专注的表情：“冥焰……”

“我弄疼你了？”他抬起头，紧张地道。我赶紧摇了摇头，迎上冥焰的眼睛，有一丝怔忡。那眼睛里，除了关切，并无多少复杂的情绪。我忐忑地试探：“冥焰，你有没有想起以前的事？”

“什么事？”他随口问，神情自然地将手中的毛巾递给宁儿。小红的药箱拿来了，他赶紧接过来，打开药箱，翻出几个瓶瓶罐罐，拨出塞子，拿出药碗，将几个药瓶里的药末倒在一起，又倒了些不知道是什么药汁调成的药泥，用竹片拨到我的伤口上。

他做这些事的时候，一气呵成，似乎一点也没受到我问话的骚扰。我蹙了蹙眉，难道冥焰还没有恢复记忆？可是那觉魂不是已经回到他体内了么？莫非黑龙玉并不是让他恢复记忆的关键？我尤在思量，却听到冥焰吃惊地道：“姐姐，你不痛么？”

“什么？”我回过神，这才觉出敷在腿上的药灼得伤口火辣辣地疼痛，忍不住倒抽一口气。冥焰这才松了口气，拍了拍胸口道：“我还道姐姐的腿没有一点儿反应，吓死我了。”他一边说，一边拿了纱布，帮我把伤口包扎起来。小红担忧地道：“冥焰，姐姐的腿伤多久能好？不会留下什么后患吧？”

“只是皮外伤，虽然伤口看起来很可怕，不过没有伤到筋骨，不会留下后患的。”冥焰包好伤口，笑了笑，“等姐姐的伤口好了，我再帮姐姐调去疤的药，保证不让这条疤留下痕迹。”

“那倒无妨。”我淡淡一笑，对小红和两个丫鬟道：“行了，你们也累了，去睡吧。”

“那我也回房去了。”冥焰开始收拾药箱，“姐姐好好休息。”

“冥焰……”我看着他，心中尤在疑虑，“你真的什么都没想起来吗？”

“姐姐又是指我丧失的记忆吗？”冥焰眨了眨眼睛，一脸坦然，“我真的没有想起什么。”

“可是你怎么突然能对付玛哈了呢？”我咬了咬唇，道出心中的疑惑，“你怎么能破他的妖术呢？”

他怔了怔，想了想，不好意思地挠了挠脑袋，笑道：“姐姐还真把我给问住了。我其实也不知道是怎么回事，只是从地火池里出来，身体好像变得很奇怪，体内仿佛有源源不断的力量涌生出来。当对着那个玛哈的时候，我还不知道怎么回事，就已经冲上去了，现在回想起来，好像身体比脑子里更清楚自己在做什么似的，还没等自己反应过来，就已经和他斗上了。”

是这样吗？难道只是因为黑龙玉与他合体，令他身体恢复了一些异能，但还没有启动他的记忆？我见他苦恼地思索，叹了口气，也不再逼问，拍了拍他的手道：“知道了，你也累了，回去休息吧，有什么改天再说。”

等他们全退出房去，我躺在床上回想着这几天发生的事，想到玛哈的恐怖，心中禁不住一阵后怕。不知道皇帝和寂将军的情形如何？京中这几天的形势又是如何？还有段知仪和那个鬼面人，怎么会突然跑来救我？鬼面人一次又一次地救我，每一次都是在我最危险的时候，绝不可能是巧合，他到底是谁？还有他的伤，也不知道到底如何了……脑子里想的事越来越多，越来越乱，辗转反侧，竟是越来越清醒，直到过了三更，我才撑不住疲极的眼皮，沉睡过去。

## ❋ 第四十章　水落

上半夜睡得极不踏实，我不断梦到玛哈在山洞中生吃孕妇腹中胎儿的那一幕，只觉得全身发软，冷汗涔涔。偏偏胸口闷得透不过气，想睁眼，却怎么也睁不开，而我分明听到夜里窗外传来的低微的虫鸣。我心知是梦魇了，迷信的说法是被鬼压住不能动弹。我前世的时候曾经经历过一次，明明醒着，却无法发出声音，无法移动肢体，就像灵魂附在一具尸体上面。我极力想摆脱这种恐惧，却苦于无法动弹，后来是母亲半夜起来帮我盖被子，见我一身冷汗，出声唤我，我立即就清醒了。

虽然曾经经历过一次这种场面，也知道梦魇到底是怎么回事，可是出于渴望拥有意识的本能，我还是有些惊惶。正当此时，我突然听到床边仿佛有人发出一声幽幽的叹息，不禁毛骨悚然。在经历过还魂重生，知道有冥府之后，这声叹息配合着我此时的状况，听到耳朵里，仿佛鬼叹。我的呼吸急促起来，更是想奋力摆脱无法起身的困境。那鬼叹似乎停止了，然后，我听到室内有轻微的响动，在这静夜里却格外清楚。我像是被针扎了一下，立即睁开眼睛，气喘吁吁地转头，内室哪里有什么人？

仔细辨听了一阵，外室也没有任何异响。小红在床尾那侧的小床上睡得正熟，我也不好叫醒她，伸手擦了擦额上的冷汗，暗笑自己疑神疑鬼，看来还是被玛哈吓过之后留下的后遗症。重又闭上眼，这次倒是很快睡沉，一夜无梦。

醒来天已大亮。洗漱过后，奶娘把诺儿抱了过来，我的宝贝儿见到我，笑眯了眼，凑上来要我抱。小红赶紧扶住我，生怕我抱诺儿的时候跌倒。我失笑，我的眼睛在看到冥焰跌入火池时不药而愈，他们还都不知道呢。本想告诉她，想了想，又把话吞到肚子里。我的眼睛不方便，给我挡了不少麻烦，特别是来自宫里的麻烦，若是让那些人知道我的眼睛好了，只怕让我避之不及的事又会接踵而来，还不如继续享受着半盲带来的清闲。

陪诺儿吃过早餐，我准备去见老爷子，向他禀报玛哈这件事。原想先找段知仪的，下人说他去了司天台衙门，才想起他如今是有工作的人，白天要上班。小红说我腿上有伤，不准我下地。我只得坐上了云峥的轮椅，让她推我进老爷子的院子。云德正从里面走出来，见我坐在轮椅上，眼中有一丝诧异，脸上却不动声色，欠身行礼："少夫人要见侯爷？"

"爷爷起来了吗？"我笑了笑。云德点头："起来了，正在见客。"

"见客？"我倒诧异了。老爷子自缠绵病榻以来，虽然有很多人来探病送礼，但老爷子基本上都不怎么见客，只让安远兮去打发了算数，这次这客人老爷子肯见，想必有些来头。云德解开我的疑惑："是景王殿下！"

原来是他。我恍然："既然爷爷在见客，我迟些再过来。"

小红推我离开院子，我让她随便推我在园子里逛逛。眼睛半瞎了一年多，如今好了，倒颇有些新鲜，不知不觉到了金莎和福生的授业书房，远远地就见着两个孩子从书房里溜出来。我摇了摇头，这俩孩子又逃课。示意小红不动声色地跟了上去，见两个孩子偷偷溜进了马厩，跑到关着小黑和小白的厩前。有些好奇这俩孩子想干什么，我示意小红推近了些，躲在墙后，听到福生正在发问："金莎，这马真的能帮我们找到安生吗？"

安生？我怔了怔，探出头去，凝神静听。只听到金莎肯定地道："一定能。我阿爸说过，马最有灵性、最聪明了，何况它们还是神驹。我把安生的衣服拿给它们闻一闻，它们一定能凭着这个味道找到安生的。"

我有些愕然，什么时候这马也变得和警犬似的了？心中不觉又是好笑又是感触，想不到这俩孩子还记着找安生这事。安生失踪这么久，一点消息都没有，虽然云家已经下令让全国各地的云家势力帮助查探，可是一直没有什么消息，真是叫人担心。正想着，突听到金莎道："你别拿到小黑面前去……"我抬头一看，见福生拿了衣服凑到小黑鼻下，不由得大惊，想阻止已是不及，小黑的脾气那么野，不发飙才怪。果然，小黑猛地嘶叫起来，喷着气跳起来，张口就向福生咬去。金莎吓得大叫，说时迟，那时快，却见到一个人闪电般地蹿出来，将福生一把拉开，小黑一口咬到那人的手上，似乎怔了一下，松开了口，不安地拿头蹭了蹭那人。

"阿牛哥哥！"金莎吓得脸色发白，扑上去，抓住他的右手，"你有没有被咬伤？"

“没事，小黑没有咬下去。”安远兮淡淡一笑，想抽出手，金莎却拽住不放，连声道：“让我看看。”

安远兮只得由她。我也有些担心，见金莎撩开他的衣袖，露出手臂，手臂倒真是有伤，不过不是被小黑咬的新鲜伤口，而是一块旧疤，那是被灼烫后留下的白色橘皮状疤痕。我记得那道伤，是那年他为了帮我筹钱助我解决绣庄的负债，去帮人抄书，打翻烛台烫伤了手臂留下的，只是还没等他手臂上的伤痊愈，我和他已经从爱人变成了陌路人。我望着他的侧影，一时有些怔忡。

金莎放开安远兮的手，松了口气道：“幸好没事。”安远兮笑了笑，“都说了没事了。”小黑喷了喷气，伸出舌头舔安远兮的手，金莎笑骂道：“幸好阿牛哥哥没事，不然真要好好教训教训你，老是欺负人。”小黑不屑地喷了她一口气，安远兮摸了摸小黑的脑袋：“小黑，别胡闹！”

小黑晃了晃头，听话地别过脸。金莎对福生笑道：“这小黑，就只肯让阿牛哥哥碰它，别人都近不了它的身，你下次别这么莽撞了……”

福生连连点头，我听到金莎这句话，却仿佛被一道闪电击中，身子顿时僵硬起来。一直以来困扰我的问题，仿佛突然有了答案，我无力地靠在轮椅上，想到心中那个大胆的推测，越想越是震惊。昨日我还在惊奇，小黑怎么会让段知仪他们骑它，如果……如果安远兮就是那个鬼面人，小黑自然不会抗拒他。还有刚刚他手上那道伤，我越想，越觉得像我早产那晚，抓破鬼面人的衣袖，看到他手臂上的那一道，虽然是晚上，但因为隔得近，我看得十分清楚。我倒抽一口气，极力在心中否定这个猜测，如果安远兮是鬼面人，他一介文弱书生，怎么会在短短的时间内突然拥有这一身高强的武功?

我虚弱的表现吓坏了小红，她弯腰连声道：“姐姐，你是不是不舒服？”我回过神，摇了摇头：“没事……”

“我送你回房……”小红不由分说地推着我赶紧出去，这番吵动已经惊动了马厩前的三人，安远兮抬眼看到我，怔了怔。两个孩子看到我，吐了吐舌头，不好意思地往安远兮身后一躲。我反倒笑了：“躲什么？怕我吃了你们？”

“阿花姐姐……”金莎和福生红着脸站出来，我嗔道：“你们知道自己不对了，我也不骂你们了，还不快回去上课。”

两个孩子如释重负，赶紧拉着手跑开了。我转眼看向安远兮，他的脸色异常苍白，几乎没有什么血色，是昨天流血过多么？见我打量他，安远兮垂了睫，低声道：

“大嫂……”

我定定地看着他，想从他的脸上看出一点端倪，但他的表情却异常平静。沉默了片刻，他欠了欠身：“大嫂，我先行一步。”

“等等。”我唤住他。他怔了怔，抬头看了我一眼。我转头对小红道：“小红，你先回房去，我有些话想同小叔说。”

“可是……”小红看了看安远兮，有些迟疑。我坚持道：“回去。”

小红噘了噘嘴，瞪了安远兮一眼，有些不情愿地走了。安远兮垂睫道：“大嫂想同我说什么？”

我静静地看着他，半晌，淡淡地道：“我想去湖心亭坐坐，你推我去吧。”

安远兮有些诧异地看着我，却只迟疑了半秒，就走过来，抓住轮椅椅背上的把手。木轮沉闷地碾轧在地面上，我沉默着，他也沉默着，一路无言，直到来到湖心亭，彼此都未再出声。

湖心亭其实只是荷塘水榭尽头的一座木亭，坐落在枝繁叶茂的荷塘中，幽静清雅，与周遭隔绝开来，是夏日纳凉的好去处。我望着荷塘久久不语，安远兮候了片刻，终是忍不住出声：“大嫂……”

我沉默着，有些迟疑和心怯，不敢轻易揭开这层幕布。安远兮见我不出声，顿了顿，又道：“大嫂的腿……怎么了？”

我失笑，说多错多啊安远兮，你刚才自我出现便没有对我为何坐在轮椅上表现出一丝诧异，这会儿又装作不知道我为什么坐在轮椅上。坐在轮椅上的理由可能有好多种，你怎么就那么断定我是腿有事？我转过脸，平静地看着他：“把手给我。”

“呃？”他仿佛没有听明白，愣了一下，“什么？”

我的唇角动了动，望着他的眼睛，重复了一遍：“把你的手伸出来。”

## ✻ 第四十一章　石出

他站着不动。如果此时他还不知道我想干什么，他就真的是书呆子了。他垂下眼，既不动，也不开口，只是一直沉默。我由此真的肯定，他就是鬼面人，那个每当我危难之时，便挺身救我的神秘侠客。是什么原因，才能让他时时留意我的行动，并救我于危难之中？当初他既然放弃了我，为什么还要多事管我的死活？安远兮啊安远兮，你到底在想什么？

“你的伤……怎么样？”我按捺住心中的波澜，看着他苍白的脸。他流了那么多血，又不知道是怎么连夜赶回京城，若无其事地扮着衣着光鲜的云家二少爷，那伤，可有好好料理？

他仍旧沉默，既不能否认，又无法坦言。我见他这样子，知道是从他口中问不出什么的了，可终究是心有不甘：“你是不是，应该有话对我说？”

关于他的武功，他与段知仪的师兄弟关系，他何以能时时知道我的行踪，都是我心底的谜。他背后做了这么多事，暗中帮我这么多忙，我能层层剥开当年云峥中降的真相，现在想来，似乎总得缘于有人暗中相助。当我想知道什么的时候，总有人出来为我解惑，就像这突如其来的段知仪。我心中暗惊，他是否已经知道当年绮罗冤死的真相？

他的睫毛颤了颤，终于肯抬眼看我，半晌，却只说了一句：“我无话好说。”

无话好说！好一句无话好说！我的手搭在轮椅两侧，骤然抓紧扶手，半晌，缓缓松开，淡然一笑：“我没事了，烦请小叔唤小红来推我回去。”

他定定地看了我片刻，也不言语，转过身，身影方动，我低唤：“远兮……”

这是我们重逢以来，我第一次唤他的名字。他的身子一顿，僵在原处。我望着他的背影，声音有一丝软弱：“你当初，为什么要离开我？”这是我心底的一根刺，纵然我怎么刻意忽略它的存在，它始终刺在我心里。安远兮，你对我既然无情，又何苦处处帮我？你若对我有情，又是为了什么要放弃我？如果我没有遇上云峥，我也许再不会相信这人世还有真情。你如此伤我，我一直鸵鸟般地不敢问原因，到今天，总该给我一个理由。

他的身子颤了颤，杵在原地，没有出声，也没有回头。半晌，他举步踏出湖心亭，往前走去，背影如同当初在篱芳别院与我诀别时那样决绝。我闭上眼睛，轻嘲自己，当初我对他的一片真心，亦不能让他放下心底的秘密，如今又怎会满足我仅仅是不甘心想了解真相的心情？也罢，我以后，都不会再问了。

小红匆匆赶来推我回去。用了午膳，得知景王已经告辞，我让小红推我去见老爷子。云德帮小红把我连同轮椅一起抬进屋去，进门见老爷子躺在躺椅上，正咳得厉害，赶紧让小红推我过去："爷爷，你怎么样？"

老爷子咳得说不出话，小红赶紧给老爷子倒了一杯水。云德将躺椅放高了一点，扶起老爷子，我将茶杯递到老爷子唇边："爷爷，喝口水，润润喉咙。"

老爷子抿了一口温水，下一秒，一口猩红的鲜血蓦地喷进茶杯，将杯中的水染得通红。我大惊："爷爷！"赶紧移开杯子，掏出丝绢擦拭他唇边的血渍，一面对云德道："快，快去太医署，请太医给爷爷瞧瞧……"

"云德……"老爷子唤住急忙往外冲的云德，"不用了。"

"爷爷！"我又急又慌，"你都咯血了，怎么还不让太医……"

"丫头……"老爷子拍了拍我的手，疲倦地笑了笑，"我没事，我有些话想跟你说，其他人都出去吧。"

小红和云德退出房去，我抓住老爷子的手，忧心忡忡："爷爷……"老爷子心脏不好，身体越来越差，我是心里有数的，可也从来没有咯过血呀。在我的印象里，古代但凡病得咯血，那是绝无活路了。可老爷子是云家的顶梁柱，谁出了事他也不能有事，否则还不知道这侯府会乱成什么样子。

"丫头，你先说说你这几日的情况。"老爷子闭上眼睛，轻声道。我按下心底的担忧，从那日去宫中找皇帝，太后找云家借钱开始讲起，一直讲到太庙遇玛哈，我和冥焰一起被掳，洞中醒来所见，直到鬼面人和段知仪赶到与玛哈斗法，最后消灭玛哈，山洞坍塌赶回侯府。老爷子一直面无表情地听着，有几次我认为他睡着了，哪知我刚刚停下来，老爷子就轻声地道："继续说。"把我这两日的经历讲完，对于我刚刚发现安远兮就是鬼面人的事，我迟疑了一下，却不知道该如何对老爷子讲。

老爷子听完，半晌不语。我看着他闭着双眼的脸，有些忐忑："爷爷，我没能套出玛哈背后那个人是谁，对不起。"

老爷子睁开眼，看着我笑了笑："你已经尽力了。这次险些害你丧命，是云家委屈你了。"

我含泪摇头："是叶儿没用，连是谁害了云峥都查不到。"

"云家这么多年都查不到，又岂能怪你。"老爷子咳了一声，眼神蓦地冷冽如霜，"不过如今，倒是有了一些眉目。"

"爷爷知道那人是谁了？"我惊讶地看着他。老爷子看着我，唇角浮出一抹意味不明的笑容："叶丫头，今儿景王来见我，你可知他是为何而来？"

我摇了摇头，心下狐疑，老爷子这样问我，莫非那幕后黑手与景王有关？老爷子缓缓道："京中传出流言，皇上妄动神器，引发地震，是上天震怒，要降罪世人的征兆，不只京城百姓人心惶惶，连朝堂之上也颇多揣测。朝廷颁昭天下，说皇上梦到太祖皇帝神启，早知有这场地震，所以专程去太庙为天下百姓祈福，百姓的骚乱才暂时压住，但朝堂的质疑之声却未止息。"老爷子顿了顿，又道："如今太庙方圆十里都被御林军把守戒严，并严禁朝中官员前去骚扰。景王来找我，说听到这些谣言，十分担心皇上的现状，又怕皇上真的妄动神器，想请几位德高望重的老臣去太庙一行，证实皇上和神器皆无恙。"

听起来，景王的来访是合情合理的，并无不妥。以景王殿下一贯的仁名，遇到这种事当仁不让地站出来，也合乎他一贯的作风。我蹙眉道："京中怎么会有这样的流言出现？那地震，真的是皇上妄动神器引发的吗？"若是真的，那皇上可谓有先见之明，知道妄动神器引发地震会引起百姓恐慌，所以先编了个去太庙祈福的谎言，还特意要求等他走后第二日才公告天下，就是想等地震后稳定民心。

"那地震倒真有可能是妄动神器引发的，只是这流言来得蹊跷，怕是有人暗中散布。"老爷子点头道。我心中一动："爷爷是指这散布谣言之人，就是那个幕后黑手？爷爷知道他是谁了？"

老爷子目光一闪，缓缓道："不就是今儿来的这位。"

"景王？"我吃惊地道，"何以见得是他？爷爷是从哪里判断出来的？"

"其实我一直不敢断定是他。这么多年，我怀疑过京中很多士族世家，甚至先帝，也在宫中和各世家安插了不少眼线。但当年那件事，却一直没有什么眉目。那人肯定知道，得罪本侯的利害关系，云家一定不会善罢甘休，所以做得滴水不漏。不过这件事，前几日突然有了转机，我安插在景王身边的眼线，传回来一个消息。"老爷子的表情变得阴狠起来，“我由此才真正确定了那人。”

怪不得老爷子见过景王之后，会咯血了。原来之前老爷子已经知道他是当年的幕后黑手，只怕心里恨得咬牙切齿，面上却要不动声色地与他周旋，一口闷气堵在胸口，等他走了，才把那口血咳出来。景王！我回想起那个看来仁厚亲善、毫无狷狂之气的男子，咬紧了唇，是他！是他！原来是他！双手紧紧捏着丝绢，无意识地揉搓着。我吸了口气：“那份消息怎么说？”

老爷子从怀中取出两页薄纸，那纸被揉得皱皱的，似乎被人捏在掌心里很久，有些字迹略略被汗水浸得晕染开来，所幸还不至于影响阅读。我努力平复了一下心情，仔细阅读那纸上的内容，越读越是心惊，特别是读到那段“无极门原是景王暗中培植的势力，然门主楚殇势力渐大，不受钳制，景王深为忌惮，着蛊王对其下蜘蛛降，在官兵围剿楚之日，引动降术，令其暴毙当场，被官兵斩杀，复收回无极门的掌控权……”

我认为是自己眼花，揉了揉眼睛，瞪大眼重新读了一遍，仍是白纸黑字，一字不假。我的手微微颤抖起来，心里一阵翻江倒海。楚殇？不是被我设计害死的么？怎么会是蛊王对他下了毒降？一直以来，我背负着杀人害人的罪孽，虽然从来没有后悔过，但我也从来不敢去面对这件事。没想到，楚殇的死，我竟不是唯一的凶手！

老爷子见我面容失色，缓缓道：“这条消息里终于有了蛊王的蛛丝马迹，有了景王和蛊王勾结的线索。本侯查了二十年，终于查到这条消息……”

我失神地道：“这条消息，可靠吗？景王为什么要加害云峥？”

“至少有一半的可信度。当年我在先帝和景王之间选择了拥立先帝登基，景王当时也是颇为失落的，只是他一直表现得仁厚淡泊，本侯才不敢确定。”老爷子道，“如果他是因为这个原因，报复本侯，还与二房的人勾结，以期谋夺云家的势力……”老爷子冷笑一声，寒声道，“我会让他后悔他当初的决定！”

姜到底是老的辣，只推测那个幕后人是景王，老爷子就立即判断出这件事的前因后果。原来当年景王和老爷子还有这段心结，若真是这样，我几乎都要认同老爷子的判断了。我咬紧唇：“可惜这条消息，不能作为证据。”

“所以，我准备让崎儿跟那个眼线接触一次，再问问详细情况。”老爷子淡淡地道，目光森寒，“只要确定是他，哼……”

我怔了怔，才反应过来他口中的崎儿指的是安远兮，不由得诧道：“为什么要让小叔去？”这件事我们一直都没有告诉安远兮，老爷子怎么突然让他插进来？

老爷子咳了一下，脸色微微一怔：“丫头，有件事我一直没有告诉你，现在也是时候跟你说了。其实我找到崎儿没多久，就让他接掌了云家的隐势力，隐执事的位子，我已经交给他两年了。和云家安插在各地的暗桩接触，本就是他分内的事。”

我愕然地看着老爷子，两年，即是我与云峥刚成亲没多久，老爷子就和安远兮相认，还把隐执事的位置交给了他？怪不得安远兮能时时刻刻掌握我的行踪，他只须让个隐卫盯着我，随时向他报告就可以了。可是，以老爷子的精明，怎么会贸然把云家的命脉交到刚刚相认、能力和心性都不了解的孙子手上呢？何况当时的安远兮还是个手无缚鸡之力的文弱书生。

老爷子把我的反应全都看在眼里，微微一笑：“我知道你一定有很多疑问，其实若不是崎儿因缘际会，得平遥散人收之为徒，得享福缘，我也是不敢轻易把隐势力交给他掌管的。事实证明，他的确做得很出色。”

“平遥散人？”那个地仙？是了，段知仪叫他师弟，我后来根本没有去细想，那个平遥散人是他的师父。他怎么会遇到那种神龙见首不见尾的仙人？又怎么会被他收为徒弟？依老爷子的说法，这是他与我分手之后，又在我嫁给云峥没多久之前的时间内发生的事，他的武功，是那段时间突然获得的么？

“他的武功，是平遥散人传给他的？”一不留神，我竟问了出来。老爷子深深地看了我一眼，表情若有所思，“你知道崎儿会武了？那你知道他就是救过你多次的鬼面人了？”

我怔了一下，点点头：“我也是刚刚才知道的。”

老爷子眼睛里有意味不明的光芒闪动，半晌，嘴唇微微一动：“丫头，峥儿虽然故了，但你始终是云家的当家主母，你做事一向有分寸，爷爷也很放心。你和崎儿以前的事……我也清楚，不过……”

“爷爷！”我顿时明白老爷子的意思，心中又羞又气，老爷子是在暗示我不可越轨么？是怕我和安远兮旧情复燃，搞出什么叔嫂乱伦的丑闻来么？我的脸火辣辣地烧起来，委屈的眼泪含在眼眶，一时间心灰意冷，甚至开始怀疑自己为云家做的一切到底值不值得。我咬了咬唇：“我是小叔的大嫂，我把自己的身份记得很清楚。”

“咳咳……”老爷子有些尴尬地轻咳了一声，垂下眼道，“嗯，崎儿这些年流落在外，把终身大事也给耽搁了，你是他大嫂，长嫂如母，也替他上上心，早些为他选一房好妻室，我也安心了。”

我硬生生地将眼泪逼回眼眶，不让它滚落：“我晓得了，爷爷尽管放宽心。”深深地吸了口气，我僵着脸，欠了欠身，“爷爷，没什么事的话，我先出去了。”

附录3：

《绝胜篇》引用资料列表

| 序号 | 引用书籍、文章名称 | 作者／发帖者 | 出处 | 演唱者 |
|---|---|---|---|---|
| 1 | 《怀念云峥》 | 木　桃 | 读者赠评 | 罗大佑 |
| 2 | 《降头术》 | / | 百度百科 | 顺　子 |
| 3 | 《最上乘天仙修炼法》 | 胡海牙 | 《武魂》杂志2003年第4期48页 | Laura Fygi |
| 4 | 《先道静坐丛书之开天眼神通研究》 | 许衡山 | 百度知道 | 彭　羚 |
| 5 | 《中国的读书人》 | 李汉平 | “亦凡公益图书馆”网站 | 范文芳 |
| 6 | 《星象及古代占卜》、《古代酷刑》 | / | 百度知道 | 万　芳 |
| 7 | 《求人不如求己》 | / | 《佛理故事》 | |
| 8 | 《小寒资料集之日本神话中的尾兽》 | 心随梦寒 | 第九中文网 | |
| 9 | 《文案词》 | 东方如梦 | 读者赠词 | |

备注：以上部分资料来自网络，为作者查阅到的出处，不一定是首发站。